蔡义江
新评

紅樓夢

曹雪芹 著 —— 蔡义江 评注

第 三 册

商務印書館
The Commercial Press
创于1897

第五十五回
辱亲女愚妾争闲气　欺幼主刁奴蓄险心

【题解】

　　本回回目诸本皆同。探春代替病中凤姐管理家事，遇其生母赵姨娘的兄弟赵国基死了，探春援旧例赏银二十两，赵姨娘嫌少，前来哭闹相争，还辱骂探春，回目上句即指此。吴新登媳妇等奴婢，欺探春年轻，要试她处事能力，存心事事刁难，想看她笑话，结果一一碰了钉子，回目下句指此。蒙府本回前回末有评，虽非脂砚、畸笏等圈内人所批，但亦偶有灼见，如回前批曰："此回接上文，恰似黄钟大吕后，转出羽调商声，别有清凉滋味。"此回气氛确有不同，故有研究者视其为贾府盛衰的分界线。又回末评，从才干精明的探春尚受内外欺侮而联想到世上成事之难，叹曰："士方有志作一番事业，每读至此，不禁为之投书以起，三复流连而欲泣也！"亦能"以小见大"。

　　且说元宵已过，只因当今以孝治天下，目下宫中有一位太妃欠安，故各嫔妃皆为之减膳谢妆，不独不能省亲，亦且将宴乐俱免。故荣府今岁元宵亦无灯谜之集。①1

　　刚将年事忙过，凤姐儿便小月②了，²在家一月不能理事，天天两三个太医用药。凤姐儿自恃强壮，虽不出门，然筹画计算，想起什么事来，便命平儿去回王夫人，任人谏劝，她只不听。³王夫人便觉失了膀臂，一人能有许多的精神？凡有了大事，自己主张；将家中琐碎之事，一应都暂令李纨协理。李纨是个尚德不尚才的，未免逞纵了下人。王夫人便命探春合同李纨裁处，只说过了一月，凤姐将息好了，仍交与她。谁知凤姐禀赋气血不足，兼年幼不知保养，平生争强斗智，心力更亏，故虽系小月，竟着实亏虚下来。一月之后，复添了下红之症③。⁴她虽不肯说出来，众人看她面目黄瘦，便知失于调养。王夫人只令她好生服药调养，

1. 此一小段为交代无省亲、制灯谜等事所应有，实不当删去。

2. 凤姐须调养，请探春代理以显身手，亦见其因操劳伤神而落下病根也。

3. 一味逞强，绝非好事，劳心更比劳力伤身。

4. 渐酿成促寿之大症。

---

① "亦无灯谜之集"以上一小段——诸本无，当是后人删去，今从庚辰本。
② 小月——小产。俗称分娩为"坐月子"。
③ 下红之症——即崩漏，妇女行经期之外，阴道仍淋漓不断地出血的病症；中医称血量少的叫"漏"，血量多的叫"崩"，危重的叫"血山崩"。

不令她操心。她自己也怕成了大症，遗笑于人，便想偷空调养，恨不得一时复旧如常。谁知一直服药调养到八九月间，才渐渐的起复过来，下红也渐渐止了。此是后话。

如今且说王夫人见她如此，探春与李纨暂难谢事，园中人多，又恐失于照管，因又特请了宝钗来，托她各处小心："老婆子们不中用，得空儿吃酒斗牌，白日里睡觉，夜里斗牌，我都知道的。[1]凤丫头在外头，她们还有个惧怕，如今她们又该取便了。好孩子，你还是个妥当人。你兄弟妹妹们又小，我又没工夫，你替我辛苦两天，照看照看。凡有想不到的事，你来告诉我，别等老太太问出来，我没话回。那些人不好了，你只管说。他们不听，你来回我，别弄出大事来才好。"宝钗听说，只得答应了。

时届孟春，黛玉又犯了嗽疾。湘云亦因时气所感，亦卧病于蘅芜苑，一天医药不断。探春同李纨相住间隔，二人近日同事，不比往年，来往回话人等亦不便，故二人议定：每日早晨，皆到园门口南边的三间小花厅上去会齐办事；[2]吃过早饭，于午错方回房。这三间厅，原系预备省亲之时众执事太监起坐之处，故省亲之后，也用不着了，每日只有婆子们上夜。如今天已和暖，不用十分修饰，只不过略略地铺陈了，便可她二人起坐。这厅上也有一匾，题着"补仁谕德"①四字，家下俗呼皆只叫"议事厅"。如今她二人每日卯正至此，午正方散。凡一应执事媳妇等来往回话者，络绎不绝。

众人先听见李纨独办，各各心中暗喜，以为李纨素日是个厚道多恩无罚的，自然比凤姐儿好搪塞。便添了一个探春，也都想着不过是个未出闺阁的年轻小姐，且素日也最平和恬淡，因此都不在意，比凤姐儿前更懈怠了许多。[3]只三四日后，几件事过手，渐觉探春精细处不让凤姐，只不过是言语安静、性情和顺而已。[4]

可巧连日有王公侯伯世袭官员十几处，皆系荣、宁非亲即友，或世交之家，或有升迁，或有黜降，或有婚丧红白等事，王夫人贺吊迎送，应酬不暇，前边更无人。她二人便一日皆在厅上起坐，宝钗便一日在上房监察，至王夫人回方散。每于夜间针线暇时，临寝之先，坐了小轿，带领园中上夜人等，各处巡察一次。[5]她三人如此一理，更觉

─────────

① 补仁谕德——补足仁爱，晓谕德行。

1. 疏于管理，大观园出现之弊端。倘不及时整顿，恐要出事。

2. 恰如朝廷议政办事，只有大小之分。

3. 软的欺，硬的怕；放松管束，便先懈怠，人情如此。

4. 渐觉非如所愿。这是小姐身分耳，阿凤未出阁想亦如此。（庚）

5. 日夜勤政。就此组成了以探春为主的"三驾马车"。

比凤姐儿当权时倒更谨慎了些。因而里外下人都暗中抱怨说："刚刚的倒了一个'巡海夜叉'，又添了三个'镇山太岁'①,¹ 索性连夜里偷着吃酒玩的工夫都没了。"

　　这日，王夫人正是往锦乡侯府去赴席，李纨与探春早已梳洗，伺候出门去后，回至厅上坐了。刚吃茶时，只见吴新登的媳妇进来回说："赵姨娘的兄弟赵国基昨日死了。² 昨日回过太太，太太说知道了，叫回姑娘、奶奶来。"说毕，便垂手旁侍，再不言语。彼时来回话者不少，都打听她二人办事如何：若办得妥当，大家则安个畏惧之心；若少有嫌隙不当之处，不但不畏服，一出二门，还要编出许多笑话来取笑。吴新登的媳妇心中已有主意，若是凤姐前，她便早已献勤，说出许多主意，又查出许多旧例来，任凤姐儿拣择施行；³ 如今她藐视李纨老实，探春是年轻的姑娘，所以只说出这一句话来，试她二人有何主见。探春便问李纨，李纨想了一想，便道："前儿袭人的妈死了，听见说赏银四十两，这也赏她四十两罢了。"⁴ 吴新登家的听了，忙答应了"是"，接了对牌就走。探春道："你且回来。"⁵ 吴新登家的只得回来。探春道："你且别支银子。我且问你：那几年老太太屋里的几位老姨奶奶，也有家里的、也有外头的这两个分别。家里的若死了人是赏多少？外头的死了人是赏多少？你且说两个我们听听。"⁶

　　一问，吴新登家的便都忘了，⁷ 忙陪笑回说："这也不是什么大事，赏多赏少，谁还敢争不成？"探春笑道："这话胡闹。依我说，赏一百倒好。若不按例，别说你们笑话，明儿也难见你二奶奶。"⁸ 吴新登家的笑道："既这么说，我查旧账去，此时却记不得。"探春笑道："你办事办老了的，还记不得，倒来难我们。你素日回你二奶奶，也现查去？若有这道理，凤姐姐还不算利害，也就算是宽厚了！⁹ 还不快找了来我瞧。再迟一日，不说你们粗心，反像我们没主意了。"吴新登家的满面通红，忙转身出来。众媳妇们都伸舌头，¹⁰ 这里又回别的事。

　　一时吴家的取了旧账来。探春看时，两个家里的赏过皆是二十两，两个外头的皆赏过四十两。外还有两个外头的，一个赏过一百两，一个赏过六十两。这两笔底下皆有原故：一个是隔省迁父母之柩，外赏六十两；一个是现买

1. 管得严，总不免有抱怨。比得恰好。

2. 考验探春办事能力的大好时机到了。

3. 可恶！此媳妇是个惯于仗势欺人、有心机难对付的角色。

4. 管家办事与平日待人不同，得依照规矩处置，做不得老好人，老实人不知其中的弊害。

5. 探春精细。

6. 一问便抓到要害。

7. 不是真忘了，是装的。

8. 驳得好，尤妙在笑着说。全在理正，不在色厉。

9. 好探春！一句"倒来难我们"，直剖刁奴险心。

10. 也尝尝玫瑰花刺的厉害。

————————————
① 巡海夜叉、镇山太岁——对严于职守的管事者的怨称，比之为海中巡逻的恶鬼、山间守卫的凶神。

葬地，外赏二十两。探春便递与李纨看了。探春便说："给她二十两银子。把这账留下，我们细看看。"吴新登家的去了。

忽见赵姨娘进来，[1]李纨、探春忙让坐。赵姨娘开口便说道："这屋里的人都踩下我的头去还罢了。姑娘你也想一想，该替我出气才是。"一面说，一面眼泪鼻涕哭起来。探春忙道："姨娘这话说谁？我竟不解。谁踩姨娘的头？说出来，我替姨娘出气。"[2]赵姨娘道："姑娘现踩我，我告诉谁？"探春听说，忙站起来说道："我并不敢。"李纨也忙站起来劝。赵姨娘道："你们请坐下，听我说。我这屋里熬油似的熬了这么大年纪，又有你和你兄弟，这会子连袭人都不如了，我还有什么脸？连你也没脸面，别说我了！"[3]

探春笑道："原来为这个。我说我并不敢犯法违理。"一面便坐了，拿账翻与赵姨娘看，又念与她听，又说道："这是祖宗手里旧规矩，人人都依着，偏我改了不成？[4]也不但袭人，将来环儿收了外头的，自然也是同袭人一样。这原不是什么争大争小的事，讲不到有脸没脸的话上。她是太太的奴才，我是按着旧规矩办。说办得好，领祖宗的恩典、太太的恩典；若说办得不均，那是她糊涂不知福，也只好凭她抱怨去。太太连房子赏了人，我有什么有脸之处；一文不赏，我也没什么没脸之处。依我说，太太不在家，姨娘安静些养神罢了，何苦只要操心？太太满心疼我，因姨娘每每生事，几次寒心。我但凡是个男人，可以出得去，我必早走了，立一番事业，那时自有我一番道理。[5]偏我是女孩儿家，一句多话也没有我乱说的。太太满心里都知道。如今因看重我，才叫我照管家务。还没有做一件好事，姨娘倒先来作践我。倘或太太知道了，怕我为难，不叫我管，那才正经没脸，连姨娘也真没脸！"[6]一面说，一面不禁滚下泪来。

赵姨娘没了别话答对，便说道："太太疼你，你越发该拉扯拉扯我们。你只顾讨太太的疼，就把我们忘了。"探春道："我怎么忘了？叫我怎么拉扯？这也问他们各人，哪一个主子不疼出力得用的人？哪一个好人用人拉扯的？"李纨在旁只管劝说："姨娘别生气。也怨不得姑娘，她满心里有拉扯，口里怎么说得出来。"[7]探春忙道："大嫂子也糊涂了。我拉扯谁？谁家姑娘们拉扯奴才了？[8]他们的好歹，你们该知道，与我什么相干！"赵姨娘气得问道："谁叫你拉扯别

1. 不用问，是吴新登家的挑唆来的。

2. 哪里是真的不解，对自己所行有信心，所以说话神闲气定。

3. 是赵姨娘口气，必是似是而非的攀比。

4. 这是块大牌，并非说改就可以改掉的。

5. 羡慕男人能建功立业，做一番大事，写"才自精明"的探春虽有大志，却受性别限制的心态是真实的。但其中也有作者对有才干、有抱负而受其他条件限制，只能屈居下位，不得酬志的男子汉的感慨寄托在。

6. 这一层是真的担心。

7. 好心人未必能说妥当话。此一说岂非火上浇油。

8. 被激出来的话。若不理解在宗法制统治下大家庭的等级观念是怎么回事，可能以为探春太不近人情，甚至可责其缺乏人性。可是那个时代的人，包括作者在内却未必是这么看的。

人去了？你不当家，我也不来问你。你如今现说一是一，说二是二。如今你舅舅死了，你多给了二三十两银子，难道太太就不依你？[1]分明太太是好太太，都是你们尖酸刻薄，可惜太太有恩无处使。姑娘放心，这也使不着你的银子。明儿等出了阁，我还想你额外照看赵家呢！如今没有长羽毛，就忘了根本，只拣高枝儿飞去了！"[2]

探春没听完，已气得脸白气噎，抽抽咽咽地一面哭一面问道："谁是我舅舅？我舅舅年下才升了九省检点，哪里又跑出一个舅舅来？[3]我倒素习按理尊敬，越发敬出这些亲戚来了。既这么说，环儿出去，为什么赵国基又站起来，又跟他上学？为什么不拿出舅舅的款来？何苦来，谁不知道我是姨娘养的！必要过两三个月寻出由头来，彻底来翻腾一阵，生怕人不知道，故意地表白表白。也不知谁给谁没脸？幸亏我还明白，但凡糊涂不知理的，早急了！"李纨急得只管劝，赵姨娘只管还唠叨。

忽听有人说："二奶奶打发平姑娘说话来了。"[4]赵姨娘听说，方把口止住。只见平儿走进来，赵姨娘忙陪笑让坐，又忙问："你奶奶好些？我正要瞧去，就只没得空儿。"李纨见平儿进来，因问她："来做什么？"平儿笑道："奶奶说，赵姨奶奶的兄弟没了，恐怕奶奶和姑娘不知有旧例。若照常例，只得二十两。如今请姑娘裁夺着，再添些也使得。"[5]探春早已拭去泪痕，忙说道："又好好的添什么？谁又是二十四个月养下来的？不然，也是那出兵放马、背着主子逃出命来过的人不成？[6]你主子真个倒巧，叫我开了例，她做好人，拿着太太不心疼的钱，乐得做人情。你告诉她，我不敢添减，混出主意。她添她施恩，等她好了出来，爱怎么添，添了去。"[7]平儿一来时，已明白了对半，今听这一番话，越发会意。见探春有怒色，便不敢以往日喜乐之时相待，只一边垂手默侍。[8]

时值宝钗也从上房中来，探春等忙起身让坐。未及开言，又有一个媳妇进来回事。因探春才哭了，便有三四个小丫鬟捧了沐盆、巾帕、靶镜等物来。此时探春因盘膝坐在矮板榻上，那捧盆的丫鬟走至跟前，便双膝跪下，高捧沐盆。那两个小丫鬟也都在旁屈膝捧着巾帕并靶镜脂粉之饰。平儿见待书不在这里，便忙上来与探春挽袖卸镯，又接过一条大手巾来，将探春面前衣襟掩了。探春方伸手向面盆中盥沐。那媳妇便回道："回奶奶、姑娘，家学里支

1. 不将两种观念的冲突写到极致，不肯罢休。"舅舅"二字又成了交集点。

2. 赵姨娘的观念，处处照顾赵家才算不忘本。

3. 两个"舅舅"，一则承认，一则否认；一则为荣，一则为耻，全由主奴而非血缘关系决定。这自然是一种扭曲。但这就是封建社会。

4. 早有预料。

5. 将球踢给探春。

6. 想测试一下探春，没门儿，两句话就顶回去了。"不然"之后，指在贾府有特殊身份的世代老仆焦大，与以前情节对上榫。"出兵放马，背着主子逃出命来"，取近百年前作者祖上有过的真事为素材。

7. 毫不客气，将球踢回给凤姐。

8. 亦善解人意者，察言观色，只做识时务人。

环爷和兰哥儿的一年公费。"平儿先道："你忙什么！你睁着眼看见姑娘洗脸，你不出去伺候着，先说话来。二奶奶跟前，你也这么没眼色来着？姑娘虽然恩宽，我去回了二奶奶，只说你们眼里都没姑娘，你们都吃了亏，可别怨我！"[1] 唬得那个媳妇忙陪笑说道："我粗心了。"一面说，一面忙退出去。

　　探春一面匀脸，一面向平儿冷笑道："你迟了一步，还有可笑的：连吴姐姐这么个办老了事的，也不查清楚了，就来混我们。幸亏我们问她，她竟有脸说忘了。[2] 我说她回你主子事也忘了再找去？我料着你那主子未必有耐性儿等她去找。"平儿忙笑道："她有这一次，管包腿上的筋早折了两根。姑娘别信她们。那是她们瞅着大奶奶是个菩萨，姑娘又是个腼腆小姐，固然是托懒来混。"说着，又向门外说道："你们只管撒野，等奶奶大安了，咱们再说。"[3] 门外的众媳妇都笑道："姑娘，你是个最明白的人，俗语说，'一人作罪一人当'，我们并不敢欺蔽小姐。如今小姐是娇客①，若认真惹恼了，死无葬身之地。"平儿冷笑道："你们明白就好了。"又陪笑向探春道："姑娘知道二奶奶本来事多，哪里照看得这些，保不住不忽略。俗语说，'旁观者清'，这几年姑娘冷眼看着，或有该添该减的去处，二奶奶没行到，姑娘竟一添减：[4] 头一件，于太太的事有益；第二件，也不枉姑娘待我们奶奶的情义了。"话未说完，宝钗、李纨皆笑道："好丫头，真怨不得凤丫头偏疼她！本来无可添减的事，如今听你一说，倒要找出两件来斟酌斟酌，不辜负你这话。"探春笑道："我一肚子气，没人煞性子，正要拿她奶奶出气去，偏她碰了来，说了这些话，叫我也没了主意了。"一面说，一面叫进方才那媳妇来问："环爷和兰哥儿家学里这一年的银子，是做哪一项用的？"那媳妇便回说："一年学里吃点心或者买纸笔，每位有八两银子的使用。"探春道："凡爷们的使用，都是各屋里领了月钱的。环哥的是姨娘领二两，宝玉的是老太太屋里袭人领二两，兰哥儿的是大奶奶屋里领。怎么学里每人又多这八两？原来上学去的，是为这八两银子！从今儿起把这一项蠲了。[5] 平儿回去告诉你奶奶，说我的话，把这一条务必免了。"平儿笑道："早就该免。旧年奶奶原说要免的，因年下忙，就忘了。"

──────────────

　　① 娇客——通常多指女婿，亦指家中未婚的小姐，此即指探春。

1. 平儿也是好角色，眼前就为探春立威。

2. 愤犹未平。前日"倒来难我们"，此日"就来混我们"，说来都是刺。

3. 有这样的护法使者，还怕镇不住小鬼？"菩萨""腼腆小姐"，措辞也妙。

4. 定是凤姐授意的，即便不是，也必是深知主子心意而言；竭力给探春撑腰、松绑，支持她大胆做主，放手去干。

5. 既言可添减，便先蠲免家学费用一项，有利无弊，说了就做，探春的改革，迈出了第一步。

那个媳妇只得答应着去了。就有大观园中媳妇捧了饭盒来，待书、素云早已抬过一张小饭桌来，平儿也忙着上菜。探春笑道："你说完了话，干你的去罢，在这里又忙什么？"平儿笑道："我原没事的，二奶奶打发了我来，一则说话，二则恐这里人不方便，原是叫我帮着妹妹们服侍奶奶、姑娘的。"探春因问："宝姑娘的饭怎么不端来一处吃？"丫鬟们听说，忙出至檐外，命媳妇去说："宝姑娘如今在厅上一处吃，叫她们把饭送了这里来。"探春听说，便高声说道：<u>"你别混支使人！那都是办大事的管家娘子们，你们支使她要饭要茶的，连个高低都不知道！</u>[1] 平儿这里站着，你叫叫去。"

平儿忙答应了一声出来。那些媳妇们都忙悄悄地拉住笑道："哪里用姑娘去叫，我们已有人叫去了。"一面说，<u>一面用手帕掸石矶上说："姑娘站了半天乏了，这太阳影里且歇歇。"</u>平儿便坐下。又有茶房里的两个婆子拿了个坐褥铺下，说："石头冷，这是极干净的，姑娘将就坐一坐罢。"平儿忙陪笑道："多谢。"一个又捧了一碗精致新茶出来，[2] 也悄悄笑说："这不是我们常用的茶，原是伺候姑娘们的，姑娘且润一润罢。"平儿忙欠身接了，因指众媳妇悄悄说道："你们太闹得不像了。她是个姑娘家，不肯发威动怒，这是她尊重，你们就藐视欺负她。<u>果然招她动了大气，不过说她一个粗糙就完了，你们就现吃不了的亏！</u>[3] 她撒个娇，太太也得让她一二分，二奶奶也不敢怎样。你们就这么大胆子小看她，可是鸡蛋往石头上碰。"众人都忙道："我们何尝敢大胆了，都是赵姨奶奶闹的。"平儿也悄悄地说："罢了，好奶奶们，'墙倒众人推'，那赵姨奶奶原有些到三不着两的，有了事就都赖她。<u>你们素日那眼里没人，心术利害，我这几年难道还不知道？二奶奶若是略差一点儿的，早被你们这些奶奶治倒了。</u>[4] 饶这么着，得一点空儿，还要难她一难，好几次没落了你们的口声①。众人都道她利害，你们都怕她，惟我知道她心里也就不算不怕你们呢。前儿我们还议论到这里，再不能依头顺尾，必有两场气生。<u>那三姑娘虽是个姑娘，你们都横看②了她。二奶奶在这些大姑子、小姑子里头，也就只单畏她五分。</u>[5] 你们这会子倒

_____

①　口声——口实，话柄。
②　横看——小看，轻视；犹俗话"把人看扁了"。

1. 探春治家精明处，恩威并用，此语为安抚众媳妇也，故高声说。

2. 众媳妇婆子只怕连累自己，连忙都来巴结平儿。

3. 劝媳妇们快快收敛，要权衡得失，知所进退。

4. 不能全赖赵姨娘，说得在理。必道破众媳妇眼里没人，心术厉害，才便于管束辖治。

5. 一再为三姑娘树威信，要她们掂掂自己的分量，比起二奶奶来如何？

不把她放在眼里了！"

　　正说着，只见秋纹走来，众媳妇忙赶着问好，又说："姑娘也且歇一歇，里头摆饭呢。等撤下饭桌子来，再回话去。"秋纹笑道："我比不得你们，我哪里等得。"说着，便直要上厅去。平儿忙叫："快回来！"¹秋纹回头，见了平儿，笑道："你又在这里充什么外围的防护？"一面回身便坐在平儿褥上。平儿悄问："回什么？"秋纹道："问一问宝玉的月银，我们的月钱，多早晚才领。"平儿道："这什么大事！你快回去告诉袭人，说我的话，凭有什么事，今儿都别回。若回一件，管驳一件；回一百件，管驳一百件。"²秋纹听了，忙问："这是为什么了？"平儿与众媳妇等都忙告诉她原故，又说："正要找几件利害事与有体面的人来开例，作法子镇压，与众人作榜样呢。何苦你们先来碰在这钉子上！³你这一去说了，她们若拿你们也作一二件榜样，又碍着老太太、太太；若不拿着你们作一二件，人家又说偏一个向一个，仗着老太太、太太威势的就怕，也不敢动，只拿着软的作鼻子头①。你听听罢，二奶奶的事，她还要驳两件，才压得众人口声呢。"秋纹听了，伸舌笑道："幸而平姐姐在这里，没的臊一鼻子灰。我趁早知会她们去。"说着，便起身走了。

　　接着宝钗的饭至，平儿忙进来服侍。那时赵姨娘已去，三人在板床上吃饭。宝钗面南，探春面西，李纨面东。众媳妇皆在廊下静候，里头只有她们紧跟常侍的丫鬟伺候，别人一概不敢擅入。这些媳妇们都悄悄地议论说："大家省事罢，别安着没良心的主意。连吴大娘才都讨了没意思，咱们又是什么有脸的！"⁴她们一边悄议，等饭完回事。只觉里面鸦雀无声，并不闻碗箸之声。一时，只见一个丫鬟将帘栊高揭，又有两个将桌抬出。茶房内早有三个丫头捧着三沐盆水，见饭桌已出，三人便进去了。一会又捧出沐盆并漱盂来，方有待书、素云、莺儿三个每人用茶盘捧了三盖碗茶进去。一时等她三人出来，待书命小丫头子："好生伺候着，我们吃了饭来换你们，可又别偷坐着去。"众媳妇们方慢慢地一个一个地安分回事，不敢如先前轻慢疏忽了。

　　探春气方渐平，因向平儿道："我有一件大事，早要和你奶奶商议，如今可巧想起来。你吃了饭快来。宝姑娘也

1. 拦得是。

2. 平儿见机快，不愿见宝玉、袭人屋里人来碰钉子。

3. 难得她深知探春的用心，正要拿有体面的人开刀来作榜样。平儿的见识也是在凤姐身边修炼出来的，只是心地善良平和罢了。

4. 一场纷争，总算见到实效了。

————————————

　　① 作鼻子头——当作开例的人。

在这里，咱们四个人商议了，再细细问你奶奶可行可止。"平儿答应回去。

　　凤姐因问："为何去这一日？"平儿便笑着将方才的原故细细说与她听了。凤姐儿笑道："好，好，好，好个三姑娘！我说她不错。<u>只可惜她命薄，没托生在太太肚里。"平儿笑道："奶奶也说糊涂话了。她便不是太太养的，难道谁敢小看她，不与别的一样看了？"凤姐儿叹道："你哪里知道，虽然庶出一样，女儿却比不得男人，将来攀亲时，如今有一种轻狂人，先要打听姑娘是正出是庶出，多有为庶出不要的。殊不知别说庶出，便是我们的丫头，比人家的小姐还强呢。将来不知哪个没造化的，挑庶正误了事呢；也不知哪个有造化的，不挑庶正的得了去。"说着，又向平儿笑道："你知道我这几年生了多少省俭的法子，一家子大约也没个不背地里恨我的。我如今也是骑上老虎了。虽然看破些，无奈一时也难宽放。<u>二则家里出去的多，进来的少：</u>凡百大小事仍是照着老祖宗手里的规矩，却一年进的产业又不及先时。多省俭了，外人又笑话，老太太、太太也受委屈，家下人也抱怨刻薄；若不趁早儿料理省俭之计，再几年就都赔尽了。"

　　平儿道："可不是这话！将来还有三四位姑娘，还有两三个小爷，一位老太太，这几件大事未完呢。"凤姐儿笑道："我也虑到这里。倒也够了：<u>宝玉和林妹妹，他两个一娶一嫁，可以使不着官中的钱，老太太自有梯己拿出来。</u>二姑娘是大老爷那边的，也不算。剩了三四个，满破着每人花上一万银子。环哥娶亲有限，花上三千两银子，不拘哪里省一抿子①也就够了。老太太的事出来，一应都是全了的，不过零星杂项，便费也满破三五千两。如今再俭省些，陆续也当就够了。<u>只怕如今平空再生出一两件事来，可就了不得了。</u>咱们且别虑后事，你且吃了饭，快听她商议什么。这正碰了我的机会，我正愁没个膀臂。虽有个宝玉，他又不是这里头的货，纵收伏了他，也不中用。大奶奶是个佛爷，也不中用。二姑娘更不中用，亦且不是这屋里的人。四姑娘小呢。兰小子更小。环儿更是个燎毛的小冻猫子，只等有热灶火炕让他钻去罢。真真一个娘肚子里跑出这样天悬地隔的两个人来，我想

1. 巨眼识英雄，被凤姐连声夸好不容易。

2. 此评书人所以听出有清凉意味的"羽调商声"也。盛极而衰，入不敷出，贾府开始走下坡路了。

3. 管家人开始算经济总账了。宝黛二人将来，在其心目中似已有配成一对的预计。

4. 怕出事说不准真会出事。又算算能替代自己来治家操持诸务者，除了探春外，竟再也找不出一个来。

―――――――――――――――――――――

　　①　一抿子――一点点。抿子，原是刷头发的小刷子，蘸发油极少，故用以说量少。

到这里就不服。再者林丫头和宝姑娘她两个倒好，偏又都是亲戚，又不好管咱家务事。况且一个是美人灯儿，风吹吹就坏了；一个是拿定了主意，'不干己事不张口，一问摇头三不知'，也难十分去问她。[1] 倒只剩了三姑娘一个，心里嘴里都也来得，又是咱家的正人，太太又疼她，虽然面上淡淡的，皆因是赵姨娘那老东西闹的，心里却是和宝玉一样呢。比不得环儿，实在令人难疼，要依我的性子，早撵出去了。如今她既有这主意，正该和她协同，大家做个膀臂，我也不孤不独了。[2] 按正理，天理良心上论，咱们有她这一个人帮着，咱们也省些心，于太太的事也有些益。若按私心藏奸上论，我也太行毒了，也该抽头退步，回头看看了；再要穷追苦克，人恨极了，暗地里笑里藏刀，咱们两个才四个眼睛、两个心，一时不防，倒弄坏了。[3] 趁着紧溜①之中，她出头一料理，众人就把往日咱们的恨暂可解了。还有一件，我虽知你极明白，恐怕你心里挽不过来，如今嘱咐你：她虽是姑娘家，心里却事事明白，不过是言语谨慎。她又比我知书识字，更利害一层。如今俗语说，'擒贼必先擒王'，她如今要作法开端，一定是先拿我开端。倘或她要驳我的事，你可别分辩，你只越恭敬，越说驳得是才好。千万别想着怕我没脸，和她一犟，就不好了。"[4]

平儿不等说完，便笑道："你太把人看糊涂了。我才已经行在先，这会子又反嘱咐我。"凤姐儿笑道："我是恐怕你心里眼里只有了我，一概没有别人之故，不得不嘱咐；既已行在先，更比我明白了。你又急了，满口里'你''我'起来。"平儿道："偏说'你'！你不依，这不是嘴巴子，再打一顿。难道这脸上还没尝过的不成！"凤姐儿笑道："你这小蹄子，要掂多少过子②才罢？看我病得这样，还来怄我！过来坐下，横竖没人来，咱们一处吃饭是正经。"[5]

说着，丰儿等三四个小丫头子进来放小炕桌。凤姐只吃燕窝粥，两碟子精致小菜，每日份例菜已暂减去。丰儿便将平儿的四样份例菜端至桌上，与平儿盛了饭来。平儿屈一膝于炕沿之上，半身犹立于炕下，陪着凤姐儿吃了饭，服侍漱盥。[6] 漱毕，嘱咐了丰儿些话，方往探春处来。只见院中寂静，人已散出。要知端的，〔下回分解。〕

1. 自是阿凤口中对林、薛二位的形容。

2. 唯一可依靠之人。为支持大厦不倾，凤姐可谓用心矣！阿凤有才处全在择人，收纳膀臂羽翼，并非一味倚才自恃者可知。这方是大才。（庚）

3. 怃然自惝。奈何无力挽回颓势！

4. 主子与丫头想得一样，不待教而先行矣。

5. 态度亲切。凤姐之才又在能买邀人心。（己）

6. 写平儿领主子之情如此。

---

① 紧溜——紧要关头，也说成"紧留子"。
② 掂多少过子——翻腾多少遍；抓住话柄，反复说个没完。

【总评】

　　年事刚忙完，凤姐便小产了；一个月后，又添崩漏之症，服药调养到八九月间，才得以恢复。这期间，当家的事王夫人暂请李纨协理；但怕她太厚道，管不住下人，又命探春合同裁处，后来还再请宝钗也来帮着照看。三驾马车共同管家，并不比凤姐当权时稍有懈怠；故有"刚刚的倒了一个'巡海夜叉'，又添了三个'镇山太岁'"的议论。当然，在这三人中，真正起关键作用的是探春，本回就着重表现她精明的治家才干。

　　头一件碰上的就是吴新登的媳妇来回："赵姨娘的兄弟赵国基昨日死了。"吴家媳妇藐视李纨老实、探春年轻，存心要测试她们办事的主见，故静观不语。若有处置不当，"不但不畏服，一出二门，还要编出许多笑话来取笑"。回目中说的"欺幼主"的"刁奴"，就是指这类奴婢。李纨果然宽厚，想援引袭人丧母之例赏银四十两了事，被探春拦阻，反问吴家媳妇从前赏家里家外人的旧例。媳妇想以"记不得"来搪塞，遭到严词训斥，不得已取来旧账给探春看，探春便按规定只赏二十两。

　　大概受吴家媳妇的挑唆，"愚妾"赵姨娘接着便进来哭闹，说是探春踩了她的头，"连袭人都不如了"，等等，探春毫不怯让，口角锋芒，对其生母的种种丑语一一予以驳回。她完全按"祖宗手里旧规矩"办事，所以有恃无恐；又以封建宗法统治的贵族大家庭中的主奴关系定亲疏，其说法在当时也难找出漏洞来。她的话中有"谁又是二十四个月养下来的？不然，也是那出兵放马、背着主子逃出命来过的人不成？"这后一句又像是作者在不知不觉中点其军功起家的祖先曾经历过的事。

　　又有个媳妇来，为的是"家学里支环爷和兰哥儿的一年公费"，每人八两银子。探春问清用途，说是"凡爷们的使用，都是各屋里领了月钱的"，"从今儿起把这一项蠲（免除）了"。敢作敢当，真有杀伐决断的才干。

　　平儿悄悄跟众媳妇说，要她们别小看了三姑娘，否则是"鸡蛋往石头上碰"。秋纹走来，要问宝玉的月银和她们的月钱何时领，被平儿拦住，为她细析了情势，以免她去碰钉子。这是用侧笔写探春。

　　最后平儿回去告诉凤姐，凤姐连赞"好，好，好！好个三姑娘！我说她不错"，还嘱咐平儿"她如今要作法开端，一定是先拿我开端，倘或她要驳我的事，你可别分辩，你只越恭敬，越说驳得是才好"。知己知彼，一击两鸣，将凤姐与探春都写足了。凤姐评说诸钗之言，可谓语语中的。说宝黛"一娶一嫁，可以使不着官中的钱，老太太自有梯己拿出来"，似已认定他们将来必是一对配偶。

第 五 十 六 回
敏探春兴利除宿弊　时宝钗小惠全大体

【题解】

　　本回回目诸本差异只在上下句头一字。此用己卯、庚辰本。蒙府、戚序、杨藏、卞藏本"时宝钗"作"识宝钗"；甲辰、程高本作"贤宝钗"，均系后改。列藏本原抄同己、庚本，但"敏"被点改作"贾"，"时"被点改作"薛"。"时"是能随时俯仰、合乎时宜之意。回目是继上回情节，写敏智过人的探春对荣国府存在已久的弊端加以革除；宝钗参与其中，颇识时务，在改革大观园管理办法时，能照顾多方利益，给各处婢仆下人以一定的好处，既赢得众人好感，又不失贵族大家庭的传统。

　　话说平儿陪着凤姐儿吃了饭，服侍盥漱毕，方往探春处来。只见院中寂静，只有丫鬟、婆子、诸内壶①近人在窗外听候。

　　平儿进入厅中，她姊妹三人正议论些家务，说的便是年内赖大家请吃酒，他家花园中事故。见她来了，探春便命她脚踏上坐了，因说道："我想的事不为别的，<u>因想着我们一月有二两月银外，丫头们又另有月钱。前儿又有人回，要我们一月所用的头油脂粉，每人又是二两。这又同才刚学里的八两一样，重重叠叠，事虽小，钱有限，看起来也不妥当。你奶奶怎么就没想到这个？</u>"[1]

　　平儿笑道："这有个原故：姑娘们所用的这些东西，自然是该有份例。每月买办买了，令女人们各房交与我们收管，不过预备姑娘们使用就罢了；没有个我们天天各人拿着钱找人买头油又是脂粉去的理。所以外头买办总领了去，按月使女人按房交与我们的。<u>姑娘们的每月这二两，原不是为买这些的，[2]</u>原为的是一时当家的奶奶、太太或不在，或不得闲，姑娘们偶然一时可巧要几个钱使，省得找人去。这是恐怕姑娘们受委屈，可知这个钱并不是买这个

1. 议论到的头一件事：姑娘、丫头都领月钱外，又有脂粉钱，以为重复了。此事尚小，后面还有一件关系大的。

2. 月钱原是零花钱，非专为买脂粉而有。

---

　　① 内壶（kǔn捆）——内室。

才有的。如今我冷眼看着，各房里的我们的姊妹都是现拿钱买这些东西的竟有一半。我就疑惑，不是买办脱了空，迟些日子，就是买的不是正经货，弄些使不得的东西来搪塞。"[1] 探春、李纨都笑道："你也留心看出来了。脱空是没有的，也不敢，只是迟些日子，催急了，不知哪里弄些来，不过是个名儿，其实使不得，依然得现买。就用这二两银子，另叫别人的奶妈子的或是弟兄哥哥的儿子买了来，才使得。若使了官中的人，依然是那一样的。不知他们是什么法子，是铺子里坏了不要的，他们都弄了来，单预备给我们。"平儿笑道："买办买的是那样的，他买了好的来，买办岂肯和他善开交，又说他使坏心，要夺这买办了，所以他们也只得如此。宁可得罪了里头，不肯得罪了外头办事的人。[2] 姑娘们只宁可使奶妈子们，他们也就不敢闲话了。"探春道："因此我心中不自在。钱费两起，东西又白丢一半，通算起来，反费了两折子，不如竟把买办的每月蠲了为是。[3] 此是一件事。第二件，年里往赖大家去，你也去的，你看他那小园子，比咱们这个如何？"平儿笑道："还没有咱们这一半大，树木花草也少多了。"探春道："我因和他家女儿说闲话儿。谁知那么个园子，除他们戴的花、吃的笋菜鱼虾之外，一年还有人包了去，年终足有二百两银子剩。[4] 从那日，我才知道，一个破荷叶，一根枯草根子，都是值钱的。"

宝钗笑道："真真膏粱纨袴之谈。虽是千金小姐原不知这事，但你们都念过书，识字的，竟没看见朱夫子有一篇《不自弃》文①不成？"探春笑道："虽也看过，不过是勉人自励，虚比浮词，哪里都真有的？"宝钗道："朱子都有虚比浮词？那句句都是有的。你才办了两天时事，就利欲熏心，把朱子都看虚浮了。你再出去，见了那些利弊大事，越发把孔子也看虚了！"[5] 探春笑道："你这样一个通人，竟没看见《姬子》书？②当日姬子有云：'登利禄之场，处运筹之界者，窃尧舜之词，背孔孟之道……'"宝钗笑道："底下一句呢？"探春笑

1. 由平儿说出让买办总领银子买采的弊端所在，可见并非不知情。集体采购，往往犯这个毛病。

2. 都只怕挡了人家财路而得罪人。

3. 此举除弊有之：买办得不到油水了；兴利则只有能为贾府节省开支，姑娘丫头们却也并未因此受益。光做只减不添的事，恐难得到众人拥护。

4. 这一项关系较大，却是先着眼于获利。

5. 虽是说笑，却也不无微词，尤其是探春不敬朱熹之言，此正宝钗奉为圭臬者。

---

① 《不自弃》文——见南宋朱熹《朱子文集大全类编》卷二十一"庭训"。大旨说，世间万物，即如顽石、蝮蛇、人粪、草灰……也都是有用的，人更不应该自暴自弃，怨天尤人，当继承祖德，造福子孙，成就事业。或谓此文非出自朱熹，乃托名之作。

② 你这样一个通人，竟没看见《姬子》书——通人，学识渊博、贯通古今的人。姬子，当是作者虚拟的书名、人名，所引之言，也应是杜撰。姬，本为周之国姓。"姬子书"，己卯、庚辰、列藏、梦稿本均作"子书"，"没看见子书"语言不合理。蒙府本旁添"姬"字，今从甲辰、程高本。

道："如今只断章取义。念出底下一句，我自己骂我自己不成？"
宝钗道："天下没有不可用的东西，既可用，便值钱。难为你
是个聪敏人，这些正事、大节目事竟没经历，也可惜迟了。"¹
李纨笑道："叫了人家来，不说正事，你们且对讲学问！"宝
钗道："学问中便是正事。此刻于小事上用学问一提，那小事
越发作高一层了。²不拿学问提着，便都流入市俗去了。"

　　三人自是取笑之谈，说笑了一回，便仍谈正事。³探春又
接着说道："咱们这园子只算比他们的多一半，加一倍算，一
年就有四百银子的利息。若此时也出脱^①生发银子，自然小
器，不是咱们这样人家的事。若不派出两个一定的人来，既
有许多值钱之物，一味任人作践，也似乎暴殄天物^②。不如
在园子里所有的老妈妈中，拣出几个本分老诚，能知园圃事
的，准派她们收拾料理，也不必要她们交租纳税，只问她们
一年可以孝敬些什么。⁴一则园子有专定之人修理，花木自然
一年好似一年的，也不用临时忙乱。二则也不至作践，白辜
负了东西。三则老妈妈们也可借此小补，不枉年日在园中辛
苦。四则亦可以省了这些花儿匠、山子匠并打扫人等的工费。
将此有余以补不足，未为不可。"宝钗正在地下看壁上的字画，
听如此说一则，便点一回头，说完，便笑道："善哉，三年之
内无饥馑矣^③！"⁵李纨笑道："好主意。这果一行，太太必喜
欢。省钱事小，第一有人打扫，专司其职，又许她们去卖钱。
使之以权，动之以利，再无不尽职的了。"平儿道："这件事
须得姑娘说出来。我们奶奶虽有此心，也未必好出口。此刻
姑娘们在园里住着，不能多弄些玩意儿去陪衬，反叫人去监
管修理，图省钱，这话断不好出口。"

　　宝钗忙走过来，摸着她的脸笑道："你张开嘴，我瞧瞧你
的牙齿、舌头是什么做的。从早起来到这会子，你说了这些话，
一套一个样子。⁶也不奉承三姑娘，也没见说你奶奶才短想不
到，也并没有三姑娘说一句你就说一句是。横竖三姑娘一套
话出来，你就有一套话进去。总是三姑娘想得到的，你奶奶
也想到了，只是必有个不可办的原故。这会子又是因姑娘住
的园子，不好因省钱令人去监管。你们想想这话，若果真交
与人弄钱去的，那人自然是一枝花也不许掐，一个果子也不

1. 反点题，文法中又一变体
也。（己）意谓探春欲兴
利除弊，本是"正事、大
节目事"，反而从说她"没
经历""可惜迟了"等话
中点明。所谓"迟了"，
当叹其"生于末世"也。

2. 今之所谓上纲到理论高度
或找到理论依据。

3. 作者又用"金蝉脱壳"之
法。（己）意谓上面谈的
学问本是"正事"，现在
却又否定之，是有意不让
人抓住真实的意图。作者
恐有借此寄托政治人物实
行改革措施的可能。

4. "承包责任制"的想法初
步形成。

5. 借用儒家从政治国的经典
论述语来说笑，既写了
人，又令寄托在有意无意
之间。

6. 对口舌伶俐的平儿如此
夸法。

---

① 出脱——卖出去。
② 暴殄（tiǎn 舔）天物——任意糟蹋财物资源。
③ 三年之内无饥馑矣——这是宝钗套《论语》《孟子》中的惯用语，增加说话的诙谐。

许动了，姑娘们分中自然不敢，天天与小姑娘们就吵不清了。[1] 她这远愁近虑，不亢不卑，她奶奶便不是和咱们好，听她这一番话，也必要自愧得变好了，不和也变和了。”探春笑道：“我早起一肚子气，听她来了，忽然想起她主子来，素日当家使出来的好撒野的人，我见了她更生了气。谁知她来了，避猫鼠儿似的站了半日，怪可怜的。接着又说了那么些话，不说她主子待我好，倒说‘不枉姑娘待我们奶奶素日的情意了’。[2] 这一句话，不但没了气，我倒愧了，又伤起心来。我细想，我一个女孩儿家，自己还闹得没人疼没人顾的，我哪里还有好处去待人！”口内说到这里，不免又流下泪来。

李纨等见她说得恳切，又想她素日因赵姨娘每生诽谤，在王夫人跟前，亦为赵姨娘所累，亦都不免流下泪来，都忙劝道：“趁今日清净，大家商议两件兴利剔弊的事，也不枉太太委托一场。又提这没要紧的事做什么？”平儿忙道：“我已明白了。姑娘竟说，谁好，竟一派人，就完了。”探春道：“虽如此说，也须得回你奶奶一声。我们这里搜剔小遗，已经不当。皆因你奶奶是个明白人，我才这样行，若是糊涂多蛊多妒①的，我也不肯，倒像抓她乖一般。岂可不商议了行！”[3] 平儿笑道：“既这样，我去告诉一声。”说着去了，半日方回来，笑说：“我说是白走一趟，这样好事，奶奶岂有不依的。”

探春听了，便和李纨命人将园中所有婆子的名单要来，大家参度，大概定了几个。又将她们一齐传来，李纨大概告诉与她们。众人听了，无不愿意。也有说：“那一片竹子单交给我，一年工夫，明年又是一片。除了家里吃的笋，一年还可交些钱粮。”这一个说：“那一片稻地交给我，一年这些玩的大小雀鸟的粮食，不必动官中钱粮，我还可以交钱粮。”探春才要说话，人回：“大夫来了，进园瞧姑娘。”众婆子只得去领大夫。平儿忙说：“单你们，有一百个也不成个体统，难道没有两个管事的头脑带进大夫来？”回事的那人说：“有，吴大娘和单大娘她两个在西南角上聚锦门等着呢。”平儿听说，方罢了。

众婆子去后，探春问宝钗如何。宝钗笑答道：“幸

① 多蛊（gǔ古）多妒——动辄就猜疑、妒忌别人。

于始者怠于终，缮其辞者嗜其利①。"探春听了，点头称赞，便向册上指出几个人来与她三人看。平儿忙去取笔砚来。她三人说道："这一个老祝妈是个妥当的，¹ 况她老头子和她儿子，代代都是管打扫竹子，如今竟把这所有的竹子交与她。这一个老田妈本是种庄稼的，² 稻香村一带凡有菜蔬稻稗之类，虽是玩意儿，不必认真大治大耕，也须得她去，再一按时加些培植，岂不更好？"探春又笑道："可惜蘅芜苑和怡红院这两处大地方，竟没有出利息之物！"李纨忙笑道："蘅芜苑里更利害！如今香料铺并大市大庙卖的各色香料、香草儿，都不是这些东西？算起来，比别的利息更大。怡红院别说别的，单只说春夏天一季玫瑰花，共下多少花？还有一带篱笆上的蔷薇、月季、宝相②、金银藤，单这没要紧的花草干了，卖到茶叶铺、药铺去，也值几个钱。"探春笑道："原来如此。只是弄香草的，没有在行的人。"平儿忙笑道："跟宝姑娘的莺儿，她妈就是会弄这个的。³ 上回她还采了些晒干了，编成花篮葫芦给我玩的，姑娘倒忘了不成？"宝钗笑道："我才赞你，你倒来捉弄我了。"三人都诧异，都问："这是为何？"宝钗道："断断使不得！你们这里多少得用的人，一个一个闲着没事办，这会子我又弄个人来，叫那起人连我也看小了。我倒替你们想出一个人来：怡红院有个老叶妈，⁴ 她就是茗烟的娘。那是个诚实老人家，她又和我们莺儿的娘极好，不如把这事交与叶妈。她有不知的，不必咱们说，她就找莺儿的娘去商议了。哪怕叶妈全不管，竟交与那一个，那是她们私情儿，有人说闲话，也就怨不到咱们身上了。⁵ 如此一行，你们办得又至公，于事又甚妥。"李纨、平儿都道："是极。"⁶ 探春笑道："虽如此，只怕她们见利忘义。"⁷ 平儿笑道："不相干，前儿莺儿还认了叶妈做干娘，请吃饭吃酒，两家和厚得好得很呢。"⁸ 探春听了，方罢了。又共同斟酌出几人来，俱是她四人素习冷眼取中的，用笔圈出。

一时，婆子们来回："大夫已去。"将药方送上去，三人看了，一面遣人送出去取药，监派调服；一面探春与李纨明示诸人：某人管某处，"按四季，除家中定例用多少外，余者任凭你们采取了去取利，年终算账。"探春笑道："我又想

1. "祝"谐音"竹"，恰好派她管竹子。

2. 姓"田"的当然管庄稼，因事拟姓，便于读者记得。

3. 不能都一直这样说下去，叙述也须有曲折变化，故再派管花草的，便先由平儿推荐莺儿的妈（莺本不离花草树木），却又不被采纳。莺儿是宝钗的人，以宝钗为人处事之谨慎，能将有好处的事自己揽来吗？旁人会怎么看呢？所以必定是要避这个嫌的。

4. "叶妈"就对了，花草都有叶子；叶能成茗。

5. 想得周全，叶妈与莺儿娘极好，则有前往请教之便，而无招来闲言之虞。极妥，极妥！写宝钗之谨言慎行、深思熟虑如此。

6. 宝钗此等非与凤姐一样，此是随时俯仰，彼则逸才瑜蹈也。（己）此批合回目赠宝钗"时"字。

7. 这是探春敏智过人处，此讽亦不可少。（己）此批点回目赠探春"敏"字。

8. 夹写大观园中多少儿女家常闲景，此亦补前文之不足也。（己）

---

①　幸于始者怠于终，缮其辞者嗜其利——事情开始时感到庆幸的人到最后往往就不想干了；嘴上爱说漂亮话的人总是一味想从中得到好处。缮，修饰。

②　宝相——属蔷薇科的花。

起一件事：若年终算账归钱时，自然归到账房，仍是上头又添一层管主，还在他们手心里，又剥一层皮。[1]这如今我们兴出这事来，派了你们，已是跨过他们的头去了，心里有气，只说不出来。你们年终去归账，他还不捉弄你们等什么？再者，这一年间，管什么的，主子有一全份，他们就得半份。这是家里的旧例，[2]人所共知的，别的偷着的在外。如今这园子里是我的新创，竟别入他们手，每年归账，竟归到里头来才好。"宝钗笑道："依我说，里头也不用归账。[3]这个多了，那个少了，倒多了事。不如问她们谁领这一份的，她就揽一宗事去。不过是园里的人的动用。我替你们算出来了，有限的几宗事：不过是头油、胭粉、香、纸，每一位姑娘几个丫头，都是有定例的。再者，各处笤帚、撮簸、掸子，并大小禽鸟、鹿、兔吃的粮食。不过这几样，都是她们包了去，不用账房去领钱。[4]你算算，就省下多少来？"平儿笑道："这几宗虽小，一年通共算了，也省得下四百两银子。"

宝钗笑道："却又来，一年四百，二年八百两，取租的房子也能置得几间，薄地也可添几亩了。虽然还有敷余的，但她们既辛苦闹一年，也要叫她们剩些贴补贴补自家。虽是兴利节用为纲，然亦不可太啬。纵再省上二三百银子，失了大体统，也不像。[5]所以如此一行，外头账房里一年少出四五百银子，也不觉得很艰啬了，她们里头却也得些小补。这些没营生的妈妈们，也宽裕了；园子里花木，也可以每年滋长蕃盛；你们也得了可使之物。这庶几不失大体。若一味要省时，哪里不搜寻出几个钱来。凡有些余利的，一概入了官中，那时里外怨声载道，岂不失了你们这样人家的大体？如今这园里几十个老妈妈们，若只给了这几个，那剩的也必抱怨不公。[6]我才说的，她们只供给这几样，也未免太宽裕了。一年竟除这个之外，她每人不论有余无余，只叫她拿出若干贯钱来，大家凑齐，单散与这些园中的妈妈们。[7]她们虽不料理这些，却日夜也是在园中照看、当差之人，关门闭户，起早睡晚，大雨大雪，姑娘们出入，抬轿子，撑船，拉冰床①，一应粗糙活计，都是她们的差使。一年在园里辛苦到头，这园

1. 雁过拔毛的事从来都有，探春顾虑得对。

2. 管一行，捞一行的油水，还是大家庭中沿袭多年的"旧例"。切紧回目中"宿弊"二字。

3. 探春欲自己另立账户，避开账房的中间盘剥，却不如宝钗想得更妥善。

4. 至此承包制已基本确立了。

5. 着力写回目中"全大体"三字。

6. 这一层也必须考虑到，不宜厚此薄彼，犹草木之得雨露均沾。

7. 以有余补不足，是个办法。

---

①　抬轿子、拉冰床——大观园不容男子进出，故抬轿用女仆。冰床，一种在冰上可滑行的交通工具，用人力拖拉或撑杆滑行。

内既有出息，也是分内该沾带些的。¹ 还有一句至小的话，索性说破了：你们只管了自己宽裕，不分与她们些，她们虽不敢明怨，心里却都不服，只用假公济私的，多摘你们几个果子，多掐几枝花儿，你们有冤还没处诉。她们也沾带了些利息，你们有照顾不到的，她们就替你照顾了。"²

众婆子听了这个议论，又去了帐房受辖制，又不与凤姐儿去算账，一年不过多拿出若干贯钱来，各各欢喜异常，都齐声说："愿意。强如出去被他们揉搓着，还得拿出钱来呢。"那不得管地的，听了每年终又无故得分钱，也都喜欢起来，³ 口内说："她们辛苦收拾，是该剩些钱贴补的。我们怎么好'稳坐吃三注'①的？"宝钗笑道："妈妈们也别推辞了，这原是分内应当的。你们只要日夜辛苦些，别躲懒纵放人吃酒赌钱就是了。不然，我也不该管这事。你们一般听见，姨娘亲口嘱托我三五回，说大奶奶如今又不得闲儿，别的姑娘又小，托我照看照看。我若不依，分明是叫姨娘操心。我们奶奶又多病多痛，家务也忙。我原是个闲人，便是个街坊邻居，也要帮着些，何况是亲姨娘托我。我免不得去小就大，讲不起众人嫌我。倘或我只顾了小分，沽名钓誉，那时酒醉赌博，生出事来，我怎么见姨娘？⁴ 你们那时后悔也迟了，就连你们素日的老脸也都丢了。这些姑娘小姐们，这么一所大花园，都是你们照管，皆因看得你们是三四代的老妈妈，最是循规蹈矩的，原该大家齐心顾些体统。⁵ 你们反纵放别人任意吃酒赌博，姨娘听见了，教训一场犹可，倘若被那几个管家娘子听见了，她们也不用回姨娘，竟教导你们一番。你们这年老的，反受了年小的教训，虽是她们是管家，管得着你们，何如自己存些体统，她们如何得来作践？⁶ 所以我如今替你们想出这个额外的进益来，也为大家齐心，把这园里周全得谨谨慎慎，使那些有权执事的看见这般严肃谨慎，且不用她们操心，她们心里岂不敬服？也不枉替你们筹画进益，既能夺得她们之权，生你们之利，岂不行无为之治，分她们之忧？⁷ 你们去细想想这话。"众人都欢声鼎沸说："姑娘说得很是。从此姑娘、奶奶只管放心，姑娘、奶奶这样疼顾我们，我们再要不体上情，天地也不容了！"⁸

1. 说得有理。

2. 今所谓须调动方方面面的积极性。

3. 果然普遍反应良好。

4. 宝钗好开导人，先从自身说起。

5. 然后抬举老妈妈，激发其自尊自重心意。

6. 又进一层，要老妈妈们自己管好园子，不让执事者"作践"。

7. 归纳起来，尽心尽责对双方都有好处。"无为之治"，说得有意思。

8. 一番开导，收效甚好，就此结束回目所标内容，以下转写甄府来人人事。

---

① 稳坐吃三注——赌博常用语，喻不费气力而赢得钱财。三注，赌博时在天门、上门、下门三处下的赌注。

　　刚说着，只见林之孝家的进来，说："江南甄府里家眷昨日到京，今日进宫朝贺，此刻先遣人来送礼请安。"[1]说着，便将礼单送上去。探春接了，看道是："上用的妆缎蟒缎十二匹，上用杂色缎十二匹，上用各色纱十二匹，上用宫绸十二匹，官用各色缎纱绸绫二十四匹。"李纨也看过，说："用上等封儿赏他。"因又命人去回了贾母，贾母便命人叫李纨、探春、宝钗等也都过来，将礼物看了。李纨收过一边，吩咐内库上人说："等太太回来看了再收。"贾母因说："这甄家又不与别家相同。上等赏封儿赏男人。只怕展眼又打发女人来请安，预备下尺头。"一语未完，果然人回："甄府四个女人来请安。"[2]贾母听了，忙命人带进来。

　　那四个人都是四十往上年纪，穿戴之物，皆比主子不甚差别。请安问好毕，贾母便命拿了四个脚踏来。她四人谢了坐，待宝钗等坐了，方都坐下。贾母便问："多早晚进京的？"四人忙起身回说："昨日进的京，今日太太带了姑娘进宫请安去了，故令女人们来请安，问候姑娘们。"贾母笑问道："这些年没进京，也不想到今年来。"四人也都笑回道："正是，今年是奉旨进京的。"贾母问道："家眷都来了？"四人回说："老太太和哥儿、两位小姐并别位太太都没来，就只太太带了三姑娘来了。"贾母道："有人家没有？"四人道："尚没有。"贾母笑道："你们大姑娘和二姑娘，这两家都和我们家甚好。"四人笑道："正是。每年姑娘们有信回去说，全亏府上照看。"贾母笑道："什么照看，原是世交，又是老亲，[3]原应当的。你们二姑娘更好，更不自尊自大，所以我们才走得亲密。"四人笑道："这是老太太过谦了。"贾母又问："你这哥儿也跟着你们老太太？"四人回说："也是跟着老太太。"贾母道："几岁了？"又问："上学不曾？"四人笑说："今年十三岁。因长得齐整，老太太很疼，自幼淘气异常，天天逃学，老爷、太太也不便十分管教。"[4]贾母笑道："也不成了我们家的了！你这哥儿叫什么名字？"四人道："因老太太当作宝贝一样，他又生得白，老太太便叫作宝玉。"[5]贾母笑向李纨等道："偏也叫个宝玉。"李纨等忙欠身笑道："从古至今，同时隔代，重名的很多。"四人也笑道："起了这小名儿之后，我们上下都疑惑，不知哪位亲友家也倒似曾有一个的。只是这十来年没进京来，却记不得真了。"贾母笑道："岂

1. 写同一家事，分情况相同的甄与贾两家来叙述，不但可互补，还可替代：前面大半部只写贾府，甄府如同虚设；到后半部，则有具体写甄府而贾府只用侧笔虚点的地方，尤其是宝玉其人。因为败落后的种种困苦悲惨状况，不再有诸如南巡接驾、下旨抄家、获罪枷号等惹眼的历史性独特标志，作者正不妨多用真事，选择有自身真切感受的故事来作素材。为此，必通过主角宝玉来点明甄与贾的同一性。虽然，甄宝玉的相同特点，在第二回贾雨村向冷子兴说过，但读者可能忽略或忘却，故须再次强调两个宝玉其实是一样的。以下所写皆为此目的而有。

2. 好，只用四个女人出面，才能继续保持只用虚笔的写法。

3. 岂止世交、老亲而已，原是此家即彼家。

4. 为人一样否？

5. 名字一样。

敢，就是我的孙子。人来！"众媳妇、丫头答应了一声，走近几步。贾母笑道："园里把咱们的宝玉叫了来，给这四个管家娘子瞧瞧，比他们的宝玉如何？"[1]

　　众媳妇听了，忙去了；半刻，围了宝玉进来。四人一见，忙起身笑道："唬了我们一跳。若是我们不进府来，倘若别处遇见，还只当我们的宝玉后赶着也进了京呢。"[2]一面说，一面都上来拉他的手，问长问短。宝玉忙也笑问好。贾母笑道："比你们的长得如何？"李纨等笑道："四位妈妈才一说，可知是模样相仿了。"贾母笑道："哪有这样巧事？大家子孩子们再养得娇嫩，除了脸上有残疾、十分黑丑的，大概看去都是一样的齐整。这也没有什么怪处。"四人笑道："如今看来，模样是一样。据老太太说，淘气也一样。我们看来，这位哥儿性情，却比我们的好些。"[3]贾母忙问："怎见得？"四人笑道："方才我们拉哥儿的手说话便知。我们那一个，只说我们糊涂，慢说拉手，他的东西，我们略动一动也不依。所使唤的人，都是女孩子们。"[4]四人未说完，李纨姊妹等禁不住都失声笑出来。贾母也笑道："我们这会子也打发人去见了你们宝玉，若拉他的手，他也自然勉强忍耐一时。可知你我这样人家的孩子们，凭他们有什么刁钻古怪的毛病儿，见了外人，必是要还出正经礼数来的。[5]若他不还正经礼数，也断不容他刁钻去了。就是大人溺爱的，也是他一则生得得人意，二则见人礼数，竟比大人行出来的不错，使人见了可爱可怜，背地里所以才纵他一点子。若一味他只管没里没外，不与大人争光，凭他生得怎样，也是该打死的。"四人听了，都笑说："老太太这话正是。虽然我们宝玉淘气古怪，有时见了人客，规矩礼数，更比大人有趣。所以无人见了不爱，只说'为什么还打他'。殊不知他在家里无法无天，大人想不到的话他偏会说，想不到的事他偏要行，[6]所以老爷、太太恨得无法。就是弄性，也是小孩子的常情，胡乱花费，这也是公子哥儿的常情，怕上学，也是小孩子的常情，都还治得过来。第一，天生下来这一种刁钻古怪的脾气，如何使得！"一语未了，人回："太太回来了。"王夫人进来，问过安。她四人请了安，大概说了两句，贾母便命歇歇去。王夫人亲捧过茶，方退出。四人告辞了贾母，便往王夫人处来，说了一会家

1. 口说无凭，当面验证。

2. 长相一样否？

3. 故意设两人有差别处。

4. 厌恶婆子爱女儿还是一样。

5. 贾母的话否定了媳妇说贾家宝玉性情好些的话，结果仍是一样。

6. 故有"混世魔王"之号，"行为偏僻性乖张"之评。

务，打发她们回去，不必细说。

　　这里贾母喜得逢人便告诉，也有一个宝玉，也都一般形景。众人都为天下之大，世宦之多，同名者也甚多，祖母溺爱孙儿者亦古今所有常事耳，不是什么罕事，故皆不介意。<u>独宝玉是个迂阔呆公子的心性，</u>[1]自为是那四人承悦贾母之词。后至蘅芜苑去看湘云病去，史湘云说他："你放心闹罢，先是'单丝不成线，独树不成林'，如今有了个对子，闹急了，再打狠了，你逃走到南京找那一个去。"宝玉道："哪里的谎话，你也信了，偏又有个宝玉了？"湘云道："怎么列国有个蔺相如，汉朝又有个司马相如①呢？"宝玉笑道："这也罢了，偏又模样儿也一样，这是没有的事。"湘云道："怎么匡人看见孔子，只当是阳虎②呢？"宝玉笑道：<u>"孔子、阳虎虽同貌，却不同名，蔺与司马虽同名，而又不同貌，偏我和他就两样俱同不成？"</u>湘云没了话答对，[2]因笑道："你只会胡搅，我也不和你分证。有也罢，没也罢，与我无干。"说着，便睡下了。

　　宝玉心中便又疑惑起来："若说必无，然亦似必有；若说必有，又并无目睹。"心中闷闷，回至房中榻上默默盘算，不觉就忽忽地睡去，<u>不觉竟到了一座花园之内。宝玉诧异道："除了我们大观园，竟又有这一个园子？"</u>[3]正疑惑间，从那边来了几个女儿，都是丫鬟。宝玉又诧异道：<u>"除了鸳鸯、袭人、平儿之外，也竟还有这一干人？"</u>[4]只见那些丫鬟笑道："宝玉怎么跑到这里来了？"宝玉只当是说他，自己忙来陪笑，说道："因我偶步到此，不知是哪位世交的花园。好姐姐们，带我逛逛。"众丫鬟都笑道："原来不是咱们家的宝玉。他生得倒也还干净，嘴儿也倒乖觉。"宝玉听了忙道："姐姐们，这里也竟还有个宝玉？"<u>丫鬟们忙道："'宝玉'二字，我们是奉老太太、太太之命，为保佑他延寿消灾的。我们叫他，他听见喜欢。你是哪里远方来的臭小厮，也乱叫起他来！</u>[5]仔细你的臭肉，不打烂你的！"又一个丫鬟笑道："咱们快走罢，别叫宝玉看见。"又说："同这臭小厮说了话，把咱们熏臭了！"说着，一径去了。

1. 此事别人不介意，他介意，必定要分证是真话谎话。

2. 这一驳有理，疑惑仍不得解。

3. 进入花园最平常不过，之所以"诧异"，可见必两园十分相似。写园可知。（己）

4. 若非相貌很像，也应姣好可比。写人可知，妙在并不说"更强"二字。（己）

5. 巧在这些话数回前麝月对坠儿的娘也说过。

――――――――――

①　蔺相如、司马相如——蔺相如，战国时期赵国的上卿。司马相如，西汉武帝时的大赋家。

②　匡人看见孔子，只当是阳虎——阳虎，即阳货，春秋时期鲁国人，曾欺压过匡（地属卫国，在今河南睢县西）人，后孔子过匡时，匡人错认作是阳虎，将他拘留了五天。事见《史记·孔子世家》。

宝玉纳闷道："从来没有人如此荼毒①我，她们如何竟这样？真亦有我这样一个人不成？"一面想，一面顺步早到了一所院内。宝玉又诧异道："除了怡红院，也竟还有这么一个院落？"¹忽上了台矶，进入屋内，只见榻上有一个人卧着，那边有几个女孩儿做针线，也有嘻笑玩耍的。只见榻上那个少年叹了一声。一个丫鬟笑问道："宝玉，你不睡又叹什么？想必为你妹妹病了，你又胡愁乱恨呢。"²

宝玉听说，心下也便吃惊。只见榻上少年说道："我听见老太太说，长安都中也有个宝玉，和我一样的性情，我只不信。我才作了一个梦，竟梦中到了都中一个花园子里头，遇见几个姐姐，都叫我臭小厮，不理我。我好容易找到他房里，偏他睡觉，³空有皮囊，真性不知哪去了。"宝玉听说，忙说道："我因找宝玉来到这里。原来你就是宝玉！"榻上的忙下来拉住，笑道："原来你就是宝玉！这可不是梦里了？"宝玉道："这如何是梦？真而又真了。"⁴一语未了，只见人来说："老爷叫宝玉。"唬得二人皆慌了。一个宝玉就走，一个宝玉便忙叫："宝玉快回来，快回来！"⁵

袭人在旁，听他梦中自唤，忙推醒他，笑问道："宝玉在哪里？"此时宝玉虽醒，神意尚恍惚，因向门外指说："才出去了。"袭人笑道："那是你梦迷了。你揉眼细瞧瞧，是镜子里照的你的影儿。"⁶宝玉向前瞧了一瞧，原是那嵌的大镜对面相照，自己也笑了。早有人捧过漱盂茶卤②来，漱了口。麝月道："怪道老太太常嘱咐说，小人屋里不可多有镜子。小人魂不全，有镜子，照多了，睡觉惊恐作胡梦。⁷如今倒在大镜子那里安了一张床。有时放下镜套还好；往前去，天热困倦不定，哪里想得到放它，比如方才就忘了。自然是先躺下照着影儿玩的，一时合上眼，自然是胡梦颠倒；不然，如何看着自己叫自己的名字？不如明儿挪进床来是正经。"一语未了，只见王夫人遣人来叫宝玉，不知有何话说，⁸〔且听下回分解。〕

1. 居然也还有个怡红院。

2. 南京的宝玉愁恨也与都中的宝玉一样。

3. 梦中说梦，玄而又玄，恰恰是太虚幻境的对联："假作真时真亦假，无为有处有还无。"

4. 你说是梦还是真？

5. 山鸟自呼名。

6. 写成两个宝玉，本是作者镜中影的思路。

7. 作者给自己虚构幻设的情节，找出一个理由来解释，以免荒诞不经之讥。

8. 此下紧接"慧紫鹃试忙玉"。（己）

---

① 荼毒——这里是侮辱的意思。
② 茶卤——浓酽的茶汁。

【总评】

上回已表探春治家精明才干，此回进一步写她在管理家务中实施兴利除弊的改革；宝钗参与重要决策，使改革措施的推行，减少了阻力。探春名字前加一"敏"字，是说她目光敏锐，能及时发现弊端之所在；宝钗名字前加一"时"字，是说她识时务、合时宜，能顾全大局的意思。以前评论探春的改革，多着重说她是改良主义者，小小的局部的改革措施，挽救不了贾府趋向衰败、覆灭的命运。这话虽不错，但对探春来说，未免是苛求，一个未出阁的姑娘怎么可能成为这样一个内外关系极其复杂的贵族大家庭的命运的主宰呢？

探春前已将家学的公费蠲了，如今又发现外头买办总管每月将各房的奶奶、小姐、丫头们买头油、脂粉的钱都领了去，而买来的东西质地差，不合用，众姊妹还得另外再自己花钱去买，造成"钱费两起，东西又白丢一半"的浪费，于是把给买办的钱也蠲了。改革就这样继续着。

探春到赖大家去时，见他家的小园子虽不及自家园子一半大，却除了能供应戴花及笋菜鱼虾外，年终时足有二百两银子的剩余。于是兴起了管理制度改革的念头。她与宝钗讨论，扯出朱子《不自弃》文、《姬子》书等，都是为实施改革找理论依据，所谓"此刻于小事上用学问一提，那小事越发作高一层了"。探春想出的办法，用今天的话来说，也许就是"家庭生产承包制"。她还列举了这办法的四大好处。于是就选择可靠的承包对象，结果由祝妈管竹林，田妈管庄稼，叶妈管花花草草，皆随事起姓。

宝钗考虑问题更周全，她觉得如此创举，应尽量照顾好各方面的关系，减少矛盾。革弊"虽以兴利节用为纲"，但也不能光想着多收银子，不给承包者"宽裕"些，"太啬"了，这个家反"失了大体统"。既言包，索性将各房里的化妆用品、清洁用具以及养家禽牲畜的粮食饲料等也都包了出去，不向外头账房领取，让账房一年能少支出四五百两银。同时，又让承包者除规定上交之银、供给之物以外，每人还拿出若干贯钱来，凑齐了，"单散与这些园中的妈妈们"。因为大多数妈妈并不包地，但照看这园子，当差、关门闭户、抬轿、撑船，一应活计，都缺不了她们。妈妈们因可以稳得补贴，都感激宝钗的照顾。宝钗说："这原是分内应当的。你们只要日夜辛苦些，别躲懒纵放人吃酒赌钱就是了。"说话尽量讲透道理，让众人心里悦服，因而都说："从此姑娘、奶奶只管放心，姑娘、奶奶这样疼顾我们，我们再要不体上情，天地也不容了！"

后半回内容是回目中不标明的，说江南甄府家眷到京，进宫朝贺。但主要目的在于再次提起甄家宝玉与贾家宝玉全然一样，甚至让贾宝玉在午梦中照到自己的镜中影。这大概与作者让甄、贾两家事互为补充、以假存真的特殊艺术构思有关。甄宝玉是上半部书中不正面写的，到下半部，则要写到，所谓"真事欲显，假事将尽"（第七十一回脂评）也。写甄，也就等于写贾。故脂评批"金满箱，银满箱，展眼乞丐人皆谤"称"甄玉、贾玉一干人"。又说有"甄宝玉送玉"情节，以为"乃通部书之大过节、大关键"之一（第十七、十八回脂评）。甄与贾相似相关，虽在"冷子兴演说"一回说起过，但恐读者忘却，故再于此一提。

第五十七回
慧紫鹃情辞试忙玉　慈姨妈爱语慰痴颦

【题解】

　　本回回目诸本在选择用字上颇有差异。蒙府、甲辰、程高本"忙玉"作"莽玉"；戚序、杨藏、卜藏本"忙玉"作"宝玉"，"姨妈"作"姨母"；列藏本除"忙玉"作"宝玉"外，"慈姨妈"作"薛姨妈"，皆不称对仗。此用己卯、庚辰本回目，有上回末条脂评可证其为原拟。上句谓慧心的紫鹃在宝玉前谎称黛玉要被接回苏州老家去，以试探他对小姐是否有真情。宝玉称"忙玉"，因宝钗给他取过"无事忙"的诨号（第三十七回），在此回情节中，也因宝玉信了谎言忽成傻呆，凭空给一家人添了忙乱。下句谓慈祥的薛姨妈出于对黛玉的疼爱，说了自己对她将来终身大事的想法，以劝慰痴心的颦儿不妨宽怀。用"慈""爱""慰"等正面的褒词，而非"奸""假""诳"等贬词，可知作者对人物的态度是明确的，很值得注意。

　　话说宝玉听王夫人唤他，忙至前边来，原来是王夫人要带他拜甄夫人去。宝玉自是欢喜，忙去换衣服，跟了王夫人到那里。见其家中形景，自与荣、宁不甚差别，或有一二稍盛者。细问，果有一宝玉。甄夫人留席，竟日方回，宝玉方信。因晚间回家来，王夫人又吩咐预备上等的席面，定名班大戏，请过甄夫人母女。后二日，她母女便不作辞，回任去了，无话。

　　这日，宝玉因见湘云渐愈，然后去看黛玉。正值黛玉才歇午觉，宝玉不敢惊动，因紫鹃正在回廊上，手里做针黹，便上来问她："昨日夜里咳嗽可好了？"紫鹃道："好些了。"宝玉笑道："阿弥陀佛！宁可好了罢。"[1]紫鹃笑道："你也念起佛来，真是新闻！"宝玉笑道："所谓'病笃乱投医'了。"一面说，一面见她穿着弹墨绫薄绵袄，外面只穿着青缎夹背心，宝玉便伸手向她身上摸了一摸，说道："穿这样单薄，还在风口里坐着！"[2]春天风馋①，时气又不好，你再病了，越

1. 黛玉的病成了宝玉的心病，可惜是"空劳牵挂"。

2. 虽出于关心，举动总太轻率，亦性情使然。

---

　　① 风馋——风容易侵袭人体致病。

发难了。"紫鹃便说道："从此咱们只可说话，别动手动脚的，一年大二年小的，叫人看着不尊重。打紧的那起混账行子们背地里说你，你总不留心，还只管和小时一般行为，如何使得！姑娘常常吩咐我们，不叫和你说笑。你近来瞧她，远着你还恐远不及呢。"[1] 说着便起身，携了针线进别房去了。

宝玉见了这般景况，心中忽浇了一盆冷水一般，[2] 只瞅着竹子发了一回呆。因祝妈正来挖笋修竿，便怔怔地走出来，一时魂魄失守，心无所知，随便坐在一块山石上出神，不觉滴下泪来。直呆了五六顿饭工夫，千思万想，总不知如何是可。偶值雪雁从王夫人房中取了人参来，从此经过，忽扭项看见桃花树下石上一人，手托着腮颊出神，不是别人，却是宝玉。[3] 雪雁疑惑道："怪冷的，他一个人在这里作什么？春天凡有残疾的人都犯病，敢是他犯了呆病了？"[4] 一边想，一边便走过来，蹲下笑道："你在这里作什么呢？"宝玉忽见了雪雁，便说道："你又作什么来找我？你难道不是女儿？她既防嫌，不许你们理我，你又来寻我，倘被人看见，岂不又生口舌？你快家去罢了。"雪雁听了，只当是他又受了黛玉的委屈，只得回至房中。

黛玉未醒，将人参交与紫鹃。紫鹃因问他："太太做什么呢？"雪雁道："也歇中觉，所以等了这半日。姐姐你听笑话儿：我因等太太的工夫，和玉钏儿姐姐坐在下房里说话儿，谁知赵姨奶奶招手儿叫我。[5] 我只当有什么话说，原来她和太太告了假，出去给她兄弟伴宿坐夜，明儿送殡去，跟她的小丫头子小吉祥儿没衣裳，要借我的月白缎子袄儿。我想她们一般也有两件子的，往脏地方去，恐怕弄脏了，自己的舍不得穿，故此借别人的。[6] 借我的弄脏了也是小事，只是我想，她素日有些什么好处到咱们跟前！所以我说了，'我的衣裳簪环，都是姑娘叫紫鹃姐姐收着呢。如今先得去告诉她，还得回姑娘呢。姑娘身上又病着，竟费了大事，误了你老出门，不如再转借罢。'"紫鹃笑道："你这个小东西，倒也巧。你不借给她，你往我和姑娘身上推，叫人怨不着你。她这会子就下去了，还是等明日一早才去？"雪雁道："这会子就去的，只怕此时已去了。"紫鹃点点头。雪雁道："姑娘还没醒呢？是谁给了宝玉气受？坐在那里哭呢。"[7] 紫鹃听了，忙问："在哪里？"雪雁道："在沁芳亭后头桃花底下呢。"[8]

1. 君子可欺之以方。这话只能骗像宝玉这样的实心人。

2. 没有女孩子理他，这日子怎么过？宜其遍身凉透。

3. 宝玉此时的神情状态，必从一旁人眼中看出才好，于是出现了雪雁。画出宝玉来，却又不画阿颦，何等笔力！偏不从鹃写，却写一雁，更奇是仍归写鹃。（己）

4. 将呆性看成真病，还联想到残疾春天发作，真是小女孩的奇想。写妍慧女儿之心，何等新巧！（己）

5. 以为雪雁一回来，必先告诉紫鹃自己所见到宝玉的情景；偏不写，而先说赵姨娘借衣事。可知她以为宝玉受黛玉委屈是常事，见得多了，不必大惊小怪。

6. 几句话勾勒出赵姨娘小心眼、小算盘、贪小利面目，难怪人都瞧不起，雪雁也不会让她占一点儿便宜。

7. 见姑娘未醒，才知自己原先想的不对，宝玉不是受了黛玉的气，这才发问，写来合情合理。

8. 是宝黛共读《西厢记》的地方。

紫鹃听说，忙放下针线，又嘱咐雪雁："好生听叫。若问我，答应我就来。"说着，便出了潇湘馆，一径来寻宝玉。走至宝玉跟前，含笑说道："我不过说了那两句话，为的是大家好，你就赌气，跑了这风地里来哭，作出病来唬我。"宝玉忙笑道："谁赌气了！我因为听你说得有理。我想你们既这样说，自然别人也是这样说，将来渐渐地都不理我了，我所以想着自己伤心。"紫鹃也便挨他坐着。宝玉笑道："方才对面说话，你尚走开，这会子如何又来挨我坐着？"¹紫鹃道："你都忘了？几日前，你们姊妹两个正说话，赵姨娘一头走了进来，——我才听见她不在家，所以我来问你。正是前日你和她才说了一句'燕窝'，就歇住了，总没提起，我正想着问你。"²宝玉道："也没什么要紧。不过我想着宝姐姐也是客中，既吃燕窝，又不可间断，若只管和她要，也太托实①。虽不便和太太要，我已经在老太太跟前略露了个风声，只怕老太太和凤姐姐说了。我正要告诉她的，竟没告诉完。如今我听见一日给你们一两燕窝，这也就完了。"紫鹃道："原来是你说了，这又多谢你费心。我们正疑惑，老太太怎么忽然想起来叫人每一日送一两燕窝来呢？这就是了。"宝玉笑道："这要天天吃惯了，吃上三二年就好了。"紫鹃道："在这里吃惯了，明年家去，哪里有这闲钱吃这个。"³

宝玉听了，吃了一惊，忙问："谁？往哪个家去？"⁴紫鹃道："你妹妹回苏州家去。"宝玉笑道：⁵"你又说白话。苏州虽是原籍，因没了姑父姑母，无人照看，才就了来的。明年回去找谁？可见是扯谎。"⁶紫鹃冷笑道："你太看小了人。你们贾家独是大族，人口多的；除了你家，别人只得一父一母，房族中真个再无人了不成？我们姑娘来时，原是老太太心疼她年小，虽有叔伯，不如亲父母，故此接来住几年。大了该出阁时，自然要送还林家的。终不成林家的女儿在你贾家一世不成？林家虽贫到没饭吃，也是世代书宦之家，断不肯将他家的人丢在亲戚家，落人的耻笑。⁷所以早则明年春天，迟则秋天，这里纵不送去，林家亦必有人来接的。前日夜里姑娘和我说了，叫我告诉你：将从前小时玩的东西，有

① 托实——实心眼儿，引申为不知谦让客气，不识相。

1. 挨着宝玉坐，为挽回前一刻对他的疏远；却不回答宝玉所问，也不避开，只顾谈别的事，好像根本就没有听见，写得恰到好处。

2. 第五十二回宝玉曾对黛玉"悄悄道：'我想宝姐姐送你的燕窝——'一语未了，只见赵姨娘走了进来瞧黛玉"，就此打断了，没了下文。想不到隔了五回，忽然在此接上。小说的前后结构布局，竟精细到令人不可思议地步！

3. 正在好好地谈吃燕窝事，忽然很自然地接上一句令人捉摸不透的话。轩然大波，就此掀起。作者之笔真如神龙夭矫，风云莫测。

4. 吃惊是免不了的，还以为自己听错了呢。这句不成话，细读细嚼，方有无限神情滋味。（己）

5. 不信其言，故笑也。"笑"字奇甚！（己）

6. 遭欺诳前，偏先戳穿她是在"扯谎"，有层次。此论极是。不介意。（己）

7. 心实的宝玉终究禁不住存心哄他的紫鹃一番巧辩攻击，被忽悠了。"丢在亲戚家，落人的耻笑"云云，直如穿胸利剑。

她送你的，叫你都打点出来还她。她也将你送她的打叠了在那里呢。"¹宝玉听了，便如头顶上响一个焦雷一般。紫鹃看他怎样回答，只不作声。忽见晴雯找来说："老太太叫你呢，谁知在这里。"²紫鹃笑道："他这里问姑娘的病症。我告诉了他半日，他只不信。你倒拉他去罢。"说着，自己便走回房去了。

晴雯见他呆呆的，一头热汗，满脸紫胀，忙拉他的手，一直到怡红院中。袭人见了这般，慌起来，只说时气所感，热汗被风扑了。无奈宝玉发热事犹小可，更觉两个眼珠儿直直的起来，口角边津液流出，皆不知觉。给他个枕头，他便睡下；扶他起来，他便坐着；倒了茶来，他便吃茶。³众人见他这般，一时忙乱起来，又不敢造次去回贾母，先便差人出去请李嬷嬷。

一时李嬷嬷来了，看了半日，问他几句话，也无回答；用手向他脉门摸了摸，嘴唇人中①上边着力掐了两下，掐得指印如许来深，竟也不觉疼。李嬷嬷只说了一声："可了不得了！""呀"的一声，便搂着放声大哭起来。急得袭人忙拉她说："你老人家瞧瞧可怕不怕，且告诉我们，去回老太太、太太去。你老人家怎么先哭起来？"李嬷嬷捶床捣枕说："这可不中用了！我白操了一世心了！"⁴袭人等以她年老多知，所以请她来看；如今见她这般一说，都信以为实，也都哭起来。

晴雯便告诉袭人，方才如此这般。袭人听了，便忙到潇湘馆来，见紫鹃正服侍黛玉吃药，也顾不得什么，便走上来问紫鹃道："你才和我们宝玉说了些什么？你瞧瞧他去，你回老太太去，我也不管了！"说着，便坐在椅上。黛玉忽见袭人满面急怒，又有泪痕，举止大变，⁵便不免也慌了，忙问："怎么了？"袭人定了一回，哭道："不知紫鹃姑奶奶说了些什么话，那个呆子眼也直了，⁶手脚也冷了，话也不说了，李妈妈掐着也不疼了，已死了大半个了！⁷连李妈妈都说不中用了，那里放声大哭，只怕这会子都死了！"

黛玉一听此言，李嬷嬷乃久经的老妪，说不中用了，可知必不中用。"哇"的一声，将腹中之药，一概呛出，抖肠搜肺、炽胃扇肝地痛声大嗽了几阵，一时面红发乱，

1. 临了再当头下此重锤，宝玉如何受得了？

2. 岔开得好。

3. 写得出。是精神上突然遭受极大打击，以致失魂落魄、丧失意志的样子。紫鹃虽极聪慧，却因太冒失，做了最愚蠢的事，殊不知黛玉是宝玉的生魂。

4. 闻言丧胆。

5. 何曾见过袭人如此急怒！

6. 直呼"那个呆子"，怨愤之情如见。

7. 情急中语，不可以寻常句法求。奇极之语！从急怒娇憨口中描出不成话之话来，方是千古奇文。五字是一口气来的。（己）

① 人中——穴位名，处于鼻下唇上的凹沟当中，刺激此穴，能救治昏厥，使神志清醒。

目肿筋浮，喘得抬不起头来。[1]紫鹃忙上来捶背，黛玉伏枕喘息了半晌，推紫鹃道："你不用捶，你竟拿绳子来勒死我是正经！"[2]紫鹃哭道："我并没说什么，不过是说了几句玩话，他就认真了。"袭人道："你还不知道他那傻子！每每玩话认了真。"黛玉道："你说了什么话？趁早儿去解说，他只怕就醒过来了。"[3]紫鹃听说，忙下了床，同袭人到了怡红院。

谁知贾母、王夫人等已都在那里了。贾母一见了紫鹃，便眼内出火，骂道："你这小蹄子！和他说了什么？"紫鹃忙道："并没说什么，不过说了几句玩话。"谁知宝玉见了紫鹃，方"嗳呀"了一声，哭出来了。[4]众人一见，方都放下心来。贾母便拉住紫鹃，只当她得罪了宝玉，所以拉紫鹃命他打。谁知宝玉一把拉住紫鹃，死也不放，说："要去连我也带了去。"[5]众人不解，细问起来，方知紫鹃说"要回苏州去"一句玩话引出来的。贾母流泪道："我当有什么要紧大事，原来是这句玩话。"又向紫鹃道："你这孩子，素日最是个伶俐聪敏的，你又知道他有个呆根子，平白的哄他作什么？"薛姨妈劝道："宝玉本来心实，可巧林姑娘又是从小儿来的，他姊妹两个一处长了这么大，比别的姊妹更不同。这会子热剌剌地说一个去，别说他是个实心的傻孩子，便是冷心肠的大人，也要伤心。[6]这并不是什么大病，老太太和姨太太只管万安，吃一两剂药就好了。"

正说着，人回："林之孝家的、单大良家的都来瞧哥儿来了。"贾母道："难为她们想着，叫她们来瞧瞧。"宝玉听了一个"林"字，便满床闹起来，说："了不得了！林家的人接她们来了，快打出去罢！"贾母听了，也忙说："打出去罢。"又忙安慰说："那不是林家的人。林家的人都死绝了，没人来接她的，你只管放心罢！"宝玉哭道："凭他是谁，除了林妹妹，都不许姓林的！"[7]贾母道："没姓林的来，凡姓林的，我都打走了。"一面吩咐众人："以后别叫林之孝家的进园来，你们也别说'林'字。好孩子们，你们听我这句话罢！"[8]众人忙答应，又不敢笑。一时宝玉又一眼看见了十锦格子上陈设的一只金西洋自行船，便指着乱叫说："那不是接她们来的船来了？湾在那里呢！"贾母忙命拿下来。袭人忙拿下来。宝玉伸手要，袭人递过去，宝玉便掖在被中，笑道："这可去

1. 将病中黛玉闻讯后之急痛情状，一一描摹出来，读来历历在目。

2. 如此强烈的反应，昭示宝玉就是黛玉的生命，为他而生，为他而死，将来写为他遭受的苦难而不惜流尽最后一滴眼泪，把整个生命化作一团爱的熊熊烈火以"证前缘"的感人肺腑的情节，是完全能令人信服的。

3. 知己之言。欲拯救痴心人，除此一法，别无他途。

4. 还好，还好！尚有可救！

5. 祖孙双方都写得到位。

6. 薛姨妈实话实说，充满人情味。

7. 极端无理的话，却是绝望挣扎中最真实的心声。

8. 为了宝贝孙子，什么话都依从，甚至恳求众人也如此。可怜老祖母的心！后来续书写贾母形象，恰如《孔雀东南飞》中的焦仲卿阿母。其势利可憎，竟不顾宝玉之所爱，弃病危的外孙女如敝屣，如此冷面寡恩，能相信这是同一个人吗？

不成了！"一面说，一面死拉着紫鹃不放。

　　一时人回："大夫来了。"贾母忙命："快进来。"王夫人、薛姨妈、宝钗等暂避里间。贾母便端坐在宝玉身旁。王太医进来见许多的人，忙上去请了贾母的安，拿了宝玉的手，诊了一回。那紫鹃少不得低了头，王大夫也不解何意，起身说道："世兄这症乃是急痛迷心。古人曾云：'痰迷有别：有气血亏柔，饮食不能熔化痰迷者；有怒恼中，痰裹而迷者；有急痛壅塞者。'此亦痰迷之症^①，系急痛所致，¹不过一时壅蔽，较诸痰迷似轻。"贾母道："你只说怕不怕，谁同你背药书呢！"王太医忙躬身笑说："不妨，不妨。"贾母道："果真不妨？"王太医道："实在不妨，都在晚生身上。"贾母道："既如此，请到外面坐；开药方若吃好了，我另外预备好谢礼，叫他亲自捧了，送去磕头；若耽误了，我打发人去拆了太医院的大堂。"王太医只躬身笑说："不敢，不敢。"²他原听了说"另具上等谢礼，命宝玉去磕头"，故满口说"不敢"，竟未听见贾母后来说拆太医院之戏语，犹说"不敢"，贾母与众人反倒笑了。一时按方煎了药来服下，果觉比先安静。无奈宝玉只不肯放紫鹃，只说她去了，便是要回苏州去了。贾母、王夫人无法，只得命紫鹃守着他，另将琥珀去服侍黛玉。

　　黛玉不时遣雪雁来探消息，这边事务尽知，自己心中暗叹。幸喜众人都知宝玉原有些呆气，自幼是他二人亲密，如今紫鹃之戏语亦是常情，宝玉之病亦非罕事，因不疑到别事去。

　　晚间，宝玉稍安，贾母、王夫人等方回房去。一夜还遣人来问讯几次。李奶母带领宋嬷嬷等几个年老人用心看守，紫鹃、袭人、晴雯等日夜相伴。有时宝玉睡去，必从梦中惊醒，不是哭了，说黛玉已去，便是说有人来接。每一惊时，必得紫鹃安慰一番方罢。³彼时贾母又命将祛邪守灵丹及开窍通神散各样上方秘制诸药，按方饮服。次日又服了王太医的药，渐次好起来。宝玉心下明白，因恐紫鹃回去，故有时或作佯狂之态，紫鹃自那日也着实后悔，如今日夜辛苦，并没有怨意。袭人等皆心安神定，因向紫鹃笑道："都是你闹的，还得你来治。

1. 王太医毕竟不是胡庸医，略诊脉息，便一语中的，说得如此有把握，看来不会有大碍了。

2. 在这样重要关头，稍得宽慰，便说谐语，作者的幽默感随时都会表露。虽说只是戏语，这话也不是谁都说得的，只有老太君这样的身份，处在这样的心情下，才可以。

3. 这才合情合理，不能一说安静了，便恬然入梦，连惊悸也没有了。

---

　　①　痰迷之症——中医理论认为心主神志思虑，若神志不清，则由"痰迷心窍"所致。

也没见我们这呆子，听了风就是雨，往后怎么好!"暂且按下。

因此时湘云之症已愈，天天过来瞧看，见宝玉明白了，便将他病中狂态形容了与他瞧，引得宝玉自己伏枕而笑。原来他起先那样，竟是不知的；如今听人说，还不信。[1] 无人时，紫鹃在侧，宝玉又拉她的手，问道："你为什么唬我?"紫鹃道："不过是哄你玩的，你就认真了。"宝玉道："你说的那样有情有理，如何是玩话?"紫鹃笑道："那些玩话，都是我编的。林家实没了人口，纵有，也是极远的族中，也都不在苏州住，各省流寓不定。纵有人来接，老太太也必不放去的。"宝玉道："便老太太放去，我也不依。"紫鹃笑道："果真的你不依? 只怕是口里的话。你如今也大了，连亲也定下了。过二三年再娶了亲，你眼睛里还有谁了?"[2]

宝玉听了，又惊问："谁定了亲? 定了谁?"紫鹃笑道："年里我就听见老太太说，要定下琴姑娘呢。不然，那么疼她?"宝玉笑道："人人只说我傻，你比我更傻。不过是句玩话，她已经许给梅翰林家了。果然定下了她，我还是这个形景了? 先是我发誓赌咒，砸这劳什子，你都没劝过说我疯的? 刚刚的这几日才好了，你又来怄我。"一面说，一面咬牙切齿的，又说道："我只愿这会子立刻我死了，把心迸出来，你们瞧见了，然后连皮带骨，一概都化成一股灰；灰还有形迹，不如再化一股烟；烟还可凝聚，人还看见，须得一阵大乱风，吹得四面八方都登时散了，这才好!"[3] 一面说，一面又滚下泪来。紫鹃忙上来，捂①他的嘴，替他擦眼泪，又忙笑解释道："你不用着急。这原是我心里着急，故来试你。"[4]

宝玉听了，更又诧异，问道："你又着什么急?"紫鹃笑道："你知道，我并不是林家的人，我也和袭人、鸳鸯是一伙的，偏把我给了林姑娘使。偏生她又和我极好，比她苏州带来的还好十倍，一时一刻，我们两个离不开。[5] 我如今心里却愁，她倘或要去了，我必要跟了她去的。我是合家在这里，我若不去，辜负了我们素日的情肠；若去，又弃了本家。所以我疑惑，故设出这谎话来问你，谁知你就傻闹起来。"宝玉笑道："原来是你愁这个，所以你是傻

① 捂——用手扪住。小说中皆作"握"，据今通用字改。

1. 与大醉醒后不知醉时之事差不多。

2. 不信宝玉真能如此。前薛姨妈、凤姐曾猜测贾母动过为宝玉、宝琴定亲的念头。此事紫鹃居然也略有所闻，故更为黛玉的命运担心。

3. 恨别人不理解自己的心而说出来的狠话；但愿心能昭然，有情人能感知，不辞自己形体化为乌有。

4. 点题。说出"试"字来。

5. 试之根由：感知遇之恩，紫鹃与黛玉之亲密，已如影随形。不知她后来结局如何? 当亦如其名所示："啼鸟还知如许恨，料不啼清泪长啼血"（辛弃疾《贺新郎》词）了。

子。从此后再别愁了。我只告诉你一句趸话①：活着，咱们一处活着；不活着，咱们一处化灰化烟，如何？"¹紫鹃听了，心下暗暗筹画。

1. 承前言而来，将彼此同命运的心愿说到底了。

忽有人回："环爷、兰哥儿问候。"宝玉道："就说难为他们，我才睡了，不必进来。"婆子答应去了。紫鹃笑道："你也好了，该放我回去瞧瞧我们那一个去了。"宝玉道："正是这话。我昨日就要叫你去的，偏又忘了。我已经大好了，你就去罢。"紫鹃听说，方打叠铺盖、妆奁之类。宝玉笑道："我看见你文具里头有两三面镜子，你把那面小菱花的给我留下罢。我搁在枕头旁边，睡着好照，明儿出门带着也轻巧。"紫鹃听说，只得与他留下。先命人将东西送过去，然后别了众人，自回潇湘馆来。

林黛玉近日闻得宝玉如此形景，未免又添些病症，多哭几场。²今见紫鹃来了，问其原故，已知大愈，仍遣琥珀去服侍贾母。夜间人定后，紫鹃已宽衣卧下之时，悄向黛玉笑道："宝玉的心倒实，听见咱们去，就那样起来。"黛玉不答。紫鹃停了半响，自言自语地说道："一动不如一静。我们这里就算好人家，别的都容易，最难得的是从小儿一处长大，脾气情性都彼此知道的了。"黛玉啐道："你这几天还不乏，趁这会子不歇一歇，还嚼什么蛆！"紫鹃笑道："倒不是白嚼蛆，我倒是一片真心为姑娘。替你愁了这几年了，无父母无兄弟，谁是知疼着热的人？趁早儿老太太还明白硬朗的时节，作定了大事要紧。俗语说，'老健春寒秋后热'②，倘或老太太一时有个好歹，那时虽也完事，只怕耽误了时光，还不得趁心如意呢。公子王孙虽多，哪一个不是三房五妾，今儿朝东，明儿朝西？娶一个天仙来，也不过三夜五夕，也丢在脖子后头了。甚至于为妾为丫头，反目成仇的。若娘家有人有势的还好些，若是姑娘这样的人，有老太太一日还好一日，若没了老太太，也只是凭人去欺负了。所以说，拿主意要紧。姑娘是个明白人，岂不闻俗语说'万两黄金容易得，知心一个也难求'？"³黛玉听了，便说道："这丫头今儿可疯了？怎么去了几日，忽然变了一个人？我明儿必回老太太，退回去，我不敢要你了。"紫鹃笑道："我说的是好话，不过叫你心里留神，并没叫你

2. 又偿还了不少泪。

3. 催其快拿定主意。这还用得着催吗？关键是要有人为她出面，为她作主，更要自己的病能渐渐好起来。否则，即使说定了，挨不到佳期，又有何用？

---

① 趸（dǔn）话——总起来的话。
② 老健春寒秋后热——意谓老年人的健康是难以持久的，就像春天的寒冷、秋后的暑热一样，都长不了。

去为非作歹，何苦回老太太，叫我吃了亏，又有何好处？"说着，竟自睡了。黛玉听了这话，口内虽如此说，心内未尝不伤感，待她睡了，便直泣了一夜，[1]至天明方打了一个盹儿。次日，勉强盥漱了，吃了些燕窝粥。便有贾母等亲来看视了，又嘱咐了许多话。

　　目今是薛姨妈的生日，自贾母起，诸人皆有祝贺之礼。黛玉亦早备了两色针线送去。是日，也定了一班小戏请贾母、王夫人等，独有宝玉与黛玉二人不曾去得。至晚散时，贾母等顺路又瞧了他二人一遍，方回房去。次日，薛姨妈家又命薛蝌陪诸伙计吃了一天酒，连忙了三四天，方完备。

　　因薛姨妈看见邢岫烟生得端雅稳重，且家道贫寒，是个钗荆裙布①的女儿，便欲说与薛蟠为妻。因薛蟠素习行止浮奢，又恐糟蹋了人家的女儿。正在踌躇之际，忽想起薛蝌未娶，看他二人，恰是一对天生地设的夫妻，[2]因谋之于凤姐儿。凤姐儿笑道："姑妈素知我们太太有些左性的，这事等我慢谋。"因贾母去瞧凤姐儿时，凤姐儿便和贾母说："薛姑妈有件事求老祖宗，只是不好启齿的。"[3]贾母忙问何事，凤姐儿便将求亲一事说了。贾母笑道："这有什么不好启齿？这是极好的好事。等我和你婆婆说了，怕她不依？"因回房来，即刻就命人来请了邢夫人过来，硬作保山。邢夫人想了一想：薛家根基不错，且现今大富，薛蝌生得又好，且贾母硬作保山，将计就计便应了。

　　贾母十分喜欢，忙命人请了薛姨妈来。二人见了，自然有许多谦辞。邢夫人即刻命人去告诉邢忠夫妇。他夫妇原是此来投靠邢夫人的，如何不依，早极口地说："妙极！"贾母笑道："我最爱管个闲事，今儿又管成了一件事，[4]不知得多少谢媒钱？"薛姨妈笑道："这是自然的。纵抬了十万银子来，只怕不希罕。但只一件，老太太既是主亲，还得一位才好。"贾母笑道："别的没有，我们家折腿烂手的人还有两个。"说着，便命人去叫过尤氏婆媳二人来。贾母告诉她原故，彼此忙都道喜。贾母吩咐道："咱们家的规矩，你是尽知的，从没有两亲

1. 总为报答前生神瑛侍者甘露之惠而不停地还泪。

2. 薛姨妈有主见，择媳只重人品，不嫌贫寒，不羡富贵，心地也善良淳厚，她看中的必不错。

3. 商之于凤姐就对了。她深知以薛姨妈名义先求老祖宗，就没有不成的。

4. 得意语。因岫烟尚有自己父母和大姑邢夫人在，故称"管闲事"。

① 钗荆裙布——也说成"荆钗布裙"，折荆枝为钗，裁粗布作裙，形容女子贫寒俭朴。

家争礼争面的。如今你算替我在当中料理，也不可太啬，也不可太费，把他两家的事周全了回我。"尤氏忙答应了。薛姨妈喜之不尽，回家来忙命写了请帖，补送过宁府。尤氏深知邢夫人情性，本不欲管，无奈贾母亲嘱咐，只得应了，惟有忖度邢夫人之意行事。薛姨妈是个无可无不可的人，倒还易说。这且不在话下。

　　如今薛姨妈既定了邢岫烟为媳，合宅皆知。邢夫人本欲接出岫烟去住，贾母因说："这又何妨，[1] 两个孩子又不能见面，就是姨太太和她一个大姑，一个小姑，又何妨？况且都是女儿，正好亲香呢。"邢夫人方罢。

　　蝌、岫二人，前次途中曾有一面之遇，大约二人心中也皆如意。只是邢岫烟未免比先时拘泥了些，不好与宝钗姊妹共处闲话，又兼湘云是个爱取戏的，更觉不好意思。幸她是个知书达礼的，虽有女儿身分，还不是那种佯羞诈愧、一味轻薄造作之辈。宝钗自见她时，见她家业贫寒，二则别人之父母皆年高有德之人，独她父母偏是酒糟透之人，于女儿分中平常；邢夫人也不过是脸面之情，亦非真心疼爱。且岫烟为人雅重，迎春是个有气的死人，连她自己尚未照管齐全，如何能照管到她身上！凡闺阁中家常一应需用之物，或有亏乏，无人照管，她又不与人张口。宝钗倒暗中每相体贴接济，[2] 也不敢与邢夫人知道，亦恐多心闲话之故耳。如今却世人意料之外，奇缘作成这门亲事。岫烟心中先取中宝钗，然后方取薛蝌。有时，岫烟仍与宝钗闲话，宝钗仍以姊妹相呼。

　　这日，宝钗因来瞧黛玉，恰值岫烟也来瞧黛玉，二人在半路相遇。宝钗含笑唤她到跟前，二人同走至一块石壁后，宝钗笑问她："这天还冷得很，你怎么倒全换了夹的了？"岫烟见问，低头不答。宝钗便知道又有了原故。[3] 因又笑问道："必定是这个月的月钱又没得？凤丫头如今也这样没心设计了。"岫烟道："她倒想着不错日子给，因姑妈打发人和我说，一个月用不了二两银子，叫我省一两给爹妈送出去。要使什么，横竖有二姐姐的东西，能着些儿搭着就使了。[4] 姐姐想，二姐姐是个老实人，也不大留心。我使她的东西，她虽不说什么，她那些妈妈、丫头，哪一个是省事的？哪一个是嘴里不尖的？我虽在那屋里，却不敢很使唤她们。过三天五天，我倒得拿出些钱来给她们打酒买点心吃才好。因此，一月二两银子还不够使，如今又去了一两。前儿我悄悄地把绵衣服叫人当了几吊钱盘缠①。"[1] 宝钗听了，愁眉叹道："偏梅家又合家在任上，后年才进来。若是在这里，琴儿过去了，好再商议你这事，离了这里就完了。如今不先完了他妹妹的事，也断不敢先娶亲的。如今倒是一件难事。再迟两年，又怕你熬煎出病来。等我和妈再商议，有人欺负你，你只管耐些烦儿，千万别自己熬煎出病来。不如把那一两银子明儿也索性给了他们，倒都歇心。你以后也不用白给那些人东西吃，她们尖刺让她们去尖刺，很听不过了，各人走开。倘或短了什么，你别存那小家儿女气，只管找我去。并不是作亲后方如此，你一来时，咱们就好的。便怕人闲话，你打发小丫头悄悄地和我说去就是了。"[2] 岫烟低头答应了。

宝钗又指她裙上一个碧玉佩，问道："这是谁给你的？"岫烟道："这是三姐姐给的。"宝钗点头笑道："她见人人皆有，独你一个没有，怕人笑话，故此送你一个。这是她聪明细致之处。但还有一句话，你也要知道：这些妆饰，原出于大官富贵之家的小姐，你看我从头至脚，可有这些富丽闲妆？然七八年之先，我也是这样来着。如今一时比不得一时了，所以我都自己该省的就省了。将来你这一到了我们家，这些没有用的东西，只怕还有一箱子。咱们如今比不得她们了，总要一色从实守分为主，不必比她们才是。"[3] 岫烟笑道："姐姐既这样说，我回去摘了就是了。"宝钗忙笑道："你也太听说了。这是她好意送你，你不佩着，她岂不疑心？我不过是偶然提到这里，以后知道就是了。"岫烟忙又答应，又问："姐姐此时哪里去？"宝钗道："我到潇湘馆去。你且回去把那当票叫丫头送来，我那里悄悄地取出来，晚上再悄悄地送给你去，早晚好穿，不然，风扇了事大。但不知当在哪里了？"岫烟道："叫作'恒舒典'，是鼓楼西大街的。"宝钗笑道："这闹在一家去了！伙计们倘或知道了，好说'人没过来，衣裳先过来了。'"[4] 岫烟听说，便知是她家的本钱，也不觉红了脸，一笑，二人走开。

宝钗就往潇湘馆来，正值她母亲也来瞧黛玉，正说

---

① 盘缠——与通常作旅费解有别，这里是开支、花费、使用的意思。

1. 原来为此。当掉绵衣只为打点姐姐房里的下人，说来够可怜的!

2. 最难得的是宝钗的真诚，其体贴与体谅，并非为了沽名钓誉。

3. "从实守分"而不慕虚荣，既律己又劝人，是话的一面；更可注意者，薛家的境况已一年不如一年，这是首次从宝钗口中说出的，与书中贾府由盛渐衰的总趋势相一致。

4. 凑巧的事生出趣话来，也由此可知薛家日常开支的一方来源。

闲话呢。宝钗笑道："妈多早晚来的？我竟不知道。"薛姨妈道："我这几天连日忙，总没来瞧瞧宝玉和她。所以今儿瞧他二个，都也好了。"黛玉忙让宝钗坐了，因向宝钗道："天下的事，真是人想不到的，怎么想得到姨妈和大舅母又作一门亲家？"薛姨妈道："我的儿，你们女孩家哪里知道，自古道：'千里姻缘一线牵'。管姻缘的有一位月下老人，预先注定，暗里只用一根红丝，把这两个人的脚绊住，凭你两家隔着海，隔着国，有世仇的，也终究有机会作了夫妇。这一件事都是出人意料之外，凭父母、本人都愿意了，或是年年在一处的，以为是定了的亲事，若月下老人不用红线拴的，再不能到一处。比如你姐妹两个的婚姻，此刻也不知在眼前，也不知在山南海北呢！"[1]宝钗道："惟有妈，说动话就拉上我们。"一面说，一面伏在她母亲怀里，笑说："咱们走罢。"黛玉笑道："你瞧！这么大了，离了姨妈，她就是个最老道①的；见了姨妈，她就撒娇儿。"薛姨妈用手摩弄着宝钗，叹向黛玉道："你这姐姐就和凤哥儿在老太太跟前一样，有了正经事，就和她商量，没了事，幸亏她开开我的心。我见了她这样，有多少愁不散的？"

黛玉听说，流泪叹道："她偏在这里这样，分明是气我没娘的人，故意来刺我的眼。"[2]宝钗笑道："妈，瞧她轻狂，倒说我撒娇儿！"薛姨妈道："也怨不得她伤心，可怜没父母，到底没个亲人。"又摩挲黛玉，笑道："好孩子，别哭。你见我疼你姐姐，你伤心了，你不知我心里更疼你呢！你姐姐虽没了父亲，到底有我，有亲哥哥，这就比你强了。我每每和你姐姐说，心里很疼你，只是外头不好带出来的。[3]你这里人多口杂，说好话的人少，说歪话的人多，不说你无依无靠，为人作人可配人疼，只说我们看老太太疼你了，我们也洑上水②去了。"[4]黛玉笑道："姨妈既这么说，我明日就认姨妈做娘，姨妈若是弃嫌不认，便是假意疼我了。"薛姨妈道："你不厌我，就认了才好。"宝钗忙道："认不得的！"[5]黛玉道："怎么认不得？"宝钗笑问道："我且问你，我哥哥还没定亲事，为什么反将邢妹妹先说与我兄弟了，是什么道理？"黛

1. 薛姨妈一番话，虽不过是世俗常谈，并无新意，但此刻由薛蝌、岫烟的意外成配而想起，感慨钗、黛姐妹二人婚姻事也难确知，就不能不说有某种预感了。

2. 心极敏感之孤女，怎禁得眼前宝钗母女间如此柔情温馨的景象？

3. 本来就很疼黛玉，见到她为没有父母疼而如此伤心，自然就更疼了。不是尽说好话哄孩子。

4. 道出对外不敢过于表露的原因：怕被旁人看作势利。贾母之疼爱黛玉，只从话中带出，是用不写而写的虚笔。

5. 怪极！这又为何？

---

① 老道——也作"老到"，老练。
② 洑（fú 副）上水——游向上游，喻巴结有权势者。洑，游泳。

玉道："他不在家，或是属相生日不对，所以先说与兄弟了。"宝钗笑道："非也。我哥哥已经相准了，只等来家就下定了，也不必提出人来。我方才说你认不得娘，你细想去。"¹说着，便和她母亲挤眼儿发笑。

　　黛玉听了，便也一头伏在薛姨妈身上，说道："姨妈不打她，我不依！"薛姨妈忙也搂她，笑道："你别信你姐姐的话，她是玩你呢！"宝钗笑道："真个的，妈明儿和老太太求了她作媳妇，岂不比外头寻的好？"²黛玉便够上来要抓她，口内笑说："你越发疯了！"薛姨妈忙也笑劝，用手分开方罢。因又向宝钗道："连邢女儿我还怕你哥哥糟蹋了她，所以给你兄弟说了。别说这孩子，我也断不肯给他。前儿老太太因要把你妹妹说给宝玉，偏生又有了人家，不然，倒是一门好亲。前儿我说定了邢女儿，老太太还取笑说，'我原要说她的人，谁知她的人没到手，倒被她说了我们的一个去了'。³虽是玩话，细想来，倒也有些意思。我想宝琴虽有了人家，我虽没人可给，难道一句话也不说？我想着，你宝兄弟老太太那样疼他，他又生得那样，若要外头说去，老太太断不中意，不如竟把你林妹妹定与他，岂不四角俱全①？"⁴

　　林黛玉先还征征地听，后来见说到自己身上，便啐了宝钗一口，红了脸，拉着宝钗笑道："我只打你！你为什么招出姨妈这些老没正经的话来？"⁵宝钗笑道："这可奇了！妈说你，为什么打我？"紫鹃忙也跑来，笑道："姨太太既有这主意，为什么不和太太说去？"薛姨妈哈哈笑道："你这孩子，急什么！想必催着你姑娘出了阁，你也要早些寻一个小女婿去了。"⁶紫鹃听了，也红了脸，笑道："姨太太真个倚老卖老的起来。"说着，便转身去了。黛玉先骂："又与你这蹄子什么相干？"后来见了这样，也笑起来说："阿弥陀佛！该，该，该！也臊了一鼻子灰去了！"薛

① 四角俱全——各方面都完美无缺。

1. 宝钗已不把黛玉当外人了，所以才敢说这样的玩笑话。由玩笑话引出真主意来，十分自然。

2. "比外头寻的好"一语，更提醒了薛姨妈的想头。

3. 又补出老太太的取笑话来。所谓"她的人"指宝琴；"我们的一个"指岫烟。若说宝黛事，便没有彼此之分了。

4. 水到渠成的话。想到说出，一步步写来都合情合理。

5. 啐宝钗，还要打她，看似奇怪，却是情理必然，难道可以啐打姨妈不成？

6. 紫鹃又心急了，"试忙玉"的教训难道忘了？这样大的事，哪有刚得了主意，立刻就跑去说的？岫烟的事，都还要先与凤姐商议，是凤姐见机向老太太说的，且老太太、太太对宝玉事，早有过再等两年的话，总得看合适的机会才能提起。心急的不只有紫鹃，也还有一些评论家，为了将"慈姨妈"说成"奸姨妈"，也发问道：既有此言，怎么就不去跟贾母、王夫人说呢？还将紫鹃的话堵了回去，可知存心不良，在麻痹黛玉，多虚伪！对抱成见的人，不辩也罢。

姨妈母女及屋内婆子、丫鬟都笑起来。婆子们因也笑道："姨太太虽是玩话，却倒也不差呢。到闲了时，和我们老太太一商议，姨太太竟做媒，保成这门亲事，是千妥万妥的。"薛姨妈道："我一出这主意，老太太必喜欢的。"[1]

一语未了，忽见湘云走来，手里拿着一张当票，口内笑道："这是什么账篇子？"黛玉瞧了，也不认得。[2]地下婆子们都笑道："这可是一件奇货，这个乖，可不是白教人的。"宝钗忙一把接了，看时，正是岫烟才说的当票，忙折了起来。薛姨妈忙说："那必定是哪个妈妈的当票子失落了，回来急得她们找。哪里得的？"湘云道："什么是当票子？"众人都笑道："真真是个呆子，连个当票子也不知道。"薛姨妈叹道："怨不得她，真真是侯门千金，而且又小，哪里知道这个？哪里去有这个？便是家下人有这个，她如何得见？别笑她是呆子，若给你们家小姐们看了，也都成了呆子。"众婆子笑道："林姑娘方才也不认得。别说姑娘们，此刻宝玉，他倒是外头常走出去的，只怕也还没见过呢。"薛姨妈忙将原故讲明。湘云、黛玉二人听了，方笑道："原来为此。人也太会想钱了，[3]姨妈家的当铺也有这个不成？"众人笑道："这又呆了。'天下老鸹一般黑'，岂有两样的！"薛姨妈因又问："是哪里拾的？"湘云方欲说时，宝钗忙说："是一张死了没用的，不知哪年勾了账的，香菱拿着哄她们玩的。"[4]薛姨妈听了此话是真，也就不问了。一时人来回："那府里大奶奶过来，请姨太太说话呢。"薛姨妈起身去了。

这里屋内无人时，宝钗方问湘云何处拾的。湘云笑道："我见你令弟媳的丫头篆儿，悄悄地递与莺儿。莺儿便随手夹在书里，只当我没看见。我等她们出去了，我偷着看，竟不认得。知道你们都在这里，所以拿来大家认认。"黛玉忙问："怎么，她也当衣裳不成？既当了，怎么又给你？"宝钗见问，不好隐瞒她两个，遂将方才之事，都告诉了她二人。[5]黛玉便说："兔死狐悲，物伤其

1. 再用婆子们的话突现薛姨妈的"玩话"是"不差"的，"老太太必喜欢的"。《葬花吟》有"三月香巢已垒成，梁间燕子太无情"句，探其隐寓意，当指宝黛亲事已定，宝玉忽因祸匆匆出走。一年后再回家时，已是"人去梁空巢也倾"了。所以揣测后来确是由薛姨妈出头，向老太太说了这门"定亲"事的。可"好事多磨"，突遭劫难，致使"心事终虚化"，谁又能事先料得到呢？

2. 湘、黛不认得当票，犹宝玉不识戥子。

3. 也是"不当家不知柴米贵"的话。

4. 宝钗机智如此！不亚于滴翠亭"金蝉脱壳"。

5. 隐瞒不住，说了为是，况都是闺中好友。

类。"不免感叹起来。史湘云便动了气，说："等我问着二姐姐去！我骂那起老婆子、丫头一顿，给你们出气，何如？"[1] 说着，便要走。宝钗忙一把拉住，笑道："你又发疯了，还不给我坐下呢！"黛玉笑道："你要是个男人，出去打一个抱不平儿。你又充什么荆轲、聂政①！真真好笑。"湘云道："既不叫我问她去，明儿也把她接到咱们苑里一处住去，岂不好？"宝钗笑道："明日再商量。"说着，人报三姑娘、四姑娘来了。三人听了，忙掩了口，不提此事。要知端的，且听下回分解。

1. 路见不平，准备出手，确是湘云。

【总评】

　　本回开头便已结甄府来京之事。但仍不忘说王夫人带宝玉去拜见甄夫人，见其"家中形景，自与荣、宁不甚差别"的话，以强调甄与贾原可合二为一的意图。

　　黛玉的丫头紫鹃为其主子的终身大事着急，对宝玉编了一套谎话，以试探他对黛玉的真情。试探成功了，却险些闯下大祸。作者用浓墨重彩的笔触着力描写这段故事，让读者充分领会宝黛彼此之间感情的分量和深度。宝玉听信林家要来人将黛玉接回苏州去的话和黛玉听说宝玉"眼也直了，手脚也冷了""连李妈妈都说不中用了"的话时，反应居然是同样的强烈。曹雪芹原稿八十回后，写为了痛惜知己的不幸，"绛珠之泪，至死不干，万苦不怨"，宝玉"空对着山中高士晶莹雪，终不忘世外仙姝寂寞林"，终至弃家为僧，从这一节的描写中，都能得到令人信服的印证。

　　下半回转入薛氏母女对黛玉的爱怜和关怀。在此之前，小说对薛姨妈着墨不太多，只是宝玉至梨香院探望宝钗病，被百般爱护的薛姨妈留住，让他与黛玉一道在家吃酒那次（第八回）有过一番描写，现在又再次着重写到她。但事非直入，在此之前，先写姨妈为邢岫烟说媒。她喜欢岫烟的"端雅稳重"，开始时"欲说与薛蟠为妻，因薛蟠素习行止浮奢，又恐糟蹋人家的女儿"，遂想到薛蝌，结果一说便成。在叙述过程中，也将岫烟家道贫寒，衣着短少，典当换钱等事夹入一写，更见薛氏母女对她的关心照顾。然后才转入写母女俩看望黛玉，她们谈婚论嫁，打趣玩笑，逐渐引入正题，最终薛姨妈说出自己真正的想法："我想着，你宝兄弟老太太那样疼他，他又生得那样，若要外头说去，老太太断不中意，不如竟把你林妹妹定与他，岂不四角俱全？"

　　受续书写贾母、凤姐等用"调包计"，弃黛取钗，凑成"金玉良姻"的影响，续作者和一些评论者，都对薛姨妈有贬语微词，以为她有心藏奸，言行虚伪，势利而糊涂。这是很不公平的。若从偏见看问题，则本回回目"慈姨妈爱语慰痴颦"就必须改成"奸姨妈假语诳痴颦"才符合实际了。这显然不是作者的本意。

---

　　①　荆轲、聂政——这里等于说"好汉"。荆轲，战国末期，奉燕太子丹之命行刺秦王嬴政，未成被杀。聂政，战国时期韩人，为严遂报仇，刺杀韩相侠累后自杀。均见《史记·刺客列传》。

第五十八回

杏子阴假凤泣虚凰　茜纱窗真情揆痴理

【题解】

本回回目诸本大体一致，只个别字有异文或抄讹。如戚序、卞藏本"茜纱窗"作"茜红纱"；甲辰本"虚凰"作"虚鸾"。此外，尚有"虚"讹作"处"，"凤"或"凰"讹作"风"者。此用己卯、庚辰本回目。上句：宝玉在往潇湘馆路上，经过山石之后一棵大杏树下，发现有人在烧纸钱，后来才知道是扮演小生的藕官哭祭已死去的扮演小旦的菂官，因为她们从前常演夫妻，日久生情。假凤虚凰，喻虚假的夫妻。神鸟凤凰，雄为凤，雌为凰。下句：菂官死后，又补蕊官为小旦，与藕官仍常演夫妻，二人情谊也还不错。芳官曾问藕官是否"得新弃旧"，她说出了一番痴情人的道理。茜纱窗，指代宝玉的住处怡红院。揆（kuí 葵），揣测。真情揆痴理，指宝玉听了芳官转告他藕官为何烧纸的秘密后，揣度藕官那些使他惊喜不已的话中的道理。

话说她三人因见探春等进来，忙将此话掩住不提。探春等问候过，大家说笑了一会方散。

谁知上回所表的那位老太妃已薨①，凡诰命等皆入朝随班，按爵守制②。敕谕天下：凡有爵之家，一年内不得筵宴音乐，庶民皆三月不得婚嫁。贾母、邢、王、尤、许婆媳祖孙等，皆每日入朝随祭，至未正以后方回。在大内偏宫二十一日后，方请灵入先陵，<u>地名曰孝慈县</u>③。¹这陵离都来往得十来日之功，如今请灵至此，<u>还要停放数日，方入地宫，故得一月光景</u>。²宁府贾珍夫妻二人，也少不得是要去的。两府无人，因此大家计议，家中无主，少不得又大家计议，便报了尤氏产育，将她腾挪出来，协理荣、宁两处事体。因又托了薛姨妈在园内照管她姊妹、丫鬟。薛姨妈只得也挪进园来。³因宝钗处有湘

1. 随事命名。（己）此评原误入正文，庚辰本亦然，却有墨眉批云："'命名'句似批语"。是。今据戚序本校改为批语。

2. 周到细腻之至。真细之至，不独写侯府得理，亦且将皇宫赫赫写得令人不敢坐阅。（己）

3. 尤氏岂有掌管两府诸务的才干？薛姨妈治家本领也有限，且又非贾家人，一大园子的姊妹、丫头如何照管得过来？只是能挪进园子来住，聊胜于无罢了。

---

① 上回所表的那位老太妃已薨（hōng 轰）——古代诸侯死叫薨，后来也用以称皇妃、诸王、大臣的死。"上回所表"，指第五十五回开始时提到"目下宫中有一位太妃欠安"一段，可是除庚辰本有那一小段外，其他诸本均已删除，因此，在其他诸本中，"上回所表"云云，都成了无本之木、无源之水了。

② 守制——遵守居丧制度的种种限制。

③ 孝慈县——作者虚拟的地名。

云、香菱；李纨处目今李婶母女虽去，然有时亦来住三五日不定，贾母又将宝琴送与她去照管；迎春处有岫烟；探春因家务冗杂，且不时有赵姨娘与贾环来嘈聒，甚不方便；惜春处房屋狭小；况贾母又千叮咛万嘱咐，<u>托她照管林黛玉，薛姨妈素习也最怜爱她的，今既巧遇这事，便挪至潇湘馆来和黛玉同房，</u>[1]一应药饵饮食，十分经心。<u>黛玉感戴不尽，以后便亦如宝钗之呼，连宝钗前亦直以"姐姐"呼之，宝琴前直以"妹妹"呼之，俨似同胞共出，</u>[2]较诸人更似亲切。贾母见如此，也十分喜悦放心。薛姨妈只不过照管她姊妹，禁约得丫头辈，一应家中大小事务，也不肯多口。尤氏虽天天过来，也不过应名点卯，亦不肯乱作威福。且她家内上下，也只剩她一个料理；再者，每日还要照管贾母、王夫人的下处一应所需饮馔铺设之物，所以也甚操劳。

当下荣、宁两处主人既如此不暇，并两处执事人等，或有跟随入朝的，或有朝外照理下处事务的，又有先踩踏①下处的，也都各各忙乱。<u>因此两处下人无了正经头绪，也都偷安，或乘隙结党；</u>[3]与权暂执事者，窃弄威福。荣府只留得赖大并几个管事照管外务。这赖大手下常用的几个人已去，虽另委人，也都是些生的，只觉不顺手。且他们无知，或赚骗无节，或呈告无据，或举荐无因，<u>种种不善，在在生事，</u>[4]也难备述。

又见各官宦家，凡养优伶男女者，一概蠲免遣发，<u>尤氏等便议定，待王夫人回家回明，也欲遣发十二个女孩子；</u>[5]又说："这些人原是买的，如今虽不学唱，尽可留着使唤，只令其教习们自去也罢了。"王夫人因说："这学戏的倒比不得使唤的，她们也是好人家的儿女，因无能，卖了做这事，装丑弄鬼的几年，如今有这机会，不如给她们几两银子盘费，各自去罢。当日祖宗手里都是有这例的。咱们如今损阴坏德，而且还小器。如今虽有几个老的还在，那是她们各有原故，不肯回去的，所以才留下使唤，大了配了咱们家的小厮们了。"尤氏道："<u>如今我们也去问她十二个，有愿意回去的，就带了信儿，叫上她父母来亲自来领回去，给她们几两银子盘缠，方妥当。</u>若不叫上她父母亲人来，只怕有混账人

---

1. 贾母第一不放心多病的黛玉无人照管。

2. 感姨妈之厚爱，与钗、琴姐妹关系更亲密了一层。

3. 上既不能严管，下则弊端丛生。

4. 八字总括弊端，是衰落之象。

5. 看来梨香院的戏班子要从此散伙了。藕官等女孩子们故事也由此引入。

---

① 踩踏——实地察看。"踩"，小说中多写作"跐"。今用通行字。

顶名冒领出去，又转卖了，岂不辜负了这恩典！若有不愿意回去的，就留下。"王夫人笑道："这话妥当。"[1]

尤氏等又遣人告诉了凤姐儿。[2]一面说与总理房中，每教习给银八两，令其自便。凡梨香院一应物件，查清记册收明，派人上夜。将十二个女孩子叫来当面细问，倒有一多半不愿意回家的：也有说父母虽有，他只以卖我们为事，这一去还被他卖了；也有父母已亡，或被叔伯兄弟所卖的；也有说无人可投的；也有说恋恩不舍的。所愿去者止四五人。王夫人听了，只得留下。将去者四五人皆令其干娘领回家去，单等她亲父母来领；将不愿去者分散在园中使唤。贾母便留下文官自使，将正旦芳官指与宝玉，将小旦蕊官送了宝钗，将小生藕官指与了黛玉，将大花面葵官送了湘云，将小花面豆官送了宝琴，将老外艾官与了探春，尤氏便讨了老旦茄官去。[3]当下各得其所，就如倦鸟出笼，每日园中游戏。众人皆知她们不能针黹，不惯使用，皆不大责备。其中或有一二个知事的，愁将来无应时之技，亦将本技丢开，便学起针黹纺绩女工诸务。

一日正是朝中大祭，贾母等五更便去了。先到下处用些点心小食，然后入朝。早膳已毕，方退至下处；用过早饭，略歇片刻，复入朝；待中晚二祭完毕，方出至下处歇息；用过晚饭，方回家。可巧这下处乃是一个大官的家庙里，乃比丘尼焚修①，房舍极多极净。东西二院，荣府便赁了东院，北静王府便赁了西院。太妃少妃每日宴息，见贾母等在东院，彼此同出同人，都有照应。外面诸事，不消细述。

且说大观园中，因贾母、王夫人天天不在家内，又送灵去一月方回，各丫鬟、婆子皆有闲空，多在园内游玩。更又将梨香院内服侍的众婆子一概撤回，并散在园内听使，更觉园内人多了几十个。因文官等一干人或心性高傲，或倚势凌下，或拣衣挑食，或口角锋芒，大概不安分守理者多，因此众婆子无不含怨，只是口中不敢与她们分证。如今散了学，大家称了愿，也有丢开手的，也有心地狭窄、犹怀旧怨的，因将众

1. 戏班子分去留两批处理，依自愿原则是妥当的。

2. 凤姐养病期间，虽不管家，这样的事仍须相告为是。看他任意部俚诙谐之中，必有一个"礼"字还清，足见是大家形景。（己）

3. 留下八人，各有所属，记清。每一角色的重要程度亦与其主人重要性相称。

---

①　比丘尼焚修——意谓尼姑焚香修道处。佛家称和尚为比丘，尼姑为比丘尼。比丘，梵语，意为行乞者。

人皆分在各房名下，不敢来厮侵。¹

可巧这日乃是清明之日，贾琏已备下年例祭祀，带领贾环、贾琮、贾兰三人去往铁槛寺祭柩烧纸。宁府贾蓉也同族中几人各办祭祀前往。因宝玉未大愈，故不曾去得。饭后发倦，袭人因说："天气甚好，你且出去逛逛，省得丢下粥碗就睡，存在心里。"宝玉听说，只得拄了一支杖，靸着鞋，步出院外。²因近日将园中分与众婆子料理，各司各业，皆在忙时，也有修竹的，也有剔树①的，也有栽花的，也有种豆的，池中又有驾娘们行着船夹泥②的，种藕的。³香菱、湘云、宝琴与些丫鬟等都坐在山石上，瞧她们取乐。宝玉也慢慢行来。湘云见了他来，忙笑说："快把这船打出去！他们是接林妹妹的。"⁴众人都笑起来。宝玉红了脸，也笑道："人家的病，谁是好意的③！你也形容着取笑儿。"湘云笑道："病也比人家另一样，原招笑儿，反说起人来。"说着，宝玉便也坐下，看着众人忙乱了一回。湘云因说："这里有风，石头上又冷，坐坐去罢。"

宝玉也正要去瞧林黛玉，便起身拄拐，辞了她们，从沁芳桥一带堤上走来。只见柳垂金线，桃吐丹霞，山石之后，一株大杏树，花已全落，叶稠阴翠，上面已结了豆子大小的许多小杏。⁵宝玉因想道："能病了几天，竟把杏花辜负了！不觉倒'绿叶成阴子满枝'④了！"因此，仰望杏子不舍。又想起邢岫烟已择了夫婿一事，虽说是男女大事，不可不行，但未免又少了一个好女儿。不过两年，便也要"绿叶成阴子满枝"了。再过几日，这杏树子落枝空，再几年，岫烟也未免乌发如银，红颜似槁了。因此，不免伤心，只管对杏流泪叹息。⁶正悲叹时，忽有一个雀儿飞来落于枝上乱啼。宝玉又发了呆性，心下想道："这雀儿必定是杏花正开时它曾来过，今见无花空有子叶，故也乱啼。这声韵必是啼哭之声，⁷可恨公冶长⑤

---

① 剔（wū乌）树——修斫树枝。
② 夹泥——也叫"罱（lǎn览）泥"，用两根附着箕的长竹竿，捞取河底烂泥作肥料。
③ 谁是好意的——哪里是故意的；谁自己喜欢那样。
④ 绿叶成阴子满枝——喻女子已婚嫁生育。唐代杜牧为湖州刺史，寻访一位十四年前相遇相约的姑娘，知其已出嫁并生有三子，便作诗感慨说："自是寻春去较迟，不须惆怅怨芳时。狂风落尽深红色，绿叶成阴子满枝。"见《唐诗纪事》。
⑤ 公冶长——孔子的学生，传说他能通鸟语。

---

1. 将文官等女孩子总写几句，不过都是贫苦小家出身，在贾府管事人看来，没有教养，不服管束。其实多半只是年幼任性，爱淘气而已。为此后写她们与人冲突闹事，先作铺垫。

2. 画出病势。（己）如今除老年人外，即使病体未复的，也少见拄杖者。

3. 一片劳动生产繁忙景象，承包效果初见。

4. 取笑宝玉，哪管他病未大愈，说话无一丝顾忌，除了湘云，还能有谁！

5. 作者本擅长诗词曲赋，写景自是拿手，寥寥几笔，总能形容得如诗似画。

6. 与以前婆子形容过他有痴病的情状对景。近之淫书满纸伤春，究竟不知伤春原委。看他并不提"伤春"字样，却艳恨称愁，香流满纸矣。（己）

7. 不写则已，要写就必写透。未写藕官哭泣，先写雀儿啼哭。

不在眼前，不能问他。但不知明年再发时，这个雀儿可还记得飞到这里来与杏花一会了？"

正胡思间，忽见一股火光从山石那边发出，将雀儿惊飞。宝玉吃一大惊，又听那边有人喊道："藕官，你要死！怎弄些纸钱进来烧？[1]我回奶奶们去，仔细你的肉！"宝玉听了，益发疑惑起来，忙转过山石看时，只见藕官满面泪痕，蹲在那里，手里还拿着火，守着些纸钱灰作悲。宝玉忙问道："你与谁烧纸钱？快不要在这里烧。你或是为父母兄弟，你告诉我名姓，外头去叫小厮们打了包袱，写上名姓去烧。"藕官见了宝玉，只不作一声。宝玉数问不答。[2]忽见一个婆子恶狠狠地走来拉藕官，口内说道："我已经回了奶奶们了，奶奶们气得了不得。"藕官听了，终是孩气，怕辱没了没脸，便不肯去。婆子道："我说你们别太兴头过余了，如今还比得你们在外头随心乱闹呢！这是尺寸地方儿①。"指宝玉道："连我们的爷还守规矩呢，你是什么阿物儿，跑来胡闹！怕也不中用，跟我快走罢！"[3]宝玉忙道："她并没烧纸钱，原是林妹妹叫她来烧那烂字纸的。你没看真，反错告了她。"[4]

藕官正没了主意，见了宝玉，也正添了畏惧；忽听他反掩饰，心内转忧成喜，也便硬着口说道："你很看真是纸钱了么？我烧的是林姑娘写坏了的字纸！"那婆子听如此说，亦发狠起来，便弯腰向纸灰中拣那不曾化尽的遗纸，拣了两点在手内，说道："你还嘴硬？据有证在这里。我只和你厅上讲去！"[5]说着，拉了袖子，就拽着要走。宝玉忙把藕官拉住，用拄杖敲开那婆子的手，[6]说道："你只管拿了那个回去。实告诉你：我昨夜做了一个梦，梦见杏花神和我要一挂白钱，不可叫本房人烧，要一个生人替我烧了，我的病就好得快。所以我请了这白钱，巴巴儿地和林姑娘烦了她来，替我烧了祝赞。原不许一个人知道的，所以我今日才能起来，偏你看见了。我这会子又不好了，都是你冲了！[7]你还要告她去？藕官，只管去，见了她们，你就照依我这话说。等老太太回来，我就说她故意来冲神祇，保佑我早死。"藕官听了，益发得了主意，反倒拉着婆子要走。那婆子听了这话，忙丢下纸钱陪笑，央告宝玉道："我原不知道，二爷若回

1. 现实景象打破遐思幻想。突现火光，突闻喊声，雀飞人惊，读来神悚。

2. 教她如何回答得上？

3. 也有被当场逮住的时候，称心快意之语。如何？必是含怨之人。又拉上宝玉，画出小人得意来。（己）

4. 不用问是非，宝玉必是站在藕官一边的。只是匆忙间，谎撒得实在不高明。

5. 对付老婆子，靠赖不是好办法。证据在人家手里，如何蒙混得过去？

6. 想不到拄杖还有这个用处。

7. 这个谎就说得聪明多了，还带有进攻性，能不叫婆子害怕？

---

① 尺寸地方儿——讲究规矩的地方。尺寸，法度；规矩。

了老太太，我这老婆子岂不完了？[1] 我如今回奶奶们去，就说是爷祭神，我看错了。"宝玉道："你也不许再回去了，我便不说。"婆子道："我已经回了，叫我来带她，我怎好不回去的？也罢，就说我已经叫到了，又被林姑娘叫了去了。"宝玉想了一想，方点头应允。那婆子只得去了。

这里宝玉又问她："到底是为谁烧纸？我想来，若是为父母兄弟，你们皆烦人外头烧过了，这里烧这几张，必有私自的情理。"藕官因方才护庇之情，感激于衷，便知他是自己一流的人物，便含泪说道："我这事，除了你屋里的芳官，并宝姑娘的蕊官，并没第三个人知道。[2] 今日被你遇见，又有这段意思，少不得也告诉了你，只不许再对一人言讲。"又哭道："我也不便和你面说，你只回去背人悄问芳官就知道了。"说毕，佯常①而去。

宝玉听了，心下纳闷，[3] 只得踱到潇湘馆，瞧黛玉益发瘦得可怜，问起来，比往日已算大愈了。[4] 黛玉见他也比先大瘦了，想起往日之事，不免流下泪来。些微谈了谈，便催宝玉去歇息调养。宝玉只得回来。因记挂着要问芳官那原委，偏有湘云、香菱来了，正和袭人、芳官说笑，不好叫她，恐人又盘诘，只得耐着。[5]

一时芳官又跟了她干娘去洗头。她干娘偏又先叫了她亲女儿洗过了后才叫芳官洗。[6] 芳官见了这般，便说她偏心，"把你女儿的剩水给我洗。我一个月的月钱都是你拿着，沾我的光不算，反倒给我剩东剩西的！"她干娘羞愧变成恼，便骂她："不识抬举的东西！怪不得人人都说戏子没一个好缠的。凭你什么好人，入了这一行，都弄坏了。[7] 这一点子屁崽子，也挑幺挑六，咸屄淡舌，咬群的骡子似的！"娘儿两个吵起来。

袭人忙打发人去说："少乱嚷！瞅着老太太不在家，一个个连句安静话也不说了。"晴雯因说："都是芳官不省事，不知狂的什么！也不过是会两出戏，倒像杀了贼王、擒了反叛来的！"袭人道："'一个巴掌拍不响'，老的也太不公些，小的也太可恶些。"[8] 宝玉道："怨

1. 人人皆知贾母溺爱孙子，又相信神祇，这一告还得！

2. 是藕官隐私，此事只与芳、蕊二官有关。三官的现在主子，恰好是宝、黛、钗三位书中的男女主角。这样的构思安排，看来也与他们不无关系。

3. 既答应告诉他，为何又不说，要他去问芳官？连观书者亦纳闷。（己）

4. 既曰大愈，尚瘦如此，总为步步走近不祥而写。好，若只管病亦不好。（己）

5. 总不肯作一直笔。

6. 因小事又生一波。

7. 歧视艺人语，亦世俗偏见，正好用来辱骂。

8. 晴、袭说话各异，亦性情和所见的差异，与宝玉态度又不一样。

---

① 佯常——即"扬长"，丢下别人，自管自离去的样子。

不得芳官。自古说：'物不平则鸣。^①'¹ 她少亲失眷的，在这里没人照看了，赚了她的钱，又作践她，如何怪得！"² 因又向袭人道："她一月多少钱？以后不如你收了过来照管她，岂不省事？"袭人道："我要照看她，哪里不照看了，又要她那几个钱才照看她？没的讨人骂去！"说着，便起身至那屋里，取了一瓶花露油，并些鸡卵、香皂、头绳之类，叫一个婆子来送给芳官去，叫她另要水自洗，不要吵闹了。³ 她干娘越发羞愧，便说芳官"没良心，花掰^②我克扣你的钱"，便向她身上拍了几下，芳官便哭起来。⁴ 宝玉便走出来，袭人忙劝："作什么？我去说她。"晴雯忙先过来，指她干娘说道："你老人家太不省事！你不给她好的洗，我们饶给她东西，你不自臊，还有脸打她！她要还在学里学艺，你也敢打她不成？"⁵ 那婆子便说："'一日叫娘，终身是母。'她排场我，我就打得。"

袭人唤麝月道："我不会和人拌嘴，晴雯性子太急，你快过去震吓她两句。"⁶ 麝月听了，忙过来说道："你且别嚷。我且问你：别说我们这一处，你看满园子里，谁在主子屋里教导过女儿的？便是你的亲女儿，既分了房，有了主子，自有主子打得骂得；再者，大些的姑娘姐姐们可以打得骂得，谁许你老子娘又半中间管闲事了？都这样管，又要叫她们跟着我们学什么？越老越没了规矩！你见前儿坠儿的娘来吵，你也来跟她学？⁷ 你们放心，因连日这个病那个病，老太太又不得闲心，所以我没回。等两日闲了，咱们痛回一回，大家把威风煞一煞儿才好！宝玉才好了些，连我们也不敢大声说话，你反打得人狼嗥鬼叫的。上头能出了几日门，你们就无法无天的，眼睛里没了我们，再两天你们就该打我们了！她不要你这干娘，怕粪草埋了她不成？"⁸

宝玉恨得用拄杖敲着门槛子说道：⁹"这些老婆子都是些铁心石头肠子，也是件大奇的事。不能照看，反倒折挫，天长地久，如何是好！"¹⁰ 晴雯道："什么'如何是好'，都撵了出去，不要这些中看不中吃的！"那婆子羞愧难当，一言不发。那芳官只穿着海棠红的小棉袄，底

1. 自来经语未遭如是用也。（己）称韩文公之言为"经语"因其"文以载道"乎？

2. 宝玉是非立场鲜明。

3. 顺从宝玉心意，息事宁人。

4. 恼羞成怒，欲安静而不可得。

5. 可知前责芳官太狂，非庇护她干娘也。现在又责她干娘，可知还是有正义感的。

6. 好！知量才而用。袭人自己和晴雯是两个极端，麝月有锋利的口齿，前与坠儿娘争辩可否叫"宝玉"之名，已见识过了。

7. 提前警示其莫蹈覆辙。

8. 果然会说话。

9. 拄杖的又一用途。

10. 是宝玉口气。画出宝玉来。（己）

---

① 物不平则鸣——语出韩愈《送孟东野序》："大凡物不得其平则鸣。……人之于言也亦然，有不得已者而后言，其歌也有思，其哭也有怀。凡出乎口而为声者，其皆有弗平者乎！"

② 花掰——胡编乱造。

下绿绸撒花夹裤，敞着裤腿，[1]一头乌油似的头发披在脑后，哭得泪人一般。麝月笑道："把个莺莺小姐反弄成才拷打的红娘了！[2]这会子又不妆扮了，还是这么松怠怠的。"宝玉道："她这本来面目极好！倒别弄紧衬了。"[3]晴雯过去拉了她，替她洗净了发，用手巾拧干，松松地挽了一个慵妆髻，[4]命她穿了衣服，过这边来了。

接着，司内厨的婆子来问："晚饭有了，可送不送？"小丫头听了，进来问袭人。袭人笑道："方才胡吵了一阵，也没留心听钟几下了。"晴雯道："那劳什子又不知怎么了，又得去收拾。"说着，便拿过表来瞧了一瞧，说："再略等半钟茶的工夫就是了。"小丫头去了。麝月笑道："提起淘气，芳官也该打几下。昨儿是她摆弄了那坠子半日，就坏了。"[5]说话之间，便将食具打点现成。一时小丫头子捧了盒子进来站住。晴雯、麝月揭开看时，还是只四样小菜。晴雯笑道："已经好了，还不给两样清淡菜吃！这稀饭咸菜闹到多早晚？"一面摆好，一面又看那盒中，却有一碗火腿鲜笋汤，忙端了放在宝玉跟前。宝玉便就桌上喝了一口，[6]说："好烫！"袭人笑道："菩萨！能几日不见荤，馋得这样起来！"一面说，一面忙端起，轻轻用口吹。[7]因见芳官在侧，便递与芳官，笑道："你也学着些服侍，别一味呆憨呆睡。口劲轻着，别吹上唾沫星儿。"芳官依言果吹了几口，甚妥。[8]

她干娘也忙端饭，在门外伺候。向日芳官等一到时，原从外边认的，就同往梨香院去了。这干婆子原系荣府三等人物，不过令其与她们浆洗，皆不曾入内答应①，故此不知内帏规矩。今亦托赖她们方入园中随女归房。这婆子先领过麝月的排场，方知了一二分，生恐不令芳官认她做干娘，便有许多失利之处，故心中只要买转她们。今见芳官吹汤，便忙跑进来，笑道："她不老成，仔细打了碗，让我吹罢。"[9]一面说，一面就接。晴雯忙喊："快出去！你让她砸了碗，也轮不到你吹！你什么空儿跑到这里格子②来了？还不出去！"[10]一面又骂小丫头们："瞎了心的，她不知道，你们也不说给她！"

① 答应——听候差遣。
② 里格子——内室，里间。

1. 每一细节无不活现。四字奇想，写得纸上跳出一个女优来。（己）

2. 趣极！芳官是正旦，恰好是扮演莺莺的角色。

3. 宝玉好天然本色，不喜拘礼约束的话。

4. 晴雯最惯于挽成这种随随便便的发式。

5. 钟停了，就看表，装备相当齐全。原来钟是芳官弄坏的，故麝月说她也该打。让人看出小女孩的顽皮淘气。

6. 画出病人。（己）

7. 有些版本"好烫"讹作或妄改作"好汤"，甚谬；是不细读下文之故。

8. 袭人看出宝玉很喜欢芳官，故叫她学着吹汤。

9. 这主意可打错了，非但不知内帏规矩，也缺心眼儿，不知宝玉的好恶。若真的端过来吹，这汤非被宝玉连碗都砸了不可。

10. 幸亏喊得快。

小丫头们都说："我们撺她，她不出去；说她，她又不信。如今带累我们受气，你可信了？我们到的地方儿，有你到的一半，还有你一半到不去的呢！何况又跑到我们到不去的地方，还不算，又去伸手动嘴的了。"一面说，一面推她出去。阶下几个等空盒家伙的婆子见她出来，都笑道："嫂子也没用镜子照一照，就进去了。"[1]羞得那婆子又恨又气，只得忍耐下去了。

芳官吹了几口，宝玉笑道："好了，仔细伤了气。你尝一口，可好了？"[2]芳官只当是玩话，只是笑看着袭人等。[3]袭人道："你就尝一口何妨？"晴雯笑道："你瞧我尝。"说着，就喝了一口。[4]芳官见如此，自己也便尝了一口，说："好了。"递与宝玉。宝玉喝了半碗，吃了几片笋，又吃了半碗粥，就罢了。众人拣收出去了。小丫头捧了沐盆，盥漱已毕，袭人等出去吃饭。宝玉便使个眼色与芳官，芳官本自伶俐，又学了几年戏，何事不知？便装说头疼，不吃饭了。[5]袭人道："既不吃饭，你就在屋里作伴儿，把这粥给你留着，一时饿了再吃。"说着都去了。

这里宝玉和她只二人，宝玉便将方才从火光发起，如何见了藕官，又如何谎言护庇，又如何藕官叫我问你，从头至尾，细细地告诉她一遍，又问她祭的果系何人。[6]芳官听了，满面含笑，又叹一口气，说道："这事说来可笑又可叹。"宝玉听了，忙问如何。芳官笑道："你说她祭的是谁？祭的是死了的菂官①。"宝玉道："这是友谊，也应当的。"芳官笑道："哪里是友谊？她竟是疯傻的想头，说她自己是小生，菂官是小旦，常做夫妻，虽说是假的，每日那些曲文排场，皆是真正温存体贴之事，故此二人就疯了，虽不做戏，寻常饮食起坐，两个人竟是你恩我爱。菂官一死，她哭得死去活来，至今不忘，所以每节烧纸。后来补了蕊官，我们见她一般的温柔体贴，也曾问她得新弃旧的。[7]她说：'这又有个大道理，比如男子丧了妻，或有必当续弦者也必要续弦为是。但只是不把死的丢过不提，便是情深意重了。若一味因死的不续，孤守一世，

1. 小丫头们推，外面婆子嘲，却是自作自受。

2. 出于喜欢，不言而喻。

3. 机灵人不敢冒失，要看眼色行事。

4. 晴雯知己知彼，故敢示范。

5. 戏即人生。学戏自然可学到不少事，何况本是伶俐人。

6. 这才开始说到回目正题了。

7. 可与黛玉死，宝玉悲痛欲绝，后来又娶了宝钗作比。或疑：宝玉婚后也能对宝钗"温柔体贴"吗？能。黛玉之夭亡，非关宝钗；宝玉娶钗，亦情势使然，非被人捉弄，何须白眼相向？故脂评谓"后文成其夫妇时"有"谈旧之情"（第二十回脂评），也能在一段时期维持"举案齐眉"的关系。至于不忘"世外仙姝"，心存遗恨，且因人生价值观的差异而两情并不和谐，那是另一回事。作者非常忠于生活逻辑，总是"按迹蹑踪"，合情合理，从不"稍加穿凿"的。所以特解释非"得新弃旧"。

---

① 菂（dì 的）官——菂，莲子。己卯、庚辰、列藏本皆同；梦稿、蒙府、戚序、戚宁、甲辰、程甲乙本均作"药官"，讹，当是后人改。菂与藕同体，为莲之实与根，喻两人夫妻般的亲密关系，故莲子落去后，以莲蕊（蕊官）补之，以待来年再结实也。

妨了大节，也不是理，死者反不安了。'¹ 你说可是又疯又呆？说来可是好笑？"宝玉听说了这篇呆话，独合了他的呆性，不觉又是欢喜，又是悲叹，又称奇道绝，说："天既生这样人，又何用我这须眉浊物玷辱世界！"² 因又忙拉芳官嘱道："既如此说，我也有一句话嘱咐她，我若亲对面与她讲，未免不便，须得你告诉她。"芳官问何事。宝玉道："以后断不可烧纸钱。这纸钱原是后人异端，不是孔子的遗训。以后逢时按节，只备一个炉，到日随便焚香，一心诚虔，就可感格①了。³ 愚人原不知，无论神佛、死人，必要分出等例，各式各例的。殊不知只以'诚信'二字为主。即值仓皇流离之日②，虽连香亦无，随便有土有草，只以洁净，便可为祭，⁴ 不独死者享祭，便是神鬼，皆是来享的。你瞧瞧我那案上，只设一炉，不论日期，时常焚香。他们皆不知原故，我心里却各有所因。随便有新茶，便供一钟茶，有新水，就供一盏水，或有鲜花，或有鲜果，甚至于荤羹腥菜，只要心诚意洁，便是佛也都可来享，所以说，只在敬不在虚名。以后快命她不可再烧纸。"芳官听了，便答应着，一时吃过饭，便有人回："老太太、太太回来了。"〔要知端的，且听下回分解。〕

1. 这段大道理总为阐明将来宝玉作为而有，是极重要的暗示。却为甲辰、程高本所删除。

2. 宝玉听后的反应，是判断作者为暗示将来之所以成"金玉姻缘"而写此情节的依据。可惜也被甲辰、程高诸本尽行删除。

3. 作者虽非无神论者，却也并不迷信。

4. "仓皇流离之日"六字，触目惊心。

【总评】

此回的中心故事是藕官在园中烧纸钱祭奠死者和芳官述说其中的原委。本来十二个女孩子都是在梨香院学唱戏的，起居在一块儿，很难单独地描述其中某一个。现在遇上一件事，才有了这样的机会：当朝老太妃薨，官宦之家都得遵守居丧制度，停止婚宴戏乐。于是，荣府打算遣发十二个女孩子回去，又怕来领的人将她们转卖，所以当面问她们意愿，不愿回去的，就留下。结果一大半不愿回去，便分散到各处听使唤。如将芳官分给了宝玉；演小旦的蕊官分给宝钗；演小生的藕官分给黛玉……这样，芳官等便有故事可写了。

清明节，宝玉病起拄拐出来，欲去瞧黛玉。有一段园中美景的描写和宝玉见杏花已过，便兴"绿叶成阴子满枝"的叹息，又见一个雀儿飞来乱啼，更是触景生情。这是接着要展开故事前，对时节、景物、心情、氛围先作必要的渲染、衬托，犹舞台上的布景和音响效果。

藕官烧纸钱作悲，几乎同时被管园子的婆子和宝玉发现。对此，二人是两种截然不同的态度，宝玉对女孩子的同情、体贴，立时显现。宝玉的机敏应变和执意庇护，使藕官"感激于衷"，这才告诉宝玉"回去背人悄问芳官"；其中原委自己难以启齿，故不先透露。这也增加了情节

---

① 感格——感通，指感动神灵。
② 即值仓皇流离之日——请读者注意，这句话看似随口假设，其实，必深有用心，可以视作是作者在预言后事。甲辰、程高诸本删去，其前后文亦多有删节。

的悬念。

　　宝玉问芳官，书中不直接叙出。先有芳官与她干娘为洗头事争吵，麝月教训了她干娘；又有为争着要替宝玉吹汤事，干娘受晴雯等羞辱。这些女孩子之所以愿留下来，不愿被遣送走，以及她们供使唤的情况，由此类描述，可见一斑。

　　芳官述说藕官烧纸原委，是本回重中之重。她说藕官"祭的是死了的菂官"，说藕官"竟是疯傻的想头，说她自己是小生，菂官是小旦，常做夫妻，虽说是假的（故回目称'假凤''虚凰'），每日那些曲文排场，皆是真正温存体贴之事，故此二人就疯了，虽不做戏，寻常饮食起坐，两个人竟是你恩我爱。菂官一死，她哭得死去活来，至今不忘，所以每节烧纸"。

　　在我看来，对研究佚稿情节更有价值的是下面的话，芳官继续说："后来补了蕊官，我们见她一般的温柔体贴，也曾问她得新弃旧的。她说：'这又有个大道理，比如男子丧了妻，或有必当续弦者也必要续弦为是。但只是不把死的丢过不提，便是情深意重了。若一味因死的不续，孤守一世，妨了大节，也不是理，死者反不安了。'你说可是又疯又呆？说来可是好笑？"关键是宝玉的反应："宝玉听说了这篇呆话，独合了他的呆性，不觉又是欢喜，又是悲叹，又称奇道绝。说：'天既生这样人，又何用我这须眉浊物玷辱世界！'"

　　这就完全解释了黛玉泪尽夭亡后，为何宝玉还会娶宝钗，而且婚后也曾有过彼此"谈旧之情"（第二十回脂评）的日子，为何心里"意难平"的宝玉"终不忘世外仙姝寂寞林"。宝玉要芳官告诉藕官"以后断不可烧纸钱"，"只备一个炉，到日随便焚香，一心诚虔，就可感格了"，也就是他祭金钏儿的办法。最令人触目惊心的是仿佛无意间随口说的那句假设性的话："即值仓皇流离之日……"这真是无意的吗？从作者行文的习惯看，不是的。

第五十九回

柳叶渚边嗔莺咤燕 绛芸轩里召将飞符

【题解】

　　此回回目诸本基本一致，唯蒙府、甲辰、程高本"咤"作"叱"；庚辰本"芸"讹作"云"。此用己卯本回目。回目所说的是因丫头们采摘柳条、花朵，引起管园子的婆子与她们的一场争吵。"莺"，指宝钗的丫头莺儿，她编得一手好花篮，所以要折柳采花。"燕"，指宝玉的小丫头春燕，正好与莺儿在一起，管园中花木的是她姑妈，姑妈见花木被折，就指桑骂槐地责打春燕，还唆使春燕的娘来打骂她。春燕逃回，她娘追至怡红院来闹。"绛芸轩"，宝玉居室名。袭人等管不住她，就派人去请平儿，即所谓"召将"；恰值平儿有事来不了，便传下话来：撵她出去，打四十板子，即所谓"飞符"，借军中传令的用语。

　　话说宝玉多添了一件衣服，拄杖前边来，都见过。<u>因每日辛苦，都要早些歇息，一宿无话。次日五鼓，又往朝中去。</u>[1]

　　离送灵日不远，鸳鸯、琥珀、翡翠、玻璃四人，都忙着打点贾母之物；玉钏、彩云、彩霞等皆打点王夫人之物；当面查点与跟随的管事媳妇们。跟随的一共大小六个丫鬟、十个老婆子媳妇子，男人不算。连日收拾驮轿①器械。鸳鸯与玉钏儿皆不随去，只看屋子。一面先几日预发帐幔铺陈之物，先有四五个媳妇并几个男人领了出来，坐了几辆车绕道先至下处，铺陈安插等候。

　　临日，贾母带着蓉妻坐一乘驮轿，王夫人在后亦坐一乘驮轿；贾珍骑马，率领众家丁围护。又有几辆大车与婆子、丫鬟等坐，并放些随换的衣包等件。是日，薛姨妈、尤氏率领诸人直送至大门外方回。贾琏恐路上不便，一面打发了他父母起身，赶上贾母、王夫人驮轿，自己也随后带领家丁押后跟来。

　　荣府内，赖大添派人丁上夜，将两处厅院都关了，一

1. 不过是一位老太妃薨，与皇家稍沾亲带故的贵族之家，便有如许入朝随班等事，及停宴止乐，不得婚嫁种种禁忌。因而想到有"揭秘"《红楼梦》为清宫秘史者，竟说元春省亲是乾隆元年事，元年元宵距雍正帝驾崩不过数月，正值举国大哀之时，岂能行如此热闹大喜之事！可知只图说得好听，不顾起码常识了。园内出许多事，亦乘此空隙。

---

　　① 驮（tuó 驼）轿——北方一种用两匹牲口驮着走的轿子。

应出入人等皆走西边小角门。日落时，便命关了仪门，不放人出入。园中前后东西角门亦皆关锁，只留王夫人大房之后常系她姊妹出入之门，东边通薛姨娘的角门，这两门因在内院，不必关锁。里面鸳鸯和玉钏儿也各将上房关了，自领丫鬟、婆子下房去安歇。每日林之孝之妻进来，带领十来个婆子上夜，穿堂内又添了许多小厮们坐更打梆子，已安插得十分妥当。

一日清晓，宝钗春困已醒，搴帷下榻，微觉轻寒，及启户视之，见苑中土润苔青，原来五更时落了几点微雨。于是唤起湘云等人来，一面梳洗，湘云因说两腮作痒，恐又犯了杏斑癣，因问宝钗要些蔷薇硝擦。[1] 宝钗道："前儿剩的都给了妹子。"因说："颦儿配了许多，我正要和她要些，因今年竟没发痒，就忘了。"因命莺儿去取些来。[2] 莺儿应了，才去时，蕊官便说："我同你去，顺便瞧瞧藕官。"说着，一径同莺儿出了蘅芜苑。

二人你言我语，一面行走，一面说笑，不觉到了柳叶渚①，顺着柳堤走来。因见柳叶才吐浅碧，丝若垂金，莺儿便笑道："你会拿这柳条子编东西不会？"[3] 蕊官笑道："编什么东西？"莺儿道："什么编不得？玩的使的都可。等我摘些下来，带着这叶子编一个花篮，采了各色花放在里头，才是好玩呢！"说着，且不去取硝，且伸手挽翠披金，采了许多嫩条，命蕊官拿着。她却一行走，一行编花篮，随路见花便采一二枝，编出一个玲珑过梁的篮子。枝上自有本来的翠叶满布，将花放上，却也别致有趣。喜得蕊官笑道："好姐姐，给了我罢！"莺儿道："这一个咱们送林姑娘，回来咱们再多采些，编几个大家玩。"[4] 说着，来至潇湘馆中。

黛玉也正晨妆，见了篮子，便笑说："这个新鲜花篮是谁编的？"莺儿笑说："我编了送姑娘玩的。"黛玉接了，笑道："怪道人人赞你的手巧，这玩意儿却也别致。"[5] 一面瞧了，一面便命紫鹃挂在那里。莺儿又问候了薛姨妈，方和黛玉要硝。黛玉忙命紫鹃包了一包，递与莺儿。黛玉又说道："我好了，今日要出去逛逛。你回去说与姐姐，不用过来问候妈了，也不敢劳她来瞧我，我梳了头，同妈都往你那里去，

1. 春天易发之皮肤病。蔷薇硝又引出下一回事。

2. 莺儿此去，又惹出一场争吵来。

3. 拿手本领，见柳丝不觉技痒。

4. 偶一为之尚可，多采怕要惹出事来。

5. 这一夸，更让莺儿有兴头了。

① 柳叶渚——己、庚、梦、杨诸本原作"杏叶渚"，然本回回目各本都作"柳叶渚"，二者不一致。戚（蒙不存）、列本则于正文中改"杏"为"柳"，以求统一，今姑从之。

连饭也端了那里去吃，大家热闹些。"

　　莺儿答应了出来，便到紫鹃房中找蕊官。只见蕊官与藕官二人正说得高兴，不能相舍，[1] 莺儿便笑说："姑娘也去呢，藕官先同我们去等着，岂不好？"紫鹃听如此说，便也说道："这话倒是，她这里淘气得也可厌。"一面说，一面便将黛玉的匙箸用一块洋巾包了，交与藕官道："你先带了这个去，也算一趟差了。"

　　藕官接了，笑嘻嘻同她二人出来，一径顺着柳堤走来。莺儿便又采些柳条，索性坐在山石上编起来；又命蕊官先送了硝去再来。她二人只顾爱看她编，哪里舍得去。莺儿只顾催说："你们再不去，我也不编了。"藕官便说："我同你去了，再快回来。"二人方去了。

　　这里莺儿正编，只见何婆的小女儿春燕走来，[2] 笑问："姐姐编什么呢？"正说着，蕊、藕二人也到了。春燕便向藕官道："前儿你到底烧什么纸？被我姨妈看见了，要告你，没告成，倒被宝玉赖了她一大些不是，气得她一五一十告诉我妈。[3] 你们在外头这二三年积了些什么仇恨，如今还不解开？"藕官冷笑道："有什么仇恨？她们不知足，反怨我们了。在外头这两年，别的东西不算，只算我们的米菜，不知赚了多少家去，合家子吃不了，还有每日买东买西赚的钱在外。逢我们使她们一使儿，就怨天怨地。你说说，可有良心？"

　　春燕笑道："她是我的姨妈，也不好向着外人反说她的。[4] 怨不得宝玉说：'女孩儿未出嫁，是颗无价的宝珠；出了嫁，不知怎么就变出许多的不好的毛病来，虽是颗珠子，却没有光彩宝色，是颗死珠了；再老了，更变得不是珠子，竟是鱼眼睛了！[5] 分明一个人，怎么变出三样来？'这话虽是混话，倒也有些不差。别人不知道，只说我妈和姨妈，她老姊妹两个如今越老了越把钱看得真了。[6] 先是老姐儿两个在家，抱怨没个差使，没个进益，幸亏有了这园子，把我挑进来，可巧把我分到怡红院。家里省了我一个人的费用不算外，每月还有四五百钱的余剩，这也还说不够。后来老姊妹二人都派到梨香院去照看她们，藕官认了我姨妈，芳官认了我妈，这几年着实宽裕了。如今挪进来也算撒开手了，还只无厌。[7] 你说好笑不好笑？我姨妈刚和藕官吵了，接着我妈为洗头就和芳官吵。[8] 芳官连要洗头也不给她洗。昨日得月钱，推不去了，买了东西，先

1. 与前芳官所述情况一样。

2. 春燕来的真不是时候，她哪里知道自己会成为无辜的替罪羊！何婆即芳官的干娘。

3. 原来前儿逮住藕官烧纸钱的是她姨妈。

4. 凡声称不好说她的，必定是要说她的。

5. 不意从春燕口中补出宝玉如此令人发笑的比喻来。

6. 如何？还是要说她了吧？

7. 交代清藕官、芳官各自所认的干娘。

8. 一个为烧纸吵，一个为洗头吵，都够差劲的。这样的干娘，真不该认！怕也由不得她们不认。

叫我洗。我想了一想：我自有月钱，就没了钱，要洗时，不管袭人、晴雯、麝月哪一个跟前，和她们说一声，也都容易，何必借这个光儿？好没意思。所以我不洗。她又叫我妹妹小鸠儿洗了才叫芳官，果然就吵起来。[1] 接着又要给宝玉吹汤，你说，可笑死了人！我见她一进来，我就告诉那些规矩。她只不信，只要强作知道，足的讨个没趣儿。幸亏园里的人多，没人分记得清楚谁是谁的亲故。若有人记得，只我们一家人吵，什么意思呢？[2] 你这会子又跑了来弄这个。这一带地上的东西，都是我姑妈管着。[3] 她一得了这地方，比得了永远基业还利害，每起早睡晚，自己辛苦了还不算，每日逼着我们来照看，生恐有人糟踏，我又怕误了我的差使。如今我们进来了，老姑嫂两个照看得谨谨慎慎，一根草也不许人动。你还掐这些花儿，又折她的嫩树，[4] 她们即刻就来，仔细她们抱怨。"莺儿道："别人乱折乱掐使不得，独我使得。自从分了地基之后，各房里每日皆有份例，吃的不用算，单算花草玩意儿，谁管什么，每日谁就把各房里姑娘、丫头戴的，必要各色送些折枝去，另外还有插瓶的。惟有我们姑娘说了：'一概不用送，等要什么再和你们要。'究竟总没要过一次。[5] 我今便掐些，她们也不好意思说的。"

一语未了，她姑妈果然拄了拐走来。莺儿、春燕等忙让坐。那婆子见采了许多嫩柳，又见藕官等都采了许多鲜花，心内便不受用，看着莺儿编，又不好说什么，[6] 便说春燕道："我叫你来照看照看，你就贪住玩不去了。倘或叫起你来，你又说我使你了，拿我做隐身符儿①，你来乐！"春燕道："你老又使我，又怕，这会子反说我。难道把我劈八瓣子不成？"莺儿笑道："姑妈，你别信小燕的话。这都是她摘下来的，烦我给她编，我撺她，她不去。"[7] 春燕笑道："你可少玩儿，你只顾玩儿，老人家就认真了。"

那婆子本是愚顽之辈，兼之年迈昏愦②，惟利是命，一概情面不管，正心疼肝断，无计可施，听莺儿如此说，便倚老卖老，拿起拄杖来向春燕身上击了几下，骂道："小蹄子！我说着你，你还和我强嘴儿呢！你妈恨得牙痒，要撕你的肉吃呢，你还和我梆子似的！"[8] 打得春燕又愧又急，

1. 又将洗头事经过，补得更详尽些。愈见春燕娘为偏心亲生女，太无理，太可厌。

2. 说是"只我们一家人吵"，两个婆子还不算数，尚有第三个呢！

3. 第三个出现了，是姑妈。

4. 园子分给专人管理，就免不了有阻拦纷争之事，这一点探春等在一开始商议时，就估计到了。

5. 莺儿说出了分管者对各房都有供花之责，宝钗不爱花花草草，所以放弃，便宜了管园者。但仅凭此便以为可任意折掐，不致引起干涉，也未免过于天真了。

6. 不好直着说，不等于不能绕着弯子说。

7. 坏了！这玩笑也开得？总以为自己面子大，过高估计了婆子的气量。

8. 从叙述婆子为人和描写她的言行看，作者的倾向性还是很明显的。

---

①　隐身符儿——迷信所说的能使人隐身的符箓，这里近乎说挡箭牌。
②　昏愦（mào茂）——两眼昏花；可引申为昏聩糊涂。

因哭道："莺儿姐姐玩话，你老就认真打我。我妈为什么恨我？我又没烧胡了洗脸水①，¹有什么不是？"莺儿本是玩话，忽见婆子认真动了气，忙上去拉住笑道："我才是玩话，你老人家打她，我岂不愧？"那婆子道："姑娘，你别管我们的事！难道为姑娘在这里，不许我管孩子不成？"莺儿听见这般蠢话，便赌气红了脸，撒了手，冷笑道："你老人家要管，哪一刻管不得，偏我说了一句玩话，就管她了。我看你老管去！"说着便坐下，仍编柳篮子。

　　偏又有春燕的娘出来找她，²喊道："你不来舀水，在那里做什么呢？"这婆子便接声儿道："你来瞧瞧，你的女儿连我也不服了！在那里排揎我呢。"那婆子一面走过来说："姑奶奶，又怎么了？我们丫头眼里没娘罢了，连姑妈也没了不成？"莺儿见她娘来了，只得又说原故。她姑妈哪里容人说话，便将石上的花柳与她娘瞧道："你瞧瞧，<u>你女儿这么大孩子玩的！她先领着人糟蹋我，我怎么说人？</u>"³她娘也正为芳官之气未平，又恨春燕不遂她的心，便走上来打耳刮子，⁴骂道："<u>小娼妇！你能上去了几年？你也跟着那起轻薄浪小妇学，怎么就管不得你们了？</u>⁵干的我管不得，你是我屄里掉出来的，难道也不敢管你不成？既是你们这起蹄子到得去的地方我到不去，你就该死在那里伺候，又跑出来浪汉！"一面又抓起柳条子来，直送到她脸上，问道："这叫作什么？这编的是你娘的屄！"莺儿忙道："<u>那是我编的，你老别指桑骂槐！</u>"⁶那婆子深妒袭人、晴雯一干人，已知凡房中大些的丫鬟，都比她们有些体统权势，凡见了这一干人，心中又畏又让，未免又气又恨，亦且迁怒于众；复又看见了藕官，又是她令姊的冤家，<u>四处凑成一股怨气。</u>⁷

　　那春燕啼哭着往怡红院去了。<u>她娘又恐问她为何哭，怕她又说出打她，</u>⁸自己又要受晴雯等的气，不免着起急来，又忙喊道："你回来！我告诉你再去。"春燕哪里肯回来，急得她娘跑了去又拉她。她回头看见，便也往前飞跑。她娘只顾赶她，不防脚下被青苔滑倒，引得莺儿三个人反都笑了。莺儿赌气将花柳皆掷于河中，自回房去。这里把个婆子心疼得只念佛，又骂："促狭小蹄子！糟蹋了花儿，雷也是要打的！"自己且掐花与各房送去，不提。

1. 新鲜话。

2. 又来一个更蠢更凶的。

3. 连莺儿都说在内了，还说"怎么说人"。

4. 因洗头吹汤事自取其辱，反将一肚子气撒在女儿身上，故一上来就动手打。

5. 打耳刮子仍不解气，还骂，什么难听下流的话，都张口就来。

6. 晚了！早怎么自恃有脸，只说玩话？

7. 从莺儿想到袭、晴辈，见藕官又想到她令姊为干涉烧纸钱碰一鼻子灰，都凑在一起了。可见凡事原因都复杂，不能只就眼前所见而论。

8. 既要打骂泄愤，何必害怕着急。

───────────

　　① 烧胡了洗脸水——喻根本不可能有的过错。

却说春燕一直跑入院中，顶头遇见袭人往黛玉处去问安。春燕便一把抱住袭人说："姑娘救我！我娘又打我呢。"袭人见她娘来了，不免生气，便说道："三日两头儿，打了干的打亲的，还是卖弄你女儿多，还是认真不知王法？"[1]这婆子虽来了几日，见袭人不言不语，是好性儿的，便说道："姑娘你不知道，别管我们闲事！都是你们纵的，这会子还管什么？"说着，便又赶着打。[2]袭人气得转身进来，见麝月正在海棠下晾手巾，听得如此喊闹，便说："姐姐别管，看她怎样！"一面使眼色与春燕，春燕会意，便直奔了宝玉去。众人都笑说："这可是没有的事都闹出来了。"[3]麝月向婆子道："你再略煞一煞气儿，难道这些人的脸面，和你讨一个情，还讨不下来不成？"

那婆子见她女儿奔到宝玉身边去，又见宝玉拉了春燕的手说："你别怕，有我呢！"春燕一行哭，又一行把方才莺儿等事都说出来。宝玉越发急起来，说："你只在这里闹也罢了，怎么连亲戚也都得罪起来？"麝月又向婆子及众人道："怨不得这嫂子说我们管不着她们的事，我们虽无知错管了，如今请出一个管得着的人来管一管，嫂子就心服口服，也知道规矩了。"便回头命小丫头子："去把平儿给我们叫来！[4]平儿不得闲，就把林大娘叫了来。"那小丫头应了就走。众媳妇上来笑说："嫂子，快求姑娘们叫回那孩子罢。平姑娘来了，可就不好了！"那婆子说道："凭是哪个平姑娘来了，也评个理，没有个娘管女儿，大家管着娘的！"[5]众人笑道："你当是哪个平姑娘？是二奶奶屋里的平姑娘。她有情呢，说你两句，她一翻脸，嫂子你'吃不了兜着走'！"

说话之间，只见那小丫头子回来说："平姑娘正有事，问我作什么，我告诉了她，她说：'既这样，且撵她出去，告诉林大娘，在角门外打她四十板子就是了。'"[6]那婆子听如此说，自不舍得出去，便又泪流满面，央告袭人等说："好容易我进来了，况且我是寡妇，家里没人，正好一心无挂地在里头服侍姑娘们。姑娘们也便宜，我家里也省些嚼裹①。我这一去，又要自己生火过活，将来不免又没了过活。"袭人见她如此，早又心软了，[7]便说："你既要在这里，又不守规矩，又不听说，

1. 袭人生气时，也只会说这样的话，算是最厉害的了。

2. 蠢人，蠢人！不识眉眼高低，见人不言语、好性儿，便以为软弱可欺，居然敢当面指责，要袭人别管闲事！

3. 麝月这次反不出头责骂，也劝袭人别管，是存心看婆子闹出点从未有过的事来，好抓住把柄。

4. 看她行事！命小丫头去叫平儿来。此即回目中所谓"召将"也。

5. 婆子偏不知厉害，还振振有词，以为自己占理。正写其愚不可及。

6. 恰似传回一道军令，即所谓"飞符"。

7. 最怕被撵走，没了活路。袭人自己也是苦出身，深知这意味着什么。毕竟心地也善良。

①　嚼裹——诸本或作"较过""搅过"。杨传铺先生说：《红》书中有些东北方言、方音，此点吴恩裕先生说过，他是东北（满）人。我意'较过'系'嚼裹'讹（汪曾祺京味小说中用过此二字，见《晚饭花集》），即指吃穿。也有用"浇裹"的，意同，但不如'嚼裹'显豁。'嚼'读 jiáo。近日观《骆驼祥子》连续剧，虎妞口中数出'嚼裹'字样。"

又乱打人，哪里弄你这个不晓事的来，天天斗口，也叫人笑话，失了体统。"晴雯道："理她呢！打发去了是正经，谁和她去对嘴对舌的！"那婆子又央众人道："我虽错了，姑娘们吩咐了，我以后改过。姑娘们哪不是行好积德。"一面又央春燕道："原是我为打你起的，究竟没打成你，[1]我如今反受了罪。你也替我说说！"宝玉见如此可怜，只得留下，[2]吩咐她不可再闹。那婆子一一地谢过了下去。

　　只见平儿走来，问系何事。袭人等忙说："已完了，不必再提。"平儿笑道："'得饶人处且饶人'，得省的将就省些事也罢了。[3]能去了几日，只听各处大小人儿都作起反来了，一处不了又一处，叫我不知管哪一处的是。"袭人笑道："我只说我们这里反了，原来还有几处。"平儿笑道："这算什么！正和珍大奶奶算呢，这三四天的工夫，一共大小出来了八九件了。你这里是极小的，算不起数儿来，还有大的可气可笑之事。"[4]不知袭人问她果系何事，且听下回分解。

1. 难道打耳刮子不算打？

2. 宝玉本自仁厚。

3. 平儿虽凤姐得力干将，却不肯为虎作伥，反而常成为主子的刹车皮、缓冲器、减压阀。

4. 举此类矛盾纠纷一件，写足写透，却说是"极小的"，还有多件，"还有大的"，实只虚晃一枪，凭读者想象，是文章作法。总为写贾府趋衰时内部乱象。可知此书非以宝、黛、钗恋爱婚姻为主线。

【总评】
　　贾母、王夫人及贾珍等带着一批人出门，去为老太妃送灵，而凤姐尚在养病之中，少了几位镇宅巨灵，大观园就未免有点不安静起来。本回写的是莺儿、春燕等小丫头，还包括新分去的几个女孩子，跟她们亲妈、姨妈、干妈等管园子的老婆子之间的矛盾冲突。虽由一些小事引发，却也能在桃源式的大观园中闹得鸡飞狗跳的。

　　宝钗命莺儿去黛玉处要些蔷薇硝来给湘云擦杏斑癣，蕊官想瞧藕官，也跟着去。经柳叶渚，手巧的莺儿采了新柳枝来编成花篮，又采各色鲜花放在里头，有趣别致。回来途中，应蕊官、藕官之求，还折柳采花编篮，遇何婆之女春燕，一起议论她们的娘、姨娘等一帮管园子的老婆子越老越爱钱，将女孩子们的月钱都盘剥了去，还贪得无厌。春燕举出宝玉讲的"混话"说："女孩儿未出嫁是颗无价的宝珠；出了嫁……是颗死珠了；再老了……竟是鱼眼睛了。"以为这话"倒也有些不差"。

　　因为采了嫩柳鲜花，招致管这块地的春燕姑妈生气，不敢对莺儿发作，就将气撒在春燕身上，用拐杖打她。恰巧春燕娘找来，一听姑妈言，"便走上来打耳刮子"，还骂出一些难听的脏话来，春燕哭着奔向怡红院讨救兵，宝玉自然护着她，麝月还叫小丫头去请出平儿来管，回来传话说："既这样，且撵她出去，告诉林大娘，在角门外打她四十板子就是了。"这才将婆子们吓住，求饶。据说，这样的事，"三四天的工夫，一共大小出来了八九件了"。可见，大观园也并非真是世外桃源。

第 六 十 回
茉莉粉替去蔷薇硝　玫瑰露引来茯苓霜

【题解】

　　本回回目诸本基本一致。唯庚辰本"茉莉"作"茉蓁";蒙府、列藏、杨藏、甲辰、程高本"引来"作"引出"。此用戚序本回目。回目说,贾环在宝玉处见芳官得了蔷薇硝,要想分一半,芳官心中不愿,就拿茉莉粉冒充送他,引得赵姨娘来怡红院闹事。芳官向宝玉讨得玫瑰露送给柳五儿,五儿娘又倒了些给热病中的侄儿吃,她哥嫂就回馈一包茯苓霜。不料这事后来也惹出了麻烦。

　　话说袭人因问平儿,何事这等忙乱。平儿笑道:"都是世人想不到的,说来也好笑,等几日告诉你,如今没头绪呢,且也不得闲儿。"一语未了,只见李纨的丫鬟来了,说:"平姐姐可在这里?奶奶等你,你怎么不去了?"平儿忙转身出来,口内笑说:"来了,来了。"袭人等笑道:"她奶奶病了,她又成了香饽饽了,都抢不到手。"平儿去了,不提。

　　这里宝玉便叫春燕:"你跟了你妈去,到宝姑娘房里给莺儿几句好话听听,也不可白得罪了她。"春燕答应了,和她妈出去。宝玉又隔窗说道:<u>"不可当着宝姑娘说,仔细反叫莺儿受教导。"</u>[1]

　　娘儿两个应了出来,一壁走着,一面说闲话儿。春燕因向她娘道:"我素日劝你老人家再不信,何苦闹出没趣来才罢。"她娘笑道:"小蹄子,你走罢!俗语道:'不经一事,不长一智。'我如今知道了,你又该来支问①着我!"春燕笑道:"妈,你若安分守己在这屋里,长久了,自有许多的好处。我且告诉你句话,宝玉常说:将来这屋里的人,无论家里外头的,<u>一应我们这些人,他都要回太太全放出去,与本人父母自便呢。</u>[2]你只说这一件,可好

1. 体贴女孩子入微。宝玉深知宝钗之为人,唯恐莺儿未得赔罪,倒受训斥。

2. 纵然在贾府不愁吃穿,毕竟是受人役使的奴才。倘将来得人身自由,能成家立业,仍是此生一大心愿。补前文不足处。(庚)

① 支问——责怪。

不好？"她娘听说，喜得忙问："这话果真？"春燕道："谁
可扯这谎做什么？"婆子听了，便念佛不绝。

　　当下来至蘅芜苑中，正值宝钗、黛玉、薛姨妈等吃
饭。莺儿自去泡茶。春燕便和她妈一径到莺儿前，陪笑
说"方才言语冒撞了，姑娘莫嗔莫怪，特来陪罪"等语。
莺儿忙笑让坐，又倒茶。她娘儿两个说有事，便作辞回
来。忽见蕊官赶出叫："妈妈，姐姐，略站一站。"一面
走上来，递了一个纸包与她们，说是蔷薇硝，带与芳官
去擦脸。[1] 春燕笑道："你们也太小气了，还怕那里没这
个与她，巴巴地你又弄一包给她去。"蕊官道："她是她的，
我送的是我的。好姐姐，千万带回去罢！"春燕只得接了。
娘儿两个回来，正值贾环、贾琮二人来问候宝玉，也才
进去。[2] 春燕便向她娘说："只我进去罢，你老不用去。"
她娘听了，自此便百依百随的，不敢倔强了。

　　春燕进来，宝玉知道回复了，便先点头。春燕知意，
便不再说一语，略站了一站，便转身出来，使眼色与芳官。
芳官出来，春燕方悄悄地说与她蕊官之事，并与了她硝。
宝玉并无与琮、环可谈之语，[3] 因笑问芳官："手里是什
么？"芳官便忙递与宝玉瞧，又说："是擦春癣的蔷薇
硝。"宝玉笑道："难为她想得到。"贾环听了，便伸着头
瞧了一瞧，又闻得一股清香，便弯着腰向靴筒内掏出一
张纸来托着，笑说："好哥哥，给我一半儿！"[4] 宝玉只得
要与他。芳官心中因是蕊官之赠，不肯与别人，连忙拦住，
笑说道："别动这个，我另拿些来。"宝玉会意，忙笑包上，
说道："快取来。"

　　芳官接了这个，自去收好，便从奁中去寻自己常使
的。启奁看时，盒内已空，心中疑惑："早间还剩了些，
如何没了？"因问人时，都说不知。麝月便说："这会子
且忙着问这个！不过是这屋里人一时短了使了。你不管
拿些什么给他们，他们哪里看得出来？快打发他们去了，
咱们好吃饭。"[5] 芳官听了，便将些茉莉粉包了一包拿来。
贾环见了，喜得就伸手来接。芳官便忙向炕上一掷。贾
环只得向炕上拾了，[6] 揣在怀内，方作辞而去。

　　原来贾政不在家，且王夫人等又不在家，贾环连日
也便装病逃学。如今得了硝，兴兴头头来找彩云，正值
彩云和赵姨娘闲谈，贾环嘻嘻向彩云道："我也得了一包
好的，送你擦脸。[7] 你常说蔷薇硝擦癣，比外头的银硝强。

1. 即上回湘云犯杏斑癣，宝钗遣
莺儿同蕊官去黛玉处取来之
硝。蕊官与芳官特好，故留一
纸包，要春燕捎去相赠。

2. 不妙！贾环是见什么都想要
的人。

3. 能有什么话可谈。

4. 黏着哥探头探脑，窥看能分得
什么好东西。一闻到香气，便
掏出纸来托着，模样何等可笑！

5. 如此贪小又不知自重的爷，自
然连丫头也瞧不起，只想赶快
打发他走。芳官以粉充硝，正
遵其言。

6. 鄙弃的举止，当也是向麝月
学的，贾环则只要东西，不
要自尊。

7. 原来讨硝为此。

你且看看，可是这个？"彩云打开一看，"嗤"的一声笑了，说道："你是和谁要来的？"贾环便将方才之事说了。彩云笑道："这是他们哄你这乡老儿呢！这不是硝，这是茉莉粉。贾环看了一看，果然比先的带些红色，闻闻也是喷香，因笑道："这也是好的，硝、粉一样，留着擦罢，自是比外头买的高便好。"彩云只得收了。赵姨娘便说："有好的给你？谁叫你要去了？怎怨她们耍你！<u>依我，拿了去照脸摔给她去，趁着这会子撞尸的撞尸去了，挺床①的挺床，吵一出子，大家别心净，也算是报仇。</u>¹莫不成两个月之后，还找出这个碴儿来问你不成？便问你，你也有话说。宝玉是哥哥，不敢冲撞他罢了。难道他屋里的猫儿狗儿也不敢去问问不成？"贾环听说，便低了头。彩云忙说："<u>这又何苦生事！不管怎样，忍耐些罢了。</u>"²赵姨娘道："你快休管，横竖与你无干。<u>乘着抓住了理，骂她那些浪淫妇们一顿，也是好的。</u>"³又指贾环道："呸！你这下流没刚性的，也只好受这些毛崽子的气！平白我说你一句儿，或无心中错拿了一件东西给你，你倒会扭头暴筋，瞪着眼，蹬摔②娘。这会子被那起屄崽子耍弄也就罢了，你明儿还想这些家里人怕你呢！你没有屄本事，我也替你羞！"

贾环听了，不免又愧又急，又不敢去，只摔手说道："你这么会说，你又不敢去。支使了我去闹，他们倘或往学里告去，我挨了打，你敢自不疼呢！<u>遭遭儿调唆我去，闹出了事来，我挨了打骂，你一般也低了头。</u>⁴这会子又调唆我和毛丫头们去闹！<u>你不怕三姐姐？你敢去，我就服你！</u>"⁵只这一句话，便戳了她娘的肺，便喊说："<u>我肠子里爬出来的，我再怕起来，这屋里越发有得说了。</u>"一面说，一面拿了那包子，便飞也似的往园中去了。⁶彩云死劝不住，只得躲入别房。贾环便也躲出仪门，自去玩耍。

赵姨娘直进园子，<u>正是一头火，顶头正遇见藕官的干娘夏婆子走来。</u>⁷见赵姨娘气恨恨地走来，因问："姨奶奶哪去？"赵姨娘又说："你瞧瞧！这屋里连三日两日进来的唱戏的小粉头们，都三般两样，掂人分两放小菜碟儿了。若是别一个，我还不恼，若叫这些小娼妇捉弄，还成个什么！"夏婆子听了，正中己怀，忙问因何。赵姨娘悉将

1. 总教唆环儿去闹事。吵得大家不心净，算报仇，真将赵姨娘的妒恨心态写绝了。骂语中"撞尸的"，当指王夫人等；"挺床的"，当指凤姐。语言也够恶毒的。

2. 彩云倒不多事。独与环儿好，也是人各有所爱。

3. 本来不骂日子就难过，何况以为自己占了理。

4. 环儿不敢，口出怨言，说的倒是实情。

5. 摆明是激将。

6. 对愚妇，这一着灵得很。提别人犹可，偏提探春，还不一点就着。

7. 火遇上油了。总给前去闹事者增添动力。

---

①　挺床——即"停床"，骂人在床上卧病像死尸躺在灵床上。

②　蹬摔——顿足摔手，发脾气顶撞。

芳官以粉作硝、轻侮贾环之事说了。夏婆子道："我的奶奶，你今儿才知道，这算什么事！连昨日这个地方，她们私自烧纸钱，宝玉还拦在头里。人家还没拿进个什么来，就说使不得，不干不净的东西忌讳，这烧纸倒不忌讳？你老想一想，<u>这屋里除了太太，谁还大似你？你老自己撑不起来，但凡撑起来的，谁还不怕你老人家？</u>[1] 如今我想，乘着这几个小粉头儿都不是正经货，得罪了她们也有限。快把这两件事抓着理，扎个筏子，<u>我在旁帮着作证据。</u>[2] 你老把威风抖一抖，以后也好争别的理。便是奶奶、姑娘们，也不好为那起小粉头子说你老的。"赵姨娘听了这话，越发有理，便说："烧纸的事不知道，你却细细地告诉我。"夏婆子便将前事一一地说了。又说："你只管说去。<u>倘或闹起来，还有我们帮着你呢。</u>"[3] 赵姨娘听了，越发得了意，仗着胆子，便一径到了怡红院中。

可巧宝玉、黛玉在那里，便往那里去了。芳官正与袭人等吃饭，见赵姨娘来了，忙都起身笑让："姨奶奶吃饭，有什么事这么忙？"<u>赵姨娘也不答话，走上来，便将粉照着芳官脸上撒来，手指芳官骂道：</u>[4] "小淫妇！你是我银子钱买来学戏的，不过娼妇、粉头之流，我家里下三等奴才也比你高贵些，你都会看人下菜碟儿！宝玉要给东西，你拦在头里，莫不是要了你的了？拿这个哄他，你只当他不认得呢！好不好，他们是手足，都是一样的主子，哪里有你小看他的！"

芳官哪里禁得住这话，一行哭，一行便说："没了硝，我才把这个给他的。若说没了，又恐他不信，难道这不是好的？我便学戏，也没往外头去唱。我一个女孩儿家，知道什么是'粉头''面头'的！姨奶奶犯不着来骂我，我又不是姨奶奶家买的。'<u>梅香拜把子——都是奴儿①</u>'呢！"[5] 袭人忙拉她说："休胡说！"赵姨娘气得上来便打了两个耳刮子。袭人等忙上来拉劝，说："姨奶奶别和她小孩子一般见识，等我们说她。"芳官挨了两下打，哪里肯依，便撞头打滚，泼哭泼闹起来。口内便说："你打得起我么？你照照那模样儿再动手！我叫你打了去，我还活着！"便撞在怀里叫她打。众人一面劝，一面拉她。

1. 抬高其身价以壮其胆，令其飘飘然昏昏然，不知自身分量，不计行为后果。竭尽挑唆之能事。

2. 此话当真？倒要看看敢不敢作证。

3. 又说一遍，倒要看看怎么个帮法。

4. 也不先问句好，一副全然不顾身份、不要颜面，无赖撒泼的样子。

5. 夏婆说除了太太数她大，芳官却敢说犯不着来骂，不过都是奴才，当面剥了她的脸。

---

① 梅香拜把子——都是奴儿——歇后语。意思说不管老几，也都是奴才。梅香，婢女的常用名，指代婢女。拜把子，结拜成兄弟姐妹。几，指长幼排行。"奴儿"除庚辰本外，诸本均作"奴才"。

晴雯悄拉袭人说："别管她们，让她们闹去，看怎么开交！如今乱为王了，什么你也来打，我也来打，都这样起来，还了得呢！"[1]

外面跟着赵姨娘来的一干人听见如此，心中各各称愿，都念佛说："也有今日！"又有那一干怀怨的老婆子，见打了芳官，也都称愿。[2]

当下藕官、蕊官等正在一处作耍，湘云的大花面葵官、宝琴的豆官两个，闻了此信，慌忙找着她两个说："芳官被人欺侮，咱们也没趣，须得大家破着大闹一场，方争过气来。[3]"四人终是小孩子心性，只顾她们情分上义愤，便不顾别的，一齐跑入怡红院中。豆官先便一头几乎不曾将赵姨娘撞了一跤。那三个也便拥上来，放声大哭，手撕头撞，把个赵姨娘裹住。[4]晴雯等一面笑，一面假意去拉。[5]急得袭人拉起这个，又跑了那个，口内只说："你们要死，有委屈只好说，这样没理如何使得！"赵姨娘反没了主意，只好乱骂。蕊官、藕官两个一边一个，抱住左右手；葵官、豆官前后头顶住。[6]四人只说："你只打死我们四个就罢！"芳官直挺挺躺在地下，哭得死过去。

正没开交，谁知晴雯早遣春燕回了探春。[7]当下尤氏、李纨、探春三人带着平儿与众媳妇走来，将四个喝住。问起原故，赵姨娘便气得瞪着眼，粗了筋，一五一十，说个不清。[8]尤、李两个不答言，只喝禁她四人。探春便叹气说：[9]"这是什么大事，姨娘也太肯动气了！我正有一句话要请姨娘商议，怪道丫头说不知在哪里，原来在这里生气呢，姨娘快同我来。"尤氏、李氏都笑说："姨娘请到厅上来，咱们商量。"

赵姨娘无法，只得同她三人出来，口内犹说长说短。探春便说："那些小丫头子们原是些玩意儿，喜欢呢，和她说说笑笑，不喜欢，便可以不理她。便她不好了，也如同猫儿狗儿抓咬了一下子，可恕就恕，不恕时，也只该叫了管家媳妇们去，说给她去责罚，何苦自己不尊重，大吆小喝，也失了体统！你瞧周姨娘，怎不见人欺她，她也不寻人去。[10]我劝姨娘且回房去煞煞性儿，别听那些混账人的调唆，没的惹人笑话，自己呆，白给人作粗活。[11]心里有二十分的气，也忍耐这几天，等太太回来，自然料理。"一席话说得赵姨娘闭口无言，只得回房去了。

这里探春气得和尤氏、李纨说："这么大年纪，行出

1. 晴雯也是冷眼看她能得什么结果的心态。

2. 作者眼观八方，不漏一丝。赵姨娘不过是被调唆出来充当了一批怀怨老婆子的代表。打了芳官自然是替她们出了一口气。

3. 另有一方不愿被婆子们欺侮的诸"官"势力也须写到。她们虽只是一群小女孩儿，却相当团结，个个是初生之犊。

4. 想不到这些平时只扮演莺莺、红娘角色的人，也能演出一场全武行。人人奋不顾身，一拥而上，赵姨娘一人怎敌得过十只手，她又不是双枪陆文龙！

5. 真好看！晴雯本就有正义感，故只做出劝架的样子，明显站在小女孩儿一边。一个"笑"字，一个"假"字写出她见赵姨娘遭围攻时的幸灾乐祸来。

6. 战术不错，形成包围，将对手紧紧困住，让她动弹不得。

7. 见机得快，正该去回她。

8. 这种鸡毛蒜皮的事，纵有条理也说不清，何况气得不行。其实说不说都差不多，谁不知她的行为！

9. 三人表现不同，看法一样。尤、李只能顾体统，让探春去说，但看她先叹气便知无奈！

10. 一语道破，举周姨娘作比，令其无词以对。

11. 不用问，就知是听人调唆而来，故责其"呆"。

来的事总不叫人敬服。这是什么意思，也值得吵一吵，并不留体统！耳朵又软，心里又没有算计。这又是那起没脸面的奴才们的调停，作弄出个呆人，替她们出气。"[1] 越想越气，因命人查是谁调唆的。媳妇们只得答应着，出来相视而笑，都说是："大海里哪里寻针去？"只得将赵姨娘的人并园中人唤来盘诘，都说不知道。[2] 众人也无法，只得回探春："一时难查，慢慢地访查；凡有口舌不妥的，一总来回了责罚。"

探春气渐渐平服方罢。可巧艾官便悄悄地回探春说："都是夏妈素日和我们不对，每每地造言生事。[3] 前儿赖藕官烧钱，幸亏是宝玉叫她烧的，宝玉自己应了，她才没话。今儿我与姑娘送手帕去，看见她和姨奶奶在一处说了半天，喊喊喳喳的，见了我才走开了。"探春听了，虽知情弊，亦料定她们皆一党，本皆淘气异常，便只答应，也不肯据此为实。[4]

谁知夏婆子的外孙女儿蝉姐儿，便是探春处当役的，时常与房中丫鬟们买东西、呼唤人，众女孩儿皆待她好。这日饭后，探春正上厅理事。翠墨在家看屋子，因命蝉姐儿出去叫小幺儿买糕去。蝉儿便说："我才扫了个大院子，腰腿生疼的，你叫个别的去罢。"翠墨笑说："我又叫谁去？你趁早儿去，我告诉你一句好话，你到后门顺路告诉你老娘防着些儿。"说着，便将艾官告她老娘的话告诉了她。[5] 蝉姐儿听了，忙接了钱道："这个小蹄子也要捉弄人，等我告诉去。"说着，便起身出来。至后门边，只见厨房内此刻手闲之时，都坐在阶砌上说闲话呢，她老娘亦在内。蝉姐儿便命一个婆子出去买糕。她且一行骂，一行说，将方才之话告诉与夏婆子。夏婆子听了，又气又怕，便欲去找艾官问她，又欲往探春前去诉冤。蝉姐儿忙拦住说：[6] "你老人家去怎么说呢？这话怎得知道的？可又叨登①不好了。说给你老防着就是了，哪里忙到这一时儿！"

正说着，忽见芳官走来，扒着院门，笑向厨房中柳家媳妇说道："柳嫂子，宝二爷说了：晚饭的素菜要一样凉凉的酸酸的东西，只别搁上香油弄腻了。"柳家的笑道："知道。今儿怎遣你来告诉这么一句要紧话？你不嫌脏，进来逛逛儿不是？"[7] 芳官才进来，忽有一个婆子手里托了一碟糕来。

---

① 叨登——即"倒腾"，这里是应付的意思。

1. 估计得一点不错。

2. 必定都推不知道。原来说要出来相帮的人躲到哪儿去了？

3. 偏有艾官看见，将夏妈调唆事向探春告发了。

4. 探春谨慎，不冒失处理。

5. 是非之事最易传播，不料艾官告发事又由翠墨告诉蝉姐儿，再让她去告诉她老娘夏婆。关系复杂化了。

6. 当初调唆闹事的胆子哪里去了？幸好被拦住没去表白。

7. 柳家媳妇对芳官过分热情，不知为何。

芳官便戏道："谁买的热糕？我先尝一块儿。"蝉姐儿一手接了，道："这是人家买的，你们还稀罕这个！"柳家的见了，忙笑道："芳姑娘，你喜吃这个？我这里有才买下给你姐姐吃的。她不曾吃，还收在那里，干干净净没动呢。"说着，便拿了一碟出来，递与芳官，又说："你等我替你炖口好茶来。"一面进去，现通开火炖茶。[1]芳官便拿着那糕，举到蝉姐儿脸上，说："谁稀罕吃你那糕！这个不是糕不成？我不过说着玩罢了，你给我磕头，我也不吃。"说着，便将手内的糕一块一块的掰了，掷着打雀儿玩，口内笑说："柳嫂子，你别心疼，我回来买二斤给你。"[2]小蝉姐气得怔怔的，瞅着冷笑道："雷公老爷也有眼睛，怎不打这作孽的？她还气我呢。我可拿什么比你们，又有人进贡，又有人作干奴才，溜溜你们好上好儿，帮衬着说句话儿。"众媳妇都说："姑娘们，罢哟！天天见了就咭唧。"有几个伶透的，见她们对了口，怕又生事，都拿起脚来各自走开了。当下蝉姐儿也不敢十分说，一面咭唧着去了。

　　这里柳家的见人散了，忙出来和芳官说："前儿那话儿说了不曾？"[3]芳官道："说了。等一二日再提这事，偏那赵不死的又和我闹了一场。前儿那玫瑰露姐姐吃了不曾？她到底可好些？"柳家的道："可不都吃了。她爱得什么似的，又不好问你再要。"芳官道："不值什么，等我再要些来给她就是了。"

　　原来这柳家的有个女儿，今年才十六岁，虽是厨役之女，却生得人物与平、袭、紫、鸳皆类。因她排行第五，便叫她作五儿。[4]因素有弱疾，故没得差。近因柳家的见宝玉房中的丫鬟差轻人多，且又闻得宝玉将来都要放她们，故如今要送她到那里去应名儿，正无头路，可巧这柳家的是梨香院的差役，她最小意殷勤，服侍得芳官一干人比别的干娘还好。[5]芳官等亦待她们极好。如今便和芳官说了，央芳官去与宝玉说。宝玉虽是依允，只是近日病着，又见事多，尚未说得。

　　前言少述，且说当下芳官回至怡红院中，回复了宝玉。宝玉正听见赵姨娘厮吵，心中自是不悦，说又不是，不说又不是，只得等吵完了，打听着探春劝了她去后，方从蘅芜苑回来，劝了芳官一阵，大家安妥。今见她回来，又说还要些玫瑰露与柳五儿吃去，宝玉忙道："有的，我

1. 殷勤得太过分了，不免令人疑惑。

2. 恃宠而骄，不厚道。何苦如此气蝉姐儿！怪不得晴雯说她狂。

3. 原来有求于人。不说明"那话儿"指什么，正是说私下话的情理。反正芳官一听就明白。

4. 五月之柳，春色可知。（庚）

5. 原来要为女儿差使应名找门路，补明殷勤服侍之故。

又不大吃，你都给她去罢。"[1] 说着，命袭人取了出来，见瓶中亦不多，遂连瓶与了她。

芳官便自携了瓶与她去。正值柳家的带进她女儿来散闷，在那边犄角子一带地方儿逛了一回，便回到厨房内，正吃茶歇脚。见芳官拿了一个五寸来高的小玻璃瓶来，迎亮照看，里面小半瓶胭脂一般的汁子，还道是宝玉吃的西洋葡萄酒。母女两个忙说："快拿旋子①烫滚水，你且坐下。"芳官笑道："就剩了这些，连瓶子都给你们罢。"[2] 五儿听了，方知是玫瑰露，忙接了，谢了又谢。芳官又问她："好些？"五儿道："今儿精神些，进来逛逛。这后边一带，也没什么意思，不过是些大石头、大树和房子后墙，正经好景致也没看见。"芳官道："你为什么不往前去？"柳家的道："我没叫她往前去。姑娘们也不认得她，倘有不对眼的人看见了，又是一番口舌。明儿托你携带她，有了房头②，怕没有人带着她逛呢！只怕逛腻了的日子还有呢！"芳官听了，笑道："怕什么？有我呢。"[3] 柳家的忙道："嗳哟哟，我的姑娘！我们的头皮儿薄，比不得你们。"说着，又倒了茶来。芳官哪里吃这茶，只漱了一口，就走了。[4] 柳家的说道："我这里占着手，五丫头送送。"

五儿便送出来，因见无人，又拉着芳官说道："我的话到底说了没有？"芳官笑道："难道哄你不成？我听见屋里正经还少两个人的窝儿，并没补上。一个是红玉的，琏二奶奶要了去，还没给人来。一个是坠儿的，也还没补。如今要你一个也不算过分。皆因平儿每每地和袭人说，凡有动人动钱的事，得挨的且挨一日更好。[5] 如今三姑娘正要拿人扎筏子呢，连她屋里的事都驳了两三件，如今正要寻我们屋里的事没寻着，何苦来往网里碰去！[6] 倘或说些话驳了，那时老了③，倒难回转。不如等冷一冷，老太太、太太心闲了，凭是天大的事，先和老的一说，没有不成的。"五儿道："虽如此说，我却性急等不得了。趁如今挑上来了，一则给我妈争口气，也不枉养我一场；二则我添了月钱，家里又从容些；[7] 三则我的心开一开，只怕这病就好了。便是请大夫、吃药，也省了家里的钱。"芳官道："我都知道了，你只放心。"二人别过，芳官自去不提。

――――――――――――

① 旋子——亦作"镟子"，铜锡制的筒形的温酒用具；内盛热水，酒壶置其中以温酒。
② 房头——犹言"户头"，奴婢之归属，指被分配在某一主子的屋里干活。
③ 老了——事成定局了。

1. 是前面写到过王夫人特意给他的。芳官来替五儿再要，宝玉毫不吝啬。

2. 若不连瓶子都给，也许就没事。

3. 说话总是骄矜态度，好像自己是什么了不起的人物。

4. 吃过怡红院的茶，厨房里的茶还能吃？

5. 尚未去打通关节的原因之一。

6. 原因之二。

7. 为母。（庚）二为家中。（庚）三为自己。

单表五儿回来，与她娘深谢芳官之情。她娘因说："再不承望得了这些东西，虽然是个珍贵物儿，却是吃多了也最动热。竟把这个倒些送个人去，也是个大情。"五儿问："送谁？"她娘道："送你舅舅的儿子，昨日热病，也想这些东西吃。如今我倒半盏与他去。"[1]五儿听了，半日没言语，随她妈倒了半盏子去，将剩的连瓶放在家伙厨内。五儿冷笑道："依我说，竟不给他也罢了。倘或有人盘问起来，倒又是一场事了。"[2]她娘道："哪里怕起这些来，还了得了！我们辛辛苦苦的，里头赚些东西，也是应当的。难道是贼偷的不成？"说着，不听，一径去了。直至外边她哥哥家中，她侄子正躺着。一见了这个，她哥嫂侄男，无不欢喜。现从井上取了凉水，和吃了一碗。心中一畅，头目清凉。[3]剩的半盏，用纸覆着，放在桌上。

可巧又有家中几个小厮，同她侄儿素日相好的，走来问候他的病。内中有一小伙名唤钱槐者，乃系赵姨娘之内侄。[4]他父母现在库上管账，他本身又派跟贾环上学。因他有些钱势，尚未娶亲，素日看上了柳家的五儿标致，一心和父母说了，欲娶她为妻。也曾央中保媒人再四求告。柳家父母却也情愿，争奈五儿执意不从，虽未明言，却行止中已带出，她父母未敢应允。近日又想往园内去，越发将此事丢开，只等三五年后放出时，自向外边择婿了。钱家见她如此，也就罢了。怎奈钱槐不得五儿，心中又气又愧，发恨定要弄取成配，方了此愿。[5]今也同人来瞧望柳侄，不期柳家的在内。

柳家的忽见一群人来了，内中有钱槐，便推说不得闲，起身走了。她哥嫂忙说："姑妈怎么不吃茶就走？倒难为姑妈记挂。"柳家的因笑道："只怕里面传饭，再闲了，出来瞧侄子罢。"她嫂子因向抽屉内取了一个纸包出来，拿在手内，送了柳家的出来，至墙角边，递与柳家的，[6]又笑道："这是你哥哥昨儿在门上该班儿，谁知这五日一班，竟偏冷淡，一个外财没发。只有昨儿有粤东的官儿来拜，送了上头两小篓子茯苓霜。[7]余外给了门上人一篓作门礼，你哥哥分了这些。那地方千年松柏最多，所以单取了茯苓的精液和了药，不知怎么弄出这怪俊的白霜儿来。说第一用人乳和着，每日早起吃一钟，最补人的。第二用牛奶子，万不得已，用滚白水也好。我们想着，正宜外甥女儿吃。原是上半日打发小丫头子送了家去的，她说锁着门，连外

1. 闲话传来传去易生事，东西送来送去就不会？且看如何？

2. 五儿倒先有预感。

3. 果然是好东西。

4. 偏是赵姨娘亲戚，恐来者不善。

5. 怀此念头，怎么有好事？

6. 虽说礼尚往来，总是多事，且行止又不光明磊落。

7. 回目所谓"引来茯苓霜"。

甥女儿也进去了。本来我要瞧瞧她去，给她带了去的，又想：主子们不在家，各处严紧，我又没什么差使，有要没紧，跑些什么？况且这两日风声，闻得里头家反宅乱的，¹倘或沾带了，倒值多的。姑娘来得正好，亲自带去罢。"

柳氏道了生受，作别回来。刚到了角门前，只见一个小幺儿笑道："你老人家哪里去了？里头三次两趟叫人传呢，我们三四个人都找你老去了，还没来，你老人家却从哪里来了？这条路又不是家去的路，我倒疑心起来。"那柳家的笑骂道："好猴儿崽子！……"要知端的，且听下回分解。

1. 风声传得也快。近日来贾府里"家反宅乱"的，连外人都已知道。

【总评】

此回是上回大观园里老婆子与小女孩发生冲突争吵的续篇，角色略有变换。

蕊官托带蔷薇硝送给芳官，被正在宝玉处的贾环瞧见，要分一半。芳官不愿将蕊官所赠送人，拿茉莉粉充作硝给了他。贾环拿回去被彩云一眼看破，赵姨娘便借此生事，要"报仇"，唆使贾环前去闹事。贾环不敢去，赵姨娘就自己一头火赶往园内，又遇藕官干娘夏婆子走来给她煽风壮胆，于是赵姨娘直闯怡红院。

她一上来"便将粉照芳官脸上撒来"，破口大骂，接着还打了芳官两个耳刮子。芳官哪里肯依，"便撞头打滚，泼哭泼闹起来"。藕官、蕊官、葵官、豆官一帮小姊妹得知，激于义愤，一拥而上，"放声大哭，手撕头撞，把个赵姨娘裹住"。"晴雯等一面笑，一面假意去拉"，且"早遣春燕回了探春"。正没开交时，尤氏、李纨、探春带着平儿及众媳妇赶到，喝住了这场打闹。探春责怪赵姨娘"自己不尊重"，"失了体统"，"惹人笑话"。

艾官将夏婆子挑拨事向探春告发，夏婆的外孙女蝉姐儿得知后，忙传讯夏婆，夏婆听了又气又怕。

芳官来找厨役柳家媳妇，又与小蝉姐斗气。柳家的巴结芳官，求她跟宝玉说，将女儿柳五儿补入怡红院差役，宝玉依允，只因事多，尚未说得。芳官又向宝玉讨得玫瑰露去给五儿，五儿娘又将玫瑰露倒了半盏去给热病中的侄子吃。她哥嫂就回馈她一包茯苓霜。谁知在后回中，玫瑰露和茯苓霜又惹出"失窃"案来。若以为写几位主角的恋爱婚姻故事是此书主线，则不但详述贾府过春节礼仪习俗多余，连花这么多笔墨写家中种种矛盾弊端，也都成喧宾夺主的枝蔓了。

第 六 十 一 回
投鼠忌器宝玉瞒赃　判冤决狱平儿行权

【题解】

　　本回回目诸本差异，都在上下句末二字，如己卯、庚辰本作"情赃""情权"，语生造，且重字，疑有误；戚序本作"情赃""徇私"，贬语不当；卞藏本作"认赃""夺权"，宝玉自"认"拿了便非"赃"物，平儿何曾"夺"凤姐之"权"？列藏本原抄同己、庚本，被点改作"认赃""行权"。现据情理，姑用蒙府、程高本回目。柳五儿被误当窃玫瑰露的小偷，关了起来。经查核，原来王夫人处失窃的玫瑰露是赵姨娘叫彩云偷了给贾环的，宝玉怕揭出真相来会对探春造成伤害，便自认是从母亲处拿的，瞒了贾环所得的赃物。平儿据宝玉所言回复了凤姐。凤姐不信，要她继续追查。平儿劝其别操心，乐得施恩，说服了凤姐，也放了柳家母女等人。投鼠忌器，即平儿所说"不肯为打老鼠伤了玉瓶"，乃指怕伤害探春的面子，故不揭发赵姨娘。语出《汉书·贾谊传》。行权，行施权宜之法。权，变通，灵活性，非权力之意。

　　话说那柳家的笑道："好猴儿崽子！你亲婶子找野老儿去了，你岂不多得一个叔叔？有什么疑的！别讨我把你头上的马子盖似的几根屎毛捃①下来。还不开门让我进去呢！"这小厮且不开门，且拉着笑说："好婶子，<u>你这一进去，好歹偷些杏子出来赏我吃。</u>[1]我这里老等。你若忘了时，日后半夜三更打酒买油的，我不给你老人家开门，也不答应你，随你干叫去。"柳氏啐道："发了昏的！今年还比往年？把这些东西都分给了众奶奶了。一个个的不像抓破了脸的！人打树底下一过，两眼就像那鸒鸡②似的，还动她的果子！<u>昨儿我从李子树下一走，偏有一个蜜蜂儿往脸上一过，我一招手儿，偏你那好舅母就看见了。她离得远，看不真，只当我摘李子呢，就屎声浪嗓喊起来，又是'还没供佛呢'，又是'老太太、太太不在家，还没进鲜呢；等进了上头，嫂子们都有分的'。</u>[2]倒像谁害了馋痨，等李子出汗呢。叫

1. 从小厮叫偷杏的闲话中，带出一段如今果树都严管着的话头来。

2. 这段话全从古乐府《君子行》"君子防未然，不处嫌疑间。瓜田不纳履，李下不正冠"末句化出。赶蜜蜂比"正冠"更容易被人误认作是摘李。

----

① 马子盖、捃（xún 寻）——即马桶盖，儿童发式，剃去四周只留中间头发，状如马桶盖。"马"原作"杩"，据通用字改。捃，拔。

② 鸒（lí 梨）鸡——鸟名，黑色，尾长，好斗，遇到侵犯，眼呈惊恐状，起飞追逐相搏。

我也没好话说，抢白了她一顿。可是你舅母、姨娘两三个亲戚
都管着？怎不和她们要去？倒和我来要？这可是'仓老鼠和老
鸹去借粮——守着的没有，飞着的有'？"小厮笑道："哎哟哟！
没有罢了，说上这些闲话！我看你老以后就用不着我了？就便
是姐姐有了好地方，将来更呼唤着的日子多着呢，只要我们多
答应她些就有了。"柳氏听了，笑道："你这个小猴精，又捣鬼
吊白的！你姐姐有什么好地方了？"那小厮笑道："别哄我了，
早已知道了。单是你们有内纤，难道我们就没有内纤不成？[1]
我虽在这里听呵，里头却也有两个姊妹成个体统的，什么事瞒
了我们！"

　　正说着，只听门内又有老婆子向外叫："小猴儿们，快传
你柳婶子去罢，再不来可误了！"柳家的听了，不顾和小厮
说话，忙推门进去，笑说："不必忙，我来了。"一面来至厨房，——
虽有几个同伴的人，她们都不敢自专，单等她来调停分派——
一面问众人："五丫头哪去了？"众人都说："才往茶房里找她
们姊妹去了。"

　　柳家的听了，便将茯苓霜搁起，且按着房头分派菜馔。忽
见迎春房里小丫头莲花儿走来说：[2]"司棋姐姐说了，要碗鸡
蛋，炖得嫩嫩的。"柳家的道："就是这样尊贵。不知怎的，今
年这鸡蛋短得很，十个钱一个还找不出来。昨儿上头给亲戚家
送粥米①去，四五个买办出去，好容易才凑了二十个来②。我
哪里找去？你说给她，改日吃罢。"莲花儿道："前儿要吃豆腐，
你弄了些馊的，叫她说了我一顿。今儿要鸡蛋又没有了。[3]什
么好东西！我就不信连鸡蛋都没有了，别叫我翻出来！"一面
说，一面真个走来，揭起菜箱一看，只见里面果有十来个鸡蛋，
说道："这不是？你就这么利害！吃的是主子的，我们的份例，
你为什么心疼？又不是你下的蛋，怕人吃了。"柳家的忙丢了
手里的活计，便上来说道："你少满嘴里混嗄！你娘才下蛋呢！
通共留下这几个，预备菜上的浇头③。姑娘们不要，还不肯做
上去呢，预备接急的。你们吃了，倘或一声要起来，没有好的，

1. 真是没有不透风的墙。
柳五儿尚未进得怡红
院，小厮就听到风声了。
可知贾府里婢仆间彼此
传话，已成为他们生活
中不可缺少的事了。

2. 总是写春景将残。（己）
是否符合起名用意，尚
可商榷。但批书人注意
到作者在写贾府渐趋衰
落的景象，倒是看得很
准的。

3. 倘果真如此，柳家的不
免看人下菜碟，有点势
利了。

----

　　①　送粥米——近人王滋批云："江南旧俗，凡生子之家，其戚馈食物与产母，谓之送粥米。余幼时犹闻此言。或
　　　　北俗亦有此例耶？又昔有贵族生子，其母家与田若干亩，谓之粥米庄。"
　　②　好容易才凑了二十个来——"二十个"，庚辰、蒙府、戚序、甲辰、程高本作"二千个"，今排印本多从之；
　　　　列藏本作"三千个"。其实，都是不合理的。文中提到这是单管姑娘的厨房，四五十人一天不过用鸡、鸭各二，
　　　　肉十来斤，何用二三千个蛋？还说"不肯做上去"。一碗蛋汤只用一二个蛋，尚怕用掉后没有应急的，可知凑
　　　　来的是"二十个"无疑，且与莲花儿翻出"十来个"正相符合，故从己卯本。
　　③　浇头——菜肴或面条起锅盛于碗盘后，再在其表面加上些菜的片、丁、丝以增味色，叫浇头。

连鸡蛋都没了！你们深宅大院，水来伸手，饭来张口，只知鸡蛋是平常物件，哪里知道外头买卖的行市呢。别说这个，有一年连草根子还没了的日子还有呢。[1]我劝他们，细米白饭，每日肥鸡大鸭子，将就些儿也罢了。吃腻了膈，天天又闹起故事来了。鸡蛋、豆腐，又是什么面筋、酱萝卜炸儿，敢自倒换口味。只是我又不是答应你们的，一处要一样，就是十来样。我倒别伺候头层主子，只预备你们二层主子了。"[2]

莲花听了，便红了面，喊道："谁天天要你什么来？你说上这两车子话！叫你来，不是为便宜，却为什么？前儿小燕来说，晴雯姐姐要吃芦蒿，你怎么忙得还问肉炒鸡炒？小燕说荤的因不好，才另叫你炒个面筋的，少搁油才好。你忙得倒说自己发昏，赶着洗手炒了，狗颠儿似的亲捧了去。[3]今儿反倒拿我作筏子，说我给众人听。"柳家的忙道："阿弥陀佛！这些人眼见的。别说前儿一次，就从旧年一立厨房以来，凡各房里，偶然间不论姑娘、姐儿们要添一样半样，谁不是先拿了钱来另买另添？有的没的，名声好听。说我单管姑娘的厨房省事，又有剩头儿，算起账来，惹人恶心：连姑娘带姐儿们四五十人，一日也只管要两只鸡，两只鸭子，十来斤肉，一吊钱的菜蔬。你们算算，够作什么的？连本项两顿饭还撑持不住，还搁得住这个点这样，那个点那样，买来的又不吃，又买别的去？既这样，不如回了太太，多添些份例，也像大厨房里预备老太太的饭，把天下所有的菜蔬用水牌①写了，天天转着吃，吃到一个月现算倒好。[4]连前儿三姑娘和宝姑娘偶然商议了要吃个油盐炒枸杞芽儿来，现打发个姐儿拿着五百钱来给我，我倒笑起来了，说：'二位姑娘就是大肚子弥勒佛，也吃不了五百钱的去。这三二十个钱的事，还预备得起。'赶着我送回钱去，到底不收，说赏我打酒吃，[5]又说：'如今厨房在里头，保不住屋里的人不去叨登，一盐一酱，哪不是钱买的？你不给又不好，给了你又没得赔。你拿着这个钱，权当还了她们素日叨登东西的窝儿。'这就是明白体下的姑娘，我们心里只替她念佛。没的赵姨奶奶听了，又气不忿，又说太便宜了我，隔不了十天，也打发个小丫头子来寻这样，寻那样，我倒好笑起来。你们竟成了例，不是这

---

① 水牌——一种可以书写、可以擦去的粉漆记事木牌。

1. 虽牢骚话，好像是危言耸听。遇大灾之年，饥民吃草根树皮的事尽有。

2. 讥司棋等是二层主子，是嫌多事、难伺候的怨言。

3. 一一都看在眼里。可不是厚彼薄此？

4. 话中带出贾母的伙食规格，与办御膳差不多了。

5. 又夸探、钗二姑娘是明白人，能体谅下情，要添菜便拿现钱来，只多不少。是寒碜莲花儿。

个，就是那个，我哪里有这些赔的？"

正乱时，只见司棋又打发人来催莲花儿，说她："死在这里了，怎么就不回去？"莲花儿赌气回来，便添了一篇话，告诉了司棋。司棋听了，不免心头起火。此刻伺候迎春饭罢，带了小丫头们走来，见了许多人正吃饭，见她来的势头不好，都忙起身陪笑让坐。司棋便喝命小丫头子动手："凡箱柜所有的菜蔬，只管丢出去喂狗，大家赚不成！"小丫头子们巴不得一声，七手八脚抢上去，一顿乱翻乱掷的，[1]慌得众人一面拉劝，一面央告司棋说："姑娘别误听了小孩子的话。柳嫂子有八个头，也不敢得罪姑娘。说鸡蛋难买是真。我们才也说她不知好歹，凭是什么东西，也少不得变法儿去。她已经悟过来了，连忙蒸上了。姑娘不信，瞧那火上。"[2]

司棋被众人一顿好言，方将气劝得渐渐平了。小丫头子们也没得摔完东西，便拉开了。司棋连说带骂，闹了一回，方被众人劝去。柳家的只好摔碗丢盘，自己咕嘟了一会，蒸了一碗鸡蛋，令人送去。司棋全泼在地下了。[3]那人回来，也不敢说，恐又生事。

柳家的打发她女儿喝了一回汤，吃了半碗粥，又将茯苓霜一节说了。五儿听罢，便心下要分些赠芳官，遂用纸另包了一半，趁黄昏人稀之时，自己花遮柳隐地来找芳官。且喜无人盘问。一径到了怡红院门前，不好进去，只在一簇玫瑰花前站立，远远地望着。有一盏茶时，可巧小燕出来，忙上前叫住。小燕不知是哪一个，至跟前方看真切，因问："作什么？"五儿笑道："你叫出芳官来，我和她说话。"小燕悄笑道："姐姐太性急了，横竖等十来日就来了，只管找她做什么。方才使了她往前头去了，你且等她一等。不然，有什么话告诉我，等我告诉她。恐怕你等不得，只怕关园门了。"[4]五儿便将茯苓霜递与了小燕，又说这是茯苓霜，如何吃，如何补益，"我得了些送她的，转烦你递与她就是了。"说毕，作辞回来。

正走蓼溆一带，忽见迎头林之孝家的带着几个婆子走来，五儿藏躲不及，只得上来问好。林之孝家的问道："我听见你病了，怎么跑到这里来？"五儿陪笑道："因这两日好些，跟我妈进来散散闷。才因我妈使我到怡红院送家伙去。"林之孝家的说道："这话岔了。方才我见你妈出去，我才关门。既是你妈使了你去，她如何不告诉我说你在这

1. 司棋也太蛮横了！这一乱翻腾，藏的什么东西都暴露无遗了。为下文指证玫瑰露而写。

2. 毕竟不敢过于得罪了，故作了补救。

3. 如此做法，太过分了！司棋恰是其老实主子迎春的反面。

4. 这话还不是白说的，下文便知。

里呢，竟出去让我关门，是何主意？可知是你扯谎。"[1] 五
儿听了，没话回答，只说："原是我妈一早教我取去的，我
忘了，挨到这时，我才想起来了。只怕我妈错当我先出去
了，所以没和大娘说得。"

　　林之孝家的听她辞钝色虚，又因近日玉钏儿说那边正
房内失落了东西，几个丫头对赖，没主儿，心下便起了疑。
可巧小蝉、莲花儿并几个媳妇子走来，见了这事，便说道：
"林奶奶倒要审审她。这两日她往这里头跑得不像，鬼鬼
唧唧的，不知干些什么事。"[2] 小蝉又道："正是。昨儿玉钏
姐姐说，太太耳房里的柜子开了，少了好些零碎东西。琏
二奶奶打发平姑娘和玉钏姐姐要些玫瑰露，谁知也少了一
罐子。若不是寻露，还不知道呢！"莲花儿笑道："这话我
没听见。今儿我倒看见一个露瓶子。"[3] 林之孝家的正因这
些事没主儿，每日凤姐儿使平儿催逼她，一听此言，忙问：
"在哪里？"莲花儿便说："在她们厨房里呢。"林之孝家的
听了，忙命打了灯笼，带着众人来寻。五儿急得便说："那
原是宝二爷屋里的芳官给我的。"林之孝家的便说："不管
你'方官''圆官'，现有了赃证，我只呈报了，凭你主子
前辩去。"一面说，一面进入厨房，莲花儿带着，取出露瓶。
恐还有偷的别物，又细细搜了一遍，又得了一包茯苓霜，
一并拿了，带了五儿来回李纨与探春。[4]

　　那时李纨正因兰哥儿病了，不理事务，只命去见探春。
探春已归房，人回进去，丫鬟们都在院内纳凉，探春在内
盥沐，只有待书回进去。半日，出来说："姑娘知道了，叫
你们找平儿回二奶奶去。"林之孝家的只得领出来。到凤
姐儿那边，先找着了平儿，平儿进去回了凤姐。凤姐方才
歇下，听见此事，便吩咐："将她娘打四十板子，撵出去，
永不许进二门；把五儿打四十板子，立刻交给庄子上，或
卖或配人。"[5] 平儿听了出来，依言吩咐了林之孝家的。五
儿吓得哭哭啼啼，给平儿跪着，细诉芳官之事。平儿道：
"这也不难，等明日问了芳官，便知真假。但这茯苓霜，
前日人送了来，还等老太太、太太回来看了才敢打动，这不
该偷了去。"五儿见问，忙又将她舅舅送的一节说了出来。
平儿听了，笑道："这样说，你竟是个平白无辜之人，拿你
来顶缸①的。此时天晚，奶奶才进了药歇下，不便为这点

————————
　　① 顶缸——代人受过。

1. 不会扯谎，当场被戳穿。

2. 又都是得罪过的人，哪会有好事？

3. 着！正是翻箱倒柜所获。

4. 捉贼捉赃。不料正路来的东西，都被当成贼赃了。

5. 凤姐自是毫不容情，用了重典。若不能洗脱罪名，柳家母女都完了。

子小事去絮叨。[1] 如今且将她交给上夜的人看守一夜，等明儿我回了奶奶，再作道理。"林之孝家的不敢违拗，只得带了出来，交与上夜的媳妇们看守，自便去了。

这里五儿被人软禁起来，一步不敢多走。又兼众媳妇也有劝她说："不该做这没行止的事。"也有抱怨说："正经更还坐不上来，又弄个贼来给我们看，倘或眼不见寻了死，逃走了，都是我们的不是。"于是又有素日一干与柳家不睦的人，见了这般，十分趁愿，都来奚落嘲戏她。这五儿心内又气又委屈，竟无处可诉；且本来怯弱有病，这一夜思茶无茶，思水无水，思睡无衾枕，呜呜咽咽，直哭了一夜。[2]

谁知和她母女不和的那些人，巴不得一时撵出她们去，惟恐次日有变，大家先起了个清早，都悄悄地来买转平儿，一面送些东西，一面又奉承她办事简断，一面又讲述她母亲素日许多不好。[3] 平儿一一地都应着，打发她们去了，却悄悄地来访袭人，问她可果真芳官给她露了。[4] 袭人便说："露却是给了芳官，芳官转给何人，我却不知。"袭人于是又问芳官，芳官听了，唬天跳地，忙应是自己送她的。[5] 芳官便又告诉了宝玉，宝玉也慌了，[6] 说："露虽有了，若勾起茯苓霜来，她自然也实供。若听见了是她舅舅门上得的，她舅舅又有了不是，岂不是人家的好意，反被咱们陷害了？"因忙和平儿计议："露的事虽完，然这霜也是有不是的。好姐姐，你只叫她说也是芳官给她的就完了。"平儿笑道："虽如此，只是她昨晚已经同人说是她舅舅给的了，如何又说你给的？况且那边所丢的露，也正无主儿，如今有赃证的白放了，又去找谁？谁还肯认？众人也未必心服。"晴雯走来，笑道："太太那边的露，再无别人，分明是彩云偷了给环哥儿去了。你们可瞎乱说。"[7]

平儿笑道："谁不知是这个原故！但今玉钏儿急得哭，悄悄问着她，她若应了，玉钏也罢了，大家也就混着不问了。难道我们好意兜揽这事不成？可恨彩云不但不应，她还挤玉钏儿，说她偷了去了。两个人窝里发炮，先吵得合府皆知，我们如何装没事人，少不得要查的。殊不知告失盗的就是贼，[8] 又没赃证，怎么说她？"宝玉道："也罢！这件事我也应起来，就说是我唬她们玩的，悄悄地偷了太太的来了。两件事都完了。"[9] 袭人道："也倒是件阴骘事，保全人的贼名儿。只是太太听见，又说你小孩子气，不知好歹了。"平儿笑道："这也倒是小事。如今便从赵姨娘屋里起了赃来也容易，我

1. 平儿虽未遽信其自辩平白无辜，然亦不贸然处置，想已有主意了。关乎母女命运的判决，在奶奶们看来，却是"这点子小事"。

2. 怯弱有病之身，再委屈受气，一夜不得茶水睡眠，必大伤元气。可知柳五儿必非福寿之辈。

3. 可怕！欲得好处，托人相帮，送礼奉承都不稀罕；岂料想要整倒别人，也用上这一套。幸好平儿还不糊涂。

4. 调查核实是唯一好办法。

5. 芳官的反应，竟似被蛇咬了一口。

6. 可知宝玉闻五儿被冤也震动不小。

7. 聪明人一猜就中。

8. 彩云非胆小之人，索性来个贼喊捉贼。

9. 或讥议宝玉缺男子汉气。试看他敢将这样的事自己揽过来担在肩上！不是常人都甘愿承当的。

只怕又伤着一个好人的体面。别人都别管，这一个人岂不又生气？我可怜的是她，不肯为打老鼠伤了玉瓶。"说着把三个指头一伸。[1] 袭人等听说，便知她说的是探春。大家都忙说："可是这话。竟是我们这里应了起来的为是。"平儿又笑道："也须得把彩云和玉钏儿两个孽障叫了来，问准了她方好。不然，她们得了益，不说为这个，倒像我没了本事，问不出来，烦出这里来完事。她们以后越发偷的偷，不管的不管了。"[2] 袭人等笑道："正是，也要你留个地步。"

　　平儿便命人叫了她两个来，说道："不用慌，贼已有了。"玉钏儿先问："贼在哪里？"平儿道："现在二奶奶屋里呢，问她什么应什么。我心里明知不是她偷的，可怜她害怕，都承认了。这里宝二爷不过意，要替她认一半。我待要说出来，但只是这做贼的，素日又是和我好的一个姊妹；窝主却是平常，里面又伤着一个好人的体面，因此为难。少不得央求宝二爷应了，大家无事。[3] 如今反要问你们两个，还是怎样？若从此以后大家小心存体面，这便求宝二爷应了；若不然，我就回了二奶奶，别冤屈了好人。"彩云听了，不觉红了脸，一时羞恶之心感发，便说道："姐姐放心，也别冤屈了好人，也别带累了无辜之人伤体面。偷东西原是赵姨奶奶央告我再三，我拿了些与环哥是情真。连太太在家我们还拿过，各人去送人，也是常事。我原说嚷过两天就罢了。如今既冤屈了好人，我心也不忍。姐姐竟带了我回二奶奶去，我一概应了完事。"[4]

　　众人听了这话，一个个都诧异，她竟这样有肝胆。宝玉忙笑道："彩云姐姐果然是个正经人。如今也不用你应，我只说是我悄悄地偷的唬你们玩。如今闹出事来，我原该承认。只求姐姐们以后省些事，大家就好了。"彩云道："我干的事，为什么叫你应？死活我该去受。"平儿、袭人忙道："不是这样说，你一应了，未免又叨登出赵姨奶奶来，那时三姑娘听了，岂不生气？[5] 竟不如宝二爷应了，大家无事；且除这几个人，皆不得知道这事，何等的干净！但只以后千万大家小心些就是了。要拿什么，好歹耐到太太到家，哪怕连这房子给了人，我们就没干系了。"彩云听了，低头想了一想，方依允。

　　于是大家商议妥帖，平儿带了她两个并芳官往前边来至上夜房中，叫了五儿，将茯苓霜一节，也悄悄地教她说

1. 说出不去起真赃之故，将"投鼠忌器"成语阐述得明白。

2. 是极，是极！平儿不是一味畏畏缩缩怕得罪人的人。必须犯事人承认后才能宽恕。

3. 说话最有策略，不点贼名，却说"和我好的一个姊妹"，不说窝藏赃物之处，只说怕"伤着一个好人的体面"。等于告诉对方事情经过已查得一清二楚了。然后说出宝玉"应了"，以留情面，以存体面。末了才说若不承认，便回凤姐。足以让犯事者掂量掂量得失。平儿真是人才！

4. 彩云果有羞恶之心，也有豁出去自己承担的性气。

5. 再说明彩云不能自己应承的原委。

系芳官所赠，五儿感谢不尽。平儿带她们来至自己这边，已见林之孝家的带领了几个媳妇，押解着柳家的等够多时。林之孝家的又向平儿说："今儿一早押了她来，恐园里没人伺候姑娘们的饭，我暂且将秦显的女人派了去伺候。姑娘一并回明奶奶，她倒干净谨慎，以后就派她常伺候罢。"[1] 平儿道："秦显的女人是谁？我不大相熟。"林之孝家的道："她是园里南角子上夜的，白日里没什么事，所以姑娘不大相识。高高的孤拐①，大大的眼睛，最干净爽利的。"玉钏儿道："是了。姐姐，你怎么忘了？她是跟二姑娘的司棋的婶娘。司棋的父母虽是大老爷那边的人，她这叔叔却是咱们这边的。"

平儿听了，方想起来，笑道："哦！你早说是她，我就明白了。"又笑道："也太派急了些。如今这事，八下里水落石出了，连前儿太太屋里丢的，也有了主儿，是宝玉那日过来和这两个孽障要什么的，偏这两个孽障怄他玩，说太太不在家，不敢拿。宝玉便瞅她两个不提防的时节，自己进去拿了些什么出来。这两个孽障不知道，就吓慌了。如今宝玉听见带累了别人，方细细地告诉了我，拿出东西来我瞧，一件不差。那茯苓霜也是宝玉外头得了的，也曾赏过许多人。不独园内人有，连妈妈子们讨了出去给亲戚们吃，又转送人；袭人也曾给过芳官之流的人。他们私情各相来往，也是常事。前儿那两篓还摆在议事厅上，好好的原封没动，怎么就混赖起人来。[2] 等我回了奶奶再说。"说毕，抽身进了卧房，将此事照前言回了凤姐儿一遍。

凤姐儿道："虽如此说，但宝玉为人，不管青红皂白，爱兜揽事情。别人再求求他去，他又搁不住人两句好话，给他个炭篓子戴上②，什么事他不应承。[3] 咱们若信了，将来若大事也如此，如何治人？还要细细地追求才是。依我的主意，把太太屋里的丫头都拿来，虽不便擅加拷打，只叫她们垫着磁瓦子③跪在太阳地下，茶饭也别给吃。一日不说跪一日，便是铁打的，一日也管招了。又道是'苍蝇不抱没缝的蛋'。虽然这柳家的没偷，到底有些影儿，人才说她。虽不加贼刑，也革出不用。朝廷家原有挂误④的，倒也不算委屈

----

① 孤拐——颧骨。
② 炭篓子戴上——即戴高帽子的意思。
③ 磁瓦子——碎瓷片。
④ 挂误——亦作"诖误"。牵累；引申为官员受连累被撤职。

----

1. 派来人补位倒快！可见都盯着这个好差使空缺，想尽快安插个自己人。

2. 没动过两篓赠物，是宝玉也能应下茯苓霜，并堵住众人之口的关键。

3. 凤姐熟知宝玉脾气，想瞒过她谈何容易！

了她。"[1]平儿道："何苦来操这心！'得放手时须放手'，什么大不了的事，乐得施恩呢！依我说，纵在这屋里操上一百分心，终究咱们是回那边屋里去的。没的结些小人仇恨，使人含怨。况且自己又三灾八难的，好容易怀了一个哥儿，到了六七个月还掉了，焉知不是素日操劳太过，气恼伤着的！[2]如今乘早儿见一半不见一半的，也倒罢了。"一席话，说得凤姐儿倒笑了，说道："凭你这小蹄子发放去罢。我才精爽些了，没的淘气！"平儿笑道："这不是正经话？"说毕，转身出来，一一发放。要知端的，且听下回分解。

1. 若真按此处置，几个丫头都够受的，连不曾偷的柳家母女都不能宽免，真不让酷吏行径！

2. 以宽救严，以恩济威。平儿之言让凤姐不能不听从。此视情势而变通，亦即"行权"之所以不可少也。

【总评】

　　老太太、太太外出，凤姐养病期间，荣府里总不太安宁。上两回已写了老婆子、赵姨娘跟小丫头、小女孩们哭打吵闹事，这一回更牵出偷窃行为和"判冤决狱"的经过来。事情其实也并不严重，但如此大家众多成员中，因利害亲疏而形成的恩恩怨怨关系，却盘根错节，极其复杂。

　　柳家媳妇与看门的小幺儿的对话，可看出园子里果木被婆子们管得紧，这应是"除宿弊"改革的效果。迎春的小丫头莲花儿到厨房里找柳家媳妇要鸡蛋羹，做厨娘的柳氏说，今年就是鸡蛋短缺。莲花儿不信，动手去翻。这样，她后来说在厨房见过玫瑰露瓶子就合情合理了。柳氏虽为"份例"少，需求多，要赔钱发牢骚，但诸如"有一年连草根子还没有了的日子还有呢"之类话，也不无可令人警戒处。她话虽这么说，毕竟还不敢得罪二姑娘，所以蛋羹还是蒸上了，谁知司棋拿来，顺手泼在地下，未免太过。这样，她与柳家媳妇就结了怨。

　　五儿要将茯苓霜分赠给芳官，从怡红院回来路上，遇上林之孝家的带几个婆子来查失窃。询问间，五儿扯了谎而"辞钝色虚"，恰值小蝉儿、莲花儿走来，说是见过玫瑰露瓶子，带众人到厨房里，找出露瓶和一包茯苓霜来，当作贼赃，将五儿带到平儿处，被平儿命人先看管起来，关了一夜。

　　与柳家媳妇不和的人，乘机向平儿送物、进谗，盼能将柳家母女撵走。平儿并不糊涂，到宝玉处亲自核实情况，不但知五儿所言属实，且经晴雯提醒，知太太处的玫瑰露定是彩云偷了去给贾环的。她以为若到赵姨娘处去起赃容易，但怕揭出真相会伤了探春。宝玉想到这一层，便表示愿自认从王夫人处拿的，为唬丫头们玩。平儿以为须问准了真犯才好，便单独找来玉钏儿、彩云谈。彩云"一时羞恶之心感发"，说："偷东西原是赵姨奶奶央告我再三，我拿了些与环哥是情真。"但此事平儿还照与宝玉商量好的回了凤姐儿。

　　凤姐不是个可以轻易瞒过的人，她深知宝玉的脾气，只要别人求他，"什么事他不应承"，因而要平儿用点厉害来追查。平儿之为人，毕竟与她名字一样，她以前就说过"得饶人处且饶人"的话，如今也劝凤姐说："何苦来操这心！'得放手时须放手'，什么大不了的事，乐得施恩呢……"说服了凤姐，将柳家母女等"一一发放"，了结了此案。

第 六 十 二 回
憨湘云醉眠芍药裀　呆香菱情解石榴裙

【题解】

本回回目诸本基本一样，只"石榴"一词，己卯、庚辰、杨藏、卞藏本作"柘榴"；蒙府、戚序、甲辰、程高本作"石榴"；列藏本原抄"柘榴"，点改作"石榴"。今据文内称裙用"石榴红绫"制，从"石榴"。宝玉生日宴席上，湘云喝醉了酒，跑到山后石凳上，以芍药花的花瓣作垫裀枕头，睡了一觉。大家找到她时，犹梦呓作酒令。裀（yīn 因），通"茵"，双层床垫。香菱与芳官等女孩子一起，玩"斗草"游戏，彼此打闹起来，滚在地上，污了石榴裙。恰好遇见宝玉，找袭人拿来裙子，让香菱当场就解下脏裙，换上干净的。石榴裙、红裙，诗文中提到时，常关风情。

　　话说平儿出来吩咐林之孝家的道："大事化为小事，小事化为没事，方是兴旺之家。若得不了一点子小事，便扬铃打鼓地乱折腾起来，不成道理。[1]如今将她母女带回，照旧去当差，将秦显家的仍旧退回。再不必提此事，只是每日小心巡察要紧。"说毕，起身走了。柳家的母女忙向上磕头，林家的带回园中，回了李纨、探春，二人皆说："知道了，宁可无事，很好。"

　　司棋等人空兴头了一阵。那秦显家的好容易等了这个空子钻了来，只兴头了半天。在厨房内正乱接收家伙、米粮、煤炭等物，又查出许多亏空来，说："粳米短了两石，常用米又多支了一个月的，炭也欠着额数。"一面又打点送林之孝家的礼，悄悄地备了一篓炭，五百斤木柴，一担粳米在外边，就遣了子侄送入林家去了。又打点送账房的礼，又预备几样菜蔬请几位同事的人，说："我来了，全仗列位扶持。自今以后，都是一家人了，我有照顾不到的，好歹大家照顾些。"正乱着，忽有人来说与她："看过这早饭就出去罢。柳嫂儿原无事，如今还交与她管了。"秦显家的听了，轰去魂魄，垂头丧气，登时掩旗息鼓，卷包而出。送人之物白丢了许多，自己倒要折变了赔补亏空。[2]连

1. 此非万应之方，然平儿治家理念如此。

2. 真可谓"偷鸡不着，反蚀把米"。

司棋都气了个倒仰，无计挽回，只得罢了。

赵姨娘正因彩云私赠了许多东西，被玉钏儿吵出，生恐查诘出来，每日捏一把汗，打听信儿。忽见彩云来告诉说："都是宝玉应了，从此无事。"赵姨娘方把心放下来。谁知贾环听如此说，便起了疑心，将彩云凡私赠之物都拿了出来，照着彩云的脸摔了去，说："这两面三刀的东西！我不稀罕。你不和宝玉好，他如何肯替你应？你既有担当给了我，原该不与一个人知道。¹如今你既然告诉他，如今我再要这个也没趣儿。"

彩云见如此，急得赌身发誓，至于哭了。百般解说，贾环执意不信，说："不看你素日之情，去告诉二嫂子，就说你偷来给我，我不敢要。你细想去。"²说毕，摔手出去了。急得赵姨娘骂："没造化的种子，蛆心孽障！"气得彩云哭个泪干肠断。³赵姨娘百般地安慰她："好孩子，他辜负了你的心，我看得真。让我收起来，过两日，他自然回转过来了。"说着，便要收东西。彩云赌气一顿包起来，乘人不见时，来至园中，都撒在河内，顺水沉的沉漂的漂了。⁴自己气得夜间在被内暗哭。

当下又值宝玉生日已到。原来宝琴也是这日，二人相同。因王夫人不在家，也不曾像往年热闹。只有张道士送了四样礼，换的寄名符儿；还有几处僧尼庙的和尚、姑子送了供尖儿②，并寿星、纸马、疏头，并本命星官、值年太岁、周年换的锁儿。⁵家中常走的男女先儿来上寿。王子腾那边，仍是一套衣服、一双鞋袜、一百寿桃、一百束上用银丝挂面。薛姨娘处减一等。其余家中人，尤氏仍是一双鞋袜；凤姐儿是一个宫制四面扣合荷包，里面装一个金寿星，一件波斯国②所制玩器。各庙中遣人去放堂③舍钱。又另有宝琴之礼，不能备述。姐妹中皆随便，或有一扇的，或有一字的，或有一画的，或有一诗的，聊复应景而已。

这日，宝玉清晨起来，梳洗已毕，冠带出来。至前厅院中，已有李贵等四五个人在那里设下天地香烛。宝玉焚了香，行毕礼，奠茶焚纸后，便至宁府中宗祠、祖先堂两处行毕礼，出至月台上，又朝上遥拜贾母、贾政、王夫人等。⁶一顺到尤

1. "狗咬吕洞宾"，也得怪自己瞎了眼。

2. 无情无义一至于此，还谈"素日之情"。写贾环不堪如此。

3. 怎能不气！若能引以为戒，倒未必不是好事。

4. 是有性气人行事情理。

5. 道士僧尼，说是出家人远离世俗，然豪门富家主人或公子的生日记得最清楚，必有贺礼，不亦怪事乎？

6. 虽祖母、父母不在家，非郑重过生日，但祭祖、遥拜双亲、到各长者处行礼，甚至看望诸奶妈等种种礼仪，仍一切如常不缺。

---

①　供尖儿——油炸的面粉小条，拌蜜，堆成塔形以供神，通常叫蜜供。

②　波斯国——即今伊朗。

③　放堂——施主把财物布施给寺庙中的僧众。

氏上房，行过礼，坐了一会，方回荣府。先至薛姨妈处，薛姨妈再三拉着，然后又遇见薛蝌，让一回，方进园来。晴雯、麝月二人跟随，小丫头夹着毡子，从李氏起，一一挨着所长的房中到过。复出二门，至李、赵、张、王四个奶妈家，让了一回，方进来。虽众人要行礼，也不曾受。回至房中，袭人等只都来说一声就是了。王夫人有言，不令年轻人受礼，恐折了福寿，故皆不磕头。

　　歇一时，贾环、贾兰等来了，袭人连忙拉住，坐了一坐便去了。宝玉笑说："走乏了！"便歪在床上。方吃了半盏茶，只听外面咭咭呱呱，一群丫头笑了进来。原来是翠墨、小螺、翠缕、入画，邢岫烟的丫头篆儿，并奶子抱着巧姐儿，彩鸾、绣鸾八九个人，<u>都抱着红毡笑着走来，</u>[1]说："拜寿的挤破了门了，快拿面来我们吃。"刚进来时，探春、湘云、宝琴、岫烟、惜春也都来了。宝玉忙迎出来，笑说："不敢起动，快预备好茶！"进入房中，不免推让一回，大家归座。

　　袭人等捧过茶来，才吃了一口，平儿也打扮得花枝招展的来了。宝玉忙迎出来，笑说："我方才到凤姐姐门上，回了进去，不能见，我又打发人进去让姐姐的。"平儿笑道："我正打发①你姐姐梳头，不得出来回你。后来听见又说让我，我哪里禁当得起，所以特赶来磕头。"宝玉笑道："我也禁当不起。"袭人早在外间安了座，让她坐。平儿便福下去，宝玉作揖不迭。平儿便跪下去，宝玉也忙还跪下，袭人连忙搀起来，又下了一福，宝玉又还了一揖。<u>袭人笑推宝玉："你再作揖。"</u>[2]宝玉道："已经完了，怎么又作揖？"袭人笑道："这是她来给你拜寿。<u>今儿也是她的生日，你也该给她拜寿。</u>"[3]宝玉听了，喜得忙作下揖去，说："原来今儿也是姐姐的芳诞。"平儿还万福不迭。<u>湘云拉宝琴、岫烟说："你们四个人对拜寿，直拜一天才是。"</u>[4]探春忙问："原来邢妹妹也是今儿？我怎么就忘了！"忙命丫头："去告诉二奶奶，赶着补了一份礼，与琴姑娘的一样，送到二姑娘屋里去。"丫头答应着去了。岫烟见湘云直口说出来，少不得要到各房去让让。

　　探春笑道："倒有些意思，一年十二个月，月月有几个生日。人多了，便这等巧，也有三个一日，两个一日的。

<hr>

　　① 打发——这里是服侍的意思。

1. 前见宝玉来至比他长的各人房中，写到晴、麝跟随，有"小丫头夹着毡子"一句，不知何用。此又说"都抱着红毡笑着走来"，想是当时拜寿的一种习俗。应有说头，待查。

2. 读此句不解何意。

3. 原来如此。加上前谓与宝琴同日，已有三人同生日了。

4. 想不到还有一个同生日的。说得有趣，这样写也够显眼的了。

大年初一也不白过，大姐姐占了去。怨不得她福大，生日
比别人就占先。又是太祖太爷的生日。过了灯节，就是老
太太和宝姐姐，她们娘儿两个遇得巧。三月初一是太太，
初九是琏二哥哥。二月没人……"袭人道："二月十二是林
姑娘，怎么没人？"[1] 就只不是咱家的人。"探春笑道："我这
个记性是怎么了！"宝玉笑指袭人道："她和林妹妹是一日，
所以她记得。"[2] 探春笑道："原来你两个倒是一日。每年连
头也不给我们磕一个。平儿的生日我们也不知道，这也是
才知道。"平儿笑道："我们是哪牌儿名上的人，生日也没
拜寿的福，又没受礼的职份，可吵闹什么，可不悄悄地过去？
今儿她又偏吵出来了。等姑娘们回房，我再行礼去罢。"探
春笑道："也不敢惊动。只是今儿倒要替你过个生日，我心
里才过得去。"[3] 宝玉、湘云等一齐都说："很是。"探春便吩
咐了丫头："去告诉她奶奶，就说我们大家说了，今儿一日
不放平儿出去，我们也大家凑了份子过生日呢。"丫头笑着
去了，半日回来说："二奶奶说了，多谢姑娘们给她脸。不
知过生日给她些什么吃，只别忘了二奶奶，就不来絮聒她
了。"众人都笑了。

　　探春因说道："可巧今儿里头厨房不预备饭，一应下面
弄菜，都是外头收拾。咱们就凑了钱，叫柳家的来揽了去，
只在咱们里头收拾倒好。"众人都说："是极。"探春一面遣
人去问李纨、宝钗、黛玉，一面遣人去传柳家的进来，吩
咐她内厨房中快快收拾两桌酒席。柳家的不知何意，因说："外
厨房都预备了。"探春笑道："你原来不知道，今儿是平姑
娘的华诞。外头预备的是上头的，这如今我们私下又凑了
份子，单为平姑娘预备两桌请她。你只管拣新巧的菜蔬预
备了来，开了账，我那里领钱。"柳家的笑道："原来今日
也是平姑娘的千秋，我竟不知道。"说着，便向平儿磕下头
去，慌得平儿拉起她来。[4] 柳家的忙去预备酒席。

　　这里探春又邀了宝玉，同到厅上去吃面，等到李纨、
宝钗一齐来全，又遣人去请薛姨妈与黛玉。因天气和暖，
黛玉之疾渐愈，故也来了。花团锦簇，挤了一厅的人。[5]

　　谁知薛蝌又送了巾、扇、香、帛四色寿礼与宝玉，宝
玉于是过去陪他吃面。两家皆治了寿酒，互相酬送，彼此
同领。至午间，宝玉又陪薛蝌吃了两杯酒。宝钗带了宝琴
过来与薛蝌行礼，把盏毕，宝钗因嘱薛蝌："家里的酒也不
用送过那边去，这虚套竟可收了。你只请伙计们吃罢。我

1. 屈指算到三月，则此时当是
四月。有研究者遂据此推定
作者曹雪芹生日是四月某
日，将小说与真事合二为一
了。是否有理，且不置评。

2. 说袭人记得，其实也是宝
玉自己记得。记得此二人，
合理。

3. 虽不知平儿为保其面子，瞒
了赵姨娘令彩云偷露事，但
对她全力相助兴利除弊事还
是深怀感激的，故有此言。

4. 柳家的正找不到机会谢平儿
替其母女洗刷冤情呢。

5. 虽不足与"史太君两宴大观
园"盛况相比，也算相当可
以了。

们和宝兄弟进去，还要待人去呢，也不能陪你了。"薛蝌忙说："姐姐、兄弟只管请，只怕伙计们也就好来了。"宝玉忙又告过罪，方同他姊姊回来。¹

　　一进角门，宝钗便命婆子将门锁上，把钥匙要了，自己拿着。²宝玉忙说："这一道门何必关，又没多的人走。况且姨娘、姐姐、妹妹都在里头，倘或家去取什么，岂不费事？"宝钗笑道："小心没过逾的。你瞧你们那边，这几日七事八事，竟没有我们这边的人，可知是这门关得有功效了。³若是开着，保不住哪起人图顺脚，抄近路从这里走，拦谁的是？不如锁了，连妈和我也禁着些，大家别走。纵有了事，就赖不着这边的人了。"宝玉笑道："原来姐姐也知道我们那边近日丢了东西？"宝钗笑道："你只知道玫瑰露和茯苓霜两件，乃因人而及物；若非因人，你连这两件还不知道呢。殊不知还有几件比这两件大的呢。若以后叨登不出来，是大家的造化；若叨登出来，不知里头连累多少人呢！⁴你也是不管事的人，我才告诉你。平儿是个明白人，我前儿也告诉了她，皆因她奶奶不在外头，所以使她明白了。若不犯出来，大家乐得丢开手；若犯出来，她心里已有稿子。自有头绪，就冤屈不着平人了。你只听我说，以后留神小心就是了，这话也不可对第二个人讲。"

　　说着，来到沁芳亭边，只见袭人、香菱、待书、素云、晴雯、麝月、芳官、蕊官、藕官等十来个人，都在那里看鱼作耍。见她们来了，都说："芍药栏里预备下了，快去上席罢。"宝钗等遂携了她们同到了芍药栏中红香圃三间小敞厅内。⁵连尤氏已请过来了，诸人都在那里，只没平儿。

　　原来平儿出去，有赖、林诸家送了礼来，连三接四，上中下三等家人，来拜寿送礼的不少。平儿忙着打发赏钱道谢，一面又色色地回明凤姐儿，不过留下几样，也有不收的，也有收下即刻赏与人的。忙了一回，又直待凤姐儿吃过面，方换了衣裳，往园里来。

　　刚进了园，就有几个丫鬟来找她，一同到了红香圃中。只见筵开玳瑁，褥设芙蓉①。众人都笑道："寿星全了。"上面四座，定要让他四个人坐，四人皆不肯。薛姨妈说："我老天拔地，又不合你们的群儿，我倒觉拘得慌，不如我到厅

1. 面面俱到，连薛蝌送寿礼、治寿酒都不遗漏。

2. 不知要防谁进出。

3. 原来是怕再有事，连累在内，宝钗行事必谨慎小心。上回所出之事，想已从平儿或莺儿处闻知其详。

4. 第五十九回末平儿曾说起春燕娘追打等几件事，是"极小的"，"还有大的可气可笑之事"，但并未说明果系何事。这里宝钗又说还有几件大的，若"叨登"出来，要连累许多人，也仍未揭底。不知是否指惹出后来抄检大观园的司棋与潘又安结私情事，还是在第八十回后方能明白的别的事，比如说由吃酒赌博，招来匪类而引起的，或者竟是虚晃一枪，作不写之写。

5. 好名称。为即将演出一场"湘云醉酒"的好戏准备就布景。

───────────

①　筵开玳瑁，褥设芙蓉——意谓筵席间摆开以玳瑁为装饰的坐具，坐具上铺设着绣有芙蓉的坐褥。玳瑁，龟类动物，甲壳可作装饰品。

上随便躺躺去倒好。我又吃不下什么去，又不大吃酒，这里让他们，倒便宜。"[1] 尤氏等执意不从。宝钗道："这也罢了，倒是让妈在厅上歪着自如些。有爱吃的送些过去，倒自在了。且前头没人在那里，又可照看了。"探春等笑道："既这样，恭敬不如从命。"因大家送了她到议事厅上，眼看着命丫头们铺了一个锦褥并靠背引枕之类，又嘱咐："好生给姨妈捶腿。要茶要水。别推三扯四的。回来送了东西来，姨妈吃了，就赏你们吃。只别离了这里出去。"小丫头们都答应了。

　　探春等方回来。终究让宝琴、岫烟二人在上，平儿面西坐，宝玉面东坐。[2] 探春又接了鸳鸯来，二人并肩对面相陪。西边一桌，宝钗、黛玉、湘云、迎春、惜春依序，一面又拉了香菱、玉钏儿二人打横。三桌上，尤氏、李纨，又拉了袭人、彩云陪坐。四桌上，便是紫鹃、莺儿、晴雯、小螺、司棋等人围坐。当下探春等还要把盏，宝琴等四人都说："这一闹，一日都坐不成了。"方才罢了。两个女先儿要弹词上寿。众人都说："我们没人要听那些野话，你厅上去说给姨太太解闷儿去罢。"[3] 一面又将各色吃食拣了，命人送与薛姨妈去。

　　宝玉便说："雅坐无趣，须要行令才好。"众人中有的说行这个令好，那个又说行那个令好。黛玉道："依我说，拿了笔砚将各色令都写了，拈成阄儿，咱们抓出哪个来就是哪个。"[4] 众人都道妙，即命拿了一副笔砚花笺。香菱近日学了诗，又天天学写字，见了笔砚便图不得，连忙起座说："我写。"大家想了一会，共得了十来个，念着，香菱一一地写了，搓成阄儿，掷在一个瓶中。

　　探春便命平儿拣，平儿向内搅了一搅，用箸夹了一个出来，打开看，上写着"射覆"①二字。宝钗笑道："把个酒令的祖宗拈出来了。[5] '射覆'从古有的，如今失了传，这是后人纂的，比一切的令都难。这里头倒有一半是不会的，不如毁了，另拈一个雅俗共赏的。"探春笑道："既拈了出来，如何又毁？如今再拈一个，若是雅俗共赏的，便叫她们行去。咱们行这个。"说着，又叫袭人拈了一个，却是"拇

---

①　射覆——早在汉代就有的游戏。是把某物先遮盖或隐藏起来（覆），让人猜（射）。古法已失传。后世用字隐物让人猜和用隐语猜物的游戏，也叫"射覆"。玩法是：覆者想好供人猜的物名，说一字而可与此物名组成有出处的词语的；射者则要另说一字，也可与此物名组成有出处的词语的，才算射（猜）中。这要靠书读得多，记得熟，脑子灵，所以说"比一切的令都难"。

1. 薛姨妈锐的倒是实话。都是些十几岁的小辈姑娘，中间夹一个老的，彼此都拘束，哪得畅快自在！

2. 四位寿星，不分主婢，尊客为上。

3. 犹今之年轻人有适合自己年龄段的活泼浪漫爱好。故宁可嬉戏笑闹，也不耐烦听那些编造拙劣、千篇一律的陈旧故事，故讥之为"野话"。

4. 设计得妙！若不用抓阄方法，就不能合情合理地展示古已有之的"射覆"酒令。难道座中谁还会特意提出用它来玩？

5. 碰巧拈得，便无话可说；好让博古通今的宝钗有说头了。

战"①。史湘云笑着说："这个简断爽利，合了我的脾气。我不行这个'射覆'，没的垂头丧气闷人，我只划拳去了。"[1]
探春道："惟有她乱令，宝姐姐快罚她一钟。"宝钗不容分说，便灌了湘云一杯。[2]

探春道："我吃一杯，我是令官，也不用宣，只听我分派。"命取了令骰、令盆来，"从琴妹掷起，挨下掷去，对了点的二人射覆。"宝琴一掷，是个"三"。岫烟、宝玉等皆掷得不对，直到香菱方掷了一个"三"。宝琴笑道："只好室内生春②，若说到外头去，可太没头绪了。"探春道："自然。三次不中者罚一杯。你覆，她射。"

宝琴想了一想，说了个"老"字。香菱原生于这令，一时想不到，满室满席都不见有与"老"字相连的成语。湘云先听了，便也乱看，忽见门斗上贴着"红香圃"三个字，便知宝琴覆的是"吾不如老圃"③的"圃"字。见香菱射不着，众人击鼓又催，便悄悄地拉香菱，教她说"药"字。黛玉偏看见了，说"快罚她！又在那里私相传递呢。"哄得众人却知道了，忙又罚了一杯，恨得湘云拿筷子敲黛玉的手。[3]于是罚了香菱一杯。下则宝钗和探春对了点子。探春便覆了一个"人"字。宝钗笑道："这个'人'字泛得很。"探春笑道："添一个字，两覆一射，也不泛了。"说着，便又说了一个"窗"字。宝钗一想，因见席上有鸡，便射着她是用"鸡窗""鸡人"④二典了，因射了一个"埘"字。探春知她射着，用了"鸡栖于埘"的典，[4]二人一笑，各饮一口门杯。

湘云等不得，早和宝玉"三""五"乱叫，划起拳来。那边尤氏和鸳鸯隔着席，也"七""八"乱叫，划起来。平儿、袭人也作了一对划拳，叮叮当当，只听得腕上的镯子响。[5]一时，湘云赢了宝玉，鸳鸯赢了尤氏，袭人赢了平儿，三个人限酒底酒面。湘云便说："酒面要一句古文，一句旧诗，一句骨牌名，一句曲牌名，还要一句时宪书⑤上有的话。共

1. 非不能也。豪爽脾气，不耐静坐默思掉书袋的玩意儿。

2. 令未行先被灌了一杯。

3. 湘云急性子，心思也敏捷，遂不顾令规递消息被抓，又罚了一杯。写得生动。

4. 昔读《唐诗三百首》李商隐《无题》诗"分曹射覆蜡灯红"句，究不知此二字是怎样的游戏。此虽申明古法失传，后人所纂，但毕竟只行两遍令，用添个字的"两覆一射"，便将"射覆"之戏交代得明明白白，增人见识。《红楼梦》真可当作古代生活的百科书来读。

5. 精彩形容。只点染一笔，便将群芳划拳情景写活了。

---

① 拇战——也叫"划拳""搳拳""豁拳"。
② 室内生春——指"射覆"的物名，只限于室内有的。
③ 吾不如老圃——老圃，老园丁。语出《论语·子路》，是孔子的话。宝琴覆的是"红香圃"的"圃"字，她说"老"，用的是孔子语。湘云提示香菱射"药"（芍药），因与"圃"字可组成"药圃"一词。王维《济州过赵叟家宴》诗："荷锄修药圃，散帙曝农书。"
④ 鸡窗、鸡人——探春想到鸡，便覆了"人"与"窗"（两覆一射）。晋人宋处宗买得一鸡，置于窗间，鸡作人语，与处宗论学，后因以鸡窗指书房。出《幽明录》。鸡人，已见第二十二回薛宝钗灯谜七律注。宝钗射以"埘"，用《诗经·王风·君子于役》"鸡栖于埘"典。埘，墙上挖洞为鸡窠。
⑤ 时宪书——即历书，因避乾隆帝名弘历的讳，故称"时宪书"。

总凑成一句话。酒底要关人事的果菜名。"众人听了，都笑说："惟有她的令也比人唠叨，倒也有意思。"便催宝玉快说。宝玉笑道："谁说过这个，也等想一想儿。"黛玉便道："你多喝一钟。我替你说。"[1]宝玉真个喝了酒，听黛玉说道：

> 落霞与孤鹜齐飞，风急江天过雁哀，却是一只折足雁，叫得人九回肠，——这是鸿雁来宾。①[2]

说得大家笑了，说："这一串子倒有些意思。"黛玉又拈了一个榛瓤，说酒底道：

> 榛子非关隔院砧，何来万户捣衣声？②

令完，鸳鸯、袭人等皆说的是一句俗话，都带一个"寿"字的，不能多赘。[3]

　　大家轮流乱划了一阵。这上面湘云又和宝琴对了手，李纨和岫烟对了点子。李纨便覆了一个"瓢"字③，岫烟便射了一个"绿"字，[4]二人会意，各饮一口。湘云的拳却输了，[5]请酒面、酒底。宝琴笑道："请君入瓮。④"大家笑起来，说："这个典用得当。"湘云便说道：

> 奔腾而砰湃，江间波浪兼天涌，须要铁锁缆孤舟，既遇着一江风，——不宜出行。⑤

说得众人都笑了，说："好个诌断了肠子的！怪道她出这个令，故意惹人笑。"又听她说酒底。湘云吃了酒，拣了一块鸭肉

1. 宝玉一时未想好，由黛玉代劳已非第一次。从前作《杏帘在望》五律，暗地里当枪手便是。只不过这次是明替。

2. 不但酒底说"榛子"可能有深意，酒面说的几句话，或也有。将来一个"泪尽夭亡"，另一个便成了"孤鹜"，亦即"哀"鸣不已的让人"九回肠"的"折足雁"。不是也有象征性吗？

3. 若逐个写去，不免呆板，且鸳、袭辈少文墨，能有何精彩话可写？然亦不能没有，故只用略语省去。

4. 写划拳中又捎带一笔"覆射"，以见席上行酒令场景之热闹，两边都玩，不使有一方遭冷落。

5. 又得罚酒了！不知湘云已喝了几杯？

---

① 黛玉酒令半首——"落霞与孤鹜齐飞，秋水共长天一色"为唐代王勃《滕王阁序》中的名句。鹜：野鸭。风急江天过雁哀：陆游《寒夕》诗："风急江天无过雁，月明庭户有疏砧。"酒令似反用此意。折足雁：骨牌名。由六点绿和三点绿组成的牌，六点像雁身，三点斜行像雁的一只脚。九回肠：曲牌名。原是愁极之辞，语本司马迁《报任少卿书》。鸿雁来宾：历书中引语，出《礼记·月令》："季秋之月，鸿雁来宾。"来宾，飞来旅宿。

② 黛玉说酒底二句——榛（zhēn 真）子：又叫榛栗、榛瓤、榛树果实，如栗而小，味亦如栗。"榛"与"砧"音同义异，故曰与捣衣之砧声无关，又"榛子"可谐"虔子"，即挚诚忠贞的意思，故榛子古人为"妇人之贽"，见《左传·庄公二十四年》，李白《子夜吴歌》："长安一片月，万户捣衣声。"是怀念"良人"的诗。黛玉所说令语或有深意。

③ 瓢、绿——席上有酒樽，故李纨覆"瓢樽"之"瓢"，岫烟射"绿樽"之"绿"。宋代苏辙《九日》诗："瓢樽空挂壁。"唐代刘希夷《送友人之新丰》诗："愁和绿樽生。"又杜甫《对雪》诗："瓢弃樽无绿，炉存火似红。"前五字中，覆、射、底三者皆包括。

④ 请君入瓮——"以其人之道还治其人之身"时用此语。唐武则天命来俊臣审周兴，来与周对食时间他：囚犯不招供有什么办法。周说：这很容易，拿大瓮来，四面用炭炙烧，把囚犯放入瓮中，还怕他不招？来即命取瓮生火，告知奉命审问，请周入瓮。周"惶恐叩头认罪"。见《资治通鉴·唐纪》天授二年。说酒面、酒底的办法是湘云想出来的，现在她输了，就请她用自己的办法罚自己。

⑤ 湘云酒令半首——奔腾而砰湃：北宋欧阳修《秋声赋》中句。砰湃，即"澎湃"。江间波浪兼天涌：杜甫《秋兴八首》诗中句。铁锁缆孤舟：骨牌名，已见第四十回宝钗牙牌令注；上句写江上浪大，此用赤壁曹军以铁锁联结单独船只，上铺木板，使平稳如陆行。后为周瑜火攻曹所破。一江风：曲牌名。不宜出行：历书中有某天是否吉利，是否宜出门远行的说明。

呷口，忽见碗内有半个鸭头，遂拣了出来吃脑子。众人催她："别只顾吃，你到底快说了。"湘云便用箸子举着说道：

这鸭头不是那丫头，头上哪讨桂花油？①1

众人越发笑起来，引得晴雯、小螺、莺儿等一干人都走过来，说："云姑娘会开心儿，拿着我们取笑儿，快罚一杯才罢！怎见得我们就该擦桂花油的？倒得每人给一瓶子桂花油擦擦。"黛玉笑道："她倒有心给你们一瓶子油，又怕挂误着打窃盗的官司。"2众人不理论，宝玉却明白，忙低了头。彩云有心病，不觉地红了脸。宝钗忙暗暗地瞅了黛玉一眼。黛玉自悔失言，原是趣宝玉的，就忘了趣着彩云。自悔不及，忙一顿行令划拳岔开了。

底下宝玉可巧和宝钗对了点子，宝钗便覆了一个"宝"字，宝玉想了一想，便知是宝钗作戏，指自己所佩通灵玉而言，便笑道："姐姐拿我作雅谑，我却射着了。说出来姐姐别恼，就是姐姐的讳'钗'字就是了。"众人道："怎么解？"宝玉道："她说'宝'，底下自然是'玉'了。我射'钗'字，旧诗曾有'敲断玉钗红烛冷'②，岂不射着了？"湘云说道："这用时事却使不得，两个人都该罚。"香菱忙道："不止时事，这也有出处。"湘云道："'宝玉'二字并无出处，不过是春联上或有之，诗书纪载并无，算不得。"香菱道："前日我读岑嘉州五言律，现有一句说，'此乡多宝玉'③，怎么你倒忘了？后来又读李义山七言绝句，又有一句'宝钗无日不生尘'④，3我还笑说他两个名字都原来在唐诗上呢。"众人笑说："这可问住了，快罚一杯。"湘云无话，只得饮了。4

大家又该对点的对点，划拳的划拳。这些人因贾母、王夫人不在家，没了管束，便任意取乐，呼三喝四，喊七叫八。满厅中红飞翠舞，玉动珠摇，5真是十分热闹。玩了一会，大家方起席散了。一散，倏然不见了湘云，只当她外头自便就来，谁知越等越没了影响，使人各处去找，哪里找得着。6

1. 酒面言风波险恶甚明；酒底则用谐音别开生面，戏语又引起有趣的对话来。

2. 酒席上冲口而出，说了不该说的话，在黛玉也非第一次了。少心机的人往往有之。以前只关乎自己，这次却无意中刺着了别人。如此点一下昨日之事，也很有意思。

3. 所引三句唐诗，皆嵌入二人名字，又要暗作谶语，实在不易。

4. 不能再饮了，再饮非醉倒不可。

5. 骈字俪句，信手拈来，无不尽妙。

6. 想是去醉乡了。

---

① 湘云说酒底二句——席上有鸭，"鸭头"与"丫头"谐音作趣语。桂花油：古时妇女用的搽发油。
② 敲断玉钗红烛冷——唐代郑谷《题邸间壁》诗中句。玉钗，烛花。此语成谶，所谓金玉成空也。
③ 此乡多宝玉——唐代岑参曾为嘉州刺史，世称岑嘉州，其《送张子尉南海》诗："此乡多宝玉，慎勿厌清贫。"小说只引上句，歇后一句似非偶然巧合宝玉将来之"贫穷难耐凄凉"。
④ 宝钗无日不生尘——唐代李商隐，字义山，其《残花》诗曰："若但掩关劳独梦，宝钗何日不生尘。""何日"小说中引作"无日"，义同。寓意自明。

接着林之孝家的同着几个老婆子来，生恐有正事呼唤；二者恐丫鬟们年轻，乘王夫人不在家，不服探春等约束，恣意痛饮，失了体统，故来请问有事无事。[1]探春见她们来了，便知其意，忙笑道："你们又不放心，来查我们来了。我们并没有多吃酒，不过是大家玩笑，将酒作个引子。妈妈们别担心。"李纨、尤氏都也笑说："你们歇着去罢，我们也不敢叫她们多吃了。"林之孝家的等人笑说："我们知道，连老太太叫姑娘们吃酒，姑娘们还不肯吃，何况太太们不在家，自然玩罢了。我们怕有事，来打听打听。二则天长了，姑娘们玩一会子，还该点补些小食儿。素日又不大吃杂东西，如今吃一两杯酒，若不多吃些东西，怕受伤。"[2]探春笑道："妈妈们说得是，我们也正要吃呢。"因回头命取点心来。两旁丫鬟们答应了，忙去传点心。探春又笑让："你们歇着去罢，或是姨妈那里说话儿去。我们即刻打发人送酒你们吃去。"林之孝家的等人笑回："不敢领了。"又站了一回，方退了出来。平儿摸着脸笑道："我的脸都热了，也不好意思见她们。依我说，竟收了罢，别惹她们再来，倒没意思了。"探春笑道："不相干，横竖咱们不认真喝酒，就罢了。"

正说着，只见一个小丫头笑嘻嘻地走来，说："姑娘们快瞧云姑娘去！吃醉了图凉快，在山子后头一块青板石凳上睡着了。"[3]众人听说，都笑道："快别吵嚷。"说着，都走来看时，果见湘云卧于山石僻处一个石凳子上，业经香梦沉酣。四面芍药花飞了一身，满头脸衣襟上皆是红香散乱。手中的扇子在地下，也半被落花埋了。一群蜂蝶闹嚷嚷地围着她。又用鲛帕包了一包芍药花瓣枕着。[4]众人看了，又是爱，又是笑，忙上来推唤搀扶。湘云口内犹作睡语说酒令，唧唧嘟嘟说：

　　　　泉香而酒冽，玉碗盛来琥珀光，直饮到梅梢月上，醉扶归，——却为宜会亲友。①[5]

众人笑推她说道："快醒醒儿，吃饭去，这潮凳上还睡出病来呢。"湘云慢启秋波，见了众人，又低头看了一看自己，方知是醉了。原是来纳凉避静的，不觉的因多罚了两杯酒，

1. 欲急反缓。不接写湘云去何处，偏说管家婆子们来看，却又担心有人"恣意痛饮"。文笔令人不测。

2. 空腹喝酒伤身，是特意来提醒姑娘们该吃些点心的。这么一说便显得殷勤关怀。

3. 意外传来喜讯，让众人乐不可支。

4. 湘云的标志性画面，此书的经典文字。美不胜收，不可以常理论。细细推敲起来，竟没有一句是生活真实，却有无穷的诗。可知此书全得力于艺术想象，而非描摹真事的写生画、肖像画。本来嘛，想象是可以超越现实的，比实际感受更丰富、更生动、更活跃。多少人都以为作者必有过繁华生活的亲身经历，才能写出此书来。错了，亲自经历的人往往身在福中不知福，习以为常，反写不出来。只有伟大的艺术天才，即具备超凡想象力，而又以惊奇目光、怀着复杂心情、见闻过别人繁华生活的人，才有可能写出来。

5. 妙极！更是颊上添毫之笔。但绝非现实。你看，湘云像不像着了脂粉的酒中仙李太白、醉翁欧阳修？

---

① 湘云睡语所说酒令——"泉香而酒冽"：欧阳修《醉翁亭记》中句。冽，清。"玉碗盛来琥珀光"：李白《客中作》诗中句。梅梢月上：骨牌名。上，升起。由一点红和五点绿组成的牌，下面五点像梅花，上面一点像月亮。醉扶归：曲牌名。取意于唐代张演《社日村居》诗："桑柘影斜春社散，家家扶得醉人归。"又作王驾、张蟋诗。宜会亲友：历书上认为吉利的日子所说的话。

娇弱不胜，便睡着了，心中反觉自愧。连忙起身，扎挣着同人来至红香圃中，用过水，又吃了两盏酽茶。探春忙命将醒酒石①拿来给她衔在口内，一时又命她喝了些酸汤，方才觉得好了些。

当下又选了几样果菜与凤姐送去，凤姐儿也送了几样来。宝钗等吃过点心，大家也有坐的，也有立的，也有在外观花的，也有扶栏观鱼的，各自取便，说笑不一。探春便和宝琴下棋，宝钗，岫烟观局。林黛玉和宝玉在一簇花下唧唧哝哝，不知说些什么。只见林之孝家的和一群女人带了一个媳妇进来。那媳妇愁眉苦脸，也不敢进厅，只到了阶下，便朝上跪下了，碰头有声。[1] 探春因一块棋受了敌，算来算去，纵得了两个眼，便折了官着②，两眼只瞅着棋枰，一只手却伸在盒内，只管抓弄棋子作想。林之孝家的站了半天。因回头要茶时，才看见，问："什么事？" 林之孝家的便指那媳妇说："这是四姑娘屋里的小丫头彩儿的娘，现是园内伺候的人。嘴很不好，才是我听见了，问着她，她说的话也不敢回姑娘，竟要撵出去才是。" 探春道："怎么不回大奶奶？"[2] 林之孝家的道："方才大奶奶往厅上姨太太处去了，顶头看见，我已回明白了，叫回姑娘来。" 探春道："怎么不回二奶奶？" 平儿道："不回去也罢，我回去说一声就是了。" 探春点点头道："既这么着，就撵出她去，等太太来了，再回定夺。" 说毕，仍又下棋。这里林之孝家的带了那人出去不提。

黛玉和宝玉二人站在花下，遥遥知意。黛玉便说道："你家三丫头倒是个乖人。虽然叫她管些事，倒也一步儿不肯多走。差不多的人，就早作起威福来了。"[3] 宝玉道："你不知道呢，你病着时，她干了好几件事。这园子也分了人管，如今多掐一草也不能了。又蠲了几件事，单拿我和凤姐姐作筏子，禁别人。最是心里有算计的人，岂只乖而已！"[4] 黛玉道："要这样才好，咱们家里也太花费了。我虽不管事，心里每常闲了，替你们一算计，出的多，进的少，如今若不省俭，必致后手不接。"[5] 宝玉笑道："凭他怎么后手不接，也短不了咱们两个人的。" 黛玉听了，转身就往厅上寻宝钗说笑去了。

1. 既春景将残、盛时渐过，一口欢笑中也会有些煞风景事出现，这不就是？

2. 探春非好权势者，也不优柔寡断，只是不想逾越长幼，故欲由李纨去裁决。

3. 所作所为，由旁观者来评说。

4. 黛玉、宝玉各有所见举其敢作敢为，杀伐决断处，以补前言之不足。

5. 为家道渐趋式微担忧，却从不管事的黛玉口中说出。

---

① 醒酒石——传说中有醒酒石，前人所记与此为日常备用之品不同，或谓此即中医入药所用的寒水石，由石灰岩形成，为块状晶体，表面光滑，性寒无毒，可祛酒止渴。

② 两个眼、官着——围棋术语。一方所留空隙而对方不能下子的，叫"眼"。有两个眼相连的子才能活。下棋至双方争夺之地已毕，尚众周边角上空白，可轮流下将它填满，叫"收官着""收官子"或"收官"。但下子占边地亦有大小，要争机会；折了官着，即失了收官的机会。

宝玉正欲走时，只见袭人走来，手内捧着一个小连环洋漆茶盘，里面可式放着两钟新茶，因问："她往哪去了？我见你两个半日没吃茶，巴巴地倒了两钟来，她又走了。"宝玉道："那不是她？你给她送去。"说着，自拿了一钟。袭人便送了那钟去，偏和宝钗在一处，只得一钟茶，便说："哪位渴了哪位先接了，我再倒去。"宝钗笑道："我倒不渴，只要一口漱一漱就够了。"说着，先拿起来喝了一口，剩下半杯，递在黛玉手内。袭人笑说："我再倒去。"黛玉笑道："这病，大夫不许多吃茶，这半钟尽够了，难为你想得到。"说毕饮干，将杯放下。[1]袭人又来接宝玉的。宝玉因问："这半日没见芳官，她在哪里呢？"袭人四顾一瞧，说："才在这里，几个人斗草的，这会子不见了。"

宝玉听说，便忙回至房中，果见芳官面向里睡在床上。宝玉推她说道："快别睡觉，咱们外头玩去，一会儿好吃饭。"芳官道："你们吃酒不理我，教我闷了半日，可不来睡觉罢了。"[2]宝玉拉了她起来，笑道："咱们晚上家里再吃，回来我叫袭人姐姐带了你桌上吃饭，何如？"芳官道："藕官、蕊官都不上去，单我在那里，也不好。我也不惯吃那个面条子，早起也没好生吃，才刚饿了，我已告诉了柳嫂子，先给我做一碗汤，盛半碗粳米饭送来，我这里吃了就完事。若是晚上吃酒，不许教人管着我，我要尽力吃够了才罢。[3]我先在家里，吃二三斤好惠泉酒呢。如今学了这劳什子，他们说怕坏嗓子，这几年也没闻见。趁今日，我是要开斋了。"宝玉道："这个容易。"

说着，只见柳家的果遣了人送了一个盒子来。小燕接着揭开，里面是一碗虾丸鸡皮汤，又是一碗酒酿清蒸鸭子，一碟腌的胭脂鹅脯，还有一碟四个奶油松瓤卷酥，并一大碗热腾腾、碧荧荧蒸的绿畦香稻粳米饭。[4]小燕放在案上，走去拿了小菜并碗箸过来，拨了一碗饭。芳官便说："油腻腻的，谁吃这些东西！"[5]只将汤泡饭吃了一碗，拣了两块腌鹅，就不吃了。宝玉闻着，倒觉比往常之味又胜些似的，遂吃了一个卷酥，又命小燕也拨了半碗饭，泡汤一吃，十分香甜可口。[6]小燕和芳官都笑了。

吃毕，小燕便将剩的要交回。宝玉道："你吃了罢，若不够，再要些来。"小燕道："不用要，这就够了。方才麝月姐姐拿了两盘子点心给我们吃了，我再吃了这个，尽不用再吃了。"说着，便站在桌旁一顿吃了，又留下两个卷酥，说："这个留着给我妈吃。晚上要吃酒，给我两碗酒吃就是了。"宝玉笑道："你也

1. 真真闺阁金兰契，借二人同喝一杯茶细节，写出钗、黛情真谊深来，勿草草看过！

2. 撒娇本领，不学就会。以为自己多重要。

3. 为"群芳开夜宴"先敲响开场锣鼓，也为自己须一醉方休作预告。

4. 为讨好芳官，规格极高，给宝玉吃也不过如此。

5. 这话只从贾母口中听到过，芳官何人，居然也说，难怪被晴雯骂"狂"。

6. 宝玉被人讥为在丫头前低三下四，没性气，即如此类。

爱吃酒？等着咱们晚上痛喝一阵。你袭人姐姐和晴雯姐姐量也好，也要喝，只是每日不好意思。趁今儿大家开斋。¹ 还有一件事，想着嘱咐你，我竟忘了，此刻才想起来。以后芳官全要你照看她，她或有不到的去处你提她，袭人照顾不过这些人来。"小燕道："我都知道，都不用操心。但只这五儿怎么样？"宝玉道："你和柳家的说去，明儿直叫她进来罢，等我告诉她们一声就完了。"² 芳官听了，笑道："这倒是正经。"小燕又叫两个小丫头进来，服侍洗手倒茶，自己收了家伙交与婆子，也洗了手，便去找柳家的，不在话下。

　　宝玉便出来，仍往红香圃寻众姐妹，芳官在后拿着巾扇。刚出了院门，只见袭人、晴雯二人携手回来。宝玉问："你们做什么？"袭人道："摆下饭了，等你吃饭呢。"宝玉便笑着将方才吃饭的一节，告诉了她两个。袭人笑道："我说你是猫儿食，闻见了香就好。隔锅饭儿香。³ 虽然如此，也该上去陪她们，多少应个景儿。"晴雯用手指戳在芳官额上，说道："你就是个狐媚子，什么空儿，跑了去吃饭！两个人怎么就约下了？也不告诉我们一声儿。"⁴ 袭人笑道："不过是误打误撞的遇见了，说约下，可是没有的事。"晴雯道："既这么着，要我们无用，明儿我们都走了，让芳官一个人，就够使了。"袭人笑道："我们都去了便得，你却去不得。"晴雯道："惟有我是第一个要去的，又懒又笨，性子又不好，又没用。"袭人笑道："倘或那孔雀褂子再烧个窟窿，你去了，谁可会补呢？你倒别和我拿三撇四的，我烦你做个什么，把你懒得横针不拈，竖线不动。一般也不是我的私活烦你，横竖都是他的，你就都不肯做。怎么我去了几天，你病得七死八活，一夜连命也不顾，给他做了出来，这又是什么原故？⁵ 你到底说话呀！别只佯憨，和我笑，也当不了什么。"大家说着，来至厅上。薛姨妈也来了。大家依序坐下吃饭。宝玉只用茶泡了半碗饭，应景而已。一时吃毕，大家吃茶闲话，又随便玩笑。

　　外面小螺和香菱、芳官、蕊官、藕官、豆官等四五个人，都满园中玩了一回，大家采了些花草来兜着，坐在花草堆中斗草。这一个说："我有观音柳。"那一个说："我有罗汉松。"那一个又说："我有君子竹。"这一个又说："我有美人蕉。"这个又说："我有星星翠。"那个又说："我有月月红。"这个又说："我有《牡丹亭》上的牡丹花。"那个又说："我有《琵琶记》里的枇杷果。"豆官便说："我有姐妹花。"众人没了，香菱便

1. 又是个馋酒的，让宝玉话中带出袭、晴也爱喝。

2. 用人之事，先斩后奏，宝玉欠斟酌。

3. 不过是这点意思，比得却有趣。人物对话语言，从不干枯无味，是作者一大本事。

4. 晴雯又是一种态度、说法，二人绝不相混。

5. 平时不肯做针线活儿，急难时，倒舍命出力，正见其心气高，却重情义。

说：我有夫妻蕙。"豆官说："从没听见有个夫妻蕙。"香菱道："一箭一花为兰，一箭数花为蕙。凡蕙有两枝，上下结花者为兄弟蕙，有并头结花者为夫妻蕙。[1]我这枝并头的，怎么不是？"豆官没得说了，便起身笑道："依你说，若是这两枝一大一小，就是老子儿子蕙了。若是两枝背面开的，就是仇人蕙了。你汉子去了大半年，你想夫妻了？便扯上蕙也有夫妻，好不害羞！"[2]

香菱听了，红了脸，忙要起身拧她，笑骂道："我把你这个烂了嘴的小蹄子！满嘴里汗憨①得胡说！"豆官见她要勾来，怎容她起来，便忙连身将她压倒。回头笑着央告蕊官等："你们来！帮着我拧她这诌嘴。"两个人滚在草地下。众人拍手笑说："了不得了！那是一洼子水，可惜污了她的新裙子了。"豆官回头看了一看，果见旁边有一汪积雨，香菱的半扇裙子都污湿了，自己不好意思，忙夺手跑了。众人笑个不住，怕香菱拿她们出气，也都哄笑一散。[3]

香菱起身，低头一瞧，那裙上犹滴滴点点流下绿水来。正恨骂不绝，可巧宝玉见她们斗草，也寻了些花草来凑戏，[4]忽见众人跑了，只剩下香菱一个低头弄裙，因问："怎么散了？"香菱便说："我有一枝夫妻蕙，她们不知道，反说我诌，因此闹起来，把我的新裙子也脏了。"宝玉笑道："你有夫妻蕙，我这里倒有一枝并蒂菱。"[5]口内说，手内却真个拈着一枝并蒂菱花，又拈了那枝夫妻蕙在手内。香菱道："什么夫妻不夫妻，并蒂不并蒂，你瞧瞧这裙子！"宝玉方低头一瞧，便"嗳呀"了一声，说："怎么就拖在泥里了？可惜！这石榴红绫最不经染。"[6]香菱道："这是前儿琴姑娘带了来的。姑娘做了一条，我做了一条，今儿才上身。"宝玉跌脚叹道："若你们家，一日糟蹋这一百件也不值什么，只是头一件，既系琴姑娘带来的，你和宝姐姐每人才一件，她的尚好，你的先脏了，岂不辜负她的心！二则姨妈老人家嘴碎，饶这么样，我还听见常说你们不知过日子，只会糟蹋东西，不知惜福呢。[7]这叫姨妈看见了，又说个不清。"香菱听了这话，却碰在心坎儿上，反倒喜欢起来，因笑道："就是这话了。我虽有几条新裙子，都不和这一样，若有一样的，赶着换了也就好了。[8]过后再说。"

宝玉道："你快休动！只站着方好，不然连小衣儿、膝裤②、鞋面都要拖脏。我有个主意：袭人上月做了一条，和这个一模一

① 汗憨——患热病而汗不得出，则发高烧而胡言乱语，叫汗憨，借以形容人说昏话，诸本多用造字、借字，今改。
② 膝裤——也叫"裙衣""袜""膝袜"，近乎今之长统袜，原有底，女子缠足后，改无底直桶状，覆于鞋面，可盖住缠足布上口。

1. 此段描述一群小女孩玩"斗草"之戏亦增人见识。将兰、蕙之别，借释疑说明。

2. 从"夫妻蕙"之名引出"仇人蕙"之问，像是无意间玩话，却又扯上香菱想汉子；她为薛蟠之妾，后来命运岂非恰好从"夫妻"变成"仇人"？对话之巧妙，一至于此。

3. 豆官"夺手跑了"与众人"哄笑一散"，像是戏台上角色之下场。若不下场，宝玉又如何上场演出？

4. 如此一说，方不见作者有意安排痕迹。

5. 与"夫妻蕙"意同，倒还有一个名字中的字。

6. 点出"石榴裙"来。若"经染"，洗干净就行，也不急了。

7. 人老了，喜欢教导年轻人要爱惜东西、学会过日子也是常情。

8. 这句提醒了宝玉。

样的，她因有孝，如今也不穿。<u>竟送了你换下这个来，如何？"</u>香菱笑着摇头说："不好。倘或她们听见了，倒不好。"宝玉道："这怕什么！等她孝满了，她爱什么，难道不许你送她别的不成？你若这样，不是你素日为人了。况且不是瞒人的事，只管告诉宝姐姐也可，只不过怕姨妈老人家生气罢了。"香菱想了一想有理，便点头笑道："就是这样罢了，别辜负了你的心。我等着你，千万叫她亲自送来才好。"

　　宝玉听了，喜欢非常，答应了，忙忙地回来。一壁里低头心下暗算：<u>"可惜这么一个人，没父母，连自己本姓都忘了，被人拐出来，偏又卖与了这个霸王。"</u>²因又想起："上日平儿也是意外想不到的，今日更是意外之意外的事了。"<u>一壁胡思乱想，³</u>来至房中，拉了袭人，细细告诉了她原故。香菱之为人，无人不怜爱的。袭人又本是个手中撒漫①的，况与香菱素相交好，一闻此信，忙就开箱取了出来，折好，随了宝玉来寻香菱，见她还站在那里等呢。袭人笑道："我说你太淘气了，足的淘出个故事来才罢。"香菱红了脸，笑说："多谢姐姐了，谁知那起促狭鬼使黑心！"说着，接了裙子，展开一看，果然同自己的一样。又命宝玉背过脸去，自己叉手向内解下来，将这条系<u>上。⁴</u>袭人道："把这脏了的交与我拿回去，收拾了再给你送来。你若拿回去，看见了，也是要问的。"香菱道："<u>好姐姐，你拿去不拘给哪个妹妹罢。我有了这个，不要它了。"</u>⁵袭人道："你倒大方得好。"香菱忙又万福道谢，袭人拿了脏裙便走。

　　香菱见宝玉蹲在地下，将方才的夫妻蕙与并蒂菱用树枝儿抠了一个坑，先抓些落花来铺垫了，将这菱、蕙安放好，又将些落花来掩了，方撮土掩埋平服。香菱拉他的手，笑道："这又叫做什么？<u>怪道人人说你惯会鬼鬼祟祟使人肉麻的事。⁶</u>你瞧瞧，你这手弄得泥乌苔滑的，还不快洗去！"宝玉笑着，方起身走了去洗手，香菱也自走开。

　　二人已走远了数步，香菱复转身回来，叫住宝玉。宝玉不知有何话，扎着两只泥手，笑嘻嘻地转来，问："什么？"香菱红了脸，只顾笑。因那边她的小丫头臻儿走来说："二姑娘等你说话呢。"香菱方向宝玉道："<u>裙子的事，可别和你哥哥说才好。"⁷</u>说毕，即转身走了。宝玉笑道："可不我疯了？往虎口里探头儿去呢。"说着，也回去洗手去了。不知端详，且听下回分解。

---

① 撒漫——不吝啬，花钱赠物很大方。

1. 这些事，宝玉记得最清。

2. 借怜惜之情，一提身世往事。

3. 视此事为意外之幸也。又下此四字。（己）

4. 当场脱换，见其"呆"性，也完"情解"二字。

5. 此话也呆。

6. 因人惜花，故葬之。不怪香菱笑"肉麻"。

7. 多余的嘱咐。若非有人来，还不好意思说出口。香菱若不说，也许宝玉想起来会说："你放心，我是不会告诉别人的！"没有说，只是没有觉得香菱做错了什么。

【总评】

本回开头是说平儿处理好失窃案后，让一些想找碴儿整人、自捞好处的人颇感失望，帮派恩怨，未解除反结下了。

一连好几回，写的事有点像阴雨连绵的天气，到本回总算放晴了。贾母、贾政、王夫人都不在家，宝玉的生日"也不曾像往年热闹"。好在有宝琴、岫烟、平儿与他同一天生日，姨妈、嫂子、姐姐、妹妹凑在一起，倒也花团锦簇。

大家凑份子，在芍药栏中红香圃内摆下了酒席。宝玉说，"雅坐无趣，须要行令才好"。于是拈阄儿，拈出个"射覆"来，是"酒令的祖宗"，在座的倒有一半不会。为能"雅俗共赏"，又再加拈一次，结果是"拇战"，即划拳。湘云说："这个简断爽利，合了我的脾气。我不行这个'射覆'，没的垂头丧气闷人，我只划拳去了。"表现了湘云行事"简断爽利"的性格。但这并不等于她不爱动脑筋，那个"一句古文，一句旧诗，一句骨牌名，一句曲牌名，还要一句时宪书上的话，共总凑成一句话"的"诌断了肠子的"酒令，便是她想出来的。她行令时说酒底令语最惹人发笑，即"这鸭头不是那丫头，头上哪讨桂花油"的话。湘云诗才敏捷，何难说一句关人事的果菜名，却偏要别出心裁地讲俏皮话，打趣丫头，逗人发笑。这样的个性，对一个贵族小姐来说，已颇有几分豪放不羁了。

当然最能表现湘云这方面性格的，还是她喝醉酒后，居然憨态可掬地敢于独自到山后的青板石凳上睡大觉；虽香梦沉酣，犹能睡语说酒令。因而，"憨湘云醉眠芍药裀"成了她标志性的图画，二百多年来，不知有多少画家、工匠描绘、塑造过这一形象。然而，一位贵小姐醉眠石上的事，也许根本不曾有过。芍药花的飘落，实际上也不大可能造成如文中所写的那番景象："四面芍药花飞了一身，满头脸、衣襟上皆是红香散乱。手中的扇子在地上，也半被落花埋了。一群蜂蝶闹嚷嚷地围着她。又用鲛帕包了一包芍药花瓣枕着"等；但它是艺术，是诗。惟妙惟肖地复制出生活真实来是美，超越生活真实、创造出理想图景的更是美，因为它还迸发出作者才华与激情的光辉。

虽然庆生日热闹事多，但并非始终是一片阳光灿烂，也时有乌云飘过。如林之孝家的带进"嘴很不好"的管园媳妇来回探春，媳妇被撵了出去；黛玉对宝玉说出"如今若不省俭，必致后手不接"的话来；等等。种种不如意的事、不祥和的声音，自年初元宵节过后，竟仿佛如影随形，即使是写喜庆欢乐的场景，也总会隐隐约约地出现。

宝玉关心芳官，回房谈起吃饭喝酒，接着柳家的送来食盒，宝玉又对小燕说到"等着咱们晚上痛喝一阵"等，都已为下回"寿怡红群芳开夜宴"情节起了头。

香菱与芳官、蕊官、藕官、豆官等在园中玩"斗草"游戏，也是《红楼梦》中特有的一道风景，除诗词外，其他小说中很少写到。这里写的游戏有两条规则：一是要拿出实物来，所以大家先要采，借此写出大观园花草品种繁多；二是要说出能对得上的名目来，如"观音柳"对"罗汉松"，"君子竹"对"美人蕉"，"星星翠"对"月月红"，甚至还有《牡丹亭》上的牡丹花"对《琵琶记》里的枇杷果"这样的巧对。不懂作诗、没有学过对仗的人是说不出来的。香菱学过，或有可能，那些女孩子们如何有此本领？这也是诗化、理想化了的写法。从"夫妻蕙"扯到"仇人蕙"，仿佛是无心调笑打趣，其实早已为香菱的不幸婚姻作了谶语。彼此一番打闹，污了香菱的石榴裙，恰值宝玉"也寻了些花草来头凑戏"，见此情景，忙找袭人来解救。写这段故事的目的，自是刻画香菱和宝玉之个性和为人。

第六十三回

寿怡红群芳开夜宴　死金丹独艳理亲丧

【题解】

　　本回回目诸本相同，唯己卯、庚辰本将"宴"写作"晏"，从他本用字。回目上句：为庆贺怡红公子寿辰，怡红院大小丫头自己凑钱为宝玉开办夜宴，饮酒作乐。先还私下请来钗、黛、湘、探、菱等一批姐妹和大嫂子李纨行令吃酒，待她们走后，又关起门来再乐。下句：贾敬修道，服用丹砂，中毒身死。正值贾珍父子等皆不在家，只得由尤氏前往玄真观处理公公的丧事，入殓后，停灵于铁槛寺。

　　话说宝玉回至房中洗手，因与袭人商议："晚间吃酒，大家取乐，不可拘泥。如今吃什么好，早说给她们备办去。"袭人笑道："你放心，我和晴雯、麝月、秋纹四个人，每人五钱银子，共是二两。芳官、碧痕、小燕、四儿四个人，每人三钱银子，她们有假的不算，共是三两二钱银子，早已交给了柳嫂子，预备四十碟果子。我和平儿说了，已经抬了一坛好绍兴酒藏在那边了。我们八个人单替你过生日。"[1]宝玉听了，喜得忙说："她们是哪里的钱，不该叫她们出才是。"晴雯道："她们没钱，难道我们是有钱的？这原是各人的心，哪怕她偷的呢，只管领她们的情就是了。"[2]

　　宝玉听了，笑说："你说得是。"袆人笑道："你一天不挨她两句硬话村①你，你再过不去。"晴雯笑道："你如今也学坏了，专会架桥拨火儿②。"说着，大家都笑了。宝玉说："关院门罢。"袭人笑道："怪不碍人说你是'无事忙'，这会子关了门，人倒疑惑，索性再等一等。"[3]宝玉点头，因说："我出去走走，四儿舀水去，小燕一个跟我来罢。"说着，走至外边，因见无人，便问五儿之事。[4]小燕道："我才告诉了柳嫂子，她倒喜欢得很。只是五儿那夜受了委屈烦恼，回家去又气病了，哪里来得！只等好了罢。"[5]

1. 从未见过这样过生日的，任何豪华的丰盛的宴会都无法与之相比。宝玉素来被讥为能让丫头使唤的人，今日获得了最大的回报。天下事贵在真心诚意。

2. "原是各人的心"，说得透彻。

3. 所见甚是。

4. 只让春燕一人跟着，原来为此。

5. 不是好兆头。

---

　　① 村——数落，说话使人难堪。
　　② 架桥拨火儿——比喻利用别人说话进行挑拨，以引起双方不满或争吵。

宝玉听了，不免后悔长叹，因又问："这事袭人知道不知道？"小燕道："我没告诉，不知芳官可说了不曾。"宝玉道："我却没告诉过她，也罢，等我告诉她就是了。"说毕，复走进来，故意洗手。

已是掌灯时分，听得院门前有一群人进来。大家隔窗悄视，果见林之孝家的和几个管事的女人走来，前头一人提着大灯笼。[1]晴雯悄笑道："她们查上夜的人来了。这一出去，咱们好关门了。"只见怡红院凡上夜的人，都迎了出去，林之孝家的看了不少。林之孝家的吩咐："别耍钱吃酒，放倒头睡到大天亮。我听见是不依的。"众人都笑说："哪里有大胆子的人。"[2]林之孝家的又问："宝二爷睡下了没有？"众人都回："不知道。"袭人忙推宝玉。宝玉趿了鞋，便迎出来，[3]笑道："我还没睡呢。妈妈进来歇歇。"又叫："袭人，倒茶来。"林之孝家的忙进来，笑说："还没睡呢？如今天长夜短了，该早些睡，明儿起得方早；不然，到了明日起迟了，人笑话，说不是个读书上学的公子了，倒像那起挑脚汉了。"说毕，又笑。宝玉忙笑道："妈妈说得是。我每日都睡得早，妈妈每日进来，可都是我不知道的，已经睡了。今儿因吃了面，怕停住食，所以多玩一会。"林之孝家的又向袭人等笑说："该沏些普洱茶①吃。"袭人、晴雯二人忙笑说："沏了一盏子女儿茶②，已经吃过两碗了。大娘也尝一碗，都是现成的。"说着，晴雯便倒了一碗来。

林之孝家的又笑道："这些时，妾听见二爷嘴里都换了字眼，赶着这几位大姑娘们竟叫起名字来。[4]虽然在这屋里，到底是老太太、太太的人，还该嘴里尊重些才是。若一时半刻偶然叫一声便得，若只管顺口叫起来，怕以后兄弟侄儿照样，便惹人笑话，说这家子的人眼里没有长辈。"宝玉笑道："妈妈说得是。我原不过是一时半刻的。"袭人、晴雯都笑说："这可别委屈了他。直到如今，他可'姐姐'没离了口，不过玩的时候叫一声半声名字，若当着人，却是和先一样。"[5]林之孝家的笑道："这才好呢，这才是读书知礼的。越自己谦越尊重，别说是三五代的陈人，现从老太太、太太屋里拨过来的，便是老太太、太太屋里的猫儿狗儿，轻易也伤它不得。这才是受过调教的公子行事。"说毕，吃了茶，便说："请安歇罢，我们走了。"宝玉还说：

1. 幸好未关院门。

2. 众口一词，不必教就会。

3. 演得也像。

4. 看来耳报神还不少。既管事，说一通要谨守礼仪，也算尽责。

5. 袭人晴雯双护玉。即便过了关，还得听她教训一番。

---

① 普洱茶——云南普洱一带产的名茶，能醒酒消食，化痰生津。

② 女儿茶——当指普洱茶的一种。清代张泓《滇南新语》："普茶珍品，则有毛尖、芽茶、女儿之号。"或谓用青桐或牛李子等嫩芽制成之饮料，恐不是的。

"再歇歇。"那林之孝家的已带了众人，又查别处去了。

这里晴雯等忙命关了门，进来笑说："<u>这位奶奶哪里吃了一杯来了？唠三叨四的，</u>¹ 又排场了我们一顿去了。"麝月笑道："她也不是好意的？少不得也要常提着些儿。也提防着怕走了大褶儿①的意思。"说着，一面摆上酒果。袭人道："不用高桌，咱们把那张花梨圆炕桌子放在炕上坐，又宽绰，又便宜。"说着，大家果然抬来。麝月和四儿那边去搬果子，用两个大茶盘，做四五次方搬运了来。两个老婆子蹲在外面火盆上筛酒。

宝玉说："天热，咱们都脱了大衣裳才好。"众人笑道："你要脱你脱，我们还要轮流安席②呢。"宝玉笑道："这一安就安到五更天了。知道我最怕这些俗套子，在外人跟前不得已的，这会子还怄我，就不好了。"众人听了，都说："依你。"<u>于是先不上坐，且忙着卸妆宽衣。</u>² 一时将正妆卸去，头上只随便挽着鬏儿，身上皆是长裙短袄。宝玉只穿着大红棉纱小袄子，下面绿绫弹墨夹裤，散着裤脚，倚着一个各色玫瑰、芍药花瓣装的玉色夹纱新枕头，和芳官两个先划拳。<u>当时芳官满口嚷热，</u>³ 只穿着一件玉色红青驼绒三色缎子斗的水田小夹袄③，束着一条柳绿汗巾，底下是水红撒花夹裤，也散着裤腿。<u>头上齐额编着一圈小辫，总归至顶心，结一根鹅卵粗细的总辫，拖在脑后。右耳眼内只塞着米粒大小的一个小玉塞子，左耳上单戴着一个白果大小的硬红镶金大坠子，越显得面如满月犹白，眼如秋水还清。</u>⁴ 引得众人笑说："他两个倒像一对双生的弟兄两个。"

袭人等一一地斟了酒来说："且等等再划拳，虽不安席，每人在手里吃我们一口罢了。"于是袭人为先，端在唇上吃了一口，余依次下去，一一吃过，大家方团团坐定。小燕、四儿因炕沿坐不下，便端了两张椅子近炕放下。<u>那四十个碟子，皆是一色白粉定窑的，不过只有小茶碟大，里面不过是山南海北，中原外国，或干或鲜，或水或陆，天下所有的酒馔果菜。</u>⁵

宝玉因说："咱们也该行个令才好。"袭人道："斯文些的才好，别大呼小叫，惹人听见。二则我们不识字，可不要那

1. 这话也可信，管人的不管己，酒后话多是常理。

2. 令人开眼界。凡吃酒从未先如此者。此独怡红风俗。故王夫人云：他行事总是与世人两样的。知子莫过母也。（己）

3. 余亦此时太热了，恨不得一冷。既冷时思此热，果然一梦矣！（己）读过后半部原稿的批书人所作此评，亦可佐证《红楼梦》非良缘梦，乃繁华梦、欢乐梦也。

4. 为芳官打扮出力一写。想不到作者还是审美眼光极高的服装设计师、化妆师。

5. 花钱不多，却相当精致，应是丫头们尽力操办的成果。一色粉白碟子，仿佛友情的纯洁无瑕。虽无热菜，全是冷盘，却能用避实就虚法写得丰盛无比，应有尽有。"外国"一词与"中原"对举，指边地绝域，与今之概念有异。

---

① 走了大褶儿——喻错了大规矩。

② 安席——宴会入席时先行一套敬酒、行礼等礼节，叫安席，所以要穿戴整齐才合礼。

③ 玉色红青驼绒三色缎子斗的水田小夹袄——玉色，天青色。红青，带红的黑色，也叫绀青。驼绒，亦作"驼茸"，深黄赤色。斗，拼合。水田，用不同颜色方形布块缀合而成，如分界的水田。

些文的。"麝月笑道："拿骰子咱们抢红①罢。"宝玉道："没趣，不好。咱们占花名儿好。"¹晴雯笑道："正是，早已想弄这个玩意儿。"袭人道："这个玩意虽好，人少了没趣。"²小燕笑道："依我说，咱们竟悄悄地把宝姑娘、云姑娘、林姑娘请了来玩一回子，到二更天再睡不迟。"袭人道："又开门喝户地闹，倘或遇见巡夜的问呢？"宝玉道："怕什么！咱们三姑娘也吃酒，再请她一声才好。还有琴姑娘。"众人都道："琴姑娘罢了，她在大奶奶屋里，叨登得大发了。"宝玉道："怕什么！你们就快请去。"小燕、四儿都得不了一声，二人忙命开了门，分头去请。

晴雯、麝月、袭人三人又说："她两个去请，只怕宝、林两个不肯来，须得我们请去，死活拉她来。"³于是袭人、晴雯忙又命老婆子打个灯笼，二人又去。果然宝钗说"夜深了"，黛玉说"身上不好"，她二人再三央求说："好歹给我们一点体面，略坐坐再来。"探春听了，却也欢喜。因想："不请李纨，倘或被她知道了，倒不好。"⁴便命翠墨同了小燕也再三地请了李纨和宝琴二人，会齐，先后都到了怡红院中。袭人又死活拉了香菱来。⁵炕上又并了一张桌子，方坐开了。

宝玉忙说："林妹妹怕冷，过这边靠板壁坐。"又拿个靠背垫着些。袭人等都端了椅子，在炕沿下一陪。黛玉却离桌远远地靠着靠背，因笑向宝钗、李纨、探春等道："你们日日说人夜聚饮博，今儿我们自己也如此，以后怎么说人？"⁶李纨笑道："这有何妨。一年之中不过生日节间如此，并无夜夜如此，这倒也不怕。"

说着，晴雯拿了一个竹雕的签筒来，里面装着象牙花名签子，摇了一摇，放在当中。又取过骰子来，盛在盒内，摇了一摇，揭开一看，里面是五点，数至宝钗。宝钗便笑道："我先抓，不知抓出个什么来。"说着，将筒摇了一摇，伸手掣出一根，大家一看，只见签上画着一支牡丹，题着"艳冠群芳"四字，⁷下面又有镌的小字一句唐诗，道是：

　　　任是无情也动人。②

1. 开夜宴者既称"群芳"，自当玩占花名之戏。

2. 因此就有了悄情去请人之事。

3. 估计得一点也不错。袭人的面子尤大。

4. 又一种请法，总不雷同。

5. 香菱被称"慕雅女"（第四十八回回目），如此雅集，岂可缺了她！

6. 这一层也是非提不可的，由李纨来解说最妥。此次夜宴已成半公开了。

7. 花名签多利用《千家诗》等当时较普及的选本上众所周知的诗来作人物特质和命运的暗示，其中谶语式的隐寓，又往往存在于所标原诗句的前后句，甚至全诗。这是又一种别出心裁写作的巧思妙构。

---

① 抢红——掷骰子的名目，以得红点多者为胜。
② "任是"句——出唐代罗隐《牡丹花》诗："似共东风别有因，绛罗高卷不胜春。若教解语应倾国，任是无情也动人。芍药与君为近侍，芙蓉何处避芳尘！可怜韩令功成后，辜负秾华过此身！"作者在写花名签时，采用隐前歇后的手法，把对人物命运的暗示，巧寓于明提的那一句诗的前后诗句中，如该首的末了几句即是。韩令，指韩弘，唐元和十四年曾为中书令，他到长安时见时俗耽玩牡丹，命人把居第中的牡丹都斫去，见《唐国史补》。

又注着："在席共贺一杯，此为群芳之冠，随意命人，不拘诗词雅谑，道一则以侑酒①。"¹ 众人看了，都笑说："巧得很，你也原配牡丹花。"说着，大家共贺了一杯。宝钗吃过，便笑说："芳官唱一支我们听罢。"芳官道："既这样，大家吃了门杯好听的。"于是大家吃酒。芳官便唱："寿筵开处风光好②……"众人都道："快打回去！这会子很不用你来上寿。拣你极好的唱来。"² 芳官只得细细地唱了一支《赏花时》：³

> 翠凤毛翎扎帚叉，闲为仙人扫落花。您看那风起玉尘沙。
> 猛可的那一层云下，抵多少门外即天涯！您再休要剑斩黄龙
> 一线儿差，再休向东老贫穷卖酒家。您与俺眼向云霞。洞宾呵，
> 您得了人可便早些儿回话；若迟呵，错教人留恨碧桃花。③

才罢。

宝玉却只管拿着那签，口内颠来倒去念"任是无情也动人"，听听这曲子，眼看着芳官不语。湘云忙一手夺了，掷与宝钗。宝钗又掷了一个十六点，数到探春，探春笑道："我还不知得个什么呢。"伸手掣了一根出来，自己一瞧，便掷在地下，红了脸，笑道："这东西不好，不该行这令。这原是外头男人们行的令，许多混话在上头。"⁴ 众人不解，袭人等忙拾了起来，众人看上面是一枝杏花，那红字写着"瑶池仙品"四字，诗云：

> 日边红杏倚云栽。④

注云："得此签者，必得贵婿，⁵ 大家恭贺一杯，共同饮一杯。"众人笑道："我说是什么呢！这签原是闺阁中取戏的，除了这两三根有这话的，并无杂话，这有何妨！我们家已有了个王妃，难道你也是王妃不成？⁶ 大喜，大喜！"说着大家来敬，探春哪里肯饮，却被湘云、香菱、李纨等三四个人强死强活灌了下去。探春只命：

1. 故以下命芳官唱曲。

2. 每出一种主意或演一种曲目，必先有不妥的主意、曲目被否定，以增行文曲折。此种写法几成作者习惯。

3. 曲名巧合宝玉眼前情景。

4. 每人掣签，反应各不相同，探春此一掷，增加了读者对签中内容的好奇心。

5. 脸红原来为此。

6. 佚稿中探春后来远嫁作海外王妃之说缘此。

---

① 侑（yòu 又）酒——劝酒。

② "寿筵"句——明代无名氏戏曲《牧羊记·庆寿》中第一支曲《山花子》的首句。

③ 《赏花时》曲——汤显祖《邯郸记·度世》中唱词，乃何仙姑在蓬莱仙境扫花见吕洞宾时所唱。梦稿、列藏、甲辰、程高诸本皆只引两句，作"唱了一支《赏花时》'翠凤毛翎扎帚叉，闲踏天门扫落花'才罢"。从有"才罢"二字语气看，似不应引很长的唱词，否则语气难以相接。然"闲踏天门"四字，显系后人据汤著校改。雪芹原文应是"闲为仙人"，证据是李白《寄王屋山人孟大融》诗有"闲与仙人扫落花"句，曹寅在其《些山有诗谢梦……》诗后自注："予留别有'愿为筇竹杖'之句，些山集青莲句有'闲为仙人扫落花'，故及之。"李白诗"闲与"，曹寅引作"闲为"。此处引曲文虽异汤著，却同于曹寅误记太白之句文字，可知出于其孙辈雪芹之手无疑。故姑从己卯、庚辰、蒙府、戚序、戚宁诸本全引曲文，不以汤著校改。曲文劝洞宾别再冒失行事，别再贪杯误事，赶快找到接替扫花的人来，以免因来不及参加蟠桃宴而遗憾。

④ "日边"句——唐代高蟾《下第上永崇高侍郎》诗："天上碧桃和露种，日边红杏倚云栽。芙蓉生在秋江上，不向东风怨未开。"前两句参见第五回《红楼梦曲·虚花悟》注。后两句是科举落第后的自况；其隐义可与探春册子判词中"涕送江边望""莫向东风怨别离"等语参证。

"蠲了这个，再行别的。"众人断不肯依。<u>湘云拿着她的手，强掷了个十九点出来，</u>[1]便该李氏掣。

　　李氏摇了一摇，掣出一根来一看，笑道："好极。你们瞧瞧，这劳什子竟有些意思。"众人瞧那签上，画着一枝老梅，写着"霜晓寒姿"四字，那一面旧诗是：

　　　　竹篱茅舍自甘心。①

注云："自饮一杯，下家掷骰。"李纨笑道："真有趣，你们掷去罢。我只自吃一杯，<u>不问你们的废与兴。</u>[2]"说着，便吃酒，将骰过与黛玉。黛玉一掷，是个十八点，便该湘云掣。湘云笑着，揎拳掳袖地伸手掣了一根出来。大家看时，一面画着一枝海棠，题着"香梦沉酣"四字，那面诗道：

　　　　只恐夜深花睡去。②

黛玉笑道："'夜深'两个字，改'石凉'两个字。"[3]众人便知她趣白日间湘云醉卧的事，都笑了。湘云笑指那自行船与黛玉看，又说："快坐上那船家去罢，别多话了！"众人都笑了。因看注云："既云'香梦沉酣'，掣此签者不便饮酒，只令上下二家各饮一杯。"湘云拍手笑道："阿弥陀佛，真真好签！"恰好黛玉是上家，宝玉是下家。二人斟了两杯，只得要饮。<u>宝玉先饮了半杯，瞅人不见，递与芳官，芳官端起来便一扬脖。黛玉只管和人说话，将酒全折在漱盂内了。</u>[4]

　　湘云便绰起骰子来，一掷个九点，数去该麝月。麝月便掣了一根出来。大家看时，这面是一枝荼蘼花，题着"韶华胜极③"四字，那边写着一句旧诗，道是：

　　　　开到荼蘼花事了。④

注云："在席各饮三杯送春。"麝月问："怎么讲？"宝玉皱眉，忙将签藏了，[5]说："咱们且喝酒。"说着，大家吃了三口，以充三杯之数。麝月一掷个十九点，该香菱。香菱便掣了一根并蒂花，题着"联春绕瑞，"[6]那面写着一句旧诗，道是：

1. 姑娘中最数不扭扭捏捏的湘云忙。

2. 不说"好与坏""输与赢"，偏说"废与兴"，有意思。在贾府一败涂地时，不知何故，独李纨能得幸免连累。岂止幸免，还依仗着儿子贾兰的穿"紫蟒"而"爵禄高登"，所谓"老来富贵也真侥幸"。不知这里说不问废兴的话是否也透露了一点消息。

3. 调侃得有趣。

4. 二人同饮也巧，宝玉只饮一半，留给贪杯的芳官；黛玉弱质，本不宜饮酒，写来各自相宜。

5. 此签最巧，如注释④所言"花事了"三字隐意还双关。参前脂评"袭人出嫁之后，宝玉、宝钗身边还有一人……故袭人出嫁后云：'好歹留着麝月'……"（第二十回评）及有"麝月之婢"却"弃而为僧"（第二十一回评）等语，则了然矣。

6. 与"斗草"时宝玉有"并蒂菱"恰好一样。并蒂之花，非指阿呆兄，乃夏桂花也。

① "竹篱"句——宋代王琪《梅》诗："不受尘埃半点侵，竹篱茅舍自甘心。只因误识林和靖，惹得诗人说到今。"北宋林逋，赐谥和靖先生，其《咏梅》诗句"疏影横斜水清浅，暗香浮动月黄昏"二句最负盛誉。亦可与李纨判词参照。
② "只恐"句——苏轼《海棠》诗："东风袅袅泛崇光，香雾空蒙月转廊。只恐夜深花睡去，故烧高烛照红妆。"已见第十七、十八回注。后两句乃惜春光短促，好景难留，正合湘云之将卞。
③ 韶华胜极——韶华，春光。胜极，字面上是说好得很，实质上有好事到了头的意思。
④ "开到"句——宋代王琪《春暮游小园》诗："一从梅粉褪残妆，涂抹新红上海棠。开到荼蘼花事了，丝丝天棘出莓墙。"荼蘼在春花中开得最晚，所谓"一年春事到荼蘼"。据脂评，袭人出嫁后，麝月是最后留在贫穷潦倒的宝玉夫妇身边的唯一一个丫头。则"花事了"，既是说"诸芳尽"（所以大家都送春），又是说花袭人之事已经"了"了——她嫁人了（与续书写袭人出嫁在宝玉出家之后不同）。

  连理枝头花正开。①

注云："共贺掣者三杯，大家陪饮一杯。"香菱便又掷了个六点，该黛玉掣。黛玉默默地想道："不知还有什么好的被我掣着方好。"一面伸手取了一根，只见上面画着一枝芙蓉，题着"风露清愁"四字，那面一句旧诗，道是：

  莫怨东风当自嗟。②

注云："自饮一杯，牡丹陪饮一杯。"1众人笑说："这个好极！除了她，别人不配作芙蓉。"黛玉也自笑了。于是饮了酒，便掷了个二十点，该着袭人。袭人便伸手取了一支出来，却是一枝桃花，题着"武陵别景"③四字，那一面写着旧诗，道是：

  桃红又是一年春。④

注云："杏花陪一盏，坐中同庚者陪一盏，同辰者陪一盏，同姓者陪一盏。"众人笑道："这一回热闹有趣。"2大家算来，香菱、晴雯、宝钗三人皆与她同庚，黛玉与她同辰，只无同姓者。芳官忙道："我也姓花，我也陪她一钟。"3于是大家斟了酒，黛玉因向探春笑道："命中该着招贵婿的，4你是杏花，快喝了，我们好喝。"探春笑道："这是个什么话，大嫂子顺手给她一下子。"李纨笑道："人家不得贵婿反挨打，我也不忍的。"5说得众人都笑了。

  袭人才要掷，只听有人叫门。老婆子忙出去问时，原来是薛姨妈打发人来了，接黛玉的。6众人因问："几更了？"人回："二更以后了，钟打过十一下了。"宝玉犹不信，要过表来瞧了一瞧，已是子初初刻十分了。黛玉便起身说："我可撑不住了，回去还要吃药呢。"众人说："也都该散了。"袭人、宝玉等还要留着众人。李纨、宝钗等都说："夜太深了不像，这已是破格了。"袭人道："既如此，每位再吃一杯再走。"说着，晴雯等已都斟满了酒，每人吃了，都命点灯。袭人等直送过沁芳亭河那边，方回来。

1. 黛玉固当自嗟，而宝钗也因此而饮了一杯苦酒。此即"陪饮"用意。

2. 按此注所言，实际可行性甚小：必有人先掣得杏花而后可；又倘席间无同庚同辰同姓者，亦不能行。此亦非现实之趣笔，不必责其穿凿。

3. 必先说无，然后才有。怪道名叫芳官。能得饮自喜。

4. "命中该着"四字要紧。此段情节构思，本不脱作者宿命观念。

5. 看只是玩话，但黛玉不能得婿，可不是玩话。

6. 奇文，不接宝钗，而接黛玉。（列）作此批者读书不细。第五十八回开端写贾府入朝随班，有曰："况贾母又千叮咛万嘱咐，托她照管林黛玉，薛姨妈素习也最怜爱她的，今既巧遇这事，便挪至潇湘馆来和黛玉同房，一应药饵饮食，十分经心。"不接黛玉接谁？

---

 ① "连理"句——宋代朱淑真《落花》（一作《惜春》）诗："连理枝头花正开，妒花风雨便相催。愿教青帝长为主，莫遣纷纷落翠苔。"香菱之命运，实在在花笺所引歌后一句："妒花风雨便相催。"

 ② "莫怨"句——宋代欧阳修《明妃曲·再和王介甫》诗末了几句："明妃去时泪，洒向枝上花；狂风日暮起，飘泊落谁家？红颜胜人多薄命，莫怨东风当自嗟。"签引末句而隐前红颜薄命等语。

 ③ 武陵别景——犹言陶渊明笔下的那个武陵（今湖南常德）捕鱼人所发现的桃花源。别景，别有天地。

 ④ "桃红"句——宋代谢枋得《庆全庵桃花》诗："寻得桃源好避秦，桃红又见一年春。花飞莫遣随流水，怕有渔郎来问津。"随着贾府事败，袭人嫁给了蒋玉菡，好比两度春风。

关了门，大家复又行起令来。袭人等又用大钟斟了几钟，用盘攒了各样果菜，与地下的老嬷嬷们吃。彼此有了三分酒，便猜拳赢唱小曲儿。那天已四更时分，老嬷嬷们一面明吃，一面暗偷，酒缸已罄，[1] 众人听了纳罕，方收拾盥漱睡觉。芳官吃得两腮胭脂一般，眉梢眼角越添了许多丰韵，身子图不得，便睡在袭人身上，说："好姐姐，心跳得很。"[2] 袭人笑道："谁许你尽力灌起来！"小燕、四儿也图不得，早睡了。晴雯还只管叫。宝玉道："不用叫了，咱们且胡乱歇一歇罢。"自己便枕了那红香枕，身子一歪，便也睡着了。袭人见芳官醉得很，恐闹她唾酒，只得轻轻起来，就将芳官扶在宝玉之侧，由她睡了。[3] 自己却在对面榻上倒下。大家黑甜一觉，不知所之。

及至天明，袭人睁眼一看，只见天色晶明，忙说："可迟了！"向对面床上瞧了一瞧，只见芳官头枕着炕沿上，睡犹未醒，连忙起来叫她。宝玉已翻身醒了，笑道："可迟了？"因又推芳官起身。那芳官坐起来，犹发怔揉眼睛。袭人笑道："不害羞！你吃醉了，怎么也不拣地方儿，乱挺下了？"[4] 芳官听了，瞧了一瞧，方知是和宝玉同榻，忙笑地下地来说："我怎么吃得不知道了？"宝玉笑道："我竟也不知道了。若知道，给你脸上抹些黑墨。"说着，丫头进来伺候梳洗。宝玉笑道："昨儿有扰，今儿晚上我还席。"袭人笑道："罢，罢，罢！今儿可别闹了，再闹就有人说话了。"宝玉道："怕什么！不过才两次罢了。咱们也算是会吃酒了，那一坛子酒怎么就吃光了？正在有趣，偏又没了。"袭人笑道："原要这样才有趣。必至兴尽了，反无后味了。昨儿都好上来了，晴雯连臊也忘了，我记得她还唱了一个。"四儿笑道："姐姐忘了？连姐姐还唱了一个呢。在席的谁没唱过？"[5] 众人听了，俱红了脸，用两手捂着，笑个不住。

忽见平儿笑嘻嘻地走来，说："我亲自来请昨日在席的人，今儿我还东，短一个也使不得。"众人忙让坐吃茶。晴雯笑道："可惜昨夜没她。"平儿忙问："你们夜里做什么来？"袭人便说："告诉不得你。昨儿夜里热闹非常，连往日老太太、太太带着众人玩，也不及昨儿这一玩。[6] 一坛酒我们都鼓捣光了，一个个吃得把臊都丢了，三不知地又都唱起来。四更多天，才横三竖四的打了一个盹儿。"平儿笑道："好！白和我要了酒来，也不请我，还说着给我听，气我。"晴雯道："今儿他还席，必来请你的，等着罢。"平儿

1. 酒缸不空，怕还不会终宴。

2. 画出芳官醉态。

3. 写来毫不牵强。明义《题红楼梦》诗："醉倚公子怀中睡，明日相看笑不休。"

4. 想得好！扶她睡下的人，故意笑她不拣地方乱睡。真有这种事。

5. 夜宴已过，还有这许多话可说，如余音袅袅，不绝于耳。酒酣忘乎所以，人人都唱的热闹场面，引人遐想，当时却不详写，只于此时补充，真能杀回马枪！

6. 这话不假。

笑问道:"'他'是谁,谁是'他'?"晴雯听了,赶着笑打,说着:"偏你这耳朵尖,听得真。"[1] 平儿笑道:"这会子有事,不和你说,我干事去了。一回再打发人来请,一个不到,我是打上门来的。"宝玉等忙留她,已经去了。

这里宝玉梳洗了,正吃茶,忽然一眼看见砚台底下压着一张纸,因说道:"你们这随便混压东西也不好。"袭人、晴雯等忙问:"又怎么了,谁又有了不是了?"宝玉指道:"砚台下是什么?一定又是哪位的样子,忘记了收的。"[2] 晴雯忙启砚拿了出来,却是一张字帖儿,递与宝玉看时,原来是一张粉红笺子,上面写着:"槛外人妙玉恭肃遥叩芳辰。"宝玉看毕,直跳了起来,[3] 忙问:"这是谁接了来的?也不告诉。"袭人、晴雯等见了这般,不知道是哪个要紧的人来的帖子,忙一齐问:"昨儿谁接下了一个帖子?"四儿忙飞跑进来,笑说:"昨儿妙玉并没亲来,只打发个妈妈送来,我就搁在那里,谁知一顿酒就忘了。"众人听了,道:"我当谁的,这样大惊小怪!这也不值得。"[4]

宝玉忙命:"快拿纸来。"当时拿了纸,研了墨,看她下着"槛外人"三字,自己竟不知回帖上回个什么字样才相敌,只管提笔出神,半天仍没主意。因又想:"若问宝钗去,她必又批评怪诞,不如问黛玉去。"想罢,袖了帖儿,径来寻黛玉。[5] 刚过了沁芳亭,忽见岫烟颤颤巍巍地迎面走来。[6] 宝玉忙问:"姐姐哪里去?"岫烟笑道:"我找妙玉说话。"宝玉听了诧异,说道:"她为人孤癖,不合时宜,万人不入她目。原来她推重姐姐,竟知姐姐不是我们一流的俗人。"岫烟笑道:"她也未必真心重我,但我和她做过十年的邻居,只一墙之隔。她在蟠香寺修炼,我家原寒素,赁房居住,就赁的是她庙里的房子,住了十年,无事到她庙里去作伴。我所认的字,都是承她所授。[7] 我和她又是贫贱之交,又有半师之分。因我们投亲去了,闻得她因不合时宜,权势不容,竟投到这里来。如今又天缘凑合,我们得遇,旧情竟未易,承她青目,更胜当日。"

宝玉听了,恍如听了焦雷一般,喜得笑道:"怪道姐姐举止言谈,超然如野鹤闲云,原来有本而来。正因她的一件事我为难,要请教别人去。如今遇见姐姐,真是天缘巧合,求姐姐指教。"[8] 说着,便将拜帖取与岫烟看。岫烟笑道:"她这脾气竟不能改,竟是生成这等放诞诡僻了。从来没见拜帖上下别号的,这可是俗语说的'僧不僧,俗

1. 忽从称呼偶失检点,写出人物关系来。文思真不可测!

2. 说是字帖红笺前,先误认作针线活儿的"样子"。仍是不用直笔法。

3. 不跳才怪呢! 帖文亦蹈俗套之外。(己)

4. 值不值得,因人而异;在宝玉看来,这又是意外之意外。

5. 说是去问黛玉,结果问的人又不是,还是曲折行文。

6. 四个俗字,写出一个活跳美人,转觉别书中若干"莲步香尘""纤腰玉体"字样无味之甚。(列)今人读此,难体会出有多好,想是经过二三百年,人们的审美观已大改变了。

7. 补出往昔一段意想不到的缘分。

8. 如何? 结果问的是岫烟。

不俗，女不女，男不男'，成个什么道理！"¹宝玉听说，忙笑道："姐姐不知道，她原不在这些人中算，她原是世人意外之人。因取我是个些微有知识的①，方给我这帖子。²我因不知回什么字样才好，竟没了主意，正要去问林妹妹，可巧遇见了姐姐。"

岫烟听了宝玉这话，且只顾用眼上下细细打量了半日，方笑道："怪道俗语说的'闻名不如见面'，又怪不得妙玉竟下这帖子给你，又怪不得上年竟给你那些梅花。³既连她这样，少不得我告诉你原故。她常说古人中自汉、晋、五代、唐、宋以来，皆无好诗，只有两句好，说道：'纵有千年铁门槛，终须一个土馒头。'所以她自称'槛外之人'。⁴又常赞文是庄子的好，故又或称为'畸人'②。她若帖子上自称'畸人'的，你就还她个'世人'。畸人者，她自称是畸零之人；你谦自己乃世中扰扰之人，⁵她便喜了。如今她自称'槛外之人'，是自谓蹈于铁槛之外了；故你如今只下'槛内人'，便合了她的心了。"⁶宝玉听了，如醍醐灌顶③，"嗳哟"了一声，方笑道："怪道我们家庙说是'铁槛寺'呢！原来有这一说。姐姐就请，让我去写回帖。"岫烟听了，便自往栊翠庵来。宝玉回房写了帖子，上面只写"槛内人宝玉熏沐谨拜"几字，亲自拿了到栊翠庵，只隔门缝儿投进去，便回来了。⁷

因又见芳官梳了头，挽起鬓来，戴了些花翠，忙命她改妆，又命将周围的短发剃去，露出碧青头皮来，当中分大顶，又说："冬天做大貂鼠卧兔儿④戴，脚上穿虎头盘云五彩小战靴，或散着裤腿，只用净袜厚底镶鞋。"又说："'芳官'之名不好，竟改了男名才别致。"因又改作"雄奴"。芳官十分称心，又说："既如此，你出门也带我出去。有人问，只说我和茗烟一样的小厮就是了。"宝玉笑道："到底人看得出来。"芳官笑道："我说你是无才的。⁸咱家现有几家土番，你就说我是个小土番儿。况且人人说我打联垂好看，你想这话可妙？"宝玉听了，喜出意外，忙笑道："这却很好。我亦常见官员人等，多有跟从外国献俘之种，图其不畏风霜，鞍马便捷。既这等，再起个番名叫作'耶律雄奴'。'雄奴'二音，

1. 从未见过用"放诞诡僻"四字来形容出家人的，不只是拜帖上写别号而已。其实，那张拜帖倒是很有人情味的。

2. 只能这么说，是辞令，非实情。

3. 岫烟来贾府不久，与宝玉未有过如此交谈，是初交口吻。见其甚卫护妙玉，态度也极谦和，可知人谓其对姐妹们极好的话不虚，故有"又怪不得"二句，用囵囵语深许之也。

4. 出范成大诗，已见第十五回"铁槛寺"注。又曹寅《续琵琶》中也引过这两句诗，作者或受先祖影响。"皆无好诗"一语，摹写孤傲的妙玉说话口气。

5. 又带出"畸人"一词来解说，未知与"畸笏叟"有无干系。

6. 为"槛外人"作解，则"槛内人"便是自谦未离世俗纷扰之人。

7. 如法炮制，也不当面递交。必亲自拿去，是不放心他人。

8. 恃宠而骄。用芳官一骂，有趣。（己）

---

① 些微有知识的——谦虚地说自己稍与世俗之人有所不同。
② 畸人——性情乖僻，不与世俗相合的人。语出《庄子·大宗师》。
③ 醍醐（tí hú 题胡）灌顶——佛家语，经人指点，顿时领悟的意思。醍醐，从乳酪中提取之精华，佛家用以比喻智慧和佛性。灌顶，本古印度一种仪式，国王即位或弟子入佛门，法师以水或醍醐洒其头顶，表示祝福。
④ 大貂鼠卧兔儿——样子像卧兔的一种貂皮帽。

又与'匈奴'相通，都是犬戎①名姓。况且这两种人，自尧舜时便为中华之患，晋、唐诸朝，深受其害。②幸得咱们有福，生在当今之世，大舜之正裔，圣虞之功德仁孝，赫赫格天，同天地日月亿兆不朽，所以凡历朝中跳梁猖獗之小丑，到了如今，竟不用一干一戈，皆天使其拱手俯头，缘远来降。我们正该作践他们，为君父生色。"芳官笑道："既这样着，你该去操习弓马，学些武艺，挺身出去，拿几个反叛来，岂不尽忠效力了？何必借我们，你鼓唇摇舌的自己开心作戏，却说是称功颂德呢！"宝玉笑道："所以你不明白。如今四海宾服，八方宁静，千载百载，不用武备。咱们虽一戏一笑，也该称颂，方不负坐享升平了。"[1]芳官听了有理，二人自为妥帖甚宜。宝玉便叫她"耶律雄奴"。

究竟贾府二宅，皆有先人当年所获之囚，赐为奴隶，只不过令其饲养马匹，皆不堪大用。湘云素习憨戏异常，她也最喜武扮的，每每自己束銮带，穿折袖③。近见宝玉将芳官扮成男子，她便将葵官也扮了个小子。那葵官本是常刮剔短发，好便于面上粉墨油彩，手脚又伶便，打扮了又省一层手。李纨、探春见了也爱，便将宝琴的豆官也就命她打扮了一个小童，[2]头上两个丫髻，短袄红鞋，只差了涂脸，便俨然是戏上的一个琴童。湘云将"葵官"改了，换作"大英"；因她姓韦，便叫她作"韦大英"，方合自己的意思，暗有"惟大英雄能本色"之语，何必涂朱抹粉，才是男子。豆官身量年纪皆极小，又极鬼灵，故曰豆官。园中人也有唤她作"阿豆"的，也有唤她作"炒豆子"的，宝琴反说"琴童""书童"等名太熟了，竟是"豆"字别致，便换作"豆童"。

因饭后平儿还席，说红香圃太热，便在榆荫堂中摆了几席新酒佳肴。可喜尤氏又带了佩凤、偕鸳二妾过来游玩。[3]这二妾亦是青年娇憨女子，不常过来的，今既入了这园，再遇见湘云、香菱、芳、蕊一干女子，所谓"方以类聚，物以群分"二语不错，只见她们说笑不了，也不管尤氏在那里，只凭丫鬟们去服侍，且同众人一一地游玩。

一时到了怡红院，忽听宝玉叫"耶律雄奴"，把佩凤、

1. 谈民族矛盾，或因话题敏感而可能有遮饰之词，则此处若干称功颂德语，便不宜认真。作者写这些情节的用意何在，不易断定。姑且存疑而不置评。但若据此夸大为全书表现民族意识，则显然不妥。

2. 将这批小女孩儿的艺名"某官"改换，倒可以理解；但不知何以纷纷女扮男装，或当时真有此类习俗，待考。

3. 榆荫堂在大观园内，稻香村之北，南邻红香圃。贾珍二妾是初次出场。

---

① 犬戎——我国古代西部少数民族，从事游牧，战国后期与北狄融合为匈奴族。
② 这两种人，自尧舜时便为中华之患，晋、唐诸朝，深受其害——此类近乎站在汉民族立场来谈论民族矛盾的话，在当时一般士人中或应有所忌避，而小说作者却不然，颇值得注意。列藏、梦稿、甲辰、程甲、程乙诸本几乎全部删去宝玉、湘云等为芳官、葵官、豆官改名的数段文字，或即基于此种忌避的考虑。
③ 折袖——袖口挽上一块的服式，又叫"挽袖"。

偕鸾、香菱三个人笑在一处，问是什么话，大家也学着叫这名字，又叫错了音韵，或忘了字眼，甚至于叫出"野驴子"来，[1]引得合园中人凡听见无不笑倒。宝玉又见人人取笑，恐作践了她，忙又说："海西福朗思牙①，闻有金星玻璃宝石，他本国番语以金星玻璃名为'温都里纳'②。如今将你比作它，就改名唤作'温都里纳'可好？"[2] 芳官听了更喜，说："就是这样罢。"因此又唤了这名。众人嫌拗口，仍翻汉名，就唤"玻璃"。

　　闲言少述。且说当下众人都在榆荫堂中以酒为名，大家玩笑，命女先儿击鼓。平儿采了一枝芍药，大家约二十来人传花为令，热闹了一回。因人回说："甄家有两个女人送东西来了。"探春和李纨、尤氏三人出去议事厅相见。这里众人且出来散一散。佩凤、偕鸾两个去打秋千玩耍，[3]宝玉便说："你两个上去，让我送。"慌得佩凤说："罢了！别替我们闹乱子，倒是叫'野驴子'来送送使得。"宝玉忙笑说："好姐姐们，别玩了，没的叫人跟着你们学着骂她。"偕鸾又说："笑软了，怎么打呢？掉下来栽出你的黄子来。"佩凤便赶着她打。

　　正玩笑不绝，忽见东府中几个人慌慌张张跑来，说："老爷宾天③了。"[4]众人听了，唬了一大跳，忙都说："好好的并无疾病，怎么就没了？"家下人说："老爷天天修炼，定是功行圆满，升仙去了。"尤氏一闻此言，又见贾珍父子并贾琏等皆不在家，一时竟没个着己的男子来，未免慌了。只得忙卸了妆饰，命人先到玄真观将所有的道士都锁了起来，等大爷来家审问。[5]一面忙忙坐车，带了赖升一干家人、媳妇出城。又请太医看视，到底系何病。

　　大夫们见人已死，何处诊脉来，素知贾敬导气之术④，总属虚诞，更至参星礼斗，守庚申⑤，服灵砂⑥，妄作虚为，

右侧批注：

1. 或以为作者借此暗骂某对象，恐求之过深。

2. 不料以起外国名字为时髦者，那时就有。

3. 前宝玉与紫英、玉菡等行酒令，有"女儿乐，秋千架上春衫薄"句，于此处写一笔。大家千金不合作此戏，故写不及探春等人也。（己）

4. 在笑声不绝中来报丧，如晴天响炸雷，文势突兀。

5. 写明只能由尤氏一人处理之故。因事出突然，故将道士锁了以待审问。

---

① 福朗思牙——即法兰西的别译。
② 温都里纳——法语译音，意为带金星的宝石。
③ 宾天——到天上做客。古时用以称帝王之死，后泛称尊者的死亡。
④ 导气之术——即导引之术，古代的一种用呼吸配合动作的养生术，可疗病健身。近乎气功、瑜伽之类，被道教蒙上神秘色彩后，往往将人引向歧途。
⑤ 守庚申——也叫"守三尸"，道教迷信的养生术。道教认为人身中有"三尸"神怪，每到庚申日，即向天帝告发人的罪过，减人禄寿。若在那一天能静坐不眠，则可避其祸害。
⑥ 服灵砂——灵砂，又称"丹砂"，即朱砂，为氧化汞矿物。道教以为服灵砂可以长生不死，历来害人不浅。贾敬死状，即汞（水银）中毒现象。

过于劳神费力，反因此伤了性命的。如今虽死，肚中坚硬似铁，面皮嘴唇烧得紫绛皱裂。便向媳妇回说："系玄教中吞金服砂，烧胀而殁。"[1]众道士慌得回说："原是老爷秘法新制的丹砂吃坏事，小道们也曾劝说：'功行未到，且服不得。'不承望老爷于今夜守庚申时，悄悄地服了下去，便升仙了。这恐是虔心得道，已出苦海，脱去皮囊，自了去也。"[2]尤氏也不听，只命锁着，等贾珍来发放，且命人去飞马报信。一面看视这里窄狭，不能停放，横竖也不能进城的，忙装裹好了，用软轿抬至铁槛寺来停放。[3]掐指算来，至早也得半月的工夫，贾珍方能来到。目今天气炎热，实不得相待，遂自行主持，命天文生①择了日期入殓。[4]寿木已系早年备下，寄在此庙的，甚是便宜。三日后，便开丧破孝。一面且做起道场来等贾珍。

荣府中凤姐儿出不来，李纨又照顾姊妹，宝玉不识事体，只得将外头之事，暂托了几个家中二等管事人。贾璠、贾珖、贾珩、贾璎、贾菖、贾菱等各有执事。尤氏不能回家，便将她继母接来，在宁府看家。她这继母只得将两个未出嫁的小女带来，一并起居，才放心。[5]

且说贾珍闻了此信，即忙告假，并贾蓉是有职之人。礼部见当今隆敦孝弟，不敢自专，具本请旨。原来天子极是仁孝过天的，且更隆重功臣之裔，一见此本，便诏问贾敬何职。礼部代奏："系进士出身，祖职已荫其子贾珍。贾敬因年迈多疾，常养静于都城之外玄真观，今因疾殁于观中。其子珍，其孙蓉，现因国丧，随驾在此，故乞假归殓。"天子听了，忙下额外恩旨曰："贾敬虽白衣，无功于国，念彼祖父之功，追赐五品之职。令其子孙扶枢，由北下之门进都，入彼私第殡殓。任子孙尽丧，礼毕扶枢回籍。外着光禄寺按上例赐祭。朝中由王公以下，准其祭吊。钦此。"此旨一下，不但贾府中人谢恩，连朝中所有大臣，皆嵩呼②称颂不绝。[6]

贾珍父子星夜驰回。半路中又见贾璠、贾珖二人领家丁飞骑而来，看见贾珍，一齐滚鞍下马请安。贾珍忙问："作什么？"贾璠回说："嫂子恐哥哥和侄儿来了，老太太路上无人，叫我们两个来护送老太太的。"贾珍听了，赞称不绝，又问家中如何料理。贾璠等便将如何拿了道士，如何挪至家庙，怕家内无人，接了亲家母和两个姨娘在上房住着。贾蓉当下也

1. 坐实是修道术、服丹砂致死，合回目。

2. 道士欲推卸责任，一是说劝阻不听；二是说恐是好事，故将自寻死路之蠢行，说成得道脱离苦海。全是对迷信的讽刺。

3. 又被鬼笑铁门槛，"终须一个土馒头"也。

4. 完回目"独艳理亲丧"五字。

5. 二尤姐妹从此陷污泥沼泽中不能自拔矣！原为放心而来，终是放心而去，妙甚！（己）

6. 总于此等不关痛痒处称恩颂德。

---

① 天文生——俗称"风水先生"，本为明清钦天监的职官，掌观察天文星象，推算时日吉凶。

② 嵩呼——臣下祝颂皇帝，高呼万岁。原说嵩山向汉武帝三呼万岁。见《汉书·武帝纪》。

下了马，听见两个姨娘来了，便和贾珍一笑。[1] 贾珍忙说了几声"妥当"，加鞭便走。店也不投，连夜换马飞驰。

一日，到了都门，先奔入铁槛寺。那天已是四更天气，坐更的闻知，忙喝起众人来。贾珍下了马，和贾蓉放声大哭，从大门外便跪爬进来，至棺前稽颡泣血①，直哭到天亮，喉咙都哑了方住。[2] 尤氏等都一齐见过。贾珍父子忙按礼换了凶服，在棺前俯伏。无奈自要理事，竟不能目不视物，耳不闻声，少不得减些悲戚，好指挥众人。因将恩旨备述与众亲友听了，一面先打发贾蓉家中来料理停灵之事。

贾蓉巴不得一声儿，先骑马飞来至家，[3] 忙命前厅收桌椅，下槅扇，挂孝幔子，门前起鼓手棚、牌楼等事。又忙着进来看外祖母、两个姨娘。原来尤老安人②年高喜睡，常歪着了；他二姨娘、三姨娘都和丫头们作活计，见他来了，都道烦恼。贾蓉且嘻嘻地望他二姨娘笑说："二姨娘，你又来了？我们父亲正想你呢。"[4] 尤二姐便红了脸，骂道："蓉小子！我过两日骂你几句，你就过不得了！越发连个体统都没了。还亏你是大家公子哥儿，每日念书学礼的，越发连那小家子瓢坎的也跟不上！"说着，顺手拿起一个熨斗来，搂头就打，吓得贾蓉抱着头，滚到怀里告饶。[5] 尤三姐便上来撕嘴，又说："等姐姐来家，咱们告诉她。"

贾蓉忙笑着跪在炕上求饶，她两个又笑了。贾蓉又和二姨抢砂仁吃，尤二姐嚼了一嘴渣子，吐了他一脸，贾蓉用舌头都舔着吃了。[6] 众丫头看不过，都笑说："热孝在身上，老娘才睡了觉，她两个虽小，到底是姨娘家。你太眼里没有奶奶了。回来告诉爷，你吃不了兜着走！"贾蓉撇下他姨娘，便抱着丫头们亲嘴，说："我的心肝！你说得是，咱们馋她两个。"[7] 丫头们忙推他，恨得骂："短命鬼儿！你一般有老婆、丫头，只和我们闹。知道的说是玩，[8] 不知道的人，再遇见那脏心烂肺的、爱多管闲事嚼舌头的人，吵嚷得那府里谁不知道，谁不背地里嚼舌说咱们这边混账！"贾蓉笑道："各门另户，谁管谁的事？都够使的了。从古至今，连汉朝和唐朝，人还说'脏唐臭汉'，何况咱们这宗人家！[9] 谁家没风流事？别讨我说出来：连那边大老爷这么利害，琏叔还和那小姨娘不干净呢。凤姑娘那样刚强，瑞叔还想她的账。哪一件瞒了我！"

① 稽颡泣血——以头叩地，悲痛哭泣。颡，额。
② 安人——明清时六品官之妻封"安人"，这里只是对妇女的尊称。

右侧批注：

1. 父子都贼相。

2. 演得过于夸张了，便成丑态。

3. 从未见如此勤快过，急不可待了。

4. 开口说话，便不顾体统，不要廉耻了，如此父与子也属罕见。

5. 拿熨斗搂头打，也不像样。一个竟如此告饶。

6. 恶形恶状。

7. 描摹色狼行径。

8. 哪有这样的玩法？妙极之玩，天下有是之玩，亦有趣甚。此语余亦亲闻者，非编有也。（己）

9. 居然敢引古为证，"脏""臭"二字则甚妥。

贾蓉只管信口开河胡言乱道之间，只见她老娘醒了，忙请安问好，又说："难为老祖宗劳心，又难为两位姨娘受委屈，我们爷儿们感戴不尽。惟有等事完了，我们合家大小登门去磕头。"尤老人点头道："我的儿，倒是你们会说话。亲戚们原是该的。"又问："你父亲好？几时得了信赶到的？"贾蓉笑道："才刚赶到的，先打发我瞧你老人家来了。<u>好歹求你老人家事完了再去。</u>"[1]说着，又和他二姨挤眼。那尤二姐便悄悄咬牙含笑骂："很会嚼舌头的猴儿崽子，留下我们给你爹作娘不成！"贾蓉又戏她老娘道："放心罢，我父亲每日为两位姨娘操心，要寻两个又有根基又富贵又年青又俏皮的两位姨爹，好聘嫁这二位姨娘的。这几年总没拣得，<u>可巧前日路上才相准了一个。</u>"[2]尤老只当真话，忙问："是谁家的？"尤二姐丢了活计，一头笑，一头赶着打，说："妈，别信这雷打的！"连丫头们都说："天老爷有眼，仔细雷要紧！"又值人来回话："事已完了，请哥儿出去看了，回爷的话去。"那贾蓉方笑嘻嘻地去了。不知如何，且听下回分解。

1. "事完了再去"，岂止贾敬丧事？恐生出许多事来，一时完不了。

2. 还能相准谁？除了他父子俩，只有贾琏。

【总评】

此书中写开宴的不少，但这次寿怡红的夜宴，怕是独一无二的。在哪里还能找出类似的事来呢？它的独特就在于八个并非有钱的大小丫头，心甘情愿地每人拿出三钱五钱银子凑在一起，为她们名分上的主子、实际上的好友宝玉办酒席、过生日。宝玉虽心里高兴，花丫头们的钱却于心不忍。晴雯说得好："这原是各人的心，哪怕她偷的呢。"所以，虽不过"只有小茶碟大"的四十碟果菜、一坛好绍兴酒，却比任何豪奢的筵席、祝寿的重礼都要珍贵得多。

夜宴在一定程度上是偷着乐，偷着乐比公然乐更乐，故开宴前先写林之孝家的带人来查夜。因天热，大家都脱了大衣外套，卸了正妆。此处特为芳官的俏丽可爱出力一写。她满口嚷热，脂砚斋已敏锐地联想到"既冷时思此热，果然一梦矣"。开宴后，临时还拉来宝、云、林等一批姑娘们来玩花名签。花名签每个都带象征性，都是谶语（详见拙著《红楼梦诗词曲赋鉴赏》）。送走主子们后，怡红院关门再饮，直至"大家黑甜一觉，不知所之"。此乐事之巅峰。

妙玉遣人送来"遥叩芳辰"的帖子，是深入少女内心的真实而有分寸的动人一笔，切莫庸俗化或以道学眼光鄙视之。芳官改名"耶律雄奴"等，好深求的研究者往往以为有所隐寓寄托，表现汉民族意识。我们以为与其穿凿，不如存疑。

贾敬之死，因其迷信修炼服食丹砂可长生所致，写得明白。因理丧二尤出场。写贾珍、贾蓉父子调戏玩弄尤氏姐妹前，先写他们在贾敬灵柩前的情态：二人"放声大哭，从大门外便跪爬进来，至棺前稽颡泣血，直哭到天亮，喉咙都哑了方住"；接着便写他们对二尤的轻薄，让"众丫头看不过"的举止，正为揭露其丧亲哀痛的表现，全是装出来让人看的丑态。

第 六 十 四 回

幽淑女悲题五美吟　浪荡子情遗九龙佩

【题解】

本回回目诸本一致。上句：幽淑女，指林黛玉，她写诗本来是自己寄慨，并不让外人看的，故称。她自谓："我曾见古史中有才色的女子，终身遭际，令人可喜、可羡、可悲、可叹者甚多，今日饭后无事，因欲择出数人，胡乱凑几首诗，以寄托感慨"，不料被宝玉翻到，命名为《五美吟》。下句：浪荡子，指贾琏，因其行为放荡，到处偷情而称。他贪图尤二姐美色，看到有合适机会，便将自己带的一个汉玉九龙佩解下，暗中相赠，以结私情。

题曰：

> 深闺有奇女，绝世空珠翠。
>
> 情痴苦泪多，未惜颜憔悴。
>
> 哀哉千秋魂，薄命无二致。
>
> 嗟彼桑间人，好丑非其类。①1

话说贾蓉见家中诸事已妥，连忙赶至寺中，回明贾珍。于是连夜分派各项执事人役，并预备一切应用幡杠等物。择于初四日卯时请灵柩进城，一面使人知会诸位亲友。是日，丧仪炫耀，宾客如云，自铁槛寺至宁府，夹道而观者，何啻②万数。也有羡慕的，也有嗟叹的，又有一等半瓶醋的读书人，说是"丧礼与其奢易，莫若俭戚"③的，一路纷纷议论不一。至未申时方到，将灵柩停放在正室之内。供奠举哀已毕，亲友渐次散回，只剩族中人分理迎宾

1. 回前诗，脂评又称"标题诗"，其意当指标明此回题意的诗。多采用绝句形式。如首回（即作者自题一绝）、第四回、第六回、第十三回、第十七、十八回用五绝；第二回、第五回、第七回、第八回用七绝。用五古的尚未见过。又第十七、十八回以后，再也未见有回前诗，恐是因为分回拟目尚须调整，先行空缺。本回已是第六十四回，倒又有。这两点是可疑处。因此有研究者将它当作评诗处理。此本未作评诗，理由已见注释。诗，究竟是评者还是作者所写，一时不易断定，姑存之。

---

① "深闺有奇女"一首——这首五古见于列藏本及嘉庆诗词抄本。每回正文前有题诗，回末有对句，是早期抄本的典型格式，故知非评诗。其大意谓黛玉乃居于深闺的奇女子，惜绝世才华虽有珠翠增色亦是枉然。情太痴必多伤感，红颜因之而憔悴，竟不自惜。可怜自古有才色的女子，也都同样命薄。唉，那些贾府中的浪荡子及二尤之流，不过是滥淫者而非痴情人。其间美好与丑恶，实不可同日而语。古代卫地的桑间、濮上是男女常欢会的地方，故以"桑间"称淫风。

② 啻（chì翅）——止，仅，但。

③ 丧礼与其奢易，莫若俭戚——丧礼与其办得奢靡而无真情，不如俭朴而哀痛。语本《论语·八佾》。易，轻慢，不上心。

送客等事。近亲只有邢大舅等相伴未去。[1]

贾珍、贾蓉此时为礼法所拘，不免在灵旁藉草枕块①，恨若居丧。[2] 人散后，仍乘空寻他小姨子们厮混。宝玉亦每日在宁府穿孝，至晚人散，方回园里。凤姐身体未愈，虽不能时常在此，或遇开坛诵经、亲友打祭之日，亦扎挣过来，相帮尤氏料理料理。

一日，供毕早饭，因此时天气尚长，贾珍等连日劳倦，不免在灵旁假寐。宝玉见无客至，遂欲回家看视黛玉，因先回至怡红院中。进入门来，只见院中寂静悄无人声，有几个老婆子与小丫头们在回廊下取便乘凉，也有睡卧的，也有坐着打盹的。宝玉也不去惊动。只有四儿看见，连忙上前来打帘子。将掀起时，只见芳官自内带笑跑出，几乎与宝玉撞个满怀。[3] 一见宝玉，方含笑站住说道："你怎么来了？你快与我拦住晴雯，她要打我呢。"一语未了，只听得屋内嘻嘻哗喇的乱响，不知是何物撒了一地。随后晴雯赶来骂道："我看你这小蹄子往哪里去！输了不叫打。宝玉不在家，我看谁来救你！"[4] 宝玉连忙拦住笑道："你妹子小，不知怎么得罪了你，看我的分上，饶了她罢。"

晴雯也不想宝玉此时回来，乍一见，不觉好笑，遂笑说道："芳官竟是个狐狸精变的，就是会拘神遣将的，符咒也没有这样快。"[5] 又笑道："就是你真请了神来，我也不怕。"遂夺手仍要捉拿芳官。芳官早已藏在宝玉身后。宝玉遂一手拖了晴雯，一手携了芳官，进入屋内。看时，只见西边炕上麝月、秋纹、碧痕、紫绡等正在那里抓子儿赢瓜子②呢。却是芳官输与晴雯，芳官不肯叫打，跑了出去。晴雯因赶芳官，将怀内的子儿撒了一地。宝玉欢喜道："如此长天，我不在家，正恐你们寂寞，吃了饭睡觉，睡出病来，大家寻件事玩笑消遣甚好。"[6] 因不见袭人，又问道："你袭人姐姐呢？"晴雯道："袭人么？越发道学了，独自一个在屋里面壁③呢。这好一会我们没进去，不知她作什么呢，一些声气也听不见。你快瞧瞧去罢，或者此时参悟了，也未可定。"[7]

宝玉听说，一面笑，一面走至里间。只见袭人坐在近窗

---

① 藉草枕块——垫着干草、枕着土块睡觉。古时居父母丧的礼节，表示极度悲痛。
② 抓子儿赢瓜子——抓子儿，小儿女游戏，将若干果核、石子或缝制成寸方的小米袋抓起，向上抛接，以赛输赢。赢瓜子，赢家拍打输家的手心或身上某处。
③ 面壁——佛家面对墙壁，默坐静修。

<hr>

1. 列藏本有回前总批称：此一回紧接贾敬灵柩进城，原当铺叙宁府丧仪之盛。但上回秦氏病故，凤姐理丧，已描写殆尽，若仍极力写去，不过加倍热闹而已。故书中于迎灵送殡极忙乱处，却只闲闲数笔带过。亦与贾府在走下坡有关，故多出路人议论来。

2. "居丧"前加"恨若"二字，真《春秋》笔法。

3. 如此又写出一段宝玉不在时怡红院内情景。生活处处处于动态之中。

4. 对话生猛活跳！一听便知是在玩赌输了要挨打的游戏；又补出平时丫头们闹，宝玉总是护着年幼的芳官；今偏又在到家时说他不在家。

5. 亦承前言而来，确是晴雯才说的话。

6. 非但不责备，反欢喜、鼓励大家玩闹。宝玉不同常人处，总从丫头们身上着想。

7. 说得好奇怪！袭人再一本正经，何至于去面壁参禅呢？

的床上，手中拿着一根灰色绦子，正在那里打结子呢。见宝玉进来，连忙站起来，笑道："晴雯这东西，编派我什么呢？我因要赶着打完这结子，没工夫和她们瞎闹，因哄她们道：'你们玩去罢，趁着二爷不在家，我要在这里静坐一坐，养一养神。'[1] 她就编派了许多混话，什么'面壁了''参禅了'的，等一会我不撕她那嘴！"

　　宝玉笑着，挨近袭人坐下，瞧她打的结子，问道："这么长天，你也该歇息歇息，或和她们玩去，要不，瞧瞧林妹妹去也好。怪热的，打这个哪里使？"袭人道："我见你带的扇套还是那年东府里蓉大奶奶的事情上做的。那个青东西除族中或亲友家夏天有丧事方带得着，一年遇着带一两遭，平常又不犯做。如今那府里有事，这是要过去天天带的，所以我赶着另作了一个。[2] 等打完了结子，给你换下那旧的来。你虽然不讲究这个，若叫老太太回来看见，又该说我们躲懒，连你穿带之物都不经心了。"宝玉笑道："这真难为你想得到。只是也不可过于赶，热着了，倒是大事。"说着，芳官早托了一杯凉水内新浸的茶来。[3] 因宝玉素习秉赋柔脆，[4] 虽暑月不敢用冰，只以新汲井水，将茶连壶浸在盆内，不时更换，取其凉意而已。宝玉就芳官手内吃了半盏，遂向袭人道："我来时已吩咐了茗烟，若珍大哥那边有要紧人客来时，令彼即来通禀；若无甚要事，我就不过去了。"说毕，遂出了房门，又回头向碧痕等道："如有事，往林姑娘处来找我。"于是一径往潇湘馆来看黛玉。

　　将过了沁芳桥，只见雪雁领着两个老婆子，手中都拿着菱藕瓜果之类。[5] 宝玉忙问雪雁道："你们姑娘从来不大吃这些凉东西的，拿这些瓜果何用？莫非是要请哪位姑娘、奶奶么？"雪雁笑道："我告诉你，可不许你对姑娘说去。"宝玉点头应允。雪雁便命那两个婆子："先将瓜果送去交与紫鹃姐姐。她要问我，你就说我做什么呢，就来。"那婆子答应着去了。雪雁方说道："我们姑娘这两日方觉身上好些了。今日饭后，三姑娘来，会着要瞧二奶奶去，姑娘也没去。又不知想起什么来，自己伤感了一回，提笔写了好些，不知是诗啊词啊啊。[6] 叫我传瓜果去时，又听得叫紫鹃将屋内摆着的小琴桌上的陈设搬了下来，将桌子挪在外间当地，又叫将那龙文鼒①放在桌上，等瓜果来时听用。若说是请人呢，

1. 原来晴雯戏言因此语而生，写出晴、袭个性不同。

2. 热天遇有丧事，扇套须用青色；平日则用暖色或花样。留意于宝玉生活起居、穿着佩戴，可谓无微不至。此亦其他丫头所不及。

3. 聊表谢忱。

4. 从小养尊处优的贵家公子无不如此。

5. 黛玉的丫头领着婆子拿瓜果回潇湘馆去，不知何用？必被宝玉所问，如此逐渐引入题意。

6. 切回目中"悲题"二字。

───────────

①　鼒（zī 资）——脂评："子之切，小鼎也。"

不犯先忙着把个炉摆出来；若说是点香呢，我们姑娘素日屋里除摆新鲜花儿、木瓜、佛手之类，又不大喜熏香；就是点香，亦当点在常坐卧之处。难道是老婆子们把屋子熏臭了，要拿香熏熏不成？究竟连我也不知何故。"[1]说毕，便连忙去了。

宝玉这里，不由得低头细想，心内道："据雪雁说来，必有原故。若是同哪一位姊妹们闲坐，亦不必如此先设馔具。或者是姑爹、姑妈的忌辰①，但我记得每年到此日期，老太太都吩咐另外整理看馔，送去与林妹妹私祭，此时已过。大约是因七月为瓜果之节，家家都上秋季的坟，林妹妹有感于心，所以在私室自己奠祭，取《礼记》'春秋荐其时食'②之意，也未可定。[2]但我此刻走去，见林妹妹伤感，必极力劝解，又怕她烦恼郁结于心；若竟不去，又恐她过于伤感，无人劝止；两件皆足致疾。莫若先到凤姐姐处一看，在彼稍坐即回。如若见林妹妹伤感，再设法开解，既不至使其过悲，哀痛稍申，亦不至抑郁致病。"[3]想毕，遂出了园门，一径到凤姐处来。

正有许多执事婆子们回事毕，纷纷散出。凤姐儿正倚着门和平儿说话呢。一见了宝玉，笑道："你回来了么？我才吩咐了林之孝家的，叫她使人告诉跟你的小厮，若没什么事，趁便请你回来歇息歇息。再者那里人多，你哪里禁得住那些气味。不想恰好你倒来了。"宝玉笑道："多谢姐姐记挂。我也因今日没事，又见姐姐这两日没往那府里去，不知身上可大愈否，所以回来看视看视。"凤姐道："左右也不过是这样，三日好、两日不好的。老太太、太太不在家，这些大娘们，嗳，哪一个是安分的！每日不是打架，就拌嘴，连赌博偷盗的事情都闹出来了两三件了。[4]虽说有三姑娘相帮办理，她又是个没出阁的姑娘。也有好叫她知道的，也有对她说不得的事，也只好强扎挣着罢了。总不得心静一会。别说想病好，求其不添也就罢了。"[5]宝玉道："虽如此说，姐姐还要保重身体，少操些心才是。"说毕，又说了些闲话，别过凤姐，一直往园中走来。

进了潇湘馆的院门看时，只见炉袅残烟，奠余玉醴。紫鹃正看着人往里搬桌子，收陈设呢。宝玉便知已经祭完

1. 雪雁岂能知道何故！读者也只能从她命紫鹃设炉焚香中猜到或与祭祀有关。

2. 宝玉所想近一步，但也不能确知。谁又能想到是为祭祀古代女子而设的呢？

3. 体贴备至。

4. 家里不断地闹出事来，又从凤姐口中一皴染。

5. 此话不假。凤姐之病是她促寿之源，亦因其太过要强，太过操心操劳所致。

---

① 忌辰——已故长辈死的日子，因有禁忌饮酒作乐之习俗，故称。
② 春秋荐其时食——意谓每逢春秋祭祀，把四时鲜物作祭品，献给祖先。

了，走入屋内，只见黛玉面向里歪着，病体恹恹，大有不胜之态。[1] 紫鹃连忙说道："宝二爷来了。"黛玉方慢慢地起来，含笑让坐。宝玉道："妹妹这两天可大好些了？气色倒觉比先静些，只是为何又伤心了？"黛玉道："可是你没的说了，好好的我多早晚又伤心了？"宝玉笑道："妹妹脸上现有哭泣之状，如何还哄我呢。只是我想妹妹素日本来多病，凡事当各自宽解，不可过作无益之悲。若作践坏了身子，将来使我……"[2] 说到这里，觉得以下的话有些难说，连忙咽住。只因他虽说与黛玉自小一处长大，情投意合，又愿同生死，却只是心中领会，从来未曾当面说出。况兼黛玉心重，每每因说话间造次，得罪了黛玉，致彼哭泣。今日原为的是来劝解黛玉，不想又把话说造次了，接不下去，心中一急，又怕黛玉恼他。又想一想自己的心实在是为好，因而转急为悲，早已滚下泪来。黛玉起先原恼宝玉说话不论轻重，如今见此光景，心有所感，本来素习爱哭，此时亦不免无言对泣。

却说紫鹃端了茶来，打量他二人不知又为何事角口，因说道："姑娘才身上好些，宝二爷又来怄气来了，到底是怎么样？"宝玉一面拭泪，笑道："谁敢怄妹妹了！"一面搭讪着起来闲步，只见砚台底下微露一纸角，不禁伸手拿起。[3] 黛玉忙要起身来夺，已被宝玉揣在怀内，笑央道："好妹妹！赏我看看罢。"黛玉道："不管什么，来了就混翻。"

一语未了，只见宝钗走来，笑道："宝兄弟要看什么？"宝玉因未见上面是何言词，又不知黛玉心中如何，未敢造次回答，却望着黛玉笑。黛玉一面让宝钗坐，一面笑说道："我曾见古史中有才色的女子，终身遭际，令人可喜、可羡、可悲、可叹者甚多。今日饭后无事，因欲择出数人，胡乱凑几首诗，以寄感慨。[4] 可巧探丫头来会我瞧凤姐姐去，我因身上懒懒的，没同她去，适才做了五首，一时困倦起来，撂在那里，不想二爷来了，就瞧见了。其实给他看也倒没有什么，但只我嫌他是不是的写了给人看去。"[5] 宝玉忙道："我多早晚给人看了？昨日那把扇子，原是我爱那几首白海棠的诗，所以我自己用小楷写了，不过为的是拿在手中看着便易。我岂不知闺阁中诗词字迹是轻易往外传诵不得的？自从你说了，我总没拿出园子去。"宝钗道："林妹妹这虑得也是。你既写在扇子上，偶然忘记了，拿在书房里去，被相公们看见了，岂有不问是谁做的呢。倘

1. 黛玉病体更时时提起，步步加重，且总与其悲感相连。

2. 截住为是。即使话未说完，意思已全明白了，也已造次了。

3. 虽无意间见到，心中早已有数，因雪雁说过姑娘"写了好些不知是诗啊词啊"。

4. 正为说出这段"诗序"来，才让宝钗上场，向她说明最恰当。

5. 诗词字迹，外界已稍有所知，借黛玉顾虑，宝玉辩白，交代清原委。也见宝玉行事，向来不顾前后。

或传扬开去，反为不美。自古道'女子无才便是德'，总以贞静为主，女工次之。[1] 其余诗词之类，不过是闺中游戏，原可以会，可以不会。咱们这样人家的姑娘，倒不要这些才华的名誉。"因又笑向黛玉道："拿出来给我看看无妨，只不叫宝兄弟拿出去就是了。"黛玉笑道："既如此说，连你也可以不必看了。"又指着宝玉笑道："他早已抢了去了。"宝玉听了，方自怀内取出，凑至宝钗身旁，一同细看。只见写道：

西　施

一代倾城逐浪花，吴宫空自忆儿家。
效颦莫笑东邻女，头白溪边尚浣纱。[1][2]

虞　姬

肠断乌骓夜啸风，[3]虞兮幽恨对重瞳。
黥彭甘受他年醢，饮剑何如楚帐中！[2]

明　妃

绝艳惊人出汉宫，红颜命薄古今同。
君王纵使轻颜色，予夺权何畀画工？[3]

绿　珠

瓦砾明珠一例抛，何曾石尉重娇娆！
都缘顽福前生造，更有同归慰寂寥。[4]

红　拂

长揖雄谈态自殊，美人巨眼识穷途。

1. "珍重芳姿"的姐姐自然一有机会，就说闺中以贞静、女工为要那一套。以前就拿它开导过林妹妹。只是宝兄弟未必肯听。

2. 或由王维《洛阳女儿行》"谁怜越女颜如玉，贫贱江头自浣纱"得机杼。

3. 甲辰、程高本改"乌骓"为"乌啼"，大谬。此以战马悲鸣写兵败。

---

① 《西施》一首——倾城，绝色美女。逐浪花，随浪花逝去。越灭吴后，西施的命运有二说：一说重归范蠡，随他游五湖而去；一说西施被沉于江，此用后一说。儿家，你，指西施。后两句说，莫笑东邻丑女模仿西施捧心皱眉的样子，她老来倒还能在若耶溪边漂丝呢。

② 《虞姬》一首——楚汉战争的最后阶段，项羽被刘邦军围于垓下，夜闻汉军四面楚歌，感到绝望，对其侍妾虞姬作悲歌："力拔山兮气盖世，时不利兮骓不逝；骓不逝兮可奈何，虞兮虞兮奈若何？"虞姬也作歌相和。（见《史记·项羽本纪》）乌骓（zhuī追），项羽的马名。啸风，马于风中嘶鸣也。重瞳，指项羽，史书说他的眼睛长两个眸子。黥（qíng晴）彭，黥布（即英布）与彭越，他们原是项羽的部将，降刘邦后，破楚有功，封王，后又谋反，被诛杀。诗句讥其降汉之下场。醢（hǎi海），剁尸剐肉的酷刑。饮剑，自刎。虞姬自刎当是后来史书的敷演。

③ 《明妃》一首——明妃，即王昭君，触晋文帝司马昭讳，改称明妃或明君。其和亲事见第五回警幻仙姑赋注及第五十一回《青冢怀古》诗注。末句谓因何将决定命运之权交与画工。予夺，给予和剥夺。畀（bì闭），给。

④ 《绿珠》一首——《晋书·石崇传》：石崇有妓名绿珠，美而善笛，孙秀使人求之，石崇勃然不允。孙秀怒，假传帝命收捕石崇，石崇正宴于楼上，谓绿珠曰："我今为尔得罪。"绿珠泣曰："当效死于君前。"因自投于楼下而死。石崇曾任南蛮校尉，故称石尉。一二句说石崇实未曾重视过绿珠，故弃之如瓦砾。此或即所谓翻古人之意。三四句谓石崇还是有前生注定的厚福的，因为他虽被拘捕受戮，但已有绿珠殉情，可与他作伴，使他在地府不至寂寞。"同归"一词出潘岳《金谷》诗："投分寄石友，白首同所归。"潘后亦同时受戮，人以为诗语成谶。见《晋书·潘岳传》。

尸居余气杨公幕，岂得羁縻女丈夫！①

宝玉看了，赞不绝口，又说道："妹妹这诗，恰好只做了五首，何不就命名曰《五美吟》？"¹ 于是不容分说，便提笔写在后面。宝钗亦说道："做诗不论何题，只要善翻古人之意。若要随人脚踪走去，纵使字句精工，已落第二义②，究竟算不得好诗。² 即如前人所咏昭君之诗甚多，有悲挽昭君的，有怨恨延寿的，又有讥汉帝不能使画工图貌贤臣而画美人的，纷纷不一。后来王荆公复有'意态由来画不成，当时枉杀毛延寿'③；永叔有'耳目所见尚如此，万里安能制夷狄'④。二诗俱能各出己见，不袭前人。今日林妹妹这五首诗，亦可谓命意新奇，别开生面了。"

仍欲往下说时，只见有人回道："琏二爷回来了。适才外间传说，往东府里去了好一会了，想必就回来的。"³ 宝玉听了，连忙起身，迎至大门以内等待。恰好贾琏自外下马进来。于是宝玉先迎着贾琏跪下，口中给贾母、王夫人等请了安，又给贾琏请了安。二人携手走了进来。只见李纨、凤姐、宝钗、黛玉、迎、探、惜等早在中堂等候，一一相见已毕。因听贾琏说道："老太太明日一早到家，一路身体甚好。今日先打发了我来回家看视，明日五更仍要出城迎接。"说毕，众人又问了些路途的景况。因贾琏是远路适归，遂大家别过，让贾琏回房歇息。一宿晚景，不必细述。

至次日饭时前后，果见贾母、王夫人等到来。⁴ 众人接见已毕，略坐了一坐，吃了一杯茶，便领了王夫人等人过宁府中来。只听见里面哭声震天，却是贾瑞、贾珖送贾母到家，即过这边来了。当下贾母进入里面，早有贾赦、贾琏率领族中人哭着迎了出来。他父子一边一个，挽了贾母，走至灵前，又有贾珍、贾蓉跪着，扑入贾母怀中痛哭。贾母暮年人，见此光景，亦搂了珍、蓉等痛哭不已。贾赦、贾琏在旁苦劝，方略略止住。又转至灵右，见了尤氏婆媳，不免又相持大痛一场。

1. 《五美吟》与后《十独吟》对照。（蒙）《十独吟》当是后半部佚稿中的十首组诗，很可能是湘云所作。大概是借古史上十个独处的女子，如寡妇、弃妇、尼姑、独身女子和与丈夫分离的妇女等的愁怨，来写那时候的现实感触的。本书中最终独居的女子不少，如李纨、妙玉、宝钗、湘云、惜春五人，加上第七十七回末已写到去做尼姑的芳官、蕊官、藕官三人，以及在我看来也是终身不嫁的鸳鸯、紫鹃，就刚好是十个人了。

2. 借读黛玉新诗发议论，既赞宋人"各出己见"，又夸阿颦"命意新奇"。看来，这五首诗大概也有所隐寓，一时难窥其奥，为免穿凿，姑不深求。

3. 回来就要生事了。去往东府，名义上是为贾敬之丧，实则是为尤氏姐妹而去。

4. 自第五十八回始，因老太妃薨，贾母、王夫人等入朝随班，至此时方回，已隔六七回情节矣！

---

① 《红拂》一首——红拂，本隋大臣杨素之婢。李靖以布衣入见杨素，从容谈论天下大事，红拂知其将来必非庸碌之辈，遂私奔相从，共辅李世民。见唐代杜光庭《虬髯客传》。长揖，程高本改为"长剑"，误。巨眼，梦稿本作"具眼"，亦通；然第一回有"巨眼英豪"之语。尸居余气，用以说人将死，意思是虽存余气，而形同尸体。红拂投奔李靖，李靖恐杨素不肯罢休。红拂说："彼尸居余气，不足畏也。"杨公幕，杨素的府署。羁縻，束缚，留住。女丈夫，后人称红拂与李靖、虬髯客为"风尘三侠"。

② 第二义——第二等、第二流。

③ 王荆公"意态"二句——宋代王安石，被封为荆国公，人称"王荆公"。诗句出其《明妃曲》之一。

④ 永叔"耳目"二句——宋代欧阳修，字永叔。诗句出其《再和明妃曲》。

哭毕，众人方上前，一一请安问好。贾珍因贾母才回家来，未得歇息，坐在此间看着，未免要伤心，遂再三求贾母回家，王夫人等亦再三相劝。贾母不得已，方回来了。

果然，年迈的人禁不住风霜伤感，至夜间，便觉头闷身酸，鼻塞声重。连忙请了医生来诊脉下药，足足地忙乱了半夜一日。幸而发散得快，未曾传经①，[1] 至三更天，些须发了点汗，脉静身凉，大家方放了心。至次日，仍服药调理。又过了数日，乃贾敬送殡之期，贾母犹未大愈，遂留宝玉在家侍奉。凤姐因未曾甚好，亦未去。其余贾赦、贾琏、邢夫人、王夫人等，率领家人仆妇，都送至铁槛寺，至晚方回。贾珍、尤氏并贾蓉仍在寺中守灵，等过百日后，方扶柩回籍。[2] 家中仍托尤老娘并二姐、三姐照管。

却说贾琏素日既闻尤氏姐妹之名，恨无缘得见。近因贾敬停灵在家，每日与二姐、三姐相认已熟，不禁动了垂涎之意。况知与贾珍、贾蓉等素有聚麀②之诮，[3] 因而乘机百般撩拨，眉目传情。尤三姐却只是淡淡相对，只有二姐也十分有意，但只是眼目众多，无从下手。贾琏又怕贾珍吃醋，不敢轻动，只好二人心领神会而已。此时出殡以后，贾珍家下人少，除尤老娘带领二姐、三姐并几个粗使的丫鬟、老婆子在正室居住外，其余婢妾都随在寺中。外面仆妇，不过晚间巡更，日间看守门户，白日无事，亦不进里面去。所以贾琏便欲趁此下手，遂托相伴贾珍为名，亦在寺中住宿，[4] 又时常借着替贾珍料理家务，不时至宁府中来勾搭二姐。

一日，有小管家俞禄来回贾珍道："前者所用棚杠孝布并请杠人青衣，共使银一千两，除给银五百两外，仍欠五百两。昨日两处买卖人俱来催讨，奴才特来讨爷的示下。"贾珍道："你向库上去领就是了，这又何必来问我。"俞禄道："昨日已曾向库上去领，但只是老爷宾天以后，各处支领甚多，所剩还要预备百日道场及寺中用度，此时竟不能发给。[5] 所以奴才今日特来回爷，或者爷内库里暂且发给，或者挪借何项，吩咐了奴才好办。"贾珍笑道："你

1. 今人非学中医者，多不知外邪由表及里传经的道理。每得外感之症，必挨到症状重时方开始服药，延误趁早散发时间。殊不知伤风感冒，用药如救火，贵在及时。

2. 给贾琏偷情偷娶腾出时机来。

3. 如蝇逐臭。

4. 不在家住有了托词，可找机会去东府混，免于凤姐生疑。

5. 家道趋落，又从宁府开支日益拮据点出。

---

① 传经——中医术语。人体感受外邪，初期邪在表，若不及时发散，则会逐步传而至里，病情亦随之而转深。如风寒由太阳经（表）传入阳明经（半表半里）等，叫"传经"。

② 聚麀（yōu优）——麀，雌鹿。禽兽杂交，故一头雌兽常有与数头父子雄兽交配的，叫"聚麀"，用以比人父子同占有一个女子。

还当是先呢，有银子放着不使。你无论哪里暂且借了给他罢。"俞禄笑回道："若说一二百，奴才还可以挪借；这四五百两，奴才一时哪里办得来！"贾珍想了一想，向贾蓉道："你问你娘去，昨日出殡以后，有江南甄家送来打祭银五百两，未曾交到库上去，你先要了来，给他去罢。"贾蓉答应了，连忙过这边来，回了尤氏，复转来回他父亲道："昨日那项银子已使了二百两，下剩的三百两，令人送至家中，交与老娘收了。"贾珍道："既然如此，你就带了他去，向你老娘要了出来，交给他。再也瞧瞧家中有事无事，问你两个姨娘好。[1]下剩的，俞禄先借了添上罢。"

　　贾蓉与俞禄答应了，方欲退出，只见贾琏走了进来，俞禄忙上前请安。贾琏便问何事，贾珍一一告诉了。贾琏心中想道："趁此机会，正可至宁府寻二姐。"[2]一面遂说道："这有多大事，何必向人借去。昨日我方得了一项银子，还没使呢，莫若给他添上，岂不省事？"贾珍道："如此甚好。你就吩咐了蓉儿，一并令他取去。"贾琏忙道："这必得我亲身取去。再我这几日没回家了，还要给老太太、老爷、太太们请请安去。再到阿哥那边查查家人有无生事，也给亲家太太请请安。"贾珍笑道："只是又劳动老二，我心不安。"贾琏也笑道："自家兄弟，这又何妨。"贾珍又吩咐贾蓉道："你跟了你叔叔去，[3]也到那边给老太太、老爷、太太们请安，说我和你娘都请安，打听打听老太太身上可大安了，还服药呢没有。"贾蓉一一答应了，跟随贾琏出来，带了几个小厮，骑上马，一同进城。

　　在路叔侄闲话。贾琏有心，便提到尤二姐，[4]因夸说如何标致，如何做人好，举止大方，言语温柔，无一处不令人可敬可爱，"人人都说你婶子好，据我看，哪里及你二姨一零儿呢！"贾蓉揣知其意，便笑道："叔叔既这么爱她，我给叔叔作媒，说了做二房如何？"[5]贾琏笑道："敢是好呢，只怕你婶子不依，再也怕你老娘不愿意。况且我听见说，你二姨已有了人家了。"[6]贾蓉道："这都无妨。我二姨、三姨都不是我老爷养的，原是我老娘带了来的。听见说我老娘在那一家时，就把我二姨许给皇粮庄头张家，指腹为婚。后来张家遭了官司，败落了，我老娘又自那家嫁了出来，如今这十数年，两家音信不通。我老娘时常抱怨，要与他家退婚，我父亲也要将二姨转聘。只等有了好人家，不过令人找着张家，给他十数两银子，写上一张退婚字儿。想张家穷极了的人，见了银子，有什么不依的。再他也知道咱们这样的人家，也不怕他不依。又是叔叔这样人说了做二房，我管保我老娘和我父亲都愿意。倒只是婶子那里却难。"[1]

贾琏听到这里，心花都开了，哪里还有什么话说，只是一味呆笑而已。贾蓉又想了一想，笑道："叔叔若有胆量，依我的主意行去，管保无妨，不过多花上几个钱。"贾琏忙道："有何主意，快些说来，我没有不依的。"贾蓉道："叔叔回家，一点声色也别露。等我回明了我父亲，向我老娘说妥，然后在咱府后方近左右，买上一所房子及应用家伙什物，再拨两窝子家人过去服侍。择了日子，人不知，鬼不觉，娶了过去，嘱咐家人不许走漏风声。嫂子在里面住着，深宅大院，哪里就得知道了。叔叔两下里住着，过个一年半载，即或闹出来，不过挨上老爷一顿骂。叔叔只说婶子总不生育，原是为子嗣起见，所以私自在外面作成此事。[2]就是婶子，见生米做成熟饭，也只得罢了。再求一求老太太，没有不完的事。"

自古道"欲令智昏"。[3]贾琏只顾贪图二姐美色，听了贾蓉一篇话，遂为计出万全，将现今身上有服，并停妻再娶，严父妒妻种种不妥之处，皆置之度外了。却不知贾蓉亦非好意，素日因同他两个姨娘有情，只因贾珍在内，不能畅意。如今若是贾琏娶了，少不得在外居住，趁贾琏不在时，好去鬼混之意。[4]贾琏哪里意想及此，遂向贾蓉致谢道："好侄儿，你果然能够说成了，我买两个绝色的丫头谢你。"说着，已至宁府门首。贾蓉说道："叔叔进去，向我老娘要出银子来，就交给俞禄罢。我先给老太太请安去。"贾琏含笑点头道："老太太跟前，别提我和你一同来的。"贾蓉道："知道。"又附耳向贾琏道："今日要遇见二姨，可别性急了，[5]闹出事来，往后倒难办了。"贾琏笑道："少胡说！你快去罢。我在这里等你。"于是贾蓉自去给贾母请安。

贾琏进入宁府，早有家人头儿率领家人等请安，一路围随至厅上。贾琏一一地问了些话，不过塞责而已，便命家人散去，独自往里面走来。原来贾琏、贾珍素日亲密，又是弟兄，本无可避忌之人，自来是不等通报的。[6]于是走至上房，早有廊下伺候的老婆子打起帘子，让贾琏进去。贾琏进入房中一看，只见南边炕上只有尤二姐带着两个丫鬟一处做活，却不见尤老娘与三姐。贾琏忙上前问好相见。

---

1. 三关中最难通过的凤姐。但蓉儿心中已有成算，只是说话先作一顿挫。

2. 生女儿不算"生育"，必生儿子可继香火始可。这是传统伦理观念中的大事，可作理由。

3. 一语中的，预后不良。

4. 蓉儿不怀好意的心思，非交代清不可。

5. 难说。

6. 这一层也须说明白。

尤二姐亦含笑让坐，贾琏便靠东边板壁坐了，仍将上首让与二姐。寒温毕，贾琏笑问道："亲家太太和三妹妹哪里去了，怎么不见？"尤二姐笑道："才有事往后面去了，也就来的。"此时，伺候的丫鬟因倒茶去，无人在跟前，贾琏便睃视二姐一笑，二姐亦低了头，只含笑不理。贾琏又不敢造次动手动脚，因见二姐手中拿着一条拴着荷包的手巾摆弄，便搭讪着往腰内摸了一摸，说道："槟榔荷包也忘记带来了，妹妹有槟榔，赏我一口吃。"二姐道："槟榔倒有，只是我的槟榔从来不给人吃。"

　　贾琏便笑着，欲近身来拿。[1] 二姐怕人看见不雅，便连忙一笑，撂了过来。贾琏接在手中，都倒了出来，拣了半块吃剩下的，撂在口中吃了，又将剩下的都揣了起来。刚要把荷包亲身送过去，只见两个丫鬟倒了茶来。[2] 贾琏一面接了茶吃茶，一面暗将自己带的一个汉玉九龙佩解了下来，拴在手巾上，趁丫鬟回头时，仍撂了过去。[3] 二姐亦不去拿，只装看不见，仍坐着吃茶。只听后面一阵帘子响，却是尤老娘、三姐带着两个小丫头自后面走来。[4] 贾琏送目与二姐，令其拾取，这尤二姐亦只是不理。贾琏不知二姐何意，甚是着急，只得迎上来与尤老娘、三姐相见。一面又回头看二姐时，只见二姐笑着，没事人似的；再又看一看手巾，已不知哪里去了，贾琏方放了心。[5]

　　于是大家归座后，叙了些闲话。贾琏说道："大嫂子说，前日有一包银子交给亲家太太收起来了，今日因要还人，大哥令我来取，再也看看家里有事无事。"尤老娘听了，连忙使二姐拿钥匙去取银子。这里贾琏又说道："我也要给亲家太太请请安，瞧瞧二位妹妹。亲家太太脸面倒好，只是二位妹妹在我们家里受委屈。"尤老娘笑道："咱们都是至亲骨肉，说哪里的话。在家里也是住着，在这里也是住着。不瞒二爷说，我们家里自从先夫去世，家计也着实艰难了，全亏了这里姑爷帮助。[6] 如今姑爷家里有了这样大事，我们不能别的出力，白看一看家还有什么委屈了的呢？"正说着，二姐已取了银子来，交与尤老娘。尤老娘便递与贾琏。贾琏又命一个小丫头叫了一个老婆子来，吩咐她道："你把这个交给俞禄，叫他拿过那边去等我。"老婆子答应了出去。

　　只听得院内是贾蓉的声音说话。须臾进来，给他老娘、姨娘请了安，又向贾琏笑道："才刚老爷还问叔叔呢，

1. 还是性急了。

2. 不给彼此勾搭有充裕时间，为能看好戏演出。若无难度，何有绝技？

3. 数句完后半回回目。

4. 尚未拾取，已闻帘响人来，特造成情势极其紧急局面。

5. 妙在仍笑着若无其事，动作之迅速，令旁观者不能察觉有何改变。真魔术师手法！

6. 有此一说，可知能得尤老娘允准不成问题。

说是有什么事情要使唤。原要使人到寺里去叫，我回老爷说，叔叔就来。老爷还吩咐我，路上遇着叔叔叫快去呢。"贾琏听了，忙要起身，又听贾蓉和他老娘说道："那一次我和老太太说的，我父亲要给二姨说的姨爹，就和我这叔叔的面貌身量差不多儿。老太太说好不好？"一面说着，又悄悄地用手指着贾琏，和他二姨努嘴儿。[1]二姐倒不好意思说什么，只见三姐笑骂道："坏透了的小猴儿崽子！没了你娘的话说了，等我撕他那嘴！"[2]一面说着，便赶了过来，贾蓉早笑着跑了出去。贾琏也笑着辞了出来，走至厅上，又吩咐了家人们不可要钱吃酒等话；又悄悄地央贾蓉，回去急速和他父亲说。[3]一面便带了俞禄过来，将银子添足，交彼拿去。一面去见他父亲，给贾母去请安，不提。

却说贾蓉见俞禄跟了贾琏去取银子，自己无事，便仍回至里面，和他两个姨娘嘲戏了一回，方起身。至晚到寺，见了贾珍，回道："银子已经交给俞禄了。老太太已大愈了，如今已经不服药了。"说毕，又趁便将路上贾琏要娶尤二姐做二房之意说了。又说如何在外面置房子住，不使凤姐知道，"此时总不过为的是子嗣艰难起见，为的是二姨是见过的，亲上做亲，比别处不知道的人家说了来的好。所以二叔再三央我对父亲说。"只不说是他自己的主意。[4]

贾珍想了想，笑道："其实倒也罢了，只不知你二姨心中愿意不愿意。明日你先去和你老娘商量，叫你老娘问准了你二姨，再作定夺。"于是又教了贾蓉一篇话，便走过来，将此事告诉了尤氏。尤氏却知此事不妥，因而极力劝止。无奈贾珍主意已定，素日又是顺从惯了的，况且她与二姐本非一母，不便深管，也只得由他们闹去罢。[5]

至次日一早，果然贾蓉复进城来见他老娘，将他父亲之意说了，又添上许多话，说贾琏做人如何好，目今凤姐身子有病，已是不能好的了，暂且买了房子，在外面住着，过个一年半载，只等凤姐一死，便接了二姨进去作正室。[6]又说他父亲此时如何聘，贾琏那边如何娶，如何接了你老人家养老，往后三姨也是那边应了替聘。说得天花乱坠，不由得尤老娘不肯。况且素日全亏贾珍周济，此时又是贾珍作主替聘，而且妆奁不用自己置买，贾琏又是青年公子，比张华胜强十倍，遂连忙过来与二姐商议。二姐又是水性的人，在先已和姐夫不妥，[7]又常怨恨当时错许张华，致使后来终身失所。今见贾琏有情，况是姐夫将她聘嫁，有何

1. 滑贼！用似真似假的玩话当面试探老娘态度。

2. 非是三姐贞淑，是写她不肯受侮遭蓉儿戏弄也。把握分寸恰好。

3. 到底还是急不可待。

4. 自然不说。

5. 尤氏还算清醒，可惜无法坚持己见。

6. 这一层是未提过的，对说动尤老娘大有作用；只是不知凤姐、尤二姐谁先死。

7. 点明二姐水性和与姐夫贾珍关系，正为后文可再写珍、琏等淫乱之事。

不肯，也便点头依允。当下回复了贾蓉，贾蓉回了他父亲。

　　次日，命人请了贾琏到寺中来，贾珍当面告诉了他尤老娘应允之事。贾琏自是喜出望外，又感谢贾珍、贾蓉父子不尽。于是三人商议着，使人看房子，打首饰，给二姐置买妆奁及新房中应用床帐等物。不过几日，早将诸事办妥。[1]已于宁荣街后二里远近小花枝巷内买定一所房子，共二十余间；又买了两个小丫鬟。贾珍又给了一房家人，叫鲍二夫妻两口，以备二姐过去时服侍。[2]又使人将张华父子叫来，逼勒着与尤老娘写了退婚书。[3]

　　却说张华之祖，原当皇粮庄头，后来死去。至张华父亲时，仍充此役，因与尤老娘前夫相好，所以将张华与尤二姐指腹为婚。后来不料遭了官司，败落了家产，弄得衣食不周，哪里还娶得起媳妇呢。尤老娘又自那家嫁了出来。两家有十数年音信不通。今被贾府家人唤至，逼他与二姐退婚，心中虽不愿意，无奈惧怕贾珍等势焰，不敢不依，只得写了一张退婚文约。[4]尤老娘与银十两，两家罢亲，不提。

　　这里贾琏等见诸事已妥，遂择了初三黄道吉日，以便娶二姐过门。未知如何，下回分解。正是：

　　　　只为同枝贪色欲，致教连理起戈矛。[5]

1. 办此种事能不利索！

2. 竟是故人！鲍二前妻被捉奸上吊后，已另娶了：又一同服侍贾琏偷娶之人！世事可悲可叹。

3. 不必细写，只"逼勒"二字已足够。

4. 对张华家世作一番交代，恐其人非一笔带过者。心中不愿，惧势屈从，总非好事，不知是否会种下祸根。

5. 同枝，谓珍、琏兄弟；连理，谓琏、凤夫妻。

【总评】

　　底本在曹雪芹在世时抄出的三个本子——甲戌本、己卯本、庚辰本（都称《脂砚斋重评石头记》，现存的均为过录本）中，甲戌本止于第二十八回；己卯、庚辰本都缺了第六十四、六十七回。因而有人怀疑这两回是后人补作的。从文字上看，这两回并无破绽，是一色的，也无人有单独补写两回的本领；何况，如列藏本此回还保留着回前有总批、标题诗，回末有对句的原设计格式。所以，这一疑问完全可以消除。

　　为贾敬守灵期间，贾宝玉偷空回家，欲看望黛玉。到潇湘馆，"只见黛玉面向里歪着，病体恹恹，大有不胜之态"，见她刚刚哭过，便劝她"凡事当各自宽解，不可过作无益之悲，若作践坏了身子，将来使我……"话说了一半，说不下去，"早已滚下泪来"。黛玉"见此光景，心有所感，本来素习爱哭，此时亦不免无言对泣"。回前标题诗有"情痴苦泪多，未惜颜憔悴"句，当指此。后来黛玉夭亡，似乎从这里的"过作无益之悲""作践坏了身子"等暗示性的话，也可看出端倪来。

　　黛玉私室祭奠、感伤哭泣，原因是古代五美女的亡灵有触于心，即标题诗中所谓"哀哉千秋魂，薄命无二致"。说"薄命"古今一致，正可证明《五美吟》有隐写黛玉命运的用意在。若以为指的只是五美都薄命，则与所咏人物不尽符合，至少红拂不能算薄命；何况书中也明言这些女子的命运，有的是"令人可喜可羡的"。可见，这是暗示吟咏者本人的遭遇与《红拂》

等诗中双关语所藏深意相合，则黛玉最终离开"尸居余气"的贾府而回到离恨天去，或即红拂未受"杨公幕"的"羁縻"而出走的寓意。

　　在蒙府、戚序、甲辰诸本中，存一条脂评，对五首诗被命名为《五美吟》批曰："《五美吟》与后《十独吟》对照。"《十独吟》在后四十回续书中没有出现，当是已散佚的后半部原稿中宝钗或湘云写的诗。仅此一批，便可见本回绝非后人的补作。

　　后半回写"浪荡子"贾琏见尤氏姐妹而"动了垂涎之意"。他知道二尤"与贾珍、贾蓉等素有聚麀之诮"，乃淫荡女，所以才敢"百般撩拨"，找机会勾搭。贾蓉揣知其意，便为叔叔出主意，将尤二姐娶做二房，瞒着凤姐另找房子，自己则盘算可以伺机去鬼混。"欲令智昏"，于是贾琏"情遗九龙佩"，由贾蓉与贾珍商量了向尤老娘说媒，还在小花枝巷内买定房子，另雇婢仆……

　　标题诗末二句说："嗟彼桑间人，好丑非其类。"桑间、濮上，以称淫风；"桑间人"指尤氏姐妹等，与黛玉自然是"好丑非其类"的。把不同的两类人和事写在同一回中，在艺术表现上有衬托作用，虽则两者就"薄命"而言，并"无二致"。但一则贞静，一则淫佚，显然不可同日而语。后来，宝玉招惹"丑祸"，连累黛玉蒙受流言之辱，此回与题诗，也是预为她澄清垢辱，申明她原是和晴雯一样洁白无瑕的。

第 六 十 五 回
膏粱子惧内偷娶妾　淫奔女改行自择夫

【题解】

　　本回回目基本上分两种：一种是蒙府、戚序本所用，即此处采用的；另一种是己卯、庚辰、杨藏、卞藏、甲辰、程高本所用，作"贾二舍偷娶尤二姨，尤三姐思嫁柳二郎"；"二舍""二姨"与"三姐""二郎"，数字不成对仗。列藏本"二郎"作"三郎"，然参正文和下回回目，柳湘莲只称"二郎"。故疑两种回目均非作者原拟。膏粱子，富家子弟，指贾琏。他怕妻子王熙凤知道，背地里另置房屋，偷偷摸摸地娶了尤二姐为妾。淫奔女，淫荡女子，指尤三姐。她本来也很放荡，后来改掉以前的行为，向人表白自己的意中人是柳湘莲，非他不嫁。

　　话说贾琏、贾珍、贾蓉等三人商议，事事妥帖，至初二日，先将尤老和三姐送入新房。尤老一看，虽不似贾蓉口内之言，倒也十分齐备，母女二人已称了心。鲍二夫妇见了，如一盆火，赶着尤老一口一声唤"老娘"，又或是"老太太"；赶着三姐唤"三姨"，或是"姨娘"。至次日五更天，一乘素轿，将二姐抬来。各色香烛、纸马，并铺盖以及酒饭，早已备得十分妥当。一时，贾琏素服坐了小轿而来，拜过天地，焚了纸马。那尤老见二姐身上头上焕然一新，不似在家模样，十分得意。¹揽入洞房。是夜贾琏同她颠鸾倒凤，百般恩爱，不消细说。

1. 愚妇见识、心态。

　　那贾琏越看越爱，越瞧越喜，不知怎生奉承这二姐，乃命鲍二等人不许提三说二的，直以"奶奶"称之，自己也称"奶奶"，竟将凤姐一笔勾倒。有时回家中，只说在东府有事羁绊，凤姐辈因知他和贾珍相得，自然是或有事商议，也不疑心。再家下人虽多，都不管这些事。便有那游手好闲、专打听小事的人，也都去奉承贾琏，乘机讨些便宜，谁肯去露风。²于是贾琏深感贾珍不尽。贾琏一月出五两银子，做天天的供给。若不来时，她母女三人一处吃饭；若贾琏来了，他夫妻二人一处吃，她母女便回房自吃。贾琏又将自己积年所有的梯己，一并

2. 交代清能瞒住多日的原因：凤姐不疑、下人不管、专喜打听消息者能乘机从贾琏处讨得好处。

搬了与二姐收着；又将凤姐素日之为人行事，枕边衾内，尽情告诉了她，只等一死，便接她进去。二姐听了，自是愿意。当下十来个人，倒也过起日子来，十分丰足。[1]

眼见已是两个月光景。这日，贾珍在铁槛寺作完佛事，晚间回家时，因与他姊妹久别，竟要去探望探望。先命小厮去打听贾琏在与不在。小厮回来说不在，贾珍欢喜，[2]将左右一概先遣回去，只留两个心腹小童牵马。一时到了新房，已是掌灯时分，悄悄入去。两个小厮将马拴在圈内，自往下房去听候。

贾珍进来，屋内才点灯，先看过了尤氏母女，然后二姐出见，贾珍仍唤"二姨"。大家吃茶，说了一回闲话。贾珍因笑说："我作的这保山如何？若错过了，打着灯笼还没处寻，过日你姐姐还备了礼来瞧你们呢。"说话之间，尤二姐已命人预备下酒馔，关起门来，都是一家人，原无避讳。那鲍二来请安，贾珍便说："你还是个有良心的小子，所以叫你来服侍。日后自有大用你之处，不可在外头吃酒生事，我自然赏你。倘或这里短了什么，你琏二爷事多，那里人杂，你只管去回我。我们弟兄，不比别人。"鲍二答应道："是，小的知道。若小的不尽心，除非不要这脑袋了。"贾珍点头说："要你知道。"当下四人一处吃酒。尤二姐知局①，便邀她母亲说："我怪怕的，妈同我到那边走走来。"尤老也会意，便真个同她出来，[3]只剩小丫头们。贾珍便和三姐挨肩擦脸，百般轻薄起来。小丫头子们看不过，也都躲了出去，凭他两个自在取乐，不知作些什么勾当。[4]

跟的两个小厮都在厨下和鲍二饮酒，鲍二女人上灶。忽见两个丫头也走了来，嘲笑要吃酒，鲍二因说："姐儿们，不在上头服侍，也偷来了。一时叫起来没人，又是事。"他女人骂道："胡涂浑呛了的忘八！你撞丧那黄汤罢。撞丧醉了，夹着你那膁子挺你的尸去！叫不叫，与你屄相干！一应有我承当，风雨横竖洒不着你头上来。"[5]这鲍二原是因妻子发迹的，近

① 知局——识相，知趣。

1. 必先写日子过得舒心满意，后文被迫结束这段偷着乐生活时，方能显出"好事多磨"来。

2. 一看便知不怀好意。

3. 二姐知趣要退出，让贾珍与三姐二人去取乐，已非做姊姊者应有之行事，尤老娘居然也会意，随之退出，如此做母亲者与老鸨何异？后人改三姐之淫荡为贞淑，便让老娘不走，如程高本改写二姐去后："剩下尤老娘与三姐儿相陪，那三姐虽向来和贾珍偶有戏言，但不似她姐姐那样随和儿。所以贾珍虽有垂涎之意，却也不肯造次了，致讨没趣。况且尤老娘在旁边陪着，贾珍也不好太露轻薄。"为了给三姐重新妆扮，连尤老娘丑态、贾珍丑行都一齐掩盖了。这样乱改不知有何好处？

4. 两个轻薄人还能干什么勾当？小丫头是看不过才躲出去到厨房要酒喝的。程高本删改了二人不堪文字，却仍让小丫头不在一旁服侍，擅自到厨下要酒喝。如此一来，鲍二的责问岂非很有道理了？何用他女人再骂丈夫糊涂！妄改前后有机联系的文字，必致顾此失彼，前言不搭后语。

5. 语言泼辣生动，用粗话脏字，见其无教养身份。程高本以为用字不雅，将"屄"改作"什么"，还将"膁子"改作"脑袋"，上下易了位，却忘了同时改"夹着"二字，成了"夹着你那脑袋"，脑袋如何能夹？用什么夹？真不怕人笑掉下巴！

日越发亏她。自己除赚钱吃酒之外，一概不管，贾琏等也不肯责备她，故他视妻如母，百依百随，且吃够了，便去睡觉。这里鲍二家的陪着这些丫鬟、小厮吃酒，讨他们的好，准备在贾珍前上好儿。

四人正吃得高兴，忽听叩门之声，鲍二家的忙出来开门。看时，见是贾琏下马，问有事无事。[1]鲍二女人便悄悄告他说："大爷在这里西院里呢。"贾琏听了，便回至卧房。只见尤二姐和她母亲都在房中，见他来了，二人面上便有些讪讪的。[2]贾琏反推不知，只命："快拿酒来！咱们吃两杯好睡觉，我今日很乏了。"尤二姐忙上来陪笑，接衣捧茶，问长问短。贾琏喜得心痒难受。一时，鲍二家的端上酒来，二人对饮。他丈母不吃，自回房中睡去了。两个小丫头分了一个过来服侍。

贾琏的心腹小童隆儿拴马去，见已有了一匹马，细瞧一瞧，知是贾珍的，心下会意，也来厨下。只见喜儿、寿儿两个正在那里坐着吃酒，见他来了，也都会意，[3]故笑道："你这会子来得巧。我们因赶不上爷的马，恐怕犯夜①，往这里来借宿一宵的。"隆儿便笑道："有的是炕，只管睡。我是二爷使我送月银的，交给了奶奶，我也不回去了。"喜儿便说："我们吃多了，你来吃一钟。"

隆儿才坐下，端起杯来，忽听马棚内闹将起来。原来二马同槽，不能相容，互相蹶踢起来。[4]隆儿等慌得忙放下酒杯，出来喝马，好容易喝住，另拴好了，方进来。鲍二家的笑说："你三人就在这里罢，茶也现成，我可去了。"说着，带门出去。这里喜儿喝了几杯，已是楞子眼了。隆儿、寿儿关了门，回头见喜儿直挺挺地仰卧炕上，二人便推他说："好兄弟，起来好生睡，只顾你一个人，我们就苦了。"那喜儿便说道："咱们今儿可要公公道道地贴一炉子烧饼，[5]要有一个充正经人，我痛把你妈一肏！"隆儿、寿儿见他醉了，也不便多说，只得吹了灯，将就睡下。

尤二姐听见马闹，心下便不自安，只管用言语混乱贾琏。[6]那贾琏吃了几杯，春兴发作，便命收了酒果，掩门宽衣。尤二姐只穿着大红小袄，散挽乌云，满脸春色，比白日更增了颜色。贾琏搂她笑道："人人都说我们那夜叉婆齐整，如今我看来，给你拾鞋也不要。"尤二姐道："我虽标致，却无品行，[7]看来到底是不标致的好。"贾琏忙问道："这话如何说？我却不解。"尤

1. 都知有不速之客，谁知也有不速之主。突然到来，未免心理准备不足，此问写得到位，无事难道就不来了？

2. 是心里有愧者的情态。特意让出来给贾珍与三姐幽会，能不有愧？

3. 写小厮们口中不说，心里都明白主子干什么。

4. 巧思。借二马同槽作象征性讥讽。

5. 贴烧饼，男子同性间性行为的廋语。有其主必有其仆。

6. 还以为贾琏不知，故想掩饰。

7. 倒还有自知之明。

① 犯夜——古时有禁止夜间行走的法律，违反夜行禁例的叫"犯夜"。

二姐滴泪说道："你们拿我作愚人待，什么事我不知道？我如今和你做了两个月夫妻，日子虽浅，我也知你不是愚人。我生是你的人，死是你的鬼，如今既做了夫妻，我终身靠你，岂敢瞒藏一字。我算是有靠，将来我妹子却如何结果？¹ 据我看来，这个形景，恐非长策，要作长久之计方可。"贾琏听了笑道："你且放心，我不是拈酸吃醋之辈。前事我已尽知，你也不必惊慌。² 你因妹夫是作兄的，自然不好意思，不如我去破了这例。"³ 说着走了，便至西院中来，只见窗内灯烛辉煌，二人正吃酒取乐。

贾琏便推门进去，笑说："大爷在这里，兄弟来请安。"贾珍羞得无话，只得起身让坐。贾琏忙笑道："何必又作如此景象，咱们弟兄从前是如何样来！大哥为我操心，我今日粉身碎骨，感激不尽。大哥若多心，我意何安！从此以后，还求大哥如昔方好，不然兄弟宁可绝后，再不敢到此处来了。"说着，便要跪下。慌得贾珍连忙搀起，只说："兄弟怎么说，我无不领命。"贾琏忙命人："看酒来，我和大哥吃两杯。"又拉尤三姐说："你过来，陪小叔子一杯。"贾珍笑着说："老二，到底是你，哥哥必要吃干这钟。"说着一扬脖。

尤三姐站在炕上，指着贾琏笑道："你不用和我花马吊嘴的，咱们清水下杂面，你吃我看①！见提着影戏人子上场，好歹别戳破这层纸儿。②你别油蒙了心，打量我们不知道你府上的事！这会子花了几个臭钱，你们哥儿俩拿着我们姐儿两个权当粉头来取乐儿，你们就打错了算盘了！⁴我也知道你那老婆太难缠，如今把我姐姐拐了来做二房，偷的锣儿敲不得。我也要会会那凤奶奶去，看她是几个脑袋，几只手。若大家好，取和便罢；倘若有一点叫人过不去，我有本事不先把你两个的牛黄狗宝③掏了出来，再和那泼妇拼了这命，也不算是尤三姑奶奶！⁵喝酒怕什么，咱们就喝！"说着，自己绰起壶来，斟了一杯，自己先喝了半杯，搂过贾琏的脖子来就灌，说："我和你哥哥已经吃过了，咱们来亲香亲香！"唬得贾琏酒都醒了。贾珍也不承望尤三姐这等无耻老辣。⁶弟兄两个本是风月场中耍惯的，不想今日反被这闺女一席话说住。尤三姐一叠声又叫："将姐姐请来！要

1. 自己有靠恐未必，妹子结果更难料；事至今日，哪里还能有什么"长策""长久之计"？

2. 所谓"前事"，指二姐曾与贾珍不干不净。

3. "破了这例"，说来像似大胆有勇气，实则极厚颜无耻；意谓索性兄弟俩共占姐妹俩，不分彼此。这一来，便无长幼之分，谁也不亏欠谁了。

4. 直揭穿贾琏卑劣心思。三姐不同于二姐处，不在谁贞谁淫，有行无行，而在于三姐秉性刚烈，看得透彻，不甘心受人欺侮，被人当作粉头（妓女），供人取乐一时。

5.《水浒》中有拼命三郎，此书中复见拼命三姐。

6. 四字确评。贾珍能玷污其身，却对其性情脾气，茫然无知。

---

① 花马吊嘴、清水下杂面，你吃我看——花马吊嘴，花言巧语。"清水"两句为歇后语。杂面是以绿豆粉为主制作的面条，若不多加油、荤鲜等配料，单用清水煮，便味涩难吃。所以接着说"你吃我看"，意思说我倒要看看你怎么个吃法。

② "见提着"二句——也是歇后语。意谓别让人把丢人的事情说穿了。影戏人子，皮影戏中用纸剪成的人物；戳破纸，戏就演不成了。

③ 牛黄狗宝——这里用来骂人心肠坏。牛黄，牛的胆囊结石。狗宝，癞狗腹内的结石。都可做中药药材。

乐咱们四个一处同乐。俗语说'便宜不过当家'①，他们是弟兄，咱们是姊妹，又不是外人，只管上来！"¹尤二姐反不好意思起来。贾珍得便就要一溜，尤三姐哪里肯放。贾珍此时方后悔，不承望她是这种为人，与贾琏反不好轻薄起来。

这尤三姐松松挽着头发，大红袄子半掩半开，露着葱绿抹胸，一痕雪脯。底下绿裤红鞋，一对金莲或翘或并，没半刻斯文。两个坠子却似打秋千一般，灯光之下，越显得柳眉笼翠雾，檀口点丹砂。本是一双秋水眼，再吃了酒，又添了饧涩淫浪。不独将她二姊压倒，据珍、琏评去，所见过的上下贵贱若干女子，皆未有此绰约风流者。二人已酥麻如醉，不禁去招她一招。她那淫态风情，反将二人禁住。那尤三姐放出手眼来，略试了一试，他弟兄两个竟全然无一点识别见，连口中一句响亮话都没了，不过是"酒色"二字而已。自己高谈阔论，任意挥霍洒落②一阵，拿他弟兄二人嘲笑取乐，竟真是她嫖了男人，并非男人淫了她。一时，她的酒足兴尽，也不容他弟兄多坐，撵了出去，自己关门睡去了。²

自此后，或略有丫鬟、婆娘不到之处，便将贾珍、贾琏、贾蓉三个泼声厉言痛骂，说他爷儿三个诓骗了她寡妇孤女。贾珍回去之后，以后亦不敢轻易再来。有时，尤三姐自己高了兴，悄命小厮来请，方敢去一会；到了这里，也只好随她的便。谁知这尤三姐天生脾气不堪，仗着自己风流标致，偏要打扮得出色另式，作出许多万人不及的淫情浪态来，哄得男子们垂涎落魄，欲近不能，欲远不舍，迷离颠倒，她以为乐。³她母姊二人也十分相劝，她反说："姐姐糊涂！咱们金玉一般的人，白叫这两个现世宝玷污了去，也算无能。而且他家有一个极利害的女人，如今瞒着她不知，咱们方安。倘或一日她知道了，岂有甘休之理！势必有一场大闹，不知谁生谁死。趁如今，我不拿他们取乐作践准折，到那时白落个臭名，后悔不及！"⁴因此一说，她母女见不听劝，也只得罢了。那尤三姐天天挑拣穿吃，打了银的，又要金的，有了珠子，又要宝石，吃的肥鹅，又宰肥鸭。或不称心，连桌一推；衣裳不如意，不论绫缎新整，便用剪刀剪碎，撕一条，骂一句。⁵究竟贾珍等何曾遂意了一日，反花了许多昧心钱。

贾琏来了，只在二姐房内，心中也悔上来。无奈二姐倒

----

① 便宜不过当家——好处不让给外人。
② 挥霍洒落——挥霍，发挥。洒落，言行毫不拘谨。

----

1. 这原是贾琏的打算，现在由三姐说了出来，就看你敢不敢上了。

2. 一段骇人耳目的精彩奇文，从未在别的小说中读到过类似尤三姐这样的奇女子形象。此番出色表演也是对珍、琏等愚庸无识、懦怯无能的酒色之徒的极度蔑视和无情嘲弄。

3. 以勾引男子，哄他垂涎为乐，是有这种心态的女人，只是程度上不及三姐罢了。这段文字颇不合欲将三姐写成贞洁女子者的心意，故在程高本中也被删改得面目全非。那位大胆妄改者，必定仍持有好人都好，坏人都坏的旧写作观念。

4. 洞若观火，逆料后事极准。"拿他们取乐作践准折"句，道出自己不愿光做赔本生意。

5. 非形容三姐骄奢无度，是将其借此报复心态写到极致。

是个多情人，以为贾琏是终身之主了，凡事倒还知疼着痒。若论起温柔和顺，凡事必商必议，不敢恃才自专，实较凤姐高十倍；若论标致、言谈行事，也胜五分。<u>虽然如今改过，但已经失了脚，有了一个"淫"字，凭有甚好处，也不算了。</u>[1]偏这贾琏又说："谁人无错？知过必改就好。"故不提已往之淫，只取现今之善，便如胶投漆，似水如鱼，一心一计，誓同生死，哪里还有凤、平二人在意了。二姐在枕边衾内，也常劝贾琏说："你和珍大哥商议商议，拣个相熟的人，把三丫头聘了罢。留着她不是常法子，终究要生出事来，怎么处？"贾琏道："前日我也曾回过大哥的，他只是舍不得。我说：'是块肥羊肉，只是烫得慌；玫瑰花儿可爱，刺太扎手。咱们未必降得住，正经拣个人聘了罢。'他只意意思思①的，就丢开手了。你叫我有何法？"二姐道："你放心。咱们明日先劝三丫头，她肯了，让她自己闹去。<u>闹得无法，少不得聘她。</u>[2]"贾琏听了说："这话极是。"

至次日，二姐另备了酒，贾琏也不出门，至午间特请她小妹过来，与她母亲上坐。<u>尤三姐便知其意，</u>[3]酒过三巡，<u>不用姐姐开口，先便滴泪泣道：</u>[4]"姐姐今日请我，自有一番大礼要说。但妹子不是那愚人，也不用絮絮叨叨提那从前丑事，我已尽知，说也无益。既如今姐姐已得了好处安身，妈也有了安身之处，我也要自寻归结去，方是正礼。但终身大事，一生至一死，非同儿戏。<u>我如今改过守分，只要拣一个素日可心如意的人，方跟他去。</u>[5]若凭你们拣择，虽是富比石崇，才过子建，貌比潘安的，我心里进不去，也白过了一世。"贾琏笑道："这也容易。凭你说是谁就是谁，一应彩礼都有我们置办，母亲也不用操心。"尤三姐泣道："姐姐知道，不用我说。"贾琏笑问二姐："是谁？"二姐一时也想不起来。大家想来，<u>贾琏便料定是此人无疑了，便拍手笑道："我知道了。这人原不差，果然好眼力！"</u>[6]二姐笑问："是谁？"贾琏笑道：<u>"别人她如何进得去，一定是宝玉。"</u>[7]二姐与尤老听了，亦以为然。尤三姐便啐了一口道：[8]"我们有姊妹十个，也嫁你弟兄十个不成？[9]难道除了你家，天下就没了好男子了不成？"[10]众人听了，都诧异："除去他，还有哪一个？"[11]尤三姐笑道："别只在眼前想，姐姐只在五年前想，就是了。"[12]

---

① 意意思思——犹豫不决。

1. 此语可叹！那个时代是不容许犯"淫"女子改过的。二姐如此，三姐怕也难成例外。

2. 以三姐不驯之性情，要能聘出去，恐也只有此一途了。

3. 是聪明人。全用醍醐灌顶，全是大翻身、大解悟法。（己）

4. 真好文章！若庸手来写，必二姐先开口，且不知要绕多少弯子。全用如是等语，一洗草障。（己）

5. 这真可谓是自由恋爱的美好理想，也与回目"改行自择夫"相合。可在那个时代，又谈何容易！

6. 好像猜得很准，说得很自信；从作者行文必有曲折的习惯看，我知道一定猜错了。

7. 宝玉老被当作女儿心上人的猜疑对象，前写鸳鸯即如此，也是宝玉多招女孩儿喜欢的缘故。

8. 一听就反感。奇！不知何为？（己）

9. 触着痛处了，驳得好！有理之极！（己）

10. 恨及于贾府了，驳得更好！一骂反有理。（己）

11. 庸人之见耳！余亦如此想。（己）

12. 妙在此时偏不说出，故立即被打断。奇甚！（己）

正说着，忽见贾琏的心腹小厮兴儿走来请贾琏，说："老爷那边紧等着叫爷呢。小的答应往舅老爷那边去了，小的连忙来请。"贾琏又忙问："昨日家里没人问？"[1]兴儿道："小的回奶奶说，爷在家庙里同珍大爷商议作百日的事，只怕不能来家。"贾琏忙命拉马，隆儿跟随去了，留下兴儿答应人来事务。

尤二姐拿了两碟菜，命拿大杯斟了酒，就命兴儿在炕沿下蹲着吃，一长一短向他说话儿。问他家里奶奶多大年纪，怎个利害的样子，老太太多大年纪，太太多大年纪，姑娘几个，各样家常等语。兴儿笑嘻嘻地在炕沿下一头吃，一头将荣府之事备细告诉她母女。又说："我是二门上该班的人。我们共是两班，一班四个，共是八个。这八个人有几个是奶奶的心腹，有几个是爷的心腹。奶奶的心腹，我们不敢惹；爷的心腹，奶奶的人就敢惹。[2]提起我们奶奶来，告诉不得，奶奶心里歹毒，口里尖快。我们二爷也算是个好的，哪里见得她！倒是跟前的平姑娘为人很好，虽然和奶奶一气，她倒背着奶奶常作些个好事。[3]小的们凡有了不是，奶奶是容不过的，只求求她去就完了。如今合家大小，除了老太太、太太两个人，没有不恨她的，只不过面子情儿怕她。皆因她一时看得人都不及她，只一味哄着老太太、太太两个人喜欢。她说一是一，说二是二，没人敢拦她。又恨不得把银子钱省下来，堆成山，好叫老太太、太太说她会过日子，殊不知苦了下人，她讨好儿。估着有好事，她就不等别人去说，她先抓尖儿；或有了不好事或她自己错了，她便一缩头，推到别人身上来，她还在旁边拨火儿。如今连她正经婆婆大太太都嫌了她，说她'雀儿拣着旺处飞，黑母鸡一窝儿，自家的事不管，倒替人家去瞎张罗'。若不是老太太在头里，早叫过她去了。"[4]

尤二姐笑道："你背着她这等说她，将来你又不知怎么说我呢。[5]我又差她一层儿，越发有得说了。"兴儿忙跪下说道："奶奶要这样说，小的不怕雷打！但凡小的们有造化，起先娶奶奶时，若得了奶奶这样的人，小的们也少挨些打骂，也少提心吊胆的。如今跟爷的这几个人，谁不背前背后称扬奶奶圣德怜下？我们商量着叫二爷要出来，情愿来答应奶奶呢。"[6]尤二姐笑道："猴儿崽的，还不起来呢！说句玩话就唬得那样起来。你们作什么来？我还要找了你奶奶去呢。"[7]兴儿连忙摇手说："奶奶千万不要去！我告诉奶奶，一辈子别见她才好。嘴甜心苦，两面三刀；上头一脸笑，脚下使绊子；

1. 做贼心虚。

2. 兴儿乃琏爷心腹，说话倾向性明显，也见出贾琏在家中惧内情势。

3. 平儿正该得小厮夸赞，其为人后文都会写到。

4. 说的全是凤姐的坏话，邢夫人深为不满的情形，倒是从他的话中方得知。

5. 背地里说人者，被怀疑也会如此说自己，很正常。此时，二姐并不全信其言可知。

6. 只是贾琏心腹兴儿等的愿望，并非真敢如此提出。"答应"，即听命、服侍之意。

7. 想着总有上门相见的一天，却不曾料到别人先找上门来。

明是一盆火，暗是一把刀：都占全了。¹只怕三姨的这张嘴还说她不过，奶奶这样斯文良善的人，哪里是她的对手！"

　　尤氏笑道："我只以礼待她，她敢怎样！"²兴儿道："不是小的吃了酒，放肆胡说，奶奶便有礼让，她看见奶奶比她标致，又比她得人心，她怎肯甘休善罢？人家是醋罐子，她是醋缸醋瓮。凡丫头们，二爷多看一眼，她有本事当着爷打个烂羊头。虽然平姑娘在屋里，大约一年二年之间，两个有一次到一处，她还要口里掂十个过子呢，气得平姑娘性子发了，哭闹一阵，说：'又不是我自己寻来的，你又浪着劝我，我原不依，你反说我反了。这会子又这样！'她一般的也罢了，倒央告平姑娘。"尤二姐笑道："可是扯谎？这样一个夜叉，怎么反怕屋里人呢？"³兴儿道："这就是俗语说的'天下逃不过一个理字去'了。这平儿是她自幼的丫头，陪了过来，一共四个，嫁人的嫁人，死的死了，只剩了这个心腹。她原为收了屋里，一则显她的贤名儿，二则又叫拴爷的心，好不外头走邪路。又还有一段因果：我们家的规矩，凡爷们大了，未娶亲之先，都先放两个人服侍的。⁴二爷原有两个，谁知她来了没半年，都寻出不是来，都打发出去了。别人虽不好说，自己脸上过不去，所以强逼着平姑娘作了房里人。那平姑娘又是个正经人，从不把这件事放在心上，也不会挑妻窝夫的，倒一味忠心赤胆服侍她，所以才容下了。"⁵

　　尤二姐笑道："原来如此。但我听见你们家还有一位寡妇奶奶和几位姑娘。她这样利害，这些人如何依得？"⁶兴儿拍手笑道："原来奶奶不知道。我们家这位寡妇奶奶，她的诨名叫作'大菩萨'，第一个善德人。我们家的规矩又大，寡妇奶奶们不管事，只宜清净守节。妙在姑娘们又多，只把姑娘们交给她，看书写字，学针线，学道理，这是她的责任。除此，问事不知，说事不管。只因这一向她病了，事多，这大奶奶暂管几日。究竟也无可管，不过是按例而行，不像她多事逞才。我们大姑娘不用说，但凡不好，也没这段大福了。二姑娘的诨名是'二木头'，戳一针，也不知'嗳哟'一声。三姑娘的诨名是'玫瑰花'。"尤氏姊妹忙笑问何意。兴儿笑道："玫瑰花又红又香，无人不爱的，只是有刺戳手。也是一位神道①，可惜不是太太养的，'老鸹窝里出凤凰'。四姑娘小，她正经是珍大爷亲妹子，因自幼无母，老太太命太

────────────

　　① 神道——喻很有本领、很不简单的人。

1. 虽是贬语，倒也是实情，归纳得不错。

2. 厚道人一厢情愿的想头。

3. 总是不信凤姐真有兴儿说的那么坏。

4. 通房丫头事，前虽偶有提及，但何人何时可收，总不太了然，经此一说方知，原来还是贾府的"规矩"。

5. 这一段交代清醋性极大的凤姐何以能容下平儿。

6. 有此一问，又引出兴儿一篇演说词来，只着重说各人性情特色。可见作者是何等注重人物形象的塑造，一有机会便将她们不同的色彩渲染一番，令读者印象更鲜明。

太抱过来，养这么大，也是一位不管事的。奶奶不知道，我
们家的姑娘不算，另外有两个姑娘，真是天上少有，地下无
双。[1] 一个是我们姑太太的女儿，姓林，小名儿叫什么黛玉，
面庞身段和三姨不差什么，一肚子文章，只是一身多病，这
样的天，还穿夹的，出来风儿一吹就倒了。我们这起没王法
的嘴，都悄悄地叫她'多病西施'。还有一位姨太太的女儿，
姓薛，叫什么宝钗，竟是雪堆出来的。每常出门或上车，或
一时院子里瞥见一眼，我们鬼使神差，见了她们两个，不敢
出气儿。"[2] 尤二姐笑道："你们大家子规矩，虽然你们小孩子
进得去，然遇见小姐们，原该远远地藏开。"兴儿摇手道：
"不是，不是。那正经大礼，自然远远地藏开，自不必说。
就藏开了，自己不敢出气，是生怕这气大了，吹倒了姓林的，
气暖了，吹化了姓薛的。"[3] 说得满屋里都笑起来了。不知端
详，且听下回分解。

1. 以介绍林、薛为压台，并
不从深层次上去说，以符
合小厮身份。

2. 此话怎解？

3. 兴儿要贫嘴，亦作者幽默。

【总评】

　　贾琏偷娶尤二姐事毕，贾珍趁贾琏不在，便去探望二尤，与她们吃酒寻欢，还"挨肩擦脸，
百般轻薄"尤三姐，"小丫头子们看不过，也都躲出去，凭他两个自在取乐，不知作些什么勾
当"。贾珍父子帮贾琏娶二姐的意图，于此可见。

　　贾琏突然回来，本是尴尬场面，好在都厚颜，各自心照不宣。于此插入马棚内"二马同槽，
不能相容，互相蹶踢起来"的细节，以畜比人，讽刺中也极具幽默感。

　　二姐想到三姐尚无靠，向贾琏求"长久之计"，贾琏乘机想"破了这例"——哥儿俩共占
有姐儿俩，便直闯西院贾珍与尤三姐吃酒取乐处，调戏三姐。谁知尤三姐嘲弄笑骂，比贾琏
等更"无耻老辣"，淫情浪态，反将二人禁住。这段泼辣文字，他人难到。三姐"酒足兴尽，
也不容他弟兄多坐，撵了出去，自己关门睡去了"。此后，稍有不如意，便厉言痛骂贾珍等，"说
他爷儿三个诓骗了她寡妇孤女"，又挑拣穿吃，让贾珍等白白花了许多昧心钱。

　　尤二姐自己称了心，与贾琏和她老娘商量着要给三姐"拣个人聘了"。三姐表明心意：从
今"改过守分"，但终身大事必须自己来挑拣对象。问其意中人，但言"只在五年前想，就是
了"，并未说是柳湘莲，留悬念于下回。

　　本回末了，由贾琏的心腹小厮兴儿来述说凤姐的厉害和醋劲，尤二姐听了，半信半疑。
兴儿还为二姐一一介绍荣府中的奶奶、姑娘们情况，从"大菩萨"李纨、"二木头"迎春、"玫
瑰花"探春、四姑娘惜春，直数到黛玉、宝钗，说"自己不敢出气，是生怕这气大了，吹倒
了姓林的，气暖了，吹化了姓薛的"。

　　有一点须要指出：作者写尤三姐其人，与后人改动过的形象有很大的差别。虽则此回回
目从不同版本文字差异看，未必是作者原拟，但"淫奔女改行自择夫"之说是能符合作者原意
的。后来如程高本等则将"淫奔女"尤三姐改为操守贞烈的女子，反而有损于作者创造这一
悲剧形象的深刻社会意义。

第 六 十 六 回

情小妹耻情归地府　冷二郎一冷入空门

【题解】

本回回目诸本一致。"情小妹"，指尤三姐。她由贾琏牵线，让柳湘莲同意娶她为妻，并收下定礼鸳鸯剑。后湘莲闻知三姐出自最不干净的宁国府，便后悔定亲，要索回定礼退婚。三姐知他嫌弃自己不贞，便自刎以殉自己的痴情了。此即回目上句所言。下句中"冷二郎"，指柳湘莲，因贾琏说他"最是冷面冷心的"，故谓。他见尤三姐在他的面前如此刚烈地殉情，才悔之不及，心灰意冷之下，便削发随跛道士出家了。

话说鲍二家的打了兴儿一下子，¹笑道："原有些真的，叫你又编了这些混话，越发没了捆儿①。你倒不像跟二爷的人，这些混话倒像是宝玉那边的了。"²尤二姐才要又问，忽见尤三姐笑问道："可是你们家那宝玉，除了上学，他作些什么？"³兴儿笑道："姨娘别问他，说起来，姨娘也未必信。他长了这么大，独他没有上过正经学堂。我们家从祖宗直到二爷，谁不是寒窗十载，偏他不喜读书。老太太的宝贝，老爷先还管，如今也不敢管了。成天家疯疯癫癫的，说的话人也不懂，干的事人也不知。外头人人看着好清俊模样儿，心里自然是聪明的，谁知是外清而内浊，见了人，一句话也没有。所有的好处，虽没上过学，倒难为他认得几个字。每日也不习文，也不学武，又怕见人，只爱在丫头群里闹。再者也没刚柔，有时见了我们，喜欢时，没上没下大家乱玩一阵；不喜欢，各自走了，他也不理人。我们坐着卧着，见了他也不理，他也不责备。因此，没人怕他，只管随便，都过得去。"

尤三姐笑道："主子宽了，你们又这样；严了，又抱怨，可知你们难缠。"⁴尤二姐道："我们看他倒好，原

1. 作者叙述故事，除告一段落处外，原是连续写下的，然后才分出章回。此处开头，本与上回末文字紧密相连，隔断后，只加"话说"二字，没有一句说明，所以显得突兀。

2. "宝玉那边的"，指小厮茗烟，油嘴滑舌说混话出了名的。好极之文，将茗烟等已全写出，可谓一击两鸣法，不写之写也。（己）

3. 本以为不再点评宝玉了，谁知经鲍二家的一提"宝玉那边"，又让三姐就此发问，问话中偏加"除了上学"，总以为上学读书是必有的事，却又不然。拍案叫绝！此处方问，是何文情！（己）

4. 有头脑，有见地，也敢说。不苟同讥贬。

---

① 没了捆儿——没有谱儿，散漫无羁。

来这样！可惜了一个好胎子。"尤三姐道："姐姐信他胡说，咱们也不是见过一面两面的？行事、言谈、吃喝，原有些女儿气，那是天天只在里头惯了的。若说糊涂，哪些儿糊涂？姐姐记得穿孝时咱们同在一处，那日正是和尚们进来绕棺①，咱们都在那里站着，他只站在头里挡着人。人说他不知礼，又没眼色。过后，他没悄悄地告诉咱们说：'姐姐不知道，我并不是没眼色。我想和尚们脏，恐怕气味熏了姐姐们。'接着他吃茶，姐姐又要茶，那个老婆子就拿了他的碗去倒。他赶忙说：'我吃脏了的，另洗了再拿来。'这两件上，我冷眼看去，原来他在女孩子们前，不管怎样都过得去，只不大合外人的式，所以他们不知道。"[1]尤二姐听说，笑道："依你说，你两个已是情投意合了。竟把你许了他，岂不好？"[2]三姐见有兴儿，不便说话，只低了头磕瓜子。兴儿笑道："若论模样儿、行事为人，倒是一对好的。只是他已有了，只未露形。将来准是林姑娘定了的。因林姑娘多病，二则都还小，故尚未及此。再过三二年，老太太便一开言，那是再无不准的了。"[3]

大家正说话，只见隆儿又来了，说："老爷有事，是件机密大事，要遣二爷往平安州去。不过三五日就起身，来回也得半月工夫。[4]今日不能来了。请老奶奶早和二姨定了那事，明日爷来，好作定夺。"说着，带了兴儿，也回去了。

这里尤二姐命掩了门早睡，盘问她妹子一夜。[5]至次日午后，贾琏方来了。尤二姐因劝他说："既有正事，何必忙忙又来，千万别为我误事。"贾琏道："也没甚事，只是偏偏的又出来了一件远差。出了月就起身，得半月工夫才来。"尤二姐道："既如此，你只管放心前去，这里一应不用你记挂。三妹子她从不会朝更暮改的。她已说了改悔，必是改悔的。她已择定了人，你只要依她就是了。"贾琏忙问是谁，尤二姐笑道："这人此刻不在这里，不知多早晚才来，也难为她眼力。她自己说了，这人一年不来，她等一年，十年不来，等十年；若这人死了，再不来了，她情愿剃了头当姑子去，吃长斋念佛，以了今生。"贾琏问："到底是谁，这样动她的心？"二

1. 三姐能独立思考，观察人比二姐深得多，冷眼看宝玉挡人、洗碗两件小事，便知他不糊涂，只是他尊重女孩子们不被外人理解罢了。

2. 一句半开玩笑的话，却又让谈话引到宝玉与黛玉已定准了的话题上。作者之笔真如游龙之不可捉摸。

3. 宝黛成配偶，贾府人人看法一致。三二年不算久，可病体能支持多久呢？一旦风云突变，又谁能预料呢？

4. 此去招来三姐梦中人，大梦也就醒了！

5. 一夜盘问，二姐方得知根知底。

① 绕棺——做佛事超度亡灵的一种仪式，和尚们前后列成一队，绕棺材而行，口诵经文。

姐笑道：“说来话长。五年前，我们老娘家里做生日，妈和我们到那里与老娘拜寿。她家请了一起串客①，里头有个做小生的，叫作柳湘莲，¹她看上了，如今要是他才嫁。旧年，我们闻得柳湘莲惹了一个祸逃走了，不知可又来了不曾？”贾琏听了，说：“怪道呢！我说是个什么样的人，原来是他！果然眼力不错。你不知道，这柳二郎，那样一个标致人，最是冷面冷心的，差不多的人，他都无情无义，他最和宝玉合得来。²去年因打了薛呆子，他不好意思见我们的，不知哪里去了一向。后来听见有人说来了，不知是真是假。一问宝玉的小子们，就知道了。倘或不来时，他萍踪浪迹，知道几年才来，岂不白耽搁了？”尤二姐道：“我们这三丫头，说得出来，干得出来，³她怎样说，只依她便了。”

二人正说之间，只见尤三姐走来说道：“姐夫，你只放心。我们不是那心口两样的人，说什么是什么。若有了姓柳的来，我便嫁他。从今日起，我吃斋念佛，只服侍母亲，等他来了，嫁了他去；若一百年不来，我自己修行去了。”说着，将一根玉簪击作两段，说：“一句不真，就如这簪子！”⁴说着，回房去了，真个竟“非礼不动，非礼不言”起来。贾琏没了法，只得和二姐商议了一回家务，复回家与凤姐商议起身之事。一面着人问茗烟，茗烟说：“竟不知道，大约未来。若来了，我必是知道的。”一面又问他的街坊，也说未来。贾琏只得回复了二姐。至起身之日已近，前两天便说起身，却先往二姐这边来住两夜，从这里再悄悄长行。果见小妹竟换了一个人，又见二姐持家勤慎，自是不消记挂。

是日，一早出城，就奔平安州大道，晓行夜住，渴饮饥餐。方走了三日，那日正走之间，顶头来了一群驮子，内中一伙，主仆十来骑马。走得近来一看，不是别人，竟是薛蟠和柳湘莲来了。贾琏深为奇怪，⁵忙伸马②迎了上来，大家一齐相见，说些别后寒温，便入一酒店歇下，叙谈叙谈。贾琏因笑道：“闹过之后，我们忙着请你两个和解，谁知柳兄踪迹全无。怎么你两个今日倒在一处了？”薛蟠笑道：“天下竟有这样奇事：我同伙计贩

1. 至此，大幕才拉开。千奇百怪之文，何至于此！（己）

2. “冷二郎”之称，方得到解释。既说“无情无义”，如何又同宝玉合得来？此语真假，尚须考察。

3. 不错，不错，这话可信。

4. 大有古时祖逖中流击楫发誓气概。

5. 谁不奇怪？能碰上正想寻找的人已是奇事，何况结伴同行的竟是昨日仇家。

---

① 串客——即“票友”，戏曲、曲艺的非职业演员。串，表演。
② 伸马——让马快跑。

了货物，自春天起身，往回里走，一路平安。谁知前日到了平安州界，遇见一伙强盗，已将东西劫去。不想柳二弟从那边来了，方把贼人赶散，夺回货物，还救了我们的性命。[1]我谢他又不受，所以我们结拜了生死弟兄，如今一路进京。从此后，我们是亲弟亲兄一般。[2]到前面岔口上分路，他就往南去二百里，有他一个姑妈，他去望候望候。我先进京去安置了我的事，然后给他寻一所宅子，寻一门好亲事，大家过起来。"贾琏听了道："原来如此，倒教我们悬了几日心。"因又听道寻亲，便忙说道："我正有一门好亲事，堪配二弟。"说着，便将自己娶尤氏，如今又要发嫁小姨一节说了出来，只不说尤三姐自择之语。[3]又嘱薛蟠："且不可告诉家里，等生了儿子，自然是知道的。"

薛蟠听了大喜，说："早该如此，这都是舍表妹之过。"[4]湘莲忙笑说："你又忘情了，还不住口！"薛蟠忙止住不语，便说："既是这等，这门亲事定要做的。"湘莲道："我本有愿，定要一个绝色的女子。如今既是贵昆仲①高谊，顾不得许多了，任凭裁夺，我无不从命。"贾琏笑道："如今口说无凭，等柳兄一见，便知我这内娣②的品貌，是古今有一无二的了。"[5]湘莲听了大喜，说："既如此说，等弟探过姑母，不过月中就进京的，那时再定，如何？"贾琏笑道："你我一言为定。只是我信不过柳兄，你乃萍踪浪迹，倘然淹滞不归，岂不误了人家？须得留一定礼。"湘莲道："大丈夫岂有失信之理！小弟素系寒贫，况在客中，如何能有定礼？"[6]薛蟠道："我这里现成，就备一份，二哥带去。"贾琏笑道："也不用金帛之礼，须是柳兄亲身自有之物，不论物之贵贱，不过我带去取信耳。"湘莲道："既如此说，弟无别物，此剑防身，不能解下。囊中尚有一把鸳鸯剑，乃吾家传代之宝，弟也不敢擅用，[7]只随身收藏而已。贾兄请拿去为定。弟纵系水流花落之性，然亦断不舍此剑者。"说毕，大家又饮了几杯，方各自上马，作别起程。正是：将军不下马，各自奔前程。

1. 叙述奇遇经过说得含混，其中大有隐情：湘莲一个人怎能对付得了既劫货又要人性命的"一伙强盗"？是经过刀剑拳脚过招，打败了强盗吗？只字未提，只说"赶散"，对方又不是一群鸡。除非柳二郎是威名震江湖的豪侠，或者竟是同伙的黑道头面人物。联想到他避祸出走，浪迹萍踪，也不知以何为业，岂非大可怀疑？不过，无论何种情况，他都属甄士隐之歌中的"强梁"之列是可以肯定的。

2. 昔日哄他下跪立誓，挨了重拳，如今真的结拜成"生死兄弟"了，还如"亲弟亲兄一般"，看来阿呆也有能招人喜欢处。这哪里真是"冷面冷心""无情无义"人之所为！

3. 自然不能说。

4. 贾琏偷偷纳妾，不用问，薛蟠必定赞成。舍表妹，指凤姐。

5. 虽说做媒不免要说好话，但也并非全是虚言。貌自姣好，不用说；品则分今昔，若既往不咎，比哪个幽淑女也无逊色。

6. 有定礼，必先说没有。原来家道贫寒，不知他长期浪迹，如何维持生计。

7. 以剑定婚，谁知凶兆？平时不用，一旦施用，尚有鸳鸯乎？

---

① 昆仲——对他人兄弟的敬称。昆，兄。仲，老二，弟。

② 内娣（dì弟）——妻子的妹妹，小姨。娣，女弟，即妹，但在古代尚有区别，对"兄"而言，称"妹"；对"姊"而言，称"娣"。

且说贾琏一日到了平安州，见了节度，完了公事。因又嘱他十月前后务要还来一次。[1] 贾琏领命，次日连忙取路回家，先到尤二姐处探望。谁知自贾琏出门之后，尤二姐操持家务，十分谨肃，每日关门合户，一点外事不闻。她小妹果是个斩钉截铁之人，每日侍奉母姊之余，只安分守己，随分过活。虽是夜晚间孤衾独枕，不惯寂寞，奈一心丢了众人，只念柳湘莲早早回来，完了终身大事。

这日贾琏进门，见了这般景况，喜之不尽，深念二姐之德。大家叙些寒温之后，贾琏便将路遇湘莲一事说了出来，又将鸳鸯剑取出，递与三姐。三姐看时，上面龙吞夔护①，珠宝晶荧，将靶一掣，里面却是两把合体的，一把上面錾着一"鸳"字，一把上面錾着一"鸯"字，冷飕飕，明亮亮，如两痕秋水一般。三姐喜出望外，[2] 连忙收了，挂在自己绣房床上，每日望着剑，自笑终身有靠。贾琏住了两天，回去复了父命，回家合宅相见。那时，凤姐已大愈，出来理事行走了。[3] 贾琏又将此事告诉了贾珍。贾珍因近日又相遇了新友，将这事丢过，不在心上，任凭贾琏裁夺；只怕贾琏独力不加，少不得又给了他三十两银子。贾琏拿来交与二姐预备妆奁。

谁知八月内湘莲方进了京，先来拜见薛姨妈，[4] 又遇见薛蝌，方知薛蟠不惯风霜，不服水土，一进京时，便病倒在家，请医调治。听见湘莲来了，请入卧室相见。薛姨妈也不念旧事，只感救恩，母子们十分称谢。又说起亲事一节，凡一应东西，皆已妥当，只等择日。柳湘莲也感激不尽。

次日，又来见宝玉，二人相会，如鱼得水。湘莲因问贾琏偷娶二房之事。宝玉笑道："我听见茗烟一干人说，我却未见，我也不敢多管。我又听见茗烟说琏二哥哥着实问你，不知有何话说？"湘莲就将路上所有之事，一概告诉宝玉。宝玉笑道："大喜，大喜！难得这个标致人，果然是个古今绝色，堪配你之为人。"湘莲道："既是这样，他哪里少了人物，如何只想到我？况且我又素日不甚和他相厚，也关切不至此。路

1. 此次出门办了三姐事，下次再出门，看看还有什么事会发生？先作预告。

2. 乐极悲生，当时谁料得到？

3. 是警讯。

4. 因与薛蟠已结拜为兄弟。

---

① 龙吞夔（kuí 逵）护——指剑鞘上有夔龙纹的图案装饰。夔，古代传说中的神兽，似龙而只有一只脚。

上忙忙的，就那样再三要定，难道女家反赶着男家不成？我自己疑惑起来，后悔不该留下那剑作定礼。所以后来想起你来，可以细细问个底里才好。"宝玉道："你原是个精细人，如何既许了定礼，又疑惑起来？你原说只要一个绝色的，如今既得了个绝色便罢了，何必再疑？"湘莲道："你既不知他娶，如何又知是绝色？"宝玉道："她是珍大嫂子的继母带来的两位小姨。我在那里和她们混了一个月，¹ 怎么不知？真真一对尤物①，她又姓尤。"² 湘莲听了跌足道："这事不好，断乎做不得了！你们东府里，除了那两个石头狮子干净，只怕连猫儿狗儿都不干净。我不做这剩忘八！"³ 宝玉听说，红了脸。湘莲自惭失言，连忙作揖说："我该死胡说！⁴ 你好歹告诉我，她品行如何？"宝玉笑道："你既深知，又来问我做什么？连我也未必干净了。"湘莲笑道："原是我自己一时忘情，好歹别多心。"宝玉笑道："何必再提，这倒似有心了。"湘莲作揖告辞出来，心下想："若去找薛蟠，一则他现卧病，二则他又浮躁，⁵ 不如去索回定礼。"主意已定，便一径来找贾琏。

贾琏正在新房中，闻得湘莲来了，喜之不禁，忙迎了出来，让到内室与尤老相见。湘莲只作揖，称"老伯母"，自称"晚生"，贾琏听了诧异。吃茶之间，湘莲便说："客中偶然忙促，谁知家姑母于四月间订了弟妇，使弟无言可回。⁶ 若从了老兄，背了姑母，似非合理。若系金帛之定，弟不敢索取，但此剑系祖父所遗，请仍赐回为幸。"贾琏听了，便不自在，还说："定者，定也。原怕反悔，所以为定。岂有婚姻之事，出入随意的？⁷ 还要斟酌。"湘莲笑道："虽如此说，弟愿领责领罚，然此事断不敢从命。"贾琏还要饶舌，湘莲便起身说："请兄外坐一叙，此处不便。"那尤三姐在房内明明听见。好容易等了他来，今忽见反悔，便知他在贾府中得了消息，自然是嫌自己淫奔无耻之流，不屑为妻。⁸ 今若容他出去和贾琏说退亲，料那贾琏必无法可处，自己岂不无趣！一听贾琏要同他出去，连忙摘下剑来，将一股

①　尤物——奇特的人物，多专指对人有很大诱惑力的美女。

1. 这话说得欠妥，教湘莲也疑其与三姐有染。其实三姐谈起宝玉时，对二姐说："咱们也不是见过一面两面的？"如是而已。

2. 这话听来也容易让湘莲将三姐从坏处想。可巧。（己）

3. 东府之丑已外扬，故湘莲亦有所闻。嘲讽够毒的，只是无意中将在那里混过的宝玉也装进去了，故使他脸红。极奇之文，极趣之文！《金瓶梅》中有云："把忘八的脸打绿了"，已奇之至，此云"剩忘八"岂不更奇？（己）

4. 醒悟到冒失了。忽用湘莲提东府之事，骂及宝玉，可是人想得到的？所谓一人不曾放过。（己）

5. 不找就对了。否则，必横生枝节。因此明白作者为何写薛蟠一到家，就生病了。

6. 也只有这条理由可作借口。

7. 说的也是理。

8. 聪明人一听"此处不便"，自然明白。当初连小丫头都看不过躲出去，贾府中还能有不知丑事的？

雌锋隐在肘后，出来便说：“你们不必出去再议，还你的定礼。”一面泪如雨下，<u>左手将剑并鞘送与湘莲，右手回肘只往项上一横</u>。可怜：

　　　　揉碎桃花红满地，玉山倾倒再难扶①。¹

　　芳灵蕙性，渺渺冥冥，不知哪边去了。当下唬得众人急救不迭。尤老一面嚎哭，一面又骂湘莲。贾琏忙揪住湘莲，命人捆了送官。尤二姐忙止泪，反劝贾琏说：“你太多事，人家并没威逼她死，是她自寻短见。你便送他到官，又有何益？反觉生事出丑。不如放他去罢，岂不省事？”贾琏此时也没了主意，便放了手，命湘莲快去。<u>湘莲反不动身，泣道：“我并不知是这等刚烈贤妻，可敬，可敬！”湘莲反扶尸大哭一场。</u>²等买了棺木，眼见入殓，又俯棺大哭一场，方告辞而去。

　　出门正无所之，昏昏默默，自想方才之事：“原来尤三姐这样标致，又这等刚烈！”自悔不及。正走之间，<u>只见薛蟠的小厮寻他家去，</u>³那湘莲只管出神。那小厮带他到新房之中，十分齐整。忽听环佩叮当，尤三姐从外而入，一手捧着鸳鸯剑，一手捧着一卷册子，向柳湘莲泣道：<u>“妾痴情待君五年矣！不期君果冷心冷面，妾以死报此痴情。</u>⁴妾今奉警幻之命，前往太虚幻境，修注案中所有一干情鬼。妾不忍一别，故来一会，从此再不能相见矣！”说毕便走。湘莲不舍，忙欲上来拉住问时，那尤三姐便说：“来自情天，去由情地。<u>前生误被情惑，今既耻情而觉，</u>⁵与君两无干涉。”说毕，一阵香风，无踪无影去了。

　　湘莲惊觉，似梦非梦，睁眼看时，哪里有薛家小童，也非新室，竟是一座破庙，旁边坐着一个瘸腿道士捕虱。湘莲便起身稽首相问：“此系何方？仙师仙名法号？”道士笑道：<u>“连我也不知道此系何方，我系何人，不过暂来歇足而已。”</u>⁶柳湘莲听了，不觉冷然如寒冰侵骨，<u>掣出那股雄剑，将万根烦恼丝②一挥而尽，</u>⁷便随那道士不知往哪里去了。后回便见。

----

① 玉山倾倒——喻尤三姐倒地身亡。《世说新语·容止》中形容嵇康容仪美好说：“其醉也，傀俄若玉山之将崩。”
② 万根烦恼丝——指头发。佛家宣扬落发为僧，可免尘世种种烦恼，故把头发称作烦恼丝。

1. 惊心动魄！惨不忍睹场面，仍不失悲壮之美，这才是艺术。庸手写死，总是回光返照，出气大入气小，喉间响动，手凉了，目光散了……什么都不放过，一派老婆舌头。津津乐道死亡的自然状态，岂复有美有诗！

2. 竟不走，竟称“贤妻”，竟扶尸大哭！说此人冷面冷心、无情无义，谁信？真情恰似岩浆，深藏地下时哪能见到？

3. 已入幻境了。

4. 借生者之幻觉，一泄死者之怨恨。

5. 归到“耻情”二字。

6. 打破迷关，在此一语。“暂来歇足”，作者之悲情深矣！故千年前的大诗人也有“天地者，万物之逆旅”的叹息。

7. 甄士隐的抢过道人褡裢，柳湘莲的挥剑断烦恼丝，贾宝玉的“悬崖撒手”，一例都是决绝态度。

【总评】

　　小厮兴儿继续说荣府事，谈论到宝玉，对其行事为人又作一番渲染。尤二姐随口对三姐笑说"竟把你许了他，岂不好"，引出兴儿"只是他已有了，只未露形"的话来，作者再次借下人之口，提醒读者注意，众人心目中宝黛终成眷属已是无可置疑的事："将来准是林姑娘定了的。因林姑娘多病，二则都还小，故尚未及此。再过三二年，老太太便一开言，那是再无不准的了。"这就解释了为何凤姐与薛姨妈等都曾有此二人配对"四角俱全"的想头而却未向贾母提及。"再过三二年"，时间虽不长，可谁又能料到此前贾府会突生变故，黛玉的弱质挨不过这场劫数呢？黛玉每每有自己病体恐难持久的预感，可见并非无故。

　　贾琏奉父命要往平安州去出趟远差，为时须半月光景。出门前，尤三姐说出自己的意中人是柳湘莲，贾琏以为三姐眼力不错，但也告诉她这位柳二郎"最是冷面冷心的，差不多的人他都无情无义，他最和宝玉合得来"。这话与后来情节有关。尤三姐为表明心迹，此生只嫁柳湘莲，将一根玉簪一击两段，发下誓。从此便如"换了一个人"。

　　贾琏奔平安州大道三日后，十分奇巧地遇上薛蟠、柳湘莲，他们已从冤家对头变成了结拜的生死弟兄了。薛蟠述说原因的话，很值得注意："谁知前日到了平安州界，遇见一伙强盗，已将东西劫去。不想柳二弟从那边来了，方把贼人赶散，夺回货物，还救了我们的性命。"这里，作者也许是故意含糊其辞，引人思索；柳湘莲的出现怎么这样巧呢？他一个人怎么就能将"一伙强盗""赶散"呢？何况强盗还相当凶恶，他若不来，薛蟠一帮人就没命了。"赶散"是什么意思？是打败强盗使之散去，还是让他们听命散去？如此看来，柳湘莲若非行侠江湖，已树威名，便是在做盗首了。作者大概以为没有必要讲得太明白。脂评曾在甄士隐所唱"训有方，保不定日后作强梁"句旁批曰："柳湘莲一干人。"此处正交代其"作强梁"也。有的研究者以为他"一冷入空门"后，还另有"作强梁"故事，那是不对的。

　　柳湘莲将"传代之宝"鸳鸯剑交贾琏作为"定礼"后，尤三姐固喜出望外，"每日望着剑，自笑终身有靠"，柳湘莲却在见了宝玉后，听其所述，顿生悔意，决定退婚，所谓"你们东府里，除了那两个石狮子干净，只怕连猫儿狗儿都不干净，我不做这剩忘八！"话虽说得尖刻，问题还是看得很透很准的。

　　写尤三姐之死并不容易，从情节发展的需要看，在这儿运用侧笔或旁人叙述都不合适，非得正面来描写不可。可是死亡本身是丑陋的，现在既要表现其殉情的刚烈，又要写得令人产生无限惋惜之情，且画面还要不失艺术美感，真不知该如何落笔。若庸手来写，又岂能胜任。可是曹雪芹举重若轻，简捷的叙述，加上两句七言诗语，便立臻完美了。神来之笔，真叫人叹为观止。

　　柳湘莲似梦非梦地再见尤三姐向他泣诉衷情的细节，让三姐有个宣泄殉情前内心潜台词的机会，同时也让湘莲昏聩迷乱的精神状态得到生动的表现。鸳鸯剑雌剑刎颈，雄剑削发，名为"鸳鸯"，却成了斩断一对鸳鸯情缘的利剑。柳湘莲从此离开了小说的故事情节，这正是完整的结局。若再写他的任何后事，都必然不可避免地会成为蛇足。

第 六 十 七 回
馈土物颦卿念故里　讯家童凤姐蓄阴谋

【题解】

　　本回回目与文字诸本差异分两大类：一、杨藏、程高本为一类；庚辰本原缺，人民文学出版社 1975 年影印本用蒙府本配；蒙府本原也缺，又是据程甲本抄配的。回目作"见土仪颦卿思故里　闻秘事凤姐讯家童"。二、戚序、列藏、甲辰本为另一类，回目如本书所标；从残存回目可知卞藏本亦属此类。目前排印出版的各种《红楼梦》本多用第一类。其实，细加比较，即可发现第二类文字虽较繁，总体上仍优于第一类，也当接近原作；第一类是经过后人不少删改的，删改得并不高明。所以本书采用第二类文字，出入处择要在有关注释中说明。回目上句：薛蟠回家带了两大箱东西送给他妈和妹妹，除了家常应用之物外，还有许多江南苏州一带的土产、小玩意儿。宝钗将它分送给姐妹们。黛玉见了故乡之物，触动乡愁，十分感伤。下句：小厮们泄露贾琏偷娶消息，被平儿闻知，告诉凤姐，于是叫来兴儿讯问，得知事情经过后，就独自盘算多时，想出一个狠主意来。

　　话说尤三姐自戕之后，尤老娘以及尤二姐、贾珍、尤氏并贾蓉、贾琏等闻之，俱各不胜悲痛伤感，自不必说，忙着人治买棺木盛殓，送往城外埋葬。柳湘莲见尤三姐身亡，迷性不悟，尚有痴情眷恋，被道人数句偈言打破迷关，竟自削发出家，跟随疯道人飘然而去，不知何往。后事暂且不表。

　　且说薛姨妈闻知湘莲已说定了尤三姐为妻，心中甚喜，正自高高兴兴，要打算替他买房屋治器用办妆奁，择吉日迎娶过门等事，以报他救命之恩。忽有家中小厮见薛姨妈，告知尤三姐自戕与柳湘莲出家的信息，心甚叹息。正自猜疑是为什么原故，[1] 时值宝钗从园里过来，薛姨妈对宝钗说道："我的儿，你听见了没有？你珍大嫂子的妹妹尤三姐，她不是已经许定了给你哥哥的义弟柳湘莲了的？这也很好。不知为什么自刎了。那柳湘莲也出了家了。真正奇怪的事，叫人意想不到！"宝钗听了，并不在意，[2] 便说道："俗语说得好：'天有不测风云，人有旦夕祸福。'这也是他们前生命定，活该不是夫妻。妈所为的是因有救哥哥的一段好处，故谆谆感

1. 东府事在西府住的薛姨妈自然知之甚少。

2. 平时关心别人冷暖的宝钗，对一个自刎一个出家倒不在意，也是想不到的。

叹。如果他二人齐齐全全的，妈自然该替他料理，如今死的死了，出家的出家了。依我说，也只好由他罢了。妈也不必为他们伤感，损了自己的身子。倒是自从哥哥打江南回来了一二十日，贩了来的货物，想来也该发完了。那同伴去的伙计们辛辛苦苦的，来回几个月，妈同哥哥商议商议，也该请一请，酬谢酬谢才是。不然，倒叫他们看着无礼似的。”

　　母女正说话之间，见薛蟠自外而入，眼中尚有泪痕未干。一进门，便向他母亲拍手说道：“妈，可知柳大哥、尤三姐的事么？”薛姨妈说：“我才听见说，正在这里和你妹子说这件公案呢。”薛蟠说：“这事奇不奇？”薛姨妈说：“可是柳相公那样一个年轻聪明的人，怎么就一时糊涂跟着道士去了呢？我想他前世必是有凤缘、有根基的人，所以才容易听得进这些度化他的话去。<u>你们好了一场，他又无父母兄弟，只身一人在此，你该各处找一找才是。靠那跛足道士疯疯癫癫的，能往哪里远去！</u>[1] 左不过是在这方近左右的庙里寺里躲藏着罢咧。”薛蟠说：“何尝不是呢。我一听见这个信儿，就连忙带了小厮们在各处寻找去，连个影儿也没有。又去问人，人人都说不曾看见。<u>我因如此，急得没法，唯有望着西北上大哭了一场回来。</u>”说着，眼眶儿又红上来了。[2] 薛姨妈说：“你既找寻了没有，也算把你作朋友的心也尽了。焉知他这一出家，不是得了好处去呢？你也不必太过虑了。一则张罗张罗买卖，<u>二则你把自己娶媳妇应办的事情，倒是早些料理料理。</u>[3] 咱们家里没人手儿，竟自‘笨雀儿先飞’，省得临期丢三忘四的不齐全，令人笑话。再者，你妹妹才说，你也回家半个多月了，想货物也该发完了，同你作买卖的伙计们，也该设桌酒席请请他们，酬酬劳乏才是。他们固然是咱们约请的吃工食劳金的人，到底也算是外客，又陪着你走了一二千里的路程，受了四五个月的辛苦，而且在路上又替你担了多少的惊怕沉重。”薛蟠闻听，说：“妈说得很是，妹妹想得周到，我也这样想来着。只因这些日子为各处发货，闹得头晕，又为柳大哥的亲事又忙了这几日，反倒落了一个空，白张罗了一会子，倒把正经事都误了。要不然，就定了明儿后儿下帖儿请罢。”薛姨妈道：“由你办去罢。”

　　话犹未了，外面小厮进来回说：“<u>张管总的伙计着人送了两个箱子来，</u>[4] 说这是爷各自买的，不在货账里面。本

1. 薛姨妈毕竟慈爱。这才有薛蟠已各处找过而没影儿的话。

2. 也算有情有义了。

3. 薛蟠将娶媳妇事，于此提起。

4. 这才写到回目中“馈土物”上来。

要早送来，因货物箱子压着，没得拿；昨儿货物发完了，所以今日才送来了。"一面说，一面又见两个小厮搬进了两个夹板夹的大棕箱来。薛蟠一见说："嗳哟，可是我怎么就糊涂到这步田地了！特特地给妈和妹妹带来的东西，都忘了，没拿了家里来，还是伙计送了来了。"宝钗说："亏你才说！还是特特地带来的，还是这样放了一二十天才送来，若不是特特地带来，必定是要放到年底下才送进来呢。你也诸事太不留心了。"[1]薛蟠笑道："想是我在路上叫贼把魂吓掉了，还未归窍呢。"

　　说着，大家笑了一阵，便向回话的小厮说："东西收下了，叫他们回去罢。"薛姨妈同宝钗忙问："是什么好东西，这样捆着夹着的？"便命人挑了绳子，去了夹板，开了锁看时，却是些绸缎、绫锦、洋货等家常应用之物。独有宝钗她的那个箱子里，除笔、墨、砚、各色笺纸、香袋、香珠、扇子、扇坠、花粉、胭脂、头油等物外，还有虎丘带来的自行人、酒令儿，水银灌的打筋斗的小小子，沙子灯①，一出一出的泥人儿的戏，用青纱罩的匣子装着，又有在虎丘山上作的薛蟠的像，泥捏成的，与薛蟠毫无相差，以及许多碎小玩意儿的东西。[2]宝钗一见，满心欢喜，便叫自己使的丫头来吩咐："你将我的这个箱子，与我拿了园子里去，我好就近从那边送人。"说着，便站起身来，告辞母亲，往园子里来了。[3]这里薛姨妈将自己这个箱子里的东西取出，一份一份地打点清楚，着同喜丫头送往贾母并王夫人等处去不讲。

　　且说宝钗随着箱子到了自己房中，将东西逐件逐件过了目，除将自己留用外，遂一份一份配合妥当；也有送笔、墨、纸、砚的；也有送香袋、扇子、香坠的；也有送脂粉、头油的；也有单送玩意儿的。酌量其人分办。只有黛玉的与别人不同，比众人加厚一倍。[4]一一打点完毕，使莺儿同一老婆子跟着，送往各处。

　　其李纨、宝玉等以及诸人，不过收了东西，赏赐来使，皆说些见面再谢等语而已。惟有林黛玉她见江南家乡之物，反自触物伤情，因想起她父母来了。[5]便对着这些东西，挥泪自叹，暗想："我乃江南之人，父母双亡，又无兄弟，只

1. 倘诸事都留心，就不是呆霸王了。

2. 给宝钗的箱子是情节的重点，里面装的东西不厌其烦地逐一写出，越有乡土特色的，说得越具体。从馈赠花色之多，不难看出阿呆对妹子还是相当不错的。

3. 写宝钗满心欢喜一节很生动，不但特意吩咐清楚，自己也立即告辞，紧随箱子回园，其内心之欣喜跃然纸上。惜现行诸排印本取文字较简一类版本，改动者不能领会作者行文用意，遂妄加增删。如这几句话被改成："因叫莺儿带着几个老婆子将这些东西连箱子送到园里去，又和母亲、哥哥说了一回闲话儿，才回园里去了。"不让宝钗马上走，岂复有欣喜神情！

4. 金兰契情同亲姐妹，非别人可比。

5. 正面写"颦卿念故里"。

---

①　虎丘、自行人、酒令儿、沙子灯——虎丘，小山名，苏州名胜，在城西北角，相传古时有白虎踞其上，故名；自晋代建寺起，为佛家圣地。虎丘处处出售苏州的民间工艺小玩意儿，其中捏泥人儿尤为绝技。自行人，也叫"自走洋人"，外来的玩具人，装发条、齿轮，能行走。酒令儿，指行酒令用的牙筹。沙子灯，一种玻璃灯。

身一人，可怜寄居外祖母家中，而且又多疾病，除外祖母以及舅母、姐妹看问外，哪里还有一个姓林的亲人来看问看问，给我带些土物。"想到这里，不觉就大伤起心来了。紫鹃乃服侍黛玉多年，朝夕不离左右的，深知黛玉心肠，但也不敢说破，只在一旁劝说道："姑娘的身子多病，早晚尚服丸药，这两日看着不过比那些日子略饮食好些，精神壮一点儿，还算不得十分大好。今儿宝姑娘送来这些东西，可见宝姑娘素日看姑娘甚重，[1] 姑娘看着该喜欢才是，为什么反倒伤感？这不是宝姑娘送东西为的是叫姑娘喜欢，这反倒是招姑娘烦恼了不成？若令宝姑娘知道了，怎么脸上下得来呢？再者姑娘也想一想，老太太、太太们为姑娘的病症千方百计请好大夫诊脉配药调治，所为的是病情好。[2] 这如今才好些，又这样哭哭啼啼的，岂不是自己糟蹋自己的身子，不肯叫老太太喜欢？难道说姑娘这个病不是因素日从忧虑过度上伤多了气血得的么？姑娘的千金贵体别自己看轻了。"紫鹃正在这里劝解黛玉，只听见小丫头子在院内说："宝二爷来了。"紫鹃忙说："快请。"

　　话犹未毕，只见宝玉已进房来了。黛玉让坐毕，宝玉见黛玉泪痕满面，便问："妹妹，又是谁得罪了你了？两眼都哭得红了，是为什么？"黛玉不回答。旁边紫鹃将嘴向床上一努，宝玉会意，[3] 便往床上一看，见堆着许多东西，就知道是宝钗送来的，便取笑说道："好东西，想是妹妹要开杂货铺么？摆着这些东西作什么？[4] 黛玉只是不理。紫鹃说："二爷还提东西呢。因宝姑娘送了些东西来，我们姑娘一看，就伤心哭起来了。我正在这里好劝歹劝，总劝不住呢。而且又是才吃了饭，若只管哭，大发了，再吐了，犯了旧病，可不叫老太太骂死了我们么？倒是二爷来得很好，替我们劝一劝。"宝玉本是聪明人，而且一心总留意在黛玉身上最重，所以深知黛玉之为人心细心窄，而又多心要强，不落人后，因见了人家哥哥自江南带了东西来送人，又系故乡之物，勾想起痛肠来，是以伤感是实。这是宝玉心里揣摩黛玉的心病，却不肯明明地说出，恐黛玉越发动情①，[5] 乃笑道："你们

1. 得最关心小姐的紫鹃的话证实，所谓"旁观者清"。

2. 又提到老太太、太太千方百计，莫谓无亲人关怀也。

3. 神情活现。聪明人能不领会？

4. 总想逗妹妹笑，且见所赠丰厚。

5. 细心、体贴。

---

① "宝玉本是聪明人，而且一心总留意在黛玉身上最重，所以深知黛玉之为人……"一节——写宝玉体贴黛玉入微。程甲诸本亦加删除。

姑娘的原故不为别的，为的是宝姑娘送来的东西少，所以生气伤心。妹妹，你放心！等我明年往江南去与你多多的带两船来，省得你淌眼抹泪的。"[1] 黛玉听了这些话，不由"嗤"的一声笑了，忙说道："我任凭怎么没有见世面，也到不了这步田地，因送的东西少，就生气伤心。我又不是两三岁的小孩子，你也忒把人看得小气了。我有我的缘故，你哪里知道。"说着说着，眼泪又流下来了。宝玉忙走到床前，挨着黛玉坐下，将那些东西一件一件拿起来，摆弄着细瞧，故意问：[2]"这是什么，叫什么名字？那是什么做的，这样齐整？这是什么，要它做什么使用？妹妹，你瞧，这一件可以摆在书阁儿上作陈设，放在条案上当古董儿倒好呢！"一味地将些没要紧的话来支吾。搭讪了一会，黛玉见宝玉那些呆样子，问东问西，招人可笑，稍将烦恼丢开，略有些喜笑之意。宝玉见她有些喜色，便说道："宝姐姐送东西来给咱们，我想着，咱们也该到她那里道个谢去才是，[3] 不知妹妹可去不去？"黛玉原不愿意为送些东西来就特特地道谢去，不过一时见了，谢一声就完了。今被宝玉说得有理难以推托，无奈只得同宝玉去了。①这且不提。

　　且说薛蟠听了母亲之言，急忙下请帖，置办酒席。张罗了一日，至次日，请了四位伙计，俱已到齐，不免说些贩卖、账目、发货之事。不一时，上席让坐，薛蟠与各位奉酒酬劳。里面薛姨妈又使人出来致谢道乏，毕，内有一位问道："今日席上怎么柳大哥不出来？[4] 想是东家忘了，没请么？"薛蟠闻言，把眉一皱，叹了一口气道："休提，休提，想来众位不知深情。若说起此人，真真可叹！于两日前，忽被一个道士度化得出了家，跟着他去了。你们众位听一听，可奇不奇？"众人说道："我们在店内也听见外面人吵嚷说，有一个道士三言两语把一个俗家子弟度了去了，又闻说一阵风刮了去了，又说驾着一片彩云去了，纷纷议论不一。我们因发货事忙，哪里有工夫当正经事，也没去仔细打听，到如今还是似信不信的，今听此言，那道士度化的原来就是柳大哥么？早知是他，我们大家也该劝解劝解。任凭怎么，也不容他去。嗳，又少了一个有趣儿的好朋友了！实实在在的可惜可叹。也怨不得东家你心里

1. 明知不是，故意说反话，宝玉也用尽心思了。

2. 宝玉技穷矣！竟像在哄三岁小孩，样子越笨拙，越能令黛玉感动，难得知己如此用心。

3. 岂为道谢尽礼，乃想出理由让妹妹去散散心，忘却忧伤也。简本改为让黛玉来说这话："你不用在这里混搅了，咱们到宝姐姐那边去罢！"好好的文章被改得嚼蜡无味了！

4. 为对同行伙计们有个交代，故有此一问。

---

① 宝玉拉黛玉去宝钗处道谢，黛玉无可奈何同宝玉去了一节——程甲本删改成黛玉主动提议去宝钗处，按当时黛玉心情论，不合情理；又以黛玉要去听薛蟠说"南边的古迹"为理由，更是弄巧成拙。

不爽快。"内中一个道："别是这么着罢？"众人问："怎么样？"那人道："想他那样一个伶俐人，未必是真跟了道士去罢。柳大哥原会些武艺，又有力量，或者看破了道士有些什么妖术邪法的破绽出来，故意假跟了他去，在背地摆布他也未可知。"薛蟠说："谁知道，果能如此，倒也罢了，世上也少一个妖言惑众的人了。"众人道："那时，难道你知道了也没找寻他去不成？"薛蟠说："城里城外，哪里没有找到！不怕你们笑话，我还哭了一场呢。"言毕，只是长吁短叹，无精打采的，不像往日高兴玩笑，让酒畅饮。席上虽设了些鸡鹅鱼鸭，山珍海味，美品佳肴，怎奈东家愁眉叹气，众伙计看此光景，不便久坐，不过随便喝了几杯酒，吃了些饭食，就都大家散了。[1]这也不提。

　　且说宝玉拉了黛玉至宝钗处来道谢。彼此见面，未免各说几句客言套语。黛玉便对宝钗说道："大哥哥辛辛苦苦地能带了多少东西来，搁得住送我们这些处，你还剩什么呢？"[2]宝玉说："可是这话呢。"宝钗笑道："东西不是什么好的，不过是远路带来的土物儿，大家看着略觉新鲜似的。我剩不剩什么要紧，[3]我如今果爱什么，今年虽然不剩，明年我哥哥去时，再叫他给我带些来，有什么难呢？"宝玉听说，忙笑道："明年再带什么来，我们还要姐姐送我们呢。可别忘了我们！"[4]黛玉说："你只管说你，不必拉扯上'我们'的字眼，姐姐你瞧，宝哥哥不是给姐姐来道谢，竟是又要定下明年的东西来了。[5]宝玉笑说："我要出来，难道没有你的一份不成？你不知道帮着说，反倒说起这散话来了。"黛玉听了，笑了一声。宝钗问："你二人如何来得这样巧，是谁会谁去的？"宝玉说："休提，我因姐姐送我东西，想来林妹妹也必有；我想要道谢，想林妹妹也必来道谢，故此我就到她房里会了她一同要到这里来。谁知到她家，她正在房里伤心落泪，也不知是为什么这样爱哭。"宝玉刚说到"落泪"两字，见黛玉瞪了他一眼，恐他往下还说。宝玉会意，随即换过口来说道："林妹妹这几日因身上不爽快，恐怕又病扳嘴①，故此着急落泪。我劝解了一会子，才拉了她来了。一则道谢；二则省得叫她一个人在房里坐着只是发闷。"宝钗说："妹妹

1. 此段文字，未见精彩，问题在有无必要写向伙计们交代。

2. 思忖得细。

3. 回答甚得体。

4. 连说三个"我们"，自己却不觉有何不妥。

5. 黛玉早不愿与宝钗争风，故撇开宝玉拉扯，说趣话。

---

①　恐怕又病扳嘴——怕又生病招人闲话。此句所在的这一段文字，程甲本基本上全删。

怕病，固然是正理，也不过是在那饮食起居、穿脱衣服冷热上加些小心就是了，为什么伤起心来呢？妹妹难道不知道，一伤心，难免不伤气血精神，把要紧的伤了，反倒要受病的。妹妹你细想想。"黛玉说："姐姐说得很是。我自己何尝不知道呢，只因我这几年，姐姐是看见的，哪一年不病一两场？病得我怕怕的了。药，无论见效不见效，一闻见，先就头疼发恶心，怎么不叫我怕病呢？"¹宝钗说："虽然如此说，却也不该伤心，倒是觉着身上不爽快，反自己勉强扎挣着，出来各处走走逛逛，把心松散松散，比在屋里闷坐着还强呢。伤心是自己添病的大毛病。我那两日不时觉着发懒，浑身乏倦，只是要歪着，心里也是为时气不好，怕病，因此偏扭着它，寻些事情作作，一般里也混过去了。妹妹别怪我说，越怕越有鬼。"宝玉听说，忙问道："鬼在哪里呢，我怎么看不见一个鬼？"惹得众人哄声大笑。²宝钗说道："呆小爷，这是比喻的话，哪里真有鬼呢！认真的果有鬼，你又该骇哭了。"黛玉因此笑道："姐姐说得很是。很该说他，谁叫他嘴快！"宝玉说："有人说我的不是，你就乐了。你这会子也不懊恼了，咱们也该走罢。"于是彼此又说笑一会，二人辞了宝钗出来。宝玉仍把黛玉送至潇湘馆门首，自己回家。这且不提。

　　且说赵姨娘因见宝钗送环哥儿物件，忙忙接下，心中甚喜，满口嘴夸奖："人人都说宝姑娘会行事，很大方，今日看来，果然不错。她哥哥能带了多少东西来，她挨家送到，并不遗漏一处，也不露出谁薄谁厚，³连我们搭拉嘴子①她都想到，实在的可敬。若是林姑娘，也罢了么，也没人给她送东西带什么来；即或有人带了来，她只是拣着那有势力、有体面的人头儿跟前才送去，⁴哪里还轮得到我们娘儿们身上呢！可见人会行事，真真露着各别另样的好。"赵姨娘因环哥儿得了东西，深为得意，不住地托在掌上摆弄瞧看一会，想宝钗乃系王夫人之表侄女，特要在王夫人跟前卖好儿。⁵自己叠叠歇歇②地拿着那东西，走至王夫人房中，站在一旁说道："这是宝姑娘才给环哥的，她哥哥带来的，她年轻轻的人想得周到，我还给了送东西的小丫头二百钱。听见说姨太太也给太太送来了，不知是什么东

1. 顺着宝玉为她掩饰的话说，再点长年病魔缠身。

2. 并无可笑处。宝玉怎么会如此浅薄，连这句话也听不懂，还要宝钗来解说呢？是故意说傻话，还是掺入了他人改笔？怪事！

3. 谁薄谁厚，从何知之？不过任意褒贬而已。

4. 没人带东西来，也算不是？既然没有，又如何知道会送给谁？总写其以得小利而定好恶。宝钗受好评，何用赵姨娘来说。当初刚来贾府时，作者就说过她"不比黛玉孤高自许，目无下尘，故比黛玉大得下人之心"。

5. 小人之心，恐卖不了好。

————

①　搭拉嘴子——晦气失意的人。
②　叠叠歇歇——过于小心谨慎的样子。

西？你们瞧瞧这一个门里头，这就是两份儿，能有多少呢？怪不得老太太同太太都夸她疼她，果然招人爱。"说着,将抱的东西递过去与王夫人瞧。谁知王夫人头也没抬，手也没伸，只口内说了声"好，给环哥玩罢咧"，并无正眼看一看。¹赵姨娘因招了一鼻子灰，满肚气恼，无精打采地回至自己房中，将东西丢在一边，说了许多劳儿三、巴儿四①，不着要的一套闲话；也无人问她，她却自己咕嘟着嘴，一边子坐着。可见赵姨娘为人小器糊涂，饶得了东西，反说许多令人不入耳生厌的闲话，也怨不得探春生气，看不起她。闲话休提。

　　且说宝钗送东西的丫头回来，说："也有道谢的，也有赏赐的，独有给巧姐儿送的那一份儿，仍旧拿回来了。"宝钗一见，不知何意，便问："为什么这一份没送去呢，还是送了去没收呢？"莺儿说："我方才给环哥儿送东西去的时候，见琏二奶奶往老太太房里去了。我想，琏二奶奶不在家，知道交给谁呢，所以没有去送。"宝钗说："你也太糊涂了。二奶奶不在家，难道平儿、丰儿也不在家不成？你只管交给她们收下，等二奶奶回来，自有她们告诉就是了，必定要你当面交给才算么？"莺儿听了，复又拿着东西出了园子，往凤姐处去。在路上走着，便对拿东西的老婆子说："早知道，一就事儿送了去不完了，省得又跑这一趟。"老婆子说："闲着也是白闲着，借此出来逛逛也好。只是姑娘你今日来回各处走了好些路儿，想是不惯，乏了，咱们送了这个，可就完了，一打总儿再歇着。"二人说着话，到了凤姐处，送了东西，回来见宝钗。②

　　宝钗问道："你见了琏二奶奶没有？"莺儿说："我没见。"宝钗说："想是二奶奶还没有回来么？"丫头说："回是回来了。因丰儿对我说：'二奶奶自老太太屋里回房来，不像往日欢天喜地的，一脸的怒气，叫了平儿去，唧唧咕咕地说话，也不叫人听见。²连我都撵出来了，你不必见，等我替你回一声儿就是了。'因此便着丰儿拿进去，回了出来说：'二奶奶说，给你们姑娘道生受。'赏了我们一吊钱，就回来了。"宝钗听了，自己纳闷，也想不出凤

1. 自讨没趣。

2. 不先写消息如何泄露，而写凤姐一脸怒气，落笔不寻常。

---

　① 劳儿三、巴儿四——东拉西扯，不三不四。
　② "且说宝钗送东西的丫头回来"一段——程甲本全删。

姐是为什么生气。^①这也不表。

　　且说袭人见宝玉，¹便问："你怎么不逛，就回来了？你原说约着林姑娘两个同到宝姑娘处道谢去，可去了没有？"宝玉说："你别问，我原说是要会林姑娘同去的，谁知到了她家，她在房里守着东西哭呢。我也知道林姑娘的那些原故的，又不好直问她，又不好说她，只装不知道，搭讪着说别的宽解了她一会子，才好了。然后方拉了她到了宝姐姐那里道了谢，说了一会子闲话，方散。我又送她到家，我才回来了。"袭人说："你看送林姑娘的东西，比送我们的多些少些，还是一样呢？"宝玉说："比送我们的多着一两倍呢。"²袭人说："这才是明白人，会行事。宝姑娘她想别的姐妹等都是亲的热的跟着，有人送东西，惟有林姑娘离家二三千里远，又无一个亲人在这里，哪有人送东西。³况且她们两个不但是亲戚，还是干姐妹，难道你不知道林姑娘去年曾认过薛姨太太作干妈的？论理多给她些也是该的。"^②

　　宝玉笑说："你就是会评事的一个公道老儿。"说着话儿，便叫小丫头取了拐枕来，要在床上歪着。袭人说："你不出去了？我有一句话告诉你。"宝玉便问："什么话？"袭人说："素日琏二奶奶待我很好，你是知道的。她自从病了一大场之后，如今又好了。我早就想着要到那里看看去，⁴只因琏二爷在家不方便，始终没有去，闻说琏二爷不在家，你今日又不往哪里去，而且初秋天气，不冷不热，一则看二奶奶，尽个礼，省得日后见了，受她的数落；二则借此逛一逛。你同她们看着家，我去去就来。"晴雯说："这却是该的，难得这个巧空儿。"宝玉说："我才为她议论宝姑娘，夸她是个公道人，这一件事，行的又是一个周到人了。"⁵袭人笑道："好小爷，你也不用夸我，你只在家同她们好生玩；好歹别睡觉，睡出病来，又是我担沉重。"宝玉说："我知道了，你只管去罢。"言毕，袭人遂到自己房里，换了两件新鲜衣服，拿着把镜儿照着，抿了抿头，匀了匀

1. 不接着写凤姐、平儿，却放下不表，而说袭人，亦意想不到。

2. 可见馈赠之物厚薄是有的，关键在该与不该，送的人是怎么想的。

3. 宝钗的心思，却由袭人道出，是一击两鸣法。

4. 看来叙事又将回到凤姐身上。难道袭人与凤姐一脸怒气也有什么干系？不像。文章脉络总不让人预先猜到。

5. 厚待黛玉、探望凤姐，两件事都甚合宝玉心意，故特评其为公道人、周到人。袭人是该受到夸奖。

---

①　"宝钗问道"一段——程甲本改成莺儿自己"看见二奶奶一脸的怒气"等。与上一段参看，可知原来写凤姐发觉贾琏偷娶事，是一步步逐渐引出来的，程甲本加以简化了。

②　"且说袭人见宝玉"一段——重点写袭人对宝钗厚赠黛玉礼物的完全理解和赞同。程甲本也把这一段全删掉了。

脸上脂粉，步出下房。复又嘱咐了晴雯、麝月几句话，便出了怡红院来。①

至沁芳桥上立住，往四下里观看那园中景致。时值秋令，秋蝉鸣于树，草虫鸣于野；见这石榴花也开败了，荷叶也将残上来了，倒是芙蓉近着河边，都发了红铺铺的咕嘟子，衬着碧绿的叶儿，倒令人可爱。¹一壁里瞧着，一壁里下了桥。走了不远，迎见李纨房里使唤的丫头素云，跟着个老婆子，手里捧着个洋漆盒儿走来。袭人便问："往哪里去？送的是什么东西？"素云说："这是我们奶奶给三姑娘送去的菱角、鸡头。"袭人说："这个东西，还是咱们园子里河内采的，还是外头买来的呢？"²素云说："这是我们房里使唤的刘妈妈，她告假瞧亲戚去，带来孝敬奶奶的。因三姑娘在我们那里坐着看见了，我们奶奶叫人剥了让她吃。她说：'才喝了热茶了，不吃，一会子再吃罢。'故此给三姑娘送了家去的。"言毕，各自分路走了。

袭人远远地看见那边葡萄架底下，有一个人拿着掸子在那里动手动脚的，因迎着日光，看不真切。至离得不远，那祝老婆子见了袭人，便笑嘻嘻地迎上来，说道："姑娘今日怎么得工夫出来闲逛，往哪里去？"袭人说："我哪里还得工夫来逛，我往琏二奶奶家瞧瞧去。你在这里做什么？"那祝婆子说："我在这里赶马蜂呢。今年三伏里雨水少，不知怎么，这些果木树上长了虫子，把果子吃得巴拉眼睛②的，掉了好些下来，可惜了儿的白扔了！就是这葡萄，刚成了珠儿，怪好看的，那马蜂、蜜蜂儿满满的围着蚛③，都咬破了。这还罢了，喜鹊、雀儿，它也来吃这个葡萄。还有一个毛病儿，无论雀儿虫儿，一嘟噜④上只咬破三五个，那破的水淌到好的上头，连这一嘟噜都是要烂的。这些雀儿、马蜂可恶着呢，故此我在这里赶。姑娘你瞧！咱们说话的空儿没赶，就蚛了许多上来了。"袭人道："你就是不住手地赶，也赶不了这许多；你刚赶了这里，那里又来了。倒是告诉买办，叫他多多地作些冷布口袋来，一嘟噜一嘟噜地套上，免得翎禽草虫糟蹋，而且又透风，捂不坏。"³婆子笑道："倒是

1. 园中秋景如绘，缓缓叙来，并不急着说凤姐事。

2. "至沁芳桥上立住"一段，程甲诸本将一开始园景描绘简化为"池中莲藕新残相间，红绿离披"十二个字，然后全删此段，径接下段葡萄架下祝老婆子事。此段中袭人问素云所送菱角、鸡头"还是咱们园子里河内采的，还是外头买来的呢"，既写袭人为人恪守大家族规矩，又为下段之事先铺垫作引。以次要的事作引再写主要的事，此正雪芹惯用手法，即此可判断是程甲诸本删改原作，而非戚序诸本增益原作。

3. 作者也知果树栽培防虫办法，至今仍有在用的，口袋材料多有用纸的，不定用冷布（纱布）。

① "宝玉笑说"一段——上段写袭人是"公道人"，此写其为"周到人"，她要去看看凤姐是心里"早就想着"的，以见其考虑问题周到。程甲本也全删改了，结果成为袭人"忽想起"去看看，失却了描写的意义。不知是否程甲本整理者以为袭人不该得到好评。
② 巴拉眼睛——"巴拉"也作"疤癞"，形容果子被虫咬破后像烂疮洞眼。
③ 蚛（zhòng 仲）——虫啮，被虫咬残。原错写，如戚序、戚宁本作"蜳"，甲辰本作"喠"，皆系自造字。今据文意改。
④ 一嘟噜——一束，一串。

姑娘说的是。我今年才上来，哪里就知道这些巧法儿呢。"

袭人说："如今这园子里这些果品有好些种，倒是哪样先熟得快些？"祝老婆子说："如今才入七月的门，果子都是才红上来，要是好吃，想来还得月尽头儿才熟透了呢。姑娘不信，我摘一个给姑娘尝尝①。"袭人正色说道："这哪里使得？不但没熟吃不得，就是熟了，一则没有供鲜，二则主子们尚然没有吃②，咱们如何先吃得呢？你是府里的陈人，难道连这个规矩也不晓得么？"¹老婆子忙笑道："姑娘说得有理。我因为姑娘问我，我白这样说。"口内说，心里暗说道："够了！我方才幸亏是在这里赶马蜂，若是顺着手儿摘一个尝尝，叫她们看见，还了得了！"袭人说："我方才告诉你要口袋的话，你就回一回二奶奶，叫管事的做去罢。"言毕，遂一直出了园子的门，就到凤姐这里来了。

正是凤姐与平儿议论贾琏之事。因见袭人她是轻易不来之人，又不知是有什么事情，便连忙止住话语，²勉强带笑说道："贵人从哪阵风儿刮了我们这个贱地来了？"袭人笑说："我就知道奶奶见了我，是必定要先麻烦③我一顿的，我有什么说的呢！但是奶奶欠安，本心惦着要过来请请安，头一件，琏二爷在家不便；二则奶奶在病中，又怕嫌烦，故未敢来。想奶奶素日疼爱我的那个份儿上，自必是体谅我，再不肯恼我的。"凤姐笑道："宝兄弟屋里虽然人多，也就靠着你一个儿照看，也实在的离不开。³我常听见平儿告诉我说，你背地里还惦着我，常问，我听见就喜欢得什么似的。今日见了你，我还要给你道谢呢，我还舍得麻烦你吗？我的姑娘！"袭人说："我的奶奶，若是这样说，就是真疼我了。"凤姐拉了袭人的手，让她坐下。袭人哪里肯坐，让之再三，方才挨炕沿脚踏上坐了。

平儿忙自己端了茶来。袭人说："你叫小人们端罢，劳动姑娘，我倒不安。"一面站起，接过茶来吃着，一面回头看见床沿上放着一个活计簸罗儿内，装着一个大红洋锦的小兜肚，⁴袭人说："奶奶一天七事八事的，忙得不了，还有工夫作活计

1. 前问素云菱角、鸡头来源，用意在此补明。总为写袭人之为人。

2. 只提一句二人正"议论贾琏之事"，又搁下，去应付袭人，总不急着说如何知道的。生活的本来状态，就是大事小事混在一起，错综复杂的。

3. 此话有理，非别的丫头都不干事，乃是说能诸事想得周全，有责任心，遇事又能妥善处置的，唯袭人一人而已。

4. 又扯上活计小兜肚，引出些闲话来。

---

① 姑娘不信，我摘一个给姑娘尝尝——袭人问园中果品"哪样先熟得快些"，祝婆误以为她想尝新，所以告诉她果子都还未熟，不好吃。程甲诸本闹了个笑话：把袭人的问话删掉，让祝婆讨好袭人说："今年果子虽糟蹋了些，味儿倒好，不信摘一个姑娘尝尝。"但忘了把袭人回答"不但没熟吃不得"的话也改一下，结果变成没有熟的葡萄味儿倒好；而且让祝婆那样说，无异让袭人声称自己先尝过了。这些可笑处，都是不审原意乱改的结果。
② 一则没有供鲜，二则主子们尚然没有吃——先该祀奉祖宗和先得让主子尝，袭人说理周全。不知何故，程甲本删去后一条，只说供鲜。
③ 麻烦——这里是数落的意思。

么？"凤姐说："我本来就不会作什么，如今病了才好，又着兼家务事闹个不清，哪里还有工夫做这些呢？要紧要紧的我都丢开了。这是我往老太太屋里请安去，正遇见薛姨太太送老太太这个锦，老太太说：'这个花红柳绿的倒对，给小孩子们做小衣小裳儿的，穿着倒好玩呢！'因此我就问老祖宗讨了来了。还惹得老祖宗说了好些玩话，说我是老太太的命中小人，见了什么要什么，见了什么拿什么。¹惹得众人都笑了。你是知道我是脸皮儿厚，不怕说的人，老祖宗只管说，我只管装听不见，拿着就走。²所以才交给平儿，给巧姐儿先作件小兜肚穿着玩，剩下的等消闲有工夫再作别的。"①

　　袭人听毕，笑道："也就是奶奶，才能够怄得老祖宗喜欢罢咧。"伸手拿起来一看，便夸道："果然好看！各样颜色都有。好材料也须得这样巧手的人做才对。况又是巧姐儿她穿的，抱了出去，谁不多看一看。"又问道："巧姐儿哪里去了？我怎么这半日没见她？"平儿说："方才宝姑娘那里送了些玩的东西来，她一见了很希罕，就摆弄着玩了好一会子，³她奶妈子才抱了出去，想是乏了，睡觉去了。"袭人说："巧姐儿比先前自然越发会玩了。"平儿说："小脸蛋子，吃得银盆似的，见了人就赶着笑，再不得罪人，真真的是我奶奶的解闷的宝贝疙瘩儿。"凤姐便问："宝兄弟在家做什么呢？"袭人笑道："我才求他同晴雯她们看家，我才告了假来了。可是呢！只顾说话，我也来了好大半天了，要回去了。别叫宝玉在家里抱怨，说我屁股沉，到那里就坐住了。"⁴说着，便立起身来告辞，回怡红院来了。这且不提。②

　　且说凤姐见平儿送出袭人回来，复又把平儿叫入房中，追问前事，⁵越说越气，说道："二爷在外边偷娶老婆，你说是听见二门上的小厮们说的，到底是哪个说的呢？"⁶平儿说："是旺儿他说的。"凤姐便命人把旺儿叫来，问道："你二爷在外边买房子娶小老婆，你知道么？"旺儿说："小的终日在二门上听差，如何知道二爷的事，这是听见兴儿告诉的。"凤姐说："兴儿是几时告诉你的？"旺儿说："还是二爷没起身的头里告诉的。"凤姐又问："兴儿在哪里呢？"旺儿说："兴儿

1. 小人，小孩也。"命中小人"，玩话也说得独到。

2. 是凤姐自画像，说得风趣。

3. 又从小兜肚扯到巧姐，毫无牵强，是说闲话的样子，且又合上宝钗送来玩物事。巧姐正十二钗之人，虽无情节可写，也该顺便捎上一笔，以免冷落。

4. 写闲谈不休历时久，正为写凤姐大事在心，却能沉得住气，不露声色。今见排印本据程高诸本删去闲谈情节，是不识文章用意也。

5. 这才能转入正式叙贾琏之事。

6. 得消息不必写过程，极简便。

---

①　"平儿忙自己端了茶来"一段——从平儿端茶、凤姐闲话看，她们都特尊重袭人。程甲诸本皆删去。
②　"袭人听毕"一段——写凤姐心里装着贾琏之事，却不露声色，继续与袭人闲聊，直至袭人离去。程甲本删去闲谈巧姐等内容，让袭人听到外间有丫头说平儿已被叫来候着，"袭人知他们有事"，故告辞。看来，原作注重塑造个性和合乎情理。改笔追求叙事紧凑和情节热闹。

在新二奶奶那里呢。"[1] 凤姐一听，满腔怒气，啐了一口，骂道："下作猴儿崽子！什么是'新奶奶''旧奶奶'，你就私自封奶奶了？满嘴里胡说，这就该打嘴巴。"又问："兴儿他是跟二爷的人，怎么没有跟了二爷去呢？"旺儿说："特留下他在家里照看尤二姐，[2] 故此未曾跟了去。"凤姐听说，忙得一叠连声命旺儿："快把兴儿叫来！"

　　旺儿忙忙地跑了出去，见了兴儿，只说："二奶奶叫你呢。"兴儿正在外边同小子们玩笑，听见叫他，也不问旺儿二奶奶叫他做什么，[3] 便跟了旺儿，急急忙忙地来至二门前。回明进去，见了凤姐，请了安，旁边侍立。凤姐一见，便先瞪了两眼，问道："你们主子奴才在外面干的好事！你们打量我是呆瓜，不知道？你是紧跟二爷的人，自必深知根由。你须细细地对我实说，稍有一些儿隐瞒撒谎，我将你的腿打折了！"兴儿跪下磕头，说："奶奶问的是什么事，是我同爷干的？"[4] 凤姐骂道："好小杂种！你还敢来支吾我？我问你，二爷在外边，怎么就说成了尤二姐？怎么买房子、治家伙？怎么娶了过来？一五一十地说个明白，饶你狗命！"

　　兴儿听说，仔细想了一想："此事两府皆知，就是瞒着老爷、太太、老太太同二奶奶不知道，终究也是要知道的。我如今何苦来瞒着，[5] 不如告诉了她，省得挨眼前打，受委屈。"再兴儿一则年幼，不知事的轻重；二则素日又知道凤姐是个烈口子，连二爷还惧怕她五分；三则此事原是二爷同珍大爷、蓉哥儿他叔侄弟兄商量着办的，与自己无干。故此把主意拿定，壮着胆子，跪下说道：[6] "奶奶别生气，等奴才回禀奶奶听：只因那府里的太老爷的丧事上穿孝，不知二爷怎么看见过尤二姐几次，大约就看中了，动了要说的心。故此先同蓉哥商议，求蓉哥替二爷从中调停办理，做了媒人说合，事成之后，还许下谢礼。蓉哥满应，将此话转告诉了珍大爷；珍大爷告诉了珍大奶奶和尤老娘。尤老娘听了很愿意，但说是：'二姐从小儿已许过张家为媳，如何又许二爷呢？恐张家知道，生出事来不妥当。'[7] 珍大爷笑道：'这算什么大事，交给我！便说那张姓小子，本是个穷苦破落户，哪里见得多给他几两银子，叫他写张退亲的休书，就完了。'后来，果然找了姓张的来，如此说明，写了休书，给了银子去了。二爷闻知，才放心大胆地说定了。又恐怕奶奶知道，拦阻不依，所以在外边咱们后身儿买了几间房子，治了东西，就娶过来了。珍大爷还给了爷两口人使唤。二爷时常推说给老爷办事，又说

1. 触心触肺的称呼。

2. 一经斥骂，立即改称呼。

3. 完全不曾想到会有事，何况正在玩笑时。

4. 是装不知，也是没有十分把握。

5. 瞬间判断情势得失，决定实说了。这样写是最合情理的，兴儿并不笨。若写他因害怕不敢说实话，只是狡赖，或者在威吓下一点点交代，都不真实。

6. 兴儿细想没有再隐瞒的必要的种种理由，合情合理，故能拿定主意，全盘招供，凤姐也就静听他述说完，一次也不曾打断他的话。程甲本删改者大概嫌如此招供过于便捷，不够热闹有趣。遂重新改写，加以发挥，不让兴儿有"仔细想了一想"的机会，却让凤姐不断发火发威，喝骂冷笑，兴儿不断磕头，自打嘴巴，就像戏台上插科打诨的小丑，"把凤姐倒怄笑了，两边的丫头也都抿嘴儿笑"。整个过程是问一句、答一句的挤牙膏。两种版本两个凤姐：一则是机关算尽，用心莫测；一则是恃势逞威，性情浮躁。

7. 尤老娘的顾忌看似不值一提。后来是否会生出事来，还真难说得很。

给珍大爷张罗事，都是些支吾的谎话，竟是在外头住着。从前原是娘儿三个住着，还要商量给尤三姐说人家，又许下厚聘嫁她；如今尤三姐也死了，只剩下那尤老娘跟着尤二姐住着作伴儿呢。<u>这是一往从前的实话，并不敢隐瞒一句。</u>"[1]说毕，复又磕头。

　　凤姐听了这一篇言词，只气得痴呆了半天，面如金纸，两只吊梢子眼越发直竖起来了，浑身乱战。半晌，连话也说不上来，只是发怔。[2]猛低头，见兴儿在地下跪着，便说道："<u>这也没有你的大不是，但只是二爷在外头行这样的事，你也该早些告诉我才是。这却很该打，因你肯实说，不撒谎，且饶恕你这一次。</u>"[3]兴儿说："未能早回奶奶，这是奴才该死！"便叩头有声。凤姐说："你去罢。"兴儿才立起身要走，凤姐又说："叫你时，须要快来，不可远去。"[4]兴儿连连答应了几个"是"，就出去了。到外面，伸了伸舌头，说："够了我的了，差一差儿没有挨一顿好打。"暗自后悔不该告诉旺儿，又愁二爷回来怎么见，各自害怕。这且不提。

　　且说凤姐见兴儿出去，回头向平儿说："方才兴儿说的话，你都听见了没有？"平儿说："我都听见了。"凤姐说："天下哪有这样没脸的男人！吃着碗里，看着锅里，见一个，爱一个，真成了喂不饱的狗，实在是个弃旧迎新的坏货。只可惜这五六品的顶带给他！他别想着俗语说的'家花哪有野花香'的话，他要信了这个话，可就大错了。多早晚在外面闹一个很没脸、亲戚朋友见不得的事出来，他才罢手呢！"平儿一旁劝道："奶奶生气，却是该的。但奶奶身子才好了，也不可过于气恼。看二爷自从鲍二的女人那一件事之后，倒很收了心，好了呢，如今为什么又干起这样事来？这都是珍大爷他的不是。"凤姐说："珍大爷固有不是，<u>也总因咱们那位下作不堪的爷他眼馋，人家才引诱他罢咧。</u>[5]俗语说'牛儿不吃水，也强按头么？'"平儿说："珍大爷干这样事，珍大奶奶也该拦着不依才是。"凤姐说："可是这话咧！珍大奶奶也不想一想，把一个妹子要许儿家子弟才好，先许了姓张的，今又嫁了姓贾的；天下的男人都死绝了，都嫁到贾家来！难道贾家的衣食这样好不成？这不是说幸而那一个没脸的尤三姐知道好歹，早早儿死了，若是不死，将来不是嫁宝玉，就是嫁环哥儿呢。总也不给她妹子留一些儿体面，叫妹子日后怎么抬头竖脸的见人呢？妹子好歹也罢咧！那妹子本来也不是她亲的，而且听见说原是个混账烂桃。难道珍大奶奶现做着命妇，

1. 和盘托出，是兴儿乖觉处。

2. 臭骂、说狠话都不算什么，这才是真怒。如此出色的文字，居然也被删改本砍掉！

3. "凤姐听了这一篇言词"一节，写凤姐气之已极，极传神；但她说出话来反格外温和。这是真凤姐，是凤姐可畏之处。程甲诸本把这些都删得干干净净。

4. 放过兴儿，以免打草惊蛇。

5. 首先怪罪贾琏自己，凤姐与平儿看问题的角度不同。

家中有这样一个打嘴现世的妹子，也不知道羞躁，躲避着些，反到大面上扬名打鼓的，在这门里丢丑，也不怕笑话么？再者，珍大爷也是做官的人，别的律例不知道也罢了，连个服中娶亲，停妻再娶，使不得的规矩，他也不知道不成？[1] 你替他细想一想，他干的这件事，是疼兄弟，还是害兄弟呢？"平儿说："珍大爷只顾眼前，叫兄弟喜欢，也不管日后的轻重干系了。"凤姐儿冷笑道："这是什么'叫兄弟喜欢'，这是给他毒药吃呢！若论亲叔伯兄弟中，他年纪又最大，又居长，不知教导学好，反引诱兄弟学不长进，担罪名儿，日后闹出事来，他在一边缸沿儿上站着看热闹，真真我要骂也骂不出口来。再者，他那边府里的丑事坏名儿，已经叫人听不上了，必定也叫兄弟学他一样，才好显不出他的丑来。这是什么做哥哥的道理？倒不如撒泡尿浸死了，替太老爷死了也罢咧，活着作什么呢！[2]你瞧，东府里太老爷那样厚德，吃斋念佛行善，怎么反得了这样一个儿子孙子？大概是好风水都叫他老人家一个人拔尽了。"[3] 平儿说："想来不错。若不然，怎么这样差着格儿呢？"凤姐说："这件事幸而老太太、老爷、太太不知道，倘或吹到这几位耳朵里去，不但咱们那没出息的二爷挨打受骂，就是珍大爷和珍大奶奶也保不住要吃不了兜着走呢！"连说带詈①，直闹了半天，连午饭也推头疼，没过去吃。

平儿看此光景越说越气，劝道："奶奶也煞一煞气儿，事从缓来，等二爷回来，慢慢地再商量就是了。"凤姐听了此言，从鼻孔内哼了两声，冷笑道："好罢咧，等爷回来，可就迟了！"[4]平儿便跪在地下，再三苦劝安慰一会子，凤姐才略消了些气恼。喝了口茶，喘息了良久，便要了拐枕，歪在床上，闭着眼睛打主意。平儿见凤姐儿躺着，方退出去。偏有不懂眼的几起子回事的人来，都被丰儿撵出去了。又有贾母处着玛瑙来问："二奶奶为什么不吃饭？老太太不放心，着我来瞧瞧。"凤姐因是贾母处打发人来，遂勉强起来，说："我不过有些头疼，并没别的病，请老太太放心。我已经躺了一躺儿，好了。"言毕，打发来人去后，却自己一个人将前事从头至尾细细地盘算多时，得了个"一计害三贤"②的狠主意出来。自己暗想：

1. 又想出一条罪状来：违反律例。

2. 恨极贾珍之语，鄙视其行事。

3. 正因贾敬只顾自己吃斋念佛，任其儿孙胡作非为才如此。不闻《红楼梦曲·好事终》有"箕裘颓堕皆从敬"语？所谓"厚德""好风水"都成莫大讽刺。

4. 已准备抓住时机，来个迅雷不及掩耳的袭击。

---

① 詈（lì）——骂。这一大段凤姐讯问完后与平儿的议论是情理中所应有的，程甲本亦删去。

② 一计害三贤——即"二桃杀三士"事。春秋时期齐景公手下有三位勇士，齐相晏婴设计要除掉他们，就请景公送两只桃子给三个人，要他们论功食桃，引起了矛盾，结果三人皆羞愧而自杀。见《晏子春秋·谏下二》。后往往用来比喻利用矛盾，借刀杀人。这一段程甲本亦删。

须得如此如此方妥。[1] 主意已定，也不告诉平儿，反外面作出嘻笑自若、无事的光景，并不露出恼恨妒嫉之意。[2]

于是叫丫头传了来旺来吩咐，令他明日传唤匠役人等，收拾东厢房，裱糊铺设等语。平儿与众人皆不知为何缘故。[3] 要知端的，且听下回分解。

1. "细细地盘算多时"，才不致有疏漏缺失。正面点出"蓄阴谋"三字来。

2. "主意已定"数句，程甲本删改为套话"眉头一皱，计上心来"。此谓"也不告诉平儿"，程甲本却是凤姐叫来平儿，把自己计谋告诉了她，当然未说出详情就"下回分解"了。平儿之为人，凤姐深知，这样的狠主意不告诉她是对的，是在情理之中。我们从后两回所写的事件看，平儿也确非凤姐之同谋。

3. "于是叫丫头"数句扣紧回目"蓄阴谋"字样，程甲本删去，故回目亦改。

【总评】

此回亦与第六十四回一样，是己卯、庚辰本所缺，被疑为后人补作者。抄本有缺属常见现象，何况是过录本，故后补之说不足信。唯此回文字不同版本差异甚大，确有后人改动痕迹。大体上可分繁简两类，目前整理出版的排印本多取简本，以为行文紧凑。其实，细加对勘，可发现繁本更接近原作。这一点已在题解中说了。因文字差异而关系最大的，是后半回中对凤姐形象的描写，读者自行比较即知。

薛蟠回家带了两箱货物给母亲和宝钗。给宝钗的那箱，除了文具、化妆用品、香袋、扇子等外，是许多苏州特产的"碎小玩意儿"，如自行人、酒令儿、泥人儿等，她除自留一些外，都分送给大家，其中给黛玉的"比众人加厚一倍"。黛玉见到这些家乡之物，触动身世之感，流泪感伤，幸有宝玉前去相慰。宝黛共至宝钗处谢她馈赠，谈到黛玉的病，宝钗说这种病"最怕伤心"，时时点醒黛玉不幸的要害。赵姨娘因环儿也得了馈赠，逢人大夸宝姑娘，还特意拿赠物到王夫人跟前卖好；王夫人瞧也不瞧一眼，让她碰了一鼻子灰。

宝钗遣莺儿送东西到凤姐处给巧姐，引出见二奶奶"一脸怒气，叫了平儿去，唧唧咕咕地说话，也不叫人听见"等语。这是情节转入凤姐闻知贾琏偷娶尤二姐消息的开端。但文章并不接叙下去，却先述袭人想去看望病后的凤姐"尽个礼"。有两段文字写袭人评事"公道"，行事"周到"的，均被简本删去。也许是删节者以为袭人不该受此好评吧。袭人来至园中的文字，恐也因褒赞多或还嫌其过于枝蔓，也大部分被删除，以至于有的地方前后有了矛盾。凤姐见袭人后，虽心中有事而不露声色，仍殷勤相待，直至袭人离去。这不但写凤姐敬重袭人为人，也表现凤姐遇大事能沉得住气。简本删节后，也对凤姐形象的塑造有损。

关系最大的莫过于对凤姐"讯家童"一段的描写，繁本着重于"凤姐蓄阴谋"，她生气而不动怒，静听兴儿述说，一次也不曾打断他的话。简本去掉回目中"蓄阴谋"字样，改成"闻秘事凤姐讯家童"，让凤姐不断发威喝骂，兴儿不断磕头求饶，还自打嘴巴，如戏台上之小丑然，把凤姐和在旁的丫头们都逗乐了。讲过程也是挤牙膏式的，问一句，答一句。大概篡改者以为这样文字才热闹好看，把凤姐写得性情十分浮躁。这些在本回的评注中都已有提及。

第六十八回
苦尤娘赚入大观园　酸凤姐大闹宁国府

【题解】

　　本回回目诸本基本一致，唯庚辰本"酸凤姐"作"俊凤姐"，从情节看，用"俊"显然不当。蒙府、戚序本"大闹"作"闹翻"。此用己卯本回目。苦尤娘，指尤二姐；加一"苦"字，特状其进入大观园后的境况。赚，诳骗。二姐受凤姐低声下气、和颜悦色的假言假态的蒙骗，将她当作极好的人，便随之搬到大观园来住，进入了凤姐事先设好的圈套。随后，凤姐唆使被逼退亲的张家状告贾琏，借此去东府大骂贾珍父子、尤氏等，还要拉他们去见官，将宁国府闹个底朝天。

　　话说贾琏起身去后，偏值平安节度巡边在外，约一个月方回。贾琏未得确信，只得住在下处等候。及至回来相见，将事办妥，回程已是将两个月的限了。[1]

　　谁知凤姐心下早已算定，只待贾琏前脚走了，回来便传各色匠役，收拾东厢房三间，照依自己正室一样装饰陈设。[2]至十四日，便回明贾母、王夫人，说十五一早要到姑子庙进香去。只带了平儿、丰儿、周瑞媳妇、旺儿媳妇四人。未曾上车，便将原故告诉了众人，又吩咐众男人，素衣素盖，一径前来。

　　兴儿引路，一直到了二姐门前扣门。鲍二家的开了。兴儿笑说："快回二奶奶去，大奶奶来了。"鲍二家的听了这句，顶梁骨走了真魂，[3]忙飞跑进报与尤二姐。尤二姐虽也一惊，但已来了，只得以礼相见，于是忙整衣迎了出来。至门前，凤姐方下车进来。尤二姐一看，只见头上皆是素白银器，身上月白缎袄，青缎披风，白绫素裙；眉弯柳叶，高吊两梢，目横丹凤，神凝三角；俏丽若三春之桃，清素如九秋之菊。周瑞、旺儿二女人搀入院来。尤二姐陪笑，忙迎上来万福，张口便叫："姐姐下降，不曾远迎，望恕仓促之罪！"说着，便福了下来。凤姐忙陪笑还礼不迭。二人携手同入室中。[4]

　　凤姐上座，尤二姐命丫鬟拿褥子来，便行礼，说："奴家

1. 不是贾琏将事办妥，是凤姐已将事办妥了。

2. 事关门面，要争得众人有好感，这一步必不可少。

3. 老对头，知道厉害，能不吓掉魂？

4. 放得下身段，亲密之至！"笑里藏刀"，此之谓也。

年轻，一从到了这里，诸事皆系家母和家姐商议主张。今日
有幸相会，若姐姐不弃奴家寒微，凡事求姐姐的指示教训。
奴亦倾心吐胆，只服侍姐姐。"说着，便行下礼去。凤姐忙
下座，以礼相还，口内忙说："皆因奴家妇人之见，一味劝夫
慎重，不可在外眠花卧柳，恐惹父母担忧。此皆是你我之痴
心，怎奈二爷错会奴意。[1] 眠花宿柳之事，瞒奴或可；今娶姐
姐二房之大事，亦人家大礼，亦不曾对奴说。奴亦曾劝二爷
早行此礼，以备生育。不想二爷反以奴为那等嫉妒之妇，私
自行此大事，并未说知。使奴有冤难诉，惟天地可表。[2] 前于
十日之先，奴已风闻，恐二爷不乐，遂不敢先说。今可巧远
行在外，故奴家亲自拜见过，还求姐姐下体奴心，起动大驾，
挪至家中。你我姊妹同居同处，彼此合心，谏劝二爷，慎重
世务，保养身体，方是大礼。[3] 若姐姐在外，奴在内，虽愚贱
不堪相伴，奴心又何安？再者，使外人闻知，亦甚不雅观。
二爷之名也要紧，倒是谈论奴家，奴亦不怨。所以今生今世，
奴之名节，全在姐姐身上。那起下人小人之言，未免见我素
日持家太严，背后加减些言语，自是常情。姐姐乃何等样人物，
岂可信真！若我实有不好之处，上头三层公婆，中有无数姊
妹妯娌，况贾府世代名家，岂容我到今日？今日二爷私娶姐
姐在外，若别人则怒，我则以为幸。正是天地神佛不忍我被
小人们诽谤，故生此事。我今来求姐姐进去和我一样同居同
处，同分同例，同侍公婆，同谏丈夫。喜则同喜，悲则同悲；
情似亲妹，和比骨肉。不但那起小人见了，自悔从前错认了
我；就是二爷来家一见，他作丈夫之人，心中也未免暗悔。
所以姐姐竟是我的大恩人，使我从前之名一洗无余了。[4] 若姐
姐不随奴去，奴亦情愿在此相陪。奴愿作妹子，每日服侍姐
姐梳头洗脸。[5] 只求姐姐在二爷跟前替我好言方便方便，容我
一席之地安身，奴死也愿意。"说着，便呜呜咽咽哭将起来。
尤二姐见了这般，也不免滴下泪来。

　　二人对见了礼，分序坐下。平儿忙也上来要见礼。尤二
姐见她打扮不凡，举止品貌不俗，料定是平儿，连忙亲身搀
住，只叫："妹子快休如此！你我是一样的人。"凤姐忙也起
身笑说："折死她了！妹子只管受礼，她原是咱们的丫头。以
后快别如此。"[6] 说着，又命周家的从包袱里取出四匹上色尺
头、四对金珠簪环为拜见礼，尤二姐忙拜受了。二人吃茶，
对诉已往之事。凤姐口内全是自怨自错，"怨不得别人，如
今只求姐姐疼我"等语。[7]

1. 好辞令！居然用"你我"二字拉近关系。

2. 装成贤惠妻子，毕肖！话中先提出"嫉妒之妇"自占地步。

3. 描绘出一幅同心营造和谐家庭的美好图景。

4. 纵使最有辩才的人，怕也说不得如此周全，如此恳切。

5. 这一步更厉害，越低声下气，越具威胁性。说白了，就是不管你愿不愿去，都非去不可。

6. 总要让二姐感到已是奶奶了，比平儿高出一等。

7. 总括一句更妥，将戏演到极致。倘若世间真有变作绵羊的狼，这就是了。

尤二姐见了这般，便认她是个极好的人，小人不遂心，诽谤主子，亦是常理，故倾心吐胆，叙了一会，竟把凤姐认为知己。[1] 又见周瑞等媳妇在旁边称扬凤姐素日许多善政，只是吃亏心太痴了，惹人怨。又说："已经预备了房屋，奶奶进去一看便知。"尤氏心中早已要进去同住方好，今又见如此，岂有不允之理，[2] 便说："原该跟了姐姐去，只是这里怎样？"凤姐儿道："这有何难，姐姐的箱笼细软，只管着小厮搬了进去。这些粗笨货要它无用，还叫人看着。姐姐说谁妥当，就叫谁在这里。"尤二姐忙说："今日既遇见姐姐，这一进去，凡事只凭姐姐料理。我也来的日子浅，又不曾当过家，世事不明白，如何敢作主？这几件箱笼拿进去罢。我也没有什么东西，那也不过是二爷的。"

凤姐听了，便命周瑞家的记清，好生看管着，抬到东厢房去。于是催着尤二姐穿戴了，二人携手上车，又同坐一处，又悄悄地告诉她："我们家的规矩大。这事老太太一概不知，倘或知二爷孝中娶你，管把他打死了。[3] 如今且别见老太太、太太。我们有一个花园子极大，姊妹们住着，轻易没人去的。你这一去且在园里住两天，等我设个法子回明白了，那时再见方妥。"尤二姐道："任凭姐姐裁处。"那些跟车的小厮们皆是预先说明的，如今不去大门，只奔后门而来。

下了车，赶散众人，凤姐便带尤氏进了大观园的后门，来到李纨处相见了。彼时大观园中十停人已有九停人知道了。今忽见凤姐带了进来，引动多人来看问。尤二姐一一见过。众人见她标致和悦，无不称扬。凤姐一一地吩咐了众人："都不许在外走了风声，若老太太、太太知道，我先叫你们死。"园中婆子、丫鬟都素惧凤姐的，况又系贾琏国孝家孝中所行之事，知道关系非常，都不管这事。[4] 凤姐悄悄地求李纨收养几日，"等回明了，我们自然过去的。"李纨见凤姐那边已收拾了房屋，况在服中不好倡扬，自是正理，只得收下权住。[5] 凤姐又变法将她的丫头一概退出，又将自己的一个丫头送她使唤。[6] 暗暗吩咐园中媳妇们："好生照看着她。若有走失逃亡，一概和你们算账。"自己又去暗中行事，合家之人都暗暗地纳罕，说："看她如何这等贤惠起来了？"那尤二姐得了这个所在，又见园中姊妹各各相好，倒也安心乐业的，自为得其所矣。[7]

谁知三日之后，丫头善姐便有些不服使唤起来。[8] 尤二姐因说："没了头油了，你去回声大奶奶，拿些来。"善姐便道：

1. 少见世面的老实人，哪能识得人情险恶，一心将狼认作外婆了。

2. 成了。

3. 计划中步骤，非关照不可。若先让老太太知道了，下一步就难走了。

4. 一手遮天。

5. 求李纨暂且收养，正利用其忠厚、恪守家规。

6. 关键措施：撤换其近侍，在其身边另安插耳目亲信。这一手，现实世界中各派政治势力、利益集团展开斗争时，也在施用。

7. 放松一笔，蓄势，以便再起波澜。

8. 以反义取名，犹不赦之人名赦，终身不嫁之人名鸳鸯，恶丫头偏名善姐。

"二奶奶，你怎么不知好歹，没眼色？¹我们奶奶天天承应了老太太，又要承应这边太太、那边太太。这些妯娌姊妹，上下几百男女，天天起来，都等她的话。一日少说，大事也有一二十件，小事还有三五十件。外头的从娘娘算起，以及王公侯伯家，多少人情客礼，家里又有这些亲友的调度。银子上千钱上万，一日都从她一个手、一个心、一个口里调度，哪里为这点子小事去烦琐她！我劝你能①着些儿罢。咱们又不是明媒正娶来的。这是她亘古少有一个贤良人，才这样待你，若差些儿的人，听见了这话，吵嚷起来，把你丢在外，死不死，活不活，你又敢怎样呢！"²一席话说得尤氏垂了头，自为有这一说，少不得将就些罢了。那善姐渐渐地连饭也怕端来与她吃，或早一顿，或晚一顿，所拿来之物，皆是剩的。尤二姐说过两次，她反先乱叫起来。³尤二姐又怕人笑她不安分，少不得忍着。隔上五日八日，见凤姐一面，那凤姐却是和容悦色，满嘴里"姐姐"不离口。又说："倘有下人不到之处，你降不住她们，只管告诉我，我打她们。"又骂丫头、媳妇说："我深知你们，软的欺，硬的怕，背开我的眼，还怕谁。倘或二奶奶告诉我一个'不'字，我要你们的命！"⁴尤氏见她这般的好心，想道："既有她，何必我又多事？下人不知好歹也是常情。我若告了她们，受了委屈，反叫人说我不贤良。"因此，反替她们遮掩。⁵

　　凤姐一面使旺儿在外打听细事，这尤二姐之事，皆已深知。原来已有了婆家的，女婿现在才十九岁，成日在外嫖赌，不理生业，家私花尽，父亲撵他出来，现在赌钱场存身。父亲得了尤婆十两银子，退了亲的，这女婿尚不知道。原来这小伙子名叫张华。凤姐都一一尽知原委，便封了二十两银子与旺儿，悄悄命他将张华勾来养活，"着他写一张状子，只管往有司衙门中告去，就告琏二爷国孝家孝之中，背旨瞒亲，仗财依势，强逼退亲，停妻再娶"等语。⁶这张华也深知利害，先不敢造次②。旺儿回了凤姐，凤姐气得骂："癞狗扶不上墙的种子！你细细地说给他，便告我们家谋反，也没事的。不过是借他一闹，大家没脸。若告大了，我这里自然能够平息的。"⁷旺儿领命，只得细说与张华。凤姐又吩咐旺儿："他若告了你，你就和他

1. 开口便恶。

2. 也亏凤姐能量材用人，派来的丫头对其主子要作践二姐的意图领会得十分透彻，故羞辱起二姐来，毫不留情。

3. 变本加厉，恶语不足，索性在饮食上也虐待起来。

4. 凤姐的厉害在能揣摩透二姐不愿多事的心思，继续扮作好人。对下人威胁说"要你们的命"，就为封住二姐的口，让她不敢告，吃尽哑巴亏。

5. 可叹仍不醒悟！

6. 这一着儿够大胆的！没有绝对把握，谁敢走这步险棋？

7. 非口出狂言，是看透了官场内幕。

---

① 能——同"耐"。
② 造次——冒失。

对词去。"¹ 如此如此，这般这般，"我自有道理。"旺儿听了有她作主，便又命张华状子上添上自己，说："你只告我来往过付^①，一应调唆二爷做的。"张华便得了主意，和旺儿商议定了，写了一纸状子，次日便往都察院处喊了冤。

察院坐堂看状，见是告贾琏的事，上面有家人旺儿一名，只得遣人去贾府传旺儿来对词。青衣^②不敢擅入，只命人带信。那旺儿正等着此事，不用人带信，早在这条街上等候。见了青衣，反迎上去笑道："起动众位，必是兄弟的事犯了。说不得，快来套上。"² 众青衣不敢，只说："你老去罢，别闹了。"³ 于是来至堂前跪了。察院命将状子与他看。旺儿故意看了一遍，碰头说道："这事小的尽知，小的主人实有此事。但这张华素与小的有仇，故意攀扯小的在内。其中还有别人，求老爷再问。"张华碰头说："虽还有人，小的不敢告他，所以只告他下人。"旺儿故意急得说："糊涂东西，还不快说出来！这是朝廷公堂之上，凭是主子，也要说出来。"张华便说出贾蓉来。⁴ 察院听了无法，只得去传贾蓉。

凤姐又差了庆儿，暗中打听告了起来，便忙将王信唤来，告诉他此事，命他托察院只虚张声势，警唬而已，⁵ 又拿了三百银子与他去打点。是夜，王信到了察院私第，安了根子。那察院深知原委，收了赃银。次日回堂，只说张华无赖，因拖欠了贾府银两，诳捏虚词，诬赖良人。都察院又素与王子腾相好，王信也只到家说了一声，况是贾府之人，巴不得了事，便也不提此事，且都收下，只传贾蓉对词。⁶

且说贾蓉等正忙着贾珍之事，忽有人来报信，说有人告你们如此如此，这般这般，快作道理。贾蓉慌了，忙来回贾珍。贾珍说："我防了这一着，只亏他大胆子。"即刻封了二百银子，着人去打点察院；又命家人去对词。正商议之间，人报："西府二奶奶来了。"⁷ 贾珍听了这个，倒吃了一惊，忙要同贾蓉藏躲，不想凤姐进来了，说："好大哥哥，带着兄弟们干的好事！"⁸ 贾蓉忙请安，凤姐拉了他就进来。贾珍还笑说："好生伺候你婶娘，吩咐他们杀牲口^③备饭。"

1. 知官场不敢传贾府主子，最多传其家仆，故早设定好让旺儿去应对官司。

2. 写出颠倒乾坤来：嫌犯等候皂隶，还笑脸相迎！

3. 衙门差役见到被拘讯者也不敢得罪，口称"你老"，要他"别闹了"，亦怪事。

4. 双簧演得不错，只告下人起不了震慑作用，必须当场咬出个主子来，让察院无法回避，所以说出贾蓉。剧本都是事前编好的，编剧是凤姐。贾蓉本听命于凤姐，是她手下的心腹干将，居然成了背叛她的主谋，能不痛恨给他点警唬？

5. 随时获取信息，掌握诉讼的度，以免事情真的闹大，不可挽回。故又差人传话，只能虚张声势。察院竟成了贾府的办事机构！揭示官场中官官相护的真相如此。

6. 赃银是必定要收的，凤姐所托之事，则一一照办。

7. 来的正是时候，不让贾珍直接去打点察院，必将官司一手包揽过来。

8. 开门见山，威仪棣棣，恰似闯入贼窝掷下一句话来。

---

① 过付——双方做交易，中间人来往交付钱物，叫"过付"。
② 青衣——这里指"皂隶"，衙门中的差役。
③ 牲口——指鸡鸭等家禽。

说了，忙命备马，躲往别处去了。

这里凤姐儿带着贾蓉走来上房，尤氏正迎了出来，见凤姐气色不善，忙笑说："什么事情这等忙？"凤姐照脸一口唾沫，啐道：[1]"你尤家的丫头没人要了，偷着只往贾家送！难道贾家的人都是好的，普天下死绝了男人了！你就愿意给，也要三媒六证，大家说明，成个体统才是。你痰迷了心，脂油蒙了窍！国孝家孝，两重在身，就把个人送了来。这会子被人家告我们，我又是个没脚蟹①，连官场中都知道我利害吃醋，如今指名提我，要休我。[2]我来了你家，干错了什么不是，你这等害我？或是老太太、太太有了话在你心里，使你们做这圈套要挤我出去？[3]如今咱们两个一同去见官，分证明白。回来咱们公同请了合族中人，大家亲面②说个明白。给我休书，我就走路。"[4]一面说，一面大哭，拉着尤氏，只要去见官。急得贾蓉跪在地下碰头，只求："婶婶息怒。"凤姐儿一面又骂贾蓉："天雷劈脑子、五鬼分尸的没良心的种子！[5]不知天有多高，地有多厚，成日家调三窝四，干出这些没脸面、没王法、败家破业的营生。你死了的娘阴灵也不容你！[6]祖宗也不容你！还敢来劝我！"哭骂着，扬手就打。贾蓉忙磕头有声说："婶婶别动气，仔细手，让我自己打。婶子别生气。"说着，自己举手，左右开弓，自己打了一顿嘴巴子，又自己问着自己说："以后可再顾三不顾四地混管闲事了？以后还单听叔叔的话，不听婶婶的话了？"众人又是劝，又要笑，又不敢笑。[7]

凤姐儿滚到尤氏怀里，嚎天恸地，大放悲声，只说："给你兄弟娶亲，我不恼。为什么使他违旨背亲，将混账名儿给我背着？咱们只去见官，省得捕快皂隶来拿。再者，咱们只过去见了老太太、太太和众族人，大家公议了，我既不贤良，又不容丈夫娶亲买妾，只给我一纸休书，我即刻就走。[8]你妹妹我也亲身接了来家，生怕老太太、太太生气，也不敢回，现在三茶六饭，金奴银婢地住在园里。我这里赶着收拾房子，和我的一样，[9]只等老太太知道了，原说接过来大家安分守己的，我也不提旧事了。谁知又是有了人家的。[10]不知你们干的什么事，我一概不知道。如今告我，我昨日急了，纵然我出去见官，也丢的是你贾家的脸，

1. 算来这口恶气也只能向尤氏出了。

2. 虽是编出来的话，提"休"字作者岂无用意？

3. 明知老太太、太太宠自己，故意说给尤氏听。

4. 又提"休书"，今日当然绝无此事，他年会不会真有呢？

5. 从咒骂语不难想见她咬牙切齿的样子。

6. 原来蓉儿是贾珍已故前妻所生。

7. 贾蓉这段自打嘴巴子，让众人要笑又不敢笑的描写自是精彩。却被上回为追求情节热闹而妄改文字者写入凤姐讯家童中，说："那兴儿真个自己左右开弓，打了自己十几个嘴巴"，还因他把尤二姐错说成二奶奶"又自己打了个嘴巴，把凤姐儿倒怄笑了。两边的丫头也都抿着嘴儿笑"。作者哪会接连重复同样的描写？如此效颦，实在是糟蹋原作。

8. 连续三次提"休书"，怕真是在为将来身微运蹇，被丈夫所休，"哭向金陵"老家的情节作谶语。

9. 摆给外人看的贤良德性，也不忘提到。

10. 正是借此事兴讼来闹东府的。

---

① 没脚蟹——俗语，喻手足无措，不能有所作为。

② 觌（dí 敌）面——当面。觌，相见。

少不得偷把太太的五百两银子去打点。[1]如今把我的人还锁在那里。"说了又哭，哭了又骂，后来放声又哭起祖宗爹妈来，又要寻死撞头。把个尤氏揉搓成一个面团，衣服上全是眼泪鼻涕，[2]尤氏并无别话，只骂贾蓉："孽障种子，和你老子作的好事！我就说不好的。"凤姐儿听说，哭着两手搬着尤氏的脸，紧对相问道：[3]"你发昏了？你的嘴里难道有茄子塞着？不然，他们给你嚼子衔上了？[4]为什么你不告诉我去？你若告诉了我，这会子平安不了？怎得经官动府，闹到这步田地？你这会子还怨他们！自古说'妻贤夫祸少'，'表壮不如里壮'，你但凡是个好的，他们怎得闹出这些事来！你又没才干，又没口齿，锯了嘴子的葫芦①，就只会一味瞎小心，图贤良的名儿。[5]总是他们也不怕你，也不听你。"说着，啐了几口。尤氏也哭道："何曾不是这样，你不信，问问跟的人，我何曾不劝的，也得他们听。叫我怎么样呢？怨不得妹妹生气，我只好听着罢了。"[6]

众姬妾、丫鬟、媳妇已是乌压压跪了一地，陪笑求说："二奶奶最圣明的。虽是我们奶奶的不是，奶奶也作践得够了，[7]当着奴才们，奶奶们素日何等的好来，如今还求奶奶给留脸。"说着，捧上茶来。凤姐也摔了，一面止了哭，挽头发，又喝骂贾蓉："出去请大哥哥来。我对面问他，亲大爷的孝才五七，侄儿娶亲，这个礼我竟不知道。我问问，也好学着日后教导子侄的。"[8]贾蓉只跪着磕头，说："这事原不与我父母相干，都是儿子一时吃了屎，调唆着叔叔作的。我父亲也并不知道。如今我父亲正要商量接太爷出殡，婶婶若闹了起来，儿子也是个死。只求婶婶责罚儿子，儿子谨领。这官司还求婶婶料理，儿子竟不能干这大事。[9]婶婶是何等样人，岂不知俗语说的'胳膊只折在袖子里'。儿子糊涂死了，既作了不肖的事，就同那猫儿狗儿一般。婶婶既教训，就不和儿子一般见识的，少不得还要婶婶费心费力，将外头的事压住了才好。原是婶婶有这个不肖的儿子，既惹了祸，少不得委屈还要疼儿子。"说着，又磕头不绝。

凤姐见他每子这般，也再难往前施展了，只得又转过一副形容言谈来，与尤氏反赔礼说：[10]"我是年轻不知事的人，一听见有人告诉了，把我吓昏了，不知方才怎样得罪了嫂子。可是蓉儿说的'胳膊折了，往袖子里藏'，少不得

---

① 锯了嘴子的葫芦——俗语，喻有口无舌，不会说话。

1. 乘机虚报了二百两。

2. 形容得出。

3. 如此轻慢尤氏的举动，作者如何想来？

4. 如此连嘲带骂的话语，也亏作者写得出！此书语言之丰富，真是一大神奇！

5. 话不在凶在狠，能击中要害就是本领。

6. 读至此，不禁对尤氏心生同情。

7. 如此多人的跪求，是不能不放在眼里的，凤姐也须掂量掂量。

8. 且看她如何收摊，先转换对象，要找躲出去的贾珍来评理，自然是虚张声势而已。幸蓉儿机灵，自己承担责任，让凤姐有台阶下。

9. 这话对凤姐心思了，官司事岂肯让别人插手！

10. 见风使舵，也要转得快，毫无难处，才是老手。

要嫂子体谅我。还要嫂子转替哥哥说了，先把这官司按下去才好。"尤氏、贾蓉一齐都说："婶婶放心，横竖一点儿连累不着叔叔。婶婶方才说用过了五百两银子，少不得我娘儿们打点五百两银子与婶婶送过去，好补上。[1]不然，岂有反教婶婶又添上亏空之名，越发我们该死了。但还有一件，老太太、太太们跟前，婶婶还要周全方便，别提这些话方好。"[2]

　　凤姐儿又冷笑道："你们饶压着我的头干了事，这会子反哄着我替你们周全。我虽然是个呆子，也呆不到如此。嫂子的兄弟是我的丈夫，嫂子既怕他绝后，我岂不比嫂子更怕绝后？嫂子的令妹就是我的妹子一样。我一听见这话，连夜喜欢得连觉也睡不成，赶着传人收拾了屋子，就要接进来同住。[3]倒是奴才小人的见识，他们倒说'奶奶太好性儿了。若是我们的主意，先回了老太太、太太，看是怎样，再收拾房子去接也不迟。'我听了这话，教我要打要骂的，才不言语了。谁知偏不称我的意，偏打我的嘴，半空里又跑出一个张华来告了一状。我听见了，吓得两夜没合眼儿，又不敢声张，只得求人去打听这张华是什么人，这样大胆。打听了两日，谁知是个无赖的花子。我年轻不知事，反笑了说：'他告什么？'倒是小子们说：'原是二奶奶许了他的。他如今正是急了，冻死饿死，也是个死；现在有这个理他抓着，纵然死了，死得倒比冻死饿死还值些。怎么怨得他告呢？这事原是爷做得太急了。国孝一层罪，家孝一层罪，背着父母私娶一层罪，停妻再娶一层罪。[4]俗语说："拼着一身剐，敢把皇帝拉下马。"[5]他穷疯了的人，什么事作不出来？况且他又拿着这满理，不告等请不成？'嫂子说，我便是个韩信、张良，听了这话，也把智谋吓回去了。你兄弟又不在家，又没个商议，少不得拿钱去垫补。谁知越使钱越被人拿住了刀靶儿，越发来讹。我是耗子尾巴上长疮，多少脓血儿？所以又急又气，少不得来找嫂子。"[6]尤氏、贾蓉不等说完，都说："不必操心，自然要料理的。"[7]贾蓉又道："那张华不过是穷急了，故舍了命去告咱们。我如今想了一个法儿，竟许他些银子，只叫他应个妄告不实之罪，咱们替他打点完了官司。他出来时，再给他些银子就完了。"凤姐冷笑道："好孩子，怨不得你顾一不顾二的，做这些事出来。原来你竟糊涂。若依你说的这话，他暂且依了，且打出官司来，又得了银子，眼前自然了事。这些

1. 听话的人，用银子的话不会不记住。凤姐来宁府，本来就不是单纯为出气。娘儿们这一说，也就放心了。

2. 老太太、太太处须有周全的办法，也要尤氏等能配合，这本来也是凤姐找上门来要解决的问题。

3. 更怕绝后、乐不成眠，说的比唱的还好听。

4. 清清楚楚列数四层罪，是反复算计的结果。

5. 引此俗语，本只在形容穷疯了的人的心态，后来竟成"造反有理"的经典语录，也是意想不到的。

6. 说着说着，从穷疯说到使钱、讹钱，说到自己拿不出许多来，才找上门来。凤姐之迷财敛财，也是治不好的膏肓痼疾了。

7. 一听就明白，所以"不等说完"就答应。

人既是无赖之徒，银子到手，一旦光了，他又寻事故讹诈。倘又叨登起来这事，咱们虽不怕，也终担心。搁不住他说，既没毛病，为什么反给他银子？终究是不了之局。"[1]

贾蓉原是个明白人，听如此一说，便笑道："我还有个主意，'来是是非人，去是是非者'①，这事还得我了才好。如今我竟去问张华个主意，或是他定要人，或是他愿意了事，得钱再娶。他若说一定要人，少不得我去劝我二姨，叫她出来，仍嫁他去；[2]若说要钱，我们这里少不得给他。"凤姐儿忙道："虽如此说，我断舍不得你姨娘出去，我也断不肯使她出去。好侄儿，你若疼我，只能可多给他钱为是。"[3]贾蓉深知凤姐口虽如此，心却是巴不得只要本人出来，她却做贤良人。[4]如今怎说怎依。

凤姐儿欢喜了，又说："外头好处了，家里终究怎么样？你也同我过去回明才是。"尤氏又慌了，拉凤姐讨主意，如何撒谎才好。[5]凤姐冷笑道："既没这本事，谁叫你干这事了？这会子又这个腔儿，我又看不上！待要不出个主意，我又是个心慈面软的人，凭人撮弄我，我还是一片痴心，说不得让我应起来。如今你们只别露面，我只领了你妹妹去与老太太、太太们磕头，只说原系你妹妹，我看上了很好。[6]正因我不大生长，原说买两个人放在屋里的，今既见你妹妹很好，而又是亲上做亲的，我愿意娶来做二房。皆因她家中父母姊妹亲近一概死了，日子又艰难，不能度日，若等百日之后，无奈无家无业，实难等得。我的主意接了进来，已经把厢房收拾了出来，暂且住着。等满了服再圆房②。仗着我这不怕臊的脸，死活赖去，有了不是，也寻不着你们了。你们母子想想，可使得？"尤氏、贾蓉一齐笑说："到底是婶婶宽洪大量，足智多谋。等事妥了，少不得我们娘儿两个过去拜谢。"[7]尤氏忙命丫鬟们服侍凤姐梳妆洗脸，又摆酒饭，亲自递酒拣菜。

凤姐也不多坐，执意就去了。进园中，将此事告诉与尤二姐，又说，我怎么操心打听，又怎么设法子，须得如此如此，方能救下众人无罪。少不得我去拆开这鱼头③，大家才好。[8]要知端详，且听下回分解。

1. 蓉儿想出的法子，不管可行不可行，都非驳不可，不然官司被看得容易了。

2. 看出凤姐在为难自己，故意又出个主意，其中自己出面去劝二姐出去、仍嫁张华的选项，是要试探的重点。

3. 已抓在手中的猎物，岂能再放走？再出去，要别人不疑是阿凤挤走的，难矣！故必须继续装作能容人的贤良人。能可，宁可。

4. 也是明白人，这点心思怎瞒得过他？

5. 要尤氏同去是先吓唬她一下，知道她没这个本事，也不敢。主意早想好了。

6. 端出自己做个贤良人的主意来，却说得自己独担风险，让尤氏母子心存感激。

7. 果不出所料，得到尤氏母子的感谢。

8. 也不忘告知尤二姐自己如何操心排难，让她照自己编的剧本去演。

---

① 来是是非人，去是是非者——意谓谁招惹的是非，还得由谁去解决。来，招得。去，消除。

② 圆房——虽有夫妻名分，但因故先不同房，待到合适的时候，才同房，叫"圆房"。

③ 拆开这鱼头——喻处理麻烦的事情。

【总评】

凤姐为了出这口受蒙蔽、被愚弄的恶气，也为了捍卫自身的利益，趁贾琏起身远去平安州办事之机，立即实施其报复计划。在维护夫权的封建社会里，这种报复主要也只能加在像尤二姐那样的弱者身上；也因为同样原因，报复者还必须使自己所作所为能得到为妻者有贤惠品德的好评，才不至于因捅刀子而让自己也受到伤害。这就是她思量情势后要遵守的行动法则。

凤姐的突然袭击，让服侍尤二姐的鲍二家的一听大奶奶来了，"顶梁骨走了真魂"。可凤姐放下身段，甘愿服低做小对二姐说的那番软话，既找到洗刷自己名声的最好理由，又堵了小人之口，还给二姐描绘出美好前景，这才是凤姐真正厉害处。她根本不让二姐有退路，说："若姐姐不随奴去，奴亦情愿在此相陪。奴愿作妹子，每日服侍姐姐梳头洗脸……"话是说得不能再低声下气了，骨子里似乎是说："你若不跟我走，也别想我会放过你！"当然，尤二姐不会把她想得那么坏，何况凤姐还送了不薄的见面礼，给足了面子。所以，二姐入其彀中是必然的。

入大观园后，先将二姐的丫头一概退出，将凤姐自己使唤的丫头送她使唤，耳目手足都掌控起来。这一着，政治舞台上的夺权者也惯于使用。三日后，那个派进去的名叫"善姐"的丫头便露出不善嘴脸，先是"不服使唤起来"，还教训二姐，"渐渐地连饭也怕端来与她吃"，早一顿、晚一顿，拿来的"皆是剩的"。二姐一说话，"她反先乱叫起来"。这些事一看便知，都有幕后指使。而凤姐见面则和颜悦色，"满嘴里'姐姐'不离口"，还当她的面骂丫头："倘或二奶奶告诉我一个'不'字，我要你们的命！"尤二姐能为诉苦而要了人家的命吗？所以"反替她们遮掩"。

另一个占理的办法是派旺儿打探尤二姐"细事"，知她原有婆家，便诱逼其未婚婿张华往衙门状告贾琏"国孝（老太妃薨）家孝（贾敬死）之中，背旨瞒亲，仗财依势，强逼退亲，停妻再娶"。张不敢造次，凤姐扬言"便告我们家谋反，也没事的"。还使旺儿被传，到公堂去扯出贾蓉来，以便对出馊主意、拉皮条的贾珍父子造成刑法论罪的压力。这一险着儿也只有胆识过人、深谙官场黑幕的凤姐敢用。

凤姐知官府已审理此案，立即对宁国府发起猛烈攻击。其目的：一、出积压心头的恶气；二、让宁府知理亏，完全被自己操控；三、顺便也借此敲诈宁府；四、统一口径，共同骗过贾母、王夫人，以期获贤惠之名。气首先撒在尤氏身上，将她骂得个狗血淋头，拉着她要去见官，"把个尤氏揉搓成一个面团，衣服上全是眼泪鼻涕"。贾珍躲出去了，贾蓉向凤姐求饶，还"左右开弓，自己打了一顿嘴巴子"，且自问说："以后可再顾三不顾四地混管闲事了？以后还单听叔叔的话，不听婶婶的话了？"众人"又要笑，又不敢笑"。这一细节描写，可以证明上一回中简本写凤姐审问兴儿的"热闹文字"是后人加油添醋的改笔，在简本上一回里，也有"那兴儿真个自己左右开弓，打了自己十几个嘴巴"，"又自己打了个嘴巴，把凤姐儿倒怄笑了，两边的丫头也都抿嘴儿笑"等等，若都是曹雪芹一人的手笔，岂能如此连着重复！此回既是原作，则上回简本中的删和改，乃出自后人之手无疑。

城堡攻陷、敌人举手投降后，凤姐立即变脸，转为安抚。她反而向尤氏赔礼道歉，但并没有忘记提起为打点官府、平息官司花了多少钱，当然数量是虚报的，三百两银子说成了五百两，让宁府心甘情愿地拿出来。同时也商量如何向贾母等撒谎，给家里有个交代；提出的主意当然是早就胸有成竹了的。

第 六 十 九 回
弄小巧用借剑杀人 觉大限吞生金自逝

【题解】

本回回目诸本相同。凤姐略施小计，挑拨贾琏新得的侍妾秋桐与尤二姐之间的矛盾，利用生性妒悍的秋桐来欺侮凌辱二姐，让她生不如死，这就是"借剑杀人"的含义。尤二姐有了身孕，却被庸医用化瘀活血药打落胎儿。这一来，二姐顿时觉得大限已到，再无活着的意愿，便悄悄地吞下一块生金自杀了。大限，死期。

话说尤二姐听了，又感谢不尽，只得跟了她来。尤氏那边怎好不过来的，<u>少不得也过来跟着凤姐去回方是大礼。</u>[1] 凤姐笑说："你只别说话，等我去说。"尤氏道："<u>这个自然。但一有了不是，是往你身上推的。</u>"[2] 说着，大家先来至贾母房中。

正值贾母和园中姊妹们说笑解闷，忽见凤姐带了一个标致小媳妇进来，忙觑着眼瞧，说："这是谁家的孩子？好可怜见的。"凤姐上来笑道："<u>老祖宗倒细细地看看，好不好？</u>"[3] 说着，忙拉二姐说："这是太婆婆，快磕头。"二姐忙行了大礼，展拜起来。又指着众姊妹说，这是某人某人，"你先认了，太太瞧过了，再见礼。"二姐听了，<u>一一又从新故意地问过，</u>[4] 垂头站在旁边。贾母上下瞧了一遍，因又笑问："你姓什么？今年十几了？"凤姐忙又笑说："<u>老祖宗且别问，只说比我俊不俊。</u>"[5] 贾母又戴上了眼镜，命鸳鸯、琥珀："把那孩子拉过来，我瞧瞧肉皮儿。"众人都抿嘴笑着，只得推她上去。贾母细瞧了一遍，又命琥珀："拿出手来我瞧瞧。"鸳鸯又揭起裙子来。[6] 贾母瞧毕，摘下眼镜来，笑说道："竟是个齐全孩子，我看比你俊些。"凤姐听说，笑着忙跪下，<u>将尤氏那边所编之话一五一十细细地说了一遍，</u>[7] "少不得老祖宗发慈心，先许她进来，住一年后再圆房。"贾母听了道："这有什么不是？既你这样贤良，很好。只是一年后方可圆得房。"

1. 凤姐原打算独自带二姐去见贾母的，以免尤氏去了不会应对，败露谎言。若真如此，反不合常理了：哪有尤氏自家妹子要嫁到贾家，自己不出面见贾母之理？故临时改变主意，让她也跟了去，只不说话。

2. 想到万一贾母责怪，自己不会说话，仍觉心悸。

3. 开头这样说，凤姐是经过"沙盘推演"的。

4. 二姐也有备而来，主动配合导演。

5. 按原计划走，定要先得到贾母肯定的回答。

6. 是让看脚的大小。

7. 作省笔好！上回已说得很详细了，若再说一遍，就呆了。

凤姐听了，叩头起来，又求贾母：“着两个女人一同带去见太太们，说是老祖宗的主意。”[1] 贾母依允，遂使二人带去，见了邢夫人等。王夫人正因她风声不雅，深为忧虑，见她今行此事，岂有不乐之理。于是尤二姐自此见了天日，[2] 挪到厢房住居。

　　凤姐一面使人暗暗调唆张华，只叫他要原妻。[3] 这里还有许多赔送外，还给他银子安家过活。张华原无胆无心告贾家的，后来又见贾蓉打发了人来对词，那人原说的：“张华先退了亲，我们皆是亲戚。接到家里住着是真，并无娶嫁之说。皆因张华拖欠了我们的债务，追索不与，方诬赖小的主人那些个。”察院都和贾、王两处有瓜葛，况又受了贿，只说张华无赖，以穷讹诈，状子也不收，打了一顿赶出来。[4] 庆儿在外替张华打点，也没打重。又调唆张华说：“亲原是你家定的，你只要亲事，官必还断给你。”于是又告。[5] 王信那边又透了消息与察院，察院便批：“张华所欠贾宅之银，令其限内按数交还；其所定之亲，仍令其有力时娶回。”又传了他父亲来，当堂批准。他父亲亦系庆儿说明，乐得人财两进，便去贾家领人。[6]

　　凤姐儿一面吓得来回贾母，说如此这般，“都是珍大嫂子干事不明，并没和那家退准，惹人告了，如此官断。”贾母听了，忙唤了尤氏过来，说她作事不妥，“既是你妹子从小曾与人指腹为婚，又没退断，使人混告了。”尤氏听了，只得说：“他连银子都收了，怎么没准？”凤姐在旁又说：“张华的口供上现说不曾见银子，也没见人去。他老子又说：‘原是亲家母说过一次，并没应准。亲家母死了，你们就接进去作二房。’如此没有对证，只好由他去混说。幸而琏二爷不在家，没曾圆房，这还无妨。只是人已来了，怎好送回去，岂不伤脸？”贾母道：“又没圆房，没的强占人家有夫之人，名声也不好，不如送给他去。哪里寻不出好人来。”[7] 尤二姐听了，又回贾母说：“我母亲实于某年月日给了他十两银子退准的。他因穷急了告，又翻了口。我姐姐原没错办。”贾母听了，便说：“可见刁民难惹。既这样，凤丫头去料理料理。”[8]

　　凤姐听了，无法，只得应着。回来只命人去找贾蓉。[9] 贾蓉深知凤姐之意，若要使张华领回，成何体统！便回了贾珍，暗暗遣人去说张华：“你如今既有许多银子，何必定要原人。若只管执定主意，岂不怕爷们一怒，寻出个由

1. 挟天子以令诸侯。

2. 说是“自此见了天日”，实则是从此要过不见天日的日子了。如何向老太太、太太回明二姐事，此前作了许多铺垫，待到写见面依允，却用简捷的几笔说完，以见凤姐谋划周密，一切全在其意料之中。

3. 既获“贤良”之名，再不怕让尤氏和二姐出丑了。这本是要达到的目的，否则所为何来？

4. 受贿赃官自然照办。

5. 有凤姐心腹在一手操办，或左或右，自然都听幕后指使。

6. 得察院批准来领人，给贾府制造险情。

7. 如此说方是贾母。

8. 两难境地，只能托付凤姐去料理。凤姐本欲令宁府当场出丑，谁知真要她来拆这个鱼头！

9. 将难题丢回给宁府，让他们自己去解决。

头，你死无葬身之地。你有了银子，回家去，什么好人寻不出来。你若走时，还赏你些路费。"[1] 张华听了，心中想了一想："这倒是好主意。"和父亲商议已定，约共也得了有百金，父子次日起个五更，便回原籍去了。[2]

贾蓉打听得真了，来回了贾母、凤姐，说："张华父子妄告不实，惧罪逃走，官府已知此情，也不追究，大事完毕。"凤姐听了，心中一想："若必定着张华带回二姐去，未免贾琏回来再花几个钱包占住，不怕张华不依；还是二姐不去，自己相伴着还妥当，且再作道理。只是张华此去，不知何往，倘或他再将此事告诉了别人，或日后再寻出这由头来翻案，岂不是自己害了自己？原先不该如此将刀靶付与外人去的。"[3] 因此，悔之不迭。复又想了一条主意出来，悄命旺儿遣人寻着了他，或讹他作贼，和他打官司，将他治死，或暗中使人算计，务将张华治死，方剪草除根，保住自己的名誉。[4]

旺儿领命出来，回家细想："人已走了完事，何必如此大做！人命关天，非同儿戏。我且哄过她去，再作道理。"[5] 因此在外躲了几日，回来告诉凤姐，只说："张华因有几两银子在身上，逃去第三日，在京口地界，五更天，已被截路打闷棍的打死了。他老子唬死在店房，在那里验尸掩埋。"凤姐听了不信，说："你要扯谎，我再使人打听出来，敲你的牙！"[6] 自此，方丢过不究。凤姐和尤二姐和美非常，竟比亲姊妹还胜十倍。[7]

那贾琏一日事毕回来，先到了新房中，已竟悄悄地封锁，只有一个看房子的老头儿。贾琏问起原故，老头子细说原委，贾琏只在镫中跌足，少不得来见贾赦与邢夫人，将所完之事回明。贾赦十分欢喜，说他中用，赏了他一百两银子，又将房中一个十七岁的丫鬟名唤秋桐者，赏他为妾。[8] 贾琏叩头领去，喜之不尽。见了贾母和家中人，回来见凤姐，未免脸上有些愧色。谁知凤姐儿她反不似往日容颜，同尤二姐一同出迎，叙了寒温。贾琏将秋桐之事说了，未免脸上有些得意之色，骄矜之容。凤姐听了，忙命两个媳妇坐车往那边接了来。心中一刺未除，又平空添了一刺，说不得且吞声忍气，将好颜面换出来遮饰。一面又命摆酒接风，一面带了秋桐来见贾母与王夫人等。贾琏心中也暗暗地纳罕。[9]

1. 无非威逼利诱。

2. 若不远遁，后果恐更难设想。

3. 智者千虑，必有一失。

4. 为绝后患，不惜痛下杀手，然"机关算尽太聪明"，人算不如天算。

5. 非旺儿不忠，留下隐患，是天理不容，故难事事称心。

6. 虽心中怀疑也无可如何了，若有时机未到的报应，总是自己作恶造成的。

7. 假象。是做给外人看的。

8. 竟以满足色欲为奖赏。贾赦家教如此，做儿子的贪色好淫，不足怪矣。此后凤姐行事，须适应新情况，但借剑杀人的原则不变。

9. 奇怪怎么会变得如此贤良了？心机诡深者一反常态，绝非好事。

那日已是腊月十二日，贾珍起身，先拜了宗祠，然后过来辞拜贾母等人。和族中人直送到洒泪亭方回，独贾琏、贾蓉二人送出三日三夜方回。一路上，贾珍命他好生收心治家等语，二人口内答应，也说些大礼套话，不必烦叙。

且说凤姐在家，外面待尤二姐自不必说得，只是心中又怀别意。无人处只和尤二姐说：[1] "妹妹的声名很不好听，连老太太、太太们都知道了，说妹妹在家做女孩儿就不干净，又和姐夫有些首尾，'没人要的了你拣了来，还不休了再寻好的！'我听见这话，气了个倒仰，查是谁说的，又查不出来。这日久天长，这些个奴才们跟前怎么说嘴？我反弄了个鱼头来拆。"说了两遍，自己已气病了，茶饭也不吃。除了平儿，众丫头媳妇无不言三语四，指桑说槐暗相讥刺。[2]

秋桐自为系贾赦之赐，无人僭她的，连凤姐、平儿皆不放在眼里，岂肯容她？张口是"先奸后娶、没汉子要的娼妇，也来要我的强。"凤姐听了，暗乐；尤二姐听了，暗愧暗怒暗气。[3] 凤姐既装病，便不和尤二姐吃饭了。[4] 每日只命人端了菜饭，到她房中去吃，那茶饭都系不堪之物。平儿看不过，自拿了钱出来，弄菜与她吃，或是有时只说和她园中去玩，在园中厨内，另做了汤水与她吃，也无人敢回凤姐。[5] 只有秋桐，一时撞见了，便去说舌，告诉凤姐说："奶奶的名声，生是平儿弄坏了的。这样好菜好饭，浪着不吃，却往园里去偷吃。"凤姐听了，骂平儿说："人家养猫拿耗子，我的猫倒只咬鸡。"[6] 平儿不敢多说，自此也要远着了。又暗恨秋桐，难以出口。

园中姊妹如李纨、迎春、惜春等人，皆为凤姐是好意；然宝黛一干人暗为二姐担心。[7] 虽都不便多事，惟见二姐可怜，常来了倒还都悯恤她。每常无人处，说起话来，尤二姐便淌眼抹泪，又不敢抱怨。凤姐儿又并无露出一点坏形来。贾琏来家时，见了凤姐贤良，也便不留心。况素习以来，因贾赦姬妾、丫鬟最多，贾琏每怀不轨之心，只未敢下手。如这秋桐辈等人，皆是恨老爷年迈昏愦，贪多嚼不烂，没的留下这些人作什么。因此除了几个知礼有耻的，余者或有与二门上小幺儿们嘲戏的，甚至于与贾琏眉来眼去，私相偷期的，只惧贾赦之威，未曾到手。这秋桐便和贾琏有旧，从未来过一次。今日天缘凑

1. 坏主意要出来了。悄悄说的话，便是行动第一步。

2. 气病不吃饭，是阴谋中步骤，独平儿心里明白。前只善姐一人作践，今则群起而侮之了。

3. 剑已在手。

4. 点明装病和不吃饭的用心。

5. 说出平儿善良来。

6. 这一骂犹胜赞美。

7. 并非个个都以为是好意，自有看得破的人在；缘智慧有高低、眼光有深浅也。

巧，竟赏了他，真是一对烈火干柴，如胶投漆，燕尔新婚①，连日哪里拆得开。那贾琏在二姐身上之心，也渐渐淡了，只有秋桐一人是命。¹凤姐虽恨秋桐，且喜借她先可发脱二姐，自己且抽头②，用"借剑杀人"之法，"坐山观虎斗"。等秋桐杀了尤二姐，自己再杀秋桐。²主意已定，没人处，常又私劝秋桐说："你年轻不知事。她现是二房奶奶，你爷心坎儿上的人，我还让她三分，你去硬碰她，岂不是自寻其死？"³

那秋桐听了这话，越发恼了，天天大口乱骂，说："奶奶是软弱人，那等贤惠，我却做不来。奶奶把素日的威风，怎都没了？奶奶宽洪大量，我却眼里揉不下沙子去。⁴让我和这淫妇做一回，她才知道。"凤姐在屋里，只装不敢出声儿。气得尤二姐在房里哭泣，连饭也不吃，又不敢告诉贾琏。次日，贾母见她眼睛红红的肿了，问她，又不敢说。秋桐正是抓乖卖俏之时，她便悄悄地告诉贾母、王夫人等说："她专会作死，好好的成天家号丧，背地里咒二奶奶和我早死了，她好和二爷一心一计地过。"⁵贾母听了，便说："人太生娇俏了，可知心就嫉妒。凤丫头倒好意待她，她倒这样争风吃醋。可是个贱骨头！"⁶因此，渐次便不大欢喜。众人见贾母不喜，不免又往下踏践起来，弄得这尤二姐要死不能，要生不得。⁷还是亏了平儿，时常背着凤姐，看她这般，与她排解排解。

那尤二姐原是个花为肠肚、雪作肌肤的人，如何经得这般折磨，不过受了一个月的暗气，便恹恹得了一病，四肢懒动，茶饭不进，渐次黄瘦下去。⁸夜来合上眼，只见她小妹子手捧鸳鸯宝剑前来，说："姐姐，你一生为人心痴意软，终吃了这亏。休信那妒妇花言巧语，外作贤良，内藏奸狡，她发狠定要弄你一死方罢。⁹若妹子在世，断不肯令你进来，即进来时，亦不容她这样。此亦系理数应然，你我生前淫奔不才，使人家丧伦败行，故有此报。你速依我，将此剑斩了那妒妇，一同归至警幻案下，听其发落。不然，你则白白地丧命，且无人怜惜。"尤二姐泣道："妹妹，我一生品行既亏，今日之报，既系当然，何必又生杀戮之冤。随我去忍耐。若天见怜，使我好了，

1. 喜新厌旧，贪色欲者通病。

2. 正面点题。

3. 看准其恃宠妒悍特点，劝其退让，只为激起其恼怒。

4. 果然一激就跳，被人当作凶器，反认其贤惠，亦属蠢货。

5. 信口诽谤，毫无忌惮。作者对进谗者之憎恶特甚。

6. 本非圣明，也难免昏昏，何况彼以替凤姐不平在说话。

7. 众人自然看贾母脸色行事，二姐无路可走矣！

8. 通往地府之门已徐徐打开。

9. 作三姐托梦来看，固然不错，若理解为二姐到此绝境，已有所醒悟，特借梦境一泄内心幽愤悔恨心情，也未尝不可。

---

① 燕尔新婚——新婚和美。"燕"亦作"宴"。宴尔，安乐的样子。语出《诗经·邶风·谷风》。
② 抽头——赌博用语，本谓从赢者所得的钱中分取少额的钱，后用以说从旁坐收渔利。

岂不两全？"小妹笑道："姐姐，你终是个痴人。自古'天网恢恢，疏而不漏'，天道好还。①你虽悔过自新，然已将人父子兄弟致于麀聚之乱，天怎容你安生？"¹尤二姐泣道："既不得安生，亦是理之当然，奴亦无怨。"小妹听了，长叹而去。尤二姐惊醒，却是一梦。等贾琏来看时，因无人在侧，便泣说："我这病不能好了。我来了半年，腹中已有了身孕，但不能预知男女。倘天见怜，生了下来还可，若不然，我这命就不保，何况于他！"²贾琏亦泣说："你只放心，我请明人来医治。"于是出去，即刻请医生。

谁知王太医亦谋干了军前去效力，回来好讨荫封的。小厮们走去，便请了个姓胡的太医，名叫君荣的，进来诊脉。³看了，说是经水不调，全要大补。贾琏便说："已是三月庚信②不行，又常作呕酸，恐是胎气。"胡君荣听了，复又命老婆子们请出手来，再看看。尤二姐少不得又从帐内伸出手来。胡君荣又诊了半日，说："若论胎气，肝脉自应洪大。然木盛则生火，经水不调，亦皆因由肝木所致。医生要大胆，须得请奶奶将金面略露一露，医生观观气色，方敢下药。"贾琏无法，只得命将帐子掀起一缝，尤二姐露出脸来。胡君荣一见，魂魄如飞上九天，通身麻木，一无所知。⁴一时掩了帐子，贾琏陪他出来，问是如何。胡太医道："不是胎气，只是瘀血凝结。如今只以下瘀血、通经脉要紧。"⁵于是写了一方，作辞而去。

贾琏命人送了药礼，抓了药来，调服下去。只半夜，尤二姐腹痛不止，谁知竟将一个已成形的男胎打了下来。⁶于是血行不止，二姐就昏迷过去。贾琏闻知，大骂胡君荣。一面再遣人去请医调治，一面命人去打告胡君荣。胡君荣听了，早已卷包逃走。⁷这里太医便说："本来气血生成亏弱，受胎以来，想是着了些气恼，郁结于中。这位先生擅用虎狼之剂，如今大人元气十分伤其八九，一时难保就愈。煎、丸二药并行，还要一些闲言闲事不闻，庶可望好。"⁸说毕而去。急得贾琏查是谁

1. "一步行来错，回头已百年"，时代造成失足女子不能自新的悲情，令人浩叹！发生"丧伦败行""麀聚之乱"的丑行，难道只有女子才该受到天谴吗？如此忏悔自责，正是封建制度加在女子身上的精神枷锁。

2. 期盼生育子嗣，本是娶二姐的一大理由，却至此方说出已有身孕来，令读者急欲知道老天真能见怜否？

3. 不妙！怎么又是姓胡的？第五十一回有过"胡庸医乱用虎狼药"，当时幸好有颇懂药理的宝玉阻拦，才未出事；贾琏哪有这学问？

4. 怪事！何至于如此反应？若谓因见绝色而神魂颠倒，则胡君荣只是好色之徒，非专注于医道者可知；倘另有隐情，比如说有人要他做手脚，一见病者面，顿觉作孽，因而魂魄俱丧，却又找不到半点实据。总之，请他来诊治，二姐非倒霉不可。

5. 二姐都已自知怀孕，大夫却说要"下瘀血、通经脉"，何南辕北辙如此？俗话说"庸医杀人"，真正不错。

6. 从那个时代"无后为大"的观念来看，造此孽者，罪不可恕。

7. 从何及时得知消失逃走的？

8. 这位太医诊断可信。"擅用虎狼之剂"一语，正与前写为晴雯乱处方情节相合。要望其病愈，除服药外，不再受闲言气恼是关键所在，也是欲置其于死地者可乘之隙。

---

① "天网恢恢，疏而不漏"，天道好还——天的法网，恢宏广大，看似疏而不密，但作恶之人都不能漏网。天道是喜欢报应的。"天网"二句，出《老子》，"漏"原作"失"。好还，喜好偿还。

② 庚信——又叫"月信"，女子的月经。

请了姓胡的来，一时查了出来，便打了半死。

　　凤姐比贾琏更急十倍，只说："咱们命中无子，好容易有了一个，又遇见这样没本事的大夫。"于是天地前烧香礼拜，自己通陈祷告说："我或有病，只求尤氏妹子身体大愈，再得怀胎生一男子，我愿吃长斋念佛。"贾琏、众人见了，无不称赞。[1]贾琏与秋桐在一处时，凤姐又做汤做水的，着人送与二姐。又骂平儿不是个有福的，"也和我一样，我因多病了，你却无病也不见怀胎。如今二奶奶这样，都因咱们无福，或犯了什么，冲得她这样。"因又叫人出去算命打卦，偏算命的回来又说："系属兔的阴人冲犯。"大家算将起来，只有秋桐一人属兔，说她冲的。[2]

　　秋桐近见贾琏请医调治，打人骂狗，为尤二姐十分尽心，她心中早浸了一缸醋在内了。今又听见如此说她冲了，凤姐儿又劝她说："你暂且别处去躲几个月再来。"[3]秋桐便气得哭骂道："理那起瞎肏的，混嚼舌根！我和她'井水不犯河水'，怎么就冲了她？好个爱八哥儿①，在外头什么人不见，偏来了就有人冲。白眉赤眼②，哪里来的孩子？她不过指着哄我们那个棉花耳朵的爷罢了。纵有孩子，也不知姓张姓王。[4]奶奶希罕那杂种羔子，我不喜欢！老了谁不成？谁不会养？一年半载养一个，倒还是一点搀杂没有的呢！"骂得众人又要笑，又不敢笑。

　　可巧邢夫人过来请安，秋桐便哭告邢夫人说："二爷、奶奶要撵我回去，我没了安身之处，太太好歹开恩！"邢夫人听说，慌得数落了凤姐儿一阵，又骂贾琏："不知好歹的种子！凭她怎不好，是你父亲给的。为个外头来的撵她，连老子都没了。你要撵她，你不如还你父亲去倒好。"说着，赌气去了。秋桐更又得意，索性走到她窗户根底下，大哭大骂起来。尤二姐听了，不免更添烦恼。[5]

　　晚间，贾琏在秋桐房中歇了，凤姐已睡，平儿过来瞧她，又悄悄劝她：[6]"好生养病，不要理那畜生。"尤二姐拉她哭道："姐姐，我从到了这里，多亏姐姐照应。为

1. 是真的急？真的祷告？真的愿长斋念佛？偏能得到众人称赞，写愚人被凤姐玩弄于掌中。

2. 又出一阴着儿，是得到医嘱不可闻闲言的启发。

3. 再激其恼怒。

4. 模拟气忿骂语毕肖。说不信有胎，不信真是贾家种，直将二姐视同下贱妓女。

5. 贾赦所赐之人，必利用这一靠山去哭诉委屈，果然赢得愚蠢的邢夫人撑腰，于是暗中谣传的冲犯成了公开的明目张胆的辱骂，给身心濒临崩溃的二姐致命的一击。

6. 平儿不忍二姐遭如此残酷折磨，偷偷前去相慰，竟成了最后诀别者。

――――――――――――

①　爱八哥儿——又说成"爱巴物儿"，原来意思是可爱的东西，这里是讥刺性的反语。

②　白眉赤眼——北京骂人狭邪不正的话，相当于说妓院里出来的。北京古习妓院祀奉白眉神，长髯伟貌，骑马持刀，长相似关羽，后多讹供关云长像；区别在于该神白眉赤眼。见明沈德符《野获编》。

我，姐姐也不知受了多少闲气。我若逃得出命来，我必答报姐姐的恩德，只怕我逃不出命来，也只好等来生罢！"平儿也不禁滴泪说道："想来都是我坑了你。我原是一片痴心，从没瞒她的话。既听见你在外头，岂有不告诉她的？谁知生出这些个事来！"[1]尤二姐忙道："姐姐这话错了。若姐姐便不告诉她，她岂有打听不出来的？不过是姐姐说的在先，况且我也要一心进来，方成个体统，与姐姐何干！"二人哭了一回，平儿又嘱咐了几句，夜已深了，方去安息。

　　这里尤二姐心下自思："病已成势，日无所养，反有所伤，料定必不能好。况胎已打下，无可悬心，何必受这些零气，不如一死，倒还干净。[2]常听见人说，生金子可以坠死，岂不比上吊自刎又干净？"想毕，扎挣起来，打开箱子，找出一块生金，也不知多重，狠命含泪，便吞入口中，几次狠命直脖，方咽了下去。于是赶忙将衣服首饰穿戴齐整，上炕躺下了。当下人不知，鬼不觉。

　　到第二日早晨，丫鬟、媳妇们见她不叫人，乐得且自己去梳洗。凤姐便和秋桐都上去了。平儿看不过，说丫头们："你们就只配没人心的打着骂着使也罢了，一个病人，也不知可怜可怜。她虽好性儿，你们也该拿出个样儿来，别太过逾了，'墙倒众人推！'"丫鬟听了，急推房门进来看时，却穿戴得齐齐整整，死在炕上。于是方吓慌了，喊叫起来。平儿进来看了，不禁大哭。众人虽素习惧怕凤姐，然想尤二姐实在温和怜下，比凤姐原强，如今死去，谁不伤心落泪，只不敢与凤姐看见。[3]

　　当下合宅皆知。贾琏进来，搂尸大哭不止。凤姐也假意哭道："狠心的妹妹，你怎么丢下我去了！辜负了我的心。"尤氏、贾蓉等也来哭了一场，劝住贾琏。贾琏便回了王夫人，讨了梨香院停放五日，挪到铁槛寺去，王夫人依允。贾琏忙命人去开了梨香院的门，收拾出正房来停灵。贾琏嫌后门出灵不像，便对着梨香院的正墙上，通街现开了一个大门。两边搭棚，安坛场做佛事。用软榻铺了锦缎衾褥，将二姐抬上榻去，用衾单盖了。八个小厮和几个媳妇围随，从内子墙①一带抬往梨香院来。那里已请下天文生预备，揭起衾单一看，只见这尤二姐面

1. 是深深的内疚，也是揭底，二姐落到今日地步，谁是罪魁，已说得明明白白，只是晚了！

2. 写得水到渠成，人生大戏自然而然就落幕了。

3. 可悲！只是在死后，才天良发现。

――――――――――

　　① 　内子墙——府第中相邻院落之间夹道两边的墙。

色如生，比活着还美貌，贾琏又搂着大哭，只叫："奶奶，你死得不明，都是我坑了你！"贾蓉忙上来劝："叔叔，解着些儿，我这个姨娘自己没福。"说着，又向南指大观园的界墙，贾琏会意，只悄悄跌脚说："我忽略了，终究对出来，我替你报仇。"[1] 天文生回说："奶奶卒于今日正卯时，五日出不得，或是三日，或是七日方可。明日寅时入殓大吉。"[2] 贾琏道："三日断乎使不得，竟是七日。因家叔、家兄皆在外，小丧不敢多停，等到外头，还放五七做大道场才掩灵。明年往南去下葬。"天文生应诺，写了殃榜① 而去。宝玉已早过来，陪哭一场。众族中人也都来了。

　　贾琏忙进去找凤姐，要银子治办棺椁丧礼。凤姐见抬了出去，推有病，道："老太太、太太说我病着，忌三房②，不许我去。"因此，也不出来穿孝，且往大观园中来。绕过群山，至北界墙根下往外听，隐隐绰绰听了一言半语，回来又回贾母说如此这般。贾母道："信他胡说！谁家痨病死的孩子不烧了一撒？也认真地开丧破土起来。[3] 既是二房一场，也是夫妻之分，停五七日抬了出去，或一烧，或乱葬地上埋了完事。"凤姐笑道："可是这话。我又不敢劝他。"正说着，丫鬟来请凤姐，说："二爷等着奶奶拿银子呢。"凤姐只得来了，便问他："什么银子？家里近来艰难，你还不知道？咱们的月例，一月赶不上一月，鸡儿吃了过年粮。昨儿我把两个金项圈当了三百银子，你还做梦呢！这里还有二三十两银子，你要就拿去。"[4] 说着，命平儿拿了出来，递与贾琏，指着贾母有话，又去了。恨得贾琏没话可说，只得开了尤氏箱柜，去拿自己的梯己。及开了箱柜，一滴无存，[5] 只有些折簪烂花，并几件半新不旧的绸绢衣裳，都是尤二姐素习所穿的，不禁又伤心哭了起来。自己用个包袱一齐包了，也不命小厮、丫鬟来拿，便自己提着来烧。

　　平儿又是伤心，又是好笑，忙将二百两一包的碎银子偷了出来，到厢房拉住贾琏，悄递与他说：[6] "你只别作声才好，你要哭，外头多少哭不得，又跑了这里来点眼③。"贾琏听说，便说："你说得是。"接了银子，又将一条裙子

1. 经蓉儿一指，便领会，恼恨之语，不宜只当一句空话看。

2. 又用"寅"字，可见前脂砚斋说自鸣钟敲了四下是避"寅"字讳的话，不足信；可信的是作者先祖是曹寅。

3. 从贾母话中透露凤姐前来回的是什么，换新笔法。其中必造谣说二姐得了痨病，是无疑的。

4. 丫头有亲人死了，也给这个数。悭吝无情如此！

5. 不知是生前贴补完了，还是死后被人搜了去。

6. 紧急时还是靠平儿仗义相助。

---

① 殃榜——旧时京师人家有丧，要请阴阳先生来为亡者写招魂文书，叫殃榜。
② 忌三房——旧时习俗，生病的人不能进入产房、新房和停灵的凶房，叫"忌三房"。
③ 点眼——引人注意，显眼。

递与平儿说："这是她家常穿的，你好生替我收着，作个念心儿①。"平儿只得接了，自己收去。贾琏拿了银子与衣服，走来命人先去买板。好的又贵，中的又不要。贾琏骑马自去要瞧，至晚间，果抬了一副好板进来，价银五百两赊着，连夜赶造。¹一面分派了人口穿孝守灵，晚来也不进去，只在这里伴宿。正是：〔要知端的，且听下回分解。〕

1. 也与贾珍一个脾气，都爱玩虚的。"死者长已矣"，要好板何用？

【总评】

　　凤姐领尤二姐到贾母处，按想好的骗词一说，果得贾母同意，还夸凤姐"贤良"。凤姐便在贾母处找了"两个女人一同带去看太太们，说是老祖宗的主意"，自然没有不顺利通过之理。

　　尤二姐既"见了天日"，凤姐便要让她出丑了。暗暗派人调唆张华，只叫他要讨还原妻二姐，还让贾母闻知而陷入进退两难境地，只好丢给凤姐去料理。官司则由珍、蓉父子出钱摆平。凤姐又怕"刀靶"落在别人手里，将来"翻案"，暗地又遣旺儿去"治死"张华，"剪草除根"。旺儿谎报张华已死，很可能在后半部佚稿中，真的翻出来成了凤姐罪状之一。

　　事态的发展并非都可预料。凤姐的报复计划也不可能事先都详细确定，须伺机而动。自贾琏回家后发生的事，多在其预料之外。贾赦赏秋桐给贾琏为妾，凤姐，"心中一刺未除，又平空添了一刺"，只得暂"吞声忍气"。秋桐性妒悍，正好利用她与尤二姐的矛盾从中挑拨煽风，自己"坐山观虎斗"，以达到"借剑杀人"的目的。二姐梦见三姐，可视作其劫数难逃的预兆和心理反应。

　　尤二姐有了孕，本应是贾家喜事，却为她招来了灭顶之灾。庸医胡君荣将胎气当作"瘀血凝结"来治，"擅用虎狼之剂"，结果"将一个已成形的男胎打了下来"，二姐大出血，命在垂危。这是偶然事故吗？小厮去请姓胡的来，背后有无人指使，书中没说。但凤姐叫人出去算命打卦，回来说"系属兔的阴人冲犯"，大家算来，"只有秋桐一人属兔，说她冲的"，看来就不像是出于偶然巧合了。

　　秋桐被此说一激，自然悍性大发，骂那打下的胎儿是"也不知姓张姓王"的"杂种羔子"，向邢夫人哭诉进谗，还到尤二姐"窗户根底下，大哭大骂起来"。这些应就是凤姐"弄小巧""借"的"剑"。二姐就这样被逼上了绝路。

　　二姐吞金自尽后，贾琏以为"死得不明"，贾蓉的暗示，令"贾琏会意"，所以才有"我忽略了，终究对出来，我替你报仇"的话。这似乎也非一时气话，像是留待后半部故事中另有下文的。

　　平儿在此回情节中，虽是很不重要的角色，写她的笔墨也不算多，但她对尤二姐遭遇出于真诚的同情和富有仁爱之心，却也表现得十分到位。

---

①　念心儿——死者留下的纪念品。

第七十回
林黛玉重建桃花社　史湘云偶填柳絮词

【题解】

　　本回回目除甲辰本将"桃花社"讹作"梅花社"外,诸本都一样。林黛玉作《桃花行》一诗,得到李纨称赏,因此将"海棠社"改名为"桃花社",要黛玉为社主,重新恢复起社。史湘云见暮春时节柳花飘舞,偶然兴起,填成《如梦令》小词一阕,引起姐妹们的兴趣,黛玉就规定以"柳絮"为题,限几个小令词调,起社请大家填词。蒙府、戚序本有回前评诗一首,虽非作者圈内人作,然已知宝玉出家结局,看出《桃花行》的谶语性质,故录于此,诗云:"空将佛事图相报,已触飘风散艳花。一片精神传好句,题成谶语任吁嗟。"

　　话说贾琏自在梨香院伴宿七日夜,天天僧道不断做佛事。贾母唤了他去,吩咐不许送往家庙中。贾琏无法,只得又和时觉说了,就在尤三姐之上点了一个穴,破土埋葬。那日送殡,只不过族中人与王信夫妇、尤氏婆媳而已。凤姐一应不管,只凭他自去办理。

　　因又年近岁逼,诸务猬集不算外,又有林之孝开了一个人名单子来,共有八个二十五岁的单身小厮,应该娶妻成房,等里面有该放的丫头们好求指配。[1] 凤姐看了,先来问贾母和王夫人。大家商议,虽有几个应该发配的,奈各人皆有原故:第一个鸳鸯发誓不去。自那日之后,一向未和宝玉说话,也不盛妆浓饰。众人见她志坚,也不好强逼。[2] 第二个琥珀,现又有病,这次不能了。彩云因近日和贾环分崩,也染了无医之症。只有凤姐儿和李纨房中粗使的大丫头出去了。其余年纪未足,令他们外头自娶去了。

　　原来这一向因凤姐病了,李纨、探春料理家务,不得闲暇,接着过年过节,出来许多杂事,竟将诗社搁起。[3] 如今仲春天气,虽得了工夫,怎奈宝玉因冷遁了柳湘莲,剑刎了尤小妹,金逝了尤二姐,气病了柳五儿,连连接接,闲愁胡恨,一重不了一重添。[4] 弄得情色若痴,语言常乱,似

1. 贾府中小厮和丫头到一定年龄,可男女指配的风俗,于此写一笔。

2. 点出鸳鸯独身过此生的决心已坚不可移。

3. 提起诗社来,使下文写开社作诗填词不觉突兀。

4. 种种事故增添重重愁恨,是贾府不祥的先兆,也不断给重情的宝玉精神上加深对现实的悲观情绪。

染怔忡之疾①。慌得袭人等又不敢回贾母，只百般逗他玩笑。

这日清晨方醒，只听外间房内咭呱之笑声不断。袭人因笑说："你快出去解救，晴雯和麝月两个人按住温都里纳②胳肢呢。"宝玉听了，忙披上灰鼠袄子，出来一瞧，只见她三人被褥尚未叠起，大衣也未穿。那晴雯只穿葱绿院绸小袄，红小衣，红睡鞋，披着头发，骑在雄奴身上。麝月是红绫抹胸，披着一身旧衣，在那里抓雄奴的肋肢。雄奴却仰在炕上，穿着撒花紧身儿，红裤绿袜，两脚乱蹬，笑得喘不过气来。宝玉忙笑说："两个大的欺负一个小的，等我助力。"说着，也上床来胳肢晴雯。晴雯触痒，笑得忙丢下雄奴，和宝玉对抓，雄奴趁势又将晴雯按倒，向她肋下抓动。<u>袭人笑说："仔细冻着了！"看他四人裹在一处，倒好笑。</u>¹

忽有李纨打发了碧月来说："昨儿晚上，奶奶在这里把块手帕子忘了去，不知可在这里？"小燕说："有，有，有。我在地下拾了起来，不知是哪一位的，才洗了出来，晾着还未干呢。"<u>碧月见他四人乱滚，因笑道："倒是这里热闹，大清早起就咭咭呱呱的玩到一处。"</u>²宝玉笑道："你们那里人也不少，怎么不玩？"碧月道："我们奶奶不玩，把两个姨娘和琴姑娘也宾③住了。如今琴姑娘又跟了老太太前头去，更寂寞了。两个姨娘今年过了，到明年冬天，都去了，又更寂寞呢。<u>你瞧，宝姑娘那里，出去了一个香菱，就冷清了多少，把个云姑娘落了单。"</u>³

正说着，只见湘云又打发了翠缕来说："请二爷快出去瞧好诗。"<u>宝玉听了，忙问："哪里的好诗？"</u>⁴翠缕笑道："姑娘们都在沁芳亭上，你去了便知。"宝玉听了，忙梳洗了出来，果见黛玉、宝钗、湘云、宝琴、探春都在那里，手里拿着一篇诗看。见他来时，都笑说："<u>这会子还不起来，咱们的诗社散了一年，也没有人作兴。如今正是和春时节④，万物更新，正该鼓舞另立起来才好。</u>"⁵湘云笑道："一起诗社时是秋天，就不应发达。如今恰好万物逢春，皆主生盛。况这首桃花诗又好，就把海棠社改作桃花社。"宝玉听着，点头说："很好。"且忙着要

1. 在这场玩闹中，宝玉暂时忘却了烦恼，他与丫头们已无任何区别了，除了实际的性别。

2. 碧月与自己所处的拘板环境比，话中不免流露出几分羡慕。

3. 此时还不算寂寞冷清，以后只怕还有更寂寞冷清的日子呢。

4. 先有人作成好诗，请宝玉去看。写开社作诗，每次都不一样。

5. 因诗而引出重起诗社之议，很自然。时节虽好，人事却未必能凭鼓舞诗兴而得气象更新。

---

① 怔忡之疾——中医病症名。因情志波动、思虑过度或劳累伤神所引发，病人自觉心动不安、心慌不能自主、言语行动容易走神的一种症候。

② 温都里纳——即芳官，下文"雄奴"也是她。见第六十三回宝玉为芳官改名的段落。

③ 宾——受拘束。

④ 和春时节——诸本多作"初春时节"，初春非桃花季节，何况上文提到若干天前宝玉"似染怔忡之疾"时，已称"如今仲春天气"，下文明确提到读诗当天的日子说"明日乃三月初二日"，可知"初春"有误，列藏本作"和春"，是，从之。

诗看。众人都又说："咱们此时就访稻香老农去，大家议定好起社。"说着，一齐起来，都往稻香村来。宝玉一壁走，一壁看那纸上写着《桃花行》一篇曰：[1]

> 桃花帘外东风软，桃花帘内晨妆懒。
> 帘外桃花帘内人，人与桃花隔不远。
> 东风有意揭帘栊，花欲窥人帘不卷。
> 桃花帘外开仍旧，帘中人比桃花瘦。[2]
> 花解怜人花也愁，隔帘消息风吹透。
> 风透湘帘花满庭，庭前春色倍伤情。
> 闲苔院落门空掩，斜日栏杆人自凭。
> 凭栏人向东风泣，[3]茜裙偷傍桃花立。
> 桃花桃叶乱纷纷，花绽新红叶凝碧。
> 雾裹烟封一万株，烘楼照壁红模糊。
> 天机烧破鸳鸯锦，春酣欲醒移珊枕。
> 侍女金盆进水来，香泉影蘸胭脂冷。
> 胭脂鲜艳何相类？花之颜色人之泪。[4]
> 若将人泪比桃花，泪自长流花自媚。
> 泪眼观花泪易干，泪干春尽花憔悴。[5]
> 憔悴花遮憔悴人，花飞人倦易黄昏。
> 一声杜宇春归尽，寂寞帘栊空月痕。①[6]

宝玉看了，并不称赞，却滚下泪来。便知出自黛玉，[7]因此落泪，又怕众人看见，又忙自己擦了。因问："你们怎么得来？"宝琴笑道："你猜是谁作的？"宝玉笑道："自然是潇湘子稿。"宝琴笑道："现是我作的呢。"宝玉笑道："我不信。这声调口气，迥乎不像蘅芜之体，所以不信。"[8]宝钗笑道："所以你不通。难道杜工部首首都作'丛菊两开他日泪'之句不成？一般的也有'红绽雨肥梅''水荇牵风翠带长'之媚语。②"宝玉笑道："固然如此说。但我

---

1. 一边走一边看，又是变换写法。

2. 帘外桃花与帘内人，先是一盛一衰，两相对照，渐至好花易落，与红颜同命，都归黄土，是此诗立意。先只说人懒，此则言瘦，皆自况。虽是套"莫道不消魂，帘卷西风，人比黄花瘦"（李清照《醉花阴》）古人句的，却也无碍，正为暗示人之消魂也。

3. 又进一层言泣。

4. 人之泪作胭脂色，则血泪也。

5. 终于人、时、花合一了。与欧阳修《蝶恋花》词"泪眼问花花不语，乱红飞过秋千去"意象颇有相似。

6. 帘栊寂寞，谓人去馆空也。则啼血之杜鹃，岂紫鹃乎？这才是真正的"冷月葬花魂"景象。

7. 知音自有灵犀相通。

8. 借诗体之辨，作者自述此书中所拟人物诗，皆合各自不同性情、修养、生活经历。

---

① 《桃花行》一首——诗是黛玉自己命运象征性的写照，或即所谓"诗谶"。蒙府、戚序本回前有诗曰："空将佛事图相报，已触飘风散艳花。一片精神传好句，题成谶语任吁嗟。"意思说，虽宝玉后来出家皈依佛门，企图以此来报答黛玉对他的深情，但那也是徒然，因为那时黛玉早已如遭狂风的桃花那样飘散了。黛玉现在花费精神留下好诗佳句来，写成的却只是谶语，任凭人们去惋叹吧。茜裙，红纱裙。"天机"句，说桃花如仙女用天机所织出的红色云锦破了落于地面。"烧""鸳鸯"（表示喜兆的图案）皆示红色。春酣，春天酣睡，亦说酒酣，暗点红色。珊枕，珊瑚枕。此句说红颜移枕欲起。"香泉"句，意谓蘸着有影的水洗脸而感到有些冷。传说以桃花雪水洗脸能使容貌姣好。杜宇，杜鹃。

② "难道杜工部"二句——大家之诗，风格境界往往是多样的，并非只呈一种面目。即如杜甫（曾任检校工部员外郎）的诗并非全然沉郁悲怆，也有清丽秀媚之句。"丛菊两开他日泪"出《秋兴八首》之一；"红绽雨肥梅"出《陪郑广文游何将军山林十首》之五；"水荇牵风翠带长"出《曲江对雨》。

知道姐姐断不许妹妹有此伤悼语句，妹妹虽有此才，是断不肯作的。比不得林妹妹曾经离丧，作此哀音。"[1]众人听说，都笑了。

　　已至稻香村中，将诗与李纨看了，自不必说，称赏不已。说起诗社，大家议定：明日乃三月初二日，就起社，便改"海棠社"为"桃花社"，林黛玉就为社主。[2]明日饭后，齐集潇湘馆。因又大家拟题，黛玉便说："大家就要桃花诗一百韵。"[3]宝钗道："使不得。从来桃花诗最多，纵作了必落套，比不得你这一首古风。须得再拟。"正说着，人回："舅太太来了，[4]请姑娘们出去请安。"因此大家都往前头来见王子腾的夫人，陪着说话。吃饭毕，又陪入园中来各处游玩一遍。至晚饭后掌灯方去。

　　次日乃是探春的寿日，元春早打发了两个小太监送了几件玩器。合家皆有寿仪，自不必细说。饭后，探春换了礼服各处去行礼。黛玉笑向众人道："我这一社开得又不巧了，偏忘了这两日是她的生日。虽不摆酒唱戏的，少不得都要陪她在老太太、太太跟前玩笑一日，如何能得闲空儿。"因此改至初五。[5]

　　这日，众姊妹皆在房中侍早膳毕，便有贾政书信到了。宝玉请安，将请贾母的安禀①拆开，念与贾母听，上面不过是请安的话，说六月中准进京等语。其余家信事务之帖，自有贾琏和王夫人开读。众人听说六七月回京，都喜之不尽。[6]偏生近日王子腾之女许与保宁侯之子为妻，择日于五月初十过门，凤姐儿又忙着张罗，常三五日不在家。这日，王子腾的夫人又来接凤姐儿，一并请众甥男甥女闲乐一日。贾母和王夫人命宝玉、探春、黛玉、宝钗四人同凤姐去。众人不敢违拗，只得回房去另妆饰了起来。五人作辞，去了一日，掌灯方回。

　　宝玉进入怡红院，歇了半刻，袭人便乘机见景劝他收一收心，闲时把书理一理预备着。宝玉屈指算一算，说："还早呢。"袭人道："书是第一件，字是第二件。到那时，你纵然有了书，你的字写的在哪里呢？"[7]宝玉笑道："我时常也有写的好些，难道都没收着？"袭人道："何曾没收着。你昨儿不在家，我就拿出来，共总数了一数，才有五六十篇。这三四年的工夫，难道只有这几张字不成？[8]依我说，从明日起，把别的心全收了起来，天天快临几张字补上。虽不能按日都有，

①　安禀——儿女给父母的信；谓敬禀请安也。

1. 宝钗之辩，驳不倒宝玉的认定。极有自信，绝无误判。

2. 点回目。

3. 先提出的主意，必是不妥的，此等处，作者从不直叙。

4. 必打断才好，哪能呆呆地只谈作诗。

5. 生活中本什么事都有，未必改期推迟两天开社，就一定开得了。

6. 如何？又有别的事了吧？贾政数月后可回家的消息，大家高兴，宝玉肯定还有别的想法。

7. 父亲回来必问功课，袭人首先想到，已在为宝玉盘算了，真是无微不至。

8. 写的字不到拿得出的十分之一，交不了账，哪有心思再作诗？

也要大概看得过去。"宝玉听了，忙得自己又亲检了一遍，实在搪塞不去，便说："明日为始，一天写一百字才好。"说话时，大家安息。

　　至次日起来，梳洗了，便在窗下研墨，恭楷临帖。贾母因不见他，只当病了，忙使人来问。宝玉方去请安，便说："写字之故，先将早起清晨的工夫尽了出来，再作别的，因此出来迟了。"贾母听了，便十分欢喜，就吩咐他："以后只管写字念书，不用出来也使得。你去回你太太知道。"宝玉听说，便往王夫人房中来说明。王夫人便说："临阵磨枪也中用？ 有这会子着急，天天写写念念，有多少完不了的！¹ 这一赶，又赶出病来才罢。"宝玉回说："不妨事。"这里贾母也说怕急出病来。探春、宝钗等都笑说："老太太不用急。书虽替他不得，字却替得的。我们每人每日临一篇给他，搪塞过这一步就完了。一则老爷到家不生气，二则他也急不出病来。"贾母听说，喜之不尽。²

　　原来林黛玉闻得贾政回家，必问宝玉的功课，宝玉肯分心，恐临期吃了亏。因此自己只装作不耐烦，把诗社便不起，也不以外事去勾引他。³ 探春、宝钗二人每日也临一篇楷书字与宝玉，宝玉自己也每日加工，或写二百三百不拘。至三月下旬，便将字又集凑出许多来。⁴ 这日正算，再得五十篇也就混得过去了。谁知紫鹃走来，送了一卷东西与宝玉，拆开看时，却是一色老油竹纸上临的钟、王蝇头小楷①，字迹且与自己十分相似。喜得宝玉向紫鹃作了一个揖，又亲自来道谢。接着湘云、宝琴二人亦皆临了几篇相送。凑成虽不足功课，亦足搪塞了。宝玉放了心，于是将所应读之书，又温理过几遍，正是天天用功。可巧近海一带海啸，又糟蹋了几处生民。地方官题本奏闻，奉旨就着贾政顺路查看赈济回来。如此算去，至冬底方回。⁵ 宝玉听了，便把书字又搁过一边，仍是照旧游荡。

　　时值暮春之际，史湘云无聊，因见柳花飘舞，便偶成一小令，调寄《如梦令》②，⁶ 其词曰：

　　　　岂是绣绒残吐，卷起半帘香雾。纤手自拈来，空

1. 学生临考也多如此。

2. 以前只黛玉一人作枪手，如今姐妹都公然表示愿为其代笔搪塞，亦摸透老太太为孙子着急心思。

3. 黛玉自然不会等听人说了才想到。如何相助，却先不漏风。为此而搁下起诗社事也于此交代。

4. 说"三月下旬"要紧。否则，桃花时节怎写暮春柳絮词？可知前面刚说开社，便被诸事打断，也为此而安排的。

5. 字，既足以搪塞，书，也温习过了。贾政自不须早回，故让其延至冬底方回，好给众人有充分自由活动时间。

6. 因此促成开社填词。点回目。

――――――――――――――

①　钟、王蝇头小楷——三国魏钟繇，东晋王羲之，皆书法大家。蝇头，常喻细小。

②　小令，调寄《如梦令》——短小的词称令，小令即小词。词都有一个词调（或称词牌），如《如梦令》《临江仙》等，它在最初创调时亦即题目，以后只代表一定的声调格式，题目又另拟。用某一词调填写的词，常常说成"调寄某词调"。

使鹃啼燕妒。<u>且住，且住！莫放春光别去。</u>①1

自己作了，心中得意，便用一条纸儿写好，与宝钗看了，又来找黛玉。黛玉看毕，笑道："好！也新鲜有趣，我却不能。"湘云笑道："咱们这几社总没有填词。<u>你明日何不起社填词，改个样儿，岂不新鲜些？</u>"2 黛玉听了，偶然兴动，便说："这话说得极是。我如今便请他们去。"说着，一面吩咐预备了几色果点之类，一面就打发人分头去请众人。这里她二人便拟了"柳絮"之题，又限出几个调来，写了，绾在壁上。

众人来看时："<u>以柳絮为题，限各色小调。</u>"3 又都看了史湘云的，称赏了一回。宝玉笑道："这词上我倒平常，少不得也要胡诌起来。"于是大家拈阄，宝钗便拈得了《临江仙》，宝琴拈得了《西江月》，探春拈得了《南柯子》，黛玉拈得了《唐多令》，宝玉拈得了《蝶恋花》。紫鹃炷了一支梦甜香，大家思索起来。一时，黛玉有了，写完。接着宝琴、宝钗都有了。她三人写完，互相看时，宝钗便笑道："我先瞧完了你们的，再看我的。"探春笑道："嗳呀，今儿这香怎么这样快，已剩了三分了！我才有了半首。"因又问宝玉可有了。宝玉虽作了些，只是自己嫌不好，又都抹了要另作，回头看香，已将烬了。李纨等笑道："这算输了。蕉丫头的半首且写出来。"探春听说，忙写出来。<u>众人看时，</u>4 上面却只半首《南柯子》，写道是：

> 　　空挂纤纤缕，徒垂络络丝。<u>也难绾系也难羁，一任东西南北各分离。</u>②5

李纨笑道："这却也好作，何不续上？"宝玉见香没了，情愿认负，不肯勉强塞责，将笔搁下，来瞧这半首。见没完时，反倒动了兴，开了机，乃提笔续道是：

> 　　落去君休惜，飞来我自知。<u>莺愁蝶倦晚芳时，纵是明春再见——隔年期！</u>③6

右侧注：

1. 与"展眼吊斜晖"（湘云判词）都是美好时光苦短的意思。

2. 作者有意让诗词曲都在书中展示，故改样换新。

3. 题因湘云词而定，调限小令，为其通俗易成也。若出长调慢词，都有清真手段，则闺阁成大晟乐府矣，反不合情理。

4. 却是先看没作完的，总是又变一格也。（己）

5. 与"从今分两地，各自保平安，奴去也，莫牵连"（《红楼梦曲·分骨肉》）意同。非探春才短，只能作半首，因寓意已明，实不须再作也。

6. 隐意总为宝玉出走，淹留在外，一年后始得回家，其时黛玉已逝作谶。

---

① 湘云"岂是绣绒残吐"一首——绣绒，喻柳花。残吐，借女子唾出的绣绒线头，说柳絮因残而离枝。香雾，喻飞絮蒙蒙。以手拈柳絮代表占得了春光，所以说使春鸟产生妒忌。莫放，己卯、庚辰诸本作"莫使"，与前句"空使"用字重复，且拈絮是想留春，以"莫放"为好，从戚序、戚宁本。词与湘云好景不长的命运一致。

② 探春"空挂纤纤缕"半首——谓柳条虽似缕如丝，却难系住柳絮。络络，联缀的样子。绾（wǎn 挽）系，打成结把东西拴住。羁，缚住。词与探春远嫁不归的命运一致。

③ 宝玉续"落去君休惜"半首——我自知，等于说"人莫知"，植物抽叶开花是在不知不觉中进行的。隔年期，意谓须等柳絮再生。词为宝玉后来遭遇作谶，参见拙著《红楼梦诗词曲赋鉴赏》。

众人笑道:"正经你分内的又不能,这却偏有了。纵然好,也不算得。"说着,看黛玉的《唐多令》:

> 粉堕百花洲,香残燕子楼。一团团逐对成球。飘泊亦如人命薄,空缱绻,说风流! 草木也知愁,韶华竟白头! 叹今生谁拾谁收? 嫁与东风春不管,凭尔去,忍淹留。①1

众人看了,俱点头感叹,说:"太作悲了,好是固然好的。"因又看宝琴的是《西江月》:

> 汉苑零星有限,隋堤点缀无穷。三春事业付东风,明月梅花一梦。 几处落红庭院? 谁家香雪帘栊? 江南江北一般同,偏是离人恨重! ②2

众人都笑说:"到底是她的声调壮。'几处''谁家'两句最妙。"宝钗笑道:"终不免过于丧败。我想,柳絮原是一件轻薄无根无绊的东西,然依我的主意,偏要把它说好了,才不落套。3所以我诌了一首来,未必合你们的意思。"众人笑道:"不要太谦。我们且赏鉴,自然是好的。"因看这一首《临江仙》道是:

> 白玉堂前春解舞,东风卷得均匀。

湘云先笑道:"好一个'东风卷得均匀'! 这一句就出人之上了。"又看底下道:

> 蜂团蝶阵乱纷纷。几曾随逝水? 岂必委芳尘? 万缕千丝终不改,任他随聚随分。韶华休笑本无根,好风频借力,送我上青云! ③4

1. 末句寓意尤显。表面写忍心看柳絮"飘泊"在外,久留不归,实则无异隐写黛玉临终内心独白:时到如今,你忍心不回家来,我也只好任你去了!

2. "明月梅花一梦"句,隐寓双关,除用《龙城录》赵师雄游罗浮山典故外,宝琴许嫁之人,恰好为梅翰林之子,则这一姻缘将来或似梦成空也难说。程乙本大概以为柳絮时节不当言"梅花",遂妄改为"梨花",致全湮原意。末写离恨,则其《真真国女儿诗》中已言之矣。

3. 记得有故事说:士人相聚,以"红"字为韵,各成诗一句。作花红、枫叶红、晚霞红、猎火红者纷纷不一。一人独言柳絮红,众以为非。则曰:我诗有上句,连起来是"斜阳返照桃花坞,柳絮飞来片片红"。

4. 后四十回续书写宝钗愿假冒病危中的黛玉,与宝玉成婚情节,对此后读者影响极大。至今不少人仍存有深恶宝钗、薛姨妈、袭人等为人之成见。其中便有人指此词末几句,谓此即宝钗欲夺取宝二奶奶宝座之心迹。其实,谶语非其人有意识说的话,乃作者宿命观的表现。此词只寓客观形势造成被世人视作"上青云"的"金玉良姻"的结果,宝钗最终不免被宝玉所弃,乃出于"韶华"时"本无根"也。

---

① 黛玉"粉堕百花洲"一首——首二句以柳絮堕枝飘残,隐喻女子死亡。百花洲,指在姑苏山上的百花洲,黛玉是姑苏人。燕子楼,唐女子关盼盼曾居此楼十余年念旧不嫁。见白居易《燕子楼三首并序》。后多用以说女子孤独悲愁。又苏轼《永遇乐》词:"燕子楼空,佳人何在? 空锁楼中燕。"故也用以说女子亡逝。逐对成球,形容柳絮碰到时黏在一起。"球"可谐音"逑",配偶,隐义双关。缱绻(qiǎn quǎn 浅犬):缠绵,情好难分。嫁与东风:唐代李贺《南园》诗:"可怜日暮嫣香落,嫁与春风不用媒。"

② 宝琴"汉苑零星"一首——汉皇家园林宜春苑(即曲江池)多植柳,号柳衙,但远不及隋堤规模,故曰"有限"。明月梅花一梦,用"梦断罗浮"典(参见第五十回邢岫烟《咏红梅花》诗注),取其梦醒惆怅之意。香雪,喻柳絮。古以折柳赠别,故这离恨。苏轼《杨花词》:"细看来不是杨花,点点是离人泪。"

③ 宝钗"白玉堂前"一首——春解舞,谓柳絮被春风吹起,如翩翩起舞。均匀,谓舒卷自如。"几曾"二句谓柳絮何曾随流水逝去,亦未委弃于尘土中。下片说柳絮随风忽聚忽散,柳树依旧长条飘拂。春光中的柳絮本无根之物,然借助于风力,也能平步青云。宋代洪迈《夷坚志》卷四曾记人作《临江仙》题纸鸢词,有"当风轻借力,一举入高空"之语,为此词所本。词亦处处合宝钗身份及境遇。

众人拍案叫绝，都说："果然翻得好，气力自然是这首为尊。缠绵悲戚，让潇湘妃子；情致妩媚，却是枕霞；小薛与蕉客今日落第，要受罚的。"宝琴笑道："我们自然受罚，但不知交白卷子的，又怎么罚？"李纨道："不要忙，这定要重重地罚他，下次为例。"[1]

一语未了，只听窗外竹子上一声响，恰似窗屉子倒了一般，众人吓了一跳。丫鬟们出去瞧时，帘外丫鬟嚷道："一个大蝴蝶风筝，挂在竹梢上了。"众丫鬟笑道："好一个齐整风筝！不知是谁家放的，断了绳。拿下它来。"宝玉等听了，也都出来看时，宝玉笑道："我认得这风筝，这是大老爷那院里嫣红姑娘放的。[2]拿下来给她送过去罢。"紫鹃笑道："难道天下没有一样的风筝，单她有这个不成？我不管，我且拿起来。"探春道："紫鹃也学小气了。你们一般的也有，这会子拾人走了的，也不怕忌讳？"[3]黛玉笑道："可是呢，知道是谁放晦气①的，快丢出去罢！把咱们的拿出来，咱们也放晦气。"紫鹃听了，赶着命小丫头们将这风筝送出与园门上值日的婆子去了，倘有人来找，好还他们去的。

这里小丫头们听见放风筝，巴不得一声儿，七手八脚，[4]都忙着拿出一个美人风筝来。也有搬高凳去的，也有捆剪子股②的，也有拨籰子③的。宝钗等都立在院门前，命丫头们在院外敞地下放去。宝琴笑道："你这个不大好看，不如三姐姐的那一个软翅子大凤凰好。"[5]宝钗笑道："果然。"因回头向翠墨笑道："你去把你们的拿来也放放。"翠墨笑嘻嘻地果然也取去了。宝玉又兴头起来，也打发个小丫头子家去，说："把昨儿赖大娘送我的那个大鱼取来。"小丫头子去了半天，空手回来，笑道："晴姑娘昨儿放走了。"宝玉道："我还没放一遭儿呢。"探春笑道："横竖是给你放晦气罢了。"宝玉道："也罢。再把那个大螃蟹拿来罢。"丫头去了，同了几个人扛了一个美人并籰子来，说道："袭姑娘说，昨儿把螃蟹给了三爷了。[6]这一个是林大娘才送来的，放这一个罢。"宝玉细看了一回，只见这美人做得十分精致，[7]心中欢喜，便命叫放起来。

此时，探春的也取了来，翠墨带着几个小丫头子们，在那边山坡上已放了起来。宝琴也命人将自己的一个大红蝙蝠

1. 若真的再写宝玉受罚，就呆了，前已写过罚他访妙玉乞红梅，还罚什么？故立即打断，转入写放风筝。

2. 偏他认得。

3. 俗传放风筝是放走晦气，故忌讳拾了来。

4. 是写小丫头贪玩的童心。

5. 特将探春的风筝先夸一句，因为将着重写到。

6. 螃蟹自该给贾环。

7. 宝玉得美人也对。

---

① 放晦气——迷信习俗，以为将风筝放走，可以把不祥也放走，叫"放晦气"。

② 剪子股——用竹竿抖放风筝，在竿头斜缚一小棍，呈剪刀形，以便挑线，叫"剪子股"。

③ 籰（yuè 月）子——绕线工具，这里指放风筝用的线车子。

也取来。宝钗也高兴，也取了一个来，却是一连七个大雁的，都放起来了。独有宝玉的美人放不起来。宝玉说丫头们不会放，自己放了半天，只起房高，便落下来了，急得宝玉头上出汗。众人又笑，宝玉恨得摔在地下，指着风筝道："若不是个美人，我一顿脚，踩个稀烂！"²黛玉笑道："那是顶线①不好，拿出去，另使人打了顶线，就好了。"³宝玉一面使人拿去另打顶线，一面又取一个来放。大家都仰面看天上，这几个风筝都起在半空中去了。

　　一时，丫鬟们又拿了许多各式各样的"送饭的"②来，玩了一回。紫鹃笑道："这一回的劲大，姑娘来放罢。"黛玉听说，用手帕垫着手，⁴顿了一顿，果然风紧力大，接过籰子来，随着风筝的势将籰子一松，只听一阵"豁剌剌"响，登时籰子线尽。黛玉因让众人来放。众人都笑道："各人都有，你先请罢。"黛玉笑道："这一放，虽有趣，只是不忍。"⁵李纨道："放风筝图的是这一乐，所以又说放晦气，你更该多放些，把你这病根儿都带了去就好了。"紫鹃笑道："我们姑娘越发小气了。哪一年不放几个子？今儿忽然又心疼了。姑娘不放，等我放。"说着，便向雪雁手中接过一把西洋小银剪子来，齐籰子根下寸丝不留，"咯登"一声铰断，笑道："这一去，把病根儿可都带了去了！"那风筝飘飘摇摇，只管往后退了去。一时只有鸡蛋大小，展眼只剩了一点黑星儿，再展眼便不见了。众人皆仰面睃眼说："有趣，有趣！"③宝玉道："可惜不知落在哪里去了。若落在有人烟处，被小孩子得了还好；若落在荒郊野外，无人烟处，我替它寂寞。想起来，把我这个放去，教它两个作伴儿罢。"⁶于是也用剪子剪断，照先放了去。

　　探春正要剪自己的凤凰，见天上也有一个凤凰，因道："这也不知是谁家的？"众人皆笑说："且别剪你的，看它倒像要来绞的样儿。"说着，只见那凤凰渐逼近来，遂与这凤凰绞在一处。众人方要往下收线，那一家也要收线，正不开交，又见一个门扇大的玲珑"喜"字带响鞭，在半天如钟鸣一般，也逼近来。众人笑道："这一个也来绞了！且别收，让它三个绞在一处，倒有趣呢！"说着，那"喜"字果然与这两个凤凰绞

1. 大雁是会传书的，是盼音信否？

2. 幽默，正是宝玉的性情。

3. 内行话，有过放风筝经验的人才知。

4. 细。

5. 能体验人物心里微小的情绪变化。

6. 宝玉之体贴爱心竟及于物，无怪称其为"情不情"。换别人来写，想不到此。他日黛玉夭亡后，不知是否也有类似想头。东坡记梦词《江城子》曰："料得年年肠断处，明月夜，短松冈。"即写自己思念亡妻葬于"荒郊野外，无人烟处"的凄凉"寂寞"。

---

①　顶线——在风筝骨子上择三点，呈倒三角形，用系三根线，然后再总系在一根风筝线上。那三根线叫"顶线"，顶线的位置、长短决定风筝的平衡、倾斜度，适当时才容易放起来。
②　送饭的——放风筝时一种附加物的俗称。风筝放高后，将它挂在线上，随风沿线而上，多为彩纸之类。
③　有趣，有趣——以下至本回结束文字，似有象征性的暗示，暗示探春将来远嫁尤为明显。甲辰、程高本删去。

在一处。[1] 三下齐收乱拖，谁知线都断了，那三个风筝，飘飘摇摇都去了。众人拍手，哄然一笑，说："倒有趣，可不知那"喜"字是谁家的，忒促狭了些！"[2] 黛玉说："我的风筝也放去了，我也乏了，我也要歇歇去了。"宝钗说："且等我们放了去，大家好散。"说着，看她姊妹都放去了，大家方散。黛玉回房，歪着养乏。要知端的，下回便见。

1. 两只凤凰和"喜"字绞在一起，显然是将来探春婚姻的象征。她抽得的花名签上就有"必得贵婿"话头（第六十三回），又她制作元宵灯谜（回目标出是"谶语"），恰恰也是风筝，且曰："游丝一断浑无力，莫向东风怨别离"。（第二十二回）

2. 怪"喜"字来绞"忒促狭"，即怪促成这场远嫁不归婚姻的背地里出主意者忒促狭。但不知是否指其生母赵姨娘。无法证实。

【总评】

经过多回写二尤悲剧的情节后，又重回宝、黛、钗、湘等人的故事；以作诗填词为主干，穿插些其他日常活动情节。

晴雯、麝月、芳官等丫头们咭咭呱呱地嬉笑玩闹，是怡红院独有的景象。这完全是宝玉造成的，他自己乐于参与其中，也就说明问题了。

海棠诗社建立后，只做了几次诗，大观园中变故迭起，诗社一散就是一年。黛玉作了一首《桃花行》，大家看了，提起兴来，重建诗社，改称"桃花社"，但这已是夕阳晚景了。《桃花行》与《葬花吟》《秋窗风雨夕》的基本格调一致，在不同程度上都带有"诗谶"成分，只是它专为命薄如桃花的林黛玉的夭亡，预作象征性的写照。文中借"宝玉看了，并不称赞，却滚下泪来，便知出自黛玉"和"哀音"等语，点出此诗的性质。

为行文不过于平直，不接写作诗，而写此时出差在外的贾政捎来家书，说是六七月回京。宝玉要为父亲回家时检查功课作准备，只好临时抱佛脚。书，还能勉强应付；字，写好的太少，难交账。探春、宝钗等愿做"枪手"，"每人每日临一篇给他"，因为临的是楷书，容易模仿。黛玉早想到，不声不响地已临了一大卷"钟、王蝇头小楷"叫紫鹃送去。正在"天天用功"，得讯贾政因"近海一带海啸"奉旨"查看赈济"，须"至冬底方回"，于是宝玉把功课搁下，"照旧游荡"。这才接上写众人填词。

《柳絮词》又都是每个人未来的自况。故湘云所作，以惜春、留春作结，预示其所谓美满婚姻好景不长。探春作的前半首，其远嫁不归的寓意甚明；宝玉续其后半首，也是自作谶语。黛玉之作，寄寓已如注释说明。宝琴将来归宿如何，确切的线索不多，故其词不必强作阐解。宝钗的翻案文章，必应与其命运相合：她虽成就了"金玉良姻"，却落得被弃孤居，所以词说既能"上青云"，又特点出是"本无根"的。总之，这是作者惯用的特殊表现方法。

以放风筝游戏情节作本回收场，可注意者有二：一、是作诗填词用谶语式表现方法的继续。在这段情节的描绘中，也处处有象征性、隐寓性的用意。如黛玉要放走风筝时的"不忍"和"心疼"，宝玉对黛玉风筝飞走的特别多情牵挂，说"若落在荒郊野外，无人烟处，我替它寂寞。想起来，把我这个放去，教它两个作伴儿罢"。当然最明显的是探春的风筝被绞一段，与以前她得花签说"必得贵婿"及多处暗示她远嫁不归完全一致。二、作者本大杂家，三教九流无所不晓，故对风筝也颇内行。但这与"文革"期间有人提供假古董《废艺斋集稿》（中有《南鹞北鸢考工志》《瓶湖懋斋记盛》等），造出个曹雪芹的风筝谱毫不相干。假古董破绽百出，已被一一揭出。可参见梅节《曹雪芹佚著〈废艺斋集稿〉质疑》（《河南教育学院学报》（哲学社会科学版）2006年第1期）和任晓辉、辛欣《〈废艺斋集稿〉研究综述》（《红楼梦学刊》2006年第3期）等文。

第 七 十 一 回
嫌隙人有心生嫌隙　鸳鸯女无意遇鸳鸯

【题解】

　　本回回目诸本一致。嫌隙人，指邢夫人。一段时间来，她对儿媳王熙凤已存嫌隙，值贾府内出现些纠纷，不满凤姐处置的人就在邢夫人前挑唆，加深其嫌隙，致使她故意当众羞辱凤姐，让她下不了台。鸳鸯夜过园子，找山石后隐蔽处小解，无意间撞见了丫头司棋与小厮潘又安在幽会。通常称在野外干这种事的男女为野鸳鸯。

　　话说贾政回京之后，诸事完毕，赐假一月，在家歇息。因年景渐老，事重身衰，又近因在外几年，骨肉离分，今得晏然复聚于庭室，自觉喜幸不尽。一应大小事务，一概益发付于度外，只是看书，闷了便与清客们下棋吃酒，或日间在里面，母子夫妻共叙天伦庭闱之乐。

　　因今岁八月初三日，乃贾母八旬之庆，¹ 又因亲友全来，恐筵宴排设不开，便早同贾赦及贾珍、贾琏等商议，议定于七月二十八日起，至八月初五日止，荣、宁两处，齐开筵宴，² 宁国府中单请官客，荣国府中单请堂客①，大观园中，收拾出缀锦阁并嘉荫堂等几处大地方来，作退居②。二十八日请皇亲、驸马、王公、诸公主、郡主、王妃、国君、太君、夫人③等，二十九日便是阁下、都府、督镇及诰命等，三十日便是诸官长及诰命并远近亲友及堂客。初一日是贾赦的家宴，初二日是贾政，初三日是贾珍、贾琏，初四日是贾府中合族长幼大小共凑的家宴。初五日是赖大、林之孝等家下管事人等共凑一日。自七月上旬，送寿礼者便络绎不绝。礼部奉旨：钦赐金玉如意一柄，彩缎四端，

1. 贾母见刘姥姥时，姥姥说自己七十五岁了，贾母说"比我大好几岁呢"。（第三十九回）就算大二三岁吧，则贾母当时应是七十二三岁，难道一晃已过了七八年了，怎么也算不出来。若果真如此，则宝玉、黛玉都该超过二十岁了。还说他们年纪尚小，谈婚论嫁事等三二年再说，这怎么可能呢？喜欢给小说人物排年表的人不知如何处理这类矛盾。写小说嘛，本非编年谱，尤其在人物众多的小说中，某人大几岁、小几岁，只要大体上看得过去就行，根本算不了什么问题。即使能将年岁大小写得毫无破绽，也未必就能成为好小说。

2. 贾母过生日够隆重的，历时八天，三天外宾，五天家宴。但氛围是否相称，是另一回事。

───────────────

　　① 官客、堂客——男客、女客。
　　② 退居——客人临时休息处。
　　③ 国君、太君、夫人——皇帝按臣子的官阶赐予其母亲、妻子的称号，历代规定不同。

金玉环四个，帑银五百两。元春又命太监送出金寿星一尊，沉香拐一只，伽南珠一串，福寿香一盒，金锭二对，银锭四对，彩缎十二匹，玉杯四只。余者自亲王、驸马以及大小文武官员之家，凡所来往者，莫不有礼，不能胜记。堂屋内设下大桌案，铺了红毡，将凡所有精细之物，都摆上，请贾母过目。贾母先一二日，还高兴过来瞧瞧，后来烦了，也不过目，只说："叫凤丫头收了，改日闲了再瞧。"[1]

　　至二十八日，两府中俱悬灯结彩，屏开鸾凤，褥设芙蓉，笙箫鼓乐之音，通衢越巷。宁府中，本日只有北静王、南安郡王、永昌驸马、乐善郡王并几个世交公侯应袭；荣府中，南安王太妃、北静王妃并几位世交公侯诰命。贾母等俱是按品大妆迎接。[2]大家厮见，先请入大观园内嘉荫堂，茶毕更衣，方出至荣庆堂上拜寿入席。大家谦逊半日，方才坐席。上面两席是南北王妃，下面依序，便是众公侯的诰命。左边下手一席，陪客是锦乡侯诰命与临昌伯诰命；右边下手一席，方是贾母主位。[3]邢夫人、王夫人带领尤氏、凤姐并族中几个媳妇，两溜雁翅，站在贾母身后侍立。林之孝、赖大家的带领众媳妇，都在竹帘外面，伺候上菜上酒；周瑞家的带领几个丫鬟，在围屏后伺候呼唤。凡跟来的人，早又有人管待别处去了。

　　一时台上参了场①，台下一色十二个未留发的小厮伺候。须臾，一小厮捧了戏单至阶下，先递与回事的媳妇；这媳妇接了，才递与林之孝家的，用一小茶盘托上，挨身入帘来，递与尤氏的侍妾佩凤；佩凤接了，才奉与尤氏；尤氏托着，走至上席，南安太妃谦让了一回，点了一出吉庆戏文，然后又谦让了一回，北静王妃也点了一出；众人又让了一回，命随便拣好的唱罢了。[4]少时，菜已四献，汤始一道。跟来各家的人，放了赏。大家便更衣复入园来，另献好茶。

　　南安太妃因问宝玉。贾母笑道："今日几处庙里念'保安延寿经'，他跪经②去了。"又问众小姐们。[5]贾母笑道："她们姊妹们病的病，弱的弱，见人腼腆，所以叫她们给我看屋子去了。有的是小戏子，传了一班在那边厅上，

1. 如此写自好。

2. 正规接待，恭敬有加，到者皆有诰命之尊贵来宾也。

3. 主位反在诸贵妇宾客之下。

4. 写一点戏，从戏单的层层上递，到太妃、王妃点过后，其余命妇皆不再点，礼仪井然。

5. 由太妃先问宝玉，再问小姐们，也是来客应有之礼，一丝不乱。

---

　①　参场——为喜庆祝寿演戏，开演前，演员们排列在戏台上致贺，叫"参场"。
　②　跪经——参加寺庙诵经以祈福，须下跪。

陪着她姨娘家姊妹们也看戏呢。"南安太妃笑道："既这样，叫人请来。"贾母回头命凤姐儿去把史、薛、林带来，"再只叫你三妹妹陪着来罢。"凤姐答应了，来至贾母这边，只见她姊妹们正吃果子看戏呢，宝玉也才从庙里跪经回来。凤姐儿说了话。宝钗姊妹与黛玉、探春、湘云五人来至园中，大家见了，不用请安、问好、让坐等事。众人中也有见过的，还有一两家不曾见过的，都齐声夸赞不绝。其中湘云最熟，南安太妃因笑道："你在这里，听见我来了，还不出来？还等请去。我明儿和你叔叔算账。"[1]因一手拉着探春，一手拉着宝钗，问几岁了，又连声夸赞。因又松了她两个，又拉着黛玉、宝琴，也着实细看极夸一回。又笑道："都是好的，你不知叫我夸哪一个的是。"[2]早有人将备用礼物打点出五份来：金玉戒指各五个，腕香珠五串。南安太妃笑道："你姊妹们别笑话，留着赏丫头们罢。"五人忙拜谢过。北静王妃也有五样礼物。余者不必细说。

　　吃了茶，园中略逛了一逛，贾母等因又让入席。南安太妃便告辞，说身上不快，"今日若不来，实在使不得，因此恕我竟先要告别了。"贾母等听说，也不便强留，大家又让了一回，送至园门，坐轿而去。接着北静王妃略坐一坐，也就告辞了。余者也有终席的，也有不终席的。

　　贾母劳乏了一日，次日便不会人，一应都是邢夫人、王夫人管待。有那些世家子弟拜寿的，只到厅上行礼，贾赦、贾政、贾珍等还礼管待，至宁府坐席。不在话下。

　　这几日，尤氏晚间也不回那府里去，白日间待客，晚间陪贾母玩笑，又帮着凤姐料理出入大小器皿以及收放赏礼事务，晚间在园内李氏房中歇宿。这日，晚间服侍过贾母晚饭后，贾母因说："你们也乏了，我也乏了，早些寻一点子吃的，歇歇去。明儿还要起早闹呢。"[3]尤氏答应着，退了出来，到凤姐儿房里来吃饭。凤姐在楼上看着人收送礼的新围屏，只有平儿在房里与凤姐叠衣服。尤氏因问："你们奶奶吃了饭了没有？"平儿笑道："吃饭岂不请奶奶去的。"尤氏笑道："既这样，我别处找吃的去。饿得我受不得了。"说着就走。平儿忙笑道："奶奶请回来，这里有点心，且点补一点儿，回来再吃饭。"尤氏笑道："你们忙得这样，我园子里和她姊妹们闹去。"一面说，一面就走。平儿留不住，只得罢了。

1. 这很自然。是熟人对小辈示亲切话头，非责怪也。

2. 固是场面上话，也是实情。大观园中如此耀眼的五朵金花，谁见了能不夸呢？

3. 要热闹，就得受点累。贾母的话，道出贾府连日迎来送往，忙于应酬，以致乏神疲情景。

且说尤氏一径来至园中，只见园中正门与各处角门仍未关，[1] 犹吊着各色彩灯，因回头命小丫头叫该班的女人。那丫鬟走入班房中，竟没一个人影儿，回来回了尤氏。尤氏便命传管家的女人。这丫头应了便出去，到二门外鹿顶内，乃是管事的女人议事取齐之所。到了这里，只有两个婆子分菜果呢。因问："哪一位奶奶在这里？东府里奶奶立等一位奶奶，有话吩咐。"这两个婆子只顾分菜果，又听见是东府里的奶奶，不大在心上，[2] 因就回说："管家奶奶们才散了。"小丫头道："散了，你们家里传她去。"婆子道："我们只管看屋子，不管传人。姑娘要传人，再派传人的去。"小丫头听了道："嗳呀嗳呀，这可反了！[3] 怎么你们不传去？你哄那新来的，怎么哄起我来了！素日你们不传，谁传去？这会子打听了梯己信儿，或是赏了哪位管家奶奶的东西，你们争着狗颠儿似的传去了，不知谁是谁呢！琏二奶奶要传，你们可也这么回？"这两个婆子一则吃了酒，二则被这丫头揭挑着弊病，便羞急成怒了，因回口道："扯你的臊！我们的事传不传，不与你相干，你未曾揭挑我们？你想想，你那老子娘在那边管家爷们跟前，比我们还更会溜呢。什么'清水下杂面，你吃我也见'的事，各家门，另家户，你有本事，排场你们那边人去！我们这边，你还早些呢！"[4] 丫头听了，气白了脸，因说道："好，好，这话说得好！"一面转身进来回话。

尤氏已早入园来。因遇见了袭人、宝琴、湘云三人，同着地藏庵的两个姑子，正说故事玩笑。尤氏因说饿了，先到怡红院，袭人装了几样荤素点心出来，与尤氏吃。两个姑子、宝琴、湘云等都吃茶，仍说故事。那小丫头子一径找了来，气狠狠地把方才的话都说了出来。尤氏听了冷笑道："这是两个什么人？"两个姑子并宝琴、湘云等听了，生怕尤氏生气，忙劝说："没有的事，必是这一个听错了。"两个姑子笑推这丫头道："你这孩子好性气，那糊涂老嬷嬷们的话，你也不该来回才是。[5] 咱们奶奶万金之躯，劳乏了几日，黄汤辣水没吃，咱们哄她欢喜一会还不得一半儿，说这些话做什么？"袭人也忙笑着拉出她去，说："好妹妹，你且出去歇歇，我打发人叫她们去。"尤氏道："你不要叫人，你去就叫这两个婆子来，到那边把她们家的凤儿叫来。"袭人笑道："我请去。"尤氏说："偏不要你去。"两个姑子忙立起身来，笑说："奶奶素日宽洪大量，今日老祖宗

1. 伏下文。（庚）便是接着写的事。

2. 看人下菜碟，管事婆子通病。

3. 气太盛了！小丫头这样说话，不免招人恼怒。

4. 下人公然声称东、西二府是不相干的"各家门，另家户"，不能彼此派遣的话，传了上去，必惹恼主子，要吃亏。然正是吃了酒，又羞怒时不斟酌后果说的话。

5. 这些责怪小丫头因自己生气，就不顾奶奶感受，什么话都来回的话，也只有旁观的外人才适合说，所以才写在旁有庵里来的两个姑子。

千秋，奶奶生气，岂不惹人议论。"[1]宝琴、湘云二人也都
笑劝，尤氏道："不为老太太的千秋，我断不依！且放着就
是了。"

　　说话之间，袭人早又遣了一个丫头去到园门外找人。
可巧遇见周瑞家的，这小丫头子就把这话告诉周瑞家的。
周瑞家的虽不管事，因她素日仗着是王夫人的陪房，原有
些体面，心性乖滑，专惯各处献勤讨好，所以各房主人都
喜欢她。[2]她今日听了这话，忙得跑入怡红院来，一面飞走，
一面口内说道："气坏了奶奶了，可了不得！我们家里如今
惯得太不堪了。[3]偏生我不在跟前，若在跟前，且打她们
几个耳刮子，再等过了这几日算账。"

　　尤氏见了她，也便笑道："周姐姐，你来，有个理你说说。
这早晚门还大开着，明灯蜡烛，出入的人又杂，倘有不防
的事，如何使得？因此，叫该班的人吹灯关门，谁知一个
人芽儿也没有。"周瑞家的道："这还了得！前儿二奶奶还
吩咐了她们，说这几日事多人杂，一晚就关门吹灯，不是
园里的人，不许放进去。今儿就没了人。这事过了这几日，
必要打几个才好。"尤氏又说小丫头子的话。周瑞家的道：
"奶奶不要生气，等过了事，我告诉管事的，打她个臭死。
只问她们，谁叫她们说这'各家门各家户'的话！[4]我已
经叫她们吹了灯，关上正门和角门了。"正乱着，只见凤
姐打发人来请吃饭。尤氏道："我也不饿了，才吃了几个饽
饽，请你奶奶自吃罢。"

　　一时，周瑞家的得便出去，便把方才的事回了凤姐，
又说："这两个婆子就管家奶奶似的，时常我们和她说话，
都似狠虫一般。奶奶若不戒饬，大奶奶脸上过不去。"[5]凤
姐道："既这么着，记上两个人的名字，等过了这几日，捆
了送到那府里，凭大嫂子开发，或是打几下子，或是她开
恩饶了她们，随她去就是了，什么大事！"周瑞家的听了，
巴不得一声儿，素日因与这几个人不睦，[6]出来了，便命一
个小厮到林之孝家传凤姐的话，立刻叫林之孝家的进来见
大奶奶；一面又传人立刻捆起这两个婆子来，交到马圈里，
派人看守。[7]

　　林之孝家的不知有什么事，此时已经点灯，忙坐车进
来先见凤姐。至二门上，传进话去，丫头们出来说："奶奶
才歇下了。大奶奶在园子里，叫大娘见见大奶奶就是了。"
林之孝家的只得进园来到稻香村，丫鬟们回进去，尤氏听

1. 也只有这话能暂且压住。

2. 周瑞家的，虽已出场多次，
读者总未十分清楚其为人，
特于此处作几句品评。

3. 正写她专惯献殷勤讨好。可
见生事者并非只有进谗言诽
谤者，也有为讨好而拱火者。

4. 抓住话柄想要严惩，便有挟
私怨之嫌。

5. 说是"等过了事"再算账，
谁知急不可待地立马回了凤
姐。借维护大奶奶面子为名，
要求"戒饬"。

6. 果然是旧有嫌隙的。

7. 捏着鸡毛当令箭。凤姐说"等
过了这几日"，这话仿佛没
有听见，却雷厉风行，"立刻"
动手。

了，反过意不去，¹忙唤进她来，因笑问她道："我不过为找人找不着，因问你，你既去了，也不是什么大事，谁又把你叫进来？倒要你白跑一遭。不大的事，已经撒开手了。"林之孝家的也笑道："二奶奶打发人传我，说奶奶有话吩咐。"尤氏笑道："这是哪里的话，只当你没去，白问你。这是谁又多事，告诉了凤丫头，大约周姐姐说的。你家去歇着罢，没有什么大事。"李纨又要说原故，尤氏反拦住了。

　　林之孝家的见如此，只得便回身出园去。可巧遇见赵姨娘，²赵姨娘因笑道："嗳哟哟，我的嫂子！这会子还不家去歇歇，还跑些什么？"林之孝家的便笑说："何曾不家去的！"如此这般，"进来了，又是个齐头故事。"赵姨娘原是个好察听这些事的，且素日又与管事的女人们扳厚①，互相连络，好作首尾。方才之事已竟闻得八九，听林之孝家的如此说，便这般如此，告诉了林之孝家的一遍，林之孝家的听了，笑道："原来是这事，也值一个屁！开恩呢，就不理论；心窄些儿，也不过打几下子就完了。"赵姨娘道："我的嫂子，事虽不大，可见她们太张狂了些。巴巴地传进你来，明明戏弄你，玩耍你。³快歇歇去，明儿还有事呢，也不留你吃茶去。"

　　说毕，林之孝家的出来，到了侧门前，就有方才两个婆子的女儿上来哭着求情。林之孝家的笑道："你这孩子好糊涂！谁叫你娘吃酒混说了，惹出事来，连我也不知道。二奶奶打发人捆她，连我还有不是呢。我替谁讨情去！"这两个小丫头子才七八岁，原不识事，只管哭啼求告。缠得林之孝家的没法，因说道："糊涂东西！你放着门路不去，却缠我来。你姐姐现给了那边大太太作陪房费大娘的儿子，你走过去告诉你姐姐，叫亲家娘和太太一说，什么完不了的事！⁴一语提醒了这一个，那一个还求。林之孝家的啐道："糊涂攮的！她过去一说，自然都完了。没有个单放了她妈又只打你妈的理。"说毕，上车去了。

　　这一个小丫头子果然过来告诉了她姐姐，和费婆子说了。这费婆子原是邢夫人的陪房，起先也曾兴过时，只因贾母近来不大作兴②邢夫人，所以连这边的人也减了威势。凡贾政这边有些体面的人，那边各各皆虎视眈眈。这费婆

1. 尤氏还算厚道。

2. 真巧，又碰到一个唯恐天下不乱的人。

3. 总想煽动起对凤姐的不满来。

4. 老管家了，深谙主子们情况，想门路自是拿手，教的办法确实管用，只是这一来，必加深邢夫人对凤姐的不满。

―――――――――――――――

① 扳厚——结交，拉关系。
② 兴过时、不大作兴——兴过时，得意过一阵子。不大作兴，不大满意；冷淡。

子常倚老卖老，仗着邢夫人，常吃些酒，嘴里胡骂乱怨
地出气。如今贾母庆寿这样大事，干看着人家逞才卖技
办事，呼幺喝六地弄手脚，心中早已不自在，指鸡骂狗，
闲言闲语地乱闹。这边的人也不和她较量。如今听了周
瑞家的捆了她亲家，越发火上浇油，仗着酒兴，指着隔
断的墙，大骂了一阵，[1] 便走上来求邢夫人，说她亲家并
没什么不是，"不过和那府里的大奶奶的小丫头白斗了两
句话，周瑞家的便调唆了咱家二奶奶捆到马圈里，等过
了这两日还要打。求太太——我那亲家娘也是七八十岁
的老婆子——和二奶奶说声，饶她这一次罢。"

　　邢夫人自为要鸳鸯之后，讨了没意思，后来见贾母越
发冷淡了她，凤姐的体面反胜自己；且前日南安太妃来
了，要见她姊妹，贾母又只令探春出来，迎春竟似有如无，
自己心内早已怨忿不乐，[2] 只是使不出来。又值这一干小
人在侧，他们心内嫉妒挟怨之事不敢施展，便背地里造
言生事，调拨主人。先不过是告那边的奴才，后来渐次
告到凤姐，[3] 说"凤姐只哄着老太太喜欢了她，好就中作
威作福，辖治着琏二爷，调唆二太太，把这边的正经太
太倒不放在心上"；后来又告到王夫人，说："老太太不
喜欢太太，都是二太太和琏二奶奶调唆的。"邢夫人纵是
铁心铜胆的人，妇女家终不免生些嫌隙之心，近日因此
着实恶绝凤姐。今又听了如此一篇话，也不说长短。[4]

　　至次日一早，见过贾母，众族中人到齐，坐席开戏。
贾母高兴，又见今日无远亲，都是自己族中子侄辈，只
便衣常装出来堂上受礼。当中独设一榻，引枕、靠背、
脚踏俱全，自己歪在榻上。榻之前后左右，皆是一色的
小矮凳。宝钗、宝琴、黛玉、湘云、迎春、探春、惜春
姊妹等围绕。因贾瑞之母也带了女儿喜鸾，贾琼之母也
带了女儿四姐儿，还有几房的孙女儿，大小共有二十来
个。贾母独见喜鸾和四姐儿生得又好，说话行事，与众
不同，心中喜欢，便命她两个也过来榻前同坐。宝玉却
在榻上脚下与贾母捶腿。首席便是薛姨妈，下边两溜皆
顺着房头辈数坐下去。帘外两廊，都是族中男客，也依
次而坐。先是那女客一起一起行礼，后方是男客行礼。
贾母歪在榻上，只命人说"免了罢"，早已都行完了。然
后赖大等带领众家人，从仪门直跪至大厅上，磕头礼毕，
又是众家下媳妇，然后是各房的丫鬟，足闹了两三顿饭

1. 费婆子心里本不自在，其为
人和背景交代得清楚，故一
听此事，便怒不可遏。细致
之甚！（庚）

2. 心胸不免狭窄。

3. 又值奴才小人造言调唆生事。

4. 既心生嫌隙，恶绝凤姐，听
了那些挑拨的话，反"不说
长短"，绝非好事，一定是在
思忖如何出这口气了。

时。[1]然后又抬了许多雀笼来，在当院中放了生。贾赦等焚过了天地寿星纸，方开戏饮酒。直到歇了中台①，贾母方进来歇息，命他们取便，因命凤姐儿留下喜鸾、四姐儿玩两日再去。凤姐儿出来便和她母亲说，她两个母亲素日都承凤姐的照顾，也巴不得一声儿。她两个也愿意在园内玩耍，至晚便不回家了。

　　邢夫人直至晚间散时，当着许多人，陪笑和凤姐求情说：<u>"我听见昨儿晚上二奶奶生气，打发周管家的娘子捆了两个老婆子，可也不知犯了什么罪。论理，我不该讨情，我想老太太的好日子，发狠的还舍钱舍米，周贫济老，咱们家先倒折磨起老人家来了。不看我的脸，权且看老太太，竟放了她们罢。"</u>[2]说毕，上车去了。

　　凤姐听了这话，又当着许多人，又羞又气，一时抓寻不着头脑，憋得脸紫胀，<u>回头向赖大家的等笑道</u>：[3]"这是哪里的话！昨儿因为这里的人得罪了那府里的大嫂子，我怕大嫂子多心，所以尽让她发放，并不为得罪了我。这又是谁的耳报神这么快？"王夫人因问："为什么事？"凤姐儿笑将昨日的事说了。尤氏也笑道："连我并不知道，你原也太多事了。"凤姐儿道："我为你脸上过不去，所以等你开发，不过是个礼。就如我在你那里有人得罪了我，你自然送了来尽我。凭他是什么好奴才，到底错不过这个礼去。这又不知谁过去没的献勤儿，这也当作一件事情去说。"王夫人道："你太太说得是。就是珍哥媳妇，也不是外人，也不用这些虚礼。老太太的千秋要紧，放了她们为是。"说着，回头便命人去放了那两个婆子。凤姐由不得越想越气越愧，不觉的灰心转悲，滚下泪来。因赌气回房哭泣，又不肯使人知觉。偏又贾母打发了琥珀来叫，立等说话。琥珀见了，诧异道："好好的这是什么原故？那里立等你呢。"凤姐听了，忙擦干了泪，洗面另施了脂粉，方同琥珀过来。

　　贾母因问道："前儿这些人家送礼来的，共有几家有围屏？"凤姐儿道："共有十六家有围屏，十二架大的，四架小的炕屏。内中只有<u>江南甄家</u>[4]一架大屏十二扇，

1. 孙女辈就有二十来个，直写到家人、家下媳妇、丫头们，如此众多祝寿行礼之人，却为邢夫人要出气，提供了所需环境。

2. 恶！必当着许多人说，话也刻薄之极。邢夫人为丈夫讨鸳鸯时，话多愚蠢，不料为了要羞辱凤姐，竟能想出如此聪明办法来！

3. 哪能想到竟会当众遭此无法还手的一闷棍，也真是"壮士须防恶犬欺"了。又写笑，妙！凡凤姐真怒处，必曰"笑"，凌凌不错。（庚）

4. 好，一提甄事。盖真事欲显，假事将尽。（庚）此批极重要！是探求作者为何要写一与都中贾府基本相同的江南甄家，及如何安排两家在后半部中调换位置这一情节构思的重要线索。前半写贾府盛况，以运用曹家素材而言，多属前辈老人亲历之事。非能现成可成完整故事者，必借大量虚构而后可；又上辈几件最显赫之事，如康熙南巡接驾，曹寅之女嫁纳尔苏而成王妃等，皆于史册档案中可查，时人知之者多，不能原样写出，明触忌讳，故多用变形手法，另编故事，将真事隐去。后半部写贾府遭变故败落，用曹頫被抄家后离散贫穷苦难境况作素材，作者已有记忆，闻见也多，且外界难详知其家遭劫后种种，正不妨更多地实录生活真实。所以极可能改为用许多篇幅正面写甄家、甄宝玉事，而贾家、贾宝玉事反而常用侧笔叙出。本来嘛，"贾作甄时甄亦贾"，两者是一样的。

---

　　①　歇中台——旧时戏剧演出，演到中间，演员要暂时休息，也叫"中间煞锣"。

是大红缎子刻丝'满床笏'，一面是泥金'百寿图'的，是头等的。还有粤海将军邬家的一架玻璃的还罢了。"贾母道："既这样，这两架别动，好生搁着，我要送人的。"凤姐儿答应了。

　　鸳鸯忽过来向凤姐儿面上只管细瞧，引得贾母问说："你不认得她？只管瞧什么？"鸳鸯笑道："怎么她的眼肿肿的，所以我诧异，只管看。"贾母听说，便叫近前来，也觑着眼看。凤姐笑道："才觉得一阵痒痒，揉肿了些。"鸳鸯笑道："别又是受了谁的气了不成？"[1]凤姐道："谁敢给我气受，便受了气，老太太好日子，我也不敢哭的。"[2]贾母道："正是呢。我正要吃晚饭，你在这里打发我吃，剩下的，你就和珍儿媳妇吃了。你两个在这里帮着两个师傅，替我拣佛豆儿①，你们也积积寿。前儿你姊妹们和宝玉都拣了，如今也叫你们拣拣，别说我偏心。"说话时，先摆上一桌素的来。两个姑子吃了；然后才摆上荤的，贾母吃毕，抬出外间。尤氏、凤姐儿二人正吃，贾母又叫把喜鸾、四姐儿二人也叫来，跟她二人吃毕，洗了手，点上香，捧过一升豆子来。两个姑子先念了佛偈，然后一个一个地拣在一个簸箩内，每拣一个，念一声佛。明日煮熟了，令人在十字街结寿缘。贾母歪着，听两个姑子又说些佛家的因果善事。

　　鸳鸯早已听见琥珀说凤姐哭之事，又和平儿跟前打听得原故。晚间人散时，便回说："二奶奶还是哭的，那边大太太当着人给二奶奶没脸。"贾母因问："为什么原故？"鸳鸯便将原故说了。贾母道："这才是凤丫头知礼处。难道为我的生日，由着奴才们把一族中的主子都得罪了，也不管罢？这是大太太素日没好气，不敢发作，所以今儿拿着这个作法子，明是当着众人给凤儿没脸罢了！"[3]正说着，只见宝琴等进来，也就不说了。

　　贾母因问："你在哪里来？"宝琴道："在园里林姐姐屋里大家说话来的。"贾母忽想起一事来，忙唤一个老婆子来，吩咐她："到园里各处女人们跟前嘱咐嘱咐，留下的喜姐儿和四姐儿虽然穷，也和家里的姑娘们是一样，大家照看经心些。我知道咱们家的男男女女都是'一个

1. 鸳鸯讯息多，最知各种隐情，且特了解凤姐，故能一言中的。

2. 一口否认，是写凤姐要强个性，且知事之轻重，顾大局，不能给贾母带来不愉快。

3. 并非老太太一味偏袒凤姐，此类事还看得明白，说得准。

---

① 拣佛豆儿——本佛寺中的宗教活动，僧人一边念佛，一边拈豆记数，至四月八日佛诞生日，煮豆请路人食，以为结缘。京师人家仿此为习，于寿日念佛拣豆，煮之分送行人，以期积德添寿，故称"结寿缘"。

富贵心，两只体面眼①’，未必把她两个放在眼里。有人小看了她们，我听见，可不饶。”1婆子答应了，方要走时，鸳鸯道：“我说去罢。她们哪里听她的话。”说着，便一径往园子里来。

　　先到稻香村中，李纨与尤氏都不在这里。问丫鬟们，说：“都在三姑娘那里呢。”鸳鸯回身，又来至晓翠堂，果见那园中人都在那里说笑。见她来了，都笑说：“你这会子又跑来做什么？”又让她坐。鸳鸯笑道：“不许我也逛逛么？”于是把方才的话说了一遍。李纨忙起身听了，即刻就叫人把各处的头儿唤了一个来，令她们传与诸人知道。不在话下。

　　这里尤氏笑道：“老太太也太想得到，实在我们年轻力壮的人，捆上十个也赶不上。”李纨道：“凤丫头仗着鬼聪明儿，还离脚踪儿不远，咱们是不能的了。”鸳鸯道：“罢哟！还提‘凤丫头’‘虎丫头’呢，她也可怜见儿的。虽然这几年没有在老太太、太太跟前有个错缝儿，暗里也不知得罪了多少人。2总而言之，为人是难作的：若太老实了，没有个机变，公婆又嫌太老实了，家里人也不怕；若有些机变，未免又‘治一经，损一经’②。如今咱们家里更好，新出来的这些底下奴字号的奶奶们，一个个心满意足，都不知要怎么样才好，稍有不得意，不是背地里嚼舌根，就是挑三窝四的。3我怕老太太生气，一点儿也不肯说。不然，我告诉出来，大家别过太平日子。这不是我当着三姑娘说，老太太偏疼宝玉，有人背地里怨言还罢了，算是偏心。如今老太太偏疼你，我听着也是不好。这可笑不可笑？”探春笑道：“糊涂人多，哪里较量得许多。我说倒不如小人家人少，虽然寒素些，倒是娘儿们欢天喜地，大家快乐。我们这样人家人多，外头看着我们，不知千金万金小姐何等快乐，殊不知这里说不出来的烦难，更利害。”4

　　宝玉道：“谁都像三妹妹好多心多事。我常劝你，总别听那些俗语，想那些俗事，只管安富尊荣才是。比不得我们没这清福，该应浊闹的。”尤氏道：“谁都像你，真是一心无挂碍，只知道和姊妹们玩笑，饿了吃，困了睡，再

1. 几房孙女中，贾母独喜欢喜鸾和四姐儿，特意将她们留下，当有后文。作续书者则全然不提。故难知其详。贾母待人，从不以贫富定好恶，反责管家男女们都是势利眼，此是其开明处。

2. 总为凤姐受婆婆当众之辱抱不平。

3. 贾母八旬大庆日子，规模、排场都不小，宾客也多，虽隆重热闹，却少欢快气氛。总有这事那事生出，如梦魇缠绕，挥之不去。实非吉祥平安之象。从鸳鸯话中可以看出。

4. 探春所言，令人想起元春说过的话来：“田舍之家，虽齑盐布帛，终能聚天伦之乐。今虽富贵已极，然骨肉各方，终无意趣！”都是各自对现实生活环境有真切体验后才说出来的话。作者对幸福观问题也有深刻的思索。

---

① 体面眼——即势利眼，意思是两眼专盯着体面的人。

② 治一经，损一经——中医术语，中医按经络学说诊断治疗疾病，医道不善者，往往治了这病，又添了那病，叫“治一经，损一经”。这里喻顾此失彼。

过几年，不过还是这样，一点后事也不虑。"宝玉笑道："我能够和姊妹们过一日是一日，死了就完了。什么后事不后事！"[1] 李纨等都笑道："这可又是胡说。就算你是个没出息的，终老在这里，难道她姊妹们都不出门的？"尤氏笑道："怨不得人都说他是假长了一个胎子，究竟是个又傻又呆的。"宝玉笑道："人事莫定，知道谁死谁活。倘或我在今日明日、今年明年死了，也算是遂心一辈子了。"众人不等说完，便说："可是又疯了，别和他说话才好。若和他说话，不是呆话，就是疯话。"喜鸾因笑道："二哥哥，你别这样说，等这里姐姐们果然都出了门，横竖老太太、太太也寂寞，我来和你作伴儿。"[2] 李纨、尤氏等都笑道："姑娘也别说呆话，难道你是不出门的？这话哄谁！"说得喜鸾低了头。当下已是起更时分，大家各自归房安歇，众人都且不提。

　　且说鸳鸯一径回来，刚至园门前，只见角门虚掩，犹未上门。此时园内无人来往，只有该班的房里灯光掩映，微月半天。[3] 鸳鸯又不曾有个作伴的，也不曾提灯笼，独自一个，脚步又轻，所以该班的人皆不理会。偏生又要小解，因下了甬路，寻微草处，行至一山石后大桂树阴下来。[4] 刚转过石后，只听一阵衣衫响，吓了一惊不小。定睛一看，只见是两个人在那里，见她来了，便想往石后树丛藏躲。鸳鸯眼尖，趁月色，看准一个穿红裙子梳鬅头①高大丰壮身材的，[5] 是迎春房里的司棋。鸳鸯只当她和别的女孩子也在此方便，见自己来了，故意藏躲恐吓着耍，[6] 因便笑叫道："司棋，你不快出来！吓着我，我就喊起来，当贼拿了。这么大丫头，也没个黑家白日的只是玩不够。"

　　这本是鸳鸯的戏语，叫她出来。谁知她贼人胆虚，只当鸳鸯已看见她的首尾了，[7] 生恐叫喊起来，使众人知觉，更不好；且素日鸳鸯又和自己亲厚，不比别人，便从树后跑出来，一把拉住鸳鸯，便双膝跪下，只说："好姐姐，千万别嚷！"[8] 鸳鸯反不知因何，忙拉她起来，笑问道："这是怎么说？"司棋满脸红胀，又流下泪来。鸳鸯再一回想，那一个人影恍惚像个小厮，心下便猜疑了八九，[9] 自己反羞得面红耳赤，又怕起来。[10] 因定了一会，忙悄问："那

① 鬅（péng 朋）头——一种疏松而高耸的发髻。

1. 这是一种得过且过，对生活前途茫然无望的观念，虽则也反传统。故小说结局也如湘云"耍的猴儿谜"所说："后事终难继"。

2. 喜鸾天真，童心未泯，难怪贾母喜欢。

3. 是月初旬起更时也。（庚）

4. 前有山石，后靠大树，是隐蔽处。是八月，随笔点景。（庚）

5. 只看发式、身材便认出，故曰"眼尖"。是月下所见之像，故不写至容貌也。（庚）

6. 或疑大观园内是否设厕所？当然有，刘姥姥就登过坑。然女孩子们贪方便，找隐蔽处解决也是常事，司棋就有过。（第二十七回）此见是女儿们常事，观书者自亦为如此。（庚）

7. 合情合理。更奇，不知后为何事。（庚）

8. 正是胆虚，故惊慌失措。奇甚！（庚）

9. 鸳鸯遇"鸳鸯"了！是聪敏女儿，妙！（庚）

10. 好！写出鸳鸯身份。是娇贵女儿，笔笔皆到。（庚）

个是谁？"司棋复跪下道："是我姑舅兄弟。"[1]鸳鸯啐了一口，道："要死，要死！①"[2]司棋又回头悄道："你不用藏着，姐姐已看见了，快出来磕头。"那小厮听了，只得也从树后爬出来，磕头如捣蒜。鸳鸯忙要回身，司棋拉住苦求，哭道："我们的性命都在姐姐身上，只求姐姐超生要紧！"鸳鸯道："你放心，我横竖不告诉一个人就是了。"一语未了，只听角门上有人说道："金姑娘已出去了，角门上锁罢。"[3]鸳鸯正被司棋拉住，不得脱身，听见如此说，便接声道："我在这里有事，且略住手，我出来了。"司棋听了，只得松手让她去了。[4]〔要知端的，下回分解。〕

1. 实招。妙！（庚）

2. 如见其面，如闻其声。（庚）

3. 若无此语打断，必得再有一番纠缠。

4. 此等处最不宜拖沓，必让司棋及小厮都不能放心才好。

【总评】

　　贾母八旬之庆，荣、宁两处齐开筵宴，前后连续办了八天，每天请的都是哪些身份的人，酒席是什么性质的，皆一一写出。寿辰的一个月前，送寿礼的便络绎不绝。礼部奉旨钦赐和元春命太监送来的礼，还列出清单。两府挂灯结彩地布置起来，"笙箫鼓乐之音，通衢越巷"。届时来宁府、荣府的各有哪些贵宾，男宾、女宾如何分开，如何拜寿入席，席次如何排列，如何伺候，如何点戏；南安太妃、北静王妃又如何将备用礼物打点出来分给钗、黛、湘等姊妹。这一切也许有点乏味，但展现风月繁华之家的广阔场景是《红楼梦》区别于只着眼故事情节或人物命运的小说戏曲作品的一个很大的特点，也是它的历史价值之所在。

　　回目中所标的两件事，就是在贾母寿庆期间发生的。让人看出大家庭表面上虽风光如昔，实际上内部的矛盾纠纷在逐步深化，世外桃源式的大观园内也发现了漏洞，并不是净土一块。

　　尤氏见园中到晚间尚未关门，叫小丫头去找该班的女人，没有人；又叫她去找人传唤管家的女人来。小丫头找到两个婆子，却不肯去传唤，还与丫头顶撞起来，说"我们的事传不传，不与你相干"，"各家门，另家户，你有本事，排场你们那边人去"。惹得尤氏非常生气。事情被周瑞家的听到，去回了凤姐，凤姐叫人将两个婆子捆起来，派人看守，准备交尤氏处置。由此，又带出林之孝家的、好调唆生事的赵姨娘、为娘求情的两个婆子的女儿，以及邢夫人陪房费婆子，终于使受人挑唆的邢夫人对凤姐大生"嫌隙之心"。邢夫人找时机当着许多人，向儿媳妇凤姐"求情"，当众羞辱她，把个凤姐"憋得脸紫胀"，气得回房哭泣。鸳鸯打听得原委，向贾母说了；贾母心里十分明白，给凤姐撑了腰。作者通过写此事的琐琐碎碎过程，揭示出大家庭内部复杂的人际关系和彼此之间的钩心斗角。《红楼梦》不同于我国历来以描写男女主角恋爱婚姻为主题的名著的创作思路，在这里也可以看得相当清楚。

　　鸳鸯夜间回来，经过园子，因要小解，无意中在山石后撞见司棋与小厮幽会的情节，已伏下三四回后傻大姐拾得绣春囊和抄检大观园于司棋箱内抄得"赃物"事。

---

① 要死，要死——庚辰本点去"要"字，旁改"该"字。程甲本改为"却羞得一句话也说不出来"。其实"要死，要死"是江南话，表现女子羞于闻见的神态是很生动形象的。它与北方话中带责备之意的"该死"有着微妙的差别。

第七十二回
王熙凤恃强羞说病　来旺妇倚势霸成亲

【题解】

本回回目诸本基本一致，唯庚辰本"恃强"讹作"特强"；列藏本"恃强"作"倚强"，与下句"倚势"重字了。回目上句语意易明，是说王熙凤讳疾忌医。她自从那次小产后，未彻底调养恢复，便在诸事上太过耗费心力，以致行经时，下血淅淅沥沥不止，但仍恃强硬撑，连平儿劝她也不听，反而动气发火，说平儿咒她。如此便落下了崩漏之症。下句说，贾琏、凤姐的女仆来旺媳妇，倚仗着主子的权势，想为儿子说亲，婆王夫人处要外放的丫头彩霞，得凤姐应允出面说媒。彩霞闻知旺儿之子品貌极坏，很不情愿，就找赵姨娘向贾政去说，望能将彩霞归给贾环，却没有得到结果。

且说鸳鸯出了角门，脸上犹红，心内突突的，真是意外之事。因想这事非常，若说出来，奸盗相连，关系人命，还保不住带累了旁人。横竖与自己无干，且藏在心内不说与一人知道。回房复了贾母的命，大家安息。从此凡晚间便不大往园中来。因思园中尚有这样奇事，何况别处。因此，连别处也不大轻走动了。[1]

原来那司棋因从小儿和她姑表兄弟在一处玩笑起住时，小儿戏言，便都订下将来不娶不嫁。近年大了，彼此又出落得品貌风流，常时司棋回家时，二人眉来眼去，旧情不忘，只不能入手。又彼此生怕父母不从，二人便设法彼此里外买嘱园内老婆子们留门看道；[2]今日趁乱，方初次入港，虽未成双，却也海誓山盟，私传表记，[3]已有无限风情了。忽被鸳鸯惊散，那小厮早穿花度柳，从角门出去了。司棋一夜不曾睡着，又后悔不来。至次日见了鸳鸯，自是脸上一红一白，百般过不去。心内怀着鬼胎，茶饭无心，起坐恍惚。挨了两日，竟不听见有动静，方略放下了心。这日晚间，忽有个婆子来悄告诉她道："你兄弟竟逃走了，[4]三四天没归家。如今打发人四处找他呢。"司棋听了，气个倒仰，因思道："纵是闹了出来，也该死在一处。他自为是男人，先就走了，可见是个没情意的。"[5]因此，又添

1. 自己守身，行事还谨慎。

2. 花几个钱，就能买通管园婆子，贾府多事，不足怪矣。

3. "海誓山盟"倒无不可，"私传表记"可要小心！

4. 这婆子必是买通了的，告诉之事，竟是海誓山盟不算数。

5. 怎能不气死？如此胆小，只顾自己，没担当的人，还算是男人？

了一层气。次日便觉心内不快，百般支持不住，一头睡倒，恹恹的成了大病。

　　鸳鸯闻知那边无故走了一个小厮，园内司棋又病重，要往外挪，心下料定是二人惧罪之故，"生怕我说出来，方吓到这样。"因此，自己反过意不去，[1]指着来望候司棋，支出人去，反自己立身发誓，与司棋说："我要告诉一个人，立刻现死现报！你只管放心养病，别白糟蹋了小命儿。"司棋一把拉住，哭道："我的姐姐，咱们从小儿耳鬓厮磨，你不曾拿我当外人待，我也不敢怠慢了你。如今我虽一着走错，你若果然不告诉一个人，你就是我的亲娘一样。从此后，我活一日，是你给我一日，我的病好之后，把你立个灵牌，我天天焚香礼拜，保佑你一生福寿双全。我若死了时，变驴变狗报答你。[2]再俗语说，'千里搭长棚，没有不散的筵席。'[3]再过三二年，咱们都是要离这里的。俗语又说，'浮萍尚有相逢日，人岂全无见面时。'倘或日后咱们遇见了，那时，我又怎么报你的德行！"一面说，一面哭。这一席话，反把鸳鸯说得心酸，也哭起来了。因点头道："正是这话。我又不是管事的人，何苦我坏你的声名，我白去献勤！况且，这事我自己也不便开口向人说。你只放心，从此养好了，可要安分守己，再不许胡行乱作了。"司棋在枕上点首不绝。[4]

　　鸳鸯又安慰了她一番，方出来。因知贾琏不在家中，又因这两日凤姐儿声色怠惰了些，不似往日一样，因顺路也来望候。因进入凤姐院中，二门上的人见是她来，便立身待她进去。[5]鸳鸯刚至堂屋中，只见平儿从里间出来，见了她来，忙上来悄声笑道："才吃了一口饭，歇了午睡，你且这屋里略坐坐。"鸳鸯听了，只得同平儿到东边房里来。小丫头倒了茶来。鸳鸯因悄问："你奶奶这两日是怎么了？我只看她懒懒的。"平儿见问，因房内无人，便叹道："她这懒懒的，也不止今日了，这有一月之前，便是这样。又兼这几日忙乱了几天，又受了些闲气，从新又勾起来。这两日比先又添了些病，所以支持不住，便露出马脚来了。"鸳鸯忙道："既这样，怎么不早请大夫来治？"平儿叹道："我的姐姐，你还不知道她那脾气的。别说请大夫来吃药，我看不过，白问了一声'身上觉怎么样'，她就动了气，反说我咒她病了。饶这样，天天还是察三访四，自己再不肯看破些且养身子。"[6]鸳鸯道："虽然如此，到底该请大夫来瞧瞧，是什么病也好放心。"平儿叹道："我的姐姐，说起病来，据我看也不是什么小症候。"鸳鸯忙道："是什么病呢？"平儿见问，又往前凑了一凑，向耳边说道："只从上月行了经之后，这一个

1. 毕竟宅心仁厚。

2. 重话已说得无以复加了，正见保守秘密之期望殷切。

3. 又闻说这句俗语了！想是与全书情节发展合拍。

4. 鸳鸯发誓为司棋保守秘密一段，蒙府、戚序本有回末总评数语，虽非圈内人批，亦颇有见地，曰："夏雨冬风，常不解其何自来何自去。鸳鸯与司棋相哭发誓，事已瓦释冰消，及平地风波一起，措手不及，亦不解何自来何自去。"此风波虽指即将发生的抄检大观园，但后来更大的风波——贾府事败，抄没，恐亦当如此。

5. "立身"二字写出在管门人眼中鸳鸯的身份。

6. 寥寥数语，将"恃强羞说病"形容得严丝合缝。

月,竟沥沥淅淅的没有止住。这可是大病不是?"鸳鸯听了,忙答道:"嗳哟!依你这话,这可不成了'血山崩'①了?"平儿忙啐了一口,又悄笑道:"你女孩儿家,这是怎么说的,倒会咒人呢!"鸳鸯见说,不禁红了脸,又悄笑道:"究竟我也不知什么是崩不崩的,你倒忘了不成,先我姐姐不是害这病死了?我也不知是什么病,因无心中听见妈和亲家妈说,我还纳闷,后来也是听见妈细说原故才明白了一二分。"¹平儿笑道:"你该知道的,我竟也忘了。"

　　二人正说着,只见小丫头进来向平儿道:"方才朱大娘又来了。我们回了她'奶奶才歇午觉',她往太太上头去了。"²平儿听了点头。鸳鸯问:"哪一个朱大娘?"平儿道:"就是官媒婆那朱嫂子。因有什么孙大人家来和咱们求亲,所以她这两日天天弄个帖子来赖死。"一语未了,小丫头跑来说:"二爷进来了。"说话之间,贾琏已走至堂屋门,口内唤平儿。平儿答应着,才迎出来,贾琏已找至这间房内,来至门前,忽见鸳鸯坐在炕上,便煞住脚,笑道:"鸳鸯姐姐,今儿贵脚踏贱地。"鸳鸯只坐着,笑道:"来请爷奶奶的安,偏又不在家的不在家,睡觉的睡觉。"贾琏笑道:"姐姐一年到头辛苦服侍老太太,我还没看你去,哪里还敢劳动来看我们。"又说:"巧得很,我才要找姐姐去。³因为穿着这袍子热,先来换了夹袍子,再过去找姐姐,不想天可怜,省我走这一趟,姐姐先在这里等了我了。"一面说,一面在椅子上坐下。

　　鸳鸯因问:"又有什么说的?"贾琏未语先笑,道:"因有一件事,我竟忘了,只怕姐姐还记得:上年老太太生日,曾有一个外路和尚来孝敬一个蜡油冻的佛手②,因老太太爱,就即刻拿过来摆着了。因前日老太太生日,我看古董账,还有这一笔,却不知此时这件东西着落何方。⁴古董房里的人也回过我两次,等我问准了,好注上一笔。所以我问姐姐,如今还是老太太摆着呢,还是交到谁手里去了呢?"鸳鸯听说,便道:"老太太摆了几日,厌烦了,就给了你们奶奶。你这会子又问我来!我连日子还记得,还是我打发了老王家的送来的。你忘了,或是问你们奶奶和平儿。"平儿正拿衣服,听见如此说,忙出来回说:"交过来

1. 必说出闻知"血山崩"的缘故,方无损未出嫁女孩儿天真纯洁形象,且举此实例来暗示凤姐之病,若不及早治愈,则后果堪忧。

2. 迎春婚嫁消息动矣。

3. 奇怪,贾琏有什么事要找鸳鸯?

4. 总不会只为了问一个冻石佛手下落吧?

---

① 血山崩——女子月经后,继续出血不止,中医称"崩漏",轻为漏,重为崩,或称血山崩、血山崩。

② 蜡油冻的佛手——用色黄如蜜蜡的玉石雕成的佛手柑。冻,冻石,一种质硬色润微呈透明的玉石。

了，现在楼上放着呢。奶奶已经打发过人去说过，给了这屋里了，他们发昏没记上，又来叨登这些没要紧的事。"[1]贾琏听说，笑道："既然给了你奶奶，我怎么不知道，你们就昧下了。"平儿道："奶奶告诉二爷，二爷还要送人，奶奶不肯，好容易留下的。这会子自己忘了，倒说我们昧下。[2]那是什么好东西，什么没有的物儿！比那强十倍的东西也没昧下一遭，这会子爱上那不值钱的？"贾琏垂头含笑，想了一想，拍手道："我如今竟糊涂了，丢三忘四，惹人抱怨，竟大不像先了。"鸳鸯笑道："也怨不得。事情又多，口舌又杂，你再喝上两杯酒，哪里清楚得许多。"一面说，一面就起身要去。

贾琏忙也立身说道："好姐姐，再坐一坐，兄弟还有一事相求。"[3]说着，便骂小丫头："怎么不沏好茶来！快拿干净盖碗，把昨儿进上的新茶沏一碗来。"说着，向鸳鸯道："这两日，因前日老太太的千秋，所有的几千两银子都使了。几处房租、地税，通在九月才得，这会子竟接不上。明儿又要送南安府里的礼，又要预备娘娘的重阳节礼，还有几家红白大礼，至少还得三二千两银子用，一时难去支借。俗语说，'求人不如求己。'说不得姐姐担个不是，暂且把老太太查不着的金银家伙，偷着运出一箱子来，暂押千数两银子，支腾过去。不上半月①的光景，银子来了，我就赎了交还，断不能叫姐姐落不是。"[4]鸳鸯听了，笑道："你倒会变法儿，亏你怎么想了！"贾琏笑道："不是我扯谎，若论除了姐姐，也还有人手里管得起千数两银子的，只是他们为人，都不如你明白有胆量。我和他们一说，反吓住了他们。所以我'宁撞金钟一下，不打破鼓三千'。"一语未了，忽见贾母那边的小丫头子忙忙走来找鸳鸯，[5]说："老太太找姐姐。这半日，我们哪里没找到，却在这里。"鸳鸯听说，忙得且去见贾母。

贾琏见她去了，只得回来瞧凤姐。谁知凤姐已醒了，听他和鸳鸯借当，自己不便答话，[6]只躺在榻上。听见鸳鸯去了，贾琏进来，凤姐因问道："她可应准了？"贾琏笑道："虽然未应准，却有几分成手，须得你晚上再和她一说，就十分成了。"凤姐笑道："我不管这事。倘或说准了，这会子说得好听，到有了钱的时节，你就丢在脖子后头了，谁和你打饥荒去！倘或老太太知道了，倒把我这几年的脸面都丢了。"贾琏笑道："好

---

① 半月——诸本同，庚辰本作"半年"，误。贾母生日八月初三，其时八旬寿庆刚完，贾琏说"几处房租、地税，通在九月才得，这会子竟接不上"，可知相差半月光景是对的。若要等半年之久才赎还，就不是"暂押"了。

右栏批注：

1. 说得不错，"叨登这些没要紧的事"干吗？何况东西早交过来了。

2. 自己忘了，还问别人，难道又要去送人？总像以无关紧要话开场，另有什么事要说。

3. 找鸳鸯的真正目的，大概现在要说了。

4. 为弄钱，脑筋都动到贾母身上来了。

5. 打断得好！不然教鸳鸯怎么回答呢？说"办不到"或者"让我再想想"都不妥。恰巧小丫头来找，正可避而不答。

6. 借当事，即便不是凤姐的主意，看来她也不怎么反对，若能从老太太处偷偷弄得钱来，只要不损自己的脸面，何乐而不为？从贾琏向鸳鸯告艰难，便可知大家庭的经济状况已日趋拮据了。

人，你若说定了，我谢你如何？"凤姐笑道："你说，谢我什么？"贾琏笑道："你说要什么，就是什么。"

平儿一旁笑道："奶奶倒不要谢的。昨儿正说，要作一件什么事，恰少一二百银子使，不如借了来，奶奶拿一二百银子，岂不两全其美。"凤姐笑道："幸亏提起我来，就是这样也罢了。"贾琏笑道："你们太也狠了！你们这会子别说一千两的当头，就是现银子，要三五千，只怕也难不倒。我不和你们借就罢了。这会子烦你说一句话，还要个利钱，真真了不得。"[1]凤姐听了，翻身起来，说："我有三千五万，不是赚的你的。如今里里外外上上下下，背着我嚼说我的不少，就差你来说了，可知没家亲引不出外鬼来。[2]我们王家可哪里来的钱，都是你们贾家赚的。别叫我恶心了！你们看着你家是什么石崇、邓通①？把我王家的地缝子扫一扫就够你们过一辈子了。[3]说出来的话，也不怕臊！现有对证：把太太和我的嫁妆细看看，比一比你们的，哪一样是配不上你们的？"贾琏笑道："说句玩话就急了。这有什么这样的，你要使一二百两银子值什么，多的没有，这还有。先拿进来，你使了再说，如何？"凤姐道："我又不等着衔口垫背②，忙了什么！"贾琏道："何苦来，不犯着这样肝火盛。"

凤姐听了，又自笑起来，"不是我着急，你说的话戳人的心。我因为想着后日是尤二姐的周年，我们好了一场，虽不能别的，到底给她上个坟，烧张纸，也是姊妹一场。[4]她虽没留下个男女，也不要'前人撒土，迷了后人的眼'③才是。"一语倒把贾琏说没了话，低头打算了半晌，方道："难为你想得周全，我竟忘了。既是后日才用，若明日得了这个，你随便使多少就是了。"

一语未了，只见旺儿媳妇走进来。凤姐便问："可成了没有？"[5]旺儿媳妇道："竟不中用。我说须得奶奶作主就成了。"贾琏便问："又是什么事？"凤姐儿见问，便说道："不是什么大事。[6]旺儿有个小子，今年十七岁了，还没得女人，因要求太太房里彩霞，不知太太心里怎么样，就没有计较得。前日太太见彩霞大了，二则又多病多灾的，因此开恩打发她出去了，给她老子娘随便自己拣女婿去罢。因此，旺儿媳妇来求我。我想他两家也就算门当户对的，一说去，自然成的，谁知她这会子

1. 原以为贾琏弄钱与凤姐弄钱是一回事，不料夫妻间还各有一本账，你得了钱，我要抽头。世间此类情况，还真有的是。

2. 看来也不能怪什么家鬼、外鬼，还是自己心里有鬼。

3. 一提到钱，就分"你们贾家""我们王家"，居然还比富夸富起来，实在可笑。

4. 罗刹忽然扮起菩萨来，想到尤二姐的周年了，实非料想得到的。真把贾琏当小儿耍了。

5. 如此没头没脑地问，写对话情景逼真。反正有第三者在，摸不着头脑自会发问，再作解释。

6. 在旺儿媳妇家是儿子的终身大事，在凤姐就不是大事，哪能比赚钱的事更大。

---

① 石崇、邓通——古时两个大富翁。西晋石崇，生活极奢靡。西汉邓通因铸钱而大富。
② 衔口垫背——旧时人死后，入殓时给死者口中含珠玉，叫"衔口"；在尸体之下垫放钱，叫"垫背"。
③ 前人撒土，迷了后人的眼——喻前辈做事不当，连累了后辈。

来了，说不中用。"贾琏道："这是什么大事，比彩霞好的多着呢。"旺儿家的陪笑道："爷虽如此说，<u>连她家还看不起我们，别人越发看不起我们了。</u>[1]好容易相看准一个媳妇，我只说求爷奶奶的恩典，替作成了。奶奶又说她必肯的，我就烦了人过去试一试，谁知白讨了个没趣。若论那孩子，倒好，据我素日私意儿试她，她心里没有甚说的，只是她老子娘两个老东西，太心高了些。"

一语戳动了凤姐和贾琏，凤姐因见贾琏在此，且不作一声，只看贾琏的光景。贾琏心中有事，哪里把这点子事放在心里。待要不管，只是看着她是凤姐儿的陪房，且又素日出过力的，脸上实在过不去，因说道："什么大事！只管咕咕唧唧的。你放心且去，我明儿作媒，打发两个有体面的人，一面说，一面带着定礼去，就说是我的主意。他十分不依，叫他来见我。"<u>旺儿家的看着凤姐，凤姐便扭嘴儿。旺儿家的会意，忙爬下就给贾琏磕头谢恩。</u>[2]贾琏忙道："你只给你姑娘磕头。我虽如此说了这样行，到底也得你姑娘打发个人去叫他女人上来，和他好说更好些。<u>虽然他们必依，然这事也不可太霸道了。</u>"[3]凤姐忙道："连你还这样开恩操心呢，我倒反袖手旁观不成？旺儿家的，你听见了，说了这事，你也忙忙地给我完了事来。说给你男人，外头所有的账，一概赶今年年底下收了进来，少一个钱，我也不依。我的名声不好，再放一年，都要生吃了我呢。"[4]

旺儿媳妇笑道："奶奶也太大胆小了。谁敢议论奶奶？若收了时，公道说，我们倒还省些事，不大得罪人。"凤姐冷笑道："我也是一场痴心白使了。我真个的还等钱作什么，不过为的是日用，出的多，进的少。这屋里有的没的，我和你姑爷一月的月钱，再连上四个丫头的月钱，通共一二十两银子，还不够三五天的使用呢。若不是我千凑万挪的，早不知过到什么破窑里去了。如今倒落了一个放账破落户的名儿。[5]既这样，我就收了回来。我比谁不会花钱？咱们以后就坐着花，到多早晚，是多早晚。这不是样儿：<u>前儿老太太生日，太太急了两个月，想不出法儿来，还是我提了一句，后楼上现有些没要紧的大铜锡家伙，四五箱子，拿出去弄了三百银子，才把太太遮羞礼儿搪过去了。</u>我是你们知道的，那一个金自鸣钟卖了五百六十两银子。没有半个月，大事小事没有十件，白填在里头。今儿外头也短住了，<u>不知是谁的主意，搜寻上老太太了。</u>[6]明儿再过一年，

1. 看不起总有原因，怕不是门户高低。

2. 知道此家里谁说了算，所以"看着凤姐"，贾琏话这回合凤姐意了，所以"扭嘴儿"暗示。写来如见。

3. 这还不霸道？不论谁出面说，都要人家非依不可，算什么？写的就是"倚势霸成亲"。

4. 不是为好心帮人，是做买卖，要有条件的：我帮你说成；你必须将我放出去的高利贷都如期催讨回来。

5. 可知放账乃发，所谓此家儿知耻恶之事也。（庚）此评有讹字，各家校读不同，或有校"乃"作"事"，"儿"作"鬼"者。

6. 原来所疑不误。贾琏借当确实得到凤姐主意的启示。却还说搜寻上老太太，不知谁的主意。闲语补出近日诸事。（庚）

各人搜寻到头面衣服，可就好了！"旺儿媳妇笑道：
"哪一位太太、奶奶的头面衣服，折变了不够过一辈
子的？只是不肯罢了。"凤姐道："不是我说没了能耐
的话，要像这样，我竟不能了。昨儿晚上，忽然作了
一个梦，说来也可笑，¹梦见一个人，虽然面善，却又
不知名姓，找我。问他作什么，他说娘娘打发他来要
一百匹锦。我问他是哪一位娘娘，他说的又不是咱们
家的娘娘。我就不肯给他，他就上来夺。正夺着，就
醒了。"²旺儿家的笑道："这是奶奶的日间操心，常应
候宫里的事。"³

　　一语未了，人回："夏太府打发了一个小内监①来
说话。"⁴贾琏听了，忙皱眉道："又是什么话？一年他
们也搬够了。"凤姐道："你藏起来，等我见他，若是
小事，罢了；若是大事，我自有话回他。"贾琏便躲
入内套间去。这里凤姐命人带进小太监来，让他椅子
上坐了吃茶，因问何事。那小太监便说："夏爷爷因今
儿偶见一所房子，如今竟短二百两银子，打发我来问
舅奶奶，家里有现成的银子暂借一二百，过一两日就
送过来。"⁵凤姐儿听了，笑道："什么是'送过来'，有
的是银子，只管先兑了去。改日等我们短了，再借去
也是一样。"⁶小太监道："夏爷爷还说了，上两回还有
一千二百两银子没送来，等今年年底下，自然一齐都
送过来。"凤姐笑道："你夏爷爷好小气，这也值得提
在心上？我说一句话，不怕他多心，若都这样记清了
还我们，不知还了多少了。只怕没有，若有，只管拿
去。"⁷因叫旺儿媳妇来，"出去，不管哪里先支二百两
来。"⁸旺儿媳妇会意，因笑道："我才因别处支不动，
才来和奶奶支的。"⁹凤姐道："你们只会里头来要钱，
叫你们外头弄去，就不能了。"¹⁰说着叫平儿，"把我
那两个金项圈拿出去，暂且押四百两银子。"¹¹

　　平儿答应了，去了半日，果然拿了一个锦盒子来，
里面两个锦袱包着。打开时，一个金累丝攒珠的，那
珍珠都有莲子大小，一个点翠嵌宝石的。两个都与宫
中之物不离上下。¹²一时拿去，果然拿了四百两银子
来。凤姐命与小太监打叠起一半，那一半命人与了旺

1. 反说"可笑"，妙甚！若必以此
梦为凶兆，则思反落套，非《红
楼》之梦矣。（庚）

2. 妙！实家常触景间梦，必有之
理，却是江淹才尽之兆也。可
伤！（庚）夺锦、才尽，用江淹
事。南朝江淹少年时便以文章扬
名，后夜梦一人自称张景阳（晋
代大文人张协），谓曰："前以一
匹锦相寄，今可见还。"江淹从
怀中摸出数尺给他，从此文思顿
减，时人谓之"江郎才尽"。见《南
史·江淹传》。

3. 虽误打误撞，却也有几分歪打正
着，看下文便知。淡淡抹去，妙！
（庚）

4. 接得紧，才说"娘娘"，"应候宫
里的事"，便来太监。

5. 不是来要锦的，却是要银子的。
可谓密处不容针。（庚）

6. 亏她好辞令！前半句装慷慨，后
半句说窘境。

7. 更妙！刚说不值得记住，便又说
不知欠我们有多少了；又说"没
有"，又说"拿去"，句句圆转灵
活如滚珠。

8. 竟当面命人去支借。如此难堪局
面，小太监居然不为所动，想是
训练有素的，无论你说什么、做
什么，反正不拿到银子不走。

9. 有眼色，立刻与凤姐演双簧。

10. 指桑骂槐，指媳妇骂太监。

11. 最后一着，只好典当首饰弄钱。
太监可不管，哪怕你典儿当女！

12. 是太监眼中看，心中评。（庚）

---

① 内监——在内宫侍候的太监。

儿媳妇，命她拿去办八月中秋节。¹ 那小太监便告辞，凤姐命人替他拿着银子，送出大门去了。这里贾琏出来笑道："这一起外祟，何日是了？"凤姐笑道："刚说着，就来了一股子。"贾琏道："昨儿周太监来，张口一千两。我略应慢了些，他就不自在。将来得罪人之处不少。² 这会子再发个三二百万的财就好了。"一面说，一面平儿服侍凤姐另洗了面，更衣往贾母处去伺候晚饭。

这里贾琏出来，刚至外书房，忽见林之孝走来。贾琏因问何事。林之孝说道："方才打听得雨村降了，却不知因何事，³ 只怕未必真。"贾琏道："真不真，他那官儿也未必保得长。只怕将来有事，⁴ 咱们宁可疏远着他好。"林之孝道："何尝不是，只是一时难以疏远。如今东府大爷和他更好，老爷又喜欢他，时常来往，哪个不知。"⁵ 贾琏道："横竖不和他谋事，也不相干。你去再打听真了，是为什么。"

林之孝答应了，却不动身，坐在下面椅子上，且说些闲话。因又说起家道艰难，便趁势说："人口太重了，不如拣个空日回明老太太、老爷，把这些出过力的老人家，用不着的，开恩放几家出去。一则他们各有营运，二则家里一年也省些口粮月钱。再者，里头的姑娘也太多。俗语说，'一时比不得一时'，如今说不得先时的例了，⁶ 少不得大家委屈些，该使八个的使六个，该使四个的便使两个。若各房算起来，一年也可以省得许多月米月钱。况且里头的女孩子们，一半都太大了，也该配人的配人。成了房，岂不又孳生出人来。"贾琏道："我也这样想着，只是老爷才回家来，多少大事未回，哪里议到这个上头。前儿官媒拿了个庚帖来求亲^①，太太还说老爷才来，每日欢天喜地地说骨肉完聚，忽然就提起这事，恐老爷又伤心，⁷ 所以且不叫提这事。"林之孝道："这也是正理，太太想得周到。"贾琏道："正是，提起这话，我想起了一件事来：我们旺儿的小子，要说太太房里的彩霞。他昨儿求我，我想什么大事，不管谁去说一声去。这会子有谁闲着，我打发个人去说一声，就说我的话。"

林之孝听了，只得应着，半晌，笑道："依我说，二

1. 数回后便有赏中秋事。过下伏脉。（庚）

2. 这里所说的"外祟"是贾府开支亏空的一大原因，也是作者家庭自先祖曹寅至父亲曹頫为官期间一大额外负担。因而随着时间的推移，欠款越来越多。

3. 已是重蹈覆辙，这次未必还有起复的希望。

4. 此非虚语，预料有据，贾琏曾讥评雨村和其父为几把古董扇子害死石呆子事。

5. 首回中脂评即批出雨村、贾赦为"因嫌纱帽小，致使锁枷扛"者，故知喜欢雨村的贾赦大概也脱不了干系，本来冤案就是两人勾结作的孽。

6. 由管家奴仆口中说出这番话来，更可知贾府真的是今非昔比，每况愈下了。

7. 指有人来为迎春说媒，迎春虽非贾政所生，政老却有亲情，倒是其生父贾赦反不把亲女儿放在心上。

---

① 官媒拿了个庚帖来求亲——官媒，旧时衙署中的女役，管女犯择配、解送等事。也指以做媒为职业的妇女。庚帖，旧时订婚时，男女双方互换的一种束帖，上写姓名、籍贯及年庚等。

爷竟别管这件事。旺儿的那小子，虽然年轻，在外头吃酒赌钱，无所不至。¹虽说都是奴才们，到底是一辈子的事。彩霞那孩子，这几年我虽没见，听得越发出挑得好了，何苦来白糟蹋一个人。"贾琏道："他小儿子原会吃酒，不成人。"林之孝冷笑道："岂只吃酒赌钱，在外头无所不为。我们看他是奶奶的人，也只见一半，不见一半罢了。"贾琏道："我竟不知道这些事。既这样，哪里还给他老婆，且给他一顿棍，锁起来，再问他老子娘。"²林之孝笑道："何必在这一时。那是我错了，等他再生事，我们自然回爷处治。如今且恕他。"贾琏不语，一时林之孝出去。

晚间，凤姐已命人唤了彩霞之母来说媒。那彩霞之母满心纵不愿意，见凤姐亲自和她说，何等体面，³便心不由意地满口应了出去。今凤姐问贾琏："可说了没有？"贾琏因说："我原要说的，打听得他小儿子大不成人，故还不曾说。若果然不成人，且管教他两日，再给他老婆不迟。"凤姐听说，便说："你听见谁说他不成人？"贾琏道："不过是家里的人，还有谁。"凤姐笑道："我们王家的人，连我还不中你们的意，何况奴才呢。我才已经和她娘说了，她娘已经欢天喜地地应了，难道又叫进她来，不要了不成？"⁴贾琏道："既你说了，又何必退，明儿说给他老子，好生管他就是了。"⁵这里说话，不提。

且说彩霞因前日出去，等父母择人，心中虽是与贾环有旧，尚未作准。今日又见旺儿每每来求亲，早闻得旺儿之子酗酒赌博，而且容颜丑陋，一技不知，自此心中越发懊恼。生恐旺儿仗凤姐之势，一时作成，终身为患，不免心中急躁。遂至晚间，悄命她妹子小霞进二门来找赵姨娘，⁶问了端的。赵姨娘素日深与彩霞契合，巴不得与了贾环，方有个膀臂，不承望王夫人又放了出去。每唆贾环去讨，一则贾环羞口难开，二则贾环也不大甚在意，不过是个丫头，她去了，将来自然还有，⁷遂迁延着不说，意思便丢开手。无奈赵姨娘又不舍，又见她妹子来问，是晚得空，便先求了贾政。⁸贾政因说道："且忙什么，等他们再念一二年书，再放人不迟。我已经看中了两个丫头，一个与宝玉，一个给环儿。只是年纪还小，又怕他们误了书，所以再等一二年。"⁹赵姨娘道："宝玉已有了二年了，老爷难道还不知道？"贾政听了，忙问道："是谁给的？"赵姨

1. 前未言旺儿之子是何等人物，这里由知事甚多的管家林之孝说出，颇合情理。原来旺儿媳妇前谓人家瞧不起为此。

2. 像贾琏说的话，一会儿左，一会儿右，恐也只是听什么，是什么。

3. 包办儿女婚姻的常见病。今时人因图此现在体面，误了多少女儿！此正是为今时女儿一哭。（庚）

4. 已说出的话是自己的颜面，在凤姐比准备帮的人是好是坏重要。

5. 管怎管得住？塞责之词。在贾琏，此事本不上心，何况惧内。

6. 事关切身，所虑极是。焦急之余，只好走这条路了。

7. 彩霞与贾环好，真是找错了人。谁能想到他如此无情，竟弃之如敝屣。

8. 赵姨娘只有此一条路可走。

9. 贾政本不大管此类事，何况一本正经，只以念书为重，说是已看中两个丫头，怕也是搪塞之词。妙文！又写出贾老儿女之情。细思一部书，总不写贾老，则不成书；然若不如此写，则又非贾老。（庚）

娘方欲说话，只听外面一声响，[1] 不知何物，大家吃了　1. 何必枝蔓，打断为是。
一惊不小。要知端的，且听下回分解。

【总评】

本回的重点有二：凤姐逐渐落下病来和贾府财力在迅速减弱。这两点都关系到作者原来构思的后半部情节的发展。

本回的开头继续交代鸳鸯发现的司棋幽会事的前情及后续事。事发初，司棋还只是"怀着鬼胎"，不料其在贾府当小厮的姑表兄弟，却惧罪逃走了。司棋气得病倒，心想："纵是闹了出来，也该死在一处。他自为是男人，先就走了，可见是个没情意的。"所以，司棋的不幸，还不止是后来被贾府所逐。

凤姐的崩漏之症，非一朝而得，前已有说到。"恃强羞说病"是病之所以酿成大害的根子。人岂可讳疾忌医，但这是符合她个性的。脂评提示后半部佚稿中原有"王熙凤知命强英雄"一回（第二十一回评），不管这"知命"是否也指自身体质而言，但其要"强"的个性还是一样的。凤姐最后是"短命"而死的（第四十三、四十四回评）。这除了后来她还有种种不幸遭遇的因素外，其病体难支应该也是重要的原因。

官媒婆朱嫂子为"孙大人家""求亲"事找上门来，此迎春婚事之露头。

贾琏向鸳鸯借当，说是为预备娘娘的重阳节礼和几家红白大礼，有二三千两银子的缺口，要她将贾母查不着的金银家伙偷偷运出一箱来，暂时去押银子。贾琏与凤姐夫妻俩顶嘴，说"玩话"，也都离不开银子的事。可知此时荣府的经济状况已大不如前了。

来旺媳妇为儿子说亲，目标是王夫人处打算外放的丫头彩霞。彩霞"早闻得旺儿之子酗酒赌博，而且容颜丑陋，一技不知"，心里自不情愿，何况她与贾环要好着，就去找赵姨娘，赵姨娘去求贾政，贾政以两个儿子"年纪还小"没有在意。回目"来旺妇倚势霸成亲"，倚的就是贾琏、凤姐之势。这本是一件仗势包办的婚姻案，却处处不离银钱的事。如凤姐对来旺妇说："旺儿家的，你听见了，说了这事（凤姐出面说媒），你也忙忙的给我完了事来。说给你男人，外头所有的账（放出的高利贷），一概赶今年年底下收了进来，少一个钱，我也不依。我的名声不好，再放一年，都要生吃了我呢！"这就是交易。

说到花钱入不抵出，凤姐还扯出"后楼上现有些没有要紧的大铜锡家伙，四五箱子，拿出去弄了三百银子，才把太太遮羞礼儿搪过去了"，"那一个金自鸣钟卖了五百六十两银子"以及做梦梦见有人来夺锦等事。闲聊未了，就有夏太府小太监来借钱，用金项圈临时抵押来银子打发。贾琏还提到"昨儿周太监来，张口一千两，我略应慢了些，他就不自在。将来得罪人之处不少"，故有"这一起外祟，何日是了"的话。说起"家道艰难"，林之孝归结为"人口太重了"，还说"如今说不得先时的例了，少不得大家委屈些"等等。这些都令人联想起曹雪芹出生时，曹家已被亏空和负债压得喘不过气来，曹頫获罪抄家，家中除家具衣物外，别无金银珠宝，仅有当票百余张的窘困情景。当然，两者不能做简单类比，毕竟小说是小说，荣国府此时的境况，比起曹家来，又不知要强多少了。

第七十三回
痴丫头误拾绣春囊　懦小姐不问累金凤

【题解】

本回回目诸本基本一致。唯列藏本"春囊"讹作"香囊"，两者含义有别；杨本"金凤"讹作"金凤"；程甲本"拾"讹作"捨"。绣春囊，绣着男女性行为图像或风情词句的香袋，相好者借此传情。在封建大家庭中出现此物，被视作是败坏门风的丑行。痴丫头，指替贾母干粗活"心性愚顽，一无知识"的小丫头，人称"傻大姐"。她在山石边拾到一个绣春囊，却不识得，误以为是什么有趣的玩意儿，因此掀起轩然大波，故曰"误拾"。累金凤，文中称"攒珠累丝金凤"，是用细金丝编制缀联珍珠的凤形首饰，为迎春所有，却被她奶母偷去当了银子捞赌本去了。迎春知道此事，却因生性怯懦，不愿得罪人惹事，不肯去追问，还是探春看不过，为她出头。蒙府、戚序本有回前总评析此回行文章法，尚有见地，说："贾母一席话，隐隐照起全文，便可一直叙去。接笔却置贼不论，转出赌钱；接笔又置赌钱不论，转出奸证；接笔又置奸证不论，转出讨情。一波未平，一波又起，势如怒蛇出穴，蜿蜒不就捕。"

话说那赵姨娘和贾政说话，忽听外面一声响，不知何物。忙问时，原来是外间窗屉不曾扣好，塌了屈戌①了，掉下来。赵姨娘骂了丫头几句，自己带领丫鬟上好，<u>方进来打发贾政安歇。不在话下。</u>[1]

却说怡红院中宝玉正才睡下，丫鬟们正欲各散安歇，忽听有人击院门。<u>老婆子开了，见是赵姨娘房内的丫鬟，名唤小鹊的。</u>[2]问她什么事，<u>小鹊不答，直往房内来找宝玉。</u>只见宝玉才睡下，晴雯等犹在床边坐着，大家玩笑，见她来了，都问："什么事，这时候又跑了来作什么？"小鹊笑向宝玉道："我来告诉你一个信儿。<u>方才我们奶奶这般如此在老爷前说了。你仔细明儿老爷问你话。</u>"[3]说着，回身就去了。袭人命留她吃茶，因怕关门，遂一直去了。

这里宝玉听了这话，便如孙大圣听见了紧箍咒一般，登时<u>四肢五内，一齐皆不自在起来。</u>[4]想来想去，别无它法，且理熟

1. 为贾环来讨彩霞事，没有结果。

2. 她来做什么？

3. 奇，从未见此婶也。（庚）原来是听说老爷让宝玉、环儿好好念书，想到必要考问功课，特地前来报信讨好的。鹊儿是报喜讯的，却让宝玉烦恼。

4. 比得切，是怕严父考问情状。今之贪玩怕读书学童也多有如此者。

----

①　屈戌——门窗上的搭扣。

了书，预备明儿盘考。只能书不舛错，便有它事，也可搪塞一半。想罢，忙披衣起来要读书。心中又自后悔，这些日子只说不提了，偏又丢生，早知该天天好歹温习些的。如今打算打算，肚子内现可背诵的，不过只有《学》《庸》《二论》①是带注背得出的。至上本《孟子》，就有一半是夹生的，若凭空提一句，断不能接背；至下《孟》，就有一大半忘了。¹算起《五经》②来，因近来作诗，常把《诗经》读些，虽不甚精阐，还可塞责。别的虽不记得，素日贾政也幸未吩咐过读的，纵不知，也还不妨。至于古文，还是那几年所读过的几篇，连《左传》、《国策》、《公羊》、《穀梁》③、汉、唐等文，不过几十篇，这几年竟未曾温得半篇片语。虽闲时也曾遍阅，不过一时之兴，随看随忘，未下苦工夫，如何记得？这是断难塞责的。更有时文八股④一道，因平素深恶此道，原非圣贤之制撰，焉能阐发圣贤之微奥，不过作后人饵名钓禄之阶。²虽贾政当日起身时，选了百十篇命他读的，不过偶因见其中或一二股内，或承起之中，有作得或精致，或流荡，或游戏，或悲感，稍能动性者，偶一读之，不过供一时之兴趣，究竟何曾成篇潜心玩索。如今若温习这个，又恐明日盘诘那个；若温习那个，又恐盘驳这个。一夜之功，亦不能全然温习。因此，越添了焦躁。自己读书，不致紧要，却带累着一房丫鬟们皆不能睡。袭人、麝月、晴雯等几个大的，是不用说，在旁剪烛斟茶；那些小的，都困眼朦胧，前仰后合起来。晴雯因骂道："什么蹄子们！一个个黑日白夜挺尸挺不够，偶然一次睡迟了些，就装出这腔调来了。³再这样，我拿针戳你们两下子！"

话犹未了，只听外间"咕咚"一声，急忙看时，原来是一个小丫头子坐着打盹，一头撞到壁上了。从梦中惊醒，恰正是晴雯说这话之时，她怔怔的只当是晴雯打了她一下，遂哭央说："好姐姐，我再不敢了！"众人都发起笑来。⁴宝玉忙劝道："饶她罢，原该叫她们都睡去才是。你们也该替换着睡去。"袭人忙道："小祖宗，你只顾你的罢！通共这一夜的功夫，你把心暂且用在这几本书上，等过了这一关，由你再张罗别的，也不算误了什么。"宝玉听她说得恳切，只得又读。读了没有几句，麝月又斟了一杯

1. 借检点应考把握，将贵族家庭子弟教育情况约略一提：朱熹集注的《四书》被当时奉为最重要的经典教科书，一定要弄懂会背的。从篇幅上说，前三种相加与《孟子》各占一半，估计这部分宝玉能塞责的至多一半略多一点。

2. 学子为应付科举考试，必须会另一种本领，便是写时文八股。宝玉深恶此道，想来也反映作者的态度，一种"无材补天"的逆反，鄙夷。

3. 晴雯脾气虽火爆，却是尽心尽责的。

4. 小丫头困倦打盹小事，也用趣笔写来，不使文字干枯。

---

① 《学》《庸》《二论》——指《大学》《中庸》和《论语》。《论语》共20篇，分上下两本，故也叫"二论"。

② 《五经》——《诗经》《尚书》《礼记》《易经》《春秋》合称"五经"。

③ 《左传》《国策》《公羊》《穀梁》——即相传春秋时左丘明撰《春秋左氏传》；战国时士人撰《战国策》；战国时公羊高撰《春秋公羊传》，穀梁赤撰《春秋穀梁传》，记述当时诸侯国史事或谋士说客的策略辩辞。

④ 八股——亦叫"时文""制义""制艺"。明清时科举考试规定的文体。每篇的结构都由破题、咏题、起讲、入手、起股、中股、后股、束股八部分组成，故称"八股文"。这种文体，从内容到形式，都束缚人们思想。

茶来润舌，宝玉接茶吃了。因见麝月只穿着短袄，解了裙子，宝玉道："夜静了，冷，到底穿一件大衣裳才是。"[1] 麝月笑指着书道："你暂且把我们忘了，把心且略对着它些罢。"

话犹未了，只听金星玻璃①从后房门跑进来，口内喊说："不好了，一个人从墙上跳下来了！"[2] 众人听说，忙问："在哪里？"即喝起人来，各处寻找。晴雯因见宝玉读书苦恼，劳费一夜神思，明日也未必妥当，心下正要替宝玉想出一个主意来脱此难，正好忽逢此一惊怪，便生计向宝玉道：[3] "趁这个机会快装病，只说唬着了。"此话正中宝玉心怀，因而遂传起上夜人等来，打着灯笼各处搜寻，并无踪迹，都说："小姑娘们想是睡花了眼出去，风摇的树枝儿，错认了人。"晴雯便道："别放屁！你们查得不严，怕耽不是，还拿这话来支吾。才刚并不是一个人见的，宝玉和我们出去有事，大家亲见的。如今宝玉吓得颜色都变了，满身发热，我如今还要上房里取安魂丸药去。太太问起来，是要回明白的，[4] 难道依你说就罢了不成？"众人听了，吓得不敢则声，只得又各处去找。晴雯和玻璃二人果出去要药，故意闹得众人皆知宝玉着了惊，吓病了。[5] 王夫人听了，忙命人来看视给药，又吩咐各上夜人仔细搜查；又一面叫查二门外邻园墙上夜的小厮们。于是园内灯笼火把，直闹了一夜。至五更天，就传管家众男女，命仔细访查，一一拷问内外上夜男女人等。

贾母闻知宝玉被吓，细问原由，不敢再隐，只得回明。贾母道："我必料到有此事。如今各处上夜人都不小心，还是小事，只怕他们就是贼，也未可知。"[6] 当下邢夫人并尤氏等都过来请安，凤姐、李纨及姊妹等皆陪侍，听贾母如此说，都默无所答。独探春出位笑道："近因凤姐姐身子不好几日，园内的人，比先放肆了许多。先前不过是大家偷着一时半刻，或夜里坐更时，三四个人聚在一处，或掷骰，或斗牌，小小的玩意，不过为熬困。近来渐次放诞，竟开了赌局，甚至有头家局主，或三十吊、五十吊、一二百吊的大输赢。半月前，竟有争斗相打之事。"[7] 贾母听了，忙说："你既知道，为何不早回我们来？"探春道："我因想着太太事多，且连日不自在，所以没回。只告诉了大嫂子和管事的人们，戒饬过几次，近日好些。"贾母忙道："你姑娘家如何知道这里头的利害。[8] 你

1. 真是宝玉！临时抱佛脚时，还关心丫头冷暖。*此处岂是读书之处，又岂是伴读之人？*（庚）

2. 想是跳下宝玉救星来了。

3. 晴雯机灵，脑筋转得快。

4. 嘱众人要去回明太太，还替他们想好回话要点，如脸色变了、全身发热、找安魂药等。

5. 尽量闹得沸沸扬扬，让传言起作用，把戏演到位。

6. 看似过虑了，其实经历事多的老人言，正不可轻忽。

7. 探春有所见闻，难得还敢直言，确是治家干才。

8. 贾母再发重话，恐非虚言。可惜我们读不到后半部佚稿，后来贾府事败，抄没，想来不只是从外面杀进来，家庭内部争斗，暴露丑行，让外界挟怨欲告倒贾家的敌对势力有机可乘、有把柄可拿，怕也是重要原因。

① 金星玻璃——即芳官，也只称"玻璃"，程甲本也许忘了曾改名事，竟改为"春燕、秋纹"二人。

自为要钱常事，不过怕起争端。殊不知夜间既要钱，就保不住
不吃酒；既吃酒，就免不得门户任意开锁。或买东西，寻张觅
李，其中夜静人稀，趁便藏贼引盗，何等事作不出来！况且园
内的姊妹们起居所伴者，皆系丫头、媳妇们，贤愚混杂，贼盗
事小，再有别事，倘略沾带些，关系不小，这事岂可轻恕！"

探春听说，便默然归座。凤姐虽未大愈，精神固比素常稍
减，[1] 今见贾母如此说，便忙道："偏生我又病了。"遂回头命人
速传林之孝家的等总理家事四个媳妇到来，当着贾母，申饬了
一顿。贾母命即刻查了头家赌家来，有人出首者赏，隐情不告
者罚。林之孝家的等见贾母动怒，谁敢徇私，忙至园内传齐了
人，一一盘查。虽不免大家赖一回，终不免水落石出。查得大
头家三人，小头家八人，聚赌者通共二十多人，都带来见贾母，
跪在院内磕响头求饶。贾母先问大头家名姓和钱之多少。原来
这三个大头家，一个就是林之孝的两姨亲家，一个就是园内厨
房里柳家媳妇之妹，一个就是迎春之乳母。这是三个为首的，
余者不能多记。贾母便命将骰子、牌一并烧毁，所有的钱入官，
分散与众人；将为首者每人四十大板，撵出，总不许再入；从
者每人二十大板，革去三月月钱，拨入圊厕行①内。[2] 又将林之
孝家的申饬了一番。

林之孝家的见她的亲戚又给她打了嘴，自己也觉没趣。迎
春在坐，也觉没意思。黛玉、宝钗、探春等见迎春的乳母如此，
也是物伤其类的意思，遂都起身笑向贾母讨情，[3] 说："这个妈妈
素日原不玩的，不知怎么，也偶然高兴。求看二姐姐面上，饶
她这次罢。"贾母道："你们不知。大约这些奶子们，一个个仗
着奶过哥儿姐儿，原比别人有些体面，她们就生事，比别人更
可恶，专管调唆主子，护短偏向。我都是经过的。况且要拿一
个作法，恰好果然就遇见了一个。你们别管，我自有道理。"[4]
宝钗等听说，只得罢了。

一时，贾母歇晌，大家散出，都知贾母今日生气，皆不敢
各散回家，只得在此暂候。尤氏便往凤姐儿处来闲话了一回，
因她也不自在，只得园内寻众姑嫂闲谈。邢夫人在王夫人处坐
了一回，也就往园内散散心来。刚至园门前，只见贾母房内的
小丫头子名唤傻大姐的，笑嘻嘻地走来，手内拿着个花红柳绿
的东西，低头一壁瞧着，一壁只管走，不防迎头撞见邢夫人，
抬头看见，方才站住。邢夫人因说："这痴丫头，又得了个什

① 圊（qīng 青）厕行——管理和清扫厕所的行当。圊厕，厕所。

1. 看他渐次写来，从不作
一平易苟安之笔，况阿
凤之文哉！（庚）

2. 贾母出面严惩下人是不
容易见到的。

3. 偏有人要看迎春面上出
来讨情，还是贾母极宠
爱的三位姑娘，且看结
果如何。

4. 贾母不给讨情的黛、钗、
探以面子，更是少有的。
然说的却是实情，从严
作法，自有道理，不可
谓不明智。

么狗不识儿，这么欢喜？拿来我瞧瞧。"[1]

原来这傻大姐年方十四五岁，是新挑上来的，与贾母这边提水桶、扫院子，专作粗活的一个丫头。只因她生得体肥面阔，两只大脚，作粗活简捷爽利，且心性愚顽，一无知识，行事出言，常在规矩之外。贾母因喜欢她爽利便捷，又喜她出言可以发笑，便起名为"傻大姐"，常闷来便引她取笑，毫无忌避，因此又叫她作"痴丫头"。她纵有失礼之处，见贾母喜欢，他们依然不去苛责。[2] 这丫头也得了这个力，若贾母不唤她时，便入园内来玩耍。今日正在园内掏促织，忽在山石背后得了一个五彩绣香囊，其华丽精致，固是可爱，但上面绣的并非花鸟等物，一面却是两个人，赤条条的盘踞相抱，一面是几个字。这痴丫头原不认得是春意，便心下盘算："敢是两个妖精打架？不然，必是两口子相打。"[3] 左右猜解不来，正要拿去与贾母看，[4] 是以笑嘻嘻地一壁看，一壁走，忽见了邢夫人如此说，便笑道："太太真个说得巧，真个是狗不识呢！[5] 太太请瞧一瞧。"说着，便送过去。邢夫人接来一看，吓得连忙死紧攥住，[6] 忙问："你是哪里得的？"傻大姐道："我掏促织儿，在山石上捡的。"邢夫人道："快休告诉一人：这不是好东西，连你也要打死才是。皆因你素日是傻子。以后再别提起了。"这傻大姐听了，反吓得黄了脸，说："再不敢了。"磕了个头，呆呆而去。邢夫人回头看时，都是些女孩儿，不便递与，自己便塞在袖内，心内十分罕异，揣摩此物从何而至，且不形于声色，且来至迎春室中。

迎春正因她乳母获罪，自觉无趣，心中不自在，忽报母亲来了，遂接入内室。奉茶毕，邢夫人因说道："你这么大了，你那奶妈子行此事，你也不说说她。如今别人都好好的，偏咱们的人做出这事来，什么意思！"[7] 迎春低首弄衣带，半晌答道："我说她两次，她不听也无法。况且她是妈妈，只有她说我的，没有我说她的。"[8] 邢夫人道："胡说！你不好了，她原该说；如今她犯了法，你就该拿出小姐的身份来。她敢不从，你就回我去

1. 不瞧也罢，这一瞧大观园便要地覆天翻了！不接着写，反顿住，先交代清傻大姐之为人。如此安排，妥极！

2. 有何可责的？礼岂为傻大姐这样混沌未凿之人而设？

3. 真聪明！猜得都不错。

4. 险极，妙极！荣府堂堂诗礼之家，且大观官园又何等严肃清幽之地，金闺玉阁尚有此等秽亵，天下浅闺薄幕之家宁不慎乎？虽然，但此等偏出大家世族之中者，盖因其房室香宵，爕婵混杂，乌保其个个守礼持节哉？此正为大家世族而告戒。其浅闺薄幕之处，母女主婢日夕耳鬓交磨，一止一动悉在耳目之中，又何必淳淳再四焉！（庚）

5. 妙在用邢夫人之语作答。妙！寓言也。大凡知此交媾之情者，真狗畜之说耳。非肆言恶詈，凡识此事者即狗矣。然则云与贾母看，则先骂贾母矣。此处邢夫人亦看，然则又骂邢夫人乎？故作者又难。（庚）

6. 老丈夫讨丫头、买小妾，纵欲无度，帮着说倒理直气壮，毫无惧色。若有人举此等处批判封建道德礼教虚伪性，很难说是唱高调。妙！这一"吓"字方是写世家夫人之笔，虽前明书邢夫人之为人稍劣，然亦在情理之中，若不用慎重之笔，则邢夫人直系一小家卑污极轻贱之人矣，岂得与荣府联房哉？所谓此书针线缜密处，全在无意中一字一句之间耳，看者细心方得。（庚）

7. "咱们"二字便见自怀异心，从上文生离异发沥而来，谨密之至。更有甚于此者，君未知也，一笑。（庚）

8. 是"二木头"的话。妙极！直画出一个懦弱小姐来。（庚）

才是。如今直等外人共知，是什么意思！[1] 再者，只她去放头儿①，还恐怕她巧言花语地和你借贷些簪环、衣履作本钱，你这心活面软的，未必不周接她些。若被她骗去，我是一个钱没有的，看你明日怎么过节！"迎春不语，只低头弄衣带。[2] 邢夫人见她这般，因冷笑道："总是你那好哥哥、好嫂子，一对儿赫赫扬扬，琏二爷，凤奶奶，两口子遮天盖日，百事周到，竟通共这一个妹子，全不在意。[3] 但凡是我身上掉下来的，又有一话说，——只好凭他们罢了。[4] 况且你又不是我养的，[5] 你虽不是同他一娘所生，到底是同出一父，也该彼此瞻顾些，也免别人笑话。[6] 我想，天下的事也难较定，你是大老爷跟前人养的，这里探丫头也是二老爷跟前人养的，出身一样。如今你娘死了，从前看来，你两个的娘，只有你娘比如今赵姨娘强十倍的，你该比探丫头强才是。怎么反不及她一半？谁知竟不然，这可不是异事！倒是我一生，无儿无女的，一生干净，也不能惹人笑话议论为高。"[7] 旁边伺候的媳妇们便趁机道："我们的姑娘老实仁德，哪里像他们三姑娘伶牙俐齿，会要姊妹们的强。他们明知姐姐这样，竟不顾恤一点儿。"[8] 邢夫人道："连她哥哥、嫂子还如是，别人又作什么呢！"一言未了，人回："琏二奶奶来了。"邢夫人听了，冷笑两声，命人出去说："请她自去养病，我这里不用她伺候。"接着，又有探春的小丫头来报说："老太太醒了。"邢夫人方起身前边来。

迎春送至院外方回。绣橘因说道："如何？前儿我回姑娘：'那一个攒珠累丝金凤，竟不知哪里去了。'回了姑娘，姑娘竟不问一声儿。[9] 我说：'必是老奶奶拿去，典了银子放头儿的。'姑娘不信，只说：'司棋收着呢。'叫问司棋。司棋虽病着，心里却明白。我去问她，她说：'没有收起来，还在书架上匣内暂放着，预备八月十五恐怕要戴呢。'姑娘就该问老奶奶一声，只是脸软，怕人恼。如今竟怕无着落，明儿要都戴时，独咱们不戴，是何

1. 我敬问，"外人"为谁？（庚）

2. 被说中了的表情。

3. 加罪于琏、凤，的是父母常情，极是。何必又如此说来，便见又有私意。（庚）

4. 凤姐何曾亏待过迎春？总是自己心态不正。如何？此皆妒女私假之意，大不可者。（庚）

5. 更不好。（庚）

6. 笑话什么？老实被人欺，怎能怪上琏、凤？又问："别人"为谁？又问：彼二人虽不同母，终是同父；彼二人既同父，其父又系君之何人？吁！妇人私心今古有之。（庚）

7. 蠢话。最可恨妇人无子者引此话是说。（庚）

8. 挑拨邢、王夫人关系之言。杀、杀、杀！此辈专生离异。余因实受其盅，今读此文，直欲拔剑劈纸，又不知作者多少眼泪洒出此回也。又问：不知如何"顾恤"些？又不知有何可"顾恤"之处？直令人不解。愚妇贱婢之言，酷肖之至！（庚）忽思及有研究者以为脂评系女性所加，则"拔剑劈纸"一语岂非当改作"拔钗戳纸"？

9. 方写到回目中的"累金凤"，自己常戴之物，还靠丫头绣橘在心。

①　放头儿——这里是参与开赌局的意思。为开设赌局所需投入银钱叫放头，向赌胜者收取部分赢得的钱叫抽头。

意思呢！"¹ 迎春道："何用问，自然是她拿去暂时借一肩①了。我只说她悄悄地拿了出去，不过一时半晌，仍旧悄悄地送来，就完了，谁知她就忘了。今日偏又闹出来，问她想也无益。"绣橘道："何曾是忘记！她是试准了姑娘的性格，所以才这样。如今我有个主意：我竟走到二奶奶房里，将此事回了她，或她着人去要，或她省事拿几吊钱来替她赔补。如何？"² 迎春忙道："罢，罢，罢！省些事罢。宁可没有了，又何必生事！"³ 绣橘道："姑娘怎么这样软弱！都要省起事来，将来连姑娘还骗了去呢！⁴ 我竟去的是。"说着便走。迎春便不言语，只好由她。

谁知迎春乳母子媳王住儿媳妇正因她婆婆得了罪，来求迎春去讨情，听她们正说金凤一事，且不进去。也因素日迎春懦弱，她们都不放在心上。如今见绣橘立意去回凤姐，估着这事脱不去的，且又有求迎春之事，只得进来，陪笑先向绣橘说："姑娘，你别去生事。姑娘的金丝凤，原是我们老奶奶老糊涂了，输了几个钱，没得捞梢②，所以暂借了去。原说一日半晌就赎的，因总未捞过本来，就迟住了。⁵ 可巧今儿又不知是谁走了风声，弄出事来。虽然这样，到底主子的东西，我们不敢迟误下，终究是要赎的。如今还要求姑娘看从小儿吃奶的情分，往老太太那边去讨个情面，救出她老人家来才好。"⁶ 迎春先便说道："好嫂子，你趁早打了这妄想，要等我去说情，等到明年也不中用的。方才连宝姐姐、林妹妹大伙儿说情，老太太还不依，何况是我一个人。我自己愧还愧不来，反去讨臊去？"⁷ 绣橘便说："赎金凤是一件事，说情是一件事，别绞在一处说。难道姑娘不去说情，你就不赎了不成？⁸ 嫂子且取了金凤来再说。"

王住儿家的听迎春如此拒绝她，绣橘的话又锋利，无可回答，一时脸上过不去，也明欺迎春素日好性儿，乃向绣橘发话道："姑娘，你别太仗势了。你满家子算一算，谁的妈妈、奶子不仗着主子哥儿、

---

① 借一肩——借人之力卸担子歇肩，喻得人之助以应付急用。
② 捞梢——即"捞本"，也叫"翻梢"，赌博中赢回输掉的钱。

1. 此即免别人笑话也。这个"咱们"使得，恰是女儿喁喁私语，非前问之一例可比者。（庚）

2. 这个主意是。写女儿各自有机变，个个不同。（庚）

3. 总是懦语。（庚）

4. 并非虚声恫吓。迎春不久后不是被人"骗"到孙绍祖家去落入狼窝的吗？此回后半正是迎春正文，即写其人最重要的篇章；为她出阁后"金闺花柳质，一载赴黄粱"的悲剧结局预先揭示其根源所在。因为她生存的环境，本是一个处处都遵循弱肉强食的丛林法则的社会。

5. 至此，才对偷首饰当钱捞赌本事供认不讳。除了将偷美言成"借"。

6. 找错人了，几曾见迎春为人讨过情？

7. 举出贾母不依从姑娘们说情事，这就对了。可见老太太确有眼力，当时虽未知行窃，却已觉出其并非善辈。

8. 紧咬偷金凤不放。

姐儿多得些益，偏咱们就这样'丁是丁，卯是卯'的，只许你们偷偷摸摸地哄骗了去。自从邢姑娘来了，太太吩咐一个月俭省出一两银子来与舅太太去，这里饶添了邢姑娘的使费，反少了一两银子。常时短了这个，少了那个，那不是我们供给，谁又要去？不过大家将就些罢了。算到今日，少说些也有三十两了。我们这一向的钱，岂不白填了限呢！"[1]绣橘不待说完，便啐了一口，道："作什么的白填了三十两，我且和你算算账，姑娘要了些什么东西？"

迎春听见这媳妇发邢夫人之私意，[2]忙止道："罢，罢，罢！你不能拿了金凤来，不必牵三扯四乱嚷。我也不要那凤了。便是太太们问时，我只说丢了，也妨碍不着你什么，你出去歇息歇息倒好。"一面叫绣橘倒茶来。绣橘又气又急，因说道："姑娘虽不怕，我们是作什么的？把姑娘的东西丢了。她倒赖说姑娘使了她们的钱，这如今竟要准折起来。倘或太太问姑娘为什么使了这些钱，敢是我们就中取势了？这还了得！"一行说，一行就哭了。司棋听不过，只得勉强过来，帮着绣橘问着那媳妇。迎春劝止不住，自拿了一本《太上感应篇》①去看。[3]

三人正没开交，可巧宝钗、黛玉、宝琴、探春等因恐迎春今日不自在，都约来安慰她。走至院中，听得两三个人较口。探春从纱窗内一看，只见迎春倚在床上看书，若有不闻之状。[4]探春也笑了。小丫鬟们忙打起帘子报道："姑娘们来了。"迎春方放下书起身。那媳妇见有人来，且又有探春在内，不劝而自止了，遂趁便要去。探春坐下，便问："才刚谁在这里说话？倒像拌嘴似的。"[5]迎春笑道："没有说什么，左不过是她们小题大作罢了。何必问它。"探春笑道："我才听见什么'金凤'，又是什么'没有钱只和我们奴才要'，谁和奴才要钱了？[6]难道姐姐和奴才要钱了不成？难道姐姐不

1. 欺迎春懦弱，反赖人家用她钱，可知是存心不想赎回首饰。

2. 事涉邢夫人吩咐每月省出一两银子事，岂敢争辩！大书。此句诛心之笔。（庚）

3. 迎春标志性的画像。神妙之甚！一位懦弱小姐从纸上跳出，且书又有奇文，妙！（庚）

4. 此情状偏被探春看见，焉得不笑？看他写迎春虽稍劣，然亦大家千金之格也。（庚）

5. 是不让掩饰过去的问话。瞧他写探春气宇。（庚）

6. 早听到刚才拌嘴的话了。打定主意，此事非介入不可。故一问再问。

---

① 《太上感应篇》——晋葛洪托名太上老君所作的书，旨在劝善惩恶，宣扬因果报应。宋代欧阳修《祭石曼卿文》："有愧乎太上之忘情。"小说用此书名，或有圣人（太上）忘情，荣辱得失无动于衷的意思。

是和我们一样有月钱的，一样有用度不成？”司棋、绣橘道：“姑娘说得是了。姑娘们都是一样的，哪一位姑娘的钱不是由着奶奶、妈妈们使，连我们也不知道怎样是算账，不过要东西只说得一声儿。如今她偏要说姑娘使过了头儿，她赔出许多来了。究竟姑娘何曾和她要什么了？”探春笑道：“<u>姐姐既没有和她要，必定是我们或者和她们要了不成！你叫她进来，我倒要问问她。</u>”[1]迎春笑道：“这话又可笑。你们又无沾碍，何得带累于她？”探春道：“这倒不然。<u>我和姐姐一样，姐姐的事和我的也是一般，她说姐姐就是说我。我那边的人有怨我的，姐姐听见也即同怨姐姐是一理。</u>[2]咱们是主子，自然不理论那些钱财小事，只知想起什么要什么，也是有的事。但不知金累丝凤因何又夹在里头？”

那王住儿媳妇生恐绣橘等告出她来，遂忙进来用话掩饰。探春深知其意，因笑道：“你们所以糊涂。如今你奶奶已得了不是，趁此求求二奶奶，把方才的钱尚未散人的拿出些来赎取了就完了。比不得没闹出来，大家都藏着留脸面；<u>如今既是没了脸，趁此时纵有十个罪，也只一人受罚，没有砍两颗头的理。你依我说，竟是和二奶奶说去。在这里大声小气，如何使得？</u>”[3]这媳妇被探春说出真病，也无可赖了，只不敢往凤姐处自首。探春笑道：“我不听见便罢，既听见，少不得替你们分解分解。”

谁知探春早使个眼色与待书，待书出去了。[4]这里正说话，忽见平儿进来。宝琴拍手笑说道：“三姐姐敢是有驱神召将的符术？”黛玉笑道：“这倒不是道家玄术，<u>倒是用兵最精的，所谓‘守如处女，脱如狡兔’</u>①，出其不备之妙策也。”[5]二人取笑。宝钗便使眼色与二人，<u>令其不可</u>，[6]遂以别话岔开。探春见平儿来了，遂问：“你奶奶可好些了？真是病糊涂了，事事都不在心上，叫我们受这样的委屈。”平儿忙道：“姑娘怎么委屈？谁敢给姑娘气

1. 绝不肯半点含混，非要说得一清二楚不可。两姐妹的性格，彼此形成了最鲜明的对照。

2. 此时探春心中必定已存同是主子，不能受下人欺侮的想法。毕竟在“欺幼主刁奴蓄险心”（第五十五回）中，她有过亲身体验。

3. 话都是带笑说的，却直捣住儿媳妇心窝。

4. 不但有建议，且伴有行动。一个眼色，待书便知如何行事了，真是强将手下无弱兵！

5. 黛玉看得明白，故向宝琴解说，居然还懂点兵法，也奇。

6. 不忘写一笔宝钗之为人。

---

① 守如处女，脱如狡兔——原喻作战要出其不意，攻其不备，此言举动出人意料。《孙子·九地》：“是故始如处女，敌人开户，后如脱兔，敌不及拒。”脱兔，拼命逃跑的兔子，形容行动迅疾。

受？姑娘快吩咐我。"当时，住儿媳妇方慌了手脚，
遂上来赶着平儿叫："姑娘坐下，让我说原故你听
听。"平儿正色道："姑娘这里说话，也有你我混
插口的礼！你但凡知礼，只该在外头伺候。不叫，
你进不来的，也有外头的媳妇子们无故到姑娘们
房里来的例？"[1] 绣橘道："你不知我们这屋里是没
礼的，谁爱来就来。"平儿道："都是你们的不是。
姑娘好性儿，你们就该打出去，然后再回太太去
才是。"[2]

　　住儿媳妇见平儿出了言，红了脸，方退出去。
探春接着道："我且告诉你，若是别人得罪了我，
倒还罢了。如今那住儿媳妇和她婆婆，仗着是妈
妈，又瞅着二姐姐好性儿，如此这般私自拿了首
饰去赌钱，而且还捏造假账折算，威逼着还要去
讨情，和这两个丫头在卧房里大嚷大叫，二姐姐
竟不能辖治，所以我看不过，才请你来问一声：
还是她原是天外的人，不知道理？还是有谁主使
她如此，先把二姐姐制伏，然后就要治我和四姑
娘了？"[3] 平儿忙陪笑道："姑娘怎么今日说这话出
来，我们奶奶如何当得起！"探春冷笑道："俗语
说的，'物伤其类'，'齿竭唇亡'①，我自然有些
惊心。"平儿向迎春道："若论此事，还不是大事，
极好处治。但她现是姑娘的奶嫂，据姑娘怎么样
为是？"[4]

　　当下迎春只和宝钗阅"感应篇"故事，究竟
连探春之语亦不曾闻得，忽见平儿如此说，乃笑
道："问我，我也没什么法子。[5] 她们的不是，自
作自受，我也不能讨情，我也不去苛责就是了。
至于私自拿去的东西，送来，我收下；不送来，
我也不要了。太太们要问，我可以隐瞒遮饰过去，
是她的造化；若瞒不住，我也没法，没有个为她
们反欺诳太太们的理，少不得直说。你们若说我
好性儿，没个决断，竟有好主意，可以八面周全，
不使太太们生气，任凭你们处治，我总不知道。"[6]
众人听了，都好笑起来。黛玉笑道："真是'虎狼

1. 先斥其无礼。必是已从待书处闻知原委，是有备而来。

2. 这话说得更不留情面了。

3. 虽非真的那么想，但必定要那么说，才能震慑得住。

4. 处治有策略，将球先踢给迎春，看她心意如何。

5. 想是得道了，竟不知所谈何事！

6. 一番话剖白自己心思，任你风吹浪打，都与我无关，我只求太平。

①　齿竭唇亡——亦作"唇亡齿寒"，比喻彼此相依，利害相关。语出《左传·僖公五年》。

屯于阶陛，尚谈因果'①。¹若使二姐姐是个男人，这一家上下若许人，又如何裁治他们？"迎春笑道："正是。多少男人尚如此，何况我哉！"一语未了，只见又有一人进来。正不知是哪个，且听下回分解。

1. 归结得妙！不知是奚落还是夸赞。

【总评】

　　赵姨娘的丫头小鹊来怡红院报信，要宝玉仔细明天老爷问话。于是宝玉为准备功课又紧张起来。作者趁此将那个时代为谋取功名要求子弟们读的书，从《四书》到时文八股一一举出。宝玉或"未下苦工夫"，或"平素深恶此道"，所以难过此关；连夜温习，也只能徒增焦躁而已。恰巧此时芳官进来喊："不好了，一个人从墙上跳下来了！"晴雯灵机一动，叫宝玉赶快装病，只说吓着了，还故意闹得众人皆知。

　　宝玉是躲过了父亲的查问，却让贾母因此而动怒，严责各处上夜不用心，藏贼引盗，将来必要出大事。凤姐便急传林之孝家的等管家媳妇来申伤，命即刻查赌。查到聚赌者多人，都受大板打罚；为首者撵出，从者革钱。这是后面抄检大观园的预演，也为拾到绣春囊之所以能掀起轩然大波画出了背景，增加了说服力。

　　傻大姐在园内掏蟋蟀，拾得绣春囊，特点出在"山石背后"，这就把以前的某些细节暗暗地勾连了起来。早在第二十七回，就写过红玉"见司棋从山洞里出来，站着系裙子"（作者的用意，连脂砚斋都没有看出来，只是批道："小点缀，一笑。"）；两回之前，又写鸳鸯要小解，行至"山石后"发现了一对"野鸳鸯"。读者虽未必马上联想到这些细节，猜到此系何人所遗之物，但作者文心却极为细密，早已留下了让人可细心寻觅的蛛丝马迹。

　　邢夫人责怪迎春不说说自己的奶妈子，让她去赌钱获罪。迎春要就一言不发，要就说"只有她说我的，没有我说她的"。邢夫人说："你是大老爷跟前人养的，这里探丫头也是二老爷跟前人养的，出身一样。如今你娘死了，从前看来，你们两个的娘，只有你娘比如今赵姨娘强十倍，你该比探丫头强才是，怎么反不及她一半？"这是顺便交代清迎春身世。

　　接着是迎春的攒珠累丝金凤首饰不见了，她明知是奶妈子偷去典银子赌钱了，却对丫头绣橘说"宁可没有了，又何必生事"。绣橘要去回凤姐，又与来迎春处"求情"的乳母子媳住儿媳妇顶撞起来。迎春既不愿替人去说情，也不能止住争吵，就自己拿了一本《太上感应篇》去看。这成了表现迎春个性的典型画面。三姑娘探春看不过，出头为姊打抱不平，降伏了住儿媳妇。可迎春只管看书，"究竟连探春之语亦不曾闻得"，还说了一通她的处事之道。

　　迎春之为人，在此之前并未作专门描写，到了这里，作者特为这位"懦小姐"着力一写，或许有两层意图：一、她的丫头司棋随后在抄检中事发被逐，她却毫无作为，知其一贯为人，也就合情合理了；二、她自己不久也要被父母送往狼窝般的孙家去，知其本性懦弱，她只能任人摆布，也就是必然的了。

---

① 虎狼屯于阶陛，尚谈因果——这里笑迎春面临严重威胁，尚不闻不问。屯，聚集。阶陛，本宫殿的台阶，泛说近旁。历史上多有信佛误国的帝王，虽敌已兵临城下，尚奢谈因果玄理。

第七十四回

惑奸谗抄检大观园　矢孤介杜绝宁国府

【题解】

　　本回回目诸本大体一致，而有错字或不同用词。如"抄检"之"检"，多数本子都讹作"拣"，唯甲辰、程高本是对的；蒙府本原抄作"拣"，点改作"检"。"矢孤介"唯程高本作"避嫌隙"，显然是求通俗而后改的；蒙府本原抄作"矢孤介"，点改作"避嫌隙"。此回目参诸本互校取其底本较早、且用字无误者。上句谓奸邪小人进谗言，王夫人受其迷惑，遂有抄检大观园事；下句谓惜春坚持其孤僻廉介性情，因其丫头入画被抄出藏有贾珍赏赐给她哥哥的财物，觉得没有面子，便与入画断绝了情义，也不愿再与宁国府来往了。矢，誓，决心，坚守。

　　话说平儿听迎春说了，正自好笑，忽见宝玉也来了。原来管厨房柳家媳妇之妹，也因放头开赌得了不是。[1] 这园中有素与柳家不睦的，便又告出柳家的来，说她和她妹子是伙计，虽然她妹子出名，其实赚了钱，两个人平分。因此凤姐要治柳家之罪。[2] 那柳家的因得此信，便慌了手脚，因思素与怡红院人最为深厚，故走来悄悄地央求晴雯、金星玻璃等人。金星玻璃告诉了宝玉。宝玉因思内中迎春之乳母也现有此罪，不若来约同迎春讨情，比自己独去，单为柳家说情，又更妥当，故此前来。忽见许多人在此，见他来时，都问："你的病可好了？跑来作什么？"宝玉不便说出讨情一事，只说："来看二姐姐。"当下众人也不在意，且说些闲话。

　　平儿便出去办累丝金凤一事。那王住儿媳妇紧跟在后，口内百般央求，只说："姑娘好歹口内超生，我横竖去赎了来。"平儿笑道："你迟也赎，早也赎，既有今日，何必当初。你的意思得过去就过去了。既是这样，我也不好意思告人，趁早去赎了来，交与我送去，我一字不提。"[3] 王住儿媳妇听说，方放下心来，就拜谢，又说："姑娘自去贵干，我赶晚拿了来，先回了姑娘，再送去，如何？"平儿道："赶晚不来，可别怨我。"说毕，二人方分

1. 管厨房柳家媳妇，即柳五儿的娘，前已有过事。

2. 本有旧隙，今再添新罪，五儿想入怡红院，怕是不可能了。

3. 前曾劝凤姐说"得饶人处且饶人"。自己就是这么做的。

路各自散了。

平儿到房，凤姐问她："三姑娘叫你作什么？"平儿笑道："三姑娘怕奶奶生气，叫我劝着奶奶些，问奶奶这两天可吃些什么。"凤姐笑道："倒是她还记挂着我。刚才又出来了一件事：有人来告柳二媳妇和她妹子通同开局，凡妹子所为，都是她作主。我想，你素日肯劝我'多一事不如省一事'，就可闲一时心，自己保养保养也是好的。我因听不进去，果然应了些，先把太太得罪了，而且自己反赚了一场病。如今我也看破了，随他们闹去罢，横竖还有许多人呢。我白操一会子心，倒惹得万人咒骂。我且养病要紧，便是病好了，我也作个好好先生，得乐且乐，得笑且笑，一概是非，都凭他们去罢。[1]所以我只答应着知道了，白不在我心上。"平儿笑道："奶奶果然如此，便是我们的造化。"

一语未了，只见贾琏进来，拍手叹气道："好好的又生事！前儿我和鸳鸯借当，那边太太怎么知道了。[2]才刚太太叫过我去，叫我不管哪里先迁挪二百银子，做八月十五节间使用。我回没处迁挪。太太就说：'你没有钱，就有地方迁挪，我白和你商量，你就搪塞我，你就没地方？前儿一千银子的当是哪里的？连老太太的东西你都有神通弄出来，这会子二百银子你就这样。幸亏我没和别人说去。'我想太太分明不短，何苦来要寻事奈何人！"凤姐儿道："那日并没一个外人，谁走了这个消息？"平儿听了，也细想那日有谁在此，想了半日，笑道："是了。那日说话时没一个外人，但晚上送东西来的时节，老太太那边傻大姐的娘，也可巧来送浆洗衣服。她在下房里坐了一会子，见一大箱子东西，自然要问，必是小丫头们不知道，说了出来，也未可知。"[3]因此便唤了几个小丫头来问："那日谁告诉傻大姐的娘？"众小丫头慌了，都跪下赌咒发誓，说："自来也不敢多说一句话。有人凡问什么，都答应不知道。这事如何敢说。"凤姐详情①说："她们必不敢多说，倒别委屈了她们。如今且把这事靠后，且把太太打发了去要紧。宁可咱们短些，又别讨没意思。"[4]因叫平儿："把我的金项圈拿来，且去暂押二百银子来，送去完事。"贾琏道："索性多押二百，咱们也要使呢。"凤姐道：

① 详情——审度情理。

1. 嘴上是这么说，要真能看破，又谈何容易！历来世人到此作此想，但悔不及矣，可伤可叹！（庚）

2. 贾府之中几无秘密可言，凡做过的事，总有人知道，也总有人传话。

3. 可知鸳鸯还是借当给贾琏了。但邢夫人怎么知道的，确实不好猜。奇奇怪怪，从何处转至素日？真如常山之蛇。（庚）《孙子·九地》："故善用兵，譬如率然。率然者，常山之蛇也，击其首则尾至，击其尾则首至，击其中则首尾俱至。"

4. 身为儿子儿媳，不得不然也。

"很不必,我没处使钱。这一去还不知指哪一项赎呢!"
平儿拿去,吩咐一个人唤了旺儿媳妇来领去,不一时,
拿了银子来。贾琏亲自送去,不在话下。

这里凤姐和平儿猜疑,终是谁人走的风声,竟拟
不出人来。凤姐又道:"知道这事还是小事,<u>怕的是小
人趁便,又造非言生出别的事来。</u>打紧那边正和鸳鸯
结有仇了,如今听得她私自借给琏二爷东西,那起小
人眼馋肚饱,连没缝儿还要下蛆的,如今有了这个因由,
恐怕又造出些没天理的话来,也定不得。<u>在你琏二爷
还无妨,只是鸳鸯正经女儿,带累了她受屈,岂不是
咱们的过失!</u>"[1]平儿笑道:"这也无妨。鸳鸯借东西看
的是奶奶,并不为的是二爷。<u>一则鸳鸯虽应名是她私
情,其实她是回过老太太的。老太太因怕孙男孙女多,
这个也借,那个也要,到跟前撒个娇儿,和谁要去?
因此只装不知道。</u>[2]纵闹了出来,究竟那也无碍。"凤
姐道:"理虽如此。只是你我是知道的,不知道的,焉
得不生疑呢!"

一语未了,人报:"太太来了。"凤姐听了诧异,
不知为何事亲来,与平儿等忙迎出来。<u>只见王夫人气
色更变,</u>[3]只带一个贴己的小丫头走来,一语不发,走
至里间坐下。凤姐忙奉茶,因陪笑问道:"太太今日高兴,
到这里逛逛?"王夫人喝命:"平儿出去!"[4]平儿见了
这般着慌,不知怎么样了,忙应了一声,带着众小丫
头一齐出去,在房门外站住,索性将房门掩了,自己
坐在台矶上,所有的人,一个不许进去。

凤姐也着了慌,不知有何等事。只见王夫人含着
泪,从袖内掷出一个香袋子来,说:"你瞧!"凤姐忙
拾起一看,见是十锦春意香袋,<u>也吓了一跳,忙问:"太
太从哪里得来?"</u>[5]王夫人见问,越发泪如雨下,颤声
说道:"我从哪里得来!我天天坐在井里,拿你当个细
心人,所以我才偷个空儿。谁知你也和我一样。这样
的东西,大天白日,明摆在园里山石上,被老太太的
丫头拾着,不亏你婆婆遇见,早已送到老太太跟前去
了。<u>我且问你,这个东西如何遗在那里来?"</u>[6]

凤姐听得,也更了颜色,忙问:"<u>太太怎知是我
的?"</u>[7]王夫人又哭又叹,说道:"你反问我!你想,一
家子除了你们小夫小妻,余者老婆子们,要这个何用!

1. 必定会有此顾虑,因所知之造谣
生事之事太多。

2. 还是平儿看得深透,旁人恐难猜
想及此。奇文神文,岂世人想得
出者!前文云"一箱子",若私
自拿出,贾母其睡梦中人矣。盖
此等事作者曾经,批者曾经,实
系一写往事,非特造出,故弄新
笔,究竟不记不神也。(庚)

3. 这是为何?奇!(庚)

4. 从未见这个态度,令人吃惊不小。

5. 见了也吓,必要问的。

6. 奇问。(庚)是先认定凤姐所遗
才问的。

7. 反问得是,要王夫人说出认定是
自己的理由。

再女孩子们是从哪里得来？自是那琏儿不长进下流种子那里弄来。你们又和气，当作一件玩意儿；年轻人儿女闺房私意是有的，你还和我赖！幸而园内上下人还不解事，尚未捡得。倘或丫头们捡着，你姊妹看见，这还了得！不然，有那小丫头们捡着，拿出去说是园内捡的，外人知道，这性命脸面要也不要？"[1]

凤姐听说，又急又愧，登时紫胀了面皮，便依炕沿双膝跪下，也含泪诉道："太太说得固然有理，我也不敢辩我并无这样东西。但其中还要求太太细详其理：[2]那香袋是外头雇工仿着内工绣的，带子、穗子一概是市卖货。我便年轻不尊重些，也不要这劳什子，自然都是好的，此其一。二者，这东西也不是常带着的，我纵有，也只好在家里，焉肯带在身上，各处去？况且又往园里去，个个姊妹，我们都肯拉拉扯扯，倘或露出来，不但在姊妹前，就是奴才看见，我有什么意思！我就年轻不尊重，亦不能糊涂至此。三则，论主子内，我是年轻媳妇，算起奴才来，比我更年轻的又不止一个人了。况且她们也常进园，晚间各人家去，焉知又不是她们身上的？四则，除我常在园里之外，还有那边太太常带过几个小姨娘来，如嫣红、翠云等人，皆系年轻侍妾，她们更该有这个了。还有那边珍大嫂子，她也不算甚老，她也常带过佩凤等人来，焉知又不是她们的？五则，园内丫头太多，保得住个个都是正经的不成？也有年纪大些的，知道了人事，或者一时半刻人查问不到，偷着出去，或借着因由，同二门上小幺儿们打牙犯嘴①，外头得了来的，也未可知。[3]如今不但我没此事，就连平儿，我也可以下保的。太太请细想。"

王夫人听了这一席话，大近情理，[4]因叹道："你起来。我也知道你是大家小姐出身，焉得轻薄至此，不过我气急了，拿话激你。但如今却怎么处？你婆婆才打发人封了这个给我瞧，说是前日从傻大姐手里得的，把我气了个死。"[5]凤姐道："太太快别生气。若被众人觉察了，保不定老太太不知道。且平心静气，暗暗访察，才得确实，[6]纵然访不着，外人也不能知道。这叫作'胳膊折了在袖内'。如今惟有趁着赌钱的因由革了许多人这空

1. 所以惊恐万状为此。

2. 顿时说出以下五大反驳理由来，不得不佩服她沉着冷静，分析周全，见解精到，说服力极强。

3. 五点理由，重轻不一，从一开始就说香袋质量不好，是外头雇工仿制、用料都是市卖货来看，最后一类人可能性最大，因为她们财力单薄，与外界接触机会却多。后来事实确如所料。

4. 以理服人，自能立于不败之地。

5. 邢夫人给王夫人出难题，也是不当家的推罪责给当家的。

6. 凤姐策略，一如第五十二回暗访平儿遗失虾须镯之法。

---

① 打牙犯嘴——闲聊天；磨嘴皮。

儿，把周瑞媳妇、旺儿媳妇等四五个贴近不能走话的人，安插在园里，以查赌为由。[1] 再如今各处的丫头也太多了，保不住人大心大，生事作耗，等闹出事来，反悔之不及。如今若无故裁革，不但姑娘们委屈烦恼，就连太太和我也过不去。不如趁此机会，以后凡年纪大些的，或有些咬牙难缠的，拿个错儿撵出去，配了人。一则保得住没有别的事，二则也可省些用度。[2] 太太想我这话如何？"王夫人叹道："你说的何尝不是，但从公细想，你这几个姊妹，也甚可怜了。[3] 也不用远比，只说你如今林妹妹的母亲，未出阁时，是何等的娇生惯养，是何等的金尊玉贵，那才像个千金小姐的体统。如今这几个姊妹，不过比人家的丫头略强些罢了。[4] 通共每人只有两三个丫头还像个人样，余者纵有四五个小丫头子，竟是庙里的小鬼，如今还要裁革了去，不但我心不忍，只怕老太太未必就依。虽然艰难，也穷不至此。我虽没受过大荣华富贵，比你们是强的。如今我宁可省些，别委屈了她们。以后要省俭，先从我来倒使得。如今且叫人传了周瑞家的等人进来，就吩咐她们快快暗地访拿这事要紧。"凤姐听了，即唤平儿进来，吩咐出去。

一时，周瑞家的与吴兴家的、郑华家的、来旺家的、来喜家的现在五家陪房进来，余者皆在南方各有执事。[5] 王夫人正嫌人少不能勘察，忽见邢夫人的陪房王善保家的走来，方才正是她送香囊来的。[6] 王夫人向来看视邢夫人之得力心腹人等，原无二意，今见她来打听此事，十分关切，便向她说："你去回了太太，你也进园来照管照管，不比别人又强些？"这王善保家的正因素日进园去，那些丫鬟们不大趋奉她，她心里大不自在，要寻她们的故事又寻不着，恰好生出这事来，以为得了把柄。又听王夫人委托她，正撞在心坎上，[7] 说："这个容易。不是奴才多话，论理这事该早严紧的。太太也不大往园里去，这些女孩子们，一个个倒像受了封诰似的。她们就成了千金小姐了。闹下天来，谁敢哼一声儿！不然，就调唆姑娘们①，说欺负了姑娘们了，谁还担得起。"[8] 王夫人道："这也有的。常情跟姑娘的丫头，原比别的娇贵些。你们该劝她们。连主子们的姑娘不教导，尚且不堪，何况她们。"王善保家的道："别

1. 具体步骤和借口理由。

2. 后续措施：裁人。所期收益：一、防范生事；二、节省开支。总是应对贾府危机的办法。

3. 犹云"可怜"；妙文！在别人视之，今古无比，若移在荣府论，实不能比先矣。（庚）总是今非昔比语。此书以盛衰荣枯为线索甚明。

4. 所谓"观于海者难为水"，俗子谓王夫人不知足，是不可矣；又谓作太过，真蟪蛄、鸴鸠之见也。（庚）《孟子·尽心上》："观于海者难为水，游于圣人之门者难为言。""蟪蛄、鸴鸠之见"，谓眼界甚小，本《庄子》寓言。

5. 又伏一笔。（庚）可见八十回后佚稿中当更多地写江南甄家事。

6. 来者不善。

7. 挟私怨、寻事端而来，岂能公正办事？委其查访劣迹之任，正使小人得志。

8. 未上任，先贬丫头们，以泄积怨。

① 不然，就调唆姑娘们——诸本同，庚辰本作"调唆姑娘的丫头们"，不可从；因为此句主语就是"女孩子们"即"姑娘的丫头们"，故应是说丫头调唆主子生事。

的都还罢了，太太不知道，头一个宝玉屋里的晴雯，那丫头仗着她生得模样儿比别人标致些，又生了一张巧嘴，天天打扮得像个西施的样子，在人跟前能说惯道，掐尖要强。一句话不投机，她就立起两个骚眼睛来骂人，妖妖趫趫①，大不成个体统。"¹

王夫人听了这话，猛然触动往事，便问凤姐道："上次我们跟了老太太进园逛去，有一个水蛇腰、削肩膀、眉眼又有些像你林妹妹的，正在那里骂小丫头。我的心里很看不上那狂样子，²因同老太太走，我不曾说得。后来要问是谁，又偏忘了。今日对了槛儿②，这丫头想必就是她了。"凤姐道："若论这些丫头们，共总比起来，都没晴雯生得好。论举止言语，她原轻薄些。方才太太说的倒很像她，我也忘了那日的事，不敢乱说。"

王善保家的便道："不用这样，此刻不难叫了她来，太太瞧瞧。"³王夫人道："宝玉房里常见我的，只有袭人、麝月，这两个笨笨的倒好。若有这个，她自不敢来见我的。我一生最嫌这样的人，况且又出来这个事。好好的宝玉，倘或叫这蹄子勾引坏了，那还了得！"因叫自己的丫头来，吩咐她到园里去，"只说我说有话问她们，留下袭人、麝月服侍宝玉不必来，有一个晴雯最伶俐，叫她即刻快来。你不许和她们说什么。"

小丫头子答应了，走入怡红院，正值晴雯身上不自在，睡中觉才起来，正发闷，听如此说，只得随了她来。素日这些丫鬟皆知王夫人最嫌趫妆艳饰、语薄言轻者，故晴雯不敢出头。今因连日不自在，并没十分妆饰，自为无碍。及到了凤姐房中，王夫人一见她钗軃鬓③松，衫垂带褪，有春睡捧心之遗风④，而且形容面貌恰是上月的那人，不觉勾起方才的火来。⁴王夫人原是天真烂漫之人，喜怒出于心臆，不比那些饰词掩意之人，今既真怒攻心，又勾起往事，便冷笑道：⁵"好个美人！真像个病西施了。你天天作这轻狂样儿给谁看？你干的事打量我不知道呢！我且放着你，自然明儿揭你的皮。宝玉今日可好些？"

1. 晴雯危矣！亦素日锋芒太露，树敌太多，所谓"风流灵巧招人怨，寿夭多因诽谤生"也。

2. 以貌取人。总以为看去笨笨的是好人，长得灵巧的必不好。骂小丫头也得问个是非，该不该骂，光看表面样子，所以容易受惑。

3. 见主子也看不上晴雯，想趁热打铁，立刻叫来给她颜色瞧。

4. 既已有了先入之见，无论浓妆艳饰或不加妆饰，便都有不是处。王夫人既受蛊惑，再也无法理智地判别是非了。

5. 为之开脱几句。其实，王夫人虽非本性邪恶，却好感情用事，没有头脑，易被人利用。回目标"惑奸谗"三字，可知作者对受惑者昏昏，也颇有微词，但最痛恨的还是奸谗惑主的王善保家的之流。

---

①　妖妖趫趫（qiáo 乔）——女子特色轻狂的样子，今谓妖里妖气，非妖娆美好之义。趫，本行走轻捷，引申为举止轻佻。

②　对了槛儿——情况恰好相符。"槛"也作"坎"。

③　钗軃（duǒ 朵）——钗饰已松开将脱落。軃，下垂貌。

④　春睡捧心之遗风——谓像历史上醉酒的杨贵妃和病西施。参见第五回海棠春睡图注。

晴雯一听如此说，心内大异，便知有人暗算了她。虽然着恼，只不敢作声。她本是个聪明过顶的人，见问宝玉可好些，她便不肯以实话对，[1] 只说："我不大到宝玉房里去，又不常和宝玉在一处，好歹我不能知道，只问袭人、麝月两个。" 王夫人道："这就该打嘴。你难道是死人，要你们作什么！" 晴雯道："我原是跟老太太的人。因老太太说园里空大人少，宝玉害怕，所以拨了我去外间屋里上夜，不过看屋子。我原回过我笨，不能服侍。老太太骂了我，说'又不叫你管他的事，要伶俐的作什么！'我听了这话才去的。[2] 不过十天半个月之内，宝玉闷了，大家玩一会子，就散了。至于宝玉饮食坐卧，上一层有老奶奶、老妈妈们，下一层又有袭人、麝月、秋纹几个人。我闲着还要做老太太屋里的针线，所以宝玉的事，竟不曾留心。太太既怪，从此后我留心就是了。"[3]

王夫人信以为实了，忙说："阿弥陀佛！你不近宝玉，是我的造化，竟不劳你费心。既是老太太给宝玉的，我明儿回了老太太，再撵你。"[4] 因向王善保家的道："你们进去，好生防她几日，不许她在宝玉房里睡觉。等我回过老太太，再处治她。"喝声："去！站在这里，我看不上这浪样儿！谁许你这样花红柳绿妆妆扮扮！"晴雯只得出来，这一气非同小可，一出门，便拿手帕子捂脸，一头走，一头哭，直哭到园内去。[5]

这里王夫人向凤姐等自怨道："这几年我越发精神短了，照顾不到。这样妖精似的东西，竟没看见。[6]只怕这样的还有，明日倒得查查。"凤姐见王夫人盛怒之际，又因王善保家的是邢夫人的耳目，常时调唆着邢夫人生事，纵有千百样言词，此刻也不敢说，只低头答应着。[7] 王善保家的道："太太且请养息身体要紧，这些小事只交与奴才。如今要查这个主儿也极容易，等到晚上园门关了的时节，内外不通风，我们竟给她们个猛不防，带着人到各处丫头们房里搜寻。想来谁有这个，断不单只有这个，自然还有别的东西。那时，翻出别的来，自然这个也是她的了。"[8] 王夫人道："这话倒是。若不如此，断不能清的清、白的白。"[9] 因问凤姐如何。凤姐只得答应说："太太说是，就行罢了。"[10] 王夫人道："这主意很是，不然一年也查不出来。"于是大家商议已定。

至晚饭后，待贾母安寝了，宝钗等人园时，王善保家

1. 聪明人一听就知，既已遭人暗算，再有心机怕也无济于事，读来不平。深罪聪明，到底不错一笔。（庚）

2. 能想出这些话来，确是再聪明不过了，怎奈败局已定！

3. 临了虚晃一枪，检验自己揣测是否正确。

4. 王夫人之聪明不及晴雯十分之一，故信以为实。然而即便如此，仍打定主意要撵，真是在劫难逃！

5. 王善保家的该大大称愿称快了！

6. 竟不知她看见了什么？真的妖精正在身边拨弄是非，能看见吗？

7. 凤姐是乖觉的，显然有话想说而不敢说。借此将王善保家的真面目揭出。

8. 自告奋勇请战，要王夫人授权，于是想出不惜掀翻荣国府的狠主意来："抄检大观园"。

9. 愚妇之见，赞同抄检是"惑奸谗"的主要方面。

10. 被迫同意，大有保留。表态明确：既是太太批准的，自己服从就是了。

的便请了凤姐一并入园，喝命将角门皆上锁。[1]便从上夜的婆子处来抄检起，不过抄检出些多余攒下蜡烛、灯油等物。王善保家的道："这也是赃，不许动，等明儿回过太太再动。"于是先就到怡红院中，喝命关门。当下宝玉正因晴雯不自在，忽见这一干人来，不知为何，直扑了丫头们的房门去，[2]因迎出凤姐来，问是何故。凤姐道："丢了一件要紧的东西，因大家混赖，恐怕有丫头们偷了，所以大家都查一查去疑。"一面说，一面坐下吃茶。

王善保家的等搜了一回，又细问："这几个箱子是谁的？"都叫本人来亲自打开。袭人因见晴雯这样，知道必有异事，又见这番抄检，只得自己先出来打开了箱子并匣子，任其搜检一番，不过是平常动用之物。遂放下，又搜别人的，挨次都一一搜过。到了晴雯的箱子，因问："是谁的？怎不开了让搜？"袭人等方欲代晴雯开时，只见晴雯挽着头发闯进来，"豁啷"一声将箱子掀开，两手提着，底子朝天，往地下尽情一倒，将所有之物尽都倒出。王善保家的也觉没趣，[3]看了一看，也无甚私弊之物。回了凤姐，要往别处去。凤姐儿道："你们可细细地查，若这一番查不出来，难回话的。"[4]众人都道："都细翻看了，没有什么差错东西。虽有几样男人物件，都是小孩子的东西，想是宝玉的旧物，没甚关系的。"凤姐听了，笑道："既如此，咱们就走，再瞧别处去。"

说着，一径出来，因向王善保家的道："我有一句话，不知是不是：要抄检只抄检咱家的人，薛大姑娘屋里，断乎检抄不得的。"王善保家的笑道："这个自然。岂有抄起亲戚家来。"凤姐点头道："我也这样说呢。"一头说，一头到了潇湘馆内。黛玉已睡了，忽报这些人来，也不知为甚事。才要起来，只见凤姐已走进来，忙按住她不许起来，只说："睡着罢，我们就走。"这边且说些闲话。[5]

那个王善保家的带了众人，到了丫鬟房中，也一一开箱倒笼抄检了一番。因从紫鹃房中抄出两副宝玉常换下来的寄名符儿，一副束带上的披带，两个荷包并扇套，套内有扇子。打开看时，皆是宝玉往年往日手内曾拿过的。王善保家的自为得了意，遂忙请凤姐过来验视，又说："这些东西从哪里来的？"凤姐笑道："宝玉和她们从小儿在一处混了几年，这自然是宝玉的旧东西。[6]这也不算什么罕事，撂下再往别处去是正经。"紫鹃笑道："直到如今，我们两下

1. 居然自承侦查队队长，凤姐反成了被邀的陪同人员。于是如虎狼出柙，来势汹汹。

2. 饿狼见兔子也不过如此。

3. 绝妙文字！此句之后，程甲本又增加了二百几十字为诸脂本所无，它让晴雯与王善保家的冲突更尖锐，发了火的晴雯指着王家的脸痛骂。这似乎能令人解气，表现晴雯的反抗个性，其实如此加油添醋，反有损原作精神，有碍于情理。上文已写晴雯"本是个聪明过顶的人"，并非一味任性徒逞口角锋利者，其时避嫌犹恐不及，何至于公然指骂，更授人以柄。何况后人所增的过火文字既失去分寸感，又与下文写探春相犯，艺术上也不足取。

4. 这话是说给欲整倒晴雯的人听的。

5. 凤姐岂肯得罪黛玉，看她不插手抄检事。

6. 此句之后，程甲本又增加了"况且这符儿合扇子都是老太太和太太常见的；妈妈不信，咱们只管拿了去"等语，削弱凤姐说话的权威性，让她对王家的过于低声下气，颠倒了主仆地位。亦属蛇足。

里的账也算不清。要问这个，连我也忘了是哪年月日有的了。"王善保家的听凤姐如此说，也只得罢了。

又到探春院内，谁知早有人报与探春了。探春也就猜着必有原故，所以引出这等丑态来。遂命众丫鬟秉烛开门而待。[1]一时众人来了。探春故问何事。凤姐笑道："因丢了一件东西，连日访察不出人来，恐怕旁人赖这些女孩子们，所以索性大家搜一搜，使人去疑，倒是洗净她们的好法子。"探春冷笑道："我们的丫头，自然都是些贼，我就是头一个窝主。既如此，先来搜我的箱柜，她们所有偷了来的，都交给我藏着呢。"[2]说着，便命丫鬟们把箱柜一齐打开，将镜奁、妆盒、衾袱、衣包；若大若小之物一齐打开，请凤姐去抄阅。凤姐陪笑道："我不过是奉太太的命来，妹妹别错怪我。何必生气！"因命丫鬟们快快关上。[3]

平儿、丰儿等忙着替待书等关的关，收的收。探春道："我的东西倒许你们搜阅，要想搜我的丫头，这却不能。我原比众人歹毒，凡丫头所有的东西，我都知道，都在我这里间收着，一针一线，她们也没得收藏。要搜，只管来搜我。你们不依，只管去回太太，只说我违背了太太，该怎么处治，我去自领。[4]你们别忙，自然连你们抄的日子有呢！你们今日早起不曾议论甄家，自己家里好好的抄家，果然今日真抄了！[5]咱们也渐渐的来了。可知这样大族人家，若从外头杀来，一时是杀不死的，这是古人曾说的'百足之虫，死而不僵'，必须先从家里自杀自灭起来，才能一败涂地！"[6]说着，不觉流下泪来。

凤姐只看着众媳妇们。周瑞家的便道："既是女孩子的东西全在这里，奶奶且请到别处去罢，也让姑娘好安寝。"[7]凤姐便起身告辞。探春道："可细细地搜明白了？若明日再来，我就不依了。"凤姐笑道："既然丫头们的东西都在这里，就不必搜了。"探春冷笑道："你果然倒乖。连我的包袱都打开了，还说没翻。明日敢说我护着丫头们，不许你们翻了。你趁早说明，若还要翻，不妨再翻一遍。"[8]凤姐知道探春素日与众不同，只得陪笑道："我已经连你的东西都搜查明白了。"[9]探春又问众人："你们也都搜明白了不曾？"周瑞家的等都陪笑说："都翻明白了。"

1. 好探春！真个大将风度，"秉烛"开门，摆好阵势，决心迎战。

2. 开口自认贼头，反话冷峻无比。

3. 凤姐识得时务，知道碰上不好惹的强手了，立刻赔笑安抚。

4. 自己的箱柜倒许搜，想搜丫头门儿也没有。一切后果由自己独个儿承担。这才是真的厉害，这样的主子也实在太难得了！非探春，谁有胆量敢走这一步？是下定决心说的，破釜沉舟，在所不惜。

5. 抄检大观园当然不等于朝廷降旨的"抄家"，但正可以小见大，借写抄检来反映抄家，或让前者为后者作引。故特点出甄（真）家事。奇极！此日甄家事。（庚）

6. 必是将来可验证的预言。内虚则外侵，于理亦然，不宜当作泛泛气话草草看过。

7. 凤姐欲让众媳妇来收场，有心机。前文已表周瑞家的惯于处处讨好，故由她说话，一看风头不对，便连忙下帆转舵。

8. 凤姐不过顺水推舟，说上一句，不料被探春抓住"就不必搜了"一句，出手反击，句句利刃，字字锋芒。

9. 好！能屈能伸！凤姐深惜探春之为人，故连忙赔笑改口。

那王善保家的本是个心内没成算的人，素日虽闻探春的名，她自为众人没眼力、没胆量罢了，哪里一个姑娘家就这样起来，<u>况且又是庶出，她敢怎么！</u>[1]她自恃是邢夫人陪房，连王夫人尚另眼相看，何况别个。今见探春如此，她只当是探春认真单恼凤姐，与她们无干。她便要趁势作脸献好，<u>因越众向前，拉起探春的衣襟，故意一掀，嘻嘻笑道："连姑娘身上我都翻了，果然没有什么。"</u>[2]凤姐见她这样，忙说："妈妈走罢，别疯疯癫癫的！"

一语未了，只听"拍"的一声，<u>王善保家的脸上早着了探春一掌。</u>[3]探春登时大怒，指着王善保家的问道："你是什么东西，敢来拉扯我的衣裳！我不过看着太太的面上，你又有年纪，叫你一声'妈妈'，<u>你就狗仗人势，天天作耗，专管生事。如今越发了不得了。你打量我是同你们姑娘那样好性儿，由着你们欺负她，你错了主意！</u>[4]你搜检东西我不恼，你不该拿我取笑！"说着，便亲自解衣卸裙，拉着凤姐说："<u>你细细地翻，省得叫奴才来翻我身上。</u>"[5]凤姐、平儿等忙与探春束裙整袄，口内喝着王善保家的说："妈妈吃两口酒，就疯疯癫癫起来。前儿把太太也冲撞了。快出去！不要提起了。"劝探春休得生气。探春冷笑道："我但凡有气，早一头碰死了！不然，岂许奴才来我身上翻贼赃了。明儿一早，我先回过老太太、太太，然后过去给大娘陪礼，该怎么，我就领。"

那王善保家的讨了个没意思，在窗外只说："罢了，罢了！这也是头一遭挨打。我明儿回了太太，仍回老娘家去罢。这个老命还要它做什么！"探春喝命丫鬟<u>道："你们听着她说话，还等我和她对嘴去不成？"</u>[6]待书等听说，便出去说道："你果然回老娘家去，倒是我们的造化了。只怕你舍不得去！"凤姐笑道："<u>好丫头，真是有其主，必有其仆。</u>"[7]探春冷笑道："<u>我们作贼的人，嘴里都有三言两语的。这还算笨的，背地里就不会调唆主子。</u>"[8]平儿忙也陪笑解劝，一面又拉了待书进来。周瑞家的等人劝了一番。凤姐直待服侍探春睡下，方带着人往对过暖香坞来。

彼时李纨犹病在床上，她与惜春是紧邻，又与探春相近，故顺路先到这两处。因李纨才吃了药睡着，

1. 蠢材，蠢材！

2. 更愚蠢，更可恶，人格尊严岂容轻侮！所以古人有言"士可杀，不可辱"。

3. 能不令人叫好？我知道这一巴掌也是作者曹雪芹打的。

4. 破脸怒骂为一掌的正义性作阐释。

5. 更作颊上添毫之笔。

6. 下令痛打落水狗。

7. 看得出，凤姐内心是颇有几分欣赏的。

8. 话虽对着凤姐说，却是给媳妇们听的。

不好惊动，只到丫鬟们房中，一一地搜了一遍，也没有什么东西，遂到惜春房中来。[1] 因惜春年少，尚未识事，吓得不知当有什么事故，凤姐也少不得安慰她。谁知竟在入画箱中寻出一大包金银锞子来，约共三四十个；又有一副玉带板子①并一包男人的靴袜等物。入画也黄了脸。因问："是哪里来的?" 入画只得跪下，哭诉真情，说："这是珍大爷赏我哥哥的。因我们老子娘都在南方，如今只跟着叔叔过日子。我叔叔、婶子只要吃酒赌钱，我哥哥怕交给他们又花了，所以每常得了，悄悄地烦老妈妈带进来，叫我收着的。"[2]

惜春胆小，见了这个，也害怕，说："我竟不知道。这还了得! 二嫂子，你要打她，好歹带她出去打罢，我听不惯的。"[3] 凤姐笑道："这话若果真呢，也倒可恕，只是不该私自传送进来。这个可以传递，什么不可以传递。这倒是传送人的不是了。若这话不真，倘是偷来的，你可就别想活了。" 入画跪着哭道："我不敢扯谎。奶奶只管明日问我们奶奶和大爷去，若说不是赏的，就拿我和我哥哥一同打死无怨。"[4] 凤姐道："这个自然要问的，只是真赏的，也有不是。谁许你私自传送东西的! 你且说是谁作接应，我便饶你。下次万万不可。" 惜春道："嫂子别饶她这次方可。这里人多，若不拿一个人作法，那些大的听见了，又不知怎样呢。嫂子若依她，我也不依。"[5] 凤姐道："素日我看她还好。谁没一个错，只这一次。二次犯下，二罪俱罚。"[6] 但不知传递是谁?" 惜春道："若说传递，再无别个，必是后门上的张妈。[7] 她常肯和这些丫头们鬼鬼祟祟的，这些丫头们也都肯照顾她。" 凤姐听说，便命人记下，将东西且交给周瑞家的暂拿着，等明日对明再议。于是别惜春，方往迎春房内来。

迎春已经睡着了，丫鬟们也才要睡，众人叩门半日才开。凤姐吩咐："不必惊动小姐。"遂往丫鬟们房里来。因司棋是王善保的外孙女儿，凤姐倒要看王家的可藏私不藏，遂留神看她搜检。[8] 先从别人箱子搜起，皆无别物。及到了司棋箱子中搜了一回，王善保家的说："也没有什么东西。"才要盖箱时，[9]周瑞家的道："且住，

1. 有详有略，李纨处自应一笔带过。

2. 据此，东西非不法所得，也不是自己的，入画并无多大过错。

3. 又是另一个模样。

4. 可怜，吓坏了。此话可信。

5. 一心只顾自己不受沾染，主仆间情义全无，竟冷漠如此，恰恰与探春敢为丫头们担当形成鲜明对比。

6. 虽说凤姐对下人严些，却也非一味作威作福，是与非心中有数，比起惜春的绝情来，算是宽容多了，也公正多了。

7. 张妈当是前司棋买通其留门方便，并来报告她表兄弟逃走者。

8. 凤姐用心可知。

9. 有私心者必欲草草，亦获赃前一曲笔。

---

① 玉带板子——古代男子腰带上所嵌的装饰玉板。

这是什么？"说着，便伸手掣出一双男子的锦带袜并一双缎鞋来。又有一个小包袱，打开看时，里面有一个同心如意①并一个字帖儿。一总递与凤姐。凤姐因当家理事，每每看开帖并账目，也颇识得几个字了。便看那帖子是大红双喜笺帖，上面写道：

> "上月你来家后，父母已觉察你我之意。但姑娘未出阁，尚不能完你我之心愿。若园内可以相见，你可托张妈给一信息。若得在园内一见，倒比来家得说话。千万，千万！再所赐香袋二个，今已查收外，特寄香珠一串，[1]略表我心。千万收好！表弟潘又安拜具。"

凤姐看罢，不怒而反乐，[2]别人并不识字。王善保家的素日并不知道她姑表姊弟有这一节风流故事，见了这鞋袜，心内已是有些毛病，又见有一红帖，凤姐又看着笑，她便说道："必是她们胡写的账目，不成个字，所以奶奶见笑。"[3]凤姐笑道："正是。这个账竟算不过来：你是司棋的老娘，她的表弟也该姓王，怎么又姓潘呢？"王善保家的见问得奇怪，只得勉强告道："司棋的姑妈给了潘家，所以她姑表兄弟姓潘。上次逃走了的潘又安，就是她表弟。"[4]凤姐笑道："这就是了。"因说："我念给你听听。"说着，从头念了一遍，大家都吓一跳。这王善保家的一心只要拿人的错儿，不想反拿住了她外孙女儿，又气又臊。周瑞家的四人又都问着她道："你老可听见了？明明白白，再没得话说了。如今据你老人家，该怎么样？"

这王家的只恨没地缝儿钻进去。凤姐只瞅着她嘻嘻地笑，向周瑞家的笑道："这倒也好。不用你们老娘操一点儿心，她鸦雀不闻地给你们弄个好女婿来，大家倒省心。"[5]周瑞家的也笑着凑趣儿。王家的气无处泄，便自己回手打自己的脸，骂道："老不死的娼妇，怎么造下孽了！说嘴打嘴，现世现报在人眼里。"[6]众人见这般，俱笑个不住，又半劝半讽的。凤姐见司棋低头不语，也并无畏惧惭愧之意，

1. 程甲本改为"再所赐香珠二串，今已查收外，特寄香袋一个"。究其将原作"香袋"与"香珠"改换的原因，大概以为既言"今已查收"，自然没有遗失，则园内拾到的香袋定是在寄送过程中不慎失落的。这是粗心所致的误会。其实，是潘又安收到香袋后才写字帖约司棋在园内幽会的，随身佩带的香袋又是在被鸳鸯冲散时于惊慌中遗落于假山间的（当然遗落一个就够了），原作构思，一丝不乱；女赠香袋，男赠香珠，也合情理。程甲本调换一下，反而与前两回所写没有联系了。

2. 抓个正着，当然开心。恶毒之至！（庚）

3. 幽默。

4. 对上榫了。

5. 谐语也毒。抄检本非其主意，碍于王夫人受惑，不得已奉命为之，岂能服气！今见调唆者自己出丑，正可借此一泄心头闷气。

6. 作者行文，只求合情合理，并不追求戏剧性，也不有意写因果报应。但生活中也有确实偶有富于戏剧性或现世现报的事，只要不穿凿，是毋须特意回避的。

---

① 同心如意——金属小玩意儿，制成两个如意上下并搭的样子，多作为男女互赠的信物。

倒觉可异。[1] 料此时夜深，且不必盘问，只怕她夜间自己去寻拙志①，遂唤两个婆子监守起她来。带了人，拿了赃证回来，且自安歇，等待明日料理。

谁知到夜里又连起来几次，下面淋血不止。[2] 至次日，便觉身体十分软弱，起来发晕，遂撑不住。请太医来，诊脉毕，遂立药案云："看得少奶奶系心气不足，虚火乘脾，皆由忧劳所伤，以致嗜卧好眠，胃虚土弱，不思饮食。今聊用升阳养荣之剂。"写毕，遂开了几样药名，不过是人参、当归、黄芪等类之剂。一时退出。有老嬷嬷们拿了方子回过王夫人，不免又添一番愁闷，遂将司棋等事暂且未理。

可巧这日尤氏来看凤姐，坐了一回，到园中去又看过李纨。才要望候姊妹们去，忽见惜春遣人来请，尤氏遂到了她房中来。惜春便将昨晚之事细细告诉与尤氏，又命将入画的东西一概要来与尤氏过目。[3] 尤氏道："实是你哥哥赏她哥哥的，只不该私自传送，如今官盐竟成了私盐②了。"因骂入画"糊涂脂油蒙了心的！"惜春道："你们管教不严，反骂丫头。这些姊妹，独我的丫头这样没脸，我如何去见人！[4] 昨儿我立逼着凤姐姐带了她去，她只不肯。我想，她原是那边的人，凤姐姐不带她去，也原有理。我今日正要送过去，嫂子来得恰好，快带了她去。或打，或杀，或卖，我一概不管。"[5] 入画听说，又跪下哭求，说："再不敢了！只求姑娘看从小儿的情分，好歹生死在一处罢！"尤氏和奶娘等人也都十分分解，说："她不过一时糊涂了，下次再不敢的。她从小儿服侍你一场，到底留着她为是。"

谁知惜春虽然年幼，却天生成一种百折不回的廉介孤独僻性，任人怎说，她只以为丢了她的体面，咬定牙，断乎不肯。[6] 更又说得好："不但不要入画，如今我也大了，连我也不便往你们那边去了。[7] 况且近日我每每风闻得有人背地里议论多少不堪的闲话！我若再去，连我也编排上了。"尤氏道："谁议

1. 司棋倒是敢作敢当的，且自从被鸳鸯发现后，反复思考后果已久，故反而显得较平静，此作者用笔高明处。

2. 与此前所写"恃强羞说病"接住，一事不漏。

3. 让别人问不如自己问，证其是否说谎。

4. 有何没脸的事？怪癖！

5. 视同瘟疫，避之唯恐不及。

6. 所谓"廉介孤独"，其实是封闭只求自保，固执不近人情。

7. 即回目中说的"杜绝宁国府"。

① 寻拙志——寻短见，自杀。
② 官盐竟成了私盐——俗语，本来合法的反而变成不合法了。

论什么？又有什么可议论的！姑娘是谁？我们是谁？姑娘既听见人议论我们，或该问着他才是。"惜春冷笑道："你这话问着我倒好。我一个姑娘家，只有躲是非的，我反去寻是非，成个什么人了！还有一句话：我不怕你恼，好歹自有公论，又何必去问人。古人说得好，'善恶生死，父子不能有所勖助①'，何况你我二人之间。我只知道保得住自己就够了，不管你们。从此以后，你们有事别累我。"¹

　　尤氏听了，又气又好笑，因向地下众人道："怪道人人都说这四丫头年轻糊涂，我只不信。你们听方才一篇话，无原无故，又不知好歹，又没个轻重。虽然是小孩子的话，却又能寒人的心。"众嬷嬷笑道："姑娘年轻，奶奶自然吃些亏的。"惜春冷笑道："我虽年轻，这话却不年轻。你们不看书，不识几个字，所以都是些呆子，看着明白人，倒说我年轻糊涂。"尤氏道："你是状元、榜眼、探花，古今第一个才子。我们是糊涂人，不如你明白，何如？"惜春道："状元榜眼难道就没有糊涂的不成？可知他们更有不能了悟的更多。"²尤氏笑道："你倒好。才是才子，这会子又作大和尚了，又讲起了悟来。"惜春道："我不了悟，我也舍不得入画了。"³尤氏道："可知你是个心冷口冷的人。"⁴惜春道："古人曾也说的，'不作狠心人，难为自了汉。②'我清清白白的一个人，为什么教你们带累坏了我！"⁵

　　尤氏心内原有病，怕说这些话。方才听说有人议论，已是心中羞恼激射，只是在惜春分中，不好发作，忍耐了大半日。今见惜春又说这句，因按捺不住，问惜春道："怎么就带累了你？你的丫头的不是，无故说我；我倒忍了这半日，你倒越发得了意，只管说这些话。你是千金万金的小姐，我们以后就不亲近，仔细带累了小姐的美名。即刻就叫人将入画带了过去！"说着，便赌气起身去了。惜春道："若果然不来，倒也省了口舌是非，大家倒还清净。"⁶尤氏也不答话，一径往前边去了。不知后事如何，〔且听下回分解。〕

1. 怕是环境造就了她如此孤僻自私的性情。

2. 顺便捎带着讥贬科举所取的状元、榜眼糊涂的多，虽言之有理，却为写她自诩能了悟人生。其实也是糊涂。

3. 这样的了悟，正是入迷。贾府败落之时，去过"独卧青灯古佛旁"的生活以求自保，亦不足怪矣。

4. 一语中的。热情与爱心都已不见了。

5. 人若没了爱心，不管别人死活，清白还有什么价值，自己先迷了，何用别人带累？

6. 求仁而得仁。且看将来过"缁衣乞食"生活能否清净。

----

① 勖（xù序）助——勉励帮助。
② 不作狠心人，难为自了汉——不能下狠心断绝人情的牵连，就不能做一个自己保自己的人。

【总评】

本回的主要情节就是"抄检大观园"。"抄检"与将来贾府事败被朝廷"抄家"（第十七至十八回、二十二回、二十七回脂评）并非一回事；但两者之间在艺术表现上有着某种联系是可以肯定的。所以此回中由探春提到甄家抄家、下回一开头更坐实说"看邸报甄家犯了罪，现今抄没家私，调取进京治罪"，这很值得注意。

上回写邢夫人拿到傻大姐所拾香袋后，叮嘱她"以后再别提起了"，让人以为此事或许就这样不了了之。到此回才掀起大浪，且写得来势汹涌。香袋从邢夫人交到王夫人手里，等于在野派将了当权派一军。王夫人想问题简单，耳根也软，直疑香袋是凤姐两口子所有。凤姐却头脑冷静，思路缜密，极有辩才；立刻举出五条理由来反驳，还让王夫人感到"大近情理"。她们谈话中总提到"裁革"或"省俭"，贾府此时的境况，已见一斑。

找绣春囊之主，凤姐主张"暗暗访察"。谁知王善保家的介入，欲泄私愤，乘机进谗。她一是诽谤晴雯，二是出抄检主意。居然都成功了。王夫人自是糊涂人，但作者仍维护她，说她"原是天真烂漫之人，喜怒出于心臆，不比那些饰词掩意之人"。回目叫"惑奸谗"，不难看出作者对调唆生事的奴才王善保家的是更为痛恨的。凤姐识得情势，违心顺从。

抄检风波是在矛盾冲突中展现不同人物思想性格的好机会。作者精心地安排了情节的重轻详略，故文字精彩纷呈。如"晴雯挽着头发闯进来"倒箱子，是神来之笔，接说"王善保家的也觉没趣"，恰到好处；后来程高本自作聪明，再增加晴雯指着王善保家的痛骂等过火文字，便成蛇足了。到探春院抄检一段，写得波澜壮阔，如"遂命众丫鬟秉烛开门而待"十一个字，何等气象！"我的东西倒许你们搜阅，要想搜我的丫头，这却不能。"此正探春最难得也最令人敬佩处。她说："你们别忙，自然连你们抄的日子有呢！……咱们也渐渐的来了。可知这样大族人家，若从外头杀来，一时是杀不死的……必须先从家里自杀自灭起来，才能一败涂地！"简直就像在为贾府敲丧钟，只可惜先自杀自灭后抄没事难知其详。

作者对探春是有所偏爱的，在此回中，他倾注了很大热情来刻画这一形象。王善保家的脸上挨的那一巴掌，可谓惊天动地，令人痛快叫绝；却又那么真实，无穿凿痕迹可求。但细细想来，这一掌也正是作者借探春之手打的。曹雪芹如此痛恨这些"狗仗人势，天天作耗，专管生事"的奴才，想来必定是从其切肤之痛的生活实感出发的。

王善保家的在众人拿住其外孙女司棋结私情证据时的狼狈，又甚于挨探春的巴掌。最幸灾乐祸的人当数凤姐，她"不怒而反乐"，一改先前公事公办的态度，而笑容满面、妙语连珠，竭尽其挖苦嘲弄之能事。

惜春也是重点表现的人物，以前没有机会来表现她。她后来是"勘破三春"，披缁为尼的。在这里作者深刻地解剖了她的内心世界。所谓"百折不回的廉介孤独僻性"，实际上是一种固执的以自我为中心、不关心他人死活的冷漠性格。人说她"心冷口冷"，她的处世哲学是"我只知道保得住自己就够了"，她咬定牙，撵走并无过错的丫头入画，而对别人的流泪哀伤无动于衷，就是她麻木不仁的典型性格的表现。

第七十五回
开夜宴异兆发悲音　赏中秋新词得佳谶

【题解】

　　本回回目诸本一致。唯列藏本将原抄"异兆"点改作"异事";"佳谶"点改作"佳兆",皆不妥。回目上句:贾珍居丧期间,应禁娱乐,但他却在中秋前夕仍举办夜宴,寻欢作乐,忽闻靠祠堂的墙下有悲叹之声,大家心里想到这是贾府不祥的预兆。下句中:中秋夜,贾母与众人赏月,宝玉、贾兰、贾环被命作中秋诗,但因诗未见,"佳谶"内容只好揣测,大概总是关于宝玉婚姻、贾兰官运之类。庚辰本有回前脂评曰:

　　　　乾隆二十一年五月初七对清。缺中秋诗,俟雪芹。
　　　　□□□　开夜宴　　发悲音
　　　　□□□　赏中秋　　得佳谶

对探索作者生活轨迹和成书情况极有研究价值。乾隆二十一年是丙子 1756 年,其时雪芹应在将全部书稿交付畸笏叟、脂砚斋等人誊清、加评之后,已移居西郊山村,与书稿整理者人分两处,往来不便,很少见面,故须补缺的文字,要等待作者自己最后来扫尾。宝玉等三人中秋夜都作了诗,却不见诗作。脂评证明正是尚缺待补的。回目的对句每句中间都缺二字的位置,似乎是最初尚未考虑停当。今已用"异兆""新词"字样补足,但不知是否出自作者之手。

　　话说尤氏从惜春处赌气出来,正欲往王夫人处去。跟从的老嬷嬷们因悄悄地回道:"奶奶且别往上房去。才有甄家的几个人来,还有些东西,不知是作什么机密事。奶奶这一去恐不便。"尤氏听了道:"昨日听见你爷说,看邸报甄家犯了罪,现今抄没家私,调取进京治罪。怎么又有人来?"老嬷嬷道:"正是呢。才来了几个女人,气色不成气色,慌慌张张的,想必有什么瞒人的事情,也是有的。"[1]

　　尤氏听了,便不往前去,仍往李氏这边来了。恰好太医才诊了脉去。李纨近日也略觉精爽了些,拥衾倚枕,坐在床上,正欲一二人来说些闲话。因见尤氏进来,不似往日和蔼可亲,只呆呆地坐着。[2]李纨因问道:"你过来了这半日,可在别屋里吃些东西没有?只怕饿了。"命素

1. 上回探春被抄检时,冒了一句甄家"果然今日真抄了",读者必疑其所指,故于此补足坐实其事。前只有探春一语,过至此回,又用尤氏略为陪点,且轻轻淡染出甄家事故,此画家落墨之法也。(庚)

2. 是对惜春撵走入画,杜绝东府等种种因抄检惹出的不如意事尚怨气未消,不能释怀的情状。

云瞧有什么新鲜点心拣了来。尤氏忙止道："不必，不必。你这一向病着，哪里有什么新鲜东西。况且我也不饿。"李纨道："昨日她姨娘家送来的好茶面子①，倒是对碗来你喝罢。"说毕，便吩咐人去对茶。

尤氏仍出神无语。跟来的丫头媳妇们因问："奶奶今日中晌尚未洗脸，这会子趁便可净一净好？"尤氏点头。李纨忙命素云来取自己的妆奁。素云一面取来，一面将自己的脂粉拿来，笑道："我们奶奶就少这个。¹奶奶不嫌脏，这是我的，能着用些。"李纨道："我虽没有，你就该往姑娘们那里取去。怎么公然拿出你的来？幸而是她，若是别人，岂不恼呢！"尤氏笑道："这又何妨。自来我凡过来，谁的没使过，今日忽然又嫌脏了？"一面说，一面盘膝坐在炕沿上。银蝶上来，忙代为卸去腕镯、戒指，又将一大袱手巾盖伏在下截，将衣裳护严。小丫鬟炒豆儿捧了一大盆温水，走至尤氏跟前，只弯腰捧着。²银蝶笑道："一个个没权变的②，说一个葫芦，就是一个瓢。奶奶不过待咱们宽些，在家里不管怎样罢了，你就得意！不管在家出外，当着亲戚也只随着便了。"尤氏道："你随她去罢，横竖洗了就完事了。"炒豆儿忙赶着跪下。尤氏笑道："我们家上下大小的人，只会讲外面假礼假体面，究竟作出来的事都够使的了。"³李纨听如此说，便知她已知道昨夜的事，因笑道："你这话有因，谁作事究竟够使了？"尤氏道："你倒问我，你敢是病着死过去了？"⁴

一语未了，只见人报："宝姑娘来了。"李纨忙说快请时，宝钗已走进来。尤氏忙擦脸起身让坐，因问："怎么一个人忽然走来，别的姊妹怎么都不见？"宝钗道："正是，我也没有见她们。只因今日我们奶奶身上不自在，家里两个女人也都因时症未起炕，别的靠不得，我今儿要出去伴着老人家夜里作伴儿。⁵要去回老太太、太太，我想又不是什么大事，且不用提，等好了，我横竖进来的。所以来告诉大嫂子一声。"李纨听说，只看着尤氏笑。尤氏也只看着李纨笑。⁶

一时，尤氏盥沐已毕，大家吃面茶。李纨因笑道：

---

1. 点出李纨守寡从不施脂粉。

2. 如此捧着水是写小丫头不机灵，礼数不周，故听银蝶儿一说，赶忙跪下。

3. 借银蝶责炒豆儿的话，说家中人只会讲虚礼，以表对行抄检一事的不满。恐暗中对邢、王夫人的做法亦有微词。按尤氏犯七出之条，不过只是"过于从夫"四字，此世间妇人之常情耳。其心术慈厚宽顺，竟可出于阿凤之上。特用明犯七出之人从公一论，可知贾宅中暗犯七出之人亦不少，似明犯者反可宥恕，其饰己非而扬人恶者，阴昧僻谲之流，实不能容于世者也。（庚）此为打草惊蛇法，实写邢夫人也。（庚）

4. 言下之意，你住在园中，自己也被抄了，倒无动于衷，反来问我。

5. 看宝钗之为人！已知处处被抄，独自己免了，什么意思！不如借故暂且避开这是非之地。

6. 二人都明白宝钗心思，故相视而笑，心照不宣也。写得何等细致、入情、含蓄！

---

① 茶面子——炒熟的面粉，有的还加核桃仁、瓜子仁、果脯等，用开水冲调（文中称"对"，即"兑"）了喝，这种制作好的熟面粉，叫茶面。冲调好后，叫茶汤或面茶。

② 一个个没权变的——庚辰本作"说一个个没截便的"，后四字被点去，添改成"惯的都使不得了"。梦稿本作"说一声没权变的话"。蒙府、戚序、戚宁本作"说一声没权便的"。今从列藏本。权变，能根据不同情况改变做法。

"既这样，且打发人去请姨娘的安，问是何病。我也病着，不能亲自来得。好妹妹，你去只管去，我自打发人去到你那里去看屋子。你好歹住一两天还进来，别叫我落不是。"宝钗笑道："落什么不是呢？这也是通共常情，你又不曾卖放了贼。[1]依我的主意，也不必添人过去，竟把云丫头请了来，你和她住一两日，岂不省事。"尤氏道："可是，史大妹妹往哪里去了？"宝钗道："我才打发她们找你们探丫头去了，叫她同到这里来，我也明白告诉她。"

　　正说着，果然报："云姑娘和三姑娘来了。"大家让坐已毕，宝钗便说要出去一事，探春道："很好。不但姨妈好了还来的，就便好了不来，也使得。[2]"尤氏笑道："这话奇怪，怎么撺起亲戚来了？"探春冷笑道："正是呢，有叫人撺的，不如我先撺。亲戚们好，也不在必要死住着才好。咱们倒是一家子亲骨肉呢，一个个不像乌眼鸡，恨不得你吃了我，我吃了你！[3]"尤氏忙笑道："我今儿是哪里来的晦气，偏都碰着你姊妹们的气头儿上了！"探春道："谁叫你赶热灶来了！"因问："谁又得罪了你呢？"因又寻思道："惜丫头不犯罗唣你，却是谁呢？"尤氏只含糊答应。

　　探春知她畏事，不肯多言，因笑道："你别装老实了。除了朝廷治罪，没有砍头的，你不必畏头畏尾。实告诉你罢，我昨儿把王善保家那老婆子打了，我还顶着个罪呢。不过背地里说我些闲话，难道也还打我一顿不成！[4]"宝钗忙问："因何又打她？"探春悉把昨夜怎的抄检，怎的打她，一一说了出来。尤氏见探春已经说了出来，便把惜春方才之事也说了出来。探春道："这是她的僻性，孤介太过，我们再傲不过她的。[5]"又告诉她们说："今日一早不见动静，打听凤辣子又病了。我就打发我妈妈出去打听王善保家的是怎样。回来告诉我说：'王善保家的挨了一顿打，太太太嗔着她多事。'"尤氏、李纨道："这倒也是正理。"探春冷笑道："这种掩饰谁不会作！且再瞧就是了。[6]"尤氏、李纨皆默无所答。一时，估着前头用饭，湘云和宝钗回房打点衣衫，不在话下。

　　尤氏等遂辞了李纨，往贾母这边来。贾母歪在榻上，王夫人说甄家因何获罪，如今抄没了家产，回京治罪等语。[7]贾母听得不自在，恰好见她姊妹来了，因问："从

1. 只此一句透露自己要出去的真实意图。

2. 出语惊人。

3. 原来撺亲戚不过是为要发泄内心积愤的虚招，"乌眼鸡"之喻才是真话。于是这几句便成了探春揭示贾氏大家庭内部争斗实情的名言。

4. 坦承自己打了人，其胆识也基于准确估量。

5. 对惜春的臭脾气都相当了解。

6. 看得透彻，什么正理？不过为了掩饰自己放纵奴才给当家的一点颜色瞧的私心。

7. 再提甄家，知情人不免心惊。

哪里来的？可知凤姐妯娌两个的病今日怎样？"尤氏等忙
回道："今日都好些。"贾母点头叹道："咱们别管人家的事，
且商量咱们八月十五日赏月是正经。"[1] 王夫人笑道："都已预
备下了。不知老太太拣哪里好，只是园里恐夜晚风冷。"贾
母笑道："多穿两件衣服何妨，那里正是赏月的地方，岂可
倒不去的。"

　　说话之间，早有媳妇、丫鬟们抬过饭桌来，王夫人、
尤氏等忙上来放箸捧饭。贾母见自己的几色菜已摆完，另有
两大捧盒内盛了几色菜来，便知是各房另外孝敬的旧规矩。
贾母因问："都是些什么？上几次我就吩咐过，如今可以把
这些蠲了罢，你们还不听。如今比不得先辐辏①的时光了！"[2]
鸳鸯忙道："我说过几次，都不听，也只罢了。"王夫人笑
道："不过都是家常东西。今日我吃斋，没有别的。那些面
筋、豆腐，老太太又不甚爱吃，只拣了一样椒油莼虀酱②来。"
贾母笑道："这样正好，正想这个吃。"鸳鸯听说，便将碟子
挪在跟前。宝琴一一地让了，方归座。贾母便命探春来同吃。
探春也都让过了，便和宝琴对面坐下。待书忙去取了碗来。
鸳鸯又指那几样菜道："这两样看不出是什么东西来，大老
爷送来的。这一碗是鸡髓笋，是外头老爷送上来的。"一面
说，一面就只将这碗笋送至桌上。贾母略尝了两点，便命：
"将那两样着人送回去，就说我吃了。以后不必天天送，我
想吃，自然来要。"媳妇们答应着，仍送过去，不在话下。

　　贾母因问："有稀饭吃些罢了。"尤氏早捧过一碗来，说
是红稻米粥。贾母接来吃了半碗，便吩咐："将这粥送给凤
哥儿吃去。"又指着："这一碗笋和这一盘风腌果子狸③，给
颦儿、宝玉两个吃去，那一碗肉给兰小子吃去。"[3] 又向尤氏
道："我吃了，你就来吃了罢。"尤氏答应着，待贾母漱口洗
手毕，贾母便下地，和王夫人说闲话行食④。尤氏告坐。探
春、宝琴二人也起来了，笑道："失陪，失陪！"尤氏笑道："剩
我一个人，大排桌的不惯。"贾母笑道："鸳鸯、琥珀来，趁
势也吃些，又作了陪客。"尤氏笑道："好，好，好，我正要

1. 赏月且贪欢笑，要愁哪得
工夫？"人家的事"实乃
自家的事，作者不肯明白
点出而已。贾母已看破狐
悲兔死，故不改已往，聊
来自遣耳。（庚）

2. 从贾母口中说出这话来，
与别人闲谈分量又不一
样。全书情节由盛至衰的
线索脉络十分明显。

3. 心里惦记着几个没有吃饭
的孙辈，由吩咐送粥送菜
去可以看出。宝玉、黛玉
两个合在一起送，最有意
思。不能不说老太太是明
白人。

---

① 辐辏（fú còu 福凑）——喻家道兴盛，人丁兴旺，谓如无数车辐都集中到车轮的中心。辐，轮圈连接轮心的直
条。辏，聚集。
② 椒油莼虀（chún jī 纯机）酱——用剁碎的莼菜腌制成的菜，食前浇以花椒油。莼菜，水生植物，多产江浙一
带，嫩叶滑软味美。多用来做汤。虀，菜切成碎末。
③ 风腌果子狸——果子狸，又名"花面狸"，状似猫，食果子等物，肉味美，为名贵之山珍，这是经腌制风干过的。
④ 行食——以活动帮助消化。

说呢。"贾母笑道："看着多多的人吃饭，最有趣的。"[1]又指银蝶道："这孩子也好，也来同你主子一块儿来吃，等你们离了我，再立规矩去。"尤氏道："快过来，不必装假。"贾母负手看着取乐。因见伺候添饭的人手内捧着一碗下人的米饭，尤氏吃的仍是白粳饭，贾母问道："你怎么昏了，盛这个饭来给你奶奶？"那人道："老太太的饭吃完了。今日添了一位姑娘，所以短些。"鸳鸯道："如今都是'可着头做帽子'了，要一点儿富余也不能的。"王夫人忙回道："这一二年旱涝不定，田上的米都不能按数交的。这几样细米更艰难了，所以都可着吃的多少关去①，生恐一时短了，买的不顺口。"[2]贾母笑道："这正是'巧媳妇做不出没米的粥'来。"[3]众人都笑起来。鸳鸯道："既这样，你就去把三姑娘的饭拿来添上，也是一样，就这样笨。"尤氏笑道："我这个就够了，也不用取去。"鸳鸯道："你够了，我不会吃的？"地下的媳妇们听说，方忙着取去了。一时，王夫人也去用饭。

　　这里尤氏直陪贾母说话取笑到起更的时候，贾母说："黑了，过去罢。"尤氏方告辞出来。走至大门前上了车，银蝶坐在车沿上。众媳妇放下帘子来，便带着小丫头们先走，过那边大门口等着去了。因二府之门相隔没有一箭之路，每日家常来往，不必定要周备，况天黑夜晚之间，回来的遭数更多，所以老嬷嬷带着小丫头，只几步便走了过来。两边大门上的人都列在东西街口，早把行人断住。尤氏大车上也不用牲口，只用七八个小厮挽环拽轮，轻轻地便推拽过这边阶矶上了。于是众小厮退过狮子以外，[4]众嬷嬷打起帘子，银蝶先下来，然后搀下尤氏来。大小七八个灯笼照得十分真切。尤氏因见两边狮子下放着四五辆大车，便知系来赴赌之人所乘，向银蝶、众人道："你看，坐车的是这样，骑马的还不知有几个呢！[5]马自然在圈里拴着，咱们看不见。也不知道他娘老子挣下多少钱，与他们这么开心儿！"一面说，一面已到了厅上。贾蓉之妻带领家下媳妇、丫头们，也都秉烛接了出来。尤氏笑道："成日家我要偷着瞧瞧他们，也没得便。今儿倒巧，就顺便打他们窗户跟前走过去。"[6]众媳妇答应着，提灯引路，又有

───────────
　　① 都可着吃的多少关去——都计算着吃的数量去领取。

右栏批注：

1. 老人家喜欢家里人丁兴旺的心态，作者体会甚深，也写得极细腻。

2. 只说光景今不如昔，印象不深，故借短了米饭一事，让鸳鸯、王夫人告诉缘故，重作渲染，将旱涝收不上租也算上，是触及社会根基了。

3. 谚语生趣。总伏下文。（庚）

4. 夜晚女眷如何往来东西府之间，借此一写。

5. 见车马之多，可知聚赌东府来客之盛。

6. 欲写赌局喧闹场景，须借助旁观者耳目见闻，故写尤氏一行特意从他们窗户前走过去。

一个先去悄悄地知会服侍的小厮们，不要失惊打怪。于是尤氏一行人悄悄地来至窗下，只听里面称三赞四，耍笑之音虽多，又兼有恨五骂六，忿怨之声亦不少。[1]

原来贾珍近因居丧，每不得游玩旷朗，又不得观优闻乐作遣。无聊之极，便生了个破闷之法。日间以习射为由，请了各世家弟兄及诸富贵亲友来较射。[2]因说："白白的只管乱射，终无裨益，不但不能长进，而且坏了式样，必须立个罚约，赌个利物，大家才有勉力之心。"[3]因此，在天香楼下箭道内立了鹄子①，[4]皆约定每日早饭后来射鹄子。贾珍不肯出名，便命贾蓉作局家。这些来的皆系世袭公子，人人家道丰富，且都在少年，正是斗鸡走狗、问柳评花的一干游侠纨绔。[5]因此，大家议定，每日轮流作晚饭之主，——每日来射，不便独扰贾蓉一人之意。于是天天宰猪割羊，屠鹅戮鸭，好似临潼斗宝②一般，[6]都要卖弄自己家的好厨役、好烹炮。

不到半月工夫，贾赦、贾政听见这般，不知就里，反说："这才是正理，文既误矣，武事当亦该习，况在武荫③之属。"[7]两处遂也命贾环、贾琮、宝玉、贾兰等四人于饭后过来，跟着贾珍习射一回，方许回去。[8]

贾珍之志不在此，再过一二日，便渐次以歇肩④养力为由，晚间或抹抹骨牌，赌个酒东而已，至后渐次至钱。如今三四月的光景，竟一日一日赌胜于射了，公然斗叶⑤掷骰，放头开局，夜赌起来。[9]家下人借此各有些进益，巴不得如此，所以竟成了势。外人皆不知一字。近日邢夫人之胞弟邢德全也酷好如此，故也在其中。[10]又有薛蟠，头一个惯喜送钱与人的，见此岂不快乐。这邢德全虽系邢夫人之胞

1. 听得赢钱者与输钱者的不同反应。妙！先画赢家。（庚）妙！又画输家。（庚）

2. 花样翻新，门前车马之盛因此。

3. 以较射为名设赌局，则必以金银或随身所带之饰物如玉佩、金麒麟之类为赌资。

4. 天香楼下成"射圃"矣。

5. "世袭公子""游侠纨绔"可在第十四回秦氏大出殡来宾名单中找，其中曾写到有"神武将军公子冯紫英，陈也俊、卫若兰等诸王公子"，冯、卫皆脂评提到书中有"侠文"描述者，冯前已见，则卫若兰正借此登场矣。

6. 本因居丧，不得游宴娱乐，今反变本加厉，可知礼法难以制止纨绔子弟寻欢作乐的习好。

7. 为人父者岂可懵懂不辨事之正邪？亦借此写贾氏祖上军功起家及满人子弟除学文外，尚有练习骑射风俗。

8. 四人中宝玉是必不可少之人，否则他的金麒麟又如何会佩到卫若兰身上？第三十一回湘云拾宝玉遗落的金麒麟并送还时，脂评曾言"后数十回若兰在射圃所佩之麒麟，正此麒麟也。提纲伏于此回中……"可知这是宝玉所赠或赌输给他的。它也是促成卫若兰与史湘云一段短暂婚姻的不祥物。

9. 由射至赌，渐渐走了样。

10. 缺德之人偏名"德全"，亦以反义起名。

---

①　鹄（gǔ谷）子——箭靶子。

②　临潼斗宝——喻争胜斗强，夸耀富有或卖弄所长。元明有《临潼斗宝》杂剧，写春秋秦穆公欲为霸主，约请十七国诸侯往临潼赴会，各出国宝比赛，以定输赢。

③　武荫——因先人建立武功而后代获得武职的荫封。

④　歇肩——庚辰等诸本皆作"歇背"，甲辰、程高本作"歇肩"，可从。

⑤　斗叶——斗纸牌。用硬纸做的牌，较今之扑克狭长，称"叶子"，唐宋时即有，牌上原记骰子点数组成的花样，至明清多用《水浒》人物分画每一张牌上。

弟，却居心行事，大不相同：只知吃酒赌钱，眠花宿柳为乐，手中滥漫使钱，待人无二心，好酒者喜之，不饮者则亦不去亲近，无论上下主仆，皆出自一意，并无贵贱之分，因此都唤他"傻大舅"。[1] 薛蟠是早已出名的"呆大爷"。今日二人皆凑在一处，都爱"抢新快"①爽利，便又会了两家在外间炕上"抢新快"。别的又有几家在当地下大桌上打幺番②。里间又一起斯文些的，抹骨牌，打天九③。

　　此间服侍的小厮都是十五岁以下的孩子，若成丁的男子，到不了这里，故尤氏方潜至窗外偷看。[2] 其中有两个十六七岁娈童以备奉酒的，都打扮得粉妆玉琢。今日薛蟠又输了一帐④，正没好气，幸而掷第二帐完了，算来，除翻过来，倒反赢了，心中只是兴头起来。贾珍道："且打住，吃了东西再来。"因问："那两处怎样？"里头打天九的，也作了帐等吃饭。打幺番的未清，且不肯吃。于是各不能顾，先摆下一大桌，贾珍陪着吃，命贾蓉落后，陪那一起。薛蟠兴头了，便搂着一个娈童吃酒，又命将酒去敬邢傻舅。傻舅输家，没心绪，吃了两碗，便有些醉意，嗔着两个娈童只赶着赢家，不理输家了，[3]因骂道："你们这起兔子⑤，就是这样专洑上水。天天在一处，谁的恩你们不沾？只不过我这一会子输了几两银子，你们就三六九等了！难道从此以后再没有求着我们的事了？"众人见他带酒，忙说："很是，很是。果然他们风俗不好。"因喝命："快敬酒赔罪！"两个娈童都是演就的局套，忙都跪下奉酒，说："我们这行人，师父教的：'不论远近厚薄，只看一时有钱势，就亲敬；便是活佛神仙，一时没了钱势了，也不许去理他。'况且我们又年轻，又居这个行次，求舅太爷体恕些我们，就过去了！"说着，便举着酒俯膝跪下。[4]邢大舅心内虽软了，只还故作怒意不理。众人又劝道："这孩子是实情话。老舅是久惯怜香惜玉的，如何今日反这样起来？若不吃这酒，他两个怎样起来？"

1. "傻大舅"与"呆大爷"恰好配成一对，其为人又作了一番介绍，似非一时充当跑龙套角色，应尚有后文。只是八十回后续书中，不见此人。

2. 仍不忘提一笔尤氏窗外偷窥。

3. 一呆一傻戏弄娈童陪酒的种种出丑情景，皆被尤氏看在眼中。

4. 自称唯钱势是奉，作如此露骨夸张语，像是运用漫画技法。调侃，骂死世人！（庚）

① 抢新快——也叫"抢快"，骰子的一种玩法，规定一定点色组合的分数。然后比谁掷出的分数多。
② 打幺番——除程甲本改为"赶羊"（又叫"赶老羊"，掷骰比点数的玩法）外，诸本皆同，唯庚辰本作"打公番"，疑"公"为"幺"之讹；骰子一点叫"幺"，小也称"幺"。比法不详，或是以点小为胜的玩法。今从诸本。
③ 打天九——骨牌的一种玩法。以"天牌"（十二点的牌）与九点的牌相配为最尊，叫"打天九"。
④ 一帐——庚辰本作"一张"，此写掷骰，非斗叶，似不应称"张"。梦稿本作"一场"。程甲本删改之，然有"冲帐"等字样。疑"一帐"为一次结算之意。今从戚府、戚序、戚宁、甲辰诸本。
⑤ 兔子——骂娈童（男宠）的话。古人谓兔子属阴，又难辨雄雌。男人为妓，则讥其不男不女，亦男亦女也。

邢大舅已撑不住了，便说道："若不是众位说，我再不理。"说着，方接过来一气喝干。又斟上一碗来。

这邢大舅便酒勾往事，醉露真情起来，乃拍案对贾珍叹道："怨不得他们视钱如命。多少世宦大家出身的，若提起'钱势'二字，连骨肉都不认了。[1]老贤甥，昨日我和你那边的令伯母赌气，你可知道否？"贾珍道："不曾听见。"邢大舅叹道："就为钱这件混账东西。利害，利害！"贾珍深知他与邢夫人不睦，每遭邢夫人弃恶，故出怨言，因劝道："老舅，你也太散漫些。若只管花去，有多少给老舅花的？"邢大舅道："老贤甥，你不知我邢家底里。我母亲去世时，我尚小，世事不知。她姊妹三个人，只有你令伯母年长出阁，一分家私，都是她把持带来。[2]如今二家姐虽也出阁，她家也甚艰窘，三家姐尚在家里，一应用度，都是这里陪房王善保家的掌管。我便来要钱，也非要的是你贾府的，我邢家家私，也就够我花的了。无奈竟不得到手，所以有冤无处诉。[3]"贾珍见他酒后叨叨，恐人听见不雅，连忙用话解劝。

外面尤氏等听得十分真切，乃悄向银蝶笑道："你听见了？这是北院里大太太的兄弟抱怨她呢。可怜她亲兄弟还是这样说，这就怨不得这些人了。"[4]因还要听时，正值打幺番者也歇住了，要吃酒。因有一个问道："方才是谁得罪了老舅？我们竟不曾听明白，且告诉我们评评理。"邢德全见问，便把两个娈童不理输的、只赶赢的话说了一遍。这一个年少的纨袴道："这样说，原可恼的，怨不得舅太爷生气。我且问你两个：舅太爷虽然输了，输的不过是银子钱，并没有输丢了鸡巴，怎么就不理他了？"[5]说着，众人大笑起来，连邢德全也喷了一地饭。尤氏在外面悄悄地啐了一口，骂道："你听听，这一起子没廉耻的小挨刀的！才丢了脑袋骨子，就胡嘎嚼毛了。再肏攮下黄汤去，还不知嘎出些什么来呢！"一面说，一面便进去卸妆安歇。至四更时，贾珍方散，往佩凤房里去了。

次日起来，就有人回："西瓜、月饼都全了，只待分派送人。"贾珍吩咐佩凤道："你请你奶奶看着

1. 邢大舅虽嗜酒好赌无行，待人却不以钱势为厚薄，几句醉话倒是有所感而发。

2. 邢夫人克扣迎春一两月银，前已写过，其从来为人却写得不多，今通过其兄弟将把持家产，不恤弟妹事补出，是重贬其人。

3. 既知其为人，如何还能得手？众恶之，必察也。今邢夫人一人，贾母先恶之，恐贾母心偏，亦可解之。若贾琏、阿凤之怨，儿女之私，亦可解之。若探春之怒，女子不识大而知小，亦可解之。今又忽用乃弟一怒，吾不知将又何如矣！（庚）

4. 经尤氏这么一说，大太太之为人，便足以定案矣！

5. 说此秽语。是让尤氏不便再听，速速离去。

送罢，我还有别的事呢。"佩凤答应去了，回了尤氏，尤氏只得一一分派，遣人送去。一时，佩凤又来说："爷问奶奶，今儿出门不出？说咱们是孝家，明儿十五过不得节，今儿晚上倒好，可以大家应个景儿，吃些瓜果酒饼。"[1]尤氏道："我倒不愿出门呢。那边珠大奶奶又病了，凤丫头又睡倒了，我再不过去，越发没个人了。[2]况且他又不得闲，应什么景儿！"佩凤道："爷说了，今儿已辞了众人，直等十六才来呢，好歹定要请奶奶吃酒的。"尤氏笑道："请我，我没得还席。"佩凤笑着去了，一时，又来，笑道："爷说，连晚饭也请奶奶吃，好歹早些回来，叫我跟了奶奶去呢。"尤氏道："这样，早饭吃什么？快些吃了，我好走。"佩凤道："爷说，早饭在外头吃，请奶奶自己吃罢。"尤氏问道："今日外头有谁？"佩凤道："听见说外头有两个南京新来的，倒不知是谁。"说话之间，贾蓉之妻也梳妆了来见过。少时，摆上饭来，尤氏在上，贾蓉之妻在下相陪，婆媳二人吃毕饭。尤氏便换了衣服，仍过荣府来，至晚方回去。

　　果然贾珍煮了一口猪，烧了一腔羊，余者桌菜及果品之类，不可胜记。就在会芳园丛绿堂中，屏开孔雀，褥设芙蓉，带领妻子姬妾，先饭后酒，开怀赏月作乐。将一更时分，真是风清月朗，上下如银。[3]贾珍因要行令，尤氏便叫佩凤等四个人也都入席，下面一溜坐下，猜枚划拳，饮了一回。贾珍有了几分酒，益发高兴，便命取了一竿紫竹箫来，命佩凤吹箫，文花唱曲，喉清嗓嫩，真令人魄醉魂飞。[4]唱罢，复又行令。那天将有三更时分，贾珍酒已八分。大家正添衣饮茶，换盏更酌之际，忽听那边墙下有人长叹之声。大家明明听见，都悚然疑畏起来。[5]贾珍忙厉声叱咤，问："谁在那里？"连问几声，没有人答应。尤氏道："必是墙外边家里人，也未可知。"贾珍道："胡说！这墙四面皆无下人的房子，况且那边又紧靠着祠堂，[6]焉得有人！"一语未了，只听得一阵风声，竟过墙去了。恍惚闻得祠堂内槅扇开阖之声。只觉得风气森森，比先更觉凉飒起来；月色惨淡，也不似先明朗。众人都觉毛发倒竖。[7]贾珍酒已醒了一半，只比别人撑持得住些，心下也十分疑畏，便大没兴头起来。勉强又坐了一会子，

1. 依礼法习俗，居丧孝家是不可以过中秋节的，因为它是庆团圆的节。然贾珍哪肯放过赏月饮酒机会，故提前至十四开宴以应景。

2. 述明荣府中当家的一一病倒，须得尤氏过去照应。

3. 八个字便写出一片极幽静的夜景来。

4. 又八字写乐曲之声令人销魂，都为反跌下文而营造气氛。

5. 叹声发自墙下，所以可疑。余亦悚然疑畏。（庚）

6. 令人不敢细思量。奇绝神想，余更为之悚惧矣！（庚）

7. 写神秘恐怖情景文字并不罕见，续书中多有。能写得如此毫无穿凿痕迹而又耸人心魄的却未见。更难得的是它只在表达思想内容最有必要时才写，并不单纯为营造神秘气氛，故与世俗宣扬鬼神迷信观念不可同日而语。

就归房安歇去了。次日一早起来，乃是十五日，带领众子侄开祠堂，行朔望之礼①，细察祠内，都仍是照旧好好的，并无怪异之迹。贾珍自为醉后自怪，也不提此事。礼毕，仍闭上门，看着锁禁起来。[1]

贾珍夫妻至晚饭后方过荣府来。只见贾赦、贾政都在贾母房内坐着说闲话，与贾母取笑。贾琏、宝玉、贾环、贾兰皆在地下侍立。贾珍来了，都一一见过。说了两句话后，贾母命坐，贾珍方在近门小杌子上告了坐，警身②侧坐。贾母笑问道："这两日，你宝兄弟的箭如何了？"贾珍忙起身道："大长进了，不但样式好，而且弓也长了一个力气③。"贾母道："这也够了，且别贪力，仔细努伤。"[2]贾珍忙答应几个"是"。贾母又道："你昨日送来的月饼好，西瓜看着好，打开却也罢了。"贾珍笑道："月饼是新来的一个专做点心的厨子，我试了试果然好，才敢做了孝敬。西瓜往年都还可以，不知今年怎么就不好了。"贾政道："大约今年雨水太勤之故。"贾母笑道："此时月已上了，咱们且去上香。"说着，便起身扶着宝玉的肩，带领众人齐往园中来。

当下园之正门俱已大开，吊着羊角大灯。嘉荫堂前月台上，焚着斗香④，秉着风烛，陈献着瓜饼及各色果品。邢夫人等一干女客，皆在里面久候。真是月明灯彩，人气香烟，晶艳氤氲，不可形状。[3]地下铺着拜毯锦褥。贾母盥手上香，拜毕，于是大家皆拜过。贾母便说："赏月在山上最好。"因命在那山脊上的大厅上去。众人听说，就忙着到那里去铺设。贾母且在嘉荫堂中吃茶少歇，说些闲话。

一时，人回："都齐备了。"贾母方扶着人上山来。王夫人等因说："恐石上苔滑，还是坐竹椅上去。"贾母道："天天有人打扫，况且极平稳的宽路，何必不疏散疏散筋骨。"[4]于是贾赦、贾政等在前导引，又是两个老婆子秉着两把羊角手罩，鸳鸯、琥珀、尤氏等贴

1. 未写荣府"庆中秋"，却先写宁府"开夜宴"；未写荣府数尽，先写宁府异兆。盖宁乃家宅，凡有关于吉凶者，必先示之，且列祖祀此，岂无得而警乎？凡人先人虽远，然气息相关，必有之理也。非宁府之祖独有感应也。（庚）谓其是列祖示警，固有理，解释出于宁府而非荣府之原故，未必尽妥。

2. 先只有一句提及宝玉参与习射，恐读者忽略，故特用贾母问讯嘱咐再次提醒。

3. 排场与昔日相比，并不消减多少。

4. 欲自己步行上山，可知兴致也还不减。

---

① 朔望之礼——每逢初一（朔）、十五（望）照例举行的祭祖的仪礼。
② 警身——挺直身子；表示恭敬。
③ 一个力气——也叫"一个劲"，古时开弓计算拉力的单位。每十斤叫"一力"。
④ 斗香——有多种：一、将线香编成斗形，中置香木屑，祀月时焚之；二、将许多香攒聚成尖塔形，自顶焚之；三、糊纸为斗，中置炷香，中秋夜焚以祀月。

身搀扶，邢夫人等在后围随，从下逶迤而上，不过百余步，至山之峰脊上，便是这座敞厅。因在山之高脊，故名曰凸碧山庄。于厅前平台上列下桌椅，又甩一架大围屏隔作两间。凡桌椅形式皆是圆的，特取团圆之意。[1] 上面居中贾母坐下，左垂首贾赦、贾珍、贾琏、贾蓉，右垂手贾政、宝玉、贾环、贾兰，团团围坐。只坐了桌半壁，下面还有半壁余空。贾母笑道："常日倒还不觉人少，今日看来，究竟咱们的人也甚少，算不得甚么。[2] 想当年过的日子，到今夜，男女三四十个，何等热闹！今日就这样，太少了。待要再叫几个来，他们都是有父母的，家里去应景，不好来的。如今叫女孩们来坐那边罢。"于是令人向围屏后将迎春、探春、惜春三个请出来。贾琏、宝玉等一齐出坐，先尽他姊妹坐了，然后在下方依次坐定。

　　贾母便命折一枝桂花来，命一媳妇在屏后击鼓传花。若花到谁手中，饮酒一杯，罚说笑话一个。[3] 于是先从贾母起，次贾赦，一一接过。鼓声两转，恰恰在贾政手中住了，[4] 只得饮了酒。众姊妹弟兄皆你悄悄地扯我一下，我暗暗地又捏你一把，都含笑，倒要听是何笑话。[5] 贾政见贾母喜悦，只得承欢。方欲说时，贾母又笑道："若说得不笑了，还要罚。"贾政笑道："只得一个，说来不笑，也只好受罚了。"因笑道："一家子一个人，最怕老婆……"才说了一句，大家都笑了。因从不曾见贾政说过笑话，所以才笑。[6] 贾母笑道："这必是好的。"贾政笑道："若好，老太太多吃一杯。"贾母笑道："自然。"贾政又说道："这个怕老婆的人，从不敢多走一步。偏是那日是八月十五，到街上买东西，便遇见了几个朋友，死活拉到家里去吃酒。不想吃醉了，便在朋友家睡着了，第二日醒了，后悔不及，只得来家赔罪。他老婆正洗脚，说：'既是这样，你替我舔舔就饶你。'这男人只得给她舔，未免恶心要吐。他老婆便恼了，要打，说：'你这样轻狂！'吓得她男人忙跪下求说：'并不是奶奶的脚脏，只因昨晚吃多了黄酒，又吃了几块月饼馅子，所以今日有些作酸呢。'"说得贾母与众人都笑了。[7] 贾政忙斟了一杯，送与贾母。贾母笑道："既这样，快叫人取烧酒来，别叫你们受累。"众人又都笑起来。

　　于是又击鼓，便从贾政传起，可巧传至宝玉鼓止。

1. 团圆之象只在人而不在器物。

2. 人少了，不比当年，才是兴慨的主因，偏是笑着说。未饮先感人丁，总是将散之兆。（庚）批书人读过全稿，知"家亡人散各奔腾"之日不远。

3. 罚说笑话，以前倒没有写过。不犯前几次饮酒。（庚）

4. 令读者有意外之喜。奇妙！偏在政老手中，竟能使政老一谑，真大文章矣！（庚）

5. 是众姊妹弟兄必有的期待。余也要细听。（庚）

6. 如何想来？观察体验生活真细！是极！摹神之至！（庚）

7. 贾政一本正经之人，忽说出如此笑话来，只能用他自己的话来形容："未免恶心要吐"。可知人之内心，有平时不易窥见者。这方是政老之谑，亦善谑矣。（庚）

宝玉因贾政在坐，自是踧踖①不安，花偏又在他手内，因想："说笑话，倘或说不好了，又说没口才，连一笑话也不能，何况别的，这有不是；若说好了，又说正经的不会，只惯油嘴贫舌，更有不是。不如不说的好。"¹乃起身辞道："我不能说笑话，求再限别的罢了。"贾政道："既这样，限一个'秋'字，就即景作一首诗。若好，便赏你；若不好，明日仔细。"贾母忙道："好好的行令，如何又要作诗了？"贾政道："他能的。"贾母听说，"既这样，就快作。"命人取了纸笔来，贾政道："只不许用那些'冰''玉''晶''银''彩''光''明''素'等样堆砌字眼，要另出己见，试试你这几年的情思。²"宝玉听了，碰在心坎上，遂立想了四句，向纸上写了，呈与贾政看，道是："……"贾政看了，点头不语。²贾母见这般，知无甚大不好，便问："怎么样？"贾政因欲贾母喜悦，便说："难为他。只是不肯念书，到底词句不雅。"贾母道："这就罢了。他能多大？定要他做才不成！这就该奖励他，以后越发上心了。"贾政道："正是。"因回头命个老嬷嬷出去吩咐书房内的小厮，"把我海南带来的扇子取两把给他。"宝玉忙拜谢，仍复归座行令。当下贾兰见奖励宝玉，他便出席，也做一首，递与贾政看时，写道是："……"贾政看了，喜不自胜。³遂并讲与贾母听时，贾母也十分欢喜，也忙令贾政赏他。

于是大家归坐，复行起令来。这次，在贾赦手内住了，只得吃了酒，说笑话。因说道："一家子一个儿子，最孝顺。偏生母亲病了，各处求医不得，便请了一个针灸的婆子来。这婆子原不知道脉理，只说是心火，如今用针灸之法，针灸针灸就好了。这儿子慌了，便问：'心见铁即死，如何针得？'婆子道：'不用针心，只针肋条就是了。'儿子道：'肋条离心甚远，怎么就能好呢？'婆子道：'不妨事。你不知天下父母心偏的多呢。'"众人听

1. 实写旧日往事。（庚）凡书中写到宝玉怕其父亲、避其父亲或在父亲面前局促不安等细节，本属最平常不过的事，批书人总说是作者在写往昔实事，此等处不可真信。

2. "道是"之后，本是宝玉所作之诗，因尚缺未补，故"道是"二字，也多被诸本或点去或删却。既云"得佳谶"，在宝玉必是可隐寓婚姻之类语句，其父不表赞许，完全可以理解。

3. 贾兰之作必是能显露其飞腾之兆者，故贾政见而大喜。

---

① 踧踖（cù jí 促吉）——恭敬而不安的样子。
② 只不许用那些"冰""玉""晶""银""彩""光""明""素"等堆砌字眼……——作诗规定不许用一些形容所咏之物的常用字的诗体，叫"禁体物语诗"，也称"禁体诗"，因欧阳修任颍州刺史时曾约宾客作过，后又称"欧阳体"。这种诗体可使作诗者"于艰难中特出奇丽"，比如他的《雪》诗序曰："'玉''月''梨''梅''练''絮''白''舞''鹤''银'等字，皆请勿用。"因这些字是写雪的常用字。苏轼喻此体为"白战不许持寸铁"（《聚星堂雪》），也曾效而成数首佳作。这里不许用的都是些写中秋月的常用字。有所限，写诗较难，写成会更奇特巧妙。作者构思费心力，是这些诗所以暂缺的原因。

说，都笑起来。贾母也只得吃半杯酒，半日，笑道："我也得这个婆子针一针就好了。"¹贾赦听说，便知自己出言冒撞，贾母疑心，忙起身笑与贾母把盏，以别言解释。贾母亦不好再提，且行起令来。

　　不料这次花却在贾环手里。²贾环近日读书稍进，其脾胃中不好务正，也与宝玉一样，故每常也好写些诗词，专好奇诡仙鬼一格。今见宝玉作诗受奖，他便技痒，只当着贾政不敢造次。如今可巧花在手中，便也索纸笔来，立挥一绝与贾政。³贾政看了，亦觉罕异，只是词句终带着不乐读书之意，遂不悦道："可见是弟兄了。发言吐气，总属邪派，将来都是不由规矩准绳，一起下流货。妙在古人中有'二难'^①，你两个也可以称'二难'了。只是你两个的'难'字，却是作'难以教训'之'难'字讲才好。哥哥是公然以温飞卿自居，如今兄弟又自为曹唐^②再世了。"说得贾赦等都笑了。贾赦乃要诗瞧了一遍，连声赞好，道："这诗据我看甚是有骨气。想来咱们这样人家，原不比那起寒酸，定要'雪窗萤火'^③，一日蟾宫折桂，方得扬眉吐气。咱们的子弟都原该读些书，不过比别人略明白些，可以做得官时，就跑不了一个官的。何必多费了工夫，反弄出书呆子来。所以我爱他这诗，竟不失咱们侯门的气概。"⁴因回头吩咐人去取了自己的许多玩物来赏赐与他。因又拍着贾环的头，笑道："以后就这么做去，方是咱们的口气，将来这世袭的前程，定跑不了你袭呢。"贾政听说，忙劝说："不过他胡诌如此，哪里就论到后事了。"说着，便斟上酒，又行了一回令。⁵

　　贾母便说："你们去罢。自然外头还有相公们候着，也不可轻忽了他们。况且二更多了，你们散了，再让我和姑娘们多乐一回，好歇着了。"贾赦等听了，方止了令，又大家公进了一杯酒，方带着子侄们出去了。要知端详，再听下回。

1. 此笑话"言者无心，听者有意"乎？若必谓贾赦故意借机讥刺其母，恐不至于。然写出贾母心中自知对待二子彼此有厚薄自妙。

2. 此次击鼓传花之戏，花多到平时少说酒令者手中，是让赦、政及环儿等亦有展示自己的机会。

3. 此时之贾环已较当初作灯谜时有进矣。偏写贾政戏谑，已是异文，而贾环作诗，实奇中又奇之奇文也，总在人意料之外。竟有人曰：贾环如何又有好诗，似前言不搭后语矣。盖不可向说。问：贾环亦荣公之正脉，虽少年顽劣，乃今古小儿常情耳，读书岂无长进之理哉？况贾政之教是子弟，自己大觉疏忽矣。若是贾环连一平仄也不知，岂荣府是寻常膏粱不知诗书之家哉？然后知宝玉之一种情思，正非有益之聪明，不得谓比诸人皆妙者也。（庚）

4. 贾环之作亦缺，难知其详。然从说他"专好奇诡仙鬼一格""自为曹唐再世"，贾赦又赞其"有骨气""不失咱们侯门气概"等语来看，则其诗或有怪诞之语、骄横之气。

5. 便又轻轻抹去也。（庚）从此评可推知三诗实为三人将来作谶。

---

① 二难——东汉陈寔有二子，长元方，次季方。元方之子与季方之子各论其父功德，争之不决，问陈寔，陈寔说："元方难为兄，季方难为弟。"意谓兄弟二人才智难分高下。见《世说新语·德行》。故后有"难兄难弟"的成语。

② 曹唐——晚唐诗人，作品多为游仙诗。罗隐曾讥其"洞里有天春寂寂，人间无路月茫茫"一联非游仙，"乃是鬼耳"。小说言贾环"专好奇诡仙鬼一格"，故说他"自为曹唐再世"。

③ 雪窗萤火——说勤学苦读。晋孙康家贫，无油点灯，曾借窗前雪光读书。晋车胤亦贫，曾夏夜捉萤火虫盛于纱袋中照读。

【总评】

贾府的衰象已到了越来越明显的地步。

信息先是从闲谈中传出的。如甄家的获罪抄家事，一再提到。探春发牢骚说："咱们倒是一家子亲骨肉呢，一个个不像乌眼鸡？恨不得你吃了我，我吃了你！"贾母吃饭，要各房免除另外孝敬菜的旧规矩，说是如今比不得先前兴盛时光了。临时增加人吃饭，饭就不够，鸳鸯说："如今都是'可着头做帽子'了，要一点儿富余也不能的。"如此等等。

尤氏一行有意去窥探贾珍等人晚上都在干什么，于是我们看到了宁府中人所过的日子。

贾珍因居丧，不能看戏听乐，无聊之极，想出以习射为由，请亲友们来比射箭，赌输赢，轮流做东，天天吃喝。"这些来的皆系世袭公子"，后来连宝玉等荣府子弟也来参加。这是佚稿中"卫若兰射圃"情节的露头。卫若兰正是"世袭公子"，他与宝玉的关系，从泛的说，"通部情案，皆必从石兄挂号"（第四十六回脂评）；具体说，湘云拾到宝玉遗落的金麒麟又送还宝玉，后来却到了卫若兰身上，故脂评说"后数十回若兰在射圃所佩之麒麟，正此麒麟也"（第三十一回评）。因此要写宝玉也学射，而且让贾母见贾珍时还问："这两日你宝兄弟的箭如何了？"按作者行文习惯来看，若兰射圃事应该紧接第七十九回（含现八十回；是后人将其分为两回的）之后就写到的。不幸得很，"惜'卫若兰射圃'文字迷失无稿"（第二十六回脂评）：而且是在雪芹原稿"誊清时与'狱神庙慰宝玉'等五六稿，被借阅者迷失"的。这就是为何《红楼梦》一书，雪芹的文字仅止于第七十九回的缘故，因为下面抄不出来了。

渐渐地由射变赌，"赌胜于射"，进而夜赌，外人莫知。其间，出一个邢夫人的胞弟、人称"傻大舅"的邢德全，是个"只知吃酒赌钱、眠花宿柳为乐，手中滥漫使钱"的家伙，他与邢夫人不睦。出此一人，或与后来贾府变故有干系，只是难知其详。夜赌时，还玩起"娈童"来了，丧风败俗，丑态尽出。按礼制，有孝的人家，八月十五是"过不得节"的。贾珍等便提前在十四夜"应景"。杀猪烹羊，与妻妾们一同赏月饮酒，吹箫唱曲，尽情玩乐。"忽听那边（紧靠祠堂）墙下有人长叹之声"，即回目所说的"异兆发悲音"。这段描写，虽不免神秘恐怖，但也是为表现贾府败亡命运已不远，列祖列宗向不肖子孙示警的艺术上的需要，与存心宣扬鬼神迷信观念毕竟有别。

中秋夜，大家陪贾母到凸碧山庄赏月。贾母说"究竟咱们的人也甚少"，脂评："未饮先感人丁，总是将散之兆。"这"将散"二字大可注意。席上击鼓传花，虽是罚讲笑话，却总少欢乐气氛。贾政的怕老婆笑话，趣味庸俗，用他自己的话说，"未免恶心要吐"。贾赦的偏心父母笑话，又让贾母疑其借故事讥讽自己。宝玉、贾兰、贾环的罚作诗，穿插其中，叙来不板。

中秋诗，本是下半回重点，今缺。除了书中注释所言，写"禁体物语诗"较难，构思本就费力外，还要写成有"佳谶"性质的诗，当然更不能一挥而就。既称"佳谶"，可推想的宝玉诗大概寓金玉姻缘隐意；贾兰诗当寓其后来有腾达官运；唯贾环诗难猜，贾赦赞其"甚是有骨气"，"不失咱们侯门的气概"，也不知何所见而言。由贾赦来赞，未必是正面的，有时作者故意说反话，也是可能的。

第七十六回
凸碧堂品笛感凄清　凹晶馆联诗悲寂寞

【题解】
　　本回回目诸本基本一致。唯庚辰等几种本子"凄清"作"凄情"（有的点改过来），与下句"寂寞"对仗不称。卞藏本作"凄凉"，也不佳。今据戚序本回目。凸碧堂，指凸碧山庄，贾母等众人赏月处。贾母本以为月下闻笛，十分雅致。谁知起初尚觉悠扬可听，渐渐地便感到笛声凄清，反引起内心的感伤来了。凹晶馆，又叫凹晶溪馆，在山坡底下近水处。林黛玉与史湘云二人相约到那里赏月联句，不但景象寂寞，诗境也越联越凄楚颓丧了。

　　话说贾赦、贾政带领贾珍等散去不提。且说贾母这里命将围屏撤去，两席并而为一。众媳妇另行擦桌整果，更杯洗箸，陈设一番。贾母等都添了衣，盥漱吃茶，方又入坐，团团围绕。贾母看时，宝钗姊妹二人不在坐内，知她们家去圆月去了，[1]且李纨、凤姐二人又病着，少了四个人，便觉冷清了好些。[2]贾母因笑道："往年你老爷们不在家，咱们索性请过姨太太来，大家赏月，却十分闹热。忽一时想起你老爷来，又不免想到母子、夫妻、儿女不能一处，也都没兴。及至今年你老爷来了，正该大家团圆取乐，又不便请她们娘儿们来说说笑笑。况且他们今年又添了两口人，也难丢了他们，跑到这里来。偏又把凤丫头病了，有她一人来说说笑笑，还抵得十个人的空儿。可见天下事总难十全。"说毕，不觉长叹一声，[3]遂命拿大杯来斟热酒。王夫人笑道："今日得母子团圆，自比往年有趣。往年娘儿们虽多，终不似今年自己骨肉齐全的好。"贾母笑道："正是为此，所以我才高兴拿大杯来吃酒。你们也换大杯才是。"邢夫人等只得换上大杯来。因夜深体乏，且不能胜酒，未免都有些倦意，无奈贾母兴犹未阑，只得陪饮。[4]

　　贾母又命将罽毡铺于阶上，命将月饼、西瓜、果品等类都叫搬下去，令丫头、媳妇们也都团团围坐赏月。贾母因见月至中天，比先越发精彩可爱，因说："如此好月，不可不闻笛。"[5]因命人将十番上女孩子传来。贾母道："音乐多了，反失雅致，

1. 不为回家团圆，是因发生抄检事避嫌去了。

2. 已奏响了主旋律。不想这次中秋，反写得十分凄楚。（庚）

3. 离了凤姐，贾母便少乐趣，由此生慨。所谓"人有悲欢离合，月有阴晴圆缺，此事古难全"也。

4. 非兴致特高，乃不甘冷落，欲找回往昔，强打精神寻乐趣而已。

5. 确是熟知赏月雅兴之经验谈，然没想到乐境是会随心境而变的。

只用吹笛的远远地吹起来就够了。"说毕，刚去吹时，只见跟
邢夫人的媳妇走来，向邢夫人前说了两句话。贾母便问："什
么事？"那媳妇便回说："方才大老爷出去，被石头绊了一下，
歪了腿。"¹贾母听说，忙命两个婆子快看去，又命邢夫人快去。
邢夫人遂告辞起身。贾母便又说："珍哥媳妇也趁着便就家去
罢，我也就睡了。"尤氏笑道："我今日不回去了，定要和老祖
宗吃一夜。"贾母笑道："使不得，使不得。你们小夫妻家，今
夜不要团圆团圆，如何为我耽搁了！"尤氏红了脸，笑道："老
祖宗说得我们太不堪了。我们虽然年轻，已经是十来年的夫妻，
也奔四十岁的人了。况且孝服未满，²陪着老太太玩一夜还罢
了，岂有自去团圆的理？"贾母听说，笑道："这话很是，我
倒也忘了孝未满。可怜你公公已是二年多了，³可是我倒忘了，
该罚我一大杯。既这样，你就索性别送，陪着我罢了。你叫
蓉儿媳妇送去，就顺便回去罢。"尤氏说了。蓉妻答应着，送
出邢夫人，一同至大门，各自上车回去。不在话下。

　　这里贾母仍带众人赏了一回桂花，又入席换暖酒来。正
说着闲话，猛不防只听那壁厢桂花树下，呜呜咽咽，悠悠扬
扬，吹出笛声来。趁着这明月清风，天空地净，真令人烦心
顿解，万虑齐除，都肃然危坐，默默相赏。⁴听约两盏茶时，
方才止住，大家称赞不已。于是遂又斟上暖酒来。贾母笑道：
"果然可听么？"众人笑道："实在可听。我们也想不到这样，
须得老太太带领着，我们也得开些心胸。"贾母道："这还不大
好，须得拣那曲谱越慢的吹来越好。"⁵说着，便将自己吃的一
个内造瓜仁油松穰月饼，又命斟一大杯热酒，送给谱笛之人，
慢慢地吃了，再细细地吹一套来。媳妇们答应了，方送去，
只见方才瞧贾赦的两个婆子回来说："瞧了。右脚面上白肿了
些，如今调服了药，疼得好些了，也不甚大关系。"贾母点头
叹道："我也太操心。打紧说我偏心，我反这样。"⁶因就将方才
贾赦的笑话，说与王夫人、尤氏等听。王夫人等因笑劝道："这
原是酒后大家说笑，不留心也是有的，岂有敢说老太太之理。
老太太自当解释才是。"

　　只见鸳鸯拿了软巾兜与大斗篷来，说："夜深了，恐露水
下来，风吹了头，须要添了这个。坐坐也该歇了。"贾母道："偏
今儿高兴，你又来催。难道我醉了不成，偏到天亮！"⁷因命
再斟酒来。一面戴上兜巾①，披了斗篷，大家陪着又饮，说些

1. 老年人跌跤受伤，大是
不祥。

2. 借团圆之说，一提尤氏
年纪及孝服未满，自然
引出贾母的话来。

3. 不是算贾敬，却是算赦
死期也。（庚）此评提
示贾赦死期不远。与首
回批"致使锁枷扛"指
雨村、贾赦一条同看，
可知其获罪被枷锁后，
当死于狱中或流放途
中。当年威胁鸳鸯"难
出我手心"，谁知自己
先撒手了。世事难料，
往往如此。

4. 必当写这番情景，方显
得月下闻笛确能生除烦
净心之效。

5. 大是内行话。

6. 毕竟是儿子，好歹也操
点心。不料对适才"偏
心"之谮，仍存耿耿。

7. 内心挣扎的赌气话，不
甘心也不信真的找不回
乐趣。

────────────────
　①　兜巾——老妇、病妇、产妇为防风吹而遮住额头四围的帽圈。

笑话。只听桂花阴里，呜呜咽咽，袅袅悠悠，又发出一缕笛音来，果真比先越发凄凉。大家都寂然而坐。夜静月明，且笛声悲怨，贾母年老带酒之人，听此声音，不免有触于心，禁不住堕下泪来。[1] 此时，众人此时都不禁有凄凉寂寞之意。半日，方知贾母伤感，才忙转身陪笑，发语解释。[2] 又命换暖酒，且住了笛。

尤氏笑道："我也就学一个笑话，说与老太太解解闷。"贾母勉强笑道："这样更好，快说来我听。"尤氏乃说道："一家子养了四个儿子：大儿子只一个眼睛，二儿子只一个耳朵，三儿子只一个鼻子眼，四儿子倒都齐全，偏又是个哑巴。"正说到这里，只见贾母已蒙眬双眼，似有睡去之态。[3] 尤氏方住了，忙和王夫人轻轻地请醒。贾母睁眼笑道："我不困，白闭闭眼养神。你们只管说，我听着呢。"[4] 王夫人等笑道："夜已四更了，风露也大，请老太太安歇罢。明日再赏十六，也不辜负这月色。"贾母道："哪里就四更了？"王夫人笑道："实已四更，她们姊妹们熬不过，都去睡了。"贾母听说，细看了一看，果然都散了，只有探春一人在此。贾母笑道："也罢。你们也熬不惯夜，况且弱的弱，病的病，去了倒省心。只是三丫头可怜，尚还等着。你也去罢，我们散了。"说着，便起身，吃了一口清茶，便有预备下的竹椅小轿，便围着斗篷坐上，两个婆子搭起，众人围随，出园去了。不在话下。

这里众媳妇收拾杯盘碗盏时，却少了个细茶杯，各处寻觅不见，[5] 又问众人："必是谁失手打了。撂在哪里，告诉我，拿了磁瓦去交收，是证见，不然，又说偷起来了。"众人都说："没有打了，只怕跟姑娘的人打了，也未可知。你细想想，或问问她们去。"一语提醒了这管家伙的媳妇，因笑道："是了，那一会记得是翠缕拿着的。我去问她。"说着，便去找时，刚下了甬路，就遇见紫鹃和翠缕来了。[6] 翠缕便问道："老太太散了？可知我们姑娘哪去了？"这媳妇道："我来问那一个茶钟往哪里去了，你们倒问我要姑娘。"翠缕笑道："我因倒茶给姑娘吃的，展眼回头，就连姑娘也没了。"[7] 那媳妇道："太太才说，都睡觉去了。你不知哪里玩去了，还不知道呢。"翠缕向紫鹃道："断乎没有悄悄地睡去之理，只怕在哪里走了一走。如今见老太太散了，赶过前边送去，也未可知。我们且往前边找找去。有了姑娘，自然你的茶钟也有了。你明日一早再找，有什么忙的！"媳妇笑道："有了下落，就不必忙了，明儿就和你要罢。"说毕，回去查收家伙。这里紫鹃和翠缕便往贾母处来。不在话下。

1. 心境变了，笛声怎能不生凄凉之感。乐极尚能生悲，何况只是强乐。

2. "忧从中来"，如何能解释得了？"转身"妙！画出对月听笛，如痴如呆，不觉尊长在上之形景来。（庚）

3. 意兴阑珊之态。总写出凄凉无兴景况来。（庚）

4. 强挣之言，逼真！活画。（庚）

5. 忽写收拾碗盏，检点少了茶杯，如此度到黛、湘踪迹，也别出心裁。

6. 有消息了，正是黛、湘的丫头。妙，又出一个。（庚）

7. 茶杯已有下落，只待找人了。

原来黛玉和湘云二人并未去睡觉。只因黛玉见贾府中许多人赏月，贾母犹叹人少，不似当年热闹，又提宝钗姊妹家去，母女弟兄自去赏月等语，不觉对景感怀，自去俯栏垂泪。宝玉近因晴雯病势甚重，诸务无心，[1] 王夫人再四遣他去睡，他也便去了。探春又因近日家事着恼，无暇游玩；虽有迎春、惜春二人，偏又素日不大甚合。所以只剩了湘云一人宽慰她，因说："你是个明白人，何必作此形像自苦。我也和你一样，我就不似你这样心窄。何况你又多病，还不自己保养。可恨宝姐姐姊妹，天天说亲道热，早已说今年中秋，要大家一处赏月，必要起社，大家联句，到今日，便弃了咱们，自己赏月去了。社也散了，诗也不做了。[2] 倒是他们父子叔侄纵横起来。你可知宋太祖说得好：'卧榻之侧，岂容他人酣睡①。'他们不做，咱们两个竟联起句来，明日羞她们一羞。"

黛玉见她这般劝慰，不负她的豪兴，因笑道："你看这里这等人声嘈杂，有何诗兴？"[3] 湘云笑道："这山上赏月虽好，终不及近水赏月更妙。你知道这山坡底下就是池沿，山坳里近水一个所在，就是凹晶馆。可知当日盖这园子时，就有学问。这山之高处，就叫作凸碧；山之低洼近水处，就叫作凹晶。[4] 这'凸''凹'二字，历来用的人最少。如今直用作轩馆之名，更觉新鲜，不落窠臼。可知这两处一上一下，一明一暗，一高一矮，一山一水，竟是特因玩月而设此两处。有爱那山高月小的，便往这里来；有爱那皓月清波的，便往那里去。[5] 只是这两个字俗念作'洼''拱'二音，便说俗了，不大见用。只陆放翁用了一个'凹'字，说：'古砚微凹聚墨多'，还有人批他俗，岂不可笑！"林黛玉道："也不只放翁才用，古人中用者太多。如江淹《青苔赋》②，东方朔《神异经》③，以至《画记》上云'张僧繇画一乘寺'的故事④，不可胜举。只是今人不知，误作俗字用了。[6] 实和你说罢，这两个字还是我拟的呢。因那年试宝玉，因他拟了几处，也有存的，也有删改的，也有尚未拟的。这是后来我们大家把这没有名色的，也都拟出来了，注了出处，写了这房屋的坐落，一

1. 必须交代到，不然没有不与黛玉在一起之理。如此一说，又见宝玉甚在乎晴雯病情。带一笔，妙，更觉谨密不漏。（庚）

2. 说此埋怨的话，正为提起作诗联句事。也可见凡事并不能都如预期，都能如愿。

3. 如此一说，便引出湘云要她同去凹晶馆联句的雅兴来。

4. 湘云本就话多，因此两处特色及命名，正好让她大大发挥一通。

5. 说得何等精彩动听！

6. 好极，未赛诗句优劣，先比见识高低。黛玉又在湘云之上。

① 卧榻之侧，岂容他人酣睡——此喻赏月作诗找寻乐趣本是姊妹们的事，不能让男子们反而"纵横起来"。此话原是赵匡胤说明自己为何要发兵围金陵，消灭南唐王朝时所作的比喻。见宋杨亿《谈苑》。
② 江淹《青苔赋》——其中有曰："悲凹险兮，唯流水而驰骛。"
③ 东方朔《神异经》——实为托名东方朔撰的志怪小说集，其中有句曰："其湖无凹凸，平满无高下。"
④ 《画记》上云"张僧繇画一乘寺"的故事——《画记》或指唐代张彦远《历代名画记》。张僧繇，南朝梁画家，多画佛寺壁画。据唐代许嵩《建康实录》称："一乘寺……寺门遍画凹凸花，代称张僧繇手迹。其花……远望眼晕如凹凸，就视即平，世咸异之，乃名凹凸寺。"

并带进去，与大姐姐瞧了。她又带出来，命给舅舅瞧过。谁知舅舅倒喜欢起来，又说：'早知这样，那日该就叫他姊妹一并拟了，岂不有趣！'所以凡我拟的，一字不改都用了。[1]如今就往凹晶馆去看看。"

说着，二人便同下了山坡。只一转弯就是池沿，沿上一带竹栏相接，直通着那边藕香榭的路径。[2]因这几间就在此山怀抱之中，乃凸碧山庄之退居，因洼而近水，故见其额曰"凹晶溪馆"。[3]因此处房宇不多，且又矮小，故只有两个老婆子上夜。今日，打听得凸碧山庄的人应差，与她们无干，这两个老婆子关了月饼、果品并犒赏的酒食来，二人吃得既醉且饱，早已熄灯睡了。[4]

黛玉、湘云见熄了灯，湘云笑道："倒是她们睡了好。咱们就在这卷棚底下赏这水、月，如何？"二人遂在两个湘妃竹墩上坐下。只见天上一轮皓月，池中一轮水月，上下争辉，如置身于晶宫鲛室之内。微风一过，粼粼然池面皱碧铺纹，真令人神清气爽。[5]湘云笑道："怎得这会子坐上船吃酒倒好。这要是我家里这样，我就立刻坐船了。"黛玉笑道："正是古人常说得好，'事若求全何所乐'。据我说，这也罢了，偏要坐船起来。"湘云笑道："得陇望蜀，人之常情。可知那些老人家说得不错。说贫穷之家自为富贵之家事事趁心，告诉他说竟不能遂心，他们不肯信的；必得亲历其境，他方知觉了。就如咱们两个，虽父母不在，然却也忝①在富贵之乡，只你我就有许多不遂心的事。"黛玉笑道："不但你我不能趁心，就连老太太、太太以至宝玉、探丫头等人，无论事大事小，有理无理，其不能各遂其心者，同一理也，何况你我旅居客寄之人了！"[6]湘云听说，恐怕黛玉又伤感起来，忙道："休说这些闲话，咱们且联诗。"

正说间，只听笛韵悠扬起来。黛玉笑道："今日老太太、太太高兴了，这笛子吹得有趣，倒是助咱们的兴趣了。[7]咱两个都爱五言，就还是五言排律罢。"湘云道："限何韵？"黛玉笑道："咱们数这个栏杆的直棍，这头到那头为止。它是第几根，就用第几韵。

---

① 忝（tiǎn 舔）——辱；有愧于。谦辞。

1. 原来还有这一段故事！细细想来，确是不错，大观园如许景点馆楼，宝玉一人哪里题得过来？又不曾请外来名手大家代拟，黛、钗等姊妹也试拟自在情理之中，但想不到在此时方始补明。如此说来，湘云赞"盖这园子时，就有学问"，倒是无意中在夸黛玉了，有趣！

2. 点明，妙，不然此园竟有多大地亩了？（庚）大观园本虚拟幻设而成，不能以寻常道里计。

3. 馆之正名。

4. 妙极！此书有进一步写法，如王夫人云："她姊妹可怜，哪里像当日林姑妈那样。"又如贾母云："如今人少，哪里有当日人多"等数语；此谓进一步法也。有退一步法，如宝钗对邢岫烟云："此一时也，彼一时也，如今比不得先的话了，只好随时适分。"……今方收拾过贾母高乐，却又写出二婆子高乐，此进一步之实事也。……所谓法法皆全。全然不爽也。（庚）

5. 又一种月夜景象，与前几次写各不相犯。

6. 所言渐涉哲理，本也可由此而超然、泰然、释然，然总难成达者，心中仍不忘是旅居客寄之人。

7. 与前写山上贾母等人品笛合榫。妙，正吹笛之时，勿认作又一处之笛也。（庚）

若十六根，便是'一先'①起。这可新鲜？"湘云笑道："这倒别致。"
于是二人起身，便从头数至尽头止，得十三根。湘云道："偏又是'十
三元'了。这个少作排律，只怕牵强不能押韵呢②。少不得你先起一
句罢了。"黛玉笑道："倒要试试咱们谁强谁弱，只是没有纸笔记。"
湘云道："不妨，明儿再写。只怕这一点聪明还有。"黛玉道："我先
起一句现成的俗语罢。"因念道：

　　　　三五中秋夕，¹

湘云想了一想，道：

　　　　清游拟上元③。撒天箕斗④灿，

林黛玉笑道：

　　　　匝地⑤管弦繁。几处狂飞盏，

湘云笑道："这一句'几处狂飞盏'有些意思。²这倒要对得好呢。"
想了一想，笑道：

　　　　谁家不启轩⑥。轻寒风剪剪⑦，

黛玉道："对得比我的却好。只是底下这句又说熟话了，就该加劲说
了去才是。"湘云道："诗多韵险，也要铺陈些才是。纵有好的，且留
在后头。"³黛玉笑道："到后头没有好的，我看你羞不羞。"因联道：

　　　　良夜景暄暄⑧。争饼嘲黄发⑨，

湘云笑道："这句不好，杜撰，用俗事来难我了。"黛玉笑道："我说
你不曾见过书呢。'吃饼'是旧典，《唐书》《唐志》，你看了来再说。"

1. 排律自当如此大开门起头。

2. 品鉴有眼力，并非客气话。

3. 所言更是，对句确实工稳有致。二人边联边评，所谈多是作诗体会。

---

① 若十六根，便是"一先"——诗平声韵共三十部，分上平声和下平声。各十五部；下平声第一为"先"韵，称"一先"，自上平声第一部往下数，是第十六部。

② 这个少作排律，只怕牵强不能押韵呢——二句诸本略有差异，因而断句也有不同。庚辰本原抄同上；改笔在"这个"后旁添"韵很"二字。若断句作"这个韵很少。作排律只怕……"，则不符实际，"十三元"的字并不少，《佩文韵府》就收 161 字，真少的韵如"三江"收 49 字，"十五删"收 62 字，"十二侵"收 70 字，"十五咸"收 41 字。所以只能说"十三元"中比较容易押的字要做一首有几十韵甚至上百韵的排律，就嫌少了。所以应断句作"这个韵很少作排律，只怕……"。梦稿本作："这韵少做排律，只怕……"；蒙府、戚序、戚宁本也如此，只是"做"作"作"。甲辰本作"这个作排律的少"。列藏本作"这个韵作排律只怕……"。程甲本作"这个韵可用的少，作排律只怕……"。今从庚辰本原抄文字。

③ 拟上元——可与元宵节相比。

④ 箕斗——南箕北斗，星宿名。此泛指星星。

⑤ 匝地——遍地。

⑥ 启轩——打开窗户，为赏月。

⑦ 剪剪——风尖细的样子。

⑧ 暄暄——暖融融，指气氛。

⑨ 争饼嘲黄发——即"嘲黄发之争饼"。黄发，老年人。唐僖宗曾以红绫束饼赐曲江新进士。徐寅作诗说："莫欺老缺残牙齿，曾吃红绫饼馅来。"见宋代秦再思《洛中记异》。黛玉借争"吃饼"来说争名位，故用"嘲"字。

湘云笑道："这也难不倒我，我也有了。"因联道：

> 分瓜笑绿媛①。香新荣玉桂，

黛玉笑道："'分瓜'可是实实你的杜撰了。"湘云笑道："明日咱们对查了出来，大家看看，这会子别耽误工夫。"黛玉笑道："虽如此，下句也不好，不犯着又用'玉桂''金兰'等字样来塞责。"因联道：

> 色健茂金萱②。蜡烛辉琼宴，

湘云笑道："'金萱'二字便宜了你，省了多少力。这样现成的韵，被你得了，只是不犯着替他们颂圣去。[1]况且下句你也是塞责了。"黛玉笑道："你不说'玉桂'，我难道强对个'金萱'么？再也要铺陈些富丽，方才是即景之实事。"湘云只得又联道：

> 觥筹乱绮园③。分曹④尊一令，

黛玉笑道："下句好，只是难对些。"因想了一想，联道：

> 射覆听三宣。骰彩红成点，

湘云笑道："'三宣'有趣，竟化俗成雅了。[2]只是下句又说上骰子。"少不得联道：

> 传花鼓滥喧。晴光摇院宇，

黛玉笑道："对得却好。下句又溜了，只管拿些风月来塞责。"湘云道："究竟没说到月上，也要点缀点缀，方不落题。"[3]黛玉道："且姑存之，明日再斟酌。"因联道：

> 素彩接乾坤。赏罚无宾主，

湘云道："又说他们作什么，不如说咱们。"只得联道：

> 吟诗序仲昆。构思时倚槛，

1. 因"玉桂"而对以"金萱"，确实现成，但不知"颂圣"一语，还与作者祖上家事有关联否？康熙三十八年（1699）四月，皇帝南巡回驭，止跸于江宁织造府中，曾接见曹寅之母孙氏（为玄烨幼时保母），帝喜而劳之曰："此吾家老人也。"赏赐甚厚。值庭中萱花开，遂御书"萱瑞堂"三大字以赐。一时名人文士题咏无数。（冯景《解春集文钞》有记其事）

2. 说是"难对"，其实显然受李商隐《无题》诗"分曹射覆蜡灯红"句启发，兼用书中写过的"射覆"之戏及"三宣牙牌令"事，特写来令人不觉罢了。

3. 题写中秋夜，不宜离"月"太远之谓。

---

① 分瓜笑绿媛——即"笑绿媛之分瓜"。绿媛，年轻姑娘；"绿"即"绿鬓""绿云"，亦即女子的黑发。分瓜，切西瓜。《燕京岁时记》："八月十五日祭月，其祭，果饼必圆，分瓜必牙错。"又"分瓜"即"破瓜"，拆"瓜"字，像两个"八"，隐"二八"（十六）之年。唐人曾用之。段成式《戏高侍郎》诗："犹怜最小分瓜日，奈许迎春得藕（谐"偶"）时。"此亦"笑绿媛"，湘云借以作戏语。

② 色健茂金萱——萱草茂盛而色泽鲜明。萱，忘忧草，俗称"金针菜"，花呈金黄色，旧时常指代母亲。湘云说"只是不犯着替他们颂圣去"，意谓用不着代人祝母寿，因为她们自己都是丧父母的。

③ 觥（gōng 工）筹乱绮园——觥，古代酒器。筹，行酒令用的竹签。乱，形容觥筹交错。绮园，绮丽的园林。

④ 分曹——分职，行酒令作谜猜物，要分作的人和猜的人。

黛玉道:"这可以入上你我了。"因联道:

> 拟景或依门。酒尽情犹在，

湘云说道:"这时候了?^①"¹ 乃联道:

> 更残乐已谖^②。渐闻语笑寂，

黛玉说:"这时候，可知一步难似一步了。"² 因联道:

> 空剩雪霜痕^③。阶露团朝菌^④，

湘云笑道:"这一句怎么押韵，让我想想。"因起身负手，想了一想，笑道:"够了，幸而想出一个字来，几乎败了。"因联道:

> 庭烟敛夕椿^⑤。秋湍泻石髓^⑥，

黛玉听了，不禁也起身叫妙，说:"这促狭鬼! 果然留下好的。这会子才说。'椿'字，亏你想得出。"湘云道:"幸而昨日看《历朝文选》见了这个字，我不知是何树，因要查一查。宝姐姐说:"不用查，这就是如今俗叫作'明开夜合'的"。我信不及，到底查了一查，果然不错。看来宝姐姐知道的竟多。"³黛玉笑道:"'椿'字用在此时更恰，也还罢了。只是'秋湍'一句亏你好想。只这一句，别的都要抹倒。⁴我少不得打起精神来对一句，只是再不能似这一句了。"因想了一想，道:

> 风叶聚云根^⑦。宝婺情孤洁^⑧，

湘云道:"这对得也还好。只是下一句你也溜了，幸而是景中情，不单用'宝婺'来塞责。"因联道:

> 银蟾气吐吞^⑨。药经灵兔捣，

1. 不知不觉已写到"酒尽"宴散，故湘云有此一句。

2. 明的说以下诗越来越难做了，暗中却有日子难挨的双关寓意在。

3. 穿插得妙! 不但解释了"椿"字，且带出宝钗来，想宝钗之诗才，与黛、湘正可鼎足而三，虽未参与此次联句，却借查生僻字推崇其博学多识，自是极妥的写法。

4. 石上清泉湍急，正能倒映月光闪动，构句含蓄有致，故被称作佳句。

---

① 这时候了——意思是已经到这个时候了吗。是对黛玉联"酒尽情犹在"句而言的，是带疑惑的感叹语气。诸本同。庚辰本原抄作"这候了"，当漏"时"字。后改者不审句意，又将"这"点去，添改"是时"，成了"是时候了"，所指不清，不可从。黛玉接着说"这时候，可知一步难似一步了"，正重复湘云的话。

② 谖(xuān 宣)——忘记，引申为停止。

③ 雪霜痕——喻照在景物上的月光。

④ 阶露团朝菌——意谓露湿台阶时朝菌已团生。朝菌，一种早晨生的菌类植物，生命短促。

⑤ 庭烟敛夕椿(hūn 昏)——意谓夕烟笼罩庭院中，椿叶已敛合。椿，合欢树，又有合昏、夜合、马缨花等名，乔木，羽状复叶，小叶入夜则合。

⑥ 秋湍泻石髓——湍，急流。泻石髓，从石窟中泻出。石髓，石钟乳；有石灰岩处多洞窟。此意境能借水映月，故黛玉赞之。

⑦ 风叶聚云根——意谓风吹落叶，积聚于山石之上。古人以为云气从山石中出来，故称云根。

⑧ 宝婺(wù 雾)情孤洁——宝婺，婺女星。以女神相拟，所以说"情孤洁"，实即说其清朗明净。

⑨ 银蟾气吐吞——银蟾，月亮。因癞蛤蟆而用"气吐吞"，传说蟾吞月，则月亏缺；吐月，则月盈圆。此偏义于吐，言月亮光彩焕发。

幸而那丫头短命死了，不然进来了，你们又连伙聚党，遭害这园子。[1] 你连你干娘都欺倒了，岂止别人！”因喝命：“唤她干娘来领去，就赏她外头自寻个女婿去吧。把她的东西一概给她。”又吩咐：“上年凡有姑娘分的唱戏的女孩子们，一概不许留在园里，都令其各人干娘带出去，自行聘嫁。”[2] 一语传出，这些干娘皆感恩趁愿不尽，都约齐来与王夫人磕头领去。

王夫人又满屋里搜检宝玉之物。凡略有眼生之物，一并命收的收，卷的卷，着人拿到自己房内去了。因说：“这才干净，省得旁人口舌。”因又吩咐袭人、麝月等人：“你们小心！往后再有一点分外之事，我一概不饶。因叫人查看了，今年不宜迁挪，暂且挨过今年，明年一并给我仍旧搬出去心净。”[3] 说毕，茶也不吃，遂带领众人又往别处去阅人。暂且说不到后文。

如今且说宝玉只当王夫人不过来搜检搜检，无甚大事，谁知竟这样雷嗔电怒地来了。所责之事，皆系平日私语，一字不爽，料必不能挽回的。虽心下恨不能一死，但王夫人盛怒之际，自不敢多言一句，多动一步，一直跟送王夫人到沁芳亭。王夫人命：“回去好生念念那书！仔细明儿问你。才已发下狠了。”宝玉听如此说，方回来，一路打算：“谁这样嚼舌？况这里事也无人知道，如何就都说着了？”[4] 一面想，一面进来，只见袭人在那里垂泪；[5] 且去了第一等的人，岂不伤心，便倒在床上也哭起来。袭人知他心内别的还犹可，独有晴雯是第一件大事，乃推他劝道：“哭也不中用了。你起来，我告诉你，晴雯已经好了，她这一家去，倒心净养几天。你果然舍不得她，等太太气消了，你再求老太太，慢慢地叫进来，也不难。[6] 不过太太偶然信了人的诽言，一时气头上如此罢了。”宝玉哭道：“我究竟不知晴雯犯了何等滔天大罪！”袭人道：“太太只嫌她生得太好了，未免轻佻些。在太太是深知这样美人似的人必不安静，所以很嫌她，像我们这粗粗笨笨的倒好。”宝玉道：“这也罢了。咱们私自玩话怎么也知道了？又没外人走风，这可奇怪！”袭人道：“你有甚忌讳的，一时高兴了，你就不管有人无人了。我也曾使过眼色，也曾递过暗号，被那人已知道了，你反不觉。”[7] 宝玉道：“怎么人人的不是，太太都知道，单不挑出你和麝月、秋纹来？”[8]

1. 怪道一直想安排她进园进不来，以为只是生病未愈，却是夭折了。从王夫人话中侧笔叙出，省去不少闲文。续书仍写她在怡红院服侍，真太粗心了。

2. 祸及一大片。

3. 一段神奇鬼讶之文，不知从何想来。王夫人从来未理家务，岂不一木偶哉？且前文隐隐约约已有无限口舌浸润之谮，原非一日矣。若无此一番更变，不独终无散场之局，且亦大不近乎情理。况此亦皆余旧日目睹亲闻、作者身历之现成文字。非搜造而成者，故迥不与他小说之离合悲欢窠臼相对，想遭零落之大族儿子见此，虽事各有殊，然其情理似亦有默契于心者焉。（庚）

4. 这样的疑惑是一定会有的。

5. 物伤其类。怡红院遭浩劫，袭人能不流泪？

6. 实是能叫回晴雯来的唯一办法，如果她病体能挺得住的话。

7. 说着走漏风声的真实原因了。俗话说：“害人之心不可有，防人之心不可无。”宝玉从来喜怒哀乐随心，又是家里宠儿，哪有防人之心？哪会想到周围还埋伏着危机？

8. 这就要看谁最招人嫉恨、最易树敌了。这一问，已见心中动疑。

　　袭人听了这话，心内一动，低头半日，无可回答，因便笑道："正是呢。若论我们，也有玩笑不留心的孟浪①去处，怎么太太竟忘了？想是还有别的事，等完了，再发放我们，也未可知。"宝玉笑道："<u>你是头一个出了名的至善至贤之人，她两个又是你陶冶教育的，焉得还有孟浪该罚之处！</u>¹只是芳官尚小，过于伶俐些，未免倚强压倒了人，惹人厌。四儿是我误了她，还是那年我和你拌嘴的那日起，叫上来作些细活，未免夺占了地位，故有今日。²只是晴雯也是和你一样，从小儿在老太太屋里过来的，虽然她生得比人强些，也没甚妨碍去处；<u>就只是她的性情爽利，口角锋芒些，究竟也不曾得罪你们。想是她过于生得好了，反被这好所误。</u>"³说毕，复又哭起来。

　　袭人细揣此话，好似宝玉有疑她之意，竟不好再往前再劝，<u>因叹道："天知道罢了。</u>⁴此时也查不出人来了，白哭一会子也无益。倒是养着精神，等老太太喜欢时，回明白了，再要来是正理。"宝玉冷笑道："你不必虚宽我的心。<u>等到太太平服了，再瞧势头去要时，知她的病等得等不得？</u>⁵她自幼上来娇生惯养，何尝受过一日委屈。连我知道她的性格，还时常冲撞了她。她这一下去，就如同一盆才抽出嫩箭来的兰花送到猪窝里去一般。⁶况又是一身重病，里头一肚子的闷气。她又没有亲爷热娘，只有一个醉泥鳅姑舅哥哥。<u>她这一去，一时也不惯的，哪里还等得几日？知道还能见她一面两面不能了！</u>"⁷说着，又越发伤心起来。

　　袭人笑道："可是你'只许州官放火，不许百姓点灯②'。我们偶然说一句略妨碍些的话，就说是不利之谈，你如今好好的咒她是该的了？她便比别人娇些，也不至这样起来。"宝玉道："不是我妄口咒她，今年春天已有兆头的。"袭人忙问何兆。宝玉道："<u>这阶下好好的一棵海棠花，竟无故死了半边，我就知有异事，果然应在她身上。</u>"⁸袭人听了，又笑起来，因说道："我待不说，又撑不住，<u>你太也婆婆妈妈的了。</u>这样的话，当是你读

① 孟浪——鲁莽，冒失。
② 只许州官放火，不许百姓点灯——比喻做同样的事，不约束自己，却要指责别人。田登当州官，忌讳与"登"同音的字，触犯者要受笞挞，州里人只好把"灯"叫作"火"。元宵放灯，吏人出告示写道："本州依例放火三日。"所以百姓用那两句话讽刺他。见陆游《老学庵笔记》。

1. 话虽带几分讥讽，却回答了自己提出来的疑问。

2. 说这话更显见有疑袭人等人之意。

3. 说到晴雯，不免感情用事，明明是在说因她生得好而受院内排挤。在那种情势下，宝玉的过敏心态完全可以理解，却不可据此以为实。

4. 我深信袭人无辜，非偏袒其人，是从她一贯的为人品格知道的。

5. 说到关键处了。了解晴雯者，莫过于宝玉，从其体质、病情、性格到去处环境，无一不了然于胸，担忧是绝对有理由的。

6. 以自己都难免时有冲撞，推想别人哪能将她当回事。嫩兰入猪窝比喻恰极妙极，只有倾注了极大感情的人才想得出。

7. 此去必凶多吉少，事事都想到了，非出于真情体贴，哪能如此！

8. 因特重晴雯，故有此想头，非热衷宣扬神秘观念，后续写已枯之海棠复开，称为异兆，不免效颦。

书的男人说的。[1]草木怎又关系起人来？若不婆婆妈妈的，真也成了个呆子了。"宝玉叹道："你们哪里知道，不但草木，凡天下之物，皆是有情有理的，也和人一样，得了知己，便极有灵验的。若用大题目比，就有孔子庙前之桧、坟前之蓍①，诸葛祠前之柏②，岳武穆坟前之松③。这都是堂堂正大、随人之正气，千古不磨之物。世乱则萎，世治则荣，几千百年了，枯而复生者几次。这岂不是兆应？[2]小题目比，就是杨太真沉香亭之木芍药④、端正楼之相思树⑤，王昭君冢上之草⑥，岂不也有灵验？所以这海棠亦应其人欲亡，故先就死了半边。"

　　袭人听了这篇痴话，又可笑，又可叹，因笑道："真真的这话越发说上我的气来了。那晴雯是个什么东西，就费这样心思，比出这些正经人来。[3]还有一说，她纵好，也灭不过我的次序去。便是这海棠，也该先来比我，也还轮不到她。想是我要死的了。"[4]宝玉听说，忙掩她的嘴，劝道："这是何苦！[5]一个未清，你又这样起来。罢了，再别提这事，别弄得去了三个，又饶上一个。"袭人听说，心下暗喜道："若不如此，你也不能了局。"

　　宝玉乃道："从此休提起，全当她们三个死了，也不过如此。况且死了的也曾有过，[6]也没见我怎么样，此一理也。如今且说现在的，倒是把她的东西，作瞒上不瞒下，悄悄地打发人送出去，与了她。再或有咱们常时积攒下的钱，拿几吊出去给她养病，也是你姊妹好了一场。"袭人听了，笑道："你太把我们看得又小器又没人心了。这话还等你说！[7]我才已将她素日所有的衣裳，以至各什物，

1. 袭人之言不可谓缺乏见识，却引出世之治乱皆有兆应的种种传说故事来。

2. 以大见小，不成比例，旁人听来，近乎荒唐。

3. 说上气来，奚落宝玉，实亦作者自占地步。

4. 袭人也有气，要一争高低，实人情之常。在我看来，恰恰证明她是清白的，不知读者以为然否？

5. 宝玉之疑、之比，不过一时痛极，不能理智，任着性子信口说说的，岂能真不在乎袭人？

6. 金钏儿也。

7. 比宝玉想得更早，也更周全，这就是袭人。

---

① 孔子庙前之桧、坟前之蓍（shī 师）——山东曲阜孔庙原为孔子故宅，相传庙前两株桧树为孔子手植，历代几经枯死而后又复生。《阙里志》谓"圣人手泽，其盛衰关于天地气运"。蓍草古用于占卜，相传孔子坟前生的最为灵验，为四方所珍。

② 诸葛祠前之柏——四川成都诸葛武侯祠内有古柏苍郁，相传唐末亦枯瘁，至北宋时又复生，新枝耸云。见宋田况《儒林公议》。

③ 岳武穆坟前之松——南宋孝宗平反岳飞冤狱，赐谥"武穆"，其杭州西湖西北岸岳坟前之树木，相传其柯枝皆向南生长，是英灵精忠报效南宋的感应；又岳坟一带多植松树，通往灵隐之路即名九里松。

④ 杨太真沉香亭之木芍药——唐玄宗、杨贵妃（道号太真）曾在沉香亭赏牡丹（即木芍药），命李白作《清平乐》新词。又沉香亭前有牡丹一株，"朝则深碧，暮则深黄，夜则粉白"，昼夜颜色不同，玄宗说："此花木之妖也。"《青琐高议》又载有人进贡牡丹异种，独开一朵，玄宗未及赏，忽被鹿衔去，人谓应验了后来安禄山之事。因"鹿""禄"谐音也。

⑤ 端正楼之相思树——华清宫有端正楼，是杨贵妃梳洗之所。相思树，为石楠树，玄宗见树而思念杨妃，呼为端正树，故亦称相思树。唐代温庭筠《题端正树》（一作《题相思树》）诗："草木荣枯似人事，绿阴寂寞汉陵秋。"

⑥ 王昭君冢上之草——传说胡地多白草，只有王昭君墓上的草常青。参见第五十一回《青冢怀古》诗注。

总打点下了，都放在那里。如今白日里人多眼杂，又恐生事，且等到晚上，悄悄地叫宋妈给她拿出去。我还有攒下的几吊钱，也给她去罢。"宝玉听了，感谢不尽。袭人笑道："我原是久已出了名的贤人，连这一点子好名儿还不会买来不成？"[1]宝玉听她点方才的话，忙陪笑抚慰。一时晚间，果密遣宋妈送去。

1. 对适才宝玉的讥刺，心有委屈，尚未释然。

　　宝玉将一切人稳住，便独自得便，出了后角门，央一个老婆子带他到晴雯家去瞧瞧。先这婆子百般不肯，只说怕人知道，"回了太太，我还吃饭不吃饭！"无奈宝玉死活央告，又许她些钱，那婆子方带了他来。这晴雯当日系赖大家用银子买的，那时晴雯才得十岁，尚未留头。[2]因常跟赖嬷嬷进来，贾母见她生得伶俐标致，十分喜爱。故此赖嬷嬷就孝敬了贾母使唤，后来所以到了宝玉房里。这晴雯进来时，也不记得家乡父母，只知有个姑舅哥哥，专能庖宰，也沦落在外，故又求了赖家的收买进来吃工食。赖家的见晴雯虽到贾母跟前，千伶百俐，嘴尖性大，却倒还不忘旧，故又将她姑舅哥哥收买进来，把家里的一个女孩子配了他。[3]成了房后，谁知她姑舅哥哥一朝身安泰，就忘却当年流落时，任意吃死酒，家小也不顾。偏又娶了个多情美色之妻，见他不顾身命，不知风月，一味死吃酒，便不免有兼葭倚玉[①]之叹，红颜寂寞之悲。又见他器量宽宏，并无嫉妒妒枕之意，这媳妇遂恣情纵欲，满宅内，便延揽英雄，收纳材俊，上上下下，竟有一半是她考试过的。[4]若问他夫妻姓甚名谁，便是上回贾琏所接见的多浑虫、灯姑娘儿的便是了。目今晴雯只有这一门亲戚，所以出来就在他家。

2. 乘此补出晴雯以往简历。

3. 不忘旧是其善良本性，可惜这对姑舅哥嫂太不成器。

4. 嫂子的纵欲淫荡恰好成为纯洁无邪的晴雯的反衬。

　　此时，多浑虫外头去了，那灯姑娘吃了饭去串门子，只剩下晴雯一人在外间房内爬着。[5]宝玉命那婆子在院门外瞭哨，他独自掀起草帘进来，一眼就看见晴雯睡在芦席土炕上，幸而衾褥还是旧日铺的。心内不知自己怎么才好，因上来含泪伸手轻轻拉她，悄唤两声。当下晴雯又因着了风，又受了她哥嫂的歹话，病上加病，嗽了一日，才蒙眬睡了。忽闻有人唤她，强展星眸，一见是宝玉，又惊又喜，又悲又痛，忙一把死攥住他的手。哽咽了半日，方说出半句话来："我只

5. 正为让宝玉与晴雯有短暂单独见面倾诉的机会。

---

　　① 兼葭倚玉——即"兼葭倚玉树"，形容两个品貌相差悬殊的人共处。兼葭，芦苇，喻贱陋。玉树，喻美而贵。语出《世说新语·容止》。

当不得见你了。"[1] 接着，便嗽个不住。宝玉也只有哽咽之分。晴雯道："阿弥陀佛！你来得好，且把那茶倒半碗我喝。渴了这半日，叫半个人也叫不着。"[2] 宝玉听说，忙拭泪问："茶在哪里？"晴雯道："那炉台上就是。"宝玉看时，虽有个黑沙吊子，却不像个茶壶。只得桌上去拿了一个碗，也甚大甚粗，不像个茶碗，未到手内，先就闻得油膻之气。宝玉只得拿了来，先拿些水洗了两次，复又用水汕过，方提起沙壶斟了半碗。看时，绛红的，也太不成茶。[3] 晴雯扶枕道："快给我喝一口罢，这就是茶了。哪里比得咱们的茶。"宝玉听说，先自己尝了一尝，并无清香，且无茶味，只一味苦涩，略有茶意而已。尝毕，方递与晴雯。只见晴雯如得了甘露一般，一气都灌下去了。[4]

宝玉心下暗道："往常那样好茶，她尚有不如意之处，今日这样。看来，可知古人说的'饱饫烹宰，饥餍糟糠'①，又道是'饭饱弄粥'，可见都不错了。"一面想，一面流泪问道："你有什么说的，趁着没人，告诉我。"晴雯呜咽道："有什么可说的！不过挨一刻是一刻，挨一日是一日。我已知道横竖不过三五日的光景，我就好回去了。只是一件，我死也不甘心的：我虽生得比别人略好些，并没有私情密意勾引你怎样，如何一口死咬定了我是个狐狸精！我大不服。今日既已担了虚名，而且临死，不是我说句后悔的话，早知如此，我当日也另有个道理。[5] 不料痴心傻意，只说大家横竖是在一处。不想平空里生出这一节话来，有冤无处诉！"说毕，又哭。

宝玉拉着她的手，只觉瘦如枯柴，腕上犹戴着四个银镯，因泣道："且卸下这个来，等好了再戴上罢。"因与她卸下来，塞在枕下。又说："可惜这两个指甲，好容易长了二寸长，这一病好了，又损好些。"晴雯拭泪，就伸手取了剪刀，将左指上两根葱管一般的指甲齐根铰下，又伸手向被内，将贴身穿着的一件旧红绫袄脱下，并指甲都与宝玉，道："这个你收了，以后就如见我一般。快把你袄儿脱下来我穿。我将来在棺材里独自躺着，也就像还在怡红院一样了。"[6] 论理不该如此，只是担了虚名，我可也是无可如何了。"宝玉听说，忙宽衣

1. 是见到唯一的知心人，也可算是这世界上唯一的亲人了。事出意外，怎不悲喜交集？

2. 被丢弃不管、等待死亡的惨状不难想见。

3. 没有体验过的人写不出来。

4. 试问宝玉：这茶味比当年栊翠庵喝的相差几何？

5. 与司棋拉住宝玉哭求说情截然不同，不存幻想，也没有一句寻求救援的话，有的只是一腔至死也不甘心、不服气的愤恨。这才是晴雯！莫大冤情，昭示明白。

6. 读至此，谁能不热泪飞迸？迟到的情，迟到的爱，竟化作能战胜黑暗与死亡的耀眼的人性光辉。这样的文字，谁也写不出，只有在"哭成此书"的曹雪芹笔下才有。

----

① 饱饫（yù 育）烹宰，饥餍糟糠——饫，厌食。烹宰，鱼肉之类。餍，满足。

换上，藏了指甲。晴雯又哭道：“回去她们看见了要问，不必撒谎，就说是我的。既担了虚名，索性如此，也不过这样了。”[1]

一语未了，只见她嫂子笑嘻嘻掀帘进来，说道：“好呀！你两个的话，我已都听见了。”[2]又向宝玉道：“你一个作主子的，跑到下人房里作什么？看我年轻又俊，敢是来调戏我么？”宝玉听说，吓得忙陪笑央道：“好姐姐，快别大声！她服侍我一场，我私自来瞧瞧她。”灯姑娘便一手拉了宝玉进里间来，笑道：“你不叫嚷①也容易，只是依我一件事。”说着，便坐在炕沿上，却紧紧地将宝玉搂入怀中。[3]宝玉如何见过这个，心内早突突地跳起来了，急得满面红胀，又羞又怕，只说：“好姐姐，别闹！”灯姑娘乜斜醉眼，笑道：“呸！成日家听见你风月场中惯作工夫的，怎么今日就反讪起来？”宝玉红了脸，笑道：“姐姐放手，有话咱们好说，外头有老妈妈，听见什么意思！”灯姑娘笑道：“我早进来了，已叫那婆子去园门等着呢。我等什么似的，今儿等着了你。虽然闻名不如见面，空长了一个好模样儿，竟是没药性的炮仗，只好装幌子罢了，倒比我还发讪怕羞。可知人的嘴一概听不得的。就比如方才我们姑娘下来，我也料定你们素日偷鸡盗狗的。我进来一会子，在窗下细听，屋内只你二人，若有偷鸡盗狗的事，岂有不谈及于此，谁知你两个竟还是各不相扰。可知天下委屈事也不少。如今我反后悔错怪了你们。既然如此，你但放心。以后你只管来，我也不罗唣你。”[4]

宝玉听说，才放下心来，方起身整衣，央道：“好姐姐，你千万照看她两天！我如今去了。”说毕出来，又告诉晴雯。二人自是依依不舍，也少不得一别。晴雯知宝玉难行，遂用被蒙头，总不理他，[5]宝玉方出来。意欲到芳官、四儿处去，无奈天黑，出来了半日，恐里面人找他不见，又恐生事，遂且进园来了，明日再作计较。[6]因仍从后角门，看角门的小厮正抱铺盖，里边嬷嬷们正查人，若再迟一步，也就关了。

宝玉进入园中，且喜无人知道。到了自己房内，告诉袭人，只说在薛姨妈家去的，也就罢了。一时铺床，

---

① 你不叫嚷——是“你不叫我嚷”的意思。

1. 勇晴雯挑战传统礼教。

2. 密不容针，彼此刚表完心迹，立时截断。

3. 此等处，引得后之抄录整理者大为兴起，便信笔加油添醋，如程高本还有什么“紧紧将两条腿夹住”“就要动手”之类，大写灯姑娘如何强拉宝玉寻欢，十分不堪。

4. 从灯姑娘深受感动来写宝玉与晴雯的洁白关系，才是原作的构思，并不只为写灯姑娘如何淫荡也。

5. “多情却似总无情”，越不理，越见其情重！

6. 必如此写方合情合理；若真去了，又有何新奇文字可写哉？

袭人不得不问："今日怎么睡？"[1]宝玉道："不管怎么睡罢了。"原来这一二年间，袭人因王夫人看重了她了，越发自要尊重。凡背人之处，或夜晚之间，总不与宝玉狎昵，较先幼时反倒疏远了。况虽无大事办理，然一应针线，并宝玉及诸小丫头出入银钱、衣履、什物等事，也甚烦琐；且有吐血旧症，虽愈，然每因劳碌，风寒所感，即嗽中带血，故迩来夜间总不与宝玉同房。[2]宝玉夜间常醒，又极胆小，每醒必唤人。因晴雯睡卧警心，且举动轻便，故夜晚一应茶水、起坐呼唤之任，皆悉委她一人。所以宝玉外床只是她睡。[3]今她去了，袭人只得要问，因思此任比日间紧要之意。宝玉既答不管怎样，袭人只得还依旧年之例，遂仍将自己铺盖搬来，设于床外。

　　宝玉发了一晚上呆。及催他睡下，袭人等也都睡后，听着宝玉在枕上长吁短叹，覆去翻来，直至三更以后，方渐渐地安顿下。略有鼾声，袭人方放心，也就朦胧睡着。没半盏茶时，只听宝玉叫："晴雯。"[4]袭人忙睁开眼，连声答应，问："作什么？"宝玉因要吃茶。袭人忙下去，向盆内蘸过手，从暖壶内倒了半盏茶来吃过。宝玉乃笑道："我近来叫惯了她，却忘了是你。"袭人笑道："她一乍来时，你也曾睡梦中直叫我，半年后才改了。我知道这晴雯人虽去了，这两个字只怕是不能去的。"[5]说着，大家又卧下。宝玉又翻转了一个更次，至五更方睡去时，只见晴雯从外头走来，仍是往日形景，进来笑向宝玉道："你们好生过罢，我从此就别过了。"说毕，翻身便走。宝玉忙叫时，又将袭人叫醒。袭人还只当他惯了口乱叫，却见宝玉哭了，说道："晴雯死了！"[6]袭人笑道："这是哪里话！你就知道胡闹，被人听着，什么意思！"宝玉哪里肯听，恨不得一时亮了，就遣人去问信。

　　及至亮时，就有王夫人房里小丫头立等叫开前角门，传王夫人的话：[7]"'即时叫起宝玉，快洗脸，换了衣裳快来，因今儿有人请老爷寻秋赏桂花，老爷因喜欢他前儿作的诗好，故此要带他们去。'[8]这都是太太的话，一句别错了。你们快飞告诉去，立逼他快来，老爷在上屋里还等他们吃面茶呢。环哥儿已来了，快飞快飞！再着一个人去叫兰哥儿，也要这等说。"里面的婆子听一句，应一句，一面扣钮子，一面开门。一面早有两三个人，一行扣衣，一行分头去了。袭人听得叩院门，便知有事，

1. 这一问显然与少了晴雯有关，难道本来宝玉不是和袭人同房睡的？因此带出一段交代文字来。

2. 说明夜间不与宝玉同房的理由：一、自要尊重；二、休养身体。

3. 再说夜间委晴雯以伴睡之任的必要。既如此，宝玉与晴雯能长久以来安然无事，就更难得了。

4. 习惯成自然。蒙府、戚序本加回末总评，有数语说此事曰："前文叙袭人奔丧时，宝玉夜来吃茶先呼袭人，此又夜来吃茶先呼晴雯。字字龙跳天门，虎卧凤阙；语语婴儿恋母、稚鸟寻巢。"评语自好。

5. 一色两曜文字，叙来极近情理。却有研究者因"半年后才改"等语，为其计算时间，结论是不符实际，是破绽，因为时间上安排不下云云。纵然有理，我总以为小说不该如此读法。

6. 写得像因思虑惊悸过度而生幻梦一般，恰是真正的噩耗，他人不知，宝玉自能有所感应。欲求证实，须待下回。用如此幻笔写"夭风流"，亦出人意外。

7. 不让宝玉有可能遣人问信之间隙，故来小丫头立等传话。

8. 就这样，硬将探听晴雯信息隔断，总是整体安排的需要，不使故事情节叙述单线进行。

忙一面命人问时，自己已起来了。听得这话，忙促人来
舀了面汤，催宝玉起来盥漱，她自去取衣。因思跟贾政
出门，便不肯拿出十分出色的新鲜衣履来，只拣那二等
成色的来。宝玉此时亦无法，只得忙忙地前来。果然贾
政在那里吃茶，十分喜悦。宝玉忙行了省晨之礼。贾环、
贾兰二人也都见过宝玉。贾政命坐吃茶，向环、兰二人
道："宝玉读书不如你两个，论题联和诗这种聪明，你们
皆不及他。今日此去，未免强你们做诗，宝玉须听便助
他们两个。"[1] 王夫人等自来不曾听见这等考语，真是意
外之喜。

　　一时，候他父子二人等去了，方欲过贾母这边来时，
就有芳官等三个的干娘走来，回说："芳官自前日蒙太太
的恩典赏了出去，她就疯了似的，茶也不吃，饭也不用，
勾引上藕官①、蕊官，三个人寻死觅活，只要剪了头发
做尼姑去。[2] 我只当是小孩子家一时出去不惯，也是有
的，不过隔两日就好了。谁知越闹越凶，打骂着也不怕。
实在没法，所以来求太太，或是就依她们做尼姑去，或
教导她们一顿，赏给别人作女儿去罢，我们没这福。"
王夫人听了道："胡说！哪里由得她们起来，佛门也是轻
易入进去的？每人打一顿给她们，看还闹不闹了！"[3]

　　当下因八月十五日，各庙内上供去，皆有各庙内
的尼姑来送供尖之例，王夫人曾于十五日就留下水月庵
的智通与地藏庵的圆信②住两日，至今未回，听得此信，
巴不得又拐两个女孩子去作活使唤，[4] 因都向王夫人道：
"咱们府上到底是善人家。因太太好善，所以感应得这
些小姑娘们皆如此。虽说佛门轻易难入，也要知道佛法
平等，我佛立愿，原是一切众生，无论鸡犬，皆要度脱
它。无奈迷人不醒，若果有善根，能醒悟，即可以超脱
轮回。所以经上现有虎狼蛇虫得道者就不少。如今这两
三个姑娘，既然无父无母，家乡又远，她们既经了这富贵，
又想从小儿命苦，入了这风流行次，将来知道终身怎样，
所以苦海回头，立意出家修修来世，也是她们的高意。[5]
太太倒不要阻了善念。"

　　王夫人原是个好善的，先听彼等之语不肯听其自由

1. 环、兰二人读书大概还有长进，
说作诗不及宝玉，是公道话。

2. 芳官等人的归宿是必须有交代
的，故在此插入。寻死觅活地
不肯随干娘去，细细想来也合
情理，如芳官是吃尽干娘苦头
的。至于生出去做尼姑的念头，
正是心灵上受此大刺激、大挫
折的结果，合回目"斩情"二字。

3. 在为尼前，必先作此一波折。
王夫人之所以不准，是认为那
是不懂事的小女孩的意气用
事，是一时心血来潮，是胡闹，
弄得不好，还惹出别的事来。

4. 看来作者对庙庵里的尼姑，尤
其是当家尼姑没有什么好感，
所以将她们的用心说得如此
直白。

5. 有此番花言巧语，不容王夫人
不听。

---

① 藕官——此用戚、梦两本文字，系后改。庚辰诸本原系"药官"，蒙府本尚作"药官"。
② 圆信——诸本同。庚辰本抄作"两信"点去，旁改"圆心"，不从。

者，因思芳官等不过皆系小儿女，一时不遂之谈，恐将来熬不得清净，反致获罪。今听了这两个拐子的话，[1]大近情理，且近日家中多故，又有邢夫人遣人来知会，明日接迎春家去住两日，以备人家相看，且又有官媒婆来求说探春等事，[2]心绪甚烦，哪里着意在这些小事上。既听此言，便笑答道："你两个既这等说，你们就带了作徒弟去，如何？"[3]两个姑子听了，念一声佛道："善哉，善哉！若如此，可是你老人家阴德不小。"说毕，便稽首拜谢。王夫人道："既这样，你们问她们去。若果真心，即上来就当着我拜了师父去罢。"

这三个女人听了出去，果然将她三人带来。王夫人问之再三。她三人已是立定主意，遂与两个姑子叩了头，又拜辞了王夫人。王夫人见她们意皆决断，知不可强了，反倒伤心可怜，[4]忙命人取了些东西来赍赏了她们，又送了两个姑子些礼物。从此，芳官跟了水月庵的智通，蕊官、藕官二人跟了地藏庵的圆信，各自出家去了。[5]再听下回分解。

1. 直称"拐子"以代替"姑子"，同时贬斥信其言者。

2. 迎春出嫁不远，又提给探春说媒，不知成与不成。"三春"之去，必定都早。

3. 求之不得的话，名义上是"徒弟"，实际上是童工，是奴隶。

4. 把握人性都有分寸，绝不极端。虽则"伤心可怜"，为了保全儿子，却并无悔意。

5. 芳官之"归水月"，是否即是她最后结局，后文不再提到，实很难说。她的出家，当与士隐、湘莲等有别。

【总评】

此回是抄检大观园的后续故事，是写这场风波后对那些被王夫人和婆子们视作"祸害妖精"的丫鬟们、唱戏小女孩们的严厉处置。对这些不幸的女孩子来说，这无异于一场从天而降的灾难、躲不过的生关死劫。

叙述先从治凤姐的病，须用二两上等人参一事引入。旧时，有钱人家普遍都存人参，玉堂金马的荣国府如今居然找不出可用的来。贾母处虽有"一大包""手指头粗细的"，"然已成了朽糟烂木，也无性力的了"。这细节颇有象征性，令人联想到冷子兴说过的那句话："如今外面的架子虽未甚倒，内囊却也尽上来了"。

写晴雯被逐，先从宝玉正碰上司棋被逐写起。司棋拉住宝玉要他去向夫人求情，是病急乱投医。宝玉连她犯了何事都不知道，自然只能眼睁睁地看着几个媳妇硬将司棋拖走而恨恨地说："奇怪，奇怪！怎么这些人只一嫁了汉子，染了男人的气味，就这样混账起来，比男人更可杀了。"在这些"疯话"里，"女儿""女人""男人"的含义都是超越性别、年龄的，说的是是否染上了这吃人社会中的种种恶习。

宝玉赶到怡红院，见晴雯被人架走的情景，只用几句话说完，冷峻简约，恰似一株娇嫩的兰花被一脚踩烂了。接着便交代王夫人盛怒的原因，便是前面回目中所说的"惑奸谗"三字。进谗能得逞，又与王夫人最切心她唯一的宝贝儿子宝玉相关。她说："难道我通共一个宝玉，就白放心凭你们勾引坏了不成！"所以这次亲查，祸及一大片。

有一点顺便指出：王夫人反驳芳官的话说："前年我们往皇陵上去，是谁调唆宝玉要柳家的丫头五儿了？幸而那丫头短命死了，不然进来了，你们又连伙聚党……"这里明明白白补出五儿已死。可到后四十回续书中，居然让她死而复活，进入宝玉房中，甚至还专写了"候芳魂五儿承错爱”一回，这是很可笑的。

　　宝玉猜疑“谁这样犯舌”，向王夫人告了密，因为王夫人“所责之事，皆系平日私语，一字不爽”。被怀疑的对象是袭人：“怎么人人的不是，太太都知道，单不挑出你和麝月、秋纹来？”还讥诮她说：“你是头一个出了名的至善至贤之人，她两个又是你陶冶教育的，焉得还有孟浪该罚之处！”

　　此事在贬袭评说者中，就有人认为宝玉疑得对，肯定是袭人为排挤、打击受宠于宝玉的晴雯、芳官、四儿等人，在背后做了手脚，作者只是借宝玉之口点出而没有正面写出来而已。其实，这样看并不公平，也不符合事实。进谗告密者，小说中已明写出来了。除王善保家的外，犯舌说事的人尚多。宝玉为贾母之最宠者，怡红院丫头的身价也随之而高。招来周围小人、管事媳妇的嫉恨是很自然的，特别像晴雯那样个性倔强、锋芒外露的人，恨的人就更多了。宝玉喜怒任性，有恃无恐，平时说话，根本没有防人之心，袭人说他：“你有甚忌讳的，一时高兴了，你就不管有人无人了。我也曾使过眼色，也曾递过暗号，被那人已知道了，你反不觉。”这真是一语道破的话。如果真要找出泄密的源头，恐怕第一个就是宝玉自己。袭人替人揽过的事倒有，却从未有背后进谗的事。宝玉挨打那次，她明知贾环动了口舌，为宁人息事，不肯在王夫人私下问她时说出贾环告状事，可见其为人还是相当厚道的。

　　当然，袭人曾对王夫人建议过“怎么变个法儿，以后竟还教二爷搬出园子来住就好了”，以及说了一番“君子防未然”的道理。这与告密完全是两码事，但对王夫人的思想还是很有影响的。怒逐晴雯等人，也是她遇事多、思想上的担心逐渐积累的结果。从这方面看，又未始不能说袭人也是促成晴雯等人悲剧的因素之一。不过，那是作者也未必明确意识到的属于两类思想道德范畴的矛盾冲突了。

　　宝玉与晴雯的诀别，是写得最精彩感人的一段。宝玉来到时，恰值多浑虫和灯姑娘都出门去了，免去了节外生枝。晴雯想喝茶一节，细节之生动逼真，若没有体验过是想象不出来的。晴雯的哭诉冤情、铰指甲，与宝玉换贴身袄儿等描写，都可谓血泪文字，不知作者倾注了多少热泪！

　　晴雯刚说完最重要的话时，被“笑嘻嘻掀帘进来”的灯姑娘打断，是善于剪裁。灯姑娘拉宝玉进里间欲趁机寻欢，其反衬作用甚明，但也不必过分渲染，反冲淡悲剧气氛。因为这里着重在表现连灯姑娘这样的人也被深深地感动而收起邪念。后来，程高本在这些地方就多出后人添油加醋的文字，实在是不足取的。

　　当晚，宝玉睡梦中叫“晴雯”，要茶吃，袭人笑道：“她一乍来时，你也曾睡梦中直叫我，半年后才改了……”有人就找作者“破绽”，为此而排出时间表，以为从袭人陪伴宝玉睡，到后来换晴雯来陪，时间上安排不下，有矛盾。此类挑剔，实非读小说方法。

　　芳官去水月庵，蕊官、藕官去地藏庵，各自出家，是情势所逼，与甄士隐、柳湘莲出家即画上句号有别，是否尚有后文还难说。尤其是芳官，小说写她笔墨不少，又为宝玉所宠爱，焉知后来宝玉不会像探望晴雯那样去一看究竟；就算他自己不能，有感宝玉旧情者为他仗义探庵，也未必没有可能。

第七十八回

老学士闲征姽婳词　痴公子杜撰芙蓉诔

【题解】

　　本回回目诸本相同，唯字有用异体或讹写之别，如卞藏本"征"讹作"微"等。老学士，指贾政，他为表彰前代遗落的可嘉人事，而命宝玉、贾环、贾兰三人各作《姽婳词》一首，以颂扬林四娘事迹。姽婳（guǐ huà 鬼话）：语词初见于宋玉《神女赋》，形容女子美好贞静；故小说中说加"将军"二字形容林四娘"更觉妖媚风流"。痴公子，指贾宝玉，他听了小丫头所编的晴雯之死的故事，信以为真，认定逝者是被上天召唤去，当上了芙蓉花花神了。于是肆无忌惮地杜撰一篇长长的诔文来祭奠亡魂，以寄托自己的悲愤伤悼的情怀。诔（lěi 垒）：历叙死者生前行事，在丧礼中宣读的一种文体，相当于现在的悼词。晋代陆机《文赋》："诔缠绵而凄怆。"

　　话说两个尼姑领了芳官等去后，王夫人便往贾母处来省晨，见贾母喜欢，便趁便回道：[1]"宝玉屋里有个晴雯，那丫头也大了，而且一年之间病不离身。我常见她比别人分外淘气，也懒。前日又病倒了十几天，叫大夫瞧，说是女儿痨①。所以我就赶着叫她下去了。[2]若养好了，也不用叫她进来，就赏她家配人去也罢了。再那几个学戏的女孩子，我也作主放出去了。一则她们都会戏，口里没轻没重，只会混说，女孩儿们听了，如何使得？二则她们既唱了会子戏，白放了她们，也是应该的。[3]况丫头们也太多，若说不够使，再挑上几个来，也是一样。"

　　贾母听了，点头道："这倒是正理，我也正想着如此呢。但晴雯那丫头，我看她甚好，怎么就这样起来？我的意思，这些丫头的模样、爽利、言谈、针线，多不及她，将来只她还可以给宝玉使唤得。[4]谁知变了。"王夫人笑道："老太太挑中的人原不错。只怕她命里没造化，所以得了这个病。俗语又说，'女大十八变'。况且有本事的人，未免就有些调歪。老太太还有什么不曾经验过的。三年前，我也就留心这件事。先只取中了她，[5]我便留心，冷眼看

1. 趁贾母喜欢时回此事，正恐其不以为然，心里不自在也。

2. 是谎报军情。晴雯体质柔弱，外感风寒，又兼连日来大受气恼，不能安静服药调养是实，又何曾得痨病来？

3. 只说她们口里没轻重，怕女孩们听了不好，却绝口不提教坏宝玉，也不说"唱戏的女孩子自然是狐狸精了"，反而将一概逐出说成是白放出去，倒像是对她们恩惠有加似的。

4. 贾母自比王夫人会看人，原来的看法和用意也不错。这些话实是对后者委婉的批评。

5. 明明抄检前听了谗言才认出的，却偏这样说，是因为老太太曾看好她。

――――――――――――――

　　① 女儿痨――旧时称痨病者，即今之结核病，又常指肺结核，年轻女子易患，叫女儿痨。

去，她色色虽比人强，只是不大沉重。若说沉重，知大礼，莫若袭人第一。虽说贤妻美妾，然也要性情和顺，举止沉重的更好些。就是袭人模样虽比晴雯略次一等，然放在房里，也算得一二等的了。况且行事大方，心地老实，这几年来，从未逢迎着宝玉淘气。凡宝玉十分胡闹的事，她只有死劝的。因此品择了二年，一点不错了，我就悄悄地把她丫头的月分钱止住，我的月分银子里批出二两银子来给她。不过使她自己知道，越发小心效好之意。且不明说者，一则宝玉年纪尚小，[1] 老爷知道了，又恐说耽误了书；二则宝玉再自为已是跟前的人，不敢劝他说他，反倒纵性起来。所以直到今日，才回明老太太。”

　　贾母听了，笑道："原来这样，如此更好了。袭人本来从小儿不言不语，我只说她是没嘴的葫芦。既是你深知，岂有大错误的。[2] 而且你这不明说与宝玉的主意更好。且大家别提这事，只是心里知道罢了。[3] 我深知宝玉将来也是个不听妻妾劝的。[4] 我也解不过来，也从未见过这样的孩子。别的淘气都是应该的，只他这种和丫头们好，却是难懂。我为此也担心，每冷眼查看。他只和丫头们闹，必是人大心大，知道男女的事了，所以爱亲近她们。既细细查试，究竟不是为此，岂不奇怪！[5] 想必他原是个丫头，错投了胎不成？"说着，大家笑了。王夫人又回今日贾政如何夸奖，又如何带他们逛去，贾母听了，更加喜悦。

　　一时，只见迎春妆扮了前来告辞过去。凤姐也来省晨，伺候过早饭，又说笑了一回。贾母歇晌后，王夫人便唤了凤姐，问她丸药可曾配来。凤姐道："还不曾呢，如今还是吃汤药。太太只管放心，我已大好了。"[6] 王夫人见她精神复初，也就信了。[7] 因告诉撵逐晴雯等事，又说："怎么宝丫头私自回家睡了，你们都不知道？我前儿顺路都查了一查。谁知兰小子这一个新进来的奶子也十分的妖乔，我也不喜欢她。我也说与你嫂子了，好不好叫她各自去罢。况且兰小子也大了，用不着这些奶子了。我因问你大嫂子：'宝丫头出去，难道你也不知道不成？'她说是告诉了她的，不过两三日，等你姨妈好了就进来。你姨妈究竟没甚大病，不过还是咳嗽腰疼，年年是如此的。她这去必有原故，敢是有人得罪了她不成？那孩子心重，[8] 亲戚们住一场，别得罪了人，反不好了。"凤姐笑道："谁可好好的得罪着她？她们天天在园子里，左不过是她们姊妹那一群人。"王夫人道："别

1. 又说年纪尚小，好像老长不大。

2. 贾母自无异议。若因王夫人极赏而深贬袭人，则不可。

3. 可为贾母不挑明宝玉婚事作一解。

4. 说对了。后半部佚稿中原有"薛宝钗借词含讽谏"一回，恐只能对宝玉起反作用，他哪是听劝的？

5. 贾母虽不能了解宝玉，看得却比旁人深一层。

6. 总是勉强。（庚）

7. 王夫人不但喜欢笨笨的人，自己也不太聪明。只用此一句，便入后文。（庚）

8. 心重是对事情方方面面都想到，并非小心眼儿爱生气，只疑有人得罪她，却想不到是为避嫌，可见不聪明。

是宝玉有嘴无心，傻子似的从没个忌讳，高兴了，信嘴胡说也是有的。"凤姐笑道："这可是太太过于操心了。若说他出去干正经事，说正经话去，却像个傻子；若只叫他进来在这些姊妹跟前，以至于大小丫头们跟前，他最有尽让，又恐怕得罪了人，那是再不得有人恼他的。<u>我想薛妹妹此去，想必为着前日搜检众丫头的东西的原故。她自然为信不及园里的人才搜检，她又是亲戚，现也有丫头、老婆在内，我们又不好去搜检，恐我们疑她，所以多了这个心，自己回避了，也是应该避嫌疑的。</u>"[1]

王夫人听了这话不错，自己遂低头想了一想，便命人请了宝钗来，分析前日的事，以解她的疑心，又仍命她进来照旧居住。宝钗陪笑道："我原早要出去的，只是姨娘有许多大事，所以不便来说。可巧前日妈又不好了，家里两个靠得的女人也病着，所以我趁便出去了。姨娘今日既已知道了，我正好明讲出情理来，就从今日辞了，好搬东西的。"王夫人、凤姐都笑着："你太固执了。正经再搬进来为是，休为没要紧的事，反疏远了亲戚。"宝钗笑道："这话说得太不解了，并没为什么事我出去。我为的是妈近来神思比先大减，而且夜晚没有得靠的人，通共只我一个。<u>二则如今我哥哥眼看要娶嫂子，</u>[2]多少针线活计，并家里一切动用的器皿，尚有未齐备的，我也须得帮着妈去料理料理。姨娘和凤姐姐都知道我们家的事，不是我撒谎。<u>三则自我在园里，东南上小角门子就常开着，原是为我走的。保不住出入的人就图省路，也从那里走，又没人盘查，设若从那里出一件事来，岂不两碍脸面。</u>[3]而且我进园里来睡，原不是什么大事，因前几年年纪皆小，且家里没事，有在外头的不如进来，姊妹相共，或作针线，或相玩笑，皆比在外头闷坐着好。如今彼此都大了，也彼此皆有事。况姨娘这边历年皆遇不遂心的事故，那园子也太大，一时照顾不到，皆有关系，惟有少几个人，就可以少操些心。<u>所以今日不但我执意辞去之外，还要劝姨娘，如今该减些的就减些，也不为失了大家的体统。</u>[4]据我看，园里这一项费用，也竟可以免的，说不得当日的话。姨娘深知我家的，难道我们当日也是这样零落不成？"凤姐听了这篇话，便向王夫人笑道："这话依我说竟是，不必强她了。"王夫人点头道："我也无可回答，只好随你们便罢了。"

话说之间，<u>只见宝玉等已回来，因说他父亲还未散，"恐天黑了，所以先叫我们回来了。"</u>[5]王夫人忙问："今日可有丢

1. 凤姐就聪明多了，想的也是。

2. 带出薛蟠将娶妻事来。香菱可要遭罪了！

3. 这一层考虑是宝钗不在园里睡的重要原因之一。

4. 大观园已不比往昔，亟须减负，又从宝钗口中说出。

5. 欲将贾政命作诗和探听晴雯信息两件事穿插起来写。故去后有短暂回来机会，但接待宾客又"还未散"，且诗也未见，可见还得再去。

了丑？"宝玉笑道："不但不丢丑，还拐了许多东西来。"接着，就有老婆子们从二门上小厮手内接了东西来。王夫人一看时，只见扇子三把，扇坠三个，笔墨共六匣，香珠三串，玉绦环三个。宝玉说道："这是梅翰林送的，那是杨侍郎送的，这是李员外送的，每人一份。"说着，又向怀中取出一个旃檀香小护身佛来，说："这是庆国公单给我的。"王夫人又问在席何人、作何诗词等，语毕，只将宝玉一份令人拿着，同宝玉、兰、环，前来见过贾母。贾母看了，喜欢不尽，不免又问些话。无奈宝玉一心记着晴雯，答应完了话时，便说："骑马颠了，骨头疼。"¹ 贾母便说："快回房去，换了衣服，疏散疏散就好了，不许睡倒。"宝玉听了，便忙入园来。

　　当下麝月、秋纹已带了两个小丫头来等候，见宝玉辞了贾母出来，秋纹便将笔墨拿起来，一同随宝玉进园来。宝玉满口里说："好热！"一壁走，一壁便摘冠解带，将外面的大衣服都脱下来，麝月拿着，² 只穿着一件松花绫子夹袄，袄内露出血点般大红裤子来。秋纹见这条红裤是晴雯手内针线，因叹道："这条裤子以后收了罢，真是物件在人去了！"麝月忙道："这是晴雯的针线。"又叹道："真真物在人亡了！"秋纹将麝月拉了一把，笑道："这裤子配着松花色袄儿、石青靴子，越显出这靛青①的头、雪白的脸来。"宝玉在前，只装听不见，又走了两步，便止步道："我要走一走，这怎么好？"麝月道："大白日里还怕什么？还怕丢了你不成！"因命两个小丫头跟着，"我们送了这些东西去再来。"宝玉道："好姐姐，等一等我再去。"麝月道："我们去了就来。两个人手里都有东西，倒像摆执事的，一个捧着文房四宝，一个捧着冠袍带履，成个什么样子！"³ 宝玉听说，正中心怀，便让她两个去了。

　　他便带了两个小丫头到一石后，也不怎么样，只问她二人道："自我去了，你袭人姐姐打发人瞧晴雯姐姐去了不曾？"这一个答道："打发宋妈瞧去了。"宝玉道："回来说什么？"小丫头道："回来说，晴雯姐姐直着脖子叫了一夜，今日早起，就闭了眼，住了口，世事不知，也出不得一声儿，只有倒气的分儿了。"⁴ 宝玉忙道："一夜叫的是谁？"小丫头子说："一夜叫的是娘。"⁵ 宝玉拭泪道："还叫谁？"小丫头

1. 心已在彼，急欲脱身。

2. 看来心里已打好算盘了，想摆脱麝月、秋纹独自去问讯，总须让她俩有点事，不跟在身旁才好。看他用智之处。（庚）

3. 像摆执事的样子吗？这原是要让你们先回去而设计的。

4. 惨死的真实状况，只让小丫头口中转述而出已足够，不须再渲染，作者始终保持冷峻态度。

5. 六个最简单的字包含多少潜台词，让人有多少想象余地！从来不知自己亲娘是谁的晴雯却叫了一夜的娘，想是在叫：娘啊！你为什么要生下我来，让我在这世上遭受这样的痛苦？

①　靛青——本指青蓝染料或青蓝色，但古时习惯常以青指代黑，如"青丝""云青青兮欲雨"等等，此正指黑色的头发。

子道:"没有听见叫别人了。"宝玉道:"你糊涂!想必没有听真。"[1]

　　旁边那一个小丫头最伶俐,听宝玉如此说,便上来说:"真个她糊涂。"[2]又向宝玉道:"不但我听得真切,我还亲自偷着看去的。"宝玉听说,忙问:"你怎么又亲自看去?"小丫头道:"我因想晴雯姐姐素日与别人不同,待我们极好。如今她虽受了委屈出去,我们不能别的法子救她,只亲去瞧瞧,也不枉素日疼我们一场。就是人知道了,回了太太,打我们一顿,也是愿受的。所以我拼着挨一顿打,偷着下去,瞧了一瞧。谁知她平生为人聪明,至死不变。她因想着那起俗人不可说话,所以只闭眼养神,见我去了,便睁开眼,拉我的手问:'宝玉哪去了?'我告诉她实情。她叹了一口气说:'不能见了!'我就说:'姐姐何不等一等他回来见一面,岂不两完心愿?'她就笑道:'你们还不知道,我不是死,如今天上少了一位花神,玉皇敕命我去司主。[3]我如今在未正二刻到任司花,宝玉须待未正三刻才到家,只少得一刻的工夫,不能见面。世上凡该死之人,阎王勾取了过去,是差些小鬼来捉人魂魄。若要迟延一时半刻,不过烧些纸钱,浇些浆饭,那鬼只顾抢钱去了,该死的人就可多待些个工夫。[4]我这如今是天上的神仙来召请,岂可捱得时刻?'我听了这话,竟不大信,及进来到房里,留神看时辰表时,果然是未正二刻,她咽了气;正三刻上,就有人来叫我们,说你来了。这时候倒都对合。"

　　宝玉忙道:"你不识字看书,所以不知道。这原是有的。不但花有一个神,一样花有一位神之外,还有总花神。但她不知是作总花神去了,还是单管一样花的神?"这丫头听了,一时谄不出来。恰好这是八月时节,园中池上芙蓉正开。这丫头便见景生情,[5]忙答道:"我也曾问她是管什么花的神,告诉我们,日后也好供养的。她说:'天机不可泄漏。你既这样虔诚,我只告诉你,你只可告诉宝玉一人。[6]除他之外,若泄了天机,五雷就来轰顶的。'她就告诉我说,她就是专管这芙蓉花的。"①宝玉听了这话,不但不为怪,亦

1. 宝玉难以面对冷酷现实,凡是不符自己想象的,都不愿相信,这真是个情的理想主义者。

2. 这个小丫头是应愿而生的。感谢她编造美丽谎言。

3. 幸而有这些荒唐言,我们才能读到一篇神奇的诔文。不让晴雯之死布满黑暗与凄惨,让它透出一丝线理想与光明。这是饱含激情的文学天才才有的艺术构思。

4. 好,奇之至!又从来皆说"阎王法定三更死,谁能留人至五更"。今忽以小女儿一篇无稽之谈,反成无人敢翻之案;且又寓意调侃,骂尽世态,岂非文章之至耶?寄语观者,至此不浮一大白者,以后不必看书也。(庚)

5. 这丫头若识字看书,定是个诗人。

6. 的的确确称得上"最伶俐"。

----

①　小丫头编造晴雯为芙蓉花主情节——实作者利用传说而创新,宋代欧阳修《六一诗话》记石曼卿死后,故人有见之者曰:"恍忽如梦中言:'我今为鬼仙也,所主芙蓉城。'欲呼故人往游,不得,怂然骑一青骡,去如飞。"又宋代张师正《括异志》记丁度死时,有人见美人数十人两两并行,丁按辔其后,问之,曰:"诸女御迎芙蓉城主。"故苏轼诗云:"芙蓉城中花冥冥,谁其主者石与丁。"以上故事,雪芹友人敦敏也曾用过,其《吊宅三卜孝廉》诗:"大暮安可醒,一痛成千古。岂真记玉楼,果为芙蓉主。"

且去悲而生喜，乃指芙蓉笑道："此花也须得这样一个人去司
掌。我早就料定她那样的人必有一番事业做的。虽然超出苦
海，从此不能相见，也免不得伤感思念。"因又想："虽然临
终未见，如今且去灵前一拜，也算尽这五六年的情意。"¹

　　想毕，忙至房中，又另穿戴了，只说去看黛玉，遂一人
出园来，往前次之处去，意为停柩在内。谁知她哥嫂见她一
咽气，便回了进去，希图早些得几两发送例银。王夫人闻知，
便命赏了十两烧埋银子。又命："即刻送到外头焚化了罢，女
儿痨死的，断不可留！"她哥嫂听了这话，一面得银，一面
就雇了人来入殓，抬往城外化人场上去了。剩的衣履簪环，
约有三四百金之数，她兄嫂自收了，为后日之计。二人将门
锁上，一同送殡去未回。宝玉走来，扑了个空。²

　　宝玉自立了半天，别无法术，只得复身进入园中。待
回至房中，甚觉无味，因乃顺路来找黛玉。偏黛玉不在房
中，³问其何往，丫鬟们回说："往宝姑娘那里去了。"宝玉又
至蘅芜苑中，只见寂静无人，房内搬得空空落落的，不觉
吃一大惊。⁴忽见几个老婆子走来，宝玉忙问："这是什么原
故？"老婆子道："宝姑娘出去了。这里交我们看着，还没有
搬清楚。我们帮着送了些东西去，这也就完了。你老人家请
出去罢，让我们扫扫灰尘也好，从此你老人家省跑这一处的
腿子了。"宝玉听了，怔了半天，因看着那院中的香藤异蔓，
仍是翠翠青青，忽比昨日好似改作凄凉了一般，更又添了伤
感。默默出来，又见门外的一条翠樾埭①上，也半日无人来
往，不似当日各处房中丫鬟不约而来者络绎不绝。又俯身看
那埭下之水，仍是溶溶脉脉地流将过去。⁵心下因想："天地
间竟有这样无情的事！"⁶悲感一番，忽又想到："去了司棋、
入画、芳官等五个，死了晴雯，今又去了宝钗，迎春虽尚未
去，然连日也不见回来，且接连有媒人来求亲。大约园中之
人，不久都要散的了。⁷纵生烦恼，也无济于事。不如还是找
黛玉去相伴一日，回来还是和袭人厮混，只这两三个人，只
怕还是同死同归的。"⁸想毕，仍往潇湘馆来，偏黛玉尚未回
来。宝玉想，亦当出去候送才是；无奈不忍悲感，还是不去
的好，遂又垂头丧气地回来。

　　正在不知所以之际，忽见王夫人的丫头进来找他说："老
爷回来了，找你呢，又得了好题目来了。快走，快走！"⁹宝

---

　　①　翠樾埭（dài 代）——樾，树荫。埭，堤坝。

1. 尽礼只为尽情意，但不知能否如愿。

2. 冷酷的现实总不让宝玉悲痛之心稍得宽慰。收拾晴雯，故为红颜一哭，然亦大令人不堪。（庚）

3. 碰壁。

4. 再碰壁。

5. 景随情移。真所谓悲凉之雾遍布华林也。

6. 若不如此，多情人怎会流于无情之地？

7. 不幸言中。

8. 只怕由不得你。

9. 又转叙另一面情节。

玉听了，只得跟了出来。到王夫人房中，他父亲已出去了。王夫人命人送宝玉至书房中。

　　彼时，贾政正与众幕友谈论寻秋之胜，又说："快散时，忽然谈及一事，最是千古佳谈。'风流隽逸，忠义慷慨'八字皆备，倒是个好题目，大家要作一首挽词。"众幕宾听了，都忙请教系何等妙事。贾政乃道："当日曾有一位王，封曰恒王，出镇青州。这恒王最喜女色，且公余好武，因选了许多美女，日习武事。每公余辄开宴连日，令众美女习战斗攻拔之事。其姬中有姓林行四者，姿色既冠，且武艺更精，皆呼为林四娘。[1]恒王最得意，遂超拔林四娘统辖诸姬，又呼为'姽婳将军'。"众清客都称："妙极，神奇！竟以'姽婳'下加'将军'二字，反更觉妩媚风流，真绝世奇文也！想这恒王也是千古第一风流人物了。"

　　贾政笑道："这话自然是如此，但更有可奇可叹之事。"众清客都愕然惊问道："不知底下有何等奇事？"贾政道："谁知次年便有'黄巾''赤眉'①一干流贼余党，复又乌合，抢掠山左一带。[2]恒王意为犬羊之辈，不足大举，因轻骑前剿。不意贼众颇有诡谲智术，两战不胜，恒王遂为众贼所戮。于是青州城内，文武官员，各各皆谓：'王尚不胜，你我何为？'遂将有献城之举。林四娘得闻凶报，遂集聚众女将，发令说道：'你我皆向蒙王恩，戴天履地，不能报其万一。今王既殒身国事，我意亦当殒身于王。尔等有愿随者，即时同我前往；有不愿者，亦早各散。'众女将听她这样，都一齐说：'愿意！'于是林四娘带领众人，连夜出城，直杀至贼营。里头众贼不防，也被斩戮了几员首贼。后来大家见不过是几个女人，料不能济事，遂回戈倒兵，奋力一阵，把林四娘等一个不曾留下，倒作成了这林四娘的一片忠义之志。后来报至中都，自天子百官，无不惊骇。想其朝中自然又有人去剿灭，天兵一到，化为乌有，不必深论。只就林四娘一节，众位听了，可羡不可羡？"②众幕友都叹道："实在可羡可奇！实是个妙题，原该大家挽一挽才是。"[3]

　　说着，早有人取了笔砚，按贾政口中之言，稍加改易了几

1. 说到作诗要写的对象了。

2. 泛指也。妙！赤眉、黄巾两时之事，今合而为一，盖云不过是此等众类，非特历历指名某赤某黄，若云不合两用，便呆矣。此书全是如此，为混人也。（庚）

3. 此回"芙蓉诔"为主，"姽婳词"为宾。述史事恐只为启读者作某种联想而有，并不为记载某一真事。故事既随情节需要而虚构，似不须费尽心思去考证史料。至于作者写这段故事的真实意图何在，在艺术上倒有探索之必要。

---

①　黄巾、赤眉——东汉末张角等领导的农民起义军，以头裹黄巾为标志，号"黄巾军"。西汉末樊崇领导的农民起义军，以红色涂眉，号"赤眉军"。

②　贾政所述林四娘故事——亦利用明代传说史事另加改编，清人记其事者甚多。如陈维崧《妇人集》、王渔洋《池北偶谈》、蒲松龄《聊斋志异》、林西仲《林四娘记》等。然与此处所述，多不甚合。

个字，便成了一篇短序，递与贾政看了。贾政道："不过如此。
他们那里已有原序。昨日因又奉恩旨，着察核前代以来，应
加褒奖而遗落未经奏请各项人等，无论僧尼、乞丐与女妇人
等，有一事可嘉，即行汇送履历至礼部，备请恩奖。所以他
这原序也送往礼部去了。大家听见这新闻，所以都要作一首
《姽婳词》，以志其忠义。"众人听了，都又笑道："这原该如此。
只是更可羡者，本朝皆系千古未有之旷典隆恩，实历代所不
及处，可谓'圣朝无阙事'①，唐朝人预先就说了，竟应在
本朝。如今年代，方不虚此一句。"[1]贾政点头道："正是。"

　　说话间，贾环叔侄亦到，贾政命他们看了题目。他两
个虽能诗，较腹中之虚实，虽也去宝玉不远，但第一件，他
两个终是别途；若论举业一道，似高过宝玉，若论杂学，则
远不能及。[2]第二件，他二人才思滞钝，不及宝玉空灵娟逸，
每作诗亦如八股之法，未免拘板庸涩。[3]那宝玉虽不算是个
读书人，然亏他天性聪敏，且素喜好些杂书。他自谓古人
也有杜撰的，也有误失之处，拘较不得许多。若只管怕前怕
后起来，纵堆砌成一篇，也觉得甚无趣味。因心里怀着这念
头，每见一题，不拘难易，他便毫无费力之处，就如世上油
嘴滑舌之人，无风作有，信着伶口俐舌，长篇大论，胡扳乱
扯，敷演出一篇话来。虽无稽考，却都说得四座春风。虽有
正言厉语之人，亦不得压倒这一种风流去的。②[4]

　　近日贾政年迈，名利大灰，然起初天性也是个诗酒放诞
之人，因在子侄辈中，少不得规以正路。[5]近见宝玉虽不读书，
竟颇能解此，细评起来，也还不算十分玷辱了祖宗。就思及
祖宗们各各亦皆如此，虽有深精举业的，也不曾发迹过一个，
看来此亦贾门之数。况母亲溺爱，遂也不强以举业逼他了。[6]
所以近日是这等待他。又要环、兰二人举业之余，怎得亦同
宝玉才好，所以每欲作诗，必将三人一齐唤来对作。③[7]

　　闲言少述。且说贾政又命他三人各吊一首，谁先成者
赏，佳者额外加赏。贾环、贾兰二人，近日当着多人皆作过
几首了，胆量愈壮，今看了题目，遂自去思索。一时，贾兰
先有了。贾环生恐落后，也就有了。二人皆已录出，宝玉尚

1. 如此颂圣，引人注目，岂述说之事有所忌讳乎？

2. 公允之论。杂学也是作小说者最重要的知识修养，对科举考试却毫无用处。若叫宝玉去应试举业，无疑是要名落孙山的。

3. 环、兰作诗之所以只能是庸才。

4. 宝玉作诗文之所以才情不凡，亦为后之诔文预先作评赞。

5. 如此说更真实。任何人年轻时与渐老后自有不同，没有一生下来就古板的人。

6. 宝玉不走科举之路，得到父亲的谅解，叙来毫不勉强。

7. 说清唤三人同来作诗的心意。妙！世事皆不可无足厌，只有"读书"二字是万不可足厌的，父母之心可不甚哉？近之父母只怕儿子不能名利，岂不可叹乎？（庚）

---

①　圣朝无阙事——阙事，缺失之事，过错。唐代岑参《寄左省杜拾遗》诗："圣朝无阙事，自觉谏书稀。"
②　述宝玉等作诗才情一段——甲辰、程高本全删。
③　贾政不强以举业逼宝玉一段——甲辰、程高本亦删，因后四十回写了宝玉用心于举业和中举，若不删，矛盾太明显。

出神。¹贾政与众人且看他二人的二首。贾兰的是一首七言绝句，写道是：

> 姽婳将军林四娘，玉为肌骨铁为肠；
> 捐躯自报恒王后，此日青州土亦香。①2

众幕宾看了，便皆大赞："小哥儿十三岁的人，就如此，可知家学渊源，真不诬矣。"贾政笑道："稚子口角，也还难为他。"又看贾环的，是首五言律，写道是：

> 红粉不知愁，将军意未休。
> 掩啼离绣幕，抱恨出青州。
> 自谓酬王德，讵能复寇仇？
> 谁题忠义墓，千古独风流！②3

众人道："更佳。到底是大几岁年纪，立意又自不同。"贾政道："倒还不甚大错，终不恳切。"众人道："这就罢了。三爷才大不多两岁，俱在未冠之时，如此用了功去，再过几年，怕不是大阮、小阮③了？"贾政道："过奖了。只是不肯读书的过失。"因又问宝玉怎样。众人道："二爷细心镂刻，定又是风流悲感，不同此等的了。"

宝玉笑道："这个题目似不称近体，须得古体，或歌或行④，长篇一首，方能恳切。"4众人听了，都立身摇头拍手道："我说他立意不同！每一题到手，必先度其体格宜与不宜，这便是老手妙法。就如裁衣一般，未下剪时，须度其身量。这题目名曰《姽婳词》，且既有了序，此必是长篇歌行，方合体的。或拟温八叉《击瓯歌》，或拟白乐天《长恨歌》，或拟古词⑤，半叙半咏，

右侧批注：

1. 是在构思？还是尚未从晴雯之死中回过神来？妙！偏写出钝态来。（庚）

2. 王维《少年行四首》其二："纵死犹闻侠骨香。"末句之意出此。

3. 诗意平平，总少灵气。

4. 宝玉这话说得很对。众幕宾之语虽有意誉扬，理却不错。

---

① "捐躯"二句——"土亦香"，诸本同，甲辰、程高本作"土尚香"，显为后人所改。其实，原意是说不但侠骨留香，连埋它的尘土也芳香了，故用"亦"。青州，府名，在山东，明初改益都路置，治所在益都（今益都县）。永乐年间，唐赛儿农民军起义于此。

② "红粉不知愁"一首——红粉、将军，皆指林四娘。不知愁、意未休，一写她在恒王生前，一写她得悉恒王战死后，故心中愤恨不止。"谁题"，蒙府、戚序、戚宁本作"诗题"；程高本作"好题"；从庚辰、梦稿、列藏本。

③ 大阮、小阮——指魏晋时的阮籍和他侄儿阮咸，都是当时"竹林七贤"中的人物。

④ 近体、古体、歌行——律诗、绝句等讲究平仄格律的诗体定型和盛行于唐代，唐人就称它为近体；不讲究格律的诗体以前早有，就称之为古体。歌行起于汉乐府。有单称"歌"或单称"行"的，也有合称"歌行"的。歌是通称，"衍其事曰行"。到唐代，歌行成了包括有参差句在内的七言古体的别称。

⑤ 或拟温八叉《击瓯歌》，或拟白乐天《长恨歌》，或拟古词——庚辰、梦稿本无"或拟温八叉《击瓯歌》"句，或抄漏，姑补。蒙府、戚序、戚宁本"或拟古词"句接在《击瓯歌》之后，欠妥，不从。列藏、甲辰、程高本于《击瓯歌》之后；又多"或拟李长吉《会稽歌》"一句，然李贺所作《还自会稽歌》是一首抒情的五古，并非叙事性的歌行，题中虽称"歌"，但不能算歌行（绝句也有称"歌"的，如《峨眉山月歌》《秋浦歌》等）。幕宾清客何至于在说"长篇歌行"时举此，不可从。温庭筠所作全名为《郭处士击瓯歌》。古词，当指《木兰诗》之类。

流利飘逸，始能尽妙。"贾政听说，也合了主意，遂自提笔向纸
上要写，¹ 又向宝玉笑道："如此，你念我写，若不好了，我捶你
那肉。谁许你先大言不惭了！"宝玉只得念了一句，道是：

> 恒王好武兼好色，

贾政写了看时，摇头道："粗鄙。"一幕宾道："要这样方古，究
竟不粗。且看他底下的。"贾政道："姑存之。"宝玉又道：

> 遂教美女习骑射。秾歌艳舞不成欢，
> 列阵挽戈为自得。

贾政写出，众人都道："只这第三句便古朴老健，极妙！这四句
平叙出，也最得体。"贾政道："休谬加奖誉，且看转得如何。"²
宝玉念道：

> 眼前不见尘沙起，将军俏影红灯里。

众人听了这两句，便都叫："妙！好个'不见尘沙起'！又承一
句'俏影红灯里'，用字用句，皆入神化了。"³宝玉道：

> 叱咤时闻口舌香①，霜矛雪剑娇难举。

众人听了，便拍手笑道："益发画出来了。当日敢是宝公也在座，
见其娇且闻其香否？不然，何体贴至此？"宝玉笑道："闺阁习武，
任其勇悍，怎似男人。⁴不待问而可知娇怯之形的了。"贾政道：
"还不快续！这又有你说嘴的了。"宝玉只得又想了一想，念道：

> 丁香结子芙蓉绦②，

众人都道："转'绦'，'萧韵'，更妙，这才流利飘荡。而且这一
句也绮靡秀媚得妙。"贾政写了，看道："这一句不好。已写过'口
舌香''娇难举'，何必又如此。这是力量不加，故又用这些堆
砌货来搪塞。"宝玉笑道："长歌也须得要些词藻点缀点缀，不然
便觉萧索。"贾政道："你只顾用那些，这一句底下，如何能转至
武事？若再多说两句，岂不蛇足了？"宝玉道："如此，底下一
句转煞住，想亦可矣。"贾政冷笑道："你有多大本领？上头说了
一句大开门的散话，如今又要一句连转带煞，岂不心有余而力
不足些？"⁵宝玉听了，垂头想了一想，说了一句道：

1. 难得贾政听了也合
   心意。

2. 众人非谬夸，所称之
   妙，恐亦作者自己较
   满意处。歌行体四句
   一转韵，作一小节的
   格式，用得最为普遍，
   故说"且看转得如何"。

3. 自有洒脱之至。

4. 能把握住将刀剑叱咤
   和娇怯脂香两端融为
   一体。贾老在座，故
   不便出"浊物"二字，
   妙甚，细甚！（庚）

5. 作者颇多将写歌行的
   心得及自评优劣融入
   情节之中，驳难是其
   常用手法之一，比如
   此处说"连转带煞"
   便是。

---

① "叱咤"句——叱咤，吆喝；喊口令。时闻口舌香，作者友人敦诚《鹪鹩庵笔麈》："吾宗紫幢居士（爱新觉罗·
文昭）《丽人诗》中有'脂香随语过'之句，较之'夜深私语口脂香'（白居易《江南喜逢萧九彻》中句），尤
觉艳媚无痕。"
② "丁香"句——丁香结子，状如丁香花蕾的扣结。芙蓉绦，色如芙蓉的丝带。

　　　　不系明珠系宝刀。

忙问："这一句可还使得？"众人拍案叫绝。贾政写了，看着笑
道："且放着，再续。"宝玉道："若使得，我便要一气下去了。
若使不得，索性涂了，我再想别的意思出来，再另措词。"[1]贾
政听了，便喝："多话！不好了再作，便作十篇百篇，还怕辛苦
了不成！"宝玉听说，只得想了一会，便念道：

　　　　战罢夜阑心力怯，脂痕粉渍污鲛鮹。

贾政道："又一段，底下怎样？"宝玉道：

　　　　明年流寇走山东①，强吞虎豹②势如蜂。

众人道："好个'走'字！便见得高低了。且通句转得也不板。"
宝玉又念道：

　　　　王率天兵思剿灭，一战再战不成功。
　　　　腥风吹折陇头麦，日照旌旗虎帐空。③
　　　　青山寂寂水潺潺，正是恒王战死时。
　　　　雨淋白骨血染草，月冷黄沙鬼守尸。

众人都道："妙极，妙极！布置、叙事、词藻，无不尽美。[2]且
看如何至四娘，必另有妙转奇句。"宝玉又念道：

　　　　纷纷将士只保身，青州眼见皆灰尘。
　　　　不期忠义明闺阁④，愤起恒王得意人。

众人都道："铺叙得委婉。"贾政道："太多了，底下只怕累赘
呢。"宝玉乃又念道：

　　　　恒王得意数谁行⑤？就死将军林四娘⑥，
　　　　号令秦姬驱赵女⑦，艳李秾桃临战场。
　　　　绣鞍有泪春愁重，铁甲无声夜气凉。3
　　　　胜负自然难预定，誓盟生死报前王。⑧
　　　　贼势猖獗不可敌，柳折花残实可伤，

1. 宝玉自知接得好，十分得意和自信，因而对其父故作谦逊。

2. 叙事也须有布置，有辞藻，方能出色，此言可从。

3. 同写林四娘出征情景，若与贾环之"掩啼离绣幕，抱恨出青州"二句对看，则其父所言一则"空灵娟逸"，一则"拘板庸涩"立判。

① 走山东——走，奔驰，流窜。山东，太行山之东。
② 强吞虎豹——即强吞如虎豹。
③ "腥风"二句——借景物写恒王兵败战死。虎帐，军中主将所在的帐幕。
④ "不期"句——想不到忠义昭明于闺阁之中，即闺阁能明忠义。
⑤ 数谁行（háng 航）——要算哪一个。行，语助词，用于自称、人称名词之后。
⑥ 就死将军林四娘——就死将军，犹今之谓敢死队队长。就死，就义赴死也。庚辰本原抄如此，改笔点去"死"添"是"成了"就是"，语拙笨而诸本皆沿袭之。程甲本遂改为"姽嫿"，虽用词亦妥，但毕竟是后改；且题曰"姽嫿"，诗中正可不必重复。故从庚辰原抄。
⑦ 秦姬赵女——相传战国时的秦国、赵国两地多出美女。
⑧ "绣鞍"四句——诸本同。庚辰本"绣鞍"二句在"胜负"二句之后，从文义上看，诸本为优。

魂依城郭家乡近，马践胭脂骨髓香。①
星驰羽报入京师，谁家儿女不伤悲！
天子惊慌恨失守，此时文武皆垂首。
何事文武立朝纲，不及闺中林四娘！¹
我为四娘长太息，歌成余意尚彷徨②。

念毕，众人都大赞不止，又都从头看了一遍。贾政笑道："虽然说了几句，到底不大恳切。"因说："去罢。"三人如得了赦一般，一齐出来，各自回房。

众人皆无别话，不过至晚安歇而已。独有宝玉一心凄楚，²回至园中，猛见池上芙蓉，想起小丫鬟说晴雯作了芙蓉之神，不觉又喜欢起来，乃看着芙蓉，嗟叹了一会。忽又想起："死后并未至灵前一祭，如今何不在芙蓉前一祭，岂不尽了礼？比俗人去灵前祭吊，又更觉别致。"想毕，便欲行礼，忽又止住道："虽如此，亦不可太草率，也须得衣冠整齐，奠仪周备，方为诚敬。"想了一想，"如今若学那世俗之奠礼，断然不可；竟也还别开生面，另立排场，风流奇异，于世无涉，方不负我二人之为人。³况且古人有云：'潢污行潦藻荇之贱，可以羞王公，荐鬼神。③'原不在物之贵贱，全在心之诚敬而已。此其一也。二则诔文挽词，也须另出己见，自放手眼，亦不可蹈袭前人的套头，填几字搪塞耳目之文，亦必须洒泪泣血，一字一咽，一句一啼；宁使文不足，悲有余，万不可尚文藻而反失悲切。⁴况且古人多有微词，非自我今作俑也④。奈今之人全惑于'功名'二字，故尚古之风一洗皆尽，恐不合时宜，于功名有碍之故。我又不希罕那功名，我又不为世人观阅称赞，⁵何必不远师楚人之《大言》《招魂》《离骚》《九辩》《枯树》《问难》《秋水》《大人先生传》等

1. 若非借作诗为名，谁敢写这样讥议朝政的话？

2. 一离应酬场所，愁恨立时涌上心头。

3. 未祭吊，先有丢开世人俗礼之想，实因晴雯之为人及二人之情意系间世罕有。

4. 真情文字无不如此。为文造情者决写不出好文章来。

5. "微词"二字着眼！可知诔文中伤时骂世、甚或讥贬时政之语在所难免。虽借仿古而开脱，也仍会有碍观瞻。不稀罕功名、不迎合世人云云，显露宝玉也有硬骨头阳刚之气的一面，或可称之为顽石本性。这些话后来持正统观念的谨慎整理者哪敢保留，故提笔将它删得一干二净。

---

① "贼势"四句——诸本同。程高本为求音节变化而转韵，改押入声，作"贼势猖獗不可敌，柳折花残血凝碧。马践胭脂骨髓香，魂依城郭家乡隔。"林四娘乃出城战死，所以说"魂依城郭"，并非率兵远征边陲，下一"隔"字是只求渲染，不顾文义。

② 余意尚彷徨——尚有未能尽言之感慨留在心中不去。

③ "潢污"数句——语本《左传·隐公三年》，有节略。意谓若果有挚诚之心，虽坑沟之积水，野生之水草，也可以奉献王公，祭奠鬼神。潢污，坑洼中的死水。行潦，车沟里的积水。羞，进献食物。荐，奉献。

④ "况且"二句——微词：也作"微辞"，隐含讥刺贬义的言辞；又作"微言"解，含义很深的有寄托的言辞。作俑：首创先例。俑，古代陪葬用的木偶、陶偶人。《孟子·梁惠王上》引孔子语"始作俑者，其无后乎"。意谓最初造出俑来陪葬的人，怕是要断子绝孙的吧。孔子、孟子反对以人殉葬，故亦反对以俑陪葬。

法①，或杂参单句，或偶成短联，或用实典，或设譬寓，随意所之，信笔而去；喜则以文为戏，悲则以言志痛，辞达意尽为止，何必若世俗之拘拘于方寸之间哉！"¹ 宝玉本是个不读书之人，再心中有了这篇歪意，怎得有好诗好文作出来。他自己却任意纂著，并不为人知慕，所以大肆妄诞，竟杜撰成一篇长文，² 用晴雯素日所喜之冰鲛縠②一幅，楷字写成，名曰《芙蓉女儿诔》，前序后歌。又备了四样晴雯所喜之物，于是夜月下，命那小丫头捧至芙蓉花前。先行礼毕，将那诔文即挂于芙蓉枝上，乃泣涕念曰：³

　　维太平不易之元③，蓉桂竞芳之月，无可奈何之日，⁴ 怡红院浊玉，⁵ 谨以群花之蕊、冰鲛之縠、沁芳之泉、枫露之茗：四者虽微，聊以达诚申信，乃致祭于白帝宫中抚司秋艳④芙蓉女儿之前曰：⁶

　　窃思女儿自临浊世，⁷ 迄今凡十有六载。⁸ 其先之乡籍姓氏，湮沦而莫能考者久矣。⁹ 而玉得于衾枕栉沐之间，栖息宴游之夕，亲昵狎亵，相与共处者，仅五年八月有奇。¹⁰

　　噫！女儿曩⑤生之昔，其为质则金玉不足喻其贵，其为性则冰雪不足喻其洁，其为神则星日不足喻其精，其为貌则花月不足喻其色⑥。¹¹ 姊妹悉慕媖

1. 先将为文格式、准则作一概述。

2. 再自贬一通，以切回目"痴"与"杜撰"等字样。

3. 诸君阅至此，只当一笑话看去，便可醒倦。（庚，原抄混作正文）批书人特谨慎，先放烟幕。

4. 挽词祭文发端必叙年月日，因此书开卷即言"无朝代年纪可考"，故用此奇称。说年是反讽，说日是自况。年便奇。（庚）是八月。（庚）日更奇。细思日何难于说真某某，今偏用如此说，则可知矣。（庚）

5. 对清纯如逝者而言，故作自惭语。自谦得更奇。盖常以"浊"字评天下之男子，竟自谓，所谓以责人之心责己矣。（庚）

6. 四件祭品不能想得更好了，称呼也极妥，极妙。奇香。奇帛。奇奠。奇茗。奇称。（庚）

7. 世之浊最可恨。世不浊，因物所混而浊也。前后便有照应。（庚）

8. 无奈太匆匆！方十六岁而夭，亦伤矣！（庚）

9. 身世可怜！

10. 相处苦短。相共不足六载，一旦天别，岂不可伤！（庚）

11. 从杜牧之文章中借势，是善学古人之例。

---

① 《大言》等作品——《大言赋》《九辩》为楚宋玉作。《招魂》司马迁定其为屈原作，王逸则以为宋玉作，研究者证其非。《离骚》屈原作。《枯树赋》为北周庾信作。《问难》，或指《答客难》，为汉东方朔作；或指《解难》，为汉扬雄作。《秋水》为《庄子》中的一篇。《大人先生传》为阮籍作。这些作品微言大义，多有寄托。宝玉所想作诔文应该如何如何这一大段对我们理解作者创作意图很重要的文字，在程高本中全被删去。

② 冰鲛縠（hú 湖）——一种白而细的绉纱。縠，有皱纹的丝织品。传说鲛人能织绡。明洁如冰，暑天能令人凉快而命名。

③ 维太平不易之元——维，句首语气助词。诔文格式，开头应先交代年月日。但小说开头已声称此书"无朝代年纪可考"，故作此谐语，第十三、十四回有"奉天永建太平之国""奉天洪建兆年不易之朝"等字样，亦同此。表面上都是歌颂升平，置于具体事件、环境中，恰恰又成了绝妙的嘲讽。不易，不变。元，纪年。

④ 白帝宫中抚司秋艳——秋天司时之神为白帝，参见第三十七回宝钗《咏白海棠》诗注。抚司秋艳，掌管秋花。

⑤ 曩（nǎng）——从前，以往。

⑥ "其为质"四句——仿效唐代杜牧《李长吉歌诗叙》中语："云烟绵联，不足为其态也；水之迢迢，不足为其情也；春之盎盎，不足为其和也；秋之明洁，不足为其格也……"

娴①，姽嫿咸仰惠德。

　　孰料鸠鸩恶其高，鹰鸷翻遭罦罬②；薋菉妒其臭，茝兰竟被芟鉏③！¹花原自怯，岂奈狂飙？柳本多愁，何禁骤雨？偶遭蛊蚃④之谮，遂抱膏肓之疢⑤。故尔樱唇红褪，韵吐呻吟；杏脸香枯，色陈顑颔⑥。诼谣謑诟，出自屏帏；荆棘蓬榛，蔓延户牖。岂招尤则替，实攘诟而终⑦。既忳幽沉⑧于不尽，复含罔屈⑨于无穷。高标见嫉，闺帏恨比长沙⑩；直烈遭危，巾帼惨于羽野⑪。²自蓄辛酸，谁怜夭折？仙云既散，芳趾难寻。洲迷聚窟，何来却死之香⑫？海失灵槎，不获回生之药⑬。

　　眉黛烟青，昨犹我画；指环玉冷，今倩谁温？³鼎炉之剩药犹存，襟泪之余痕尚渍。镜分鸾别，愁开麝月之奁⑭；梳化龙飞，哀折檀云之齿⑮。委金钿于草

1. 先奏响《离骚》旋律，痴公子竟抒发楚大夫屈灵均之不平。

2. 又用古史上有关政治民生的绝大典故！后之妄改者必折损其锋芒，磨光其棱角，不知是何居心？最可笑者莫过于不顾以女比男句意，将鲧胡改为王昭君，竟让晴雯远嫁番邦去了！

3. 书中描写过晴雯手冷，宝玉为其焐暖细节。虽未见画眉，但推想曾有此事，完全可信。

---

① 媖娴（yīng xián 英闲）——女子美好叫媖。娴，文雅。

② "孰料"二句——罦罬（fū zhuō 肤拙），捕鸟的网，这里作动词用，捕获。谏文用了许多楚辞里的词语，以寄托爱憎褒贬。如"鹰鸷"原为屈原表达与楚国贵族恶势力斗争的不屈精神；"鸠鸩"就代表那股恶势力，因鸠多鸣，像人话多而不实；鸩传说羽毒，能杀人；其他如作香花的"茝兰""蘅杜"，恶草的"薋菉"，也表示正邪的对立；"顑颔""诼谣"，皆屈赋曾用；"玉虬""瑶象"或"丰隆""望舒"等，也被屈原借用来表现过自己高洁的品行和理想。

③ "薋菉"二句——薋，蒺藜。菉，苍耳。两种植物都带刺，故借喻恶人。臭（xiù 嗅），气味；此指香气。茝（chǎi），白芷，芳香植物。芟鉏（shān zū 删租），割去锄掉。"鉏"同"锄"。

④ 蛊蚃（gǔ chài 古瘥）——传说把许多毒虫放在一起，使互相咬杀，最后剩下的叫蛊，以为可用来毒害人；蚃是蝎子一类毒虫。这里"蛊蚃"就是阴谋毒害人的意思。

⑤ 膏肓（huāng 荒）之疢——膏肓在心以下横隔膜以上部位，古人以为病入此部位即不治。疢，久病。

⑥ 顑颔（hǎn hàn 喊旱）——脸色枯黄憔悴。

⑦ "岂招尤"二句——尤，过失。替，废；受损害。攘诟，蒙受耻辱。这两句程高本删去。

⑧ 忳（tún 屯）幽沉——积郁着内心深处的怨恨。忳，忧郁。

⑨ 罔屈——冤屈。不直叫罔。

⑩ 长沙——汉代贾谊年纪很轻就在朝廷里担任职务，因受到权贵排挤，被贬为长沙王太傅（辅佐官），死时年仅三十三岁，后人常称他为贾长沙。

⑪ 直烈遭危，巾帼惨于羽野——古代神话：禹的父亲鲧（gǔn 滚）擅自拿息壤（长生不息的神土）堵塞洪水，帝命祝融杀之于羽山的荒野。脂评："鲧刚直自命，舜殛于羽山。《离骚》曰：'鲧婞（xìng 幸，倔强）直以亡身兮，终然夭乎羽之野。'"程高本改为"贞烈遭危，巾帼惨于雁塞"。换成王昭君出塞和亲事，大不妥。一、"直烈"虽改成"贞烈"，但与和亲事仍挨不上边；二、晴雯是被逼死的，故言"惨"，非远嫁可比；三、与上两句一样，都说"闺帏""巾帼"遭遇之不幸甚于男子，昭君难道是须眉吗？

⑫ "洲迷"二句——传说西海中有聚窟洲，洲上有大树，香闻数百里，叫作返魂树，煎木制丸，名振灵丸，或名却死香，能起死回生。（见汉东方朔《十洲记》）迷，不知去路。

⑬ "海失"二句——传说东海中蓬莱仙岛上有不死之药，秦代徐福带了许多童男女入海寻找，一去不归。槎，筏子，借作船义。又海上有浮灵槎泛天河事，此捏合而用之。

⑭ "镜分"二句——传说罽宾国王捉到鸾鸟一只，养了三年不肯叫，听说鸟见同类才鸣，就挂一面镜子让它照。鸾见影，悲鸣冲天，一奋而死，后多称镜为鸾镜。（见南朝宋刘敬叔《异苑》）又兼用南朝陈太子舍人徐德言与乐昌公主夫妻乱离中分别，各执破镜之半，后得以重逢团圆事。（见唐代孟棨《本事诗》）麝月，巧用丫头名，南朝陈徐陵《玉台新咏序》："麝月共嫦娥竞爽。"指月亮，这里又可代指镜子。奁，女子梳妆用的镜匣。

⑮ "梳化"二句——晋人陶侃悬梭于壁，化龙飞去。（见《异苑》《晋书》）本传引其事借"梳"作"梭"。梳，恰合晴雯事。檀云，丫头名，也是巧用。檀云之齿，又是檀木梳之齿。前后一奁一梳，皆物是人非之意。

莽，拾翠匐于尘埃①。楼空鸧鹊，徒悬七夕之针②；带断鸳鸯，谁续五丝之缕③？¹

况乃金天属节，白帝司时；孤衾有梦，空室无人。桐阶月暗，芳魂与倩影同消；蓉帐香残，娇喘共细言皆绝。连天衰草，岂独蒹葭④；匝地悲声，无非蟋蟀。²露苔晚砌，穿帘不度寒砧；雨荔秋垣，隔院希闻怨笛⑤。芳名未泯，檐前鹦鹉犹呼；艳质将亡，槛外海棠预老。捉迷屏后，莲瓣无声；斗草庭前⑥，兰芽枉待。³抛残绣线，银笺彩缕谁裁⑦？折断冰丝，金斗御香未熨⑧。

昨承严命，既趋车而远涉芳园；今犯慈威，复拄杖而近抛孤柩⑨。及闻槥棺被燹，惭违共穴之盟；⑩石椁成灾，愧迨同灰之诮⑪。

尔乃⑫西风古寺，淹滞青燐⑬；落日荒丘，零星白骨。楸榆飒飒，蓬艾萧萧。隔雾圹以啼猿，绕烟塍而泣鬼。自为红绡帐里，公子情深；始信黄土垄中，女儿命薄！⁴汝南泪血⑭，斑斑洒向西风；梓泽余

1. 怡红院中针线手艺之巧者，无过晴雯，如此写来恰极。

2. 从影消形灭、香残语绝，转入连天衰草、遍地悲声，恰如乐曲音调起伏变化的自然连接，真神来之笔！

3. 鹦鹉呼名，潇湘馆事，斗草之戏，香菱玩过；装作离开却躲着窃听他人对话，或可当作捉迷；只有海堂预萎一事，被认为是应在晴雯身上。可知凡能适合的情节，都不妨移来写入。

4. 此非诔文中警策之句，特因通俗白描，一听就懂，被旁听之黛玉引出，与宝玉讨论修改，致成谶语。

---

① "委金钿"二句——谓人已死去，首饰都掉在地上。白居易《长恨歌》："花钿委地无人收，翠翘金雀玉搔头。"钿，金翠制的花形首饰。匐（è 峨），古代妇女的头花鬓饰。

② "楼空"二句——《荆楚岁时记》："七夕人家妇女结彩缕，穿七孔针，陈瓜果于庭中，以乞巧。"鸧（zhī 支）鹊，汉武帝所建楼观名；此因七夕有鹊成桥牛郎织女相会传说而借其楼名，其实鸧鹊与鹊不是同一种鸟。

③ "带断"二句——喻情人永别。五丝之缕，五色丝，可指七夕之"彩缕"，亦可指织绣所用，晴雯工织，有补裘事。

④ "连天"二句——用《诗经·秦风·蒹葭》："蒹葭苍苍，白露为霜。所谓伊人，在水一方。"诗乃怀人之作。

⑤ "雨荔"二句——雨荔秋垣，谓秋雨打在长满薜荔的墙垣上。唐代柳宗元《登柳州城楼寄漳汀封连四州》诗："惊风乱飐芙蓉水，密雨斜侵薜荔墙。"怨笛，《晋书·向秀传》：向秀与嵇康、吕安友善，后嵇、吕被杀，向秀经其山阳旧居，闻邻人吹笛而伤感，作《思旧赋》。后人称这个故事为"山阳闻笛"或"邻笛山阳"。说"希闻"是反用典故。

⑥ 鹦鹉、海棠、捉迷、斗草——皆小说中情节，有的原不属晴雯，如鹦鹉写在潇湘馆，斗草写了香菱等；有的是广义的，如捉迷即可指晴雯偷听宝玉在麝月前议论她事。莲瓣，喻女子之脚，此指脚步。

⑦ 银笺彩缕谁裁——银笺，白纸，当指刺绣所用的纸样。彩缕，庚辰、梦稿、蒙府、列藏本作"彩缋"，有误；甲辰、程甲本作"彩袖"，当是臆改。从戚序本。

⑧ "折断"二句——折断，因皱折而有痕的意思。冰丝，传说冰蚕所吐之丝，这里泛说丝绢衣衫。金斗，熨斗。宋代秦观《如梦令》："睡起熨沉香，玉腕不胜金斗。"

⑨ "昨承"四句——严命，父命。慈威，母威。拄杖，谓因哀痛而致病。近抛，路虽近而不能保住的意思，与"远涉"为对；戚序、戚宁本作"遽抛"；甲辰、程高本作"遣抛"；庚辰、列藏本缺字；今从梦稿本。柩，棺木。

⑩ "及闻"二句——槥（huì 慧），小而薄的棺材。燹（xiǎn 险），野火，引申为焚烧。共穴之盟，死当同葬的盟约。穴，墓穴。

⑪ "石椁（guǒ 果）"二句——椁，棺外的套棺；若用石板搭架或砖块垒砌而成、内封棺材的也叫石椁。迨（dài 代），及。句谓自己不能一道化烟化灰，对因此而将受到的讥诮感到惭愧。同灰，李白《长干行》："十五始展眉，愿同尘与灰。"

⑫ 尔乃——发语词，赋中常用，不能解作"你是"。下文"若夫"也是发语词。

⑬ 淹滞青燐——青色的燐火缓缓飘动。骨中磷质遇到空气燃烧而发的光，旧时误以为鬼火。

⑭ 汝南泪血——宝玉以汝南王自比，以汝南王爱姬刘碧玉比晴雯。《乐府诗集》引《乐苑》曰："《碧玉歌》者，宋汝南王所作也。碧玉，汝南王妾名，以宠爱之甚，所以歌之。"北周庾信《结客少年场行》："定知刘碧玉，偷嫁汝南王。"汝南、碧玉之事，详情已不可知。

衷^①，默默诉凭冷月。

　　呜呼！固鬼蜮^②之为灾，岂神灵而亦妒？钳诐奴之口^③，讨岂从宽？剖悍妇之心，忿犹未释！¹在君之尘缘虽浅，然玉之鄙意岂终。因蓄惓惓^④之思，不禁谆谆之问。

1. 说到诽谤者，如闻切齿咬牙之声。

　　始知上帝垂旌，花宫待诏^⑤，生侪兰蕙，死辖芙蓉。听小婢之言，似涉无稽；据浊玉之思，则深为有据。何也？昔叶法善摄魂以撰碑^⑥，李长吉被诏而为记^⑦，事虽殊，其理则一也。²故相物以配才，苟非其人，恶乃滥乎^⑧？始信上帝委托权衡，可谓至洽至协，庶不负其所秉赋也。因希其不昧之灵，或陟降^⑨于兹；特不揣鄙俗之词，有污慧听。乃歌而招之曰：

2. 举历史上著名传说，为小婢之言作证。

　　天何如是之苍苍兮，乘玉虬以游乎穹窿^⑩耶？
　　地何如是之茫茫兮，驾瑶象^⑪以降乎泉壤耶？³
　　望伞盖之陆离兮，抑箕尾^⑫之光耶？
　　列羽葆而为前导兮，卫危虚^⑬于旁耶？
　　驱丰隆以为比从兮，望舒月以离耶？^⑭
　　听车轨而伊轧兮，御鸾鹥^⑮以征耶？⁴

3. 转入写歌词，仍以楚骚之声调领起。

4. 一路写来已俨然是神女飞仙出游。

---

① 梓泽余衷——用石崇、绿珠事。石崇有别馆在河阳的金谷，一名梓泽，这里指代其主人石崇，宝玉用以自喻。余衷，还未说完的心里话。

② 蜮（yù育）——传说中水边的害人虫，能含了沙射人的影子，令人致病。《诗经·小雅·何人斯》："为鬼为蜮。"陆德明释"蜮"："状如鳖，三足，一名射工，俗呼为水弩，在水中含沙射人，一曰射人影。"此指阴谋暗害人者。

③ 钳诐奴之口——钳，夹住，可引申为封闭。《庄子·胠箧》："钳杨、墨之口。"诐（bì币）奴，搬弄是非的奴才。诐，奸邪而善辩，可引申为弄舌。与"悍妇"同指王善保家的和周围的一伙奴才管家。小说曾写她们进谗"告倒了晴雯"。

④ 惓惓（quán权）——同"拳拳"，情意深厚。

⑤ 垂旌、待诏——垂旌，用竿挑着旌旗，作为使者征召的信号。待诏，本汉官职名，此谓等待诏命，即供职的意思。

⑥ 叶法善摄魂以撰碑——相传唐代术士叶法善把当时著名的文章家、书法家李邕的灵魂从梦中摄去，给他祖父叶有道撰述书写碑文，世称"追魂碑"。

⑦ 李长吉被诏而为记——唐代李贺，字长吉。李商隐作《李长吉小传》说：李贺死时，家人见绯衣人驾赤虬来召李贺，说上帝建成了白玉楼，召他去写记文。还说天上快乐，不像人间悲苦，要他不必推辞。

⑧ "苟非"二句——如果人不相称，不是滥任了这个职位吗？梦稿、蒙府、戚序、戚宁诸本增"其位"二字，多余，不从。

⑨ 陟降——陟是上登，降是下降，古籍里往往只用其偏义，这里是降临的意思。

⑩ 穹窿——天宇。天看上去中间高，四方下垂像篷帐，故称穹窿。

⑪ 瑶象——指美玉和象牙制成的车子。《离骚》："为余驾飞龙兮，杂瑶象以为车。"

⑫ 箕尾——箕星和尾星。古代神话，商王的相傅说（悦）死后，精神寄托于箕星和尾星之间，叫作"骑箕尾"。（见《庄子·大宗师》）这里隐指芙蓉女儿的灵魂。

⑬ 危虚——危、虚与箕、尾都是属于二十八宿星座的名称。脂评："危、虚二星为卫护星。"

⑭ "驱丰隆"二句——丰隆，神话中的云神（一作雷神）。望舒，驾月车的神。《离骚》："吾令丰隆乘云兮，求宓妃之所在。""前望舒使先驱兮，后飞廉使奔属。"从此处句法看"望舒"之"望"又兼作动词用。"离"，诸本都作"临"，从文义看，此处以"离"为是，今从庚辰本。

⑮ 鹥（yī依）——凤凰。《离骚》："驷玉虬以乘鹥兮。"

闻馥郁而菱然①兮，纫薜杜以为缰②耶？

炫裙裾之烁烁兮，镂明月以为珰③耶？

籍蕟蒘而成坛畤④兮，檠莲焰以烛兰膏⑤耶？

文瓟瓠以为觯斝兮，漉醽醁以浮桂醑耶？⑥

瞻云气而凝睇⑦兮，仿佛有所觇⑧耶？

俯窈窕而属耳⑨兮，恍惚有所闻耶？

期汗漫而无天阆⑩兮，忍捐弃余于尘埃耶？¹

倩风廉⑪之为余驱车兮，冀联辔而携归耶？

余中心为之慨然兮，徒嗷嗷而何为耶？

君偃然而长寝兮，岂天运之变于斯耶？

既窀穸⑫且安稳兮，反其真而复奚化⑬耶？

余犹桎梏而悬附⑭兮，灵格余以嗟来⑮耶？

来兮止兮，君其来耶！²

　若夫鸿蒙而居，寂静以处，虽临于兹，余亦莫睹。³
搴烟萝而为步障，列枪蒲而森行伍。警柳眼⑯之贪眠，释
莲心⑰之味苦。素女⑱约于桂岩，宓妃⑲迎于兰渚。弄玉吹

1. 说到自身尚处浊世，作天上人间之叹。

2. 归到招灵魂来作伴之意，水到渠成。

3. 歌毕仍继以文。以灵魂纵使来临也无法看到，再作一波折。

---

① "闻馥郁"句——"闻"诸本皆同，庚辰本作"问"，显系抄讹。菱（ài 爱）然，本草木茂盛貌，此形容香气浓郁。梦稿本作"梦然"，是形讹。戚序、戚宁本作"蔼然"；甲辰、程甲本作"飘然"，皆系改笔。从庚辰、蒙府、列藏本。

② "纫薜杜"句——把杜蘅、杜若等香草串起来作为身上的佩带。缰（xiāng 襄），佩带。《离骚》："纫秋兰以为佩。"

③ 珰——耳坠子。《孔雀东南飞》："耳著明月珰。"

④ "籍蕟蒘"句——以繁茂的花叶垫底作为祭坛。畤（zhì 治），古代帝王祭天地五帝之所。

⑤ 檠（qíng 晴）莲焰、烛兰膏——在莲形灯台里点燃起灯焰，烧起香油。檠，灯架。

⑥ "文瓟瓠"二句——瓟（bó 博）瓠（hú 胡），葫芦类瓜，硬壳可制酒器。觯（zhì 至，又读 zhī 支）斝（jiǎ 假），两种古代酒器名。漉，滤过。醽醁，美酒名，色绿。桂醑，桂花酒。

⑦ 凝睇——注视。庚辰本作"凝盼"，甲辰、程甲本作"凝眸"，从梦稿、蒙府、列藏、戚序、戚宁本。

⑧ 觇（chān 搀）——看，窥见。

⑨ 俯窈窕而属耳——俯首向深远处侧耳倾听。窈窕，深远的样子。列藏本作"穷窿"，甲辰、程甲本作"波痕"，不从。

⑩ "期汗漫"句——汗漫，《淮南子·道应训》："吾与汗漫期于九垓（即九天）之外。"作仙人的拟名，寓混混茫茫广大无垠而不可知见之意。天阆（è 饿），阻挡，止。

⑪ 风廉——即"飞廉"，神话中的风神。

⑫ 窀穸（zhūn xī 谆希）——墓穴。

⑬ "反其真"句——死了何必又要化仙。反其真，返本归原，指死，语见《庄子·大宗师》。

⑭ 悬附——"悬疣附赘"的省语，指瘤和息肉，身体上多余的东西。《庄子·大宗师》："彼以生为附赘悬疣，以死为决疣溃痈。"这是厌世主义的比喻。

⑮ 嗟来——招唤灵魂到来的话。《庄子·大宗师》："嗟来桑户（人名）乎！嗟来桑户乎！"

⑯ 柳眼——初生的柳叶，状似人之睡眼初展。

⑰ 莲心——莲子心味苦，古乐府中常喻男女思念之苦，因"莲心"可谐音"怜心"。

⑱ 素女——神女名，善弹瑟。（见《史记·封禅书》）

⑲ 宓（fú 伏）妃——传说是伏羲氏的女儿，溺死于洛水中，成了洛神。（见《文选·洛神赋》李善注）

笙[①]，寒簧击敔[②]。征嵩岳之妃[③]，启骊山之姥[④]。龟呈洛浦之灵[⑤]，兽作咸池之舞[⑥]。潜赤水兮龙吟，集珠林兮凤翥[⑦]。爰格爰诚，匪簠匪筥。[⑧]发轫乎霞城，返旌乎玄圃。[⑨]既显微而若通，复氤氲[⑩]而倏阻。离合兮烟云，空蒙兮雾雨。尘霾敛兮星高，溪山丽兮月午。何心意之怦怦，若寤寐之栩栩[⑪]？余乃欷歔怅望，泣涕彷徨。[1]人语兮寂历，天籁兮筼筜[⑫]。鸟惊散而飞，鱼唼喋[⑬]以响。志哀兮是祷，成礼兮期祥。呜呼哀哉！尚飨[⑭]！

读毕，遂焚帛奠茗，犹依依不舍。小鬟催至再四，方才回身。忽听山石之后有一人笑道："且请留步。"二人听了，不免一惊。那小鬟回头一看，却是个人影从芙蓉花中走出来，她便大叫："不好，有鬼！晴雯真来显魂了！"[2]唬得宝玉也忙看时，——且听下回分解。

1. "忽魂悸以魄动，恍惊起而长嗟"！看他从虚幻之境转到现实景象来，仿佛从梦中醒来，只留下无尽失落与惆怅而已。

2. 借小丫头错看，喝醒晴雯之死为黛玉夭亡作引意图。

【译文】

芙蓉女儿挽词

千秋万岁太平年，芙蓉桂花飘香月，无可奈何伤怀日，怡红院浊玉，谨以百花蕊为香，

① 弄玉吹笙——相传秦穆公之女弄玉善吹笙，嫁与萧史，萧善吹箫，引来凤凰，夫妻随凤化仙飞去。（见汉刘向《列仙传》及明陈耀文《天中记》）

② 寒簧击敔（yǔ 语）——寒簧，仙女名，偶因一笑下谪人间，后深悔而复归月府。（见明叶绍袁《午梦堂集·续窃闻记》）清洪昇《长生殿》借为月中仙子，嫦娥的侍儿。敔，古代的一种木质的打击乐器，制成伏虎形。

③ 嵩岳之妃——指灵妃。《旧唐书·礼仪志》：武则天临朝时，"下制号嵩山为神岳，尊嵩山神为天中王，夫人为灵妃。"

④ 骊山之姥（mǔ 母）——即骊山老母，女仙名。《汉书·律历志》载太史令张寿王言，谓殷周时有骊山女子为天子，才艺出众，所以传闻后世。唐宋以后，传为女仙，尊称"老母"。

⑤ 龟呈洛浦之灵——传说夏禹治水，洛水中有神龟背着文书来献给他。（见《尚书·洪范》汉孔安国传）又黄帝东巡黄河，过洛水，黄河中的龙背了图来献，洛水中的龟背了书来献，上面都是赤文篆字。（见《汉书·五行志》注引刘向说）

⑥ 兽作咸池之舞——传说舜时，夔作乐，百兽都一起跳舞。（见《史记·五帝本纪》）咸池，是尧的乐曲名，一说是黄帝的乐曲。

⑦ 赤水、珠林——神话中地名和树。珠林也称珠树林、三株（又作"珠"）树，传说"树如柏，叶皆为珠"。（见《山海经·海外南经》）凤集珠林，见《异苑》。翥（zhù 住），飞翔。

⑧ "爰格"二句——爰，《诗经》等古籍中多作连接两个意义有关的词的语助词，此亦仿之。格，在这里有感动的意思，如"格于皇天"。匪，通"非"。簠（fǔ 甫）、筥（jǔ 举），古代祭祀和宴会用的盛粮食的器皿。意谓祭在心诚，不在供品。

⑨ "发轫"二句——轫，阻车轮的木棒，车发动时须抽去。发轫，启程，出发。霞城，神话以为元始天尊居处。玄圃，亦作"悬圃"，亦神仙居处，传说在昆仑山上。《离骚》："朝发轫于苍梧兮，夕余至乎悬圃。"

⑩ 氤氲（yīn yūn 因晕）——烟云笼罩。

⑪ 栩栩——形容真实生动。此言梦境。

⑫ 天籁兮筼筜（yún dāng 云珰）——天籁，自然界发出的声音，如风声、雨声等。筼筜，本指一种长节的竹子，此泛指竹。

⑬ 唼喋（shà zhá 霎闸）——水鸟或水面上鱼儿争食的声音。

⑭ 尚飨——旧时祭文中固定的结束语。意思是请死者来享用供祭之物。尚，表希望之词。

冰鲛縠为帛，取来沁芳亭泉水，敬上枫露茶一杯。这四件东西虽然微薄，姑且借此表示自己一番诚挚恳切的心意，将它们放在白帝宫中管辖秋花之神的芙蓉女儿面前，祭奠说：

我默默思念：姑娘自从降临这污浊的人世，至今已有十六年了。你先辈的籍贯和姓氏，都早已湮没，无从查考，而我能够与你起居梳洗、饮食玩乐之中亲密无间地相处，仅仅只有五年八个月零一点的时间啊！

回想姑娘当初活着的时候，你的品质，黄金美玉难以比喻其高贵；你的心地，晶冰白雪难以比喻其纯洁；你的神智，明星朗日难以比喻其光华；你的容貌，春花秋月难以比喻其娇美。姊妹们都爱慕你的娴雅，婆妈们都敬仰你的贤惠。

可是，谁能料到恶鸟仇恨高翔者，雄鹰反而遭到网获；臭草妒忌芬芳者，香兰竟然被人剪除。花儿原来就怯弱，怎么能应对狂风？柳枝本来就多愁，如何禁得起急雨？偶然遭受恶毒的诽谤，随即得了不治之症。所以，樱桃般的嘴唇，褪去鲜红，而发出了痛苦的呻吟；甜杏似的脸庞，丧失芳香，而呈现出憔悴的病容。流言蜚语，产生于屏内幕后；荆棘毒草，爬满了门前窗口。哪里是自招罪愆而泯灭，实在乃蒙受垢辱而终没。你既怀着不尽的忧念，又含着无穷的冤屈呵！高尚的品格，被人妒忌，姑娘的愤恨恰似受打击被贬到长沙去的贾谊；刚烈的气节，遭到暗伤，姑娘的悲惨超过窃神土救洪灾被杀在羽野的鲧。独自怀着无限辛酸，有谁怜惜你的不幸夭亡？你既像仙家的云彩那样消散，我又到哪里去寻找你的踪迹？无法知道聚窟洲的去路，从哪里得来不死的神香？没有仙筏能渡海到蓬莱，也得不到回生的妙药。

你眉毛上的黛色如青烟缥缈，昨天还是我亲手描画；你手上的指环已玉质冰凉，如今又有谁把它焐暖？炉罐里的药渣依然留存，衣襟上的泪痕至今未干。镜已破碎，鸾鸟失偶，我满怀愁绪，不忍打开麝月的镜匣；梳亦化去，云龙飞升，我便哀伤不已，折损檀云的梳齿。你那镶嵌着金玉的珠花，被委弃在杂草丛中；翡翠发饰落在尘土里，被人拾走。鸧鹊楼人去楼空，七月七日牛女鹊桥相会的夜晚，你已不再向针眼中穿线乞巧；鸳鸯带空余断缕，哪一个能够用五色的丝线再把它接续起来？

况且，正当秋天，五行属金，西方白帝，应时司令。孤单的被褥中虽然有梦，空寂的房子里已经无人。在种着梧桐树的台阶前，月色多么昏暗！你芬芳的魂魄和美丽的姿影一同逝去；在绣着芙蓉花的纱帐里，香气已经消散，你娇弱的喘息和细微的话音也都消失。一望无际的衰草，又何止芦苇苍苍！遍地凄凉的声音，无非是蟋蟀悲鸣。点点夜露，洒在覆盖着青苔的阶石上，捣衣砧的声音不再穿过帘子进来；阵阵秋雨，打在爬满了薜荔的墙垣上，也难听到隔壁院子里哀怨的笛声。你的名字尚在耳边，屋檐前的鹦鹉还在呼唤；你的生命行将结束时，栏杆外的海棠就预先枯萎。过去，你躲在屏风后捉迷藏；现在，听不到你的脚步声了。从前，你去到庭院前斗草；如今，那些香草香花也白白等待你去采摘了！刺绣的线已经丢弃，还有谁来裁纸样、定颜色？洁白的绢已经断裂，也无人去烧熨斗、燃香料了！

昨天，我奉严父之命，有事乘车远出家门，既来不及与你诀别；今天，我干犯着慈母的威严，拄着杖前来吊唁，谁知你的灵柩又被人抬走。及至听到你的棺木被焚烧的消息，我顿时感到自己已违背了与你死同墓穴的誓盟。你的长眠之所竟遭受如此的灾祸，我深深惭愧曾对你说过要同化灰尘的旧话。

看那西风古寺旁，青燐徘徊不去；落日下的荒坟上，白骨散乱难收！听那楸树榆木飒飒作响，蓬草艾叶萧萧低吟！哀猿隔着雾腾腾的墓窟啼叫，冤鬼绕着烟蒙蒙的田塍哭泣。原来以为红绡帐里的公子，感情特别深厚；现在始信黄土堆中的姑娘，命运实在悲惨！我正如汝南王失去了碧玉，那斑斑泪血只能向西风挥洒；又好比石季伦保不住绿珠，这默默衷情唯有对冷月倾诉。

啊！这本是鬼蜮阴谋制造的灾祸，哪里是老天妒忌我们的情谊！钳住长舌奴才的烂嘴，我的诛伐岂肯从宽！剖开凶狠妇人的黑心，我的愤恨也难消除！你与尘世的缘分虽浅，而我对你的情意却深。因为我怀着一片痴情，难免就老是问个不停。

现在才知道上帝传下了旨意，封你为花宫待诏。活着时，你既与兰蕙为伴；死了后，就请你当芙蓉主人。听小丫头的话，似乎荒唐无稽，以我浊玉想来，实在颇有依据。为什么呢？从前唐代的叶法善就曾把李邕的魂魄从梦中摄走，叫他书写碑文；诗人李贺也被上帝派人召去，请他给白玉楼作记。事情虽然不同，道理则是一样的。所以，什么事物都要找到能够与它相配的人，假如用非其人，那岂不是用人太滥了吗？现在，我才相信上帝衡量一个人，把事情托付给他，可谓恰当妥善之极，将不至于辜负他的品性和才能。所以，我希望你不灭的灵魂能降临到这里。我特地不揣鄙陋粗俗，把这番话说给你听，并作一首歌来招唤你的灵魂。说：

> 天空为什么这样苍苍啊！
> 是你驾着玉龙在天庭遨游吗？
> 大地为什么这样茫茫啊！
> 是你乘着象牙的车降临九泉之下吗？
> 看那宝伞多么绚烂啊！
> 是你所骑的箕星和尾星的光芒吗？
> 排开装饰着羽毛的华盖在前开路啊！
> 是危星和虚星卫护着你两旁吗？
> 让云神随行作为侍从啊！
> 你望着那赶月车的神来送你走吗？
> 听车轴伊伊哑哑响啊！
> 是你驾驭着鸾凤出游吗？
> 闻到扑鼻的香气飘来啊！
> 是你把杜蘅串联成佩带吗？
> 衣裙是何等光彩夺目啊！
> 是你把明月镂成了耳坠子吗？
> 借繁茂的花叶作为祭坛啊！
> 是你点燃了灯火烧着了香油吗？
> 以雕刻着花纹的葫芦作为饮器啊！
> 是你在酌绿酒饮桂浆吗？
> 抬眼望天上的烟云而凝视啊！
> 我仿佛窥察到了什么；
> 俯首向深远的地方而侧耳啊！
> 我恍惚闻听到了什么。
> 你和茫茫大士约会在无限遥远的地方吗？
> 怎么就忍心把我抛弃在这尘世上呢！

请风神为我赶车啊!

你能带着我一起乘车而去吗?

我的心里为此而感慨万分啊!

白白地哀叹悲号有什么用呢?

你静静地长眠不醒了啊!

难道说天道变幻就是这样的吗?

既然墓穴是如此安稳啊!

你死后又何必要化仙而去呢?

我至今还身受桎梏而成为这世上的累赘啊!

你的神灵能有所感应而到我这里来吗?

来呀,来了就别再去了啊!

你还是到这儿来吧!

你住在混沌之中,处于寂静之境;即使降临到这里,也看不见你的踪影。我取女萝作为帘幕屏障,让菖蒲像仪仗一样排列两旁。还要警告柳眼不要贪睡,教那莲心不再味苦难当。素女邀约你在长满桂树的山间,宓妃迎接你在开遍兰花的洲边。弄玉为你吹笙,寒簧为你击敔;召来嵩岳灵妃,惊动骊山老母。灵龟像大禹治水时那样背着书从洛水跃出,百兽像听到了尧帝的咸池曲那样群起跳舞。潜伏在赤水中啊,龙在吟唱;栖息在珠林里啊,凤在飞翔。恭敬虔诚就能感动神灵,不必用祭器把门面装潢。

你从天上的碧霞城乘车动身,回到了昆仑山的玄圃仙境。既若隐若显仿佛可以往来交接,又忽然被青云笼罩无法接近。人生离合啊,好比浮云轻烟聚散不定;神灵缥缈啊,却似薄雾细雨难以看清。尘埃阴霾已经消散啊,明星高悬;溪光山色多么美丽啊,月到中天。为什么我的心如此烦乱不安?仿佛是梦中景象在眼前展现。于是我慨然叹息,怅然四望,流泪哭泣,流连彷徨。

人们呀,早已进入梦乡,竹林呀,奏起天然乐章;只见那受惊的鸟儿四处飞散,只听得水面上鱼儿喋喋作响。我写下内心的悲哀呀,作为祈祷,举行这祭奠的仪式呀,期望吉祥。悲痛呀!请来将此香茗一尝!

【总评】

在叙述晴雯等故事过程中,夹杂着描写大观园的日趋冷落。宝玉想:"去了司棋、入画、芳官等五个,死了晴雯,今又去了宝钗,迎春虽尚未去,然连日也不见回来,且接连有媒人来求亲。大约园中之人,不久都要散的了。"这就是小说情节发展到此时新定下的基调。

晴雯之死如何表现是个难题。若正面描写其孤独、悲惨地死去,又有什么可写的呢?难道不断地去重复这延续一夜的单调的痛苦过程?何况,死亡的自然形态是丑恶的,只让人看那通向不可抗拒的无尽的黑暗,又有何意义?反而会损伤晴雯这一美好而悲壮的形象。若完全略去不写,就不能充分表现迫害她的客观环境的残酷无情,读者对她的同情也会减弱。所以是个两难课题。作者才情天纵,他创造性地用两个小丫头截然不同的真假叙述,将双重印象重叠起来,解决了这个矛盾。

老实的小丫头转达说:"晴雯姐姐直着脖子叫了一夜,今日早起,就闭了眼,住了口,世事不知,也出不得一声儿,只有倒气的分儿了。"宝玉问"叫的是谁",回答是"一夜叫的是娘"。这就是残酷的现实,晴雯临死前精神和肉体上的痛苦已表露无遗。从小不知自己父母是谁的她,却整夜叫娘,发人深思。其潜台词应是:"你为什么要生下我来,让我遭受如此的痛苦!"

可就在宝玉从其主观愿望出发,希望晴雯还能在最后一刻提到自己时,幻境出现了。另一个最伶俐的小丫头便开始编造故事:晴雯曾拉着她手主动问"宝玉哪去了",还告诉她一个秘密:自己被"玉皇敕命"去天上当花神了。谎言很美丽,也很明显,宝玉岂真是说什么信什么的愚昧无知的糊涂人!只因他心目中的晴雯是那么的纯洁、善良、正直、美丽、可爱,应该有个与她品质相称的最好的结局,才合乎天理。所以感情上说什么也无法把她与她真实的惨死状况联系起来。而这个最伶俐的小丫头的话,恰好说到他心里去了,与他的想象一样。他原是个"情痴",重情不重理的,所以不但愿信以为真,还反过来给小丫头解说一番道理。这才有了那篇洋洋洒洒的奇文《芙蓉女儿诔》。

就这样,晴雯之死又有了一层绚丽夺目的光彩,尽管对作者、宝玉或读者来说,它都只不过是一种感情的寄托,一种美好的幻想。但是,有与没有这样的寄托与幻想,却大不一样。《红楼梦》不但写出了封建王国的黑暗、污浊与冷酷,作者往往还从中透出热情的、理想的、追求美好愿望的光芒。这正是它不同于其他小说之处,也是它最可珍贵之处。

此回中,宝玉及环、兰作《姽婳词》情节,给人以一种仿佛硬性插入、节外生枝的感觉。戚序本有评说它与诔文"如罗浮二山烟雨为连合,时有精气来往"。言下之意,似乎作者有将晴雯与林四娘作某种类比的意图。倘果真如此,实在也并不妥当,因为两者太不一样了。若借此暗示都有某种政治寄托,倒是可能的。《姽婳词》看起来对立面是所谓"黄巾、赤眉一干流贼余党",颂扬的是当今皇帝有褒奖前代所遗落的可嘉人事的圣德,实质上则是指桑骂槐,讥刺当朝统治者的昏庸无能:

> 天子惊慌恨失守,此时文武皆垂首。
>
> 何事文武立朝纲,不及闺中林四娘。

如果不是借作诗为名,敢于这样直接干涉时政,讥讽朝廷吗?《芙蓉诔》中借口"大肆妄诞""任意纂著",抨击小人当道、鬼蜮为灾的现实世界处更多。宝玉说:"况且古人多有微词,非自我今作俑也。"诔文有寄托,已说得很清楚了。

此回文字被甲辰本(又称"梦觉本",其整理时间应与成续书相近)、程高本删削不少,原因之一,当是为适应后四十回情节。这自然是削足适履。如宝玉作《姽婳词》与《芙蓉诔》之前,都有大段重要原文被删,其中说贾政从此"不强以举业逼"宝玉的文字,当然更非删不可,否则与宝玉随后"奉严词两番入家塾"及"中乡魁"等情节直接冲突了。读者应多加注意。

《芙蓉女儿诔》是小说中唯一不求通俗性的很特殊的重要作品,古文基础不深的读者难免会有阅读障碍。为此,我对这篇诔文作了白话今译。

第七十九回　（含第八十回）
薛文龙悔娶河东狮　贾迎春误嫁中山狼

【题解】

　　本回回目原包括今八十回文字在内，列藏本只七十九回，仍保留着未分回形式可证。今从之。诸本被后人分成两回后，七十九回仍用原来回目，唯甲辰本"狮"作"吼"。第八十回回目则另拟，如庚辰本回目尚未拟就；蒙府、戚序本作"懦弱迎春肠回九曲　姣怯香菱病入膏肓"；杨藏、卞藏本上下句各减一字，"懦弱"作"懦"，"姣怯"作"姣"或"娇"。因"病入膏肓"是不治将死之语，与续书要让香菱一直活下去的构思抵触，故甲辰本另拟作"美香菱屈受贪夫棒　丑道士胡诌妒妇方"，程高本又将"丑道士"改作"王道士"。回目"薛文龙"，指薛蟠，他字表文龙。"河东狮"，喻妒悍的妻子，语本苏轼作诗嘲龙丘居士陈慥，中有"忽闻河东狮子吼，拄杖落手心茫然"等语，因陈好佛，故借佛家语戏之。后因称悍妇对丈夫发怒为"河东狮吼"，此指夏金桂。"中山狼"，见第五回迎春判词"子系中山狼"注，指孙绍祖。因迎春婚后备受丈夫非人折磨，故曰"误嫁"。

　　话说宝玉才祭完了晴雯，只听花影中有人声，倒唬了一跳。及走出来细看，<u>不是别人，却是林黛玉，</u>[1]满面含笑，口内说道："好新奇的祭文！可与《曹娥碑》①并传的了。"宝玉听了，不觉红了脸，笑答道："我想着世上这些祭文，都过于熟滥了，所以改个新样，原不过是我一时的玩意，谁知又被你听见了。有什么大使不得的，何不改削改削？"

　　黛玉道："原稿在哪里？倒要细细一读。<u>长篇大论，不知说的是些什么，只听见中间有两句，什么'红绡帐里，公子多情；黄土垄中，女儿薄命。'</u>[2]这一联意思却好，<u>只是'红绡帐里'未免熟滥些。</u>[3]放着现成的真事，为什么不用？"宝玉忙问："什么现成的真事？"黛玉笑道："咱们如今都系霞影纱糊的窗槅，何不说，'茜纱窗下，公子多情'呢？"宝玉听了，不禁跌足笑

1. 还能是谁？所谓前仆后继也。

2. 藻绘满目，长篇大论，如何能听清？只此两句还算口头熟话，所以记得。说得合情合理。

3. 用词稍欠高雅。唯陈言之务去。滥语熟言，总是文章一病。

　　①　《曹娥碑》——东汉孝女曹娥，父溺于江，寻尸不得，投江而死。度尚为其立碑，命弟子邯郸淳作碑文，操笔而成，无所点改。（文见《古文苑》）后传蔡邕见碑文，赞为"绝妙好辞"。今浙江省有曹娥江，即其地。

道："好极，是极！到底是你想得出，说得出。可知天下古今现成的好景妙事尽多，只是愚人蠢子说不出，想不出罢了。但只一件：虽然这一改新妙之极，但你居此则可，在我实不敢当。"说着，又接连说了一二百句"不敢"。

黛玉笑道："何妨。我的窗即可为你之窗，何必分晰得如此生疏。古人异姓陌路，尚然同肥马，衣轻裘，敝之而无憾①，何况咱们。"宝玉笑道："论交之道，不在肥马轻裘，即黄金白璧，亦不当锱铢较量。②倒是这唐突闺阁，万万使不得的。如今我索性将'公子''女儿'改去，竟算是你诔她的倒妙。况且素日你又待她甚厚，故今宁可弃此一篇大文，万不可弃此'茜纱'新句。竟莫若改作'茜纱窗下，小姐多情；黄土垄中，丫鬟薄命。'¹ 如此一改，虽于我无涉，我也是惬怀的。"黛玉笑道："她又不是我的丫头，何用作此语。况且'小姐''丫鬟'亦不典雅，等我的紫鹃死了，我再如此说，还不算迟。"² 宝玉听了，忙笑道："这是何苦，又咒她。"³ 黛玉笑道："是你要咒的，并不是我说的。"宝玉道："我又有了，这一改可妥当了。莫若说'茜纱窗下，我本无缘；黄土垄中，卿何薄命。'"⁴ 黛玉听了，忡然变色，心中虽有无限的狐疑乱拟，⁵ 外面却不肯露出，反连忙含笑点头称妙，说："果然改得好。再不必乱改了，快去干正经事罢。⁶ 才刚太太打发人，叫你明儿一早快过大舅母那边去。你二姐姐已有人家求准了，想是明儿那家人来拜允，所以叫你们过去呢。"宝玉拍手道："何必如此忙？我身上也不大好，明儿还未必能去呢。"黛玉道："又来了，我劝你把脾气改改罢。一年大，二年小，……"一面说话，一面咳嗽起来。⁷ 宝玉忙道："这里风冷，咱们只顾呆站在这里，快回去罢。"黛玉道："我也家去歇息了，明儿再见罢。"说着，便自取路去了。宝玉只得闷闷地转步，又忽想起来黛玉无人随伴，忙命小丫头子跟了送回去。自己到了怡红院中，果有王夫人打发老嬷嬷来，吩咐他明日一早过贾赦那边去，与方才黛玉之言相对。

1. 说说而已，越改越不好。

2. 明是为与阿颦作谶，却先偏说紫鹃，总用此狡猾之法。（庚）

3. 没事人，就算咒也无碍。

4. 如此我亦为妥极，但试问当面用"尔""我"字样，究竟不知是为谁之谶，一笑，一叹。一篇诔文总因此二句而有，又当知虽诔晴雯，而又实诔黛玉也，奇幻至此。若云必因晴雯来，则呆之至矣。（庚）观此，知虽诔晴雯，实乃诔黛玉也。试观"证前缘"回，黛玉逝后诸文，便知。（靖）此评提供了原作写黛玉之死的回目文字。"前缘"，即"木石前盟"。

5. 忡然，忧虑不安地。慧心人可为一哭。观此句，便知诔文实不为晴雯而作也。（庚）以上脂评皆言二人之死有相似处，除病弱外，黛玉也应受流言压力，故有"质本洁来还洁去，强于污淖陷渠沟"等语。宝玉未及为晴雯送终，连告别遗体或灵柩也不可得，这也与后来宝玉离家流落未归相似。"绛珠之泪，至死不干，万苦不怨"，黛玉不顾自身地怜惜宝玉之不幸，其还泪报灌溉之恩，以生命酬知己，实不亚于晴雯之赠指甲，易小袄。

6. 如此明显的不吉利话，越疑心，越要掩饰，故强作无事，不愿再谈。

7. 得空便点。总为后文伏线。阿颦之病，可见不是一笔两笔所写。（庚）

---

① 同肥马，衣轻裘，敝之而无憾——《论语·公冶长》："愿车马衣轻裘，与朋友共，敝之而无憾。"
② "论交"数句——说到交友的道理，不但"肥马轻裘"，即使是再贵重的"黄金白璧"也不应该有丝毫计较。锱铢，古代重量单位中的轻微者。四锱为一两，六铢为一锱。

原来贾赦已将迎春许与孙家了。这孙家乃是大同府人氏，[1]祖上系军官出身，乃当日宁、荣府中之门生，算来亦系世交。如今孙家只有一人在京，现袭指挥之职，此人名唤孙绍祖，生得相貌魁梧，体格健壮，弓马娴熟，应酬权变，[2]年纪未满三十，且又家资饶富，[3]现在兵部候缺题升。因未有室，贾赦见是世交子侄，且人品家当都相称合，遂青目择为东床娇婿。亦曾回明贾母。贾母心中却不十分称意，[4]但想来拦阻亦未必听，儿女之事，自有天意前因，况且她是亲父主张，何必出头多事；为此，只说"知道了"三字，余不多及。贾政又深恶孙家，虽是世交，当年不过是彼祖希慕宁、荣之势，有不能了结之事，才拜在门下的，并非诗礼名族之裔。因此，倒劝谏过两次，无奈贾赦不听，也只得罢了。[5]

宝玉却从未会过这孙绍祖一面的，次日只得过去了，聊以塞责。只听见说娶亲的日子甚急，不过今年，就要过门的；又见邢夫人等回了贾母，将迎春接出大观园去等事，越发扫去了兴头，每日痴痴呆呆的，不知作何消遣。又听得说陪四个丫头过去，更又跌足自叹道："从今后，这世上又少了五个清洁人了！"[6]因此，天天到紫菱洲一带地方徘徊瞻顾，见其轩窗寂寞，屏帐俨然①，不过有几个该班上夜的老妪；[7]再看那岸上的蓼花苇叶，池内的翠荇香菱，也都觉摇摇落落，似有追忆故人之态，迥非素常逞妍斗色之可比。既领略得如此寥落凄惨之景，是以情不自禁，乃信口吟成一歌曰：[8]

> 池塘一夜秋风冷，吹散芰荷红玉影。
> 蓼花菱叶不胜愁，重露繁霜压纤梗②。[9]
> 不闻永昼敲棋声，燕泥点点污棋枰。
> 古人惜别怜朋友，况我今当手足情！

宝玉方才吟罢，忽闻背后有人笑道："你又发什么呆呢？"宝玉回头忙看是谁，原来是香菱。宝玉一转

1. 设云，"大概相同"也。若必云真大同府，则呆。（庚）

2. 作者写不堪人物外表，也从不丑化。画出一个俗物来。（庚）

3. 恐是贾赦着眼点。此句断不可少。（庚）

4. 贾母不称意的，必无好人。

5. 贾政亦深恶，其人可知矣。不听劝谏是贾赦脾气。

6. 奇怪！连四个丫头也算在不清洁人内。然从后文说孙绍祖为人看，却非危言耸听。

7. 先为"对景悼颦儿"作引（庚、靖）。五字当是佚稿中回目文字，其时宝玉流落归来（当在秋风季节），黛玉先已病逝（当在春残花落时）。

8. 此回题上半截是"悔娶河东狮"，今偏连"中山狼"，倒装业下情上，细腻写来，可见迎春是书中正传，阿呆夫妻是副，宾主次序严肃之至。其婚娶俗礼一概不及，只用宝玉一人过去，正是书中之大旨。（庚）迎春出嫁事虽提起在先，但写她真识得"误嫁"却在后，即在今诸本第八十回的最后。因本是一回，故回目所标次序并未颠倒。

9. 此句并无不妥，恐是原有的。

---

① 见其轩窗寂寞，屏帐俨（xiāo 消）然——俨然，本义为自由自在的样子，引申为任其摆着挂着，无人过问的样子。
② 重露繁霜压纤梗——诸本同；庚辰本作"吹散芰荷红玉影"，重出诗的第二句，用笔勾去，下批"此句遗失"。据此，有两种可能：一、庚辰本因抄错而漏掉了底本中此诗的第四句，审核者注明以待补，而在其他诸本中尚保存着原句；二、原句因抄错而遗失，其他诸本中"重露"句为后人所补。

身，笑问道："我的姐姐，你这会子跑到这里来做什么？许多日子也不进来逛逛。"香菱拍手，笑嘻嘻地说道："我何曾不要来。如今你哥哥回来了，哪里比先时自由自在的了。才刚我们奶奶使人找你凤姐姐的，竟没找着，说她往园子里来了。我听见了这信，我就讨了这件差，进来找她。遇见她的丫头，说在稻香村呢。如今我往稻香村去，谁知又遇见了你。我且问你，袭人姐姐这几日可好？怎么忽然把个晴雯姐姐也没了，到底是什么病？二姑娘搬出去得好快！你瞧瞧，这地方好空落落的。"宝玉应之不迭，<u>又让她同到怡红院去吃茶。</u>[1]香菱道："此刻竟不能，等我找着琏二奶奶，说完了正经事再来。"

宝玉道："什么正经事这么忙？"香菱道：<u>"为你哥哥娶嫂子的事，所以要紧。"</u>[2]宝玉道："正是。说的到底是哪一家的？只听见吵嚷了这半年，今儿又说张家的好，明儿又要李家的，后儿又议论王家的。这些人家的女儿，她也不知道造了什么罪，叫人家好端端的议论。"香菱道："如今定了，可以不用扳扯别家了。"宝玉忙问："定了谁家的？"香菱道："因你哥哥上次出门贸易时，在顺路，到了个亲戚家去。这门亲原是老亲，且又和我们是同在户部挂名行商，也是数一数二的大门户。前日说起来，你们两府都也知道的。合长安城中，上至王侯，下至买卖人，都称她家是<u>'桂花夏家'。"</u>[3]<u>宝玉笑问道：</u>[4]"如何又称为'桂花夏家'？"香菱道："本姓夏，非常的富贵，其余田地不用说，单有几十顷地独种桂花。凡这长安城里城外桂花局，俱是她家的，连宫里一应陈设盆景，亦是她家贡奉，因此才有这个诨号。<u>如今太爷也没了，只有老奶奶带着一个亲生的姑娘过活，也并没有哥儿兄弟，可惜她们家竟绝了后。"</u>[5]

宝玉忙道：<u>"咱们也别管他绝后不绝后，只是这姑娘可好？你们大爷怎么就中意了？"</u>[6]香菱笑道："一则是天缘，二则是'情人眼里出西施'。当年又是通家来往，从小儿都一处厮混过。叙亲是姑舅兄妹，又没嫌疑。虽离开了这几年，前儿一到她家，夏奶奶又是没儿子的，一见了你哥哥出落得这样，又是哭，又是笑，竟比见了儿子的还胜。又令他兄妹相见，谁知这姑娘出落得花朵儿似的了，在家里也读书写字，所以你哥哥当时就一心看准了。连当铺里老朝奉①、伙计们一群人，连搅了人家三四日，她们还留多住，好容易苦辞才放回家。你哥哥一进门，就咕咕唧唧求我们奶奶去求亲。我们奶奶原也是见过这

1. 因还有话要说。断不可少。（庚）

2. 出题处，闲闲引出。（庚）

3. 夏日何得有桂？又桂花时节焉得又有雪？三者原系风马牛，今若强凑合，故终不相符。从来败运之事，大都如此，当局者自不解耳。（庚）

4. 听得桂花诨号，原觉新雅，故不由一笑，余亦欲笑问。（庚）

5. 可知是从小娇纵惯了的。

6. 必是首先看中貌美了。补出阿呆素日难得中意来。（庚）

---

① 朝奉——原宋朝官名，后作为对有钱有身份的人或店铺中有地位雇员的称呼。

姑娘的，且又门当户对，也就依了。和这里姨太太、凤姑娘商议了，打发人去一说，就成了。只是娶的日子太急，所以我们忙乱得很。[1]我也巴不得早些过来，又添一个作诗的人了。"[2]宝玉冷笑道：[3]"虽如此说，但只我倒替你担心虑后呢。"[4]香菱听了，不觉红了脸，正色道："这是什么话！素日咱们都是斯抬斯敬的，今日忽然提起这些事来，是什么意思？怪不得人人都说你是个亲近不得的人。"[5]一面说，一面转身走了。

宝玉见她这样，便怅然如有所失，呆呆地站了半天，思前想后，不觉滴下泪来，只得没精打采，还入怡红院来。一夜不曾安稳，睡梦之中犹唤晴雯，或魔魔惊怖，种种不宁。次日，便懒进饮食，身体作热。此皆近日抄检大观园、逐司棋、别迎春、悲晴雯等羞辱、惊恐、悲凄之所致，兼以风寒外感，故酿成一疾，卧床不起。贾母听得如此，天天亲来看视。王夫人心中自悔不合因晴雯过于逼责了他。[6]心中虽如此，脸上却不露出。只吩咐众奶娘等好生服侍看守，一日两次带进医生来诊脉下药。一月之后，方才渐渐地痊愈。贾母命好生保养，过百日，方许动荤腥油面等物，方可出门行走。

这一百日内，连院门前皆不许到，只在房中玩笑。四五十日后，就把他拘约得火星乱迸，哪里忍耐得住。虽百般设法，无奈贾母、王夫人执意不从，也只得罢了。因此，和那些丫鬟们无所不至，恣意耍笑作戏。又听得薛蟠摆酒唱戏，热闹非常，已娶亲入门；闻得这夏家小姐十分俊俏，也略通文翰，宝玉恨不得就过去一见才好。再过些时，又闻得迎春出了阁，宝玉思及当时姊妹们一处，耳鬓厮磨，从今一别，纵得相逢，也必不似先前那等亲密了。眼前又不能去一望，真令人凄惶迫切之至。少不得潜心忍耐，暂同这些丫鬟们厮闹释闷，幸免贾政责备逼迫读书之难。这百日内，只不曾拆毁了怡红院，和这些丫头们无法无天，凡世上所无之事，都玩耍出来。[7]如今且不消细说。

且说香菱自那日抢白了宝玉之后，心中自为宝玉有意唐突她，"怨不得我们宝姑娘不敢亲近，可见我不如宝姑娘远矣。怨不得林姑娘时常和他角口，气得痛哭，自然唐突她也是有的了。从此倒要远避才好。"因此，以后连大观园也不轻易进来了。日日忙乱着，薛蟠娶过亲，自为得了护身符，自己身上分去责任，到底比这样安宁些；二则又闻得是个有

1. 清楚交代了定亲经过，且见其一片热心。阿呆求妇一段文字，却从香菱口中补明，省却许多闲文累笔。（庚）

2. 真是呆香菱的呆想头。妙极！香菱口声断不可少。看她作此语，知其心中略无忌讳疑虑等意，真是浑然天真！余为之一哭。（庚、靖）

3. 大不以为然。忽曰"冷笑"道，二字便有文章。（庚）

4. 真心话，且不幸言中了。又为香菱之谶，偏是此等事体等到。（庚）

5. 本想给香菱泼点冷水，不料自己反被当头泼了一盆。真正冤屈了宝玉。

6. 每每事后懊悔，当初怎么不谨慎行事？

7. 如此虚写一笔自好，不过是玩耍，何必一一细写？借述宝玉百日养病，省却写阿呆婆亲许多笔墨。

才有貌的佳人，自然是典雅和平的。因此，她心中盼过门的日子，比薛蟠还急十倍。[1]好容易盼得一日娶过了门，也便十分殷勤，小心服侍。

原来这夏家小姐，今年方十七岁，生得亦颇有姿色，亦颇识得几个字。若论心中的邱壑经纬①，颇步熙凤之后尘。只吃亏了一件，从小时，父亲去世得早，又无同胞弟兄，寡母独守此女，娇养溺爱，不啻珍宝，凡女儿一举一动，彼母皆百依百随，因此未免娇养太过，竟酿成个盗跖②的性气。爱自己，尊若菩萨，窥他人，秽如粪土；外具花柳之姿，内秉风雷之性。[2]在家中，时常就和丫鬟们使性弄气，轻骂重打的。今日出了阁，自为要作当家的奶奶，比不得作女儿时腼腆温柔，须要拿出些威风来，才钤压得住人。况且见薛蟠气质刚硬，举止骄奢，若不趁热灶一气炮制熟烂，将来必不能自竖旗帜矣。[3]又见有香菱这等一个才貌俱全的爱妾在室，越发添了"宋太祖灭南唐"之意③，"卧榻之侧，岂容他人酣睡"之心。[4]因她家多桂花，她小名就唤做金桂。她在家时，不许人口中带出"金桂"二字来，凡有不留心误道一字者，她便定要苦打重罚才罢。她因想"桂花"二字是禁止不住的，须另唤一名，因想桂花曾有广寒嫦娥之说，便将桂花改为"嫦娥花"，又寓自己身份如此。

薛蟠本是个怜新弃旧的人，且是有酒胆，无饭力④的。[5]如今得了这样一个妻子，正在新鲜兴头上，凡事未免尽让她些。那夏金桂见了这般形景，便也试着一步紧似一步。一月之中，二人气概还都相平；至两月之后，便觉薛蟠的气概渐次低矮了下去。

一日，薛蟠酒后，不知要行何事，先与金桂商议，金桂执意不从。薛蟠忍不住，便发了几句话，赌气自行了。这金桂便气得哭如醉人一般，茶汤不进，装起病来。[6]请医疗治，医生又说："气血相逆，当进宽胸顺气之剂。"薛姨妈恨得骂了薛蟠一顿，[7]说："如今娶了亲，眼前抱儿子了，还是这样胡闹。人家凤凰蛋似的，[8]好容易养了一个女儿，比花朵儿还轻巧，原看你是个人物，才给你作老婆。你不说收了

1. 尽往好处想，呆香菱心实又心热，可悲，可怜！

2. 将夏金桂之为人及其根源先总说几句。

3. 然后画出她要称霸家中、骑在丈夫头上的悍妇心态。

4. 最后又写她必欲除去香菱的妒妇性气，此是着重要描述的。

5. 表达得出。

6. 小试身手，初探深浅。

7. 好心婆婆理应护着儿媳，谁知反助长悍妇气焰。

8. 妙语！谁见凤凰来？何况是蛋。

---

① 心中的邱壑经纬——这里喻聪明才干，心机之深浅。
② 盗跖——古代传说中的大盗，名跖。《庄子》中有《盗跖》篇。
③ 宋太祖灭南唐之意——不容他人与自己共享。意同于"'卧榻之旁，岂容他人酣睡'之心"。
④ 有酒胆，无饭力——喻表面上好像很刚强，实际上却懦怯无能。

心，安分守己，一心一计，和和气气地过日子，还是这样胡闹，咪嗓①了黄汤，折磨人家。这会子花钱吃药白糟心！"

一席话，说得薛蟠后悔不迭，反来安慰金桂。金桂见婆婆如此说丈夫，越发得了意，便装出些张致②来，总不理薛蟠。薛蟠没了主意，惟自怨而已，好容易十天半月之后，才渐渐地哄转过金桂的心来。自此，便加一倍小心，不免气概又矮了半截下来。¹ 那金桂见丈夫旗蠹渐倒，婆婆良善，也就渐渐地持戈试马起来。先时，不过挟制薛蟠，后来倚娇作媚，将及薛姨妈，又将至薛宝钗。宝钗久察其不轨之心，每随机应变，暗以言语弹压其志。金桂知其不可犯，每欲寻隙，又无隙可乘，只得曲意俯就。²

一日，金桂无事，因和香菱闲谈，问香菱家乡父母。香菱皆答忘记，金桂便不悦，说有意欺瞒了她。因问她："'香菱'二字是谁起的名字？"香菱便答："姑娘起的。"金桂冷笑道："人人都说姑娘通，只这一个名字就不通。"香菱忙笑道："嗳哟！奶奶不知道，我们姑娘的学问，连我们姨老爷时常还夸呢。"③金桂听了，将脖项一扭，嘴唇一撇，鼻孔里"哧哧"两声，³拍着掌冷笑道："菱角花谁闻见香来着？若说菱角香了，正经那些香花放在哪里？可是不通之极！"香菱道："不独菱花，就连荷叶、莲蓬，都是有一股清香的。但它那原不是花香可比，若静日静夜，或清早半夜，细领略了去，那一股清香比是花儿④都好闻呢。就连菱角、鸡头、苇叶、芦根，得了风露，那一股清香，就令人心神爽快的。"⁴金桂道："依你说，那兰花、桂花，倒香得不好了？"⁵香菱说到热闹头上，忘了忌讳，便接口道："兰花、桂花的香，又非别花之香可比……"

一句未完，金桂的丫鬟名唤宝蟾者，忙指着香菱的脸说道："要死，要死！你怎么直叫起姑娘的名字来了！"⁶香菱猛省了，反不好意思，忙陪笑赔罪说："一时说顺了嘴，奶奶别计较。"金桂笑道："这有什么，你也太小心了。但只是我想这个'香'字到底不妥，意思要换一个字，不知你服不服？"香菱忙笑道："奶奶说哪里话，此刻连我一身一体俱属奶奶，何得换一名字反问我服不服，叫我如何当得起！奶奶说哪一

1. 初战便气馁，败局已定。

2. 邪难压正，突出宝钗来。

3. 这几句与香菱夸宝钗语语气紧相连接，难以割断，被分入第八十回开头，不免生硬。画出一个悍妇来。（庚）真真追魂摄魄之笔。（庚）

4. 菱藕之清香难与俗人道。说得出便是慧心人，何况菱卿哉！（庚）

5. 曲解他人意是狡辩者伎俩。又陪一个兰花，一则是自高声价，二则是诱人犯法。（庚）

6. 宝蟾如此登场，可知也不是什么好东西。

---

① 咪嗓——即"撞丧"，喝酒的贬语。

② 张致——花样。

③ "还夸呢"句——此句之后，除列藏本外，诸本均分到第八十回。因第七十九、八十回原是一回，所以合起来的字数与七十八回差不多；回目原来也只有七十九回一个，今他本第八十回回目是后人拟的。

④ 是花儿——各种花儿。

个字好，就用哪一个。"金桂笑道："你虽说得是，只怕姑娘多心，说：'我起的名字反不如你，你能来了几日，就驳我的回了！'"香菱笑道："奶奶有所不知，当日买了我来时，原是给老奶奶使唤的，故此姑娘起得名字。<u>后来我自服侍了爷，就与姑娘无涉了。如今又有了奶奶，益发不与姑娘相干。况且姑娘又是极明白的人，如何恼得这些呢。</u>"[1]金桂道："既这样说，'香'字竟不如'秋'字妥当。菱角、菱花，皆盛于秋，岂不比'香'字有来历些？"香菱道："就依奶奶这样罢了。"自此后，遂改了"秋"字，宝钗亦不在意。[2]

　　只因薛蟠天性是"得陇望蜀"的，如今得娶了金桂，又见金桂的丫鬟宝蟾有三分姿色，举止轻浮可爱，便时常要茶要水的，故意撩逗她。宝蟾虽亦解事，只是怕着金桂，不敢造次，且看金桂的眼色。金桂亦颇觉察其意，想着："<u>正要摆布香菱，无处寻隙，如今他既看上了宝蟾，且舍出宝蟾去与他，他一定就和香菱疏远了，</u>[3]我且乘他疏远之时，便摆布了香菱。那时，宝蟾原是我的人，也就好处了。"打定了主意，伺机而发。

　　这日，薛蟠晚间微醺，又命宝蟾倒茶来吃。薛蟠接碗时，故意捏她的手。宝蟾又乔装躲闪，连忙缩手。两下失误，"豁啷"一声，茶碗落地，泼了一身一地的茶。薛蟠不好意思，佯说宝蟾不好生拿着。宝蟾说："姑爷不好生接。"金桂冷笑道："<u>两个人的腔调儿都够使了。别打量谁是傻子！</u>"[4]薛蟠低头微笑不语，宝蟾红了脸出去。

　　一时，安歇之时，金桂便故意地撵薛蟠别处去睡："省得你馋痨饿眼。"薛蟠只是笑。金桂道："要作什么和我说，别偷偷摸摸的不中用。"薛蟠听了，仗着酒盖脸，便趁势跪在被上，拉着金桂笑道："<u>好姐姐，你若要把宝蟾赏了我，你要怎样，就怎样。你要活人脑子，也弄来给你。</u>"[5]金桂笑道："这话好不通。你爱谁，说明了，就收在房里，省得别人看着不雅。我可要什么呢！"薛蟠得了这话，喜得称谢不尽。<u>是夜，曲尽丈夫之道，奉承金桂。</u>[6]次日也不出门，只在家中厮奈①，越发放大了胆。

　　至午后，金桂故意出去，让个空儿与他二人。薛蟠便拉拉扯扯的起来。宝蟾心里也知八九了，也就半推半就，正要入港。谁知金桂是有心等候的，料必在难分之际，便叫丫头小舍儿过来。原来这小丫头也是金桂从小儿在家使唤的，<u>因她自幼父母双亡，无人看管，便大家叫她作小舍儿，专作些粗笨的生活。</u>[7]金桂如

―――――――――――
　　① 厮奈——厮守着混日子。

1. 竭力为宝钗开脱。

2. 何等胸次气度，哪能在意此类小事。

3. 与当年凤姐利用秋桐弄小巧颇有几分相似，只是心机手段不及凤姐而已。

4. 见机挑明已看穿两人心意，且等阿呆主动提出来。

5. 在金桂诱导下，果然说了实话，且是阿呆声口。

6. 也算交易。"曲尽丈夫之道"，奇闻奇语。（庚、靖）

7. 可知并非宝蟾一类人。铺叙小舍儿首尾，忙中又点"薄命"二字，与痴丫头遥遥作对。（庚）

今有意独唤她来，吩咐道："你去告诉香菱①，到我屋里，将手帕取来，不必说我说的。"[1]小舍儿听了，一径寻着香菱，说："菱姑娘，奶奶的手帕子忘记在屋里了。你去取来送上去，岂不好？"

香菱正因金桂近日每每地折挫她，不知何意，百般竭力挽回不暇，[2]听了这话，忙往房里来取。不防正遇见他二人推就之际，一头撞了进去，自己倒羞得耳面飞红，忙转身回避不迭。那薛蟠自为是过了明路的，除了金桂，无人可怕，所以连门也不掩。今见香菱撞来，故也略有些惭愧，还不十分在意。[3]无奈宝蟾素日最是说嘴要强的，今遇见了香菱，便恨无地可入，忙推开薛蟠，一径跑了，口内还恨怨不迭，说他强奸力逼等语。[4]薛蟠好容易圈哄得要上手，却被香菱打散，不免一腔兴头，变作了一腔恶怒，都在香菱身上。不容分说，赶出来，啐了两口，骂道："死娼妇！你这会子作什么来撞尸游魂！"香菱料事不好，三步两步，早已跑了。薛蟠再来找宝蟾，已无踪迹了，于是恨得只骂香菱。

至晚饭后，已吃得醺醺然，洗澡时，不防水略热了些，烫了脚，便说香菱有意害他，赤条精光赶着香菱踢打了两下。香菱虽未受过这气苦，既到了此时，也说不得了，只好自悲自怨，[5]各自走开。

彼时，金桂已暗和宝蟾说明，今夜令薛蟠和宝蟾在香菱房中去成亲，命香菱过来陪自己睡。先是香菱不肯，金桂说她嫌脏了，再必是图安逸，怕夜里劳动服侍。又骂说："你那没见世面的主子，见一个爱一个，把我的人霸占了去，又不叫你来。到底是什么主意？想必是逼我死了罢了。"薛蟠听了这话，又怕闹黄了宝蟾之事，忙又赶来骂香菱："不识抬举！再不去，便要打了！"香菱无奈，只得抱了铺盖来。金桂命她在地下铺睡。香菱无奈，只得依命。刚睡下，便叫倒茶，一时又叫捶腿，如是者一夜七八次，总不使其安逸稳卧片时。[6]那薛蟠得了宝蟾，如获珍宝，一概都置之不顾。恨得金桂暗暗地发恨道："且叫你乐这几天，等我慢慢地摆布了来，那时可别怨我！"一面隐忍，一面设计摆布香菱。

半月光景，忽又装起病来，只说心疼难忍，四肢不能转动。[7]请医疗治不效，众人都说是香菱气的。闹了两日，忽又从金桂

1. 这话只宜对傻乎乎的木头人说，想小舍儿必资质愚钝，故平时只作些粗笨生活。金桂坏极，所以独使小舍为此。（庚）

2. 从香菱的为人看，再也想不到金桂为何要折挫她。总为痴心人一哭。（庚）

3. 阿呆本来脸皮就厚，又有恃无恐，自不在意。

4. 也只好说给自己听听罢了。

5. 此时，不知有否想起新妇进门前宝玉说过替她"担心虑后"的话？

6. 命香菱过来，原来就为能这样折磨她。同住一处，恐也使其另有别计可施。

7. 果然又出新花样了。半月工夫，诸计安矣。（庚）

---

①　香菱——前文虽有金桂将"香菱"之名改为"秋菱"的记述，但实际上在以后文字中诸脂评本均未见再出现"秋菱"之名，或许是借此表示金桂只是一时任性为难香菱，以显示自己高明，未必认真要改，故言而未行。唯甲辰、程甲本从这里起，无论是人物对话或客观叙述，都把"香菱"改作了"秋菱"，但又不能统一，如紧接改名后的一小段里，用的仍是"香菱"；程甲本八十回之后，多用"香菱"，也用"秋菱"。今从诸脂评本。

枕头内抖出纸人来，上面写着金桂的年庚八字，有五根针钉在心窝并四肢骨节等处。[1]于是众人反乱起来，当作新闻，先报与薛姨妈。薛姨妈先忙手忙脚的；薛蟠自然更乱起来，立刻要拷打众人。金桂笑道："何必冤枉众人，大约是宝蟾的镇魇法儿。"[2]薛蟠道："她这些时并没多空儿在你房里，何苦赖好人？"[3]金桂冷笑道："除了她还有谁，莫不是我自己不成！[4]虽有别人，谁可敢进我的房呢？"薛蟠道："香菱如今是天天跟着你，她自然知道，先拷问她就知道了。"金桂冷笑道："拷问谁，谁肯认？依我说，竟装个不知道，大家丢开手罢了。横竖治死我，也没什么要紧，乐得再娶好的。若据良心上说，左不过你三个多嫌我一个。"说着，一面痛哭起来。

薛蟠更被这一席话激怒，顺手抓起一根门闩来，[5]一径抢步找着香菱，不容分说，便劈头劈面打起来，一口咬定是香菱所施。香菱叫屈，薛姨妈跑来，禁喝说："不问明白，就打起人来了。这丫头服侍了这几年，哪一点不周到，不尽心？她岂肯如今作这没良心的事！你且问个清浑皂白，再动粗卤。"金桂听见她婆婆如此说，生怕薛蟠耳软心活了，便益发嚎啕大哭起来，[6]一面又哭喊说："这半个多月，把我的宝蟾霸占了去，不容她进我的房，唯有香菱跟着我睡。我要拷问宝蟾，你又护到头里。你这会子又赌气打她去。治死我，再拣富贵的标致的娶来就是了，何苦作出这些把戏来！"薛蟠听了这些话，越发着了急。

薛姨妈听见金桂句句挟制着儿子，百般恶赖的样子，十分可恨。无奈儿子偏不硬气，已是被她挟制软惯了。如今又勾搭上丫头，被她说霸占了去，她自己反要占温柔让夫之礼。[7]这魇魔法究竟不知谁作的，实是俗语说的"清官难断家务事"，此时正是公婆难断床帏事了。因此无法，只得赌气喝骂薛蟠，说："不争气的孽障，骚狗也比你体面些！谁知你三不知地把陪房丫头也摸索上了，叫老婆说霸占了丫头，什么脸出去见人！也不知谁使的法子，也不问青红皂白好歹就打人。我知道你是个得新弃旧的东西，白辜负了我当日的心。她既不好，你也不许打。我即刻叫人牙子来卖了她，你就心净了。"说着，命香菱："收拾了东西，跟我来。"一面叫人："去！快叫个人牙子来，多少卖几两银子，拔去肉中刺、眼中钉，大家过太平日子！"[8]

薛蟠见母亲动了气，早也低了头了。金桂听了这话，便隔着窗子往外哭道："你老人家只管卖人，不必说着一个、扯

1. 与前马道婆、赵姨娘所施又有不同：前隐蔽，不令人知，此张扬，当作新闻；前为治死凤姐、宝玉，此只为嫁祸香菱。

2. 明知不是，故意说。恶极，坏极！（庚）

3. 上钩了。正要老兄此句。（庚）

4. 正是，正是。

5. 只会被撒泼老婆当棍使，十足蠢驴，脓包！与前要打死宝玉遥遥一对。（庚）

6. 犹怕火烧得不旺，泼油煽风，变本加厉。

7. 虽看得一清二楚，偏儿子自己不争气，奈何，奈何！

8. 动真怒说的气话，在薛姨妈是极少见的。

着一个的。我们很是那吃醋拈酸、容不下人的不成？怎么'拔出肉中刺、眼中钉'？是谁的钉，谁的刺？但凡多嫌着她，也不肯把我的丫头也收在房里了。"薛姨妈听说，气得身战气噎，道："这是谁家的规矩？婆婆这里说话，媳妇隔着窗子拌嘴。亏你是旧家人家的女儿！¹ 满嘴里大呼小喊，说的是什么！"薛蟠急得跺脚，说："罢哟，罢哟！看人听见笑话。"金桂意谓一不作，二不休，越发发泼喊起来了，说："我不怕人笑话！你的小老婆治我害我，我倒怕人笑话了？再不然，留下她，就卖了我！谁还不知道你薛家有钱，行动拿钱垫人①，又有好亲戚，挟制着别人。你不趁早施为，还等什么？嫌我不好，谁叫你们瞎了眼，三求四告地跑了我们家作什么去了！这会子人也来了，金的银的也赔了，略有个眼睛鼻子的也霸占去了，该挤发我了！"一面哭喊，一面滚揉，自己拍打。² 薛蟠急得说又不好，劝又不好，打又不好，央告又不好，只是出入嗐声叹气，抱怨说运气不好。³

当下薛姨妈早被薛宝钗劝进去了，只命人来卖香菱。宝钗笑道："咱们家从来只知买人，并不知卖人之说，妈可是气糊涂了。倘或叫人听见，岂不笑话。哥哥、嫂子嫌她不好，留着我使唤，我正也没人使呢。"⁴ 薛姨妈道："留下她还是淘气，不如打发了她倒干净。"宝钗笑道："她跟着我也是一样，横竖不叫她到前头去。从此断绝了他那里，也如卖了一般。"香菱早已跑到薛姨妈跟前，痛哭哀求，只不愿出去，情愿跟着姑娘。薛姨妈也只得罢了。

自此以后，香菱果跟随宝钗去了，把前面路径竟行断绝。虽然如此，终不免对月伤悲，挑灯自叹。本来怯弱，虽在薛蟠房中几年，皆由血分中有病，是以并无胎孕。今复加以气怒伤感，内外折挫不堪，竟酿成干血之症②，日渐赢瘦作烧，饮食懒进，请医诊视服药，亦不效验。⁵

那时，金桂又吵闹了数次，气得薛姨妈母女惟暗中垂泪，怨命而已。薛蟠虽曾仗着酒胆，挺撞过两三次，持棍欲打，那金桂便递与他身子，随意叫打；这里持刀欲杀时，便伸与他脖项。薛蟠也实不能下手，只得乱闹一阵罢了。如今习惯成自然，反使金桂越发长了威风，薛蟠越发软了气骨。虽是香菱犹在，

1. 媳妇极端无礼，从受气的婆婆话中点明。然旧家规矩并不为金桂而设，何况其母只宠不教。

2. 写出撒泼丑态来。

3. 既不责怪自己，只好抱怨运气，点到"悔娶"题意。

4. 唯此一法最妥，可暂免遭罪。

5. 只是离开丈夫迟了，已到医药无效地步，可知离死期不远。

---

① 拿钱垫人——仗着有钱欺压人。

② 干血之症——中医病名，即干血痨，妇女长期月经减少或闭经，形体消瘦，潮热盗汗，目暗颧红，口干厌食等症。文中说"请医诊视服药，亦不效验"，即写她"病入膏肓"，其结果自然是"香魂返故乡"，或者说像她的"册子"上所画一池水已"水涸泥干，莲枯藕败"。

却亦如不在的一般，纵不能十分畅快，也就不觉碍眼了，且姑置不究。

如此又渐次寻趁宝蟾。宝蟾却不比香菱的情性，最是个烈火干柴，既和薛蟠情投意合，便把金桂忘在脑后。[1]近见金桂又作践她，她便不肯低服容让半点儿。先是一冲一撞的拌嘴、角口，后来金桂气急了，甚至于骂，再至于厮打。她虽不敢还言还手，便大撒泼性，拾头打滚，寻死觅活，昼则刀剪，夜则绳索，无所不闹。[2]薛蟠此时一身难以两顾，惟徘徊观望于二者之间，十分闹得无法，便出门躲在外厢。金桂不发作性气，有时欢喜，便纠聚人来斗纸牌，掷骰子作乐。又生平最喜啃骨头，每日务要杀鸡鸭，将肉赏人吃，只单以油炸焦骨头下酒。[3]吃得不耐烦，或动了气，便肆行海骂，说："有别的忘八粉头乐的，我为什么不乐！"薛家母女总不去理她。薛蟠亦无别法，惟日夜悔恨不该娶这搅家星罢了，都是一时没了主意。[4]于是宁、荣二宅之人，上上下下，无有不知，无有不叹者。

此时，宝玉已过了百日，出门行走。亦曾过来，见过金桂："举止形容，也不怪厉，一般是鲜花嫩柳，与众姊妹不差上下的人，焉得这等样情性！可为奇之至极。"[5]因此，心下纳闷。这日，与王夫人请安去，又正遇见迎春奶娘来家请安，说起孙绍祖甚属不端："姑娘惟有背地里淌眼抹泪的，只要接了来家，散诞①两日。"王夫人因说："我正要这两日接她去，只因七事八事的都不遂心，[6]所以就忘了。前儿宝玉去了，回来也曾说过的。[7]明日是个好日子，就接她去。"正说着，贾母打发人来找宝玉，说："明儿一早往天齐庙还愿去。"宝玉如今巴不得各处去逛逛，听见如此，喜得一夜不曾合眼，盼明不明的。

次日一早，梳洗穿戴已毕，随了两三个老嬷嬷，坐车出西城门外天齐庙②来烧香还愿。这庙里已于昨日预备停妥的。宝玉天生性怯，不敢近狰狞神鬼之像。这天齐庙本系前朝所修，极其宏壮。如今年深岁久，又极其荒凉。里面泥胎塑像，皆极其凶恶，是以忙忙地供过纸马、钱粮，便退至道院歇息。一时，吃过饭，众嬷嬷和李贵等人围随宝玉，到处散诞玩耍了一回。宝玉困倦，复回至静室安歇。众嬷嬷生恐他睡着了，便请当家的老王道士来陪他说话儿。[8]这老王道士专意在江湖上卖

1. 强盗遇上劫贼了。妙！所谓天理还报不爽。（列）

2. 本领也像同出师门，可谓棋逢敌手。

3. 这一怪癖不知如何想来，恐生活素材亦有所本，对塑造夏金桂性情增色不少。

4. 正面写出回目"悔娶"二字来。补足本题。（庚）

5. 好容貌而坏性情，生活中不乏其人，只是宝玉想不到，平庸小说家也未必想到。别书中形容妒妇，必曰黄发黧面，岂不可笑！（庚）

6. 草蛇灰线，后文方不见突然。（庚）可知佚稿八十回后必大故迭起，一波未过，一波又至。

7. 宝玉去探望已知大概，故先有此言，不待奶娘来告诉后方知，如此写更好。

8. 到天齐庙还愿，就为遇见王道士而写。

---

① 散诞——亦作"散旦"，闲散松快地过日子。
② 天齐庙——即东岳庙。唐玄宗开元十三年，曾封泰山神为天齐王。

药，弄些海上方治人射利。这庙外现挂着招牌，丸散膏丹，色色俱备。亦常在宁、荣两宅走动熟惯，都与他起了个诨号，唤他作"王一贴"，言他的膏药最验，只一贴百病皆除之意。当下王一贴进来，宝玉正歪在炕上想睡，李贵等正说"哥儿别睡着了"，厮混着。看见王一贴进来，都笑道："来得好，来得好。王师父，你极会说古记的，说一个与我们小爷听听。"王一贴笑道："正是呢。哥儿别睡，仔细肚子里面筋作怪。"说着，满屋里人都笑了。[1]

　　宝玉也笑着起身整衣。王一贴喝命徒弟们快泡好酽茶来。茗烟道："我们爷不吃你的茶，连在这屋里坐着，还嫌膏药气息呢。"王一贴笑道："不当家花花的[①]，膏药从不拿进这屋里来的。知道哥儿今日必来，头三五天就拿香熏了又熏的。"宝玉道："可是呢，天天只听见你的膏药好，到底治什么病？"王一贴道："哥儿若问我的膏药，说来话长，其中细理，一言难尽。共药一百二十味，君臣相济[②]，宾主得宜，温凉兼用，贵贱殊方。[2]内则调元补气，开胃口，养荣卫[③]，宁神安志，去寒去暑，化食化痰；外则和血脉，舒筋络，出死肌，生新肉，去风散毒。其效如神，贴过的便知。"宝玉道："我不信一张膏药就治这些病。[3]我且问你，倒有一种病，可也贴得好么？"王一贴道："百病千灾，无不立效。若不见效，哥儿只管揪着胡子，打我这老脸，拆我这庙，何如？只说出病源来。"宝玉笑道："你猜，若你猜得着，便贴得好了。"[4]王一贴听了，寻思一会，笑道："这倒难猜，只怕膏药有些不灵了。"宝玉命李贵等："你们且出去散散。这屋里人多，越发蒸臭了。"李贵等听说，且都出去自便，只留下茗烟一人。这茗烟手内点着一枝梦甜香，宝玉命他坐在身旁，却倚在他身上。王一贴心有所动，[5]便笑嘻嘻走近前来，悄悄地说道："我可猜着了！想是哥儿如今有了房中的事情，要滋助的药，可是不是？"

　　话犹未完，茗烟先喝道："该死，打嘴！"宝玉犹未解，[6]忙问："他说什么？"茗烟道："信他胡说！"唬得王一贴不敢再问，只说："哥儿明说了罢。"宝玉道："我问你，可有贴女人的妒病方子没有？"[7]王一贴听说，拍手笑道："这可罢了。不

---

① 不当家花花的——吴语，罪过的意思。"家"亦作"价"，与"花花的"，皆语气助词，无义。
② 君臣相济——起主要作用的药与起辅助作用的药配搭起来而收到良效。"济"，利；成。庚辰、蒙府、甲辰、程甲本作"际"，梦稿、戚序、戚宁本作"配"，今从列藏本。
③ 养荣卫——中医术语。"荣卫"又作"营卫"。人体生化血液，营养周身的功能叫"营"，抵御病邪、卫护肌表的功能叫"卫"，营主内，卫主外，二者互为影响，须注意保养，不使失却，才能保持健康。

1. 俚俗说笑，开口便能见出角色行当。王一贴又与张道士遥遥一对，特犯不犯。（庚）

2. 一说药理，全是江湖郎中蒙骗人的套话、空话。

3. 别忘了，宝玉是懂点医理的，故不信。

4. 哪有让人猜病的？可见非认真求医问药。

5. 见宝玉倚在茗烟身上而心动，动的却是歪念头。四字好。万端生于心，心邪则意于邪。（列、庚）

6. 由茗烟喝阻好！宝玉哪有茗烟懂得多？"未解"妙！若解则不成文矣。（列、庚）

7. 奇问！原来心里有治病救人之想。千古奇文奇语，仍归结至上半回正文，细密如此！（列）

但说没有方子，就是听也没有听见过。"[1] 宝玉笑道："这样还算不得什么。"王一贴又忙道："贴妒病的膏药倒没经过，倒有一种汤药，或者可医，只是慢些儿，不能立竿见影的效验。"[2] 宝玉问："什么汤药？怎么吃法？"王一贴道："这叫做'疗妒汤'，用极好的秋梨一个，二钱冰糖，一钱陈皮，水三碗，梨熟为度。每日清早吃这么一个梨，吃来吃去，就好了。"宝玉道："这也不值什么，只怕未必见效。"王一贴道："一剂不效，吃十剂；今日不效，明日再吃；今年不效，吃到明年。横竖这三味药都是润肺开胃、不伤人的，甜丝丝的，又止咳嗽，又好吃。吃过一百岁，人横竖是要死的，死了还妒什么！那时就见效了。"[3] 说着，宝玉、茗烟都大笑不止，骂："油嘴的牛头！"王一贴笑道："不过是闲着解午盹罢了，有什么关系。说笑了你们，就值钱。实告诉你们说，连膏药也是假的。我有真药，我还吃了作神仙呢。有真的，跑到这里来混？"[4] 正说着，吉时已到，请宝玉出去，焚化钱粮散福。功课完毕，方进城回家。

那时，迎春已来家好半日，孙家的婆娘、媳妇等人已待过晚饭，打发回家去了。迎春方哭哭泣泣的，在王夫人房中诉委屈，说孙绍祖"一味好色，好赌酗酒，家中所有的媳妇、丫头，将及淫遍。略劝过两三次，便骂我是'醋汁子老婆拧出来的'。[5] 又说老爷曾收着他五千银子，不该使了他的。如今他来要了两三次不得，他便指着我的脸，说道：'你别和我充夫人娘子！你老子使了我五千银子，把你准折卖给我的。[6] 好不好打一顿，撵在下房里睡去。当日有你爷爷在时，希图上我们的富贵，赶着①相与的。论理，我和你父亲是一辈，如今强压我的头，卖了一辈，又不该作了这门亲，倒没的叫人看着赶势利似的。'"[7] 一行说，一行哭得呜呜咽咽，连王夫人并众姊妹无不落泪。王夫人只得用言语解劝，说："已是遇见了不晓事的人，可怎么样呢！想当日你叔叔也曾劝过大老爷，不叫作这门亲的。大老爷执意不听，一心情愿，到底作不好了。我的儿！这也是你的命。"[8] 迎春哭道："我不信我的命就这么苦！从小儿没了娘，幸而过婶子这边来，过了几年心净日子，如今偏又是这么个结果！"

王夫人一面解劝，一面问她随意要在哪里安歇。迎春道："乍乍②地离了姊妹们，只是眠思梦想；二则还记挂着我的屋

---

① 赶着——拼命巴结着的意思。
② 乍乍——刚刚。

1. 好像不会有验方了，谁知仍是曲笔，接着还真有方子说出来。

2. 此话下文会有意想不到的解释。

3. 见效的妙解！作者真幽默大师！此科诨一收，方为奇趣之至。（列、庚）

4. 自爆实情，足以醒世人也。寓意深远，在此数语。（列）

5. 闻所未闻。奇文奇骂，为迎春一哭，又为荣府一哭。恨薛蟠何等刚霸，偏不能以此语及金桂，使人忿忿。此书中全是不平，又全是意外之料。（列）

6. 不但是包办婚姻，且是买卖婚姻。大概还以为买得不值。

7. 蠢话！又非亲戚，还算辈分，以为自己吃亏了。不通可笑，遁辞如闻。（列、庚）

8. 再提贾政曾劝阻不听事，已无计可施，唯归之于命。可悲！

子，还得在园里旧房子里住得三五天，死也甘心了。不知下次还可得住不得住了呢！"[1] 王夫人忙劝道："快休乱说！不过年轻的夫妻们斗牙斗齿，亦是万万人之常事，何必说这丧话。"仍命人忙忙地收拾紫菱洲房屋，命姊妹们陪伴着解释①。又吩咐宝玉："不许在老太太跟前走漏一些风声，倘或老太太知道了这些事，都是你说的。"宝玉唯唯地听命。迎春是夕仍在旧馆安歇，众姊妹等更加亲热异常。

一连住了三日，才往邢夫人那边去。先辞过贾母及王夫人，然后与众姊妹分别，更皆悲伤不舍，还是王夫人、薛姨妈等安慰劝释，方止住了，过那边去。[2] 又在邢夫人处住了两日，就有孙绍祖的人来接去。迎春虽不愿去，无奈惧孙绍祖之恶，只得勉强忍情，作辞去了。邢夫人本不在意，也不问其夫妻和睦，家务烦难，只面情塞责而已。[3] 要知端的，且听下回分解。

1. 此时思及紫菱洲旧居，已如住在天堂里了！"金闺花柳质，一载赴黄粱。"这次回去，哪里还有"下次"？

2. 凡迎春之文皆从宝玉眼中写出。前"悔娶河东狮"是实写；"误嫁中山狼"出迎春口中，可谓虚写。以虚虚实实变幻体格，各尽其法。（列、庚）可证第七十九、八十回原是一回，此回最后几小段迎春哭诉，众人劝释，便是虚写她"误嫁"之正文。

3. 蒙府、戚序本回末总评称："此文一为择婿者说法，一为择妻者说法。择婿者必以得人物轩昂、家道丰厚、荫袭公子为快；择妻者必以得容貌艳丽、妆奁富厚、子女盈门为快。殊不知以貌取人，失之子羽；试看桂花夏家、指挥孙家、何等可羡可乐，卒至迎春含悲、薛蟠贻恨，可慨也夫！"或谓后四十回续书使小说增加了揭露封建婚姻罪恶的意义，其实这一层意义早包括在小说中了，只不过《红楼梦》不限于写婚姻问题而已。

【总评】

曹雪芹原作保存下来的，这是最后一回。为什么不上不下是七十九回呢？因为如前所述，从已露头的宁府召集诸世袭公子共同比射箭的情节看，原作的第八十回极可能是"卫若兰射圃"文字，可是这一回原稿在"誊清时""被借阅者迷失"（"迷失"的共有"五六稿"之多），抄不出来了。若非如此，抄出的部分至少也会凑个整数。仅止于第七十九回的原来样子，在中华书局影印出版的"列藏本"《石头记》中还保存着。早期整理者正因为无法再多出一回来，只好将此回分成字数少一点的两回，以凑足八十回。

本回是写两对相当有代表性的婚姻悲剧——薛蟠娶了"河东狮"夏金桂和迎春嫁给"中山狼"孙绍祖。前面还有一段上回"杜撰芙蓉诔"的余响——宝黛关于修改诔文字句的讨论。

无论是黛玉从芙蓉花中走出来，被小鬟误认作晴雯显魂，还是使"黛玉听了，怔然变色"的改文"茜纱窗下，我本无缘；黄土垄中，卿何薄命"，都显然是通过形貌相似和谶语不详，将晴雯与黛玉的命运共同处联系起来。这在有关注释所引的脂评中，已说得很清楚了。

薛蟠的婚姻，错在以貌取人，只看"这姑娘出落得花朵儿似的"，薛姨妈比他多一条："且又门当户对"，却都对其性格、品行、能否和睦相处不放在心上，结果是个"外具花柳之姿，内秉风雷之性"、有"盗跖的性气"的悍妇。她先将丈夫拿下马，最后还欺到婆婆头上，好端端的一个家庭被闹得天翻地覆，而"薛蟠亦无别法，惟日夜悔恨不该娶这搅家星罢了"。

---

① 解释——宽解其烦恼的意思。

　　薛蟠的婚姻，作者详细地正面描述其过程，因为它还关系到一个重要人物——香菱的命运。宝玉先有预感，颇为香菱"担心虑后"，可香菱听了，反大不乐意，因为她正"一头热"，对薛蟠的迎娶比谁都兴奋。谁知从此掉进了地狱，备受金桂的欺凌、折磨，还遭丈夫的毒打。书中说，本就怯弱的香菱，"今复加以气怒伤感，内外折挫不堪，竟酿成干血之症，日渐赢弱作烧，饮食懒进，请医诊视服药，亦不效验"。所以，将此回分成二回的一些本子，后来拟目为"娇怯香菱病入膏肓"，可见，其结果确如其册子判词所说，"自从两地生孤木"之后，已距"致使香魂返故乡"不远了。续书后来改写香菱命运，是为要宣扬福善祸淫、因果有报的思想。

　　宝玉想要治好夏金桂的妒病，向道士王一贴打听方子。这段情节把专卖假药、混骗钱财的江湖郎中的嘴脸，写得活龙活现。其中说"疗妒汤"一节，更是极诙谐风趣文字，充分体现了作者特有的幽默感，这种笔墨在续书中是找不到的。

　　迎春的婚姻更具有普遍性。看起来，她像是被"中山狼，无情兽"吃掉的，其实，吞噬她的是整个封建宗法制度。她从小死了娘，她父亲贾赦和邢夫人对她毫不怜惜。贾赦欠了孙家五千两银子，将她嫁给孙家，实际上等于拿她抵债。当初，虽有人劝阻这门亲事，但"大老爷执意不听"，谁也没有办法，因为儿女的婚事决定于父母。后来，迎春回贾府哭诉她在孙家所受到的虐待，尽管大家十分伤感，也无可奈何，因为嫁出去的女儿已是属于夫家的人了，所以只好忍心把她再送回狼窝里去。

　　在大观园女儿国中，迎春是成为包办婚姻的牺牲品的一个典型代表。续书把宝黛悲剧也写成因为婚姻不自由而产生的悲剧，这并不能提高原著的思想性。《红楼梦》虽然暴露封建婚姻罪恶，但绝不是一部以反对婚姻不自由为主题或主线的书。它所揭露的封建社会不合理的方面，要广泛、深刻得多。改变贾府这个封建大家庭"食尽鸟飞、惟余白地"、最终没落的总构思和情节发展的总方向，只能是缩小和改变了全书悲剧的性质，把"红楼梦"写成"良缘梦"，也只能是削弱和降低了原著的思想、艺术价值。